Anita Burgh wurde 1937 in Gillingham, in der Grafschaft Kent, geboren. Sie lebt heute mit ihren vier Kindern in der Auvergne.

Von Anita Burgh sind außerdem erschienen:

*Die blaue Schale* (Band 3090)
*Der goldene Schmetterling* (Band 3234)

Dieses Buch wurde auf chlor- und säurefreiem Papier gedruckt.

Deutsche Erstausgabe August 1993
© 1993 für die deutschsprachige Ausgabe
Droemersche Verlagsanstalt Th. Knaur Nachf., München
Das Werk einschließlich aller seiner Teile ist urheberrechtlich geschützt.
Jede Verwertung außerhalb der engen Grenzen des Urheberrechts-
gesetzes ist ohne Zustimmung des Verlages unzulässig und strafbar.
Das gilt insbesondere für Vervielfältigungen, Übersetzungen,
Mikroverfilmungen und die Einspeicherung und Verarbeitung
in elektronischen Systemen.
Titel der Originalausgabe »The Stone Mistress«
© 1991 Anita Burgh
Originalverlag Chatto & Windys, London
Umschlaggestaltung Adolf Bachmann, Reischach
Umschlagfoto Studio Schmatz, Lindach
Satz MPM, Wasserburg
Druck und Bindung Elsnerdruck, Berlin
Printed in Germany 5 4 3 2 1
ISBN 3-426-60039-0

# Anita Burgh

# DIE STEINERNE HERRIN

### Roman

**Aus dem Englischen von**
**Traudl Weiser**

*Für Mic Cheetham
und die Insel Mull*

# ERSTER TEIL

ERSTER TEIL

# ERSTES KAPITEL

## 1

Es war heiß. Die Atmosphäre in dem überfüllten Raum war stickig vom Zigaretten- und Zigarrenrauch. Die Kellner arbeiteten nach einem eigenen Signalsystem. Der Rhythmus der Musik dröhnte unerbittlich. Der Schnulzensänger kämpfte tapfer gegen das Klappern von Geschirr, das ständige Knallen von Champagnerkorken und das Geschrei an, das hier als Unterhaltung diente. Die kleine, zentral gelegene Tanzfläche war mit Paaren vollgestopft, die sich wie vor einem Weltuntergang aneinanderklammerten, während sie sich auf dem Marmorboden wiegten.

Eine Frau trat ein, blieb auf der obersten Stufe der Treppe stehen, die zur Mitte des Raums hinunterführte. Eine Woge von Beifall schlug ihr entgegen, den sie anmutig zur Kenntnis nahm, ehe sie langsam hinabschritt und durch die eng stehenden Tische ging. Der Oberkellner eilte dienstbeflissen herbei und bahnte ihr einen Weg durch die Menge. Sie war in Begleitung von vier jungen Männern, die alle vor Stolz grinsten, weil sie für diesen Abend auserwählt worden waren. Sie verweilte einen Augenblick, um die Gäste an den Tischen zu begrüßen, stand da, eine Hand in die Hüfte gestemmt, den Oberschenkel provozierend vorgeschoben, den Rücken elegant gestreckt. Sie entdeckte jemanden, den sie kannte, schwebte zu ihm, küßte ihn vertraulich. Ihr Blick schweifte durch den Raum, sie winkte anderen, aber weniger wichtigen Gesichtern in der Menge zu. Die Gruppe erreichte ihren Tisch. Mit geschmeidiger Anmut bewegte sich die Frau zwischen den Tischen und gepolsterten Bänken. Der Kellner entfaltete ihre Serviette, ließ sie knattern wie ein Segel und legte sie ihr ehrerbietig auf den Schoß. Gläser wurden herangetragen, Menüs studiert.

Francine Frobisher lehnte sich in dem rotsamtenen Polstersessel zurück. Sie nahm eine Zigarette aus einem Goldetui, steckte sie mit übertriebener Langsamkeit in eine lange Elfenbeinspitze, die sie dann sanft streichelte. Sie sah den Mann, der neben ihr saß, träge an und lachte über die Erregung in seinen Augen. Als sie die Zigarettenspitze zwischen ihre Lippen steckte, flammten vier Feuerzeuge auf. Ihr Blick schweifte von einem ihrer Begleiter zum nächsten, während sie entschied, wem sie huldvoll die Ehre erweisen würde, ihre Zigarette anzünden zu dürfen. Sie wählte den Mann, dem sie zugelacht hatte, und die anderen wandten sich enttäuscht ab.

Francine hatte diesen Mann aus verschiedenen Gründen gewählt. Er war Amerikaner, und sie mochte deren unkomplizierten Enthusiasmus im Bett; sie kannte ihn nicht, was immer reizvoll für jede neue Bekanntschaft war; er war jung – und je älter sie wurde, um so mehr schätzte sie die Jugend –, aber vor allem hatte sie ihn gewählt, weil er sie mit seinem schwarzen Haar, seinen grauen Augen und seinem leicht schiefen und sardonischen Lächeln sofort an Marshall Boscar erinnert hatte. Marshall war der einzige Mann, den sie je geliebt hatte, oder vielmehr, Francine bildete sich ein, ihn geliebt zu haben, denn es war unwahrscheinlich, daß sie je einen andere Menschen mit derselben Hingabe wie sich selbst geliebt hatte. Francine hatte mit einem Bataillon Männer geschlafen, aber keiner hatte sie so beeindruckt wie Marshall. Marshall war eine Herausforderung gewesen, doch kaum hatte sie geglaubt, ihn erobert zu haben, war er ihr entglitten. Jetzt war er tot und würde ihr nie gehören.

Francine kam die meisten Abende nach der Show hierher, in den *Garibaldi Club*. Er entsprach ihrem Geschmack, lag in der Nähe der West-End-Theater, bot gute Musik, passables Essen und ein kultiviertes Publikum, das sie nie mit aufdringlichen Bitten um Autogramme belästigte. Und er war stets voller Menschen, was eine Unterhaltung schwierig machte. Auch das gefiel ihr. Nach einer Vorstellung redete sie für eine Weile nicht gern, zog es vor, nur zu beobachten und Zeit zu haben zu entscheiden, wer ihr Bett in dieser Nacht teilen würde.

Mit vierundvierzig mußten sich die meisten Frauen ihrer Generation mit breiten Hüften, grauem Haar und Falten abfinden. Doch Francine nicht. Die Natur hatte ihr freundlicherweise einen guten Knochenbau und einen perfekten hellen Teint verliehen, der ihr schönes blondes Haar vorteilhaft ergänzte. Ihre Augen waren von einem erstaunlichen Grün, so dunkel wie die Blätter der Stechpalme. Aber sie hatte diese Gaben nie als selbstverständlich betrachtet, sondern über die Jahre hart daran gearbeitet, ihre Schönheit zu bewahren. Und Francine war dafür belohnt worden, denn ihrem guten Aussehen hatte sie größtenteils ihre Position als berühmter West-End-Musical-Star zu verdanken.

Ihre Begleiter konnten sich glücklich schätzen, daß eine Unterhaltung im *Garibaldi* schwierig war, denn außer ihren Vorstellungen und ihrer Schönheit besaß Francine keine Interessen und hatte daher nichts Bemerkenswertes zu sagen. Sie las keine Bücher, nur Manuskripte. In der Tageszeitung überflog sie nur die Klatschspalten. In Illustrierten interessierte sie allein der Modeteil, den sie mit professioneller Sorgfalt studierte. Sie ging nie ins Theater, um anderen Schauspielern zuzusehen, und die einzige Musik, die sie hörte, waren Plattenaufnahmen ihrer eigenen Lieder.

Europa war im Krieg: Männer starben zu Tausenden; Frauen wurden Witwen, Kinder Waisen; Juden wurden niedergemetzelt; Angst verbreitete sich in der Welt –, das alles berührte Francine nicht. Für sie war eine Tragödie ein abgebrochener Fingernagel, ein Makel auf ihrer Haut, ein schlecht sitzendes Kleid. Francine betrachtete den Krieg als einen Bonus, denn er brachte volle Häuser, ein Publikum, das sich verzweifelt nach ihrer Magie sehnte, um für ein paar Stunden den bedrückenden Alltag vergessen zu können.

Ihr Begleiter beugte sich vor und flüsterte ihr ins Ohr: »Möchten Sie tanzen?«

»Nein, danke«, entgegnete sie. Die Tanzfläche war zu voll. Francine tanzte nur gern, wenn sie sicher war, Aufmerksamkeit zu erregen.

»Möchten Sie woanders hingehen?«

Sie schüttelte den Kopf. Das hatte keinen Sinn. Sie kannte alle Clubs; dieser hier gefiel ihr am besten.

Zwei Frauen, Anfang zwanzig, in Begleitung eines etwas älteren, großen, schlanken, uniformierten Mannes, dessen Gesicht eher interessant als gutaussehend zu nennen war, kamen leichtfüßig die mit rotem Teppich belegte Treppe herunter. Wieder eilte der Oberkellner dienstbeflissen herbei, verneigte sich unterwürfig – hier war ein Gast, nicht berühmt wie Francine, der jedoch eine andere Qualität besaß, die für Männer seines Berufs wichtig war – Reichtum.

»Alphonse, wie geht's Ihrer Familie? Gut, hoffe ich. Haben Sie einen Tisch für uns?« Eine der beiden jungen Damen lächelte ihn bezaubernd an, wartete aber nicht auf seine Antwort. »Nur einen winzigen Tisch?« Sie war zierlich und blond. Ihre haselnußbraunen Augen, mit Gold gesprenkelt, waren groß und ausdrucksvoll. Ihr Gesicht besaß jene feinknochige Schönheit, nach der sich unweigerlich alle Köpfe umdrehten, wenn sie einen Raum betrat.

»Aber natürlich, Lady Copton. Für Sie habe ich immer einen Tisch frei.« Alphonse verneigte sich, winkte gereizt andere Kellner herbei, um die Wichtigkeit dieses Gastes zu unterstreichen, und führte Juniper Copton und ihre Begleiter zu einem Tisch.

»Du bestellst, Jonathan.« Sie legte die große Speisekarte beiseite, als wäre sie es müde, Entscheidungen zu treffen.

»Aber ich weiß nicht, was du willst«, wandte Jonathan Middlebank ein, während seine Gedanken rasten, und er überlegte, wie er das alles bezahlen sollte, falls Juniper die Rechnung nicht übernahm. Das war zwar ein vages Risiko, denn sie bestand immer darauf zu bezahlen, aber es war auch vorgekommen, daß sie einfach gegangen war und ihre Gäste und die Rechnung völlig vergessen hatte.

»Etwas Leichtes und Champagner. Wie steht's mit dir, Polly?« Polly, durch Heirat Comtesse de Faubert et Bresson geworden, die jedoch ihren Mädchennamen, Frobisher, bevorzugte, war der absolute Gegensatz zu Juniper. Sie war groß, hatte glattes, fast schwarzes Haar und braune Augen, so dunkel, daß sie unergründlich wirkten. Ihre Gesichtszüge waren eher ausgeprägt als zart, und ihr Ausdruck ließ auf eine intelligente, ernsthafte Persönlichkeit schließen. Polly betrachtete die Speisekarte. Sie war nicht hungrig, sie trank wenig, sie fand die verräucherte Atmosphäre in dem Nachtclub bedrückend und fragte sich bereits, warum sie überhaupt hier war. Noch während sie darüber nachdachte, wußte sie schon die Antwort. Juniper hatte darauf bestanden, daß sie mitkam, und nur wenige Menschen konnten sich ihr widersetzen, am allerwenigsten Polly.

»Ich habe keinen großen Hunger. Ein Sandwich vielleicht und etwas Sodawasser«, sagte sie schließlich.

»Also, Polly, wirklich! Wir feiern. Du mußt Champagner trinken. Ich bestehe darauf. Bestell den besten, Jonathan. Iß wenigstens ein Omelett, Polly.«

»Na gut.« Polly zuckte resigniert die Schultern.

»Möchtest du denn nicht feiern?« fragte Juniper hartnäckig.

»Natürlich.« Polly log, denn sie sah keinen Grund zum Feiern. Gewiß nicht, weil sie nach einem Monat in Devon nach London zurückgekehrt war, noch weil Jonathan Middlebank seinen zweitägigen Kurzurlaub vom Militär dazu benutzt hatte, sie zu besuchen. Tatsächlich fühlte sie sich in seiner Gegenwart äußerst unwohl, was durch Junipers Anwesenheit noch verstärkt wurde. Sie mochte Jonathan, würde ihn immer mögen – man konnte nicht jemanden lieben, wie sie ihn geliebt hatte, und jedes Gefühl verlieren, nicht wenn man Polly war. Sie hatte schon vor langer Zeit Jonathan und Juniper den Betrug verziehen, den die beiden an ihr begangen hatten, denn sie war unfähig, einen Groll zu hegen. Nein, ihr Unbehagen rührte daher, daß sie – trotz aller Anstrengungen – nicht vergessen konnte, daß es passiert war.

»Also, erzähl mir alles über eure großartige Flucht aus Frankreich«, sagte Jonathan, nachdem er den Champagner und das Essen bestellt hatte.

Mittlerweile hatte Juniper aus ihrer und Pollys Heldentat in Frankreich, ihrer knappen Flucht vor der deutschen Besatzungsmacht, eine abenteuerliche Geschichte konstruiert. Polly hatte Junipers Darstellung schon mehrmals gehört, bewunderte jedoch noch immer die Leichtigkeit, mit der Juniper die Ängste und Alpträume dieser drei Wochen in einen Schabernack verwandelte, über den sich Jonathan jetzt vor Lachen krümmte.

Während die beiden miteinander plauderten, sah sich Polly

in dem überfüllten Raum um und fragte sich, wie die Menschen so gedankenlos glücklich sein konnten, während das Leben, das sie gewohnt waren, zerstört wurde. Oder versteckten sie ihre Gefühle hinter gespielter Tapferkeit? Plötzlich erstarrte Polly. Während einer Tanzpause hatte sie am anderen Ende des Raums ihre Mutter, Francine, entdeckt. Ihr Puls begann zu rasen, und ihre Hände wurden feuchtkalt – die übliche Reaktion beim Anblick ihrer Mutter. Denn Francine beherrschte mit ausgefeilter Perfektion den Trick, die erwachsene Polly mit ein paar ihrer gut gewählten, beißenden Sätze zu einem linkischen Schulmädchen zu degradieren.

Polly saß unschlüssig da. Sie wußte nicht, was sie tun sollte. Wenn sie zu ihr ging, würde sie gedemütigt zurückkommen. Wenn sie nicht ging und Francine sie hier sah, drohte ihr bei einem Besuch bei ihrer Mutter – der längst überfällig war – ein schmachvoller Streit.

»Entschuldigt mich. Ich gehe mir nur die Nase pudern.« Polly mußte ihre Stimme heben, um von den beiden gehört zu werden. Sie drängte sich durch die Menge zur Toilette, um ihr dezentes Make-up aufzufrischen. Wenigstens wollte sie Francine nicht mit einer glänzenden Nase gegenübertreten.

»Wie geht es Polly?« fragte Jonathan, plötzlich ernst, während er Polly mit den Blicken folgte.

»Gut. Ihr Mann ist tot, weißt du«, sagte Juniper im Plauderton.

»Ist er im Kampf gefallen?«

Juniper lachte leise, ein kehliges, tiefes, wohlklingendes Lachen. »Großer Gott, nein! Doch nicht Michel. Er war mit seiner Mätresse auf seinem Château – hat sich zweifelsohne vor den Deutschen verkrochen. Er ist in den Keller gegangen, um Wein zu holen, und ist über den Saum seines

Morgenrocks gestolpert. Dabei hat er sich den verdammten Hals gebrochen.«

Jonathan war über Junipers offensichtliche Belustigung schockiert.

»Du brauchst mich nicht so böse anzusehen, Jonathan. Du weißt verdammt gut, was er für ein Scheißkerl war. Michel war ein unbeschreiblicher Sadist und hat der armen Polly das Leben zur Hölle gemacht. Ich bin froh, daß er tot ist. Es tut mir nur leid, daß er auf der Stelle tot war. Anscheinend hat er nichts gemerkt.«

Jonathan schauderte unwillkürlich. Solche Neuigkeiten in Junipers schöner, tiefer Stimme mit dem leichten amerikanischen Akzent zu hören, ließen sie noch entsetzlicher klingen. Heimlich berührte Jonathan unter dem Tisch Holz. Er war viel zu abergläubisch, um in diesen schlimmen Zeiten, die jeden verwundbar machten, schlecht von Toten zu sprechen.

»Weißt du, was du tun solltest, Jonathan, mein Schatz? Du solltest zugreifen und Polly bitten, dich zu heiraten, um die verlorene Zeit aufzuholen.«

»Sie würde mich nicht nehmen. Ich kann es ihr nicht verübeln, nicht nachdem ...« Er wandte verlegen den Blick ab.

»Unsinn, das war meine Schuld. Ich habe dich verführt. Sag bloß nicht, du hättest das schon vergessen ... wenig schmeichelhaft für mich.« Juniper lachte boshaft, was Jonathans Unbehagen noch steigerte.

»Ich war überzeugt, sie hätte mittlerweile jemanden kennengelernt – einen Mann, der zu ihr paßt.« Er wollte nicht an Vergangenes, das ihn auch nach dieser langen Zeit noch beschämte, erinnert werden.

»Das hat sie. Andrew Slater – ein absolutes Schätzchen. Sie hat ihn in Paris kennengelernt, kurz nachdem sie Michel verlassen hat. Aber er wird vermißt, ist wahrscheinlich tot. Du solltest dir Polly schnappen, ehe es ein anderer tut. Na, komm schon, Jonathan, gib's doch zu. Du warst immer verrückt nach ihr.«

»Ach, Juniper, du bist unverbesserlich ...« Er schüttelte über ihre Schnoddrigkeit amüsiert den Kopf. »Ich bezweifle, daß Polly ihn für tot hält. Sie wird nie die Hoffnung aufgeben. Ich kenne Polly. Jetzt wäre der ungeeignetste Augenblick, einen Annäherungsversuch zu wagen.«

»Natürlich glaubt sie, daß er lebt. Ich habe ihr gesagt, es sei töricht, ihr Leben zu vergeuden und auf jemanden zu warten, der nicht zurückkommen wird. Was glaubst du, wie viele Männer bei Dünkirchen überlebt haben?«

»Nur wenige.«

»Na, da hast du's«, sagte Juniper sachlich.

»Sie wird Zeit brauchen, um darüber hinwegzukommen.«

»Im Krieg bleibt einem keine Zeit. Ich würde keinen Tag vergeuden.«

»Nein, Juniper, du nicht.« Jonathan lächelte über ihre Ehrlichkeit, die selbst ihre schockierendsten Aussagen akzeptabel machte.

Sie klappte ihre schwere, goldene Puderdose auf und inspizierte ihr Gesicht. Anscheinend zufrieden mit dem, was sie sah, ließ sie den Deckel wieder zuschnappen.

»Laß uns tanzen«, sagte sie.

»Du kennst mich doch, Juniper. Ich habe vier Füße ...« Er lächelte entschuldigend.

»Mann, was kenne ich für langweilige Leute!« Sie gab ihm einen liebevollen Stoß. »Hast du ein paar Pennies? Ich will telefonieren und Verstärkung anfordern ... Männer, die gern tanzen.« Lachend gab sie ihm einen flüchtigen Kuß auf die Wange, glitt von der Sitzbank und bahnte sich einen Weg die Treppe hinauf zum Telefon.

Weit entfernt, auf der Straße, heulte eine Sirene auf und warnte vor einem Fliegerangriff. Sie wurde von der Menge im *Garibaldi* nicht gehört. Die Menschen lachten und tanzten weiter.

Ein Kellner drängte sich zur Band durch und flüsterte dem Dirigenten etwas ins Ohr. Billy »Hot Feet« Jackson klopfte mit seinem Taktstock laut gegen den Notenständer, um sich Gehör zu verschaffen.

»Wir haben Fliegeralarm, falls das jemanden interessieren sollte«, sagte er lakonisch. Die Menge lachte.

Francines Begleiter sprang auf und streckte ihr die Hand hin. Sie schüttelte lächelnd den Kopf.

»Sollten wir nicht in den Luftschutzkeller gehen?« fragte er ängstlich.

»Wozu?« Sie zuckte mit den Schultern. »Der Gestank dort ist widerlich. Sie sind wohl erst seit kurzem in London, wie?« Er nickte. »Na, dann können Sie die Situation auch nicht verstehen. Die Sirenen heulen dauernd, aber es passiert nichts. Sollten Flugzeuge kommen, würden nicht wir, sondern nur die Armen bei den Docks bombardiert werden. Setzen Sie sich wieder. Kein Grund zur Aufregung.«

Die kurzfristig gedämpfte Stimmung im Club war vorbei, nur ein paar nervöse Gäste waren gegangen. Das Orchester spielte wieder, und der Lärm erreichte den üblichen Geräuschpegel.

Polly stand mit frisch gepuderter Nase und neu aufgelegtem Lippenstift am Tisch ihrer Mutter und wartete auf eine Gelegenheit, sie anzusprechen. Einige von Francines weniger beachteten Begleitern warfen ihr anerkennende Blicke zu.

»Hallo, Francine«, sagte Polly schüchtern. Undenkbar, sie in Gegenwart ihrer Bewunderer »Mutter« zu nennen. »Du siehst gut aus.«

»Lieber Himmel – Polly! Bist du etwa noch ein Stück gewachsen? Du wirkst größer. Ich dachte, du wärst in Frankreich. Was machst du hier?« Das war Francines Begrüßung für die Tochter, die sie seit über vier Jahren nicht gesehen hatte.

»Ich bin geflohen, und ...«

»Wann bist du zurückgekommen?«

»Im Juli. Unser Schiff landete in ...«

»Welchen Monat haben wir jetzt? September? Wie lieb von dir, sofort zu mir zu eilen, um mich zu sehen.« Francines Augen funkelten bedrohlich.

»Ich wollte dich morgen besuchen.«

»Dann ruf vorher an. Es könnte mir ungelegen sein«, sagte Francine kalt.

»Natürlich.« Polly entfernte sich erleichtert. Die Begegnung war weniger unangenehm verlaufen, als sie befürchtet hatte.

Die Menschen fünf Stockwerke über ihnen hörten sie kommen, hörten das schrille Heulen der Bombe, die todbringend auf sie herabstürzte. Weit unten, im Club, hatte »Hot Feet« unter begeistertem Applaus gerade verkündet, daß der neue Sänger *A Nightingale Sang in Berkeley Square* interpretieren würde.

Die Hölle brach los, als die Sprengbombe durch die Decke auf die Tanzfläche krachte und explodierte. Alles versank in einer erstickenden Wolke braunen Staubs.

Unmittelbar danach herrschte absolute Stille. Dann durchdrangen Geräusche die Dunkelheit – Schreie, Stöhnen, Flüche.

Polly erlangte in einer dunklen, erstickenden Welt voller wahnsinniger Schreie ihr Bewußtsein wieder. Einen Augenblick wußte sie nicht, wo sie war, noch warum sie in dieser von einem beißenden Geruch angefüllten Finsternis auf dem Boden saß. Und dann erinnerte sie sich ... »Mutter«, rief sie, und dann lauter, um die Schreie zu übertönen: »Mutter!«

Francine saß mit dem Rücken gegen die Wand gelehnt auf dem Fußboden. Die Sitzbank lag quer über ihren Beinen, und sie war zwischen Möbelstücken eingekeilt. Etwas Schweres lag in ihrem Schoß, aber sie war zu desorientiert, um darauf zu achten. »Um Himmels willen, wer immer du bist, hör mit diesem verdammten Gekreisch auf. Deine Mutter kann dir jetzt nicht helfen«, sagte Francine schneidend.

»Mutter, bist du das?«

»Ich bin Francine Frobisher«, kam die frostige Antwort. Sogar in dieser Situation leugnete sie ihre Mutterschaft.

»Gott sei Dank bist du am Leben«, sagte Polly mit aufrichtigem Gefühl. »Ich bin's, Polly. Ich bin hier drüben.«

»Was soll mir das nützen? Ich kann nicht sehen, wo ›hier drüben‹ ist, du Närrin.« »Bist du verletzt?«

Behutsam berührte Francine ihr Gesicht mit den Fingerspitzen und hätte vor Erleichterung weinen können, als sie kein Blut spürte.

»Anscheinend nicht. Aber ich bin eingeklemmt.«

Polly kroch in die Richtung, aus der die Stimme ihrer Mutter kam, stieß gegen die schwere Sitzbank und versuchte, sie anzuheben.

»Ach, um Himmels willen, Polly, hör auf damit. Überlaß das der Rettungsmannschaft. Mach dich lieber nützlich – such meine Handtasche und gib mir eine Zigarette.«

»Du solltest lieber nicht rauchen. Vielleicht ist Gas ausgeströmt.«

»Du warst schon immer eine schreckliche Pessimistin«, sagte Francine gereizt.

»Da du keine Hilfe brauchst, will ich jetzt Juniper suchen«, sagte Polly und tastete blindlings umher.

»Um die würde ich mir keine Sorgen machen. Sie ist unverwüstlich.«

Jede Bewegung war mühsam. Überall lagen Menschen, manche stöhnten, andere waren erschreckend still. Trümmer von zerschmetterten Möbeln behinderten Polly, und sie hatte Angst, über Verletzte zu stolpern.

»Helft mir . . .« krächzte eine Stimme, eine von Blut erstickte Stimme. »Bitte, helft mir . . .«

Polly näherte sich vorsichtig der Stimme, tastete behutsam mit den Händen. Sie erkannte die Umrisse eines Klaviers und stieß darunter gegen eine Hand, die ihre verzweifelt umklammerte.

»Der Schmerz . . .« stöhnte die Stimme.

»Bald kommt Hilfe«, sagte Polly und hielt die Hand fest. »Können ein paar Männer hierherkommen?« rief sie und versuchte die Panik in ihrer Stimme zu unterdrücken. Allein würde es ihr niemals gelingen, das Klavier anzuheben. Hilflos und den Tränen nahe, saß sie da und hielt nur die Hand fest.

»Ich habe mich heute abend verlobt . . .« krächzte die Stimme mühsam.

»Wie wunderbar! Wann ist die Hochzeit?« sagte Polly mit erzwungener Fröhlichkeit.

»Sondergenehmigung . . . drei Tage . . .« Und dann bewegte sich das Klavier ein wenig, und die Frau stöhnte qualvoll.

»Bleiben Sie bei mir . . .«

»Ich bleibe. Es wird nicht mehr lange dauern. Sprechen Sie nicht. Vergeuden Sie keine Kraft.«

Polly saß in der Dunkelheit und sprach mit einer Fremden. Sie erzählte ihr von ihrer Wohnung in Paris, von Andrew und ihrer Angst um ihn, von Hursty, ihrem Kater, der nach *Hurstwood*, dem Zuhause ihrer Kindheit in Devon, benannt worden war. Sie redete über alles, was ihr einfiel.

Der schwache Schein einer Taschenlampe tanzte über Möbeltrümmer. Eine zweite Lampe leuchtete auf und fiel auf den Schatten eines Plünderers, der über die Körper stolperte und die Toten ihres Schmucks beraubte. Eine Stimme brüllte: »Hau ab, du Abschaum!« Der Mann verschwand in der Dunkelheit wie eine davonhuschende Ratte. Stimmen riefen tröstende Worte, baten, nicht in Panik zu geraten und auszuharren. Oben auf der Straße war das Heulen der Sirenen zu hören.

Es dauerte noch eine halbe Stunde, ehe ein Feuerwehrmann Polly erreichte. Das Licht seiner Taschenlampe huschte über sie.

»Bitte, holen Sie mehr Männer, um das Klavier anzuheben. Darunter liegt eine Frau, die entsetzliche Schmerzen hat«, bat sie, schirmte ihre Augen ab und erkannte über sich die dunkle Gestalt eines Mannes. Er bewegte den Lichtstrahl hin und her, bis er auf das Gesicht einer hübschen jungen Frau fiel. Ihre blauen Augen waren weit offen, starrten leblos ins Licht. Aus ihrem Mundwinkel sickerte ein dünner Faden Blut, so rot wie ihr Haar.

»Helfen Sie ihr, bitte. Sie war so tapfer«, flehte Polly inständig.

»Du lieber Gott, sie ist tot«, sagte der Feuerwehrmann und löste sanft Pollys Hand. Sie begann zu zittern, ihr ganzer Körper zuckte krampfhaft, und sie rang keuchend nach Atem. Der Feuerwehrmann hüllte sie in eine Decke. »Ben, komm hierher ... die Frau steht unter Schock.«

»Meine Mutter ... meine Mutter liegt dort drüben ...« sagte Polly mit klappernden Zähnen.

Wieder huschte der Lichtstrahl durch die staubige Luft. Er glitt über Verletzte und Tote und traf dann Francine, die wie eine elegante Stoffpuppe an der Wand lehnte.

»Ihr habt euch aber Zeit gelassen«, sagte sie. »Heiliger

Strohsack«, entfuhr es dem Feuerwehrmann. Francine schaute auf ihren Schoß hinunter, den der Lichtstrahl beleuchtete. Das schwere Gewicht, das sie darin gespürt hatte, war der Kopf ihres jungen amerikanischen Begleiters.

»Ach, sehen Sie nur! Er hat mein Kleid ruiniert«, sagte sie gereizt, stieß den Kopf an, der davonrollte, und betrachtete stirnrunzelnd die Blutflecken auf ihrem Kleid.

»Ganz ruhig, meine Liebe. Regen Sie sich nicht auf«, sagte der Feuerwehrmann freundlich. Er nahm an, daß auch sie unter Schock stünde. Was nicht zutraf. Es war ernst gemeint.

## 2

Polly weigerte sich, in den Krankenwagen zu steigen.

»Hören Sie, ich bin nicht verletzt. Es gibt genügend Verwundete, die Hilfe brauchen«, sagte sie hartnäckig.

»Schock kann eine üble Sache sein«, entgegnete der Ambulanzfahrer ebenso beharrlich.

Polly streckte ihm ihre Hand hin. »Sehen Sie, ich zittere nicht mehr. Es geht mir gut.« Sie nahm die Decke ab und faltete sie ordentlich, ehe sie sie dem Mann gab. »Ich muß nach Freunden suchen.« Sie wandte sich von der offenen Tür der Ambulanz ab, obwohl ihr schwindlig und übel war, aber sie beschloß, beides zu ignorieren.

»Mir scheint, du kannst einen großen Brandy vertragen.« Polly hörte die vertraute Stimme, in der sogar jetzt noch ein Lachen perlte. Aus Angst, nur zu träumen, wagte sie sich kaum umzudrehen. Doch da stand Juniper. Obwohl sie mit Staub bedeckt war, Mörtel im Haar hatte und der Absatz eines Schuhs abgebrochen war, sah sie noch immer schön aus. Wortlos sank Polly in Junipers Arme. Erst jetzt ließ sie

ihren Tränen freien Lauf. »Sei still, Schätzchen. Ist ja gut.«
Juniper drückte Polly an sich.

»Dir ist nichts passiert. Ich kann es kaum glauben – die
Wand, an der wir saßen – sie ist nicht mehr da ...« Pollys
Tränen gruben kleine Furchen in den Staub auf ihrem
Gesicht. Sie wischte sie mit dem Handrücken weg.

»Sieh nur, was du für eine Schweinerei machst.« Juniper
wischte Pollys Gesicht mit einem sauberen Taschentuch ab.
»Natürlich ist mir nichts passiert. Ich sagte doch, dieser
Krieg würde Spaß machen.«

»Oh, Juniper! Wie kannst du nur so etwas sagen?«

»Ganz einfach – ich hab's eben gesagt. Was für eine Aufregung! Hier, nimm einen kräftigen Schluck.« Sie hielt ihr
eine silberne, mit dem Familienwappen verzierte Taschen-
flasche hin.

»Aber wo warst du?«

»Oben, beim Telefon. Ich war mitten in einer Unterhaltung
und hoppla, da sauste ich durch die Luft wie eine Kanonen-
kugel.« Sie kicherte.

»Und Jonathan?« fragte Polly und trank einen Schluck
Brandy.

»Ihm geht's auch gut. Seine Ehre ist ein wenig angeknackst
– er saß auf der Herrentoilette fest.«

»Wo ist er jetzt?« Polly mußte auch lachen und fühlte den
Brandy warm durch ihre Adern strömen.

»Bei den Helfern, wie ein guter Pfadfinder. Mein Gott, wir
sehen aus wie Landstreicher! Schau dir dein Kleid an.«
Polly sah, daß ihr gelbes Taftkleid vom Saum bis zur Taille
zerrissen war. Hastig raffte sie den Rock zusammen.

»Niemand wird daran Anstoß nehmen, Polly«, sagte Juniper freundlich. »Aber nimm meinen Umhang, wenn es dir
peinlich ist. Ich bringe dich nach Hause.«

»Meine Mutter ...«

24

»Deine Mutter ist längst fort.«

»In welches Krankenhaus wurde sie gebracht?«

»In keins. Ich kann mir deine Mutter nicht in einem öffentlichen Krankensaal vorstellen, du etwa? Sie weigerte sich mitzufahren, und da kam einer ihrer Verehrer zufällig in seinem Bentley vorbei und entführte sie. Alle waren sehr beeindruckt«, sagte Juniper ironisch. »Komm jetzt. Ich bringe dich nach Hause und dulde keinen Widerspruch. Hier sind wir nur im Weg.«

Irgendwie gelang es Juniper, in dem Gedränge ein Taxi aufzutreiben. In der relativen Sicherheit von Junipers Haus angelangt, wurde Polly von einer Müdigkeit überwältigt, die jeden Schritt zu einer Anstrengung machte. Juniper hingegen schwirrte aufgeregt im Zimmer herum, konnte weder stillsitzen noch aufhören zu reden.

Polly lehnte mehr Brandy ab, saß jedoch nachdenklich da und schlürfte die Ovomaltine, die ihr die Köchin zubereitet hatte. Sie dachte über ihre Reaktion nach, als sie ihre Mutter in dem zerbombten Nachtclub in Gefahr wähnte. Polly mochte ihre Mutter nicht. Sie konnte sich nicht daran erinnern, sie je gemocht zu haben, und hatte deswegen angenommen, für sie auch keine Liebe zu empfinden. Aber ihre Reaktion heute abend hatte diese Annahme widerlegt. In diesen paar Minuten hatte sie wirklich Angst gehabt, ihre Mutter sei tot. Vielleicht hatte ihre Mutter dasselbe für sie empfunden? Es wäre schön, wenn sie zu Francine eine bessere Beziehung aufbauen könnte. Vielleicht würde ihr das helfen, die Leere auszufüllen, die der vorzeitige Tod ihres Vaters in ihr hinterlassen hatte.

»Warum bist du so ernst?« fragte Juniper, als ihr endlich die Puste ausging.

»Ich habe über meine Mutter nachgedacht und wie ich reagiert habe, als ich dachte, sie sei tot. Ich mag sie nicht, aber dort im Nachtclub habe ich entdeckt, daß ich sie liebe«, sagte Polly verwirrt.

»Blut ist dicker als Wasser. Sieh uns doch an ...« Juniper goß sich noch einen Brandy ein. »Wir sind der Beweis dafür.«

Polly antwortete nicht. Nach ihrer Rückkehr aus Frankreich hatte sie beschlossen, mit Juniper nicht mehr über deren Meinung, sie seien Halbschwestern, zu diskutieren. Juniper wollte es so und würde kein gegenteiliges Argument akzeptieren, während Polly zutiefst überzeugt war, daß es nicht wahr sein konnte, und es auch nicht wollte. Sie hatte ihren Vater, Richard Frobisher, zeit seines Lebens geliebt und hatte nicht die Absicht, ihn jetzt, da er tot war, zu verleugnen.

»Ich möchte ins Bett gehen, wenn es dir nichts ausmacht. Ich bin sehr müde.« Sie stand auf und ging mit so schweren Beinen zur Tür, als trüge sie Taucherstiefel.

»Aber, es ist noch so früh ...«, beklagte sich Juniper.

»Nicht für mich.« Polly schloß die Tür fest hinter sich.


Polly wurde früh von einer bleichen Juniper geweckt.

»Polly, wach auf! Ich reise sofort nach Schottland.«

»Nach Schottland?« fragte Polly verschlafen.

»Ich habe gerade ein Telegramm von Caroline erhalten. Harry ist krank. Ich muß zu ihm.«

»Natürlich mußt du das.« Polly war sofort hellwach. »Armer kleiner Kerl. Was fehlt ihm?«

»Er hat hohes Fieber ... sie kriegen die Temperatur nicht runter. Ach Polly, ich habe solche Angst.«

Polly war schon aus dem Bett und schlüpfte in ihren Morgenrock. »Möchtest du, daß ich mitkomme?«

»Dafür ist keine Zeit. Das Taxi wartet schon. Mit etwas Glück erreiche ich noch den Frühzug.« Sie küßte Polly. »Ich rufe an, sobald ich Näheres weiß. Ach, Polly ...« Juniper sah sie qualvoll an.

»Kinder haben oft Fieber. Mach dir nicht zu viele Sorgen. Wahrscheinlich ist er wieder gesund, wenn du ankommst.«

»Meinst du wirklich?«

»Ja.« Polly umarmte sie kurz. »Beeil dich, sonst verpaßt du noch den Zug.«

Vom Fenster im oberen Stockwerk beobachtete Polly, wie Juniper Hals über Kopf die Treppe hinunterlief. Obwohl es ihr leid tat, daß der kleine Junge krank war, freute sie sich über Junipers Reaktion auf diese Nachricht. Juniper hatte immer behauptet, nichts für ihren Sohn, Harry, zu empfinden, aber vielleicht war sie gerade dabei, das Gegenteil herauszufinden, so wie es Polly letzte Nacht ergangen war.

Später an diesem Morgen saß Polly am Bett ihrer Mutter. Sie hatte eben vorgeschlagen, daß sie Juniper nach deren Rückkehr aus Schottland bitten würde, Francine bei sich aufzunehmen. »Zu mehreren ist man sicherer«, hatte sie heiter hinzugefügt. Auf die Reaktion ihrer Mutter auf diesen vernünftigen Vorschlag war sie nicht vorbereitet.

»Du mußt verrückt sein, Polly. Ich? Ich soll mit dieser Frau unter einem Dach leben? Niemals! Und du bist ein Dummkopf, weil du ihr vertraust. Dieser kleinen Hure!« Francine spuckte das letzte Wort gehässig aus.

»Mutter!« Polly zuckte zusammen und starrte Francine verblüfft an.

»Wenn du wüßtest, was ich weiß.«

»Was weiß ich nicht?«

Francine war innerlich zerrissen: Sie hätte gern die Beziehung ihrer Tochter zu Juniper zerstört. Es wäre so leicht, ihr zu erzählen, daß Juniper als siebzehnjähriges Mädchen versucht hatte, Pollys Vater zu verführen – den anbetungswürdigen Vater, gegen den Polly kein Wort der Kritik duldete. Wie gern hätte Francine diese Verehrung zerstört! Aber sie schwieg, denn mit diesem Eingeständnis hätte sie zugegeben, daß ihr ein junges Mädchen beinahe den Platz im Bett eines Mannes streitig gemacht hätte – ein unerhörtes Ereignis.

»Ich bin nicht gewillt, es dir zu erzählen«, sagte Francine eisig.

»Aber du solltest nicht allein hierbleiben.«

»Ich bin nicht allein. Clara ist bei mir.«

»Clara könnte dich verlassen.«

»Blödsinn! Sie ist zu alt, um sich Arbeit beim Zivildienst zu suchen. Ich kann mich glücklich schätzen, sie zu haben. Einige meiner Freunde bekommen weder für gute Worte noch für Geld Dienstmädchen.«

Polly bemühte sich vergeblich, Mitgefühl zu zeigen. Der Mangel an Dienstmädchen stand nicht auf ihrer Liste der Prioritäten.

»Letzte Nacht wurde mein Kleid ruiniert. Es war brandneu. Clara sagt, den feinen Kreppstoff kriegt sie nicht wieder hin.«

»Wir haben Glück, noch am Leben zu sein«, sagte Polly kurz angebunden. Sie war unfähig, Francines Klagen um ein ruiniertes Kleid zu verstehen.

»Ich hatte immer Glück«, prahlte Francine.

»Vierundsechzig Menschen starben. Mich schaudert, wenn ich daran denke, wie nahe wir dem Tod waren.« Ein leises Zittern überlief Pollys Körper bei der Erinnerung an die vergangene Nacht. Sie legte ihre Hand auf die Bettdecke, schob sie behutsam zur Hand ihrer Mutter und berührte sie sanft. »Ich habe mich dir gestern abend so nahe gefühlt, Mutter ...« begann sie zaghaft.

Francine zog ihre Hand so abrupt weg, als wäre sie gestochen worden. »Vierundsechzig? Ich frage mich, wie viele ich wohl gekannt habe ...«

Das schrille Läuten des Telefons unterbrach sie. Während ihre Mutter einen dramatischen Wortschwall über die Bombenexplosion im *Garibaldi* losließ, schlenderte Polly zum Fenster und schaute auf die Straße hinunter, wo Arbeiter den Schutt wegräumten. Müßig strich sie über den kreuz und quer übers Fenster gespannten Klebstreifen, der das Glas bei einer Detonation vorm Zerbersten schützen sollte. Sie war mit einer verworrenen Vorstellung, zwischen sich und Francine wieder eine Brücke zu bauen, hergekommen. Aber sie mußte sich ehrlicherweise eingestehen, daß sie in dem Augenblick, als sie Francines Zimmer betrat, nichts empfunden hatte. Hatte ihr der Schock letzte Nacht einen Streich gespielt und ihr Emotionen vorgegaukelt? Wenigstens hatte sie versucht, mit ihrer Mutter zu reden. Und wenn diese nichts von ihren Gefühlen wissen wollte, was konnte Polly anderes erwarten? Francine war nie eine Mutter im wahren Sinn des Wortes gewesen. In ihrer Egozentrik hatte es keinen Platz für mütterliche Gefühle gegeben. Liebend gern hatte sie es ihrem Mann, Richard, überlassen, Polly aufzuziehen. Warum hatte sie angenommen, Francine würde sich ändern?

Francine legte den Hörer auf, läutete nach dem Dienstmädchen und bestellte Tee. Polly wandte sich vom Fenster ab und sah, daß ihre Mutter eingehend ihre Fingernägel musterte.

»Wir haben einen Gedenkgottesdienst für deinen Vater zelebrieren lassen«, sagte Francine plötzlich.

»Das freut mich.«

»Jetzt wird man seine Leiche nie mehr finden.«

»Wahrscheinlich nicht«, antwortete Polly mühsam; sie konnte nicht so ungezwungen über ihn reden.

»Ich habe nie verstanden, warum er so kurz vor Kriegsausbruch mit einem Flugzeug den Kanal überqueren wollte.«

»Ich glaube, er wollte nach Frankreich fliegen, um mich zu suchen.«

»Ach, Polly, wohl kaum. Wie kommst du nur auf diese Idee?« Francine lächelte spöttisch – unvorstellbar, daß sich jemand wegen Polly in Ungelegenheiten stürzen könnte. Polly, der es an Francines dramatischer blonder Schönheit mangelte, war eine bittere Enttäuschung für ihre Mutter gewesen. Francine hatte nie Pollys andersartige Schönheit zu würdigen gewußt.

»Hast du die alte Vettel, deine Großmutter, gesehen?«

»Noch nicht. Ich möchte mir in London Arbeit beim Zivildienst suchen. Sobald ich etwas gefunden habe, werde ich sie besuchen.«

»Du wirst Schwierigkeiten haben, etwas zu finden. Alle melden sich freiwillig. London wimmelt von Frauen, die seit einem Jahr darauf warten, von den Behörden zum Zivildienst eingeteilt zu werden.«

»Ich hatte gehofft, dem Frauenkorps beitreten zu können. Aber sie scheinen an mir nicht interessiert zu sein.«

»Darüber solltest du dich freuen. Die Uniformen sind abscheulich – formlos und kratzig. Nein, du hältst dich da besser raus. Außerdem ist es so unweiblich. Allerdings wirst du schwerlich etwas anderes finden. Eigentlich beherrschst du doch keine Tätigkeit wirklich gut, nicht wahr?« Francine warf ihr einen boshaften Blick zu.

»In Frankreich habe ich mit einem Lastwagen Verpflegung zur Front gefahren. Und ich kann ganz gut tippen. In Paris habe ich für eine Illustrierte gearbeitet«, entgegnete Polly gelassen, ohne auf die Spitzen ihrer Mutter einzugehen. »Ich hoffte, hier etwas Ähnliches tun zu können.«

30

»Aber hier passiert doch nichts. Die Regierung macht uns hysterisch, und dann passiert nichts.«

»Letzte Nacht ist etwas passiert.«

»Ach! Nur eine Nacht. Die kommen nicht wieder.«

Polly war sich unschlüssig, ob sie vom Mut ihrer Mutter beeindruckt sein oder vielmehr, was wahrscheinlich der Wahrheit näher kam, ihre Dummheit verachten sollte.

»Ich hätte geglaubt, du wärst bei der ersten sich bietenden Gelegenheit nach Berkshire geeilt.« Francine bewunderte wieder ihre Fingernägel, war scheinbar nicht an Pollys Antwort interessiert. Polly wußte es besser. Sosehr Francine ihre Schwiegermutter, Gertie Frobisher, auch haßte, konnte sie doch nie widerstehen, so viel wie möglich über sie in Erfahrung zu bringen.

»Großmama ist nicht in Berkshire. Ihr Haus wurde von einem der Ministerien beschlagnahmt. Sie wohnt bei Junipers Großmutter auf *Gwenfer* in Cornwall.«

»Lieber Himmel, wie schrecklich! Sie könnte genausogut auf dem Mond leben, so weit entfernt ist dieser Ort von jeder Zivilisation«, verkündete Francine, die diese Grafschaft nicht ein einziges Mal besucht hatte.

Das Telefon läutete wieder, und Francine erging sich in einer weiteren dramatischen Schilderung der nächtlichen Ereignisse. Sie winkte Polly mit einer Hand zu, und dieses Winken war eine unmißverständliche Geste der Entlassung. Polly ging leise.

Ehe sie die Wohnung verließ, betrat sie den Raum, der früher das Arbeitszimmer ihres Vaters gewesen war. Sie sog prüfend die Luft ein, konnte jedoch keinen vertrauten Geruch wahrnehmen. Statt dessen stieg ihr der Duft von Orangen in die Nase, die in Kisten an einer Wand gestapelt waren. Sie blickte sich voll Erstaunen um. Das Zimmer war eine Kriegsschatztruhe: Kisten mit Champagner, zwei große

Kanister Speiseöl, Blechdosen mit Schinken, Kaviar, Zunge, Lachs und Obstkonserven. Ihr Mutter mochte zwar vorgeben, an den Krieg keinen Gedanken zu vergeuden, aber sie war zweifelsohne darauf vorbereitet.

Polly setzte sich in den Stuhl ihres Vaters, lehnte ihre Wange gegen das kühle Leder und sehnte sich nach ihm. Würde dieser Schmerz in ihr je nachlassen? Dann stand sie auf, blickte sich noch einmal in dem Zimmer um, als würde sie es zum letztenmal sehen, holte ihren Mantel und ihre Gasmaske aus der Halle und verließ die Wohnung ihrer Mutter. Sie wußte nicht, warum sie sich die Mühe gemacht hatte, hierherzukommen. Nichts hatte sich verändert, am wenigsten ihre Mutter.

Der Sonntag in London war normalerweise ein ruhiger Tag, aber nicht heute. Überall herrschte hektische Aktivität. Es war schwierig voranzukommen. Die Straßen lagen voller Geröll, überall waren Schlaglöcher und Bombentrichter. Der erste nächtliche Luftangriff auf London hatte schreckliche Spuren hinterlassen.

Pollys Weg wurde durch eine Barrikade blockiert, die von einem Polizisten bewacht wurde.

»Kein Durchgang, Miss – gebrochene Wasserleitung.«

Drei Häuser waren getroffen worden, deren Frontwände zwar eingestürzt, deren Räume jedoch erhalten geblieben waren. In einem Stockwerk ragte ein Bett halb über den Abgrund, ein Gemälde an einer Wand hing schief, eine Treppe führte ins Nichts, aber sonst war alles intakt. In einem offenen Schrank sah man Kleider hängen, ein Teetisch war gedeckt, ein Nachttopf stand unter einem Bett. Die Zimmer sahen wie riesige Puppenstuben aus, in denen die Bewohner fehlten.

Aus Neugier gesellte sich Polly zu der Menge, die vor der Barrikade stand. Manche Menschen umklammerten Kleiderbündel, andere besaßen nichts mehr. Ein Mann hielt eine Pendeluhr. Ein kleines Mädchen, das Gesicht mit Dreck beschmiert, preßte einen Käfig mit einem Hasen darin an sich. Ein Schrei ertönte, als Arbeiter um ihr Leben liefen. Ein Stück weiter unten in der Straße stürzte die Vorderseite eines fünfstöckigen Hauses beinahe träge in sich zusammen. Alle zogen die Köpfe ein und schützten ihre Augen vor der Staubwolke, die wie ein Wirbelsturm herangefegt kam.

Der Staub legte sich. Die Menschen starrten stoisch auf die Verwüstung. Es gab keine Tränen, keine Hysterie. In London herrschte Chaos, überall ragten Ruinen auf, Menschen waren gestorben, und Pollys Mutter hielt das alles für unwichtig.

Polly ging weiter durch die bombardierte Stadt. Über ihr schien die Sonne auf die Sperrballons, die wie gigantische prähistorische Monster dahinschwebten. Ihr Anblick war allen ein Trost gewesen, hatte ein Gefühl der Sicherheit vermittelt. Doch letzte Nacht hatten sie versagt. Von der Wohnung ihrer Mutter in Mayfair zu Junipers Haus in Belgravia war es normalerweise ein Fußmarsch von zwanzig Minuten, doch an diesem Morgen dauerte er wegen der Umwege, eingestürzten Häuser und Bombenkrater über eine Stunde.

Polly schloß die Tür auf und ging direkt zum Telefon. Was sie letzte Nacht und heute gesehen hatte, bestärkte ihren Entschluß zu helfen. Obwohl Sonntag war, rief sie jeden ihrer Bekannten an, der ihr behilflich sein könnte, Arbeit zu finden – irgendeine Arbeit – irgend etwas Nützliches zu tun.

# 3

Das trübe Licht in dem Eisenbahnwaggon war zu schwach, um lesen zu können. Man konnte nur nachdenken oder schlafen, aber Juniper fühlte sich für letzteres zu unbehaglich. Der Waggon war überfüllt: Auf sechs Sitzplätzen saßen acht Passagiere, zwei Soldaten standen zwischen den Sitzen, hielten sich am Gepäcknetz fest, in dem ein kleiner Junge auf Taschen und Paketen lag und friedlich schlief.

Die Menschheit in Massen stinkt, dachte Juniper. Sie kramte aus ihrer Handtasche eine Parfümflasche und betupfte sich mit *Joy*.

»'tschuldigung, Miss, wir sind ein bißchen betrunken.« Einer der Soldaten grinste sie an.

»Nein, nein, das ist es nicht ...« Sie lächelte entschuldigend, als wäre sie ertappt worden.

»Wir haben uns seit Tagen nicht gewaschen, wissen Sie, Miss.«

»Ihr Armen«, sagte sie ausdruckslos, schlug ihre Illustrierte auf und gab vor, trotz des trüben Lichts zu lesen. Sie wollte nicht mit dem Soldaten reden, sie wollte mit niemandem reden. Sie bewegte sich auf ihrem Sitz, versuchte ein paar Zentimeter Raum zu gewinnen, doch die fette Frau, die neben ihr saß, füllte mit ihrem überquellenden Körper sofort die winzige Lücke.

Juniper konnte nicht einmal zum Fenster hinaussehen. Wegen der strikten Verdunkelung waren die Jalousien heruntergezogen und durften nicht geöffnet werden. Sie war seit zwei Tagen unterwegs. Gestern, am Sonntag, hatte sie eine unangenehme Nacht im Bahnhofshotel von Newcastle verbracht. Seit Stunden saß sie in diesem Zug und hatte keine Ahnung, wo sie war noch wann sie in Aberdeen ankommen würde. Der Zug hatte wiederholt eine Ewigkeit auf Abstellgleisen ohne Erklärung für den Aufenthalt gestanden. Die Bahnhöfe, durch die sie fuhren, waren namenlos. Die Schilder waren aus Sicherheitsgründen entfernt worden. Sie hätte sich genausogut mitten in Sibirien befinden können.

Jetzt stand ihr eine weitere unangenehme Nacht bevor. Bei dieser Reisegeschwindigkeit ... Großer Gott, wie sie das langweilte! Sie wünschte, sie wäre nicht gefahren. Was hatte sie dazu veranlaßt? Pflichtbewußtsein, vermutete sie und lächelte über sich selbst. Pflichtbewußtsein war kein Wort, das sie oder irgend jemand, der sie kannte, mit ihr in Verbindung gebracht hätte.

Sie reiste gewiß nicht wegen irgendwelcher mütterlicher Gefühle nach Schottland – sie besaß keine. Eines der vernünftigsten Dinge, die sie je getan hatte, wofür sie sich gratulierte, war, ihrem kinderlosen Schwager und seiner Frau das Aufziehen ihres Sohnes zu übertragen. In der Nacht, als sie ihnen Harry übergeben hatte, das wurde ihr jetzt bewußt, hatte sie aus Wut und Trotz und einem Rachebedürfnis ihrem Mann gegenüber gehandelt. Zwangsläufig hatte ihr Entschluß jeden schockiert, am meisten ihre eigene Großmutter. Niemand schien zu begreifen oder zu glauben, daß es möglich war, Mutter zu sein und keine große Liebe für das eigene Kind zu empfinden.

Ihr Sohn kannte sie nicht einmal mehr. Als sie ihn das letzte Mal gesehen hatte, hatte der Junge sie mit einem deutlichen Mangel an Interesse begrüßt. Warum sollte er sich zu dieser Fremden hingezogen fühlen? Er war erst zwei, und es war unvernünftig zu erwarten, daß er sich an sie erinnerte oder sie mochte. Sie hatte ihre Mutter, Grace, eine dicke und unzufriedene Frau, nicht besonders gemocht, aus gutem Grund, wie sie jetzt wußte. Sie schüttelte fast unmerklich den Kopf. Sie dachte nicht gern an ihre Mutter. Es gab viele Dinge in der Vergangenheit, auf die Juniper nicht gern näher einging.

Jetzt war Harry krank, und sie hatte sich wie eine Närrin einen Platz im ersten Zug nach Schottland erkämpft, nahm die Unbequemlichkeit einer Reise dritter Klasse auf sich und wußte wirklich nicht, warum. Mißmutig betrachtete sie die Ringe an ihren Fingern.

Einst hatte sie geliebt, war voller Liebe gewesen. Sie hatte ihrem Vater, Marshall, und ihrem Großvater, Lincoln Wakefield, absolute Liebe entgegengebracht. Aber beide hatten sie auf unterschiedliche Weise betrogen. Sie hatte es als Verrat empfunden, als sie entdeckte, daß ihr Vater mit Francine ein Verhältnis gehabt hatte, während er ihre Mutter umwarb, und diese Beziehung Jahre später wieder aufgenommen hatte, was zweifellos ihre Mutter zum Selbstmord veranlaßt hatte. Und Lincoln, der Mann, den sie am meisten geliebt und den sie für den gütigsten Mann der Welt gehalten hatte, hatte sich als skrupelloser Tyrann entpuppt. Sie hatte auch Alice, ihre Großmutter, geliebt und tat es noch, aber nicht mehr mit der bedingungslosen Liebe eines Kindes. Und keine Frau hätte ihren Mann mehr lieben können, als Juniper Hal Copton geliebt hatte. Er hatte von ihr alles bekommen, was er sich wünschte, aber er hatte ihr Vertrauen zerstört, und sie hatte gefühlt, wie sich um ihr Herz ein Eisring bildete. Es hatte andere Männer gegeben, zu viele Tröster, dachte sie, aber sie hatte keinen von ihnen geliebt. Sie fing an, sich zu fragen, ob sie je wieder lieben könnte ...

Der Zug kam ruckartig zum Stehen.

»Aberdeen«, rief eine Stimme.

Juniper sprang auf und prallte gegen den Soldaten, der sie angesprochen hatte.

36

»Kein Grund zur Panik, Miss. Für diesen Zug ist hier Endstation.«

Sie setzte sich wieder, kam sich albern vor und wartete geduldig, bis ihre Mitreisenden Pakete, Taschen und Koffer eingesammelt hatten. Während sie zusah, wie die merkwürdigsten Gepäckstücke hinausgetragen wurden, fragte sie sich, ob der Krieg daran schuld war, daß die Menschen in einem derartigen Chaos reisten. Oder war das in der dritten Klasse üblich? Da sie gewöhnlich erster Klasse, von einem Heer von Gepäckträgern umgeben, die ihre eleganten Koffer im Schaffnerabteil zur Aufbewahrung gaben, reiste, hatte sie keine Vergleichsmöglichkeit. Wenn das die normale Art zu reisen war, dann hoffte sie, dieser abscheuliche Krieg würde bald enden. Er verursachte zu viele Unannehmlichkeiten.

Endlich stand sie auf dem Bahnsteig, ihr einziger Koffer und ihre Tasche standen neben ihr. Ein eiskalter Wind peitschte von der Nordsee herein, drang ihr bis auf die Knochen, und sie hüllte sich enger in ihren Pelzmantel. Großer Gott, wer konnte bei diesen Temperaturen überleben?

»Juniper!«

Beim Klang ihres Namens drehte sie sich um.

»Leigh«, rief sie überrascht beim Anblick ihres Schwagers, der sich durch die Menge zu ihr hindurchdrängte. »Wie konntest du wissen, daß ich mit diesem Zug kommen würde?«

»Polly hat uns informiert. Ich habe in regelmäßigen Abständen den Bahnhofsvorsteher angerufen. Du hast dich nur um zehn Stunden verspätet – nicht übel.« Ihr Schwager lachte, für den Bruchteil einer Sekunde sah sie ihren Mann Hal vor sich und war erschreckt über die Freude, die diese Ähnlichkeit in ihr hervorrief.

»Du bist mit dem Auto da? Kriegst du denn Benzin?« fragte sie erstaunt, als sie Leighs alten Morris auf dem Bahnhofsparkplatz stehen sah.

»Ich bekomme eine Sonderzuteilung, weil ich ein hohes Tier bei der Bürgerwehr bin.« Er zuckte geringschätzig die Schultern, als wollte er sich dafür entschuldigen, daß er nicht bei der Armee war. »Ich ziehe daraus keinen persönlichen Nutzen. Ich mußte heute sowieso nach Aberdeen fahren, um an einer Versammlung teilzunehmen«, fügte er hastig hinzu.

»Mein lieber Leigh, ich habe keine Sekunde angenommen, du würdest mogeln. Du bist der einzige Mensch, den ich kenne, der dazu absolut unfähig ist«, sagte sie leise lachend und legte ihm die Hand auf den Arm.

Sie fuhren langsam durch die dunkle Nacht und den peitschenden Regen. Leigh saß gekrümmt über dem Lenkrad und spähte in die Dunkelheit. Die Straße vor ihnen wurde nur spärlich durch die Schlitze in den Abdeckungen der Scheinwerfer erhellt, die wegen der Verdunkelung Vorschrift waren.

»Eine abscheuliche Nacht, nicht wahr? Aber wir schaffen's schon. Ich kenne die Gegend wie meine Westentasche.«

Juniper spähte durchs Fenster und zuckte zurück, als die Äste eines kleinen Baums den Wagen streiften. »An meiner Seite ist ein ziemlich tiefer Straßengraben«, sagte sie so nonchalant wie möglich.

»Tut mir leid.« Er zog den Wagen nach rechts und fuhr vorsichtig auf der Mitte der Straße weiter.

»Warum, um Himmels willen, lebt ihr hier oben? Es ist das Ende der Welt.«

»Ich mag die Landschaft. Die Schönheit und den Frieden gibt es im Süden nicht. Und die Menschen sind wundervoll.«

»Aber es ist so kalt.« Juniper hüllte sich noch enger in ihren Mantel und wünschte, sie hätte Stiefel anstelle der Pumps angezogen.

»Großer Gott, Juniper, du findest es kalt? Wir haben erst September. Du müßtest die Kälte im Winter erleben.«

»Ihr solltet im Winter wie die Vögel in den Süden ziehen.«

»Vögel können sich Nester bauen. Wir haben kein Geld dafür.«

»Aber Leigh, ich dachte, wer für Harry sorgt, bekommt das Geld aus dem Erbe deines Vaters. Das hat er doch testamentarisch verfügt.«

»Das konnten wir nicht durchsetzen, Juniper. Hal hat das Testament angefochten und gewonnen. Zu der Zeit warst du in Frankreich. Es hatte keinen Zweck, dich damit zu belästigen.«

»Leigh, das tut mir leid. Ich hatte keine Ahnung. Ich dachte, es sei alles geregelt. Ich werde dafür sorgen, daß ihr mehr Geld bekommt.«

»Liebe Juniper, du bist großzügiger, als dir guttut. Ich würde nicht im Traum daran denken, mehr Geld für Harrys Unterhalt anzunehmen.«

»Ich wünschte, dein Bruder hätte mehr von deinem Charakter, Leigh«, sagte Juniper mit gespielter Beiläufigkeit, konnte jedoch einen leicht zynischen Unterton in ihrer Stimme nicht unterdrücken. Leigh verstand ihre Verbitterung, was seinen Bruder betraf. Sie hatte ihm eine großzügige Unterstützung gewährt, was andere Frauen in ihrer Position nicht getan hätten.

»Gibt's Neuigkeiten wegen deiner Scheidung?«

»Ja. Ich habe letzte Woche mein vorläufiges Scheidungsurteil bekommen. Deswegen mußte ich in London bleiben. Eigentlich wollte ich sofort nach meiner Rückkehr aus Frankreich nach Cornwall.«

»Ich hatte angenommen, du würdest Schwierigkeiten bei der Scheidung haben. Hal ist nicht der Mensch, der leicht aufgibt. Hast du ihn gesehen?«

»Nein. Seine Stellungnahme wurde schriftlich vorgelegt. Er hat sich nach Amerika abgesetzt, zweifelsohne mit seinem Liebhaber und zweifelsohne, um den Unannehmlichkeiten des Krieges zu entfliehen. Das sieht ihm ähnlich, nicht wahr?« Sie lachte. »Dem Richter hat das gar nicht gefallen, und ich dachte schon, er würde die Verhandlung vertagen, aber da ich die Klage eingereicht hatte ...«

»Es war großartig von dir, seine Homosexualität nicht als Scheidungsgrund anzugeben. Dieser Skandal hätte für unsere Familie das gesellschaftliche Aus bedeutet.«

»Dann hätte er eine Gefängnisstrafe bekommen. Mit diesem Makel konnte ich unseren Sohn doch nicht belasten. Nein, Hal hat das getan, was in solchen Fällen üblich ist – er hat mit einer Frau eine Nacht in einem Hotel in Brighton verbracht. Ich wette, es war für sie eine langweilige Nacht!« Beide lachten. »Hal hat mehr Geld verlangt, weißt du.«

»Dieser Fiesling! Du hast natürlich abgelehnt.«

»Nein. Ich hab's ihm gegeben. Was hat es für einen Sinn weiterzukämpfen? Es ist mir wirklich zu lästig. Schließlich ist es nur Geld.«

»So spricht eine reiche Frau. Wer bekam das Sorgerecht zugesprochen?«

»Ich. Heutzutage erhält die Mutter automatisch das Kind zugesprochen. Das ist eine wesentliche Verbesserung im Vergleich zu der Rechtslage, die zu Zeiten unserer Eltern galt. Und kein Richter würde Hal als geeigneten Elternteil ansehen – seine Spielleidenschaft habe ich nämlich nicht verschwiegen.«

»Zu diesem Punkt habe ich eine schlechte Nachricht für dich, Juniper. Meine Mutter will das Sorgerecht für Harry beantragen. Ich hielt es für besser, dich zu warnen.«

»*Was* will sie tun?« Juniper explodierte. »Nur über meine Leiche. Warum muß sich deine Mutter immer einmischen? Unser Arrangement ist die perfekte Lösung. Du und Caroline seid glücklich, Harry ist glücklich, ich muß mir keine Sorgen machen ... Mit welcher Begründung, um Himmels willen?«

Leigh war die Situation zutiefst peinlich, und er mußte tief Luft holen, ehe er antwortete: »Sie will dich für eine ungeeignete Person erklären lassen.« Er hüstelte. »Moralisch gesehen.«

»Mich?« Juniper lachte, aber es war ein leeres, blechernes Lachen. Sie starrte in die undurchdringliche Finsternis. Anscheinend ermöglichte man ihr nicht, daß ihr Haß auf ihre Schwiegermutter allmählich abklingen konnte. Bald nach ihrer Hochzeit hatte sie entdeckt, mit welchen Machenschaften diese Frau dafür gesorgt hatte, daß ihr ältester Sohn eine reiche Erbin heiratete. Gleichzeitig hatte sie festgestellt, was für eine teure Verwandte sie erworben hatte. Juniper hatte ihr ein Haus in Kent, außerdem eine Wohnung in London gekauft und bezahlte nach wie vor alle ihre Rechnungen. Und das war das Ergebnis. Nun, dachte sie, die beiden würden keinen Penny mehr bekommen. Sie würde die besten Anwälte engagieren und eher den Namen der Coptons in den Schmutz ziehen als zuzulassen, daß diese Frau Einfluß auf ihren Sohn bekam. Sie würde ihr weh tun, mein Gott, wie würde sie ihr weh tun. Diese Frau würde ihre Einmischung noch bitter bereuen. Sie würde ... ihre Gedanken rasten vor Wut. Sie sah zu Leigh hinüber, sein Profil war in der Dunkelheit kaum erkennbar. Sie kuschelte sich noch enger in ihren Pelzmantel, entspannte sich dann plötzlich, lächelte in sich hinein und streckte sich wie eine Katze.

»Weißt du, ob es hier in der Nähe einen Pub gibt? Ich brauche einen Drink«, sagte sie unvermutet, als hätte die vorherige Unterhaltung nicht stattgefunden.

»Ungefähr zwei Meilen von hier gibt es ein Gasthaus. Vielleicht kriegen wir dort auch etwas zu essen. Nur eine Kleinigkeit. In dieser Gegend sind die Hotels ziemlich primitiv.«

»Ich brauche einen Brandy. Auf Essen lege ich keinen Wert.«

Beim Gasthaus angekommen, das wegen seiner geschlossenen Läden keinen einladenden Eindruck machte, schlug Leigh den Kragen seiner Jacke hoch, half Juniper aus dem Auto und legte ihr seinen Mantel zum Schutz vor dem strömenden Regen um die Schultern.

Der Wirt und die Gäste von *The Dunoon Arms* hatten noch nie jemanden wie Juniper gesehen. Sie stand mitten in der Kneipe, das blonde Haar klebte ihr am Kopf, ihr Gesicht war vom Regen naß, ihr Pelzmantel glänzte vor Feuchtigkeit, und sie war noch immer schön. Sie lächelte den beiden alten Männern zu, die vor dem Torffeuer saßen – dieses Lächeln hatte schon viele Männerherzen gebrochen.

»Darf ich mich ein bißchen am Feuer wärmen? Ich friere und bin naß.« Die zwei knorrigen Hochländer schoben ihr sofort einen Stuhl vor den Kamin.

Leigh kam mit zwei großen Brandys von der Bar zurück.

»Du sagtest, dir läge nicht viel am Essen, also habe ich für uns beide das gleiche bestellt: Suppe und Lachs. Ist dir das recht?«

»Hört sich gut an«, sagte sie und leerte ihren Brandy in einem Zug. Der ungewohnte, billige Brandy brannte ihr in der Kehle, und sie mußte husten. Trotzdem hielt sie Leigh ihr leeres Glas hin und fragte: »Kann ich noch einen haben?« In ihren großen, haselnußbraunen Augen lag ein Ausdruck bittender Unschuld. Wortlos nahm Leigh ihr Glas und kehrte zur Bar zurück.

Sie hatten Glück gehabt. Gasthäuser in Schottland konnten von sehr minderer Qualität sein, wie Leigh gewarnt hatte, aber hier war die Gemüsesuppe heiß und köstlich, die Brötchen frisch gebacken und der Lachs vortrefflich, ebenso der Apfelkuchen.

»Das war eine der besten Mahlzeiten, die ich je gegessen habe«, sagte Juniper, tätschelte ihren flachen Bauch und leerte ihr Weinglas.

»Möchtest du einen Brandy zum Kaffee?«

»Wie wär's mit einer weiteren Flasche Wein? Er hat köstlich geschmeckt.«

»Noch eine Flasche? Wein ist hier Mangelware. Vielleicht hat der Wirt keinen mehr vorrätig. Und außerdem wäre ich nicht mehr fähig weiterzufahren.«

»Müssen wir denn? Es ist hübsch hier, warm und behaglich. Als gäbe es keinen Krieg und wir hätten die Zeit zurückgedreht.« Juniper reckte sich genüßlich in der Wärme des Torffeuers.

Leigh wirkte unschlüssig.

»Wir könnten Caroline anrufen. Bestimmt wäre es ihr lieber, du sitzt sicher und geborgen in einem Gasthaus, anstatt bei diesem schrecklichen Wetter weiterzufahren«, beharrte sie hartnäckig.

»Vielleicht hast du recht. Falls es hier ein Telefon gibt. Du bist nicht in London. Außerdem weiß ich nicht, ob es hier Fremdenzimmer gibt. Nur die wenigsten dieser einfachen Gasthäuser vermieten Zimmer.«

»Ach, frag doch, Leigh. Bitte«, sagte sie eifrig wie ein kleines

Mädchen. Ein kleines Mädchen, das ich nicht enttäuschen möchte, dachte er.

Er ging zur Bar und sprach mit dem Wirt. Ja, sie hätten zwei Zimmer, würden sofort Wärmflaschen in die Betten legen, und ja, sie hätten Telefon, das einzige im Umkreis von Meilen, wurde ihm stolz gesagt. Und ja, sie hätten noch Wein, in dieser Gegend werde nicht viel Wein getrunken.

Fünf Minuten später kam er mit einer weiteren Flasche des Claret zurück, der Juniper so gut geschmeckt hatte.

»Caroline ist deiner Meinung, Juniper. Sie sagt, wir sollen hier übernachten. Weiter oben im Tal ist das Wetter noch schlechter.«

»Siehst du, ich habe immer recht«, sagte Juniper, streifte ihre Schuhe ab und wärmte ihre Füße am Feuer.

Zwei Stunden später lag sie zitternd in ihrem Bett. Die Wärmflasche war nur noch lauwarm. Bei jeder Bewegung kam sie mit den eiskalten Laken in Berührung. Unter der Tür und durchs geschlossene Fenster strömte ein kalter Luftzug. Sie schlüpfte in ihren Pelzmantel, den sie als zusätzliche Decke auf ihr Bett gelegt hatte. Dann saß sie da und wartete. Sie wartete, bis im Gasthaus kein Geräusch mehr zu hören war, schlüpfte aus dem Bett, öffnete leise die Tür und schlich über die knarrenden Flurdielen zu Leighs Zimmer. Sie öffnete verstohlen die Tür, blieb stehen und lauschte auf die regelmäßigen Atemzüge des schlafenden Mannes. Behutsam hob sie die Bettdecke und schlüpfte neben ihn.

»Leigh«, wisperte sie. »Leigh, ich möchte, daß du mich liebst.« Ihre Hand glitt über ihn, und sie begann, seinen Körper mit feuchten, beißenden Küssen zu bedecken. Leigh stöhnte vor Lust.

»Juniper, wie schön, dich zu sehen«, rief Caroline, kam die moosbedeckte, zerbröckelnde Treppe des riesigen Herrenhauses heruntergelaufen und umarmte ihre Schwägerin, während sich Leigh ums Gepäck kümmerte.

»Auch ich freue mich über dieses Wiedersehen.« Juniper küßte Caroline auf beide Wangen. Über deren Schulter hinweg sah sie Leigh nervös zur Treppe gehen, wobei er unstet von links nach rechts blickte. O Gott, dachte Juniper, er wird es ihr beichten. Damit hatte sie zwar gerechnet, denn es war Teil ihres Plans, aber dieses Bekenntnis sollte nicht während ihrer Anwesenheit stattfinden, denn sie haßte Szenen. Sie sah ihn stirnrunzelnd an, wollte ihn beschwören zu schweigen, aber er wandte den Blick ab.

»Wie geht es Harry?« fragte sie fröhlich.

»Ich mache mir Vorwürfe, daß du die Strapazen der weiten Reise auf dich genommen hast. Er hat kein Fieber mehr und ist schon wieder auf.«

»Wie schön! Dadurch habe ich mich wenigstens aufgerafft, euch beide zu besuchen.« Juniper sah Caroline und Leigh strahlend an und bemerkte verärgert, daß er errötete. »Außerdem finde ich London entsetzlich langweilig«, fügte sie hastig hinzu, um zu verhindern, daß Caroline ihren Mann ansah.

Im Haus war es noch kälter als draußen. Sie weigerte sich, Leigh ihren Mantel zu geben und steckte ihre Hände tief in die Taschen.

»Das ist also der schottische Familiensitz der Coptons«, sagte sie und blickte sich in der spärlich möblierten Eingangshalle um. Eine Sammlung von ausgestopften, mottenzerfressenen und staubigen Tierköpfen schielte auf sie herab.

»O Mann, da überläuft mich ja eine Gänsehaut. Sind sie dir nicht unheimlich?« fragte sie erschrocken.

»Nein, ich mag sie. Den dort habe ich Sebastian genannt.«

Caroline deutete auf einen besonders großen Hirschkopf mit mächtigem Geweih. »Ich male mir gern aus, daß ihre Körper im Himmel auf die Coptons gewartet haben, die sie erlegten, und sie fürchterlich verdroschen.«

»Kommen Coptons in den Himmel?« fragte Juniper belustigt. »Sind sie nicht alle böse?«

»Ich hoffe sehr, daß Leigh dort sein wird«, antwortete Caroline lächelnd.

»Natürlich ist Leigh anders, nicht wahr? Leigh ist ein guter Copton.« Juniper kicherte. Leigh vermied es, sie anzusehen, und bückte sich, um das klägliche Feuer im Kamin anzufachen. Juniper ging gerade darauf zu, als eine Wolke beißenden Rauches herausquoll. Hastig wich sie zurück.

»Leigh, ich hab dir doch gesagt, es ist sinnlos, diesen Kamin anzuheizen. Er ist zu feucht. Überall hier oben ist es feucht, Juniper. Es scheint nie aufzuhören zu regnen. Aber das Feuer im Salon brennt ganz gut. Und auch der Kamin in deinem Zimmer. Aber du willst jetzt sicher Harry sehen. Komm mit.« Caroline streckte ihr die Hand hin und führte sie eine eindrucksvolle Eichentreppe hinauf und an einer langen Galerie von mürrisch aussehenden Copton-Lords vorbei. Leigh hatte sich entschuldigt und verschwand eilig in seinem Arbeitszimmer im Erdgeschoß.

Harry war zusammen mit einem fröhlich aussehenden, schottischen Kindermädchen in seinem Zimmer. Er warf einen Blick auf Juniper und brach in Tränen aus.

»Ach, du meine Güte«, sagte sie zu Caroline. »Ich hätte nie Mutter werden dürfen. Ich wußte einfach, es würde eine Katastrophe.« Sie lachte, stellte jedoch zu ihrer eigenen Überraschung fest, daß dieses Lachen einen plötzlichen Anflug von schmerzvoller Enttäuschung überdeckte.

# 4

»Warum?« Die Tür des Schlafzimmers wurde aufgestoßen und krachte gegen die Wand. Eine wutentbrannte Caroline stürmte durchs Zimmer und schüttelte grob die schlafende Juniper.

»Was ist denn los?« fragte Juniper, noch benommen vom Schlaf.

»Das wirst du mir erklären.«

»Wie spät ist es?« Juniper schaute verwirrt auf ihre Uhr. »Großer Gott, es ist zwei Uhr morgens.« Sie setzte sich im Bett auf. »Caroline, wie kommst du dazu, mich zu dieser gottverdammten Stunde zu wecken?«

»Ich wiederhole: Warum?«

Juniper schüttelte den Kopf und versuchte in ihrem benebelten Gehirn Klarheit zu schaffen. Abgesehen davon, daß sie noch im Halbschlaf war, hatte sie auch am Abend vorher beim Dinner zuviel getrunken. Aber durch den Nebel von Schlaf und Alkohol drang allmählich die Erinnerung.

»Ach je!« seufzte sie und tastete auf dem Nachttisch nach einer Zigarette.

»Mehr hast du nicht dazu zu sagen? Du bist ein Miststück, Juniper. Wie konntest du nur? Warum?«

Juniper inhalierte tief und betrachtete Carolines tränenüberströmtes Gesicht, ihre geschwollenen, geröteten Augen und fühlte Ärger in sich aufflackern. Juniper haßte Schuldgefühle. Diese Emotion bereitete ihr Unbehagen.

»Ich weiß es nicht«, sagte sie schließlich leicht gereizt.

»Du *weißt* es nicht?« kreischte Caroline. Juniper zuckte zusammen. »Du gehst mit meinem Mann ins Bett und sitzt da und sagst, du weißt nicht, warum du es getan hast?«

»Wir haben ziemlich viel getrunken«, sagte sie lahm.

»Du trinkst immer zuviel. Bedeutet das, du hüpfst jedesmal mit dem Mann einer anderen Frau ins Bett?«

»Sei nicht albern, Caroline.« Sie preßte die Hand gegen ihren Kopf und sehnte das Ende dieser Szene herbei.

»Liebst du ihn?«

»Das ist noch alberner. Natürlich nicht.«

»Wahrscheinlich sollte ich erleichtert sein, bin es aber nicht. Das hätte ich verstehen können. Du erschreckst mich, Juniper ... Du bist kalt und berechnend. Du nimmst dir selbstsüchtig, was du haben willst, ohne an die Konsequenzen zu denken ...«

Juniper seufzte und schaute auf ihre Hände hinunter. Vermutlich sollte sie Caroline jetzt bedauern und sich ihres Vergehens schämen, aber sie tat es nicht. Es war eine unüberlegte, spontane Entscheidung gewesen, um sich an ihrer Schwiegermutter zu rächen. Auch ohne diesen Hintergedanken wäre es geschehen, denn ihr war kalt gewesen, und sie hatte sich einsam gefühlt. Sie konnte diese Aufregung nicht verstehen.

»Er hat mich nicht gerade aus dem Bett gestoßen«, sagte sie trotzig.

»Du bist ein Miststück, Juniper. Ein Mann denkt anders darüber. Die Verantwortung lag bei dir.«

»Blödsinn! Er hätte es nicht zu tun brauchen. Er wollte es genauso sehr wie ich.« Sie wollte Caroline weh tun, aber als sie die Tränen in den Augen ihrer Freundin sah, wünschte sie, es nicht getan zu haben. Es war grausam und unnötig.

»Tut mir leid, daß ich das gesagt habe.«

»Nein, du hättest es weder sagen noch mit meinem Mann schlafen dürfen«, schluchzte Caroline.

»Natürlich hast du recht. Wirst du mir verzeihen?« Juniper hob müde den Blick.

»Niemals! Ich war eine deiner besten Freundinnen – eine der wenigen echten Freunde, die du hattest –, und du hast alles zerstört. Ich möchte, daß du mein Haus verläßt.«

»Was? Jetzt? Mitten in der Nacht? Wie, zum Teufel, soll ich nach Aberdeen kommen?«

»Ich weiß es nicht, und es ist mir egal.«

»Was ist mit Harry?«

»Was meinst du?« Ein Anflug von Angst huschte über Carolines Gesicht.

»Wahrscheinlich willst du ihn nicht behalten, da er dich an mich erinnert?«

»Warum willst du das Kind da mit reinziehen? Der Junge hat nichts damit zu tun ... Es ist nicht seine ...« Caroline preßte die Hand vor ihren Mund, als ihr bewußt wurde, was sie beinahe gesagt hätte.

»Es ist nicht seine Schuld, daß er mich zur Mutter hat. Wolltest du das sagen, Caroline?« fragte Juniper mit einer derart ruhigen und leisen Stimme, daß Caroline noch mehr Angst bekam.

»Ich liebe ihn, Juniper. Ich liebe ihn, als wäre er mein Sohn. Du würdest ihn mir doch nicht wegnehmen?« Trotz ihrer Qual haßte sie sich dafür, daß sie diese destruktive Frau anflehen mußte.

Juniper betrachtete Caroline eine Weile stumm. Viele Gedanken zuckten ihr durch den Kopf. Ihr erster Impuls war, sich dafür zu rächen, daß Caroline sie mitten in der Nacht angeschrien hatte. Aber sie haßte kleinliche Leute, und eine derartige Reaktion wäre extrem kleinlich. Der Junge war hier glücklich, und was, um alles in der Welt, sollte sie mit ihm in London anfangen?

»Nein, ich nehme ihn dir nicht weg, Caroline. Aber ich werde erst morgen früh abreisen. Und wenn du nichts dagegen hast, würde ich jetzt gern weiterschlafen.« Sie wandte Caroline den Rücken zu, schüttelte ihr Kissen auf, legte sich hin und schloß die Augen.

Caroline war sprachlos, schaute auf die Frau hinunter, die sie einst bemitleidet und deren Sohn sie aufgenommen und geliebt hatte wie ein eigenes Kind, das sie nicht bekommen konnte. Wegen Harry war ihrer beider Leben unentwirrbar miteinander verflochten. Sie konnte es sich nicht erlauben – nie wieder –, den maßlosen Haß zu zeigen, den sie jetzt für Juniper empfand. Sonst riskierte sie, Harry für immer zu verlieren.

»Gute Nacht«, hörte sie sich sagen und verabscheute sich für den normalen, höflichen Ton in ihrer Stimme.

»Gute Nacht, Caroline. Es tut mir wirklich leid.« Junipers Antwort wurde durch die Kissen gedämpft.

Juniper sah Leigh am folgenden Morgen nicht. Als sie schließlich mit rasenden Kopfschmerzen hinunterkam, wurde sie nur von einem Landarbeiter erwartet, der sie in dem zerbeulten Morris nach Aberdeen fahren sollte. Sie ging auf einen Sprung ins Kinderzimmer, um sich von Harry zu verabschieden, der bei ihrem Kuß den Kopf abwandte, als wisse er von ihrer Missetat. Caroline war nirgends zu sehen.

Der Zug war auf der Rückreise glücklicherweise nicht überfüllt, und die Fahrt dauerte auch nicht so lange. Es war Juniper sogar gelungen, noch einen Platz in der ersten Klasse zu bekommen. In ihrem Abteil saßen nur Frauen, die sie mit einer Mischung aus Mißbilligung und Neid musterten. Doch daran war Juniper gewöhnt. Diese Reaktion rief sie bei den meisten Frauen hervor, weil sie zu schön, zu elegant und offensichtlich zu reich war, um die Zuneigung ihrer Artgenossinnen zu gewinnen. Für Frauen stellte Juniper eine ständige Bedrohung dar.

Sie las, sie schlief, sie vermied es, nachzudenken. Es gab gewisse Augenblicke im Leben, hatte Juniper festgestellt, wo zu viele Gedanken gefährlich sein konnten. Dies war ein solcher Augenblick.

Es war spät am Abend, als Juniper die Tür zu ihrem Londoner Haus aufschloß und eintrat.

»Polly, bist du da?« rief sie, stellte ihren Koffer ab und blätterte den Stapel Post auf dem Tisch in der Halle durch. Pollys Kopf tauchte über dem Treppengeländer auf. »Juniper! Ich hatte dich erst in ein paar Tagen zurückerwartet. Ist alles in Ordnung?« In der Haltung ihrer Freundin lag eine Anspannung, die Juniper beunruhigte.

»Nein, ist es nicht. Ich brauche einen Drink.« Juniper stieg müde die Treppe hinauf.

»Was ist denn los?« fragte Polly ängstlich, als sie Junipers starres Gesicht sah. »Wie geht es Harry?«

»Gut.« Juniper ließ ihren Pelzmantel zu Boden fallen und ging schnurstracks in den Salon zum Getränketablett. Polly hob den Mantel auf, legte ihn über einen Stuhl und folgte Juniper ins Zimmer. »Ich glaube, ich habe einen gewaltigen Fehler gemacht«, sagte Juniper, während sie sich einen großen Brandy eingoß. »Möchtest du auch einen?«

»Nein, danke. Ich trinke Ovomaltine.« Polly griff nach der Tasse, die sie abgestellt hatte, als Juniper zur Haustür hereingekommen war. Auf dem Milchgetränk hatte sich eine Haut gebildet, die sie angeekelt mit dem Löffel entfernte. »Was ist passiert?«

Juniper stand auf dem Teppich vorm Kamin und schwenkte bedächtig den Brandy im Glas. »Ich habe mit Leigh geschlafen.« Sie sah Polly beinahe trotzig an.

»Oh, Juniper, nein! Warum hast du das getan?« Polly war

entsetzt, stellte klirrend ihre Tasse ab, ging zum Getränketablett und goß sich einen Brandy ein.

»Ich weiß es nicht. Wegen einer merkwürdigen Vorstellung
von Rache, und ich war einsam . . . In dem Augenblick kam
es mir richtig vor, aber das tut es wohl immer, nicht wahr?«

»Weiß Caroline Bescheid?«

»Ja. Leigh, dieser Dummkopf, hat es ihr gesagt. Was treibt
die Männer nur dazu, ihre Vergehen sofort zu beichten? Er
hätte wenigstens so viel Anstand zeigen und warten können,
bis ich abgereist bin. Diese Geständnisse sind so dumm und
bereiten nur Unannehmlichkeiten.«

»Das Schuldgefühl eines Ehrenmannes«, sagte Polly leise,
in Erinnerung an ihren Schmerz versunken, als ihr Jonathan vor über fünf Jahren in einem Brief seine Untreue
gestanden hatte.

»Ich mag Caroline auch«, sagte Juniper schmollend.

»Daran hättest du denken müssen, ehe du mit ihrem Mann
ins Bett gegangen bist – aus welchem Grund auch immer«,
entgegnete Polly schneidend. »Ich verstehe dich nicht. Du
bist doch keine rachsüchtige Person.«

»Nein, das bin ich wirklich nicht, oder?« sagte Juniper und
wurde merklich fröhlicher.

Es gab Zeiten, da hätte Polly liebend gern Juniper tüchtig
geschüttelt. Sie war eine absolut frustrierende Person. Wie
oft handelte sie, ohne an die Konsequenzen zu denken. Sie
war wie ein Kind, und so wie man einem Kind verzeiht,
neigte man auch dazu, Juniper zu verzeihen.

»Ich bin katastrophal, nicht wahr?« sagte Juniper und trank
ihren sehr großen Brandy.

»Das bist du«, stimmte Polly zu und fragte sich plötzlich, ob
Juniper wußte, wie die Menschen auf ihre Missetaten reagierten. Verließ sie sich auf deren Nachsicht?

»Was soll ich tun, Polly?«

52

»Da gibt's nicht mehr viel zu tun, nicht wahr? Jetzt ist es zu spät. Du kannst nur Caroline schreiben und hoffen, daß sie es fertigbringt, dir zu verzeihen.«

»Ich könnte ihr ein Telegramm schicken«, sagte Juniper fröhlich.

»Nein, Juniper, das wäre geschmacklos. Es muß ein Brief sein.«

Juniper sagte nichts, goß sich jedoch noch einen Brandy ein. »Und du trinkst zuviel«, fügte Polly hinzu.

»Mein Gott, du redest wie meine Großmutter.« Juniper verdrehte in gespielter Verzweiflung die Augen. Ich war dumm, dachte sie, ich hätte es Polly nicht erzählen sollen. Sie wird es nie verstehen. Polly würde nie Rache nehmen, ganz gleich, was geschah. Für derlei Taktiken war sie zu gut. Und es war töricht gewesen, die Einsamkeit als Entschuldigung überhaupt zu erwähnen. Polly war einsam, das wußte sie, aber sie würde Andrew nie untreu werden, würde nie einen Freund betrügen. Es hat keinen Sinn, mir zu wünschen, wie Polly zu sein, dachte sie, leerte ihr Glas, sah ihre Freundin verstohlen an und gestand sich lächelnd ein, daß sie gar nicht wie Polly sein wollte.

»Die Großmütter haben gestern abend angerufen. Sie haben von den Luftangriffen gehört und machten sich Sorgen um uns. Außerdem wollten sie wissen, wann wir sie besuchen«, sagte Polly, um das Thema zu wechseln. Juniper hatte sie mit ihrem Geständnis in Verlegenheit gebracht. Es gab Dinge, über die sie nicht unterrichtet sein wollte. Dieses Wissen konnte sie in eine unangenehme Lage bringen. »Wir sollten sie wirklich besuchen. Wir haben eine Menge Benzingutscheine.«

»Was für eine gute Idee.« Juniper strahlte jetzt. In Cornwall konnte sie alle unangenehmen Erinnerungen an Leigh und Caroline aus ihrem Gedächtnis verdrängen. »Wir könnten einen ganzen Monat dort verbringen. Hier hält uns doch wirklich nichts, oder? Niemand scheint dich zu wollen«, neckte sie Polly.

Polly lächelte. »Das ist wahr, niemand steht meinetwegen Schlange. Nichts wie weg aus London. Fort von diesen schrecklichen Luftangriffen. Ich glaube, ich werde deine Großmutter bitten, Hursty in ihre Obhut zu nehmen. Er ist völlig verschreckt, und in London ist es zu gefährlich für ihn.« Hursty, der Kater, war Pollys kostbarster Besitz.

»War es so schlimm?«

»Die letzten zwei Nächte waren die Hölle. Ich wußte nicht, daß man so viel Angst haben kann, ohne an Herzversagen zu sterben.«

»Du siehst wirklich erschöpft aus«, merkte Juniper endlich.

»Das ist nicht erstaunlich. Ich glaube, während der vergangenen vier Nächte habe ich keine zwei Stunden ohne Unterbrechung geschlafen.«

»Bist du in den Luftschutzkeller gegangen?«

»Nein, ich konnte Hursty nicht allein lassen. Ich habe zwei Lehnstühle unter die Kellertreppe gestellt. Es heißt, dieser Platz ist so sicher wie jeder andere. Wir können dort heute nacht schlafen. Die Deutschen kommen bestimmt zurück. Sie werden wohl erst aufgeben, wenn London völlig zerstört ist.«

»Nein, danke. Ich bleibe auf. Diese Aufregung lasse ich mir nicht entgehen. Ich gehe vielleicht aufs Dach, um zuzusehen.«

»Oh, Juniper!« Polly lachte. »Eins kann ich dir versprechen: Es ist keineswegs aufregend. Wenn du Angst kriegst, weißt du ja, wo ich bin.«

»Ich und Angst? Von ein paar Bomben lasse ich mir doch keinen Schrecken einjagen«, prahlte Juniper.

Eine knappe Stunde später heulten die Sirenen. Polly

schnappte sich Hursty und hastete in ihr kleines Nest, das sie sich unter der Kellertreppe gebaut hatte. Zu ihrer Notration zählten eine große Taschenlampe mit Ersatzbatterien, eine Thermosflasche mit Tee, ein Wecker, Strickzeug, der neueste Krimi von Agatha Christie und zwei Extradecken. Mit Hursty auf dem Schoß, wickelte sich Polly bis zu den Ohren in eine Decke und versuchte zu schlafen.

»Polly?« Zehn Minuten später hörte sie Juniper aus der Richtung flüstern, in der die Treppe lag. »Polly, es gibt keinen Strom mehr.«

»Ich bin hier drüben. Der Strom fällt gewöhnlich aus.« Polly machte ihre Taschenlampe an.

»Ist dort noch Platz für mich? Du hattest recht. Da oben ist es verdammt furchterregend.« Juniper duckte sich unter die Treppe und setzte sich in den zweiten Lehnstuhl. Sie kuschelte sich in eine Decke. »Sag mir, wenn alles vorbei ist.«

## 5

Das große Granithaus am Ende des tiefen Tals war von drei Seiten von hoch aufragenden Klippen umgeben, die ihm Schutz zu gewähren schienen. Seit sechshundert Jahren hatte ein Haus an dieser Stelle gestanden und war mit den Wechselfällen des Lebens seiner Besitzer gewachsen – vom Cottage zur Farm, von der Farm zum Landgut –, bis es wurde, was es heute war: ein Herrenhaus. Da die Klippen eine weitere Ausdehnung verhinderten, war es den wechselnden Baustilen, denen viele elisabethanische Häuser zum Opfer fielen, entgangen. Würde ein Tregowan in sein Heim zurückkehren, fände er es genauso vor, wie er es verlassen hatte – dasselbe Gebäude, dieselben Möbel, sein in Öl gemaltes Gemälde an derselben Wand.

Ein kleiner Fluß durchschnitt das üppige Tal, wo die Vegetation wild zu wuchern schien, aber das scharfe Auge eines Gärtners hätte erkannt, wie sorgfältig und einfühlsam diese Wildheit geplant worden war. Im Frühling war das Tal eine Farbenpracht im Purpur, Pink und Weiß der mächtigen Rhododendren. Später blühten die kirschroten, cremefarbenen und goldenen Azaleen, die in dem milden Klima von Cornwall in hohen Büschen wuchsen. Der Sommer füllte das Tal mit Klematis, Rosen und den wuschelköpfigen Hortensien, die ein Merkmal von *Gwenfer* waren. Jetzt, im September, brachten die Hängeblüten der Fuchsien und die späten Michaelis-Gänseblümchen ein letztes trotziges Auflodern der Farben vor dem Winter, der für ein paar kurze Wochen den Garten mit Nebel zudeckte.

Das Haus überragte von dieser Position aus seinen Feind – das Meer. Seit unzähligen Jahrtausenden hatte der Ozean gegen die Talmündung gedonnert und gepeitscht, hatte die Felsen abgeschliffen und zu Sand zermahlen, hatte unerbittlich sein Ziel verfolgt – die Überschwemmung des Landes. Es gab Tage, an denen die Wellen mit gewaltiger Macht gegen die Klippen donnerten und die Gischt weit ins Tal sprühte. Und es gab Zeiten, da das Wasser sanft über die Felsen schwappte. Aber niemand, der hier lebte, ließ sich von dieser scheinbaren Ruhe täuschen, denn das Meer konnte sich ohne Vorwarnung von trügerischem Azur in einen dunklen Mahlstrom von bösartiger Stärke verwandeln, wobei es von seinem Freund, dem Wind, unterstützt wurde, der durchs Tal heulte und das Haus mit lärmender Raserei attackierte.

Nachdem Alice das Haus und den Garten abgesucht hatte, eilte sie ins Tal hinunter und fand ihre Freundin, Gertie, schließlich am Strand. Lächelnd beobachtete sie Gertie, die mit einem Spaten fuhrwerkte und Sand in Säcke schaufelte, wie ein übergroßes Kind, das Sandburgen baut. Es hatte eine Zeit gegeben – als Basil, Gerties Mann, noch lebte –, da hatte sie nur Kleider im Stil vor dem Ersten Weltkrieg getragen. Für diese merkwürdige Art, sich zu kleiden, hatte es zwei Gründe gegeben: Basils Mißfallen an zeitgemäßer Kleidung und Gerties absolute Gleichgültigkeit in Sachen Mode und ihre Weigerung, Zeit dafür zu vergeuden. Aber nach dem Tod ihres Mannes hatte sie die Kleider jener Ära in Truhen in ihrem Haus, *Mendbury*, gepackt und bevorzugte jetzt einen etwas moderneren, wenn auch ziemlich bizarren Stil. Heute trug sie ein Paar Kordhosen, die aussahen, als würden sie mit einer Kordel zusammengehalten. Die Hosenbeine waren in Gummistiefel gestopft. Ihren üppigen Busen bedeckte ein weiter, unförmiger, blauer Wollpullover, den sie zu Alice' Bestürzung während der vergangenen Abende gestrickt hatte. Auf dem Kopf trug Gertie einen gelben Südwester in der irrtümlichen Annahme, er würde ihr Haar bändigen. Doch Gerties Haar war stets widerspenstig gewesen und hatte sich weder durch Nadeln, Spangen, Diademe noch Hüte zähmen lassen. Auch die breite Krempe des Südwesters konnte ihre dichte Lockenpracht nicht bändigen, deren leuchtendes Tizianrot mittlerweile ergraut war. Man konnte sich kaum vorstellen, daß Gertie einer Familie der höchsten Adelskreise Englands angehörte.

»Gertie, was machst du da?« Alice' Stimme gluckste vor unterdrücktem Lachen.

Gertie unterbrach ihre Tätigkeit und richtete sich auf. Ihre Bewegungen waren geschmeidig, ohne das leiseste Anzeichen von Arthritis, unter der Alice zu leiden hatte. »Ich fülle Sandsäcke. Zac, stell diesen hier zu den anderen«, befahl sie dem jungen Mann, der ihr half.

»Wozu, um Himmels willen?«

»Für Verteidigungsanlagen natürlich. Als ich letzten Monat

London besuchte, waren alle Gebäude mit Sandsäcken befestigt. Ich verstehe nicht, warum wir das nicht schon längst getan haben. Der Luftschutzwart hätte uns damit beauftragen müssen. Äußerst nachlässig von ihm.«

»Aber ich glaube nicht, daß uns die Gefahr einer Bombardierung droht, Gertie«, sagte Alice lächelnd.

»Ach nein? Und was ist im Juli in Falmouth passiert? Bomben fielen. Denk an die schrecklichen Nachrichten von den Bombardements letzte Woche. Wir sollten auf alles vorbereitet sein.«

»Aber hier gibt es weder Docks noch Armeelager. Hier gibt es nichts zu bombardieren«, argumentierte Alice sachlich.

»Ich glaube, diese elende Verdunkelung wird mehr Leute töten als die Bomben.«

»Es gibt Flugzeuge, die irrtümlich vom Kurs abweichen. Die werden wohl kaum ihre Bomben wieder mit rübernehmen.« Gertie deutete aufs Meer. »Sie werden sie zweifellos auf uns werfen«, fügte sie weise hinzu und nickte mit wippenden Locken. »Außerdem könnten wir vom Meer her angegriffen werden.« Sie deutete mit dramatischer Geste auf die Brison-Klippen. Die Herbstsonne glitzerte auf dem Wasser, ihre Strahlen besprenkelten das Meer mit Gold und erweckten den Anschein, als würden die mächtigen Felsen gemächlich vorbeigleiten.

»Falls die Deutschen eine Invasion planen, werden sie sich wohl kaum den unzugänglichsten Teil der Küste aussuchen, nicht wahr? Da draußen gibt es Felsenriffe unter der Wasseroberfläche, an denen jedes Boot zerschellen würde. Diese Bucht ist vom Meer her uneinnehmbar, zweifelsohne der Grund, warum meine Vorfahren *Gwenfer* hier gebaut haben.«

»Leider besitze ich nicht dein übermäßiges Vertrauen. Diese perfiden Krauts sind fähig, sich überall einzuschleichen.

Und gewarnt zu sein heißt gewappnet zu sein. Stimmt es nicht, Zac?« fragte sie den kräftigen, jungen Mann aus Cornwall.

»Ja, Mylady«, sagte er zwangsläufig, denn Zac hatte, wie die meisten Menschen, viel Achtung und sogar etwas Angst vor der unbeugsamen Lady Gertrude Frobisher.

Gertie stapfte über den Strand und holte zwei Eimer, die sie ebenfalls mit Sand füllte. »Feuerlöscheimer«, erklärte sie Alice, ehe diese fragen konnte. »In meinem Hotel in London standen sie in jedem Stockwerk.«

»Ich verstehe«, sagte Alice, die aus langer Erfahrung wußte, daß es einfacher war, nicht mit Gertie zu streiten.

Seit fünfzig Jahren waren die beiden Freundinnen. Die langen Jahre der Trennung, in denen Alice in Amerika gelebt hatte, die Geburten der Kinder und Enkel, den Tod Basils, Gerties Mann, und Lincolns, Alice' erstem Mann, einem skrupellosen Opportunisten, alle Veränderungen des Lebens hatten ihre gegenseitige Zuneigung und ihr Respekt überdauert.

Viele hätten Gertie als schwierige Freundin bezeichnet, denn sie war rechthaberisch und vertrat furchtlos ihre Meinung, auch wenn sie damit kein Wohlwollen erregte. Aber Alice war schon vor langer Zeit zu der unbequemen Schlußfolgerung gelangt, daß Gertie ausnahmslos recht hatte, ganz gleich, wie sehr man sich bemühte, ihr das Gegenteil zu beweisen. Und gleichzeitig hatte sie gelernt, auf ihre Freundin zu hören. Gertie war zwar herrisch – diese Tatsache war nicht zu leugnen, am allerwenigsten würde sie selbst es bestreiten –, aber ihre Dominanz basierte auf gesundem Menschenverstand und Hilfsbereitschaft, nicht auf Tyrannei. Gertie stapfte am Strand auf und ab. Wenn sie beschlossen hatte, etwas zu tun – wie jetzt –, machte es wenig Sinn, sie davon abhalten zu wollen.

Alice war immer glücklich, wenn Gertie bei ihr war, vor allem jetzt. Vor einem Monat war ihr zweiter Mann, Phillip, der bei Kriegsausbruch in seiner Eigenschaft als Künstler dem Land seine Hilfe in irgendeiner Form angeboten hatte, als Mitarbeiter in ein Team zur Entwicklung von Tarnungsmöglichkeiten wichtiger Objekte nach London gerufen worden. Er arbeitete in einem großen, beschlagnahmten Haus in Wiltshire, also mußte sie nicht länger wegen der Bombardierungen um ihn Angst haben, trotzdem machte sie sich Sorgen. Und nichts, nicht einmal seine regelmäßigen Anrufe, konnte ihr darüber hinweghelfen, daß er ihr fehlte. Nachdem sie so spät in ihrem Leben Freundschaft, Zufriedenheit und Liebe gefunden hatte, war es doppelt traurig, von ihm getrennt zu sein.

Als Alice erfahren hatte, daß Gerties Besitz in Berkshire beschlagnahmt worden war, hatte sie ihre Freundin sofort eingeladen, »für die Dauer des Krieges« bei ihr zu wohnen. Abgesehen von Gerties Gesellschaft, brachte ihre Anwesenheit ausgesprochene Vorteile. Sie hatte ihre hervorragende Köchin und ein Dienstmädchen mitgebracht, die beide zu alt für den Zivildienst waren. Zusammen mit Flo, Alice' langjähriger Zofe, und Flos Mann, Cyril, dem Gärtner und Faktotum, bildeten sie das Hauspersonal.

Alice wartete, bis Gertie ihre Arbeit beendet hatte und ging zu dem großen Felsen am Rand der Bucht – Ias Fels, benannt nach der zweiten Freundin ihres Lebens. Eine Kindheitsfreundin, Vertraute unerfüllter Träume, die vor langer Zeit gestorben war.

Sie blickte übers Wasser. Das Meer war trügerisch still. Am anderen Ende der Bucht lag Oswalds Klippe – so, vermutete sie, wurden Landkarten gezeichnet. Im Laufe der Zeit würden diese Punkte Markierungen sein.

Sechzig Jahre waren vergangen, seit Oswald, ihr Bruder,

von diesem Felsen ins Meer gerissen worden und ertrunken war. So viel Zeit war vergangen, aber sie hatte ihn nicht vergessen. Sie fragte sich oft, wie ihre Beziehung gewesen wäre und wie anders ihr Leben verlaufen wäre, hätte sie einen Bruder gehabt, der sie unterstützt und ihr geraten hätte. Nach ihrem Tod würde niemand mehr wissen, wonach diese Felsen benannt worden waren.

»Du siehst traurig aus. Woran denkst du?« verlangte Gertie zu wissen und stützte sich auf ihren Spaten.

»An Ia und Oswald, und ob ...«

»Tu's nicht. An Tote zu denken ist eine sehr ungesunde Beschäftigung.« Gertie stellte ihren Fuß auf den Spaten und grub weiter.

»Ja, Gertie«, murmelte Alice wie ein folgsames Kind, veränderte ihre Position auf dem Felsen, wandte ihren Erinnerungen den Rücken zu und blickte durch das enge Tal zu einer weiteren großen Liebe ihres Lebens – ihrem Haus *Gwenfer* – hinauf.

Während ihres ganzen Lebens war *Gwenfer* ein Ort der Sicherheit gewesen. Hier, in diesem Tal, fügte sich alles zu einer Perspektive zusammen wie sonst nirgends auf der Welt. Angesichts der rastlosen Größe des Atlantischen Ozeans, der Unendlichkeit des Himmels, der Festigkeit der Granitfelsen, aus denen das Haus wie etwas Lebendes emporzuwachsen schien, wurden Probleme, Schwierigkeiten, Menschen, die eigene Dünkelhaftigkeit auf bedeutungslose Proportionen reduziert.

Das Haus war Alice' schönster Besitz. Es trotzte viereckig dem Wind und dem Meer, war für die Tregowans von *Gwenfer* ein Zufluchtsort.

Sie war überzeugt, daß ihre Enkelin, Juniper, auf dieselbe Weise empfand. Wenn Juniper in Schwierigkeiten steckte, kam sie nach *Gwenfer*. Deswegen war sie jetzt beunruhigt.

Warum kam Juniper so plötzlich zu Besuch? Was war diesmal schiefgegangen?

Der letzte Sandsack war gefüllt, und Gertie befahl Zac, die Säcke mit einem Schubkarren vors Haus zu fahren. Nach getaner Arbeit widmete sie ihre Aufmerksamkeit Alice.

»Nun, warum hast du mich gesucht? Was ist los?«

»Woher weißt du, daß ich dir etwas erzählen will?« fragte Alice belustigt.

»Weil auf deinem Gesicht ein derart erwartungsvoller Ausdruck lag, daß ich glaubte, du würdest vor Mitteilsamkeit platzen.«

»Und du hast lieber deine Sandsäcke gefüllt, anstatt mich zu fragen?«

»Dann hätte ich mein Vorhaben unterbrechen müssen, und das wäre nicht gut gewesen«, war Gerties forsche Antwort.

»Polly und Juniper haben angerufen. Sie fahren heute los und übernachten auf dem Weg nach Cornwall in *Hurstwood*. Polly möchte dort nach dem Rechten sehen.«

»Ausgezeichnete Idee. Die Frau, der sie die Aufsicht über *Hurstwood* anvertraut hat, scheint mir eine unzuverlässige Person zu sein.«

»Jemand vom Roten Kreuz in Plymouth hat angerufen ...«

»Ja?« Gertie kam gespannt näher, vergaß für einen Augenblick ihre Selbstdisziplin.

»Ich fürchte, es ist eine schlechte Nachricht. Sie bedanken sich für dein Angebot, aber wie es scheint, haben sie keine Position für dich. Natürlich wirst du noch schriftlich benachrichtigt.«

»Mir ist noch nie eine derart unerträgliche Unverschämtheit passiert! Und warum legt man auf meine Dienste keinen Wert, möchte ich fragen?« Gertie starrte Alice an, als läge die Entscheidung, ihr nicht die Leitung dieses Bezirks anzuvertrauen, ausschließlich in Alice' Verantwortung.

»Es wäre für dich eine sehr ermüdende Aufgabe gewesen. Denk nur an die vielen Reisen, die damit verbunden sind«, sagte Alice und versuchte, die Enttäuschung zu mildern.

»Zac hätte mich fahren können.«

»Und die vielen Reden, die du hättest schreiben müssen...«

»Ich liebe es, Reden zu halten.«

Dieser Wahrheit war nichts entgegenzusetzen.

»Ich wurde abgelehnt, weil ich keine Einwohnerin von Cornwall bin. Ich habe diese Grafschaft schon immer für sehr engstirnig gehalten.« Wieder starrte sie Alice an, als sei auch die Fremdenfeindlichkeit der Menschen in Cornwall ihre Schuld. Dieses Thema wollte Alice nicht weiter ausführen, denn Gerties Argument entsprach größtenteils der Wahrheit.

»Bestimmt kannst du im Dorf in einer weniger exponierten Position helfen, indem du Unterricht in Erster Hilfe gibst und den Frauen Vorträge hältst«, sagte sie diplomatisch, obwohl sie bezweifelte, daß Mrs. Trengwith ihre Stellung freiwillig einer »Fremden« einräumen würde. Noch konnte sie sich Gertie in einer untergeordneten Rolle vorstellen. »Außerdem brauche ich deine Hilfe hier«, fügte sie hinzu.

»Um Sandsäcke zu füllen? Glaubst du wirklich, das ist eine zufriedenstellende Tätigkeit für mich?«

»Nein. Aber du kannst mir bei der Betreuung der Evakuierten helfen.«

»Aber die sind abgereist, wieder nach London zurückgefahren, schon nach vierzehn Tagen. Diese undankbaren, plärrenden Gören! Und die Mütter!« Bei der Erinnerung an die zehn evakuierten Kinder mit drei Müttern, die im ersten Kriegsmonat auf *Gwenfer* angekommen waren, schlug Gertie die Hände zusammen. Sie hatten geweint, in die Betten gemacht und ununterbrochen gejammert, weil es weder Geschäfte noch Kinos gab, bis die ganze Meute zur allgemeinen Erleichterung wieder nach London zurückgekehrt war, als die Bombenangriffe ausblieben.

»Aber jetzt wird London bombardiert, und wir erwarten nächste Woche einen neuen Zustrom. Und ehrlich gesagt, Gertie, bei mir macht sich das Alter bemerkbar. Ich finde den Gedanken, für ein Dutzend oder mehr Kinder sorgen zu müssen, äußerst beängstigend.«

»Quatsch, Alice! Du hast schon immer zu leicht aufgegeben. Na, komm schon. Es hat keinen Zweck, hier herumzustehen. Auf uns wartet Arbeit, liebe Freundin.«

Gertie stapfte in ihren übergroßen Stiefeln das Tal hinauf, und Alice, insgeheim zufrieden, folgte ihr.

## 6

Gertie und Alice waren mit ihren Enkelinnen nicht besonders zufrieden. Die jungen Frauen hatten zwar geschrieben und angerufen, aber die Großmütter fanden, sie hätten früher zu Besuch kommen können. Beide waren darüber eher beunruhigt als verletzt.

Gertie hätte sich gern Gewißheit darüber verschafft, daß die unglückliche Ehe mit Michel Polly keinen irreparablen Schaden zugefügt hatte. Abgesehen davon hatte sie das Bedürfnis, mit Polly über Richards – Gerties Sohn und Pollys Vater – Tod zu sprechen. Als er starb, hätte niemand liebevoller und mitfühlender sein können als Alice, doch Gertie war der Ansicht, daß Trauer eine private Angelegenheit sei, die man anderen nicht aufbürden dürfe. Ihre Gefühle konnte sie nur mit engsten Familienangehörigen teilen.

Alice' Sorgen waren komplexer, was bei Juniper zwangsläufig war. Sie machte sich Sorgen, welche Auswirkungen die Scheidung auf Juniper gehabt hatte und welche Erklärung es dafür gab, daß sie ihren Sohn praktisch weggeben hatte. Wie so oft hatte Alice Angst um Junipers Zukunft. Ihr war es ein verzweifeltes Bedürfnis, sich zu vergewissern, daß ihre Enkelin ein gewisses Maß an Stabilität erlangt hatte.

Trotz dieser Probleme wurden Juniper und Polly herzlich empfangen, und beide Großmütter waren so aufgeregt, daß die jungen Frauen beschämt waren, diesen Besuch so lange aufgeschoben zu haben. Beide bedauerten, nicht früher gekommen zu sein, um in der Liebe und dem Gefühl der Sicherheit zu schwelgen, das die alten Damen verströmten. Insgeheim gestanden sich Alice und Gertie jedoch ein, daß ihre Sorgen berechtigt gewesen waren. Polly war zu mager, strahlte eine nervöse Spannung aus, und in ihren Augen lag ein trauriger, zurückhaltender Ausdruck. Gertie war fest entschlossen, die Ursache für diese Veränderung an ihrer Enkelin herauszufinden, ganz gleich, wie lange es dauern würde. Sie wußte von Michels perversen, sadistischen Neigungen, hatte jedoch das Gefühl, Polly könnte sich davon mittlerweile erholt haben.

Juniper gab noch größeren Anlaß zur Sorge. Sie war zu angespannt, aber ihre Anspannung erinnerte an eine zu fest aufgezogene Feder, die jeden Augenblick zu zerspringen drohte und jedem, der ihr zu nahe war, schaden konnte. Alice war überzeugt, daß ihre Enkelin – wie immer – nach ein paar Tagen ruhiger werden würde. Aber ihrem wachsamen Auge entging nicht, daß dieses Mal der Zauber von *Gwenfer* nicht wirkte. Juniper wurde mit jedem Tag rastloser, und Alice merkte deutlich, daß ihre Enkelin allen – einschließlich Polly – aus dem Weg ging.

Polly war über Junipers Verhalten ebenso bestürzt. Wenn sie an ihre enge Freundschaft in Frankreich dachte, konnte sie die Distanz nicht verstehen, die jetzt zwischen ihnen existierte. Sie wußte, daß sie Juniper auf irgendeine ihr unbegreifliche Weise reizte. Polly war überzeugt, sich nicht verändert zu haben, und doch sah sie über Junipers normalerweise liebes Gesicht einen Anflug von Langeweile oder Ärger huschen, wenn sie etwas sagte oder tat.

Früher wäre Polly über Junipers Verhalten verstimmt und beunruhigt gewesen, aber jetzt wurde sie von ernsteren Sorgen abgelenkt. Es verging kein Tag, an dem ihr Magen nicht aus Angst um Andrew schmerzte. Sie weigerte sich noch immer, an seinen Tod zu glauben. Sie waren sich so nahe gewesen, daß sie gefühlt hätte, wenn ihm etwas zugestoßen wäre. Sie mußte sich allerdings mit der Möglichkeit auseinandersetzen, daß er in Gefangenschaft geraten war, und niemand wußte, wie die Deutschen ihre Kriegsgefangenen behandelten. Sie wünschte, sie könnte an Gott glauben, dann hätte sie wenigstens für Andrew beten und in diesem Gebet Trost finden können.

Obwohl Polly weit von London entfernt war, bemühte sie sich weiterhin durch ihre Kontakte Arbeit im Zivildienst zu bekommen, wobei sie durch ihre Großmutter unterstützt wurde. Gertie faßte Pollys vergebliche Versuche, Arbeit zu finden, als persönliche Herausforderung auf und bombardierte die Minister und Beamten, die vor dem Krieg ihre und Basils Gastfreundschaft auf *Mendbury* genossen hatten, mit wütenden Briefen.

Als Ergebnis der frischen Luft auf *Gwenfer* und der guten und regelmäßigen Mahlzeiten erlangte Polly allmählich wieder ihr normales Gewicht und ein gesünderes Aussehen. Sie hatte Angst gehabt, ihrer Großmutter von Andrew und ihrem Beisammensein in Paris zu erzählen, weil sie Vorwürfe wegen Ehebruch befürchtete. Aber Polly erlebte wieder einmal eine Überraschung, was ihre Großmutter betraf.

»Ich bin so froh, daß du nach der schrecklichen Erfahrung mit diesem widerlichen Franzosen jemanden gefunden hast, der dich glücklich gemacht hat«, war Gerties erleichterte Antwort. »Slater? Kann es sein, daß er mit den Slaters von Northumberland verwandt ist?«

»Durchaus möglich, denn seine Eltern leben in der Nähe von Alnwick.«

»Ach, vortrefflich.« Gertie strahlte vor Zufriedenheit. »Rowena Slater war mit mir Debütantin, und ihr Mann diente im selben Regiment wie dein Großvater. In jeder Hinsicht viel besser«, sagte sie zu niemandem im besonderen, als sie in dem Zimmer, der als Schlafsaal für Evakuierte benutzt werden sollte, Verdunkelungsrollos anbrachte. »Jetzt müssen wir herausfinden, wo der arme Junge steckt.«

»Aber wie? Das Rote Kreuz hat für mich schon Nachforschungen angestellt. Die Armee war wenig hilfreich. Schließlich bin ich nicht seine Frau. Wir waren nicht einmal verlobt.«

»Dann werde ich die Sache in die Hand nehmen. Glaubst du etwa, ich erlaube diesen verdammten Teutonen, deinem Glück im Wege zu stehen? Überlaß das mir.«

Polly wurde von unendlicher Zuversicht erfüllt. Sie hätte gleich mit ihrer Großmutter reden und auf ihre tatkräftige Unterstützung, die jedem Familienmitglied galt, vertrauen sollen. Oder waren sie gar nicht verwandt? Bei diesem Gedanken erschauderte Polly.

»Bekommst du etwa eine Erkältung, Polly?«

»Nein. Ich dachte nur …« Sie sah Gertie an und fragte sich, wieviel die alte Dame wußte. Würde sie ebenso beschützend sein, wenn sie erfuhr, daß Polly nicht ihre Enkelin war? Polly mußte reden, mußte es wissen. »Juniper hat mir erzählt, daß Richard nicht mein Vater war. Daß ihr Vater, Marshall Boscar, eine Affäre mit meiner Mutter hatte, daß ich das Ergebnis bin ... daß Richard nach Frankreich geflogen ist, um es mir zu sagen ...« platzte sie heraus.

Gertie schleuderte wütend das Rollo, das sie in der Hand hielt, beiseite.

»Juniper ist eine Wichtigtuerin, die sich in alles einmischt. Ich kenne diese alberne Klatschgeschichte und habe keinen Augenblick daran geglaubt. Du bist Richards Tochter.«

»Das glaube ich auch.«

»Dann ist es die Wahrheit. Verschwende keinen Gedanken mehr an dieses lächerliche Gerücht. Gehässiger Klatsch, in die Welt gesetzt von ...« Gertie verstummte. Von Francine, meiner abscheulichen Schwiegertochter, hätte sie am liebsten gesagt, tat es aber aus Rücksicht auf Polly nicht. »Ich würde nicht mehr daran denken«, sagte sie statt dessen. »Du mußt eine Menge vergessen, damit du diesen traurigen Ausdruck in deinen Augen verlierst.«

Polly stellte fest, daß ihre Angst um Andrew nachgelassen hatte, seit sie Gertie ins Vertrauen gezogen hatte. Gertie besaß Kontakte zum Roten Kreuz und zur Schweizer Botschaft, die ihr bei den Nachforschungen behilflich sein würden.

»Du mußt meinetwegen eine Menge Briefe schreiben.«

»Wofür sind Großmütter sonst da, wenn nicht für die Lösung von verflixten Problemen?«

»Ich liebe dich, Großmama.«

»Weißt du, Polly, ich liebe dich auch«, sagte sie und lachte dröhnend vor Glück. Und dieses laute, ohrenbetäubende Geräusch brachte auch Polly zum Lachen.

Gertie und Alice berieten stundenlang mit der widerstrebenden Polly, was mit Juniper nicht in Ordnung sein könnte, doch selbst wenn die drei den Stier bei den Hörnern gepackt und Juniper direkt gefragt hätten, wäre ihr nicht zu helfen gewesen, denn sie wußte es selbst nicht. Sie fühlte sich verloren und auf unerklärliche Weise gelangweilt, was eine neue und unangenehme Erfahrung war. Es war nicht nur ein geistiges Problem. Abgesehen davon, daß es in ihrer Welt plötzlich keine interessanten und lesenswerten Bücher mehr gab, fand sie auch das Landleben anödend, und sie fühlte sich physisch unwohl. Ihre Haut kribbelte ständig vor Anspannung.

Polly versuchte mehrmals, die Ursache herauszufinden.

»Hat es etwas damit zu tun, daß du Harry gesehen hast?« fragte sie eines Tages bei einem Spaziergang in der Bucht.

»Weil ich Harry gesehen habe? Was meinst du damit?«

»Hat es dich deprimiert?«

»Mich? Deprimiert? Was für ein Unsinn!« Juniper hatte gelacht, aber dieses Lachen klang in Pollys Ohren hohl.

»Nun, er muß dir doch fehlen.«

»Nicht ein bißchen! Ich habe dir gesagt, ich würde eine furchtbare Mutter werden«, sagte Juniper und bückte sich nach einer Muschel.

An einem anderen Tag, während eines Ausritts auf Pferden, die sie von einem benachbarten Farmer geliehen hatten, blieben sie auf den Klippen stehen, um in der kühlen Herbstsonne das Meer zu bewundern, das unruhig wurde.

»Heute abend wird's Sturm geben«, sagte Juniper.

»Vermißt du Hal?« wagte Polly einen Vorstoß.

»Du stellst vielleicht merkwürdige Fragen. Warum in aller Welt sollte ich ausgerechnet Hal vermissen? Ich bin froh, daß ich ihn los bin. Reiten wir um die Wette bis zum Tor.« Sie spornte ihr Pferd an und erreichte lange vor Polly das große, schmiedeeiserne Tor von *Gwenfer.*

Jedesmal, wenn Polly zu bohrende Fragen stellte, scheute Juniper vor ihr zurück und verhielt sich noch distanzierter. Juniper zog es vor, den Dingen, die sie quälten, nicht weiter auf den Grund zu gehen, weil sie Angst vor den Antworten hatte. Sie kannte ein paar Ursachen ihres Unbehagens. Sie wußte, daß ihr in der Vergangenheit der übliche Fehler unterlaufen war, sexuelle Erregung und Befriedigung für Liebe zu halten, um nach dem Ende einer Affäre feststellen zu müssen, daß sie noch einsamer als zuvor war. Wenn sie an ihren Sohn dachte, wurde sie traurig, aber dieses Gefühl konnte sie schnell abschütteln, vor allem nach ein, zwei Drinks. Am meisten quälte sie jedoch ein völlig alberner Gedanke. Sie wünschte sich, sie wäre nie erwachsen geworden und hätte das geliebte, beschützte Kind bleiben können, das sie einmal gewesen war. In ihren trübsinnigsten Stimmungen dachte sie, es wäre vielleicht besser gewesen, sie wäre zusammen mit ihrem Großvater Lincoln ertrunken.

*Gwenfer* hatte sich als Enttäuschung erwiesen. Früher hatte sie hier immer ihre Ruhe und ihren Seelenfrieden wiedergefunden. Sie liebte dieses Haus wie ein lebendiges Wesen, aber jetzt schien es sie abzuweisen.

»Vielleicht solltest du gemeinsam mit Polly Arbeit im Zivildienst suchen«, schlug Alice eines Morgens vor.

»Ich? Was könnte ich tun, um irgend jemandem zu nützen?«

»Da gibt es eine Menge Dinge.« Als Alice Junipers verzweifelten Gesichtsausdruck sah, fügte sie aufmunternd hinzu: »Du kannst Auto fahren – Fahrer werden immer gebraucht.«

»Wir beide haben den Zeitpunkt verpaßt, weil wir zu spät nach England zurückgekehrt sind. London ist voller Frauen, die ihren Beitrag leisten wollen, dafür brauchen sie mich nicht auch noch.«

»Du kannst immer hierbleiben und Gertie und mir helfen«, sagte Alice optimistisch, obwohl sie wußte, daß damit in Junipers gegenwärtiger Stimmung höchstwahrscheinlich nicht zu rechnen war.

Alice hoffte, die Ankunft der Evakuierten würde Juniper ablenken, da jeder bei der Betreuung helfen mußte. In der Vergangenheit hatte ihr zahlreiches Personal zur Verfügung gestanden. Obwohl sich Alice darüber gefreut hatte, daß Gertie mit Dienstmädchen und Köchin gekommen war, hatte sie jetzt Bedenken. Beide waren willig, aber doch schon recht altersschwach, und Alice befürchtete, es war nur noch eine Frage der Zeit, bis sie zu einer Belastung werden würden. Zac war ihnen nur wegen gesundheitlicher Untauglichkeit für den Wehrdienst geblieben, obwohl er einen starken und robusten Eindruck machte. Außerdem trug er für die Farm und die Tiere die Verantwortung. Blieben noch Flo und Cyril, die beide über sechzig waren und allmählich an den Ruhestand denken sollten.

Alice hatte damit gerechnet, daß alle zusammenarbeiten würden, um die Zimmer herzurichten, die Betten zu beziehen und altes Spielzeug instand zu setzen, aber ihr Plan funktionierte nicht. Polly half enthusiastisch, aber Juniper hielt es regelmäßig für nötig, lange einsame Spaziergänge zu machen.

»Hat sich Juniper mit Harry während ihres Besuchs gut verstanden?« fragte Alice Polly, als sie ein weiteres Kissen bezog. Polly beschäftigte sich angelegentlich mit den Decken. Diese Unterhaltungen wurden allmählich anstrengend. Über dieses Thema hatten sie viele Male geredet und waren zu keinem Resultat gekommen. Sie hatte auch Angst, Juniper zu verraten, wenn sie sich Alice anvertraute.

»Alles war bestens«, log sie und hoffte, Alice würde das Thema fallenlassen.

»Ich wäre froh, sie hätte das Kind hierhergebracht, anstatt es nach Schottland zu Hals Familie abzuschieben. Unter den gegebenen Umständen ist das zu riskant«, sagte Alice, wobei sie vermied, das Wort »Scheidung« auszusprechen.

»Hal und sein Bruder sprechen nicht miteinander. Juniper hätte ihnen Harry nicht anvertraut, wenn die Brüder Freunde wären, das kann ich dir versichern«, sagte Polly fröhlich.

»Sie sind trotzdem blutsverwandt. Sollte es in der Zukunft Probleme geben, kann ich dir sagen, wem Leighs Loyalität gilt – seinem Bruder.«

»Machen Sie sich keine Sorgen, Mrs. Whitaker«, sagte Polly zu Alice. »Der Krieg wirft Juniper aus der Bahn, wie alle anderen auch.« Sie benutzte die gängige Ausrede, den Krieg für alle Probleme verantwortlich zu machen. Dabei ging es ihr nur darum, Alice zu beruhigen.

»Ich habe mich gefragt, Mrs. Whitaker, ob ich meinen Kater bei Ihnen lassen könnte. In London ist er immer völlig verstört.«

»Natürlich, meine Liebe, natürlich kannst du . . .« antwortete Alice vage, sie war in Gedanken bei anderen Problemen.


Zac George lenkte den vom alten Zugpferd gezogenen Karren vorsichtig die steile Zufahrt von *Gwenfer*, die sich an den Klippen entlangschlängelte und bei manchen Besuchern Schwindelgefühle hervorrief, hinunter. Auf dem Karren saßen vier müde und niedergeschlagen aussehende Kinder. Jedes Kind hielt einen kleinen, verbeulten Koffer und den Behälter mit der allgegenwärtigen Gasmaske in der Hand und trug einen großen Kofferanhänger am Kragen.

Alice, Gertie und Polly warteten an der Treppe, um die Kinder willkommen zu heißen. Beim Anblick der erschöpften Gesichter traten die drei Frauen unwillkürlich mit ausgestreckten Händen vor.

»Die armen kleinen Dinger sind ja völlig erschöpft«, rief Alice aus.

»Keine Mütter, Gott sei Dank. Das ist entschieden besser«,

brummte Gertie erfreut, die sich noch zu gut an die evakuierten Mütter erinnerte, die vor einem Jahr auf *Gwenfer*
einquartiert worden waren. »Und nur vier Kinder, das ist
eine Erleichterung.«

»Wahrscheinlich sind sie völlig verlaust«, sagte Juniper lässig, die ihrer Neugier nicht hatte widerstehen können und
ebenfalls aus dem Haus gekommen war.

Es waren zwei Brüder, Robin und Fred, neun und elf Jahre
alt, die wegen ihrer Unterernährung jedoch wie sieben und
acht aussahen. May, ihre Schwester, war zwölf und machte
einen recht kompetenten Eindruck. Aber das Kind, zu dem
sich Alice sofort hingezogen fühlte, war das kleinste, das
vorne im Karren kauerte. Das Mädchen war klein und konnte kaum älter als vier sein. Es hatte riesige graue Augen, die
die Frauen mit einem Ausdruck musterten, den kein Kind
seines Alters haben sollte. Was Alice jedoch zutiefst erschütterte und sie dazu veranlaßte, in ihre Gewohnheit zu verfallen, nervös mit ihrer Perlenkette zu spielen, war das Haar
des Mädchens – kurzgeschnitten und beinahe weiß.

»Ia«, hörte sie sich laut sagen.

»Was?« bellte Gertie. »Wovon sprichst du?«

»Dieses Kind – es erinnert mich an Ia. Du weißt schon, das
kleine Mädchen aus dem Bergarbeiterdorf, das meine
Freundin wurde.«

»Wie könnte ich das je vergessen! In den fünfzig Jahren, die
ich dich kenne, hast du nie aufgehört, von dieser Ia zu
reden.«

»Ach, tatsächlich?« Alice lachte.

»Du lebst zu sehr in der Vergangenheit, Alice. Ich habe dir
schon oft gesagt, das ist gefährlich. Kommt jetzt, ihr drei.
Ich gebe euch eine schöne heiße Suppe.«

Gertie führte die zwei Jungen mitsamt ihrem Gepäck zum
Haus.

Das kleine Mädchen klammerte sich noch immer wie Trost suchend an den Karren.

»Komm, meine Liebe«, sagte Alice und streckte die Hand aus. »Komm mit mir. Wir suchen dir ein hübsches Bett.«

Zaghaft schob sich das Mädchen an der Karrenwand entlang. Alice hob es herunter.

»Wie heißt du denn?«

Das kleine Mädchen starrte sie ernst an, sagte aber nichts.

»Sie redet nicht«, warf May ein. »Den ganzen Weg hierher hat sie kein Wort gesagt. Aber sie heißt Annie.«

»Dann komm mit, Annie. Willkommen in deinem neuen Heim.« Das Kind bei der Hand haltend, was ihr ein äußerst merkwürdiges Gefühl des Trostes gab, führte Alice das Mädchen in das große Haus. Die mächtige Tür schloß sich hinter ihnen und sperrte die hereinbrechende Nacht und den Wind aus, der vom Meer heranpeitschte.

## 7

Alle vier Kinder näßten in dieser Nacht ihre Betten. Flo war vor Empörung außer sich und erklärte laut, den Kindern sollte der Hintern versohlt werden. Alice und Gertie reagierten entrüstet auf dieses Ansinnen.

»Sie sind völlig durcheinander«, sagte Gertie.

»Es sind die Nerven«, fügte Alice hinzu.

»Meine Mutter hat mir immer eine Tracht Prügel verpaßt. Kleine Schmutzfinken.« Flo blieb uneinsichtig.

»Flo, du wirst ihnen kein Härchen krümmen. Wir haben keine Ahnung, was diese Kinder durchgemacht haben. Lady Gertrude hat in London einen Bombenangriff erlebt – es war fürchterlich.«

»Wenn ich schon Angst hatte, können Sie sich vorstellen,

wie schrecklich es für ein Kind gewesen sein muß, Flo?«
Gertie hob fragend die Brauen und fragte sich, was aus der
Welt werden würde, wenn sie einem Dienstboten Erklärungen abgeben mußte.

»Und wer soll die Wäsche waschen? Das würde ich gern
wissen.« Flo stand vor ihnen, hatte die Arme in die Hüften
gestemmt und das Kinn angriffslustig vorgestreckt.

»Also, wirklich, Flo. Sie natürlich«, sagte Gertie in einem
Ton, der keinen Widerspruch duldete, und schüttelte ungläubig den Kopf. Es war erschreckend, wie sich die Dinge
in kürzester Zeit verändert hatten und daß ein Dienstmädchen auf diese Weise mit seiner Herrin sprach.

»Wenigstens haben wir jede Menge Laken, Flo«, sagte Alice
beschwichtigend. Wenn Flo beschloß, jetzt bei der Arbeit
kürzerzutreten, dann steckten sie wirklich in der Klemme.
Flo verfiel in ein schmollendes Schweigen, ihre Reaktion
auf die Widerwärtigkeiten des Lebens, drehte sich jedoch
plötzlich um und sagte beinahe triumphierend: »Wissen
Sie, daß die Kinder völlig verlaust sind?«

»Das hatten wir erwartet. Darum kümmere ich mich, Flo.
Sei unbesorgt.«

»*Sie*, Mrs. Whitaker?« fragte Flo ungläubig und war enttäuscht, daß sie wegen der Läuse kein Drama veranstalten
konnte.

»Ja, ich, Flo. Wer hat denn Queenie geholfen, die Läuse aus
Ias Haar zu kämmen, als sie zum erstenmal zu uns kam? Du
und das Hausmädchen, Sal, ihr habt ein derartiges Theater
darum gemacht und wart euch zu gut dafür.« Alice lachte
bei der Erinnerung daran und auch über den schockierten
Ausdruck auf Flos Gesicht.

»Aber, Mrs. Whitaker...«

»In Kriegszeiten müssen wir alle unsere Gewohnheiten
ändern. Wärst du jetzt bitte so freundlich, dich um die

Bettwäsche zu kümmern? Heute weht ein angenehmer Wind, der wird die Wäsche im Handumdrehen trocknen.«

»Ja, natürlich, Mrs. Whitaker«, entgegnete Flo respektvoll. Eine Stunde später hatte Alice die vier Kinder in einer Reihe in dem alten Schulzimmer im obersten Stock aufgestellt. Sie waren frisch gebadet und in große Handtücher gewickelt. Alice begann, ihre Köpfe gründlich zu säubern. Gertie kam herein, als Alice gerade Robins Haar über einer ausgebreiteten Zeitung mit einem feinen Kamm kämmte.

»Ist es nicht erstaunlich, wieviel man im Leben lernt, ohne sich dessen bewußt zu sein?« Gertie strahlte vor Anerkennung. »Die für die Einquartierung von Evakuierten zuständige Frau ist unten. Ich mag sie nicht.«

»Ach je! Warum nicht?«

»Sie ist herrisch.«

»Ach!« sagte Alice und lächelte insgeheim. »Sie muß warten, bis ich mit Annie fertig bin.« Sanft hob sie das kleine Mädchen auf den Tisch und spürte beunruhigt, wie mager das Kind war. Sie würde es mit Milch und Eiern hochpäppeln und darauf achten, daß es gut ernährt wurde.

»Schließ Annie nicht zu sehr in dein Herz, Alice, hörst du?« sagte Gertie leise.

»Was meinst du damit?« fragte Alice und hob den Blick von dem feinen, blonden Haar.

»Vielleicht kann sie nicht bleiben. Du wirst dir weh tun.« Alice sah Gertie über Annies Kopf hinweg an. »Es gibt Dinge, gegen die man nichts tun kann, Gertie«, sagte sie sanft.

Gertie eilte geschäftig hinaus, um der ahnungslosen Frau den Kampf anzusagen. Nach der Haarbehandlung gab Alice den Kindern einen großen Karton mit Spielzeug und Büchern und befahl ihnen, im Schulzimmer zu bleiben, bis sie wieder zurückkomme. Dann ging sie zu Gertie hinunter.

»Das ist ein armseliger Betrag. Davon kann man Kinder nicht angemessen ernähren«, hörte sie Gertie poltern, als sie ihren Salon betrat.

Die für die Einquartierung verantwortliche Person war eine Mrs. Audrey Penrose aus Penzance, die überhaupt nicht herrisch, sondern eine freundliche und äußerst tüchtige Frau war, die ihr Leben der Hilfe für andere widmete. Und als eine Penrose war sie bestimmt mit Queenie Penrose, dem Kindermädchen, das für Alice wie eine Mutter gewesen war, verwandt. Alice wünschte sich wirklich manchmal, Gertie würde nicht so vorschnelle Urteile über Menschen abgeben.

»Das ist der Zuschuß.«

»Weniger als zwei Pfund, Alice. Mehr kriegst du nicht von der Regierung für die Ernährung und Kleidung dieser armen Würmer.«

»Hallo, Mrs. Penrose. Sie sind sicher sehr beschäftigt«, sagte Alice lächelnd zu der Frau, die beim Anblick von Alice sichtlich erleichtert war.

»Leider ja. Es ist eine Tragödie, wie viele Kinder evakuiert werden müssen. Die meisten waren noch nie auf dem Land, und es ist eine ziemlich beängstigende Erfahrung für sie.«

»Ich habe von einem kleinen Jungen gehört, der noch nie eine Kuh gesehen hatte«, sagte Alice.

»Das ist nicht ungewöhnlich. Die Kinder glauben, die Milch kommt aus Flaschen. Wir hatten welche, die ...« Mrs. Penrose hüstelte geziert, »die nicht wußten, wofür die sanitären Einrichtungen bestimmt waren.«

»Du meine Güte!« Gertie war entsetzt. »Wenn dieser Krieg vorbei ist, muß die Regierung etwas gegen die Slums in London unternehmen. In manchen Stadtteilen herrschen noch viktorianische Verhältnisse – eine Schande.«

»Mir macht Sorge, welche Auswirkungen die Evakuierung

auf die Kinder haben wird. Hier leben sie im Komfort und in manchen Fällen sogar in einem unerhörten Luxus. Können wir ihnen zumuten, in die Slums zurückzukehren und dort zufrieden weiterzuleben?« fragte Alice bange.

»Dieser Krieg könnte zu einer Revolution führen, die längst überfällig ist«, sagte Gertie aufgeregt, wie immer, wenn radikale politische Themen diskutiert wurden. Alice dachte oft, daß Gertie in die falsche Klasse hineingeboren worden war. Sie wäre eine ideale Führerin für sozial Schwache gewesen. Mrs. Penrose spielte nervös mit ihrem Kragen. Diese ungewöhnlichen Ansichten schienen ihr Unbehagen zu bereiten.

»Ich brauche kein Geld für unsere Evakuierten, Mrs. Penrose. Vielleicht geben Sie den Zuschuß anderen, die ihn dringender brauchen«, sagte Alice und kehrte zu den gegenwärtigen Problemen zurück.

»Das ist nicht möglich, Mrs. Whitaker. Die Bestimmungen beinhalten keine Umverteilung der Zuschüsse, verstehen Sie?«

»Es ist eine lächerliche Summe«, warf Gertie ein.

»Es ist mehr, als die meisten Mütter dieser Kinder je für den Unterhalt aufwenden konnten«, entgegnete Mrs. Penrose scharf, durch Alice' Anwesenheit ermutigt.

»Überhaupt Nahrung aufzutreiben wird ein größeres Problem als das Geld werden, wenn die Rationierung weitergeht«, sagte Alice besorgt.

»Uns wurden Bettnässer zugeteilt.« Gertie blickte Mrs. Penrose finster an, die sich sofort entschuldigte, als trüge sie die Verantwortung dafür.

»Es macht nichts, Mrs. Penrose«, mischte sich Alice ein. »Es wird aufhören, sobald die Kinder zur Ruhe gekommen sind. Sagen Sie, wissen Sie etwas über die kleine Annie Budd?«

»Eine Tragödie. Ihr Haus wurde direkt getroffen, die ganze

Familie kam um, und ihr Vater ist bei der Armee – weiß Gott, wo. Annie wurde unter der Treppe gefunden. Die Mutter hat versucht, sie mit ihrem Körper zu schützen.«

»Kein Wunder, daß ihre Augen so traurig sind.«

»Spricht sie mittlerweile?«

»Nein, Mrs. Penrose. Aber das kommt noch«, sagte Alice mit einer Zuversicht, die sie nicht empfand. Annie war schwieriger, als sie zunächst befürchtet hatte.

»Vielleicht sollte ein Arzt nach ihr sehen?«

»Noch nicht, Mrs. Penrose. Zu viele fremde Menschen könnten ihren Zustand verschlimmern. Ich bin überzeugt, sie wird reden, wenn ihr danach zumute ist.« Alice merkte, daß sie abwehrend klang. »Darf ich Ihnen eine Tasse Tee anbieten?« wechselte sie rasch das Thema.

Das Bettnässen dauerte zu Flos lautstarker Verärgerung noch eine Woche an und hörte dann über Nacht auf. Die älteren Kinder hatten sich gut eingelebt. Neue Freunde in der Schule und die Lehrer boten ihrem Leben eine gewisse Kontinuität.

Doch Annie blieb ein Problemkind. Sie sprach kaum und saß stundenlang in einem Sessel, eine alte Puppe, die Alice gehört hatte, fest an sich gepreßt, und starrte ins Leere. Alice und Polly wechselten sich beim Vorlesen von Geschichten ab, wobei das Kind höflich, aber schweigend zuhörte. Wenn sie versuchten, Annie durch gutes Zureden aus ihrer Erstarrung zu locken, wurden ihre Augen völlig blicklos, und sie verkroch sich noch mehr in sich selbst. Ein paarmal hatten sie mit dem Kind einen Spaziergang gemacht, was stets mit entsetzlichem Geschrei geendet hatte. Annie fürchtete sich vor dem Moor, und das Meer erschreckte sie derart, daß sie nur noch ein zitterndes Bündel war. Also wurde beschlossen, sie im Haus zu lassen, bis sie weniger Angst vor der Umgebung haben würde.

Annie schrie zwar, weinte jedoch nie. Alice war überzeugt, daß sie nicht geweint hatte, seitdem man sie in den Ruinen ihres Heims gefunden hatte. Erst wenn das Kind weinen könnte, würde es sich den Menschen wieder öffnen, dessen war sich Alice sicher.

»Annie braucht ärztliche Hilfe, Alice«, sagte Gertie eines Abends, als sie wieder einmal über die Probleme des Kindes diskutierten.

»Sie braucht Liebe.«

»Mir kommt das alles zu gefährlich vor.«

»Ich glaube, Lady Gertie hat recht, Großmutter. Du verbringst viel zu viel Zeit mit dem Kind.«

»Was willst du damit sagen, Juniper? Wie könnte ich zu viel Zeit mit ihr verbringen? Sie braucht jede Zuwendung, die wir ihr geben können.«

»Aber damit vernachlässigst du alle anderen«, sagte Juniper scharf, so scharf, daß Gertie und Alice erstaunt aufblickten und sich dann fragend ansahen.

An den Wochenenden mußten die älteren Kinder unterhalten werden. May war kein Problem, weil sie gern kochte. Sie verbrachte die Wochenenden in der riesigen Küche von *Gwenfer* und lernte eifrig von Gerties Köchin. May und ihre Brüder hatten zusammen mit ihrer Mutter und drei anderen Kindern in einer kleinen Wohnung gelebt. Ihr Vater, ein Alkoholiker, war vor langer Zeit verschwunden. May war daran gewohnt, für ihre Brüder zu kochen, hatte jedoch nie eine derart gut ausgestattete Küche noch die Unzahl von Zutaten kennengelernt, die auf *Gwenfer* zur Verfügung standen.

Polly kümmerte sich um die Jungen. Auf dem alten Kutschpferd brachte sie ihnen das Reiten bei, nahm sie mit zur Farm, wo sie halfen, die Kühe zu melken und die Tiere zu füttern. Sie spielte Kricket und Fußball mit ihnen.

80

Wegen der Benzinrationierung ließ Alice von Zac den leichten zweirädrigen Karren, der seit ihrer Kindheit im Schuppen verstaubte, wieder herrichten und kaufte ein Pony. Voller Freude betrachtete sie den hübschen gelben Karren. Wenigstens mußte sie sich jetzt nicht mehr Gerties haarsträubendem Fahrstil ausliefern. Denn Gertie erwartete, daß ihr alle anderen Fahrzeuge auswichen, und um Benzin zu sparen, hatte sie die ziemlich beängstigende Angewohnheit angenommen, im Leerlauf zu fahren, wobei sie stets zu vergessen schien, daß ein Auto mit Bremsen ausgestattet war.

Aber auch Gertie stürzte sich mit Begeisterung auf das neue Gefährt.

»Ich habe das Autofahren nie genossen, weißt du, Alice. Diesen Vehikeln habe ich nie vertraut wie einem guten Pferd«, gestand sie.

»Da geht es dir wie mir«, antwortete Alice mitfühlend.

Der Umgang mit Juniper war weiterhin schwierig. Sie weigerte sich, Polly bei der Betreuung der Jungen zu helfen, und da sie nie in ihrem Leben einen Fuß in eine Küche gesetzt hatte, hielt sie sich auch von May und der Köchin fern. Was Annie betraf, so ignorierte sie das Kind völlig. Kam das Mädchen in ein Zimmer, stand Juniper unweigerlich auf und ging.

An einem Samstag hatte Polly May und Flo zum Einkaufen nach Penzance mitgenommen. Niemand wußte, wo Juniper war. Gertie schrieb Briefe, und die Jungen spielten im Schulzimmer mit einer alten, zerbeulten Eisenbahn. Es war ein herrlicher Oktobertag. Die Sonne schien, in der Luft hing der süße Duft herbstlichen Verfalls. Das Meer am Ende der Bucht war so blau wie der Himmel, und beide verschmolzen am Horizont miteinander.

»Ich gehe zu meinem Lieblingsfelsen und betrachte das Meer. Möchtest du mitkommen, Annie?« fragte Alice das

Mädchen, das wie immer mit der Puppe im Arm in einem Sessel kauerte.

Stumm glitt es zu Boden und griff zu Alice' Überraschung nach ihrer Hand. In der Halle steckte sie Annie in ihren Mantel, knöpfte ihn zu und setzte ihr einen Hut auf. Hand in Hand gingen die beiden zur Bucht hinunter.

Alice' Freude an dem schönen Tag wurde zerstört, als sie die Bucht erreichten. Auf dem vordersten Felsen, auf Oswalds Klippe, saßen die beiden Jungen und warfen lachend Angelleinen, die aus an Stöcken befestigten Schnüren bestanden, ins Wasser. Alice schlug sich entsetzt die Hand vor den Mund – dieser Felsen war der gefährlichste Platz in der Bucht. Hier bildeten die Wellen reißende Strudel und Wirbel. Sie hatte den Kindern verboten, ohne Begleitung hierherzukommen.

»Robin, Fred«, rief sie, aber die Jungen konnten sie nicht hören, denn in diesem Augenblick schwappte eine hohe Welle gegen den Fels. Die beiden Jungen tanzten übermütig, während das Wasser ihre Füße umspülte. Alice umklammerte Annies Hand fester, eilte mit ihr zu Ias Felsen und hob das Mädchen darauf.

»Bleib hier sitzen, und rühr dich nicht von der Stelle. Sei ein braves Mädchen«, sagte sie und unterdrückte die Panik in ihrer Stimme.

Alice lief quer durch die Bucht und kletterte über die Klippen zu dem vordersten Felsen.

»Robin, Fred, kommt sofort her!« schrie sie. Die beiden Jungen drehten sich in dem Augenblick um, als eine riesige Woge über den Fels schwappte und Fred ins Wasser riß. Robin fing an zu schreien. Alice lief schneller.

»Geh und hol Hilfe«, befahl sie Robin, schleuderte ihre Schuhe von den Füßen und sprang in die gefährlichen Fluten. Mit ein paar kräftigen Stößen war sie an der Stelle, wo Freds Kopf verschwunden war. Sie tauchte mit ausgestreckten Händen, berührte seinen Körper und packte das wild um sich schlagende Kind.

Wieder an der Wasseroberfläche angelangt, schrie sie ihn an, sich ruhig zu verhalten, aber der Junge schlug weiter in wilder Panik um sich. Sie fühlte, wie die Strömung an ihren Beinen zerrte, und es gelang ihr nur mit übermenschlicher Anstrengung, ruhigeres Wasser zu erreichen.

Doch der Strand schien eine Meile entfernt, und sie kam nur mühsam voran. Als ihre Kräfte schwanden und das kalte Wasser ihre Glieder lähmte, wußte sie, daß sie es nicht schaffen würde. Da griffen starke Hände nach ihr, und Zac zog sie beide an Land. Juniper und Polly kamen entsetzt über den Strand herbeigelaufen. Alice brach ganz blau im Gesicht vor Erschöpfung zusammen und rang keuchend nach Atem.

»Alice, nein!« Der Schrei war so voller Qual, daß er jenen, die ihn hörten, das Blut in den Adern erstarren ließ. »Alice, verlaß mich nicht!« Über den Sand kam Annie gelaufen und warf sich mit tränenüberströmtem Gesicht in Alice' Arme. »Stirb nicht, bitte, du darfst nicht sterben«, schluchzte das kleine Mädchen.

Alice hielt das Kind fest an sich gepreßt, und ihre Tränen vermengten sich mit Annies.

»Ganz ruhig, mein Liebling. Du mußt dich nicht so aufregen. Ich werde dich nie verlassen.« Und durch ihre nassen Kleider hindurch fühlte sie den mageren, zitternden Körper des traurigen kleinen Mädchens.

Alice blickte auf. Pollys Gesicht war vor Angst wie erstarrt. Auf Junipers Gesicht lag ein merkwürdig verzerrter Ausdruck, den sie nicht deuten konnte.

»Großmama, ich habe beschlossen, nach London zurückzufahren – noch heute abend«, sagte sie kalt, machte auf dem Absatz kehrt und ging durchs Tal hinauf zum Haus.

# 8

Die nächtliche Fahrt nach London verlief größtenteils schweigend. Juniper fuhr für die wegen der Verdunkelung ungenügende Beleuchtung viel zu schnell. Polly klammerte sich stoisch an den Ledergurt und schloß in engen Kurven die Augen.

Juniper schien verärgert, was sich jedoch nur in ihrem ungewohnten Schweigen ausdrückte. Polly hatte Juniper nie ärgerlich gesehen noch einen Wutausbruch bei ihr erlebt.

Polly tappte ebenso wie Alice und Gertie im dunkeln, was Junipers verändertes Wesen betraf. Die enthusiastische, zu allen Späßen aufgelegte Juniper, mit der sie die abenteuerliche Reise durch Frankreich gemacht hatte, schien nur in ihrer Phantasie existiert zu haben. Am einfachsten wäre es gewesen, Juniper direkt nach ihren Problemen zu fragen, denn Polly hatte immer gewußt, daß sie nur einen Teil von Juniper kannte. Junipers Leben schien in verschiedene Schubfächer unterteilt zu sein, zu denen sie anderen scheinbar willkürlich Zutritt gewährte.

Diese Einstellung hatte Vorteile, denn Juniper steckte ihre Nase nie in anderer Menschen Angelegenheiten. Sie gab sich mit dem zufrieden, was man ihr erzählte, und stellte keine weiteren Fragen, ganz gleich, wie groß ihre Neugier auch sein mochte. Es hatte Zeiten gegeben, da war ihr Polly dankbar dafür gewesen, und jetzt konnte sie ihren Wunsch nach Diskretion nur respektieren.

Polly wußte jedoch, daß Juniper zutiefst unglücklich war. Hal hatte ihr ernsthafter geschadet, als sie je zugegeben hatte, wie Polly jetzt bewußt wurde. In Frankreich hatte Juniper über die männlichen Liebhaber ihres Mannes gelacht und Witze gerissen, aber sie hatte ihren Humor offensichtlich nur als Schutzschild benutzt.

»Warum gehst du nicht nach Amerika zurück?« formulierte Polly zu ihrer eigenen Überraschung die Gedanken laut. In der Dunkelheit warf sie Juniper einen schuldbewußten Blick zu. »Es ist schließlich deine Heimat.«

»Das Gefühl habe ich nicht. Vergiß nicht, daß ich mit dreizehn fortging. *Gwenfer* war meine Heimat ...« Juniper versank wieder in Schweigen. Polly hätte gern gefragt, warum sie in der Vergangenheit gesprochen hatte, ließ es jedoch lieber bleiben. »Ist das nicht merkwürdig? Ich habe in England weniger Jahre gelebt als in dem Land, in dem ich geboren wurde, und doch betrachte ich Amerika nicht als meine Heimat. Ich möchte nicht dorthin zurückgehen.« Obwohl Juniper laut sprach, schien sie ein Selbstgespräch zu führen.

»Eigentlich ist es nicht merkwürdig. Die Jahre, die du in England gelebt hast, waren bedeutend für dich.«

»Bedeutend?« Juniper schnaubte. »Was war an ihnen bedeutend? Eine gescheiterte Ehe, ein Kind, das mich nicht kennt, geschweige denn liebt.«

»Arme Juniper.« Polly streckte behutsam die Hand aus und berührte leicht den Arm ihrer Freundin. Juniper wechselte so abrupt den Gang, daß Pollys Hand herunterfiel. Dann fuhren sie schweigend weiter.

Junipers Haus in Belgravia war ein großes, solide gebautes Haus, das den Platz beherrschte. Vor dem Krieg hatte eine ganze Heerschar von Dienstboten im Untergeschoß gelebt, aber jetzt war das Personal wegen des Zivildienstes auf ein Dienstmädchen und eine Köchin reduziert worden. Die Vorliebe der Köchin für Alkohol bewirkte, daß Mahlzeiten nur unregelmäßig, angebrannt oder überhaupt nicht auf dem Tisch erschienen. Polly hätte ihr wegen dieser Nachlässigkeit gekündigt, doch Juniper, in ihrer typisch widersprüchlichen Art, amüsierte sich über die Mätzchen ihrer Köchin und schlug meistens lachend vor, in ein Restaurant zu gehen.

Juniper hatte das Haus teilweise möbliert gemietet. Da sie jedoch kein sehr sorgfältiger Mensch war, verunzierten bald Glasränder die guten Möbel und Alkoholflecken die Teppiche. Außerdem war das Haus zu groß, um von einem einzigen Dienstmädchen in Ordnung gehalten zu werden. Polly machte sich unentwegt Sorgen um die Lebenshaltungskosten. Trotz der Bemühungen ihrer Großmutter war sie auch nach einem Jahr noch ohne Arbeit und konnte wegen ihres knappen Budgets wenig zum Unterhalt beitragen. Die Ländereien von *Hurstwood* hatte sie verpachtet, aber das geringe Einkommen und einen Großteil ihres Vermögens verschlang der Unterhalt des Hauses. Sie lebte in der Hoffnung, daß jemand den Landsitz für die Dauer des Krieges mieten würde, aber sie wartete noch immer auf einen solventen Pächter. Die geringe Summe, die sie sich zugestand, reichte für ihre Bedürfnisse, denn in Paris hatte sie gelernt, mit wenig Geld auszukommen. Aber es widersprach ihren Prinzipien, keinen Beitrag zu Junipers Haushalt leisten zu können, die sich stets weigerte, Geld von ihr anzunehmen.

»Sei nicht albern, Polly. Ich habe massenhaft Geld«, war stets ihre leichtfertige Antwort.

»Aber ich muß meinen Anteil bezahlen.«

»Wozu? Geld ist zum Ausgeben da, nicht wahr? Wenn ich keines mehr habe, komme ich zu dir«, sagte sie und lachte über diese unwahrscheinliche Möglichkeit.

Um ihr Gewissen zu beruhigen, arbeitete Polly im Haushalt. Sie half dem Dienstmädchen, bereitete die Mahlzeiten zu, wenn die Köchin unterm Tisch schnarchte, kaufte ein, stellte sich stundenlang für Nahrungsmittel an – wofür

Juniper niemals die Geduld aufgebracht hätte – und machte sich allgemein nützlich.

»Weißt du, Polly, du hast nicht genug Geld«, sagte Juniper eines Tages bei einem – wie üblich – späten Frühstück.

»Dieser Tatsache bin ich mir vollauf bewußt«, sagte Polly lächelnd. »Das Problem ist *Hurstwood*. Der Unterhalt des Hauses ist zu teuer und verschlingt jeden Penny, den ich besitze. Aber wenn ich Arbeit finde ...«

»Ich werde dich finanziell unterstützen und dir monatlich einen festen Betrag geben.«

»Nein, das wirst du nicht«, wehrte Polly vehement ab.

»Es ist einfach nicht fair. Wir sind Schwestern, und ich habe so viel und du so wenig.«

»Juniper, nein! Ich will dein Geld nicht, ich habe genug. Es ist schon überaus lieb von dir, mich hier wohnen zu lassen. Sonst wäre ich wirklich in Schwierigkeiten.«

»Bitte, laß mich etwas für dich tun. Ich möchte es. Verdirb doch nicht alles.«

»Nein, tut mir leid ...« Polly blickte auf ihren Teller. Sie brachte es nicht fertig zu sagen, was sie eigentlich dachte, daß sie nicht Junipers Schwester sein wollte. Um ihre Freundin nicht zu verletzen, schwieg sie.

»Du glaubst nicht, daß du meine Schwester bist, nicht wahr?« sagte Juniper traurig.

Polly zwang sich, Juniper in die Augen zu sehen. »Juniper, ich weiß es nicht. Als du es mir in Paris sagtest, war es ein Schock für mich, den ich zusätzlich zum Tod meines Vaters nicht verkraften konnte. Aber wenn ich jetzt darüber nachdenke, wenn ich an ihn denke ...«

»Du willst nicht meine Schwester sein.«

»Das ist es nicht. Ich kann es einfach nicht glauben, daß ich es bin.«

»Warum fragst du nicht deine Mutter?«

»Meine Mutter!« Polly lachte. »Ich glaube, meine Mutter hat vergessen, was die Wahrheit ist.«

»Aber verstehst du denn nicht, Polly? Ich wünsche mir mehr als alles auf der Welt, daß du meine Schwester bist. Ich brauche dich«, sagte sie und umklammerte Pollys Hand so fest, daß diese vor Schmerz zusammenzuckte.

»Ich bin dir eine loyale Freundin. Das halte ich für besser.«

»Da siehst du«, rief Juniper, sprang auf und stieß ihren Stuhl mit einer dramatischen Geste zurück. »Was hast du an mir auszusetzen?«

»Nichts, Juniper. Ich liebe dich. Ich könnte dich nicht mehr lieben, wärst du meine Schwester.«

»Ganz bestimmt?«

»Ehrlich.«

Polly war sich bewußt, daß dieses Thema ihre Beziehung belastete. Es gab Zeiten, da dachte sie, es wäre einfacher zuzustimmen, daß sie diese leidenschaftlich ersehnte Schwester sei. Aber Polly konnte sich nicht überwinden, dieses Zugeständnis zu machen, denn damit würde sie ihren Vater verleugnen, und das war für sie unvorstellbar.

Im Garten wurde die Erde aufgegraben und ein Luftschutzbunker errichtet. Juniper möblierte ihn stilvoll mit einem Chippendale-Tisch und Stühlen, einem kleinen Bücherschrank, rosafarbenen Öllampen, einem persischen Teppich und die Metallwände wurden mit Chintz verkleidet. Sie schliefen eine Nacht darin – am nächsten Tag regnete es, und das Wasser stand fußhoch im Bunker. Polly entfernte die Chippendale-Möbel und hängte den Teppich auf den Balkon zum Trocknen. Die beiden kehrten zu ihrem Zufluchtsort unter der Kellertreppe zurück.

Danach wurde Junipers gesellschaftliches Leben zunehmend exzessiv. Von morgens bis spät nachts brauchte sie

Gesellschaft, und Polly hatte den Eindruck, daß Juniper jede Minute des Tages mit Geplauder und Aktivitäten anfüllte, als hätte sie Angst vor der Einsamkeit.

Während ihrer Ehe mit Hal Copton hatte sie große Gesellschaften gegeben, aber jetzt suchte sie Umgang mit anderen Menschen, die nichts mit ihrem früheren Leben zu tun hatten. Polly fragte sich, ob Juniper ihre Vergangenheit auslöschen wollte. Wenn das der Fall war, warum wurde ihr erlaubt, zu bleiben?

Juniper ging im Morgengrauen zu Bett und wurde erst am Nachmittag wieder gesehen. Kaum hatte sie sich angezogen, verließ sie das Haus und machte Besuche oder ging einkaufen. Abends kehrte sie zurück, um sich für ein Dinner, einen Besuch im Theater oder einem Nachtclub umzuziehen. Es gab Tage, da sah Polly nur Junipers Rükken, wenn sie die Treppe zu einem wartenden Taxi hinuntereilte.

Während dieser Zeit hatte Juniper zahllose Romanzen, aber keine dauerte lange. Polly wünschte sich, Juniper würde einen Mann finden, der ihr etwas bedeutete. Sie erweckte den Eindruck, glücklich zu sein, aber es war eine gezwungene Fröhlichkeit, und Polly fing an, sich ernsthaft Sorgen zu machen.

Polly gewöhnte sich daran, allein zu sein. Da es ihr noch nicht gelungen war, eine offizielle Anstellung zu finden, arbeitete sie als Hilfskraft in der Kantine der Militärangehörigen im West End. Die Arbeit in dem stets überfüllten und lärmenden Saal war anstrengend, deswegen war sie ganz zufrieden, abends das Haus für sich zu haben. Dann konnte sie Musik nach ihrem Geschmack hören, ihren Lieblingssendungen im Radio lauschen, lesen, Briefe schreiben und von Andrew träumen. Sie schrieb oft an ihre Großmutter und regelmäßig an Jonathan – um der

Freundschaft willen –, der irgendwo im Nahen Osten stationiert war.

Sonst ging Polly nur aus, um ihre Mutter einmal im Monat sonntags zu besuchen, aber beide fanden kein Vergnügen an diesen Begegnungen. Nach jedem Besuch – die klagende, nörgelnde Stimme ihrer Mutter noch im Ohr – fragte sich Polly, warum sie sich überhaupt die Mühe machte, und verwünschte ihr Pflichtbewußtsein.

Juniper lud Polly ständig ein, sie auf ihren Exkursionen ins Londoner Nachtleben zu begleiten, doch Polly lehnte aus gutem Grund ab. Obwohl es ihrer Großmutter nicht gelungen war, Arbeit für sie zu finden, hatte sie mehr Erfolg bei der Suche nach Andrew gehabt. Von ihren Schweizer Freunden hatte Gertie erfahren, daß Andrew in Kriegsgefangenschaft war.

Polly schrieb ihm jeden Abend einen Brief und schickte ihn ans Schweizer Rote Kreuz. Noch wartete sie auf eine Antwort, aber jetzt hatte sie wieder Hoffnung, Hoffnung auf eine Zukunft und daher stand es außer Frage, daß ein anderer Mann Pollys Aufmerksamkeit erregen könnte.

»Du solltest wirklich mit mir ausgehen. Es ist ungesund, dein Leben hier zu verträumen. Weiß Gott, wann du Andrew wiedersehen wirst. Du brauchst etwas Unterhaltung und Vergnügen«, sagte Juniper eines Abends bei einem letzten prüfenden Blick in den Spiegel. »Und du kümmerst dich zu viel um das Haus. Laß es doch verkommen. Mir ist es egal.«

»Aber mir nicht. Mach dir um mich keine Sorgen. Ich bin absolut glücklich. Wie könnte ich mich vergnügen, da ich jetzt weiß, daß Andrew in Kriegsgefangenschaft ist? Ich hätte unerträgliche Schuldgefühle. Außerdem macht es mir Spaß, mich um das Haus zu kümmern.«

»Na gut, das ist was anderes, nicht wahr?« Juniper schenkte

ihr ein strahlendes Lächeln. Dann läutete es, und Juniper griff nach Handtasche und Cape. »Bis später. Hüte dich vor Bomben, und warte nicht auf mich«, rief sie zum Abschied, so wie jeden Abend.

Sie lebten nicht länger allein im Haus. In einer Frühlingsnacht 1941 kehrte Juniper mitten in einem Luftangriff mit zwei jungen Männern im Schlepptau zurück, die behaupteten, Künstler und Kriegsdienstverweigerer zu sein. Sie kamen fürs Wochenende, aber sechs Monate später waren sie immer noch da. Diesen beiden folgte ein ständiger Strom von »Gästen«, die ein paar Tage blieben und wieder verschwanden. Wir leben wie in einem Hotel, dachte Polly, als sie wieder einmal dem Dienstmädchen half, die Bettlaken zu wechseln.

»Ich sollte es Ihnen wohl besser sagen, Madam. Ich gebe meine Stelle hier auf«, sagte Stella eines Tages, als sie eine Bettdecke geradezog.

»O nein, Stella! Warum?« fragte Polly entsetzt.

»Ich habe dieses Haus gründlich satt, Madam. Niemand außer Ihnen hält sich an einen geregelten Tagesablauf. Dieses ganze Kommen und Gehen – es ist zuviel für eine Person.«

»Es tut mir leid, Stella. Ich werde Ihnen mehr helfen.«

»Nein, Madam, das nützt nichts. Ich gehe in die Munitionsfabrik. Dort verdiene ich viermal so viel wie hier, und meine Arbeit wird anerkannt.«

»Ich kann es Ihnen nicht verübeln«, sagte Polly zu Stellas Überraschung ruhig. »Gehen Sie nur. Ich wünsche Ihnen viel Glück.« Und dachte dabei: Könnte ich nur alles so einfach aufgeben.

Dann, eines Tages, im Sommer, hielt eine Gräfin mittleren Alters, die aus einem mitteleuropäischen Land stammte und mit der sich Juniper in einem Nachtclub angefreundet

hatte, im Haus Einzug. Für Polly war Sophia von Michelberg kein willkommener zusätzlicher Gast, denn die Dame
war arrogant und herrisch. Ihre Zofe, Martha, hatte einen
dunklen Teint, einen mürrischen Gesichtsausdruck, sprach
kein Wort Englisch und haßte die Köchin vom ersten Augenblick an. Polly hatte gehofft, daß ihre Ankunft Hilfe bei
der Hausarbeit bedeuten würde, aber das kam Martha gar
nicht in den Sinn. Sie war ausschließlich für die Gräfin da.
An demselben Tag, als die Köchin und Martha einen äußerst spektakulären Streit hatten, fand Polly endlich eine
Anstellung als Schreibkraft im Informationsministerium, in
der Abteilung, die Ratschläge für Hausfrauen in Bedräng-
nis veröffentlichte. Diese Stelle erfüllte Polly zwar nicht mit
Begeisterung, aber es war immerhin ein offizieller Posten,
für den sie sogar zu ihrer Erheiterung ein Formular unterzeichnen mußte, das sie zu absoluter Geheimhaltung ver-
pflichtete.
Als Polly nach Hause zurückkehrte, platzte sie beinahe vor
Begeisterung darüber, endlich etwas Nützliches tun zu können, und wollte ihre Neuigkeit verkünden. Im Haus
herrschte Aufruhr, und die Köchin war gegangen.
»Natürlich können Sie diese Stelle nicht annehmen, Polly.
Was für ein egoistischer Gedanke! Wir brauchen Sie hier«,
erklärte Sophia anmaßend. »Schließlich sind Sie nicht ein-
berufen worden.«
»Ich möchte helfen. Im letzten Jahr kam ich mir so nutzlos
vor.«
»Pah! Worin besteht der Nutzen, Proleten Ratschläge zu
erteilen?« sagte die Gräfin höhnisch.
»Vor Wochen habe ich einen Arbeitsplan erstellt, der jeden
im Haus verpflichtet, bestimmte Aufgaben zu erfüllen«,
sagte Polly mit gezwungener Geduld. »Wenn jeder seinen
Teil dazu beiträgt, werden wir sicher zurechtkommen.« Sie

stand vor dem Kamin, in dem ein mickriges Feuer qualmte. Seaton und Giles, die »Künstler«, rekelten sich träge in den Sesseln davor.

»Mir macht's nichts aus zu kochen«, sagte Juniper fröhlich. »Es könnte Spaß machen, und wenn nicht, können wir auswärts essen. Auf meine Rechnung.«

»Juniper!« sagte Polly verzweifelt. »Du kannst nicht weiterhin für alle bezahlen.« Die anderen im Zimmer setzten sich ungeniert über dieses Problem hinweg.

»Polly, es kommt nicht in Frage, daß Sie diese Stelle annehmen«, sagte Sophia hoheitsvoll.

»O nein, Sophia, meine Liebe. Sie muß es tun. Seit Ewigkeiten hat sie auf diese Gelegenheit gewartet, nicht wahr, Polly? Wir kommen schon zurecht«, sagte Juniper.

»Es ist keine besondere Stelle, aber immerhin ein Anfang.«

»Natürlich, Polly, nutze deine Chancen. Nein, kein Wort mehr. Du nimmst die Stelle an.«

Polly dankte ihr, fühlte sich jedoch auf unerklärliche Weise schuldbewußt.

An einem bitterkalten Abend, kurz vor dem zweiten Weihnachtsfest, das Juniper und Polly in London verbringen würden, erweiterte sich der Haushalt um zwei junge Frauen. Juniper hatte Maureen und Pam nach einem besonders heftigen Luftangriff auf der Straße aufgelesen, wo sie einen Kinderwagen mit ihren wenigen Habseligkeiten, die sie aus ihrem zerbombten Haus hatten retten können, vor sich herschoben. Natürlich werde ich euch aufnehmen, hatte sie gesagt. Natürlich müßt ihr bleiben, solange ihr wollt. Natürlich war es völlig irrelevant, daß sie kein Geld besaßen.

Maureen und Pam waren angenehme Gäste. Sie versuchten zu helfen, wenn auch ziemlich ineffektiv, denn die beiden waren wie Juniper Nachteulen. Ihre Kleider waren auffallend, ihre Sprache derb, ihr Make-up grell. Polly vermutete, daß ihre Großmutter die beiden als »gewöhnlich« bezeichnet hätte, aber sie mochte Maureen und Pam und verzieh ihnen ihr spätes Aufstehen und den Krach, den sie gelegentlich machten, weil sie zumindest versuchten zu helfen. Als Polly endlich merkte, was im Haus vor sich ging, schämte sie sich ihrer Naivität.

»Juniper, ist dir aufgefallen, daß Maureen und Pam eine Menge männlicher Besucher haben?«

»So?« Juniper war mit dem Feilen ihrer Nägel beschäftigt. Ihre Maniküre und ihre Friseuse waren vor einer Woche bei einem Bombenangriff ums Leben gekommen.

»Du weißt schon, was ich meine«, sagte Polly, die sich merklich unbehaglich fühlte.

»Leider nicht, Polly. Was versuchst du, mir zu sagen?«

»Ich halte es für möglich, daß die beiden Prostituierte sind.«

»Oh, daran besteht kein Zweifel«, antwortete Juniper und betrachtete bewundernd ihre Fingernägel. »Gefällt dir dieser Rotton?«

»Aber, Juniper, du könntest in Schwierigkeiten geraten. Man könnte dich beschuldigen, ein Bordell zu betreiben. Darauf steht Gefängnis.«

Juniper lachte. »Ach, Polly, du klingst manchmal so prüde. Die beiden hatten kein Zuhause, ich habe ihnen geholfen. Was ihren Beruf betrifft – ich bezweifle, daß die Behörden im Augenblick Zeit haben, sich darum zu kümmern. Jedenfalls sind sie Amateure und bieten einen dringend benötigten Service.«

»Was würde Alice dazu sagen?«

»Es ist mir verdammt egal, was meine Großmutter dazu sagen würde. Ich bin ihr keine Rechenschaft schuldig«, sagte sie, wandte sich lächelnd ab und gab Polly das Gefühl, Unrecht getan zu haben.

Ungefähr zu der Zeit fing Juniper an, ausschweifende Partys zu veranstalten. Gewöhnlich begannen sie gegen Mitternacht, wenn Juniper gelangweilt aus einem Nachtclub nach Hause kam und oft die Gäste samt Band mitbrachte.

Das ausgelassene Toben dauerte bis zum frühen Morgen. Sirenen heulten, Bomber dröhnten übers Haus, Bomben fielen, das Haus zitterte, das Licht ging aus, aber die Party ging bei Kerzenlicht weiter.

Bald läuteten Fremde an der Haustür und fragten, ob hier Junipers Party stattfände, denn sie und ihre Gastfreundschaft wurden in London allmählich berühmt. Die Nachbarn beklagten sich, aber Juniper erklärte stets auf ihre liebenswürdige Weise, welcher Unterschied denn zwischen dem Lärm, den die Deutschen machten, und dem ihrer Partys sei. Und, fügte sie gewöhnlich mit einem strahlenden Lächeln hinzu: Ihre Partys brächten den armen Soldaten etwas Entspannung und Vergnügen. Dagegen sei doch nichts einzuwenden, oder?

Es entsprach den Tatsachen, daß jede Art von Uniform auf ihren Partys anzutreffen war, begleitet von einem Gewirr aus Sprachen und Akzenten – Amerikanisch, Kanadisch, Französisch, Polnisch, Skandinavisch. Junipers Adresse war ein Geheimtip bei den Offizieren, die ihren kostbaren Fronturlaub in London verbrachten.

Schlaf wurde für Polly zum Problem. Sie stopfte sich Watte in die Ohren, steckte den Kopf unter die Kissen, aber es half nichts. Sie wußte, daß sie schließlich gezwungen sein würde auszuziehen, zögerte diese Entscheidung jedoch hinaus, hauptsächlich, weil sie Juniper nicht weh tun wollte und auch, weil sie um Juniper Angst hatte. Juniper trank zuviel und aß zu wenig.

Schließlich gelang es Polly, Juniper allein in ihrem Zimmer anzutreffen. Nachdem sie ihre Besorgnis über Junipers erschöpftes Aussehen ausgedrückt hatte, äußerte sie zaghaft den Vorschlag, die Partys auf zwei pro Woche zu beschränken.

»Du bist manchmal wirklich eine langweilige alte Jungfer, Polly. Warum entspannst du dich nicht und genießt das Leben?«

»Die Kosten müssen ungeheuer sein.«

»Habe ich mich je beklagt?«

»Nein.«

»Also spielt das Geld keine Rolle. Mensch, Polly, was habe ich dir immer gesagt? Geld ist zum Ausgeben da.«

»Ich brauche mehr Schlaf, wenn ich meine Arbeit ordentlich tun will.« Nachdem Polly diese Unterhaltung angefangen hatte, wollte sie auch alles zur Sprache bringen.

»Nun, die Partys sind mein Beitrag zum Zivildienst, und ich sehe keinen Grund, damit aufzuhören. Richte dir ein Zimmer im Dachgeschoß ein, dort ist es ruhiger«, lautete Junipers Ratschlag.

Nach sechs Monaten, der Winter stand bevor, hörten Junipers Ausflüge in die Nachtclubs und Restaurants auf. An den Wochenenden, wenn Polly den ganzen Tag zu Hause war, merkte sie, daß die Partys nie endeten. Die Gäste schliefen ein paar Stunden, und am frühen Nachmittag wurde bei lauter Musik wieder getrunken und gefeiert.

Polly war schon vor langer Zeit in die Mansarde gezogen, und ihr Schlafzimmer und die Küche waren die einzigen Räume, in die Tageslicht drang. In den anderen Zimmern waren die Fensterläden zugeklappt und die Vorhänge zugezogen. Es war, als hätte sich Juniper in einen Kokon eingesponnen. Wenn sie die Welt aussperrte – diese Welt, die so häßlich und beängstigend geworden war –, konnte sie alles ignorieren, was passierte.

Lebensmittel und Getränke waren zwar überall knapp, aber nicht bei Juniper. Es kamen regelmäßig Lebensmittelpakete aus Amerika, aber die hätten nicht ausgereicht, um ihre Gäste zu versorgen. Also hatte sie Verbindung mit Männern aufgenommen, die nur verstohlen in der Nacht kamen und den Haushalt mit allem versorgten, was gebraucht wurde.

Oft, wenn Polly Fremden auf der Treppe begegnete, empfand sie sich als Außenseiterin und spürte, daß sie und Juniper sich immer mehr entfremdeten, und fragte sich, ob sie je wieder zueinanderfinden würden.

## 9

Im Frühjahr 1943 wagte sich Juniper nur noch aus dem Haus, um ihre Schneiderin aufzusuchen oder in einem der großen Kaufhäuser einzukaufen. Nur, wenn ihr Sohn nach London gebracht wurde – alle drei Monate für ein Wochenende –, stand sie früh auf und eilte aus dem Haus, um sich mit ihm und seinem Kindermädchen zu treffen, sie auszuführen, ihm Geschenke zu kaufen und ihn mit Geld und Aufmerksamkeiten zu überhäufen. Für jemanden, der behauptete, ihr Sohn bedeute ihr nichts, machte Juniper bei diesen Wiedersehen einen bemerkenswert glücklichen Eindruck. Auch während der Nächte, die der Junge in London verbrachte, fanden Partys statt, aber Juniper ging wenigstens vor Morgengrauen zu Bett. Abgesehen von diesen Ausflügen verließ sie ihr Haus nur für lange, ermüdende Konsultationen mit ihren Anwälten wegen des Sorgerechts für Harry.

Mit zunehmender Beunruhigung beobachtete Polly, wie

Juniper ihr blühendes Aussehen verlor und ihr Teint den stumpfen, grauen Farbton eines Menschen annahm, der selten in die Sonne kam. Ihr Gesicht war vom Alkohol aufgeschwemmt, und sie hatte stark abgenommen. Sie redete ununterbrochen und wurde von einer erschreckenden Rastlosigkeit getrieben. Bei den geringsten Anlässen brach sie in ein hysterisch klingendes Gelächter aus, das nicht enden wollte. Aber wenn sie von ihren Rechtsanwälten zurückkam, sah sie noch schlimmer aus, wirkte abgehärmt, trank doppelt so viel, und ihr Lachen klang schrill und häßlich. Polly hatte das Gefühl, mit anzusehen, wie die Juniper, die sie liebte, dahinschwand, und wußte nicht, was sie tun sollte.

»Hast du Schwierigkeiten?« fragte Polly eines Abends besorgt. Sie kam gerade von der Arbeit nach Hause, als Juniper aus einem Taxi stieg.

»Nein. Alles läuft bestens. Es gibt keine Probleme«, sagte Juniper leichthin und sperrte die Haustür auf. In der Halle schleuderte sie ihre Schuhe von den Füßen, schlüpfte aus dem Mantel, den sie nachlässig auf einen Stuhl warf und blickte in den Spiegel. »Mein Gott, das Licht in dieser Halle ist schrecklich. Ich sehe ja ganz gelb aus. Besorg hellere Glühbirnen, Polly.«

»In den Geschäften gibt es nur diese trüben Funzeln.«

»Ich werde Sid bitten, stärkere zu besorgen, wenn er das nächste Mal kommt. Möchtest du einen Drink?« fragte Juniper über die Schulter, während sie die Treppe hinauflief. Sie betrat den Salon und ging zu dem mit Flaschen vollgestellten Getränkewagen.

»Juniper, hältst du es für richtig, dich mit schmierigen Typen wie Sid einzulassen? Es ist anderen gegenüber nicht fair«, sagte Polly und folgte ihr in den Salon.

»Was meinst du damit? Würde ich nicht von Sid und seinen

Kumpanen kaufen, würden es andere tun. Warum sollte ich also darauf verzichten?«

»Wenn niemand von ihnen kaufen würde, könnten sie kein Geschäft machen, und es gäbe keinen Schwarzmarkt, nicht wahr?«

»Polly, wie naiv du manchmal bist. Im Krieg kommen Leute wie er immer hoch, um die Bedürfnisse der Menschen zu decken, die es sich leisten können. Die Welt ist nicht der hübsche Ort, den du dir vorstellst.«

»Aber es ist so unpatriotisch.«

»Liebe Polly, es gibt Zeiten, da klingst du unerträglich tugendhaft. Ist dir bewußt, daß wir uns überhaupt nicht mehr unterhalten? Von dir höre ich nur noch Strafpredigten und Nörgeleien«, sagte Juniper scharf und schwankte leicht, als sie sich einen neuen Drink eingoß.

»Juniper, geht's dir nicht gut?«

»Mir wird's gutgehen, sobald du deinen Mund hältst«, sagte sie brutal. Polly erstarrte. Aber das müde Lächeln auf Junipers Gesicht weckte sofort wieder ihr Mitgefühl.

»Es tut mir leid, Juniper. Du mußt völlig erschöpft sein. Es geht dir nie gut, wenn du von den Rechtsanwälten kommst.«

»Ach, Polly, sie sind so langweilig mit ihrem monotonen Gerede. Dauernd machen sie mir Vorhaltungen.« Sie sank in einen Sessel, zog die Füße unter sich und sah in dem trüben Licht der Tischlampe wieder wie ein Mädchen aus.

»Wahrscheinlich ist es zu deinem Besten. Ganz ehrlich, Juniper, ich bin krank vor Sorge. Was in diesem Haus vorgeht – diese Partys und Trinkgelage und diese Herumlungerer ...«

»Das sind meine Freunde«, sagte Juniper lebhaft.

»Nein, das sind sie nicht, Juniper. Sie nutzen dich aus, und was noch schlimmer ist, sie schaden deinem Ruf.«

»O Mann, nicht auch du noch! Genügen die Anwälte nicht?« Juniper verdrehte verzweifelt die Augen.

»Wir *nörgeln* nicht. Wir machen uns Sorgen um dich, weil die Coptons deinen Lebenswandel vor Gericht gegen dich verwenden könnten ...«

»Du bist eifersüchtig, Polly. Das ist und war immer dein großer Fehler. Dir wäre es lieber, keiner meiner Freunde käme hierher, damit du mich ganz allein für dich hast.«

Polly war sprachlos und blickte verdutzt auf ihre Freundin hinunter.

»Es stimmt doch, nicht wahr?« fragte Juniper mit einem strahlenden Lächeln.

»Nein, es stimmt nicht«, entgegnete Polly kategorisch. »Ich verabscheue diese Leute, weil sie schlecht sind, und nicht, weil ich eifersüchtig bin.«

Juniper betrachtete angelegentlich ihre hübschen rosafarbenen Nägel und schwieg.

»Ich mache mir Sorgen um den Ausgang deiner Gerichtsverhandlung, mehr nicht.«

»Ich habe dir gesagt, es gibt keinen Grund zur Besorgnis. Ich besitze genug Geld, um dieses alte Weib, meine Schwiegermutter, zu bekämpfen. Immerhin ist es uns schon gelungen, diese blöde Verhandlung zweieinhalb Jahre zu verzögern – diese Zeit habe ich mir mit meinem Geld erkauft. Mit Geld gewinnt man immer, Polly.«

»Nicht immer, Juniper.« Polly seufzte vor Verzweiflung. »Merkst du denn nicht, daß du die Zukunft deines Sohnes gefährdest?«

»Da dein eigenes Leben nicht gerade von Erfolg gekrönt ist, bist du wohl kaum in der Position, mir Vorhaltungen zu machen ...«

Polly war verletzt, zutiefst verletzt. Sie machte auf dem Absatz kehrt und verließ stumm den Salon. In ihrer Mansarde angekommen, schrieb sie sofort einen ausführlichen Brief an Alice und berichtete ihr von ihren Sorgen. Als sie den Brief noch einmal las, klangen ihre Befürchtungen und Klagen gehässig und kleinlich. Sie zerriß den Brief und warf ihn in den Papierkorb.

Diese Szene war die einzige einem Streit nahekommende Auseinandersetzung zwischen den beiden. Es würde nie zu einem regelrechten Krach kommen, denn Juniper vermied es, mit irgend jemandem Streit anzufangen. Auch wenn sie wütend war, sprach sie lieb und vernünftig, mit einem Lächeln – was auf den anderen aufreizend und frustrierend wirkte. Ein wirklich guter Streit hätte die Atmosphäre reinigen können. Statt dessen beschloß Polly, das Haus zu verlassen und sich woanders ein Zimmer zu suchen. Sie hatte Angst, daß aus Juniper und ihr Feindinnen werden könnten, sollte sie hierbleiben. Sie hatte versucht zu helfen, war aber nicht stark genug, um mit Juniper fertig zu werden. Sie hätte Alice informieren müssen, aber ihre Loyalität war zu ausgeprägt. Die Sorgen richteten sie allmählich zugrunde. Es war Zeit, daß sie anfing, an sich selbst zu denken.

Am nächsten Morgen machte sich Polly auf die Suche nach einer anderen Bleibe, aber es war schwieriger, als sie sich vorgestellt hatte.

In der folgenden Woche sprachen die beiden kaum miteinander. Polly litt noch immer unter den – in ihren Augen – ungerechtfertigten Vorwürfen Junipers. Juniper hingegen hatte keine Ahnung, daß ihr Polly bewußt aus dem Weg ging. Polly hatte ihr nicht gesagt, daß sie beabsichtigte auszuziehen. Eine Begegnung ließ sich leicht vermeiden. Wenn Polly zur Arbeit ging, lag Juniper noch im Bett. Wenn Polly nach Hause kam, amüsierte sich Juniper schon auf der Party, und da Polly nie daran teilnahm, war ihre Abwesenheit nicht ungewöhnlich. Daher hatte Polly keine Ahnung, daß die Verhandlung über das Sorgerecht für Harry bereits stattgefunden hatte, bis jemand heftig an ihre Zimmertür klopfte.

Im Flur stand eine verzweifelte Juniper mit tränenüberströmtem Gesicht. Sie warf sich schluchzend in Pollys Arme.

»Ich habe verloren«, stammelte Juniper in ihrer zunehmenden Hysterie.

»Oh, mein Gott! Muß Harry bei Lady Copton leben?« Sie führte Juniper ins Zimmer, befeuchtete ein Handtuch mit kaltem Wasser und betupfte damit etwas unbeholfen Junipers Gesicht.

»Er bleibt in Schottland«, stieß Juniper schluchzend hervor.

»Aber ich dachte ...«

»Lady Copton zieht nach Schottland. Sie und Leigh haben gemeinsam das Sorgerecht zugesprochen bekommen. Ach, du lieber Himmel, ich brauche einen Drink. Hast du hier oben was?« Verstört blickte sie sich in Pollys ordentlichem Mansardenzimmer um.

»Ich hole dir einen.« Polly hatte ausnahmsweise das Gefühl, daß Juniper einen großen Brandy brauchte.

Gleich darauf kam sie mit zwei Gläsern und einer Flasche Brandy zurück und goß sich selbst einen großen Drink ein. Juniper leerte ihr Glas mit einem Schluck und ließ sich sofort nachschenken. Von allmählich abebbenden Schluchzern unterbrochen, erzählte Juniper von den Ereignissen des Nachmittags.

» ... und stell dir vor, sie haben uns seit Monaten beobachten lassen. Eine ganze Reihe von Privatdetektiven hat die Namen aller Leute notiert, die ins Haus kamen. Sie wissen von Maureen und Pam und daß sie Prostituierte sind. Sie haben mit den Nachbarn gesprochen, die sich über den

Lärm beklagt haben ... alles kam zur Sprache. Es war einfach beschämend.« Juniper schlug die Hände vors Gesicht. »Ich dachte, Lady Copton sei arm. Wie konnte sie sich die Privatdetektive leisten?«

»Ich vermute, Hal hat ihr Geld gegeben.«

»Aber der besitzt doch auch nichts.«

»Als er nach Amerika ging, habe ich mit Charlie Macpherson vereinbart, ihm eine hohe Pauschalsumme auszuzahlen ...«

»Dieser Schurke. Er hat dein Geld benutzt, um gegen dich zu kämpfen. Das ist unbeschreiblich! Hast du Leigh gesehen?«

»O ja, ich habe den lieben Leigh gesehen. Er hat nicht einmal gewagt, mich anzuschauen. Im Bett habe ich ihm gut gefallen ...« Juniper war wieder den Tränen nahe. »Wenigstens hatte ich die Genugtuung mitzuerleben, wie sich Caroline vor Scham wand, als die Sache zwischen Leigh und mir zur Sprache kam.«

»Wird man dir erlauben, Harry zu sehen?«

»Der Richter war überaus großzügig«, sagte Juniper mit einem bitteren Lachen. »Ich darf ihn einen Nachmittag pro Woche und ein Wochenende im Monat sehen. Aber ich muß nach Schottland reisen. Harry darf nur mit Erlaubnis des Gerichts nach London kommen.«

»Nun, das ist gar nicht so schlecht. Du wirst ihn öfter sehen als im Moment.«

»Nein, werde ich nicht. Ich darf ihn nur in Gegenwart von Lady Copton oder Caroline sehen. Da verzichte ich lieber.« Sie schüttelte trotzig den Kopf.

»Das ist töricht, Juniper. Du würdest dir ins eigene Fleisch schneiden ...« Sie beendete den Satz nicht. Juniper sah sie an, Polly konnte den Ausdruck der Verzweiflung in ihren Augen kaum ertragen.

»Ich begreife das nicht, Polly. Ich dachte, er wäre mir gleichgültig. Du weißt, ich habe immer gesagt, daß ich meinen Sohn nicht liebe, ihn nicht lieben konnte. Und heute, als ich ihn sah ... als er auf mich zugelaufen kam, ja, das tat er. Weißt du, er war glücklich, mich zu sehen, richtig froh.« Sie sprach, als könnte sie es selbst nicht glauben.

»Er war dabei?«

»Ja. Draußen, mit seinem Kindermädchen. Und plötzlich wollte ich ihn haben, wollte ihn festhalten. Ich habe zu spät erkannt, daß ich ihn vielleicht doch geliebt habe.«

»Das habe ich nie bezweifelt. Du hattest zuviel durchgemacht, als du beschlossen hast, ihn Leigh zu überlassen. Nachdem du die Wahrheit über Hal entdeckt hast, konntest du einfach nicht logisch denken. Es war der denkbar ungünstigste Zeitpunkt, eine derart wichtige Entscheidung zu treffen. Damals warst du ja selbst noch ein Kind. Ich glaube, du hast dir diese Liebe nie eingestanden. Nachdem du so verletzt worden warst, hattest du vielleicht Angst davor, deinen Sohn zu lieben.«

»Oh, Polly, was habe ich getan?«

Es konnte keine Rede mehr davon sein, daß Polly jetzt auszog; sie wagte es nicht, denn Juniper war am Rande der Selbstzerstörung. Ihr Alkoholkonsum stieg, und Polly verfluchte den großen Vorrat an Wein und Schnaps im Keller. Hatte sie schon zuvor wenig gegessen, schien sie jetzt überhaupt keine feste Nahrung mehr zu sich zu nehmen. Und sie machte kein Geheimnis daraus, daß das kleine silberne Messer und der Strohhalm für den Genuß des weißen Pulvers bestimmt waren, das sie regelmäßig von einem Arzt mit zweifelhaftem Ruf in der Harley Street bekam. Polly war zu ängstlich, um danach zu fragen.

Sie beabsichtigte, ein paar Tage Urlaub zu nehmen und

nach *Gwenfer* zu fahren, um Alice ihre Sorgen anzuvertrauen und sie zu bitten, mit ihr nach London zu kommen. Alice würde es gewiß gelingen, Juniper zur Vernunft zu bringen.

Am Abend bevor Polly Mrs. Anstruther, ihre Vorgesetzte, um Urlaub bitten wollte, erwartete sie bei der Heimkehr von der Arbeit ein Brief von Andrews Vater. Mit zitternder Hand las sie den Brief. Im März 1942 war Andrew zusammen mit einem Offizier des Gardekorps aus dem Kriegsgefangenenlager geflohen. Mit Unterstützung der französischen Résistance war es dem Offizier gelungen, nach England zurückzukehren. Diese gefährliche Reise hatte ein Jahr gedauert. Sofort nach seiner Ankunft hatte er die Slaters aufgesucht und ihnen mitgeteilt, daß Andrew eine Woche nach ihrer Flucht von einer deutschen Patrouille erschossen worden war. Andrew war tot.

Polly warf sich auf ihr Bett. Ihr war kalt und elend. Die Nachricht, vor der sie sich in ihren schlimmsten Träumen gefürchtet hatte, war Realität geworden. Andrew war seit über einem Jahr tot, und sie hatte es nicht gewußt. Er lag in einem Grab in einem fremden Land, und niemand hatte um ihn getrauert. Sie hätte es wissen, hätte seine Angst, seine Qual fühlen müssen. Ihr blieben nur die Erinnerungen. Als sie zusammen mit Juniper aus Paris geflohen war, hatte sie nur Zeit gehabt, einen kleinen Koffer zu packen, und hatte alle Geschenke – bis auf ein kleines Silbermedaillon und ein Foto – zurücklassen müssen. Und diese beiden Erinnerungsstücke waren ihr zusammen mit ihrem Koffer in Biarritz gestohlen worden. Sie wünschte sich, ihr Kater wäre jetzt bei ihr und nicht in *Gwenfer*. Wenigstens *Hursty* hatte ihn gekannt. Andrews Hand hatte sein Fell gestreichelt.

Allein in ihrem Elend drückte sich Polly ein Kissen aufs

Gesicht und schluchzte. Unten lärmten die Partygäste. Ihre Sorgen um Juniper schwanden. Jetzt wurde sie nur von dem Gedanken besessen, wie sie ohne Andrew überleben sollte. Am nächsten Morgen ging sie wie gewöhnlich zur Arbeit und erledigte ihre Aufgaben wie ein Roboter. Ihre geröteten Augen und ihr geschwollenes Gesicht verrieten ihre Trauer um den Verlust eines ihr nahestehenden Menschen. Niemand konnte etwas tun oder sagen oder helfen. In diesen Tagen war der Tod eines lieben Menschen nichts Ungewöhnliches. Mitfühlend brachten ihr die Kolleginnen eine Tasse Tee, und die gestrenge Mrs. Anstruther goß einen ordentlichen Schuß Whisky hinein und fragte Polly, ob sie mit ihr reden wolle. Polly verneinte. In ihrem Kummer hatte sie die Verabredung mit ihrer Vorgesetzten völlig vergessen.

Als sie eine Woche später Mrs. Anstruther bat, ihr ein paar Tage frei zu geben, damit sie zu ihrer Großmutter nach *Gwenfer* fahren könne, um ihre Trauer zu überwinden, wurde ihr die Erlaubnis verweigert. Andrew war weder ihr Mann noch ihr Vater, Bruder oder Sohn – nicht einmal ihr Verlobter – gewesen, lautete die schroffe Absage. Die Liebe ihres Lebens zählte in den Augen der Behörde nicht.

Juniper war sehr lieb und mitfühlend. Sie verzichtete sogar auf die Gesellschaft ihrer lärmenden Freunde und verbrachte zwei Abende mit Polly. Am Küchentisch, eine Flasche Wein zwischen ihnen, hörte sie zu, während Polly redete und sich in endlosen Erinnerungen erging. Und wenn Polly weinte, nahm sie sie tröstend in die Arme.

Am dritten Abend saß Polly jedoch allein in der Küche. Juniper war wieder zu ihren endlosen Partys zurückgekehrt.

Erst nach Tagen gelang es Polly, ihre Trauer einigermaßen zu beherrschen und ein ihr sinnlos scheinendes Leben weiterzuführen. In ihrer Einsamkeit klammerte sie sich verzweifelt an ihre Sehnsucht nach Andrew, als könne sie ihn damit in ihrem Herzen weiterleben lassen.

Der Gedanke daran, nie wieder ein Erlebnis, einen sonnigen Tag, einen Spaziergang mit Andrew teilen zu können, war ihr unerträglich. Oft ging sie mit tränenüberströmtem Gesicht durch die Straßen zur Arbeit, und die Passanten wandten verlegen den Blick ab, als fürchteten sie, Trauer sei ansteckend.

Solange Andrew vermißt war, hatte sie begierig die Nachrichten verfolgt. Jetzt war ihr alles gleichgültig. Ganze Armeen konnten verschwinden, Bomben fallen, ihr machte es nichts mehr aus. Und sie hatte keine Angst mehr.

## 10

Drei Monate lebte Polly in ihrer eigenen grauen Welt. Ihr war nicht bewußt, wie weit sie sich von den Problemen anderer distanziert hatte, bis sie eines Morgens auf dem Weg nach unten an Junipers Schlafzimmertür vorbeiging, die – ungewöhnlich für diese frühe Stunde – offen war. Dahinter hörte Polly die würgenden Laute eines Menschen, der sich erbricht. Niemand antwortete auf ihr Klopfen, also steckte Polly vorsichtig den Kopf zur Tür hinein. Aber das Zimmer war leer. Sie wartete. Juniper kam blaß und erschöpft aussehend aus dem angrenzenden Badezimmer.

»Juniper, was hast du?«

»Zuviel verdammten Brandy.« Juniper versuchte zu lachen und machte einen schwankenden Schritt. Polly hielt sie fest und führte sie zum Bett.

»Ich rufe den Arzt.«

»Nein, das tust du nicht.« Juniper hob schwach die Hand. »Ich hasse Ärzte. Es ist nur ein Kater, sonst nichts. Heute nachmittag bin ich wieder kerngesund.« Sie fing an zu husten und richtete sich mühsam auf, um besser atmen zu können. Nach dem Hustenanfall sank sie erschöpft in die Kissen zurück.

»Du siehst schrecklich aus, und dein Husten klingt fürchterlich.«

»Ich danke dir, liebe Polly. Das gibt mir ein wundervolles Gefühl.« Juniper lächelte matt.

»Komm mit mir nach *Gwenfer*. Zum Teufel mit Mrs. Anstruther. Ich rufe an und melde mich krank ... zum Abendessen könnten wir dort sein.«

»Nein ... Ich gehe nicht nach *Gwenfer*.«

»Dort warst du immer am glücklichsten. Alice wird sich um dich kümmern, und bald wird es dir bessergehen.«

»Mir fehlt nichts, das habe ich dir doch gesagt. Und auch wenn ich krank wäre, hätte sie keine Zeit für mich. Sie ist doch mit ihrem Liebling, dieser Annie Budd, vollauf beschäftigt.«

Polly schaute Juniper erstaunt an. »Oh, Juniper, nein ...«

»Oh, Polly, ja ...« äffte Juniper sie nach. »In jedem verdammten Brief, den ich bekomme, heißt es Annie dies und Annie das. Bei jedem Anruf erzählt sie mir nur von diesem Balg.« Juniper spielte nervös mit dem Laken.

»Arme Annie«, begann Polly zu protestieren, aber der schmerzvolle Ausdruck auf Junipers Gesicht zeigte ihr, daß dafür jetzt nicht der geeignete Zeitpunkt war. Juniper war krank. »Möchtest du Tee?« fragte sie statt dessen.

»Nein, danke.« Juniper zog bei dem Gedanken an Tee eine Grimasse und fing plötzlich an zu zittern. Polly legte ihr einen Wollschal um die Schultern und merkte, wie mager

Juniper geworden war. Sie zog die Daunendecke hoch und hüllte Juniper darin ein. »Arme Juniper, du sitzt ganz schön in der Patsche, wie?« plauderte sie leichthin, um ihre Betroffenheit und Sorge zu vertuschen. Dann ging sie zur Tür. »Wohin willst du?« Juniper richtete sich auf. Ihr Gesicht war vor Angst verzerrt.

»Ich rufe Mrs. Anstruther an und sage ihr, daß du krank bist, und ich nicht kommen kann.«

»Ah, das ist gut ...« Juniper ließ sich in die Kissen zurücksinken.

Polly vergeudete kostbare Zeit mit Erklärungen, ehe Mrs. Anstruther ihr widerwillig den Tag frei gab. Dann ging sie in die Küche und wärmte Milch und Porridge. Juniper mußte vor allem etwas essen. Fünfzehn Minuten waren vergangen, als sie mit einem Tablett in ihr Zimmer zurückkehrte.

»Du mußt essen ...« fing sie an, und dann krachte das Tablett auf den Boden. Mitten im Zimmer lag Juniper, zusammengekrümmt und ohnmächtig. Ihr Atem kam stoßweise und röchelnd. »Mein Gott!« rief Polly, fiel auf die Knie und tätschelte Junipers Wange. »Juniper, wach auf«, flehte sie. Juniper stöhnte leise. Polly drehte ihr Gesicht zur Seite, bedeckte sie mit der Daunendecke und durchwühlte dann hektisch das Durcheinander auf Junipers Schreibtisch. Als sie endlich das Adreßbuch fand, blätterte sie hastig die Seiten durch und wählte mit zitternder Hand die Telefonnummer des Arztes.

»Es ist mir egal, ob er bei einem Patienten ist. Das hier ist ein Notfall«, sagte sie scharf in die Sprechmuschel.

»Wenn Sie mir nähere Angaben machen könnten ...«

»Geben Sie mir sofort den Arzt!« schrie Polly die Helferin an. Als der Arzt endlich in der Leitung war, brabbelte sie atemlos und mit Panik in der Stimme eine Beschreibung von Junipers Zustand herunter. Verzweifelt bemühte sie sich, einigermaßen verständlich die Fragen des Arztes zu beantworten. In diesem Augenblick begannen die Luftschutzsirenen zu heulen. »Bitte, Herr Doktor, Sie müssen sofort kommen. Ich habe Angst um Juniper.«

»Junge Frau, bei einem Luftangriff würde ich mit einem Patientenbesuch kostbare Zeit vergeuden. Versuchen Sie, ruhig zu bleiben. Wenn Sie in Panik geraten, werden Sie Lady Copton nicht helfen ...« Die Leitung war tot. Polly schüttelte frustriert und wütend den Hörer.

Sie lief aus dem Zimmer den Korridor entlang und hämmerte laut schreiend an alle Türen. Niemand erschien.

Schließlich öffnete die Gräfin, in einen großen Seidenschal gehüllt und mit einem leicht schief sitzenden Pelzhut auf dem Kopf, ihre Tür.

»Was soll dieser entsetzliche Aufruhr?« fragte sie empört.

»Juniper ist zusammengebrochen. Können Sie zu ihr gehen? Ich versuche Seaton und Giles zu wecken, damit sie mir helfen, sie hinunterzutragen.«

»Rufen Sie einen Arzt«, sagte die Gräfin, ohne Anstalten zu machen, in Junipers Zimmer zu gehen.

»Das habe ich schon getan. Er erwartet uns im Krankenhaus. Bitte, gehen Sie zu ihr.«

»Was kann ich schon tun? Ich bin keine Krankenschwester.«

»Oh, mein Gott! Denken Sie immer nur an sich selbst? Sie können bei ihr sitzen, ihre Hand halten, darauf achten, daß sie nicht erstickt. Oder ist das zuviel verlangt?« schrie Polly aufgebracht.

»Das Geschrei wird niemandem helfen, Polly. Nehmen Sie sich zusammen. Auch in Krisensituation ist Würde unerläßlich.« Sophia ging endlich zu Junipers Zimmer. Polly stand im Korridor, holte tief Luft, um nicht die Beherrschung zu verlieren. Dann hämmerte sie wieder an Giles' Tür.

»Giles, bitte, machen Sie auf«, sagte sie laut. »Juniper ist krank. Holen Sie das Auto, wir müssen sie ins Krankenhaus bringen«, befahl sie.

»Können Sie nicht ein Taxi rufen?« Giles stand verschlafen vor ihr und fuhr sich mit der Hand durchs zerzauste Haar.

»Mein Gott, Sie sind unbeschreiblich ... nach allem, was Juniper für Sie getan hat ...« Polly bremste sich und fügte eindringlich hinzu: »Bitte, Giles. Sie wird sterben, wenn wir sie nicht ins Krankenhaus bringen.«

Seatons Kopf tauchte im Türrahmen auf.

»Wo brennt's?« fragte er grinsend.

»Das ist kein verdammtes Spiel! Bitte, helfen Sie mir«, flehte Polly. Jetzt merkten auch Seaton und Giles die Verzweiflung in ihrer Stimme. Giles warf sich einen Mantel über seinen Pyjama und eilte zur Treppe. »Wir brauchen eine Trage, Seaton.«

»In meinem Zimmer steht ein Wandschirm«, sagte Seaton in einem plötzlichen Anfall von Pragmatismus.

Polly und Seaton trugen den Paravent in Junipers Zimmer, wo Sophia sinnlos auf und ab ging und sich dabei die Hände rieb, als würde sie sie in unsichtbarem Wasser waschen. »Sie stirbt«, sagte sie zu Polly. »Das fühle ich. Für solche Dinge war ich immer sehr empfänglich.«

»Hören Sie auf, Unsinn zu reden! Juniper wird wieder gesund, das weiß ich«, entgegnete Polly scharf. Sie zerrte eine Decke vom Bett, faltete sie und legte sie auf den Wandschirm. Sophia folgte ihr mit einem Kissen in der Hand.

»Kein Kissen«, sagte Polly schroff. »Sie muß flach liegen.« Insgeheim dankte sie Gott für die Wochen in Frankreich, als sie gelernt hatte, Verwundete zu versorgen.

»Das Auto steht vor der Tür, Miss Bossy Boots«, sagte Giles und kam ins Zimmer. »Verdammte Scheiße«, rief er beim

Anblick von Juniper, die stöhnte und anfing, sich zu bewegen. Aus ihrem Mundwinkel tröpfelte Blut.

»Beeilt euch. Hebt sie vorsichtig auf die Bahre«, befahl Polly.

Draußen dröhnte eine fürchterliche Explosion. Die Fensterscheiben zerbarsten, Bilder fielen von der Wand. Die beiden Männer starrten einander an und waren nahe daran, die Bahre fallen zu lassen. »Es ist nur eine Bombe. Beruhigt euch, jetzt kann sie uns nichts mehr anhaben.« Polly hielt die Tür weit offen, und die beiden Männer trugen die provisorische Bahre in den Korridor.

Mittlerweile waren auch Maureen und Pam von dem Aufruhr und der Bombenexplosion geweckt worden, umflatterten in nervöser Unruhe die Bahre und halfen, sie die Treppe hinunterzutragen.

Das Auto vor dem Haus war mit Schutt bedeckt und die Windschutzscheibe zerborsten.

»Damit können Sie nicht fahren. Es hat keine Windschutzscheibe«, sagte Giles, vor Anstrengung keuchend.

»Das wird uns nicht aufhalten. Außerdem fahre nicht ich, sondern Sie«, sagte Polly, als die nächste Formation Bomber über sie hinwegdonnerte und ihre Geschosse ein paar Straßen entfernt einschlugen.

»Ich denke nicht daran, mit diesem Wrack zu fahren. Komm, Giles, hier draußen ist es zu gefährlich.« Verblüfft mußten die Frauen zusehen, wie die beiden die provisorische Trage abstellten und ins Haus zurückrannten.

»Männer!« Polly spuckte dieses Wort aus.

»Ich hasse die ganze beschissene Bande. Verdammt nutzlos, wenn man sie dringend braucht. Ihr wollt Männer sein?« rief Maureen den beiden hinterher. »Komm, Pam, hilf mir mal. Wir setzen sie auf den Rücksitz.«

Die beiden jungen Frauen waren kräftiger, als sie aussahen,

setzten Juniper ins Auto, hüllten sie in eine Decke und stützten sie von beiden Seiten.

Junipers Zustand hatte sich verschlechtert. Ihr Gesicht war aschfahl und schweißbedeckt, ihre Augen glasig. Polly legte den ersten Gang ein, umkurvte laut hupend den Schutt und raste durch die Straßen.

Die Fahrt zum Krankenhaus war ein Alptraum. Bomben explodierten, Häuser stürzten ein, Wasserleitungen barsten, und Rauchschwaden von brennenden Häusern behinderten die Sicht. In dieser katastrophalen Situation bewahrte Polly die Nerven und lenkte das Auto mit bemerkenswerter Ruhe und Übersicht zu der kleinen Privatklinik am Devonshire Place. Der Arzt erwartete sie bereits zusammen mit einem Pfleger und zwei Krankenschwestern. Juniper wurde auf eine Bahre gelegt und sofort in die Klinik gebracht. Jetzt erst, nachdem Juniper in der Obhut von Ärzten war, stand Polly aschfahl und einem Zusammenbruch nahe in der Auffahrt. Maureen legte ihr den Arm um die Schultern.

»Na, na, Schätzchen, ganz ruhig. Sie ist jetzt in guten Händen. Kommen Sie, auf diesen Schock müssen wir einen trinken.«

»O nein, ich muß bei Juniper bleiben.« Polly ließ die beiden jungen Frauen einfach stehen und lief in die Klinik.

Das Warten im Korridor schien eine Ewigkeit zu dauern. In ohnmächtiger Hilflosigkeit beobachtete sie, wie Ärzte und Krankenschwestern in Junipers Zimmer rannten und wieder herauskamen. Ihre Hektik, die auf einen Notfall schließen ließ, verstärkte Pollys schreckliche Angst.

Eine junge Krankenschwester nahm schließlich Notiz von ihr und rief einen Arzt herbei, der ihr riet, sich hinzulegen. Polly weigerte sich. Man brachte ihr heißen, süßen Tee, den sie gegen ihren Willen trinken mußte. Schließlich kam Junipers behandelnder Arzt.

»Sind Sie Polly?«

»Ja. Polly Frobisher.«

»Lady Copton verlangt nach Ihnen und nach jemandem namens Hal. Sagt Ihnen dieser Name etwas?«

»Kann ich sie sehen?« Polly sprang auf und ignorierte die Frage.

»Nur kurz. Vielleicht können Sie mir ein paar Fragen beantworten. Lady Copton hat getrunken, nehme ich an? Es kommt jedoch auf das Quantum an ...«

»Hier und da einen Brandy ...« begann Polly, doch dann siegte die Vernunft. Lügen, um Juniper zu schützen, würde ihr nur schaden. »Es ist nur eine Vermutung, wissen Sie, aber in letzter Zeit war es wohl eine Flasche Brandy am Tag, und hinzu kam der Champagner. Sie wird doch wieder gesund, nicht wahr?«

»Wir müssen operieren, und ich halte es für besser, wenn Sie ihre nächsten Verwandten bitten herzukommen.«

»O nein!« Polly schlug sich die Hand vor den Mund. Sie starrte den Arzt an. Er mußte die Wahrheit erfahren, das war kein Verrat an Juniper, sondern dringend nötige Hilfe. »Herr Doktor, da ist noch etwas. Ich bin mir sicher, sie nimmt auch Drogen – nicht oft, aber ich habe gesehen ... ein weißes Pulver«, fügte sie lahm hinzu und wünschte sich jetzt, sie hätte Juniper nach der Substanz gefragt.

»Das törichte Mädchen.« Der Arzt schüttelte den Kopf. »Warum tun sie das?«

»Doktor Wilday.« Eine Krankenschwester steckte den Kopf zur Tür heraus. »Bitte, kommen Sie.«

»Warten Sie hier, Miss Frobisher.«

Aber Polly folgte ihm. Juniper war so weiß wie das Laken, auf dem sie lag. Polly eilte an ihr Bett und nahm ihre Hand.

»Ist Lady Copton römisch-katholisch?« fragte Doktor Wilday nach einer geflüsterten Beratung mit den anderen Ärzten.

»Das weiß ich nicht. Ich glaube nicht. Sie hat jedenfalls nie darüber gesprochen. Warum?«

»Wir halten es für ratsam, einen Priester zu rufen, falls sie Katholikin ist.« Die Oberschwester trat vor und nahm stützend Pollys Arm. »Damit er ihr die Letzte Ölung geben kann«, flüsterte sie ihr zu.

»Scheiß auf die Letzte Ölung!« Alle drehten sich um. Junipers Gesicht war schmerzverzerrt, trotzdem krächzte sie: »Du hältst mir die Pfaffen vom Leib, Polly. Versprich mir das.«

Beide Großmütter reisten nach London.

Annie hatte mit Weinkrämpfen auf die Ankündigung reagiert, daß Alice sie für eine Weile allein lassen würde. Alice hatte dem schluchzenden Kind versprechen müssen, gesund zurückzukommen. Dieses Versprechen hatte Alice nur widerstrebend gegeben, denn in diesen unsicheren Zeiten und mit Gertie als Fahrerin bedeutete ein derartiges Versprechen, das Schicksal herauszufordern.

Völlig erschöpft läuteten die beiden in den frühen Morgenstunden an Junipers Haustür. Polly öffnete sofort, als hätte sie hinter der Tür gewartet.

»Ihr seid es!« rief sie und breitete die Arme aus. »Danke, daß ihr gekommen seid.«

»Wir hielten es für besser, in Anbetracht der frühen Stunde, zuerst hierher zu kommen, anstatt gleich zur Klinik zu fahren«, erklärte Alice besorgt.

»Juniper hat die Operation gut überstanden. Ich habe um Mitternacht noch einmal angerufen. Da hat sie fest geschlafen.«

»Gott sei Dank«, sagten Alice und Gertie wie aus einem Mund. Im oberen Stockwerk wurde eine Tür geöffnet, und kurz waren Musik und Gelächter zu hören.

»Wir gehen am besten in die Küche. Dort ist es wärmer«, sagte Polly, ohne eine Erklärung für den Lärm abzugeben. »Ihr wollt sicher Tee oder etwas anderes trinken.«

»Das ›etwas anderes‹ würde ich einem Tee vorziehen«, sagte Gertie und lachte dröhnend.

In der Küche brachte ihnen Polly Portwein, Gebäck und Käse.

»Nun, Polly. Was ist passiert?«

Polly erzählte von Junipers Zusammenbruch und der rasenden Fahrt zur Klinik. Aber sie erwähnte weder den Alkohol noch die Drogen.

»Ein Magengeschwür, sagst du?« Alice blickte sie forschend an.

»Ja. Es ist durchgebrochen und hat stark geblutet.«

»Du meine Güte! Wie kann ein vierundzwanzigjähriges Mädchen ein Magengeschwür haben?« Gertie schüttelte ungläubig den Kopf.

»Sag mir, Polly, hat Juniper exzessiv getrunken?« fragte Alice. Polly senkte verlegen den Blick. »Ich weiß, du willst es mir nicht sagen, weil es dir illoyal vorkäme. Aber ich muß es wissen.«

»Ja, Mrs. Whitaker. Sie hat sehr viel getrunken. Leider.«

Gertie und Alice warfen sich über den Küchentisch hinweg einen wissenden Blick zu.

»Genau wie damals, als sie die Fehlgeburt hatte«, sagte Gertie zu Alice.

»Und dieses Mal war es wegen Harry, nehme ich an?« hakte Alice sanft nach.

»Das hat sie sehr aufgeregt, ja«, entgegnete Polly.

»Hätte sie nur meine Hilfe angenommen. Hätte sie nur auf andere gehört. Aber Juniper weiß immer alles besser. Ich hätte den Kampf gegen die Coptons aufgenommen. Dann wäre die Sache anders ausgegangen.«

»Damit du auch für ungeeignet erklärt worden wärst? Das wäre eine schöne Bescherung gewesen.« Gertie nestelte an ihrem breiten Fuchspelz herum, dessen Spange sich in ihrem Haar verfangen hatte. »Eins kann ich dir sagen, Alice. Diese Copton-Kreatur – ihr Vater war Geschäftsmann, Blut setzt sich immer durch – diese Frau ist zu allem fähig. Sie hätte alle unglücklichen Ereignisse in deiner Vergangenheit ausgegraben. Davon bin ich überzeugt.«

»Es kommt mir so verkehrt vor, um ein Kind zu kämpfen. Eine Scheidung ist traurig genug ... Der Junge kennt mich nicht einmal.« Alice nippte gedankenverloren an ihrem Portwein. Ihr ganzes Leben war durch unglückselige Beziehungen zu Verwandten geprägt worden. Sie fühlte sich plötzlich völlig erschöpft und wollte allein sein. »Könntest du mir bitte mein Zimmer zeigen, Polly? Ich möchte versuchen, eine Weile zu schlafen.«

»Ich muß euch leider in der Mansarde, in den ehemaligen Dienstbotenzimmern unterbringen.«

»In der Mansarde?« fragte Gertie erstaunt.

»Dort ist es ruhiger.«

»Wenn keine Bomben fallen«, fügte Gertie mit ihrem dröhnenden Lachen hinzu. »Dieser Portwein hat mich recht munter gemacht. Ich könnte jetzt etwas zu essen vertragen. Ich komme bald nach, Alice.«

»Ich koche dir etwas, Großmama.«

»Nein, nein, das kann ich schon allein. Ich habe in letzter Zeit ungeahnte Fähigkeiten entwickelt, weißt du – die Köchin ist gegangen, ihre Füße ...« lautete Gerties ziemlich vage Erklärung.

Als Polly wieder in die Küche kam, nachdem sie Alice ihr Zimmer gezeigt hatte, war Gertie dabei, Rührei zu machen. »Die haben wir aus *Gwenfer* mitgebracht, und andere Lebensmittel. Alice und ich wollen dir nicht zur Last fallen.«

Polly räumte eine Ecke des Tisches frei, schob ihre lederne Briefmappe beiseite und legte einen Stapel Briefe, die von einem roten Band zusammengehalten wurden, obenauf.

»Darf ich hoffen, dieser Stapel Briefe bedeutet, daß es in deinem jungen Leben wieder jemanden gibt, an dem du interessiert bist?« fragte Gertie lächelnd, als sie einen Teller mit Rührei vor Polly stellte.

»Diese Briefe? O nein. Sie sind von Jonathan Middlebank. Wir schreiben uns. Er bekommt gern Post von zu Hause.«

»Du bist ein liebes, großzügiges Mädchen, das nicht nachtragend ist, Polly.«

»Das beruht auf Gegenseitigkeit. Ich bekomme auch gern Briefe, sogar zensierte.«

»Ich verstehe«, sagte Gertie mit einem wissenden Lächeln. »Erzähl mir jetzt alles – keine Geheimnisse mehr, Polly.«

Polly, die den ganzen Tag nichts gegessen hatte, merkte plötzlich, daß sie hungrig war. Sie aß schnell ein paar Bissen. »Ich bin so froh, daß du hier bist, Großmama. Juniper hat sich schon seit einer Weile sehr merkwürdig benommen. Sie geht kaum noch aus und achtet überhaupt nicht auf die Luftangriffe. Vor gut einem Jahr hat sie die Fensterläden und Vorhänge zugemacht und nicht wieder geöffnet.«

»Hat sie sich nicht um Arbeit bemüht?«

»Nein. Sie tut nichts.«

»Kein Wunder, daß sie so viel getrunken hat. Juniper war immer ein bedauernswertes Geschöpf. Sie besitzt zwar jede Menge Geld, aber irgendwie mangelt es ihr an inneren Qualitäten. Wie kommt sie nur an diese Mengen Alkohol?«

»Nach unserer Ankunft in London hat sie von Leuten gekauft, die ihre Weinkeller aufgelöst haben. Eins habe ich in diesem Krieg gelernt, Großmutter: Wenn man reich bist, kann man alles haben.«

»Wie unfair. Zweifelsohne hat das törichte Mädchen über-höhte Preise bezahlt, nur um ihre Gesundheit zu ruinie-ren.«

»Da ist noch etwas anderes. Ich weiß nicht, ob ich es Mrs. Whitaker erzählen soll oder nicht. Als wir alle dachten, sie läge im Sterben, hat sie nach Hal gerufen.«

»Großer Gott!« Gerties Gabel fiel klappernd auf den Teller. »Das würde nie gutgehen, höchst unpassend«, sagte sie mehr zu sich selbst. Dann tätschelte sie Pollys Hand. »Sag am besten niemandem etwas, meine Liebe.«

Die Küchenuhr schlug drei.

»Willst du nicht zu Bett gehen, Großmama? Du mußt doch sehr müde sein.«

»Ja, schon. Vielleicht ist das keine schlechte Idee.«

Polly trug Gerties Reisetaschen und begleitete sie die Trep-pe hinauf, vorbei am Salon im ersten Stock, wobei sie hoffte, ihre Großmutter möge den Lärm überhören. Im Dachgeschoß angekommen, brachte sie Gertie in ihr Zim-mer und fiel danach völlig erschöpft auf ihr eigenes Bett und schlief sofort ein.

# 11

Die drei Frauen kamen um zehn Uhr am nächsten Morgen in der Klinik an. Alice und Gertie waren trotz Pollys War-nung über Junipers Aussehen entsetzt. Polly hingegen war erleichtert, ihre Freundin in einem besseren Zustand anzu-treffen.

»Juniper, du bist der einzige Mensch, der auch noch mit einem Schlauch in der Nase schön aussieht«, sagte Polly glücklich.

Juniper lächelte und berührte das Heftpflaster auf ihrer

Wange, mit dem der Schlauch befestigt war. »Ich werde daraus das neueste Modeaccessoire machen.« Ihr Lächeln war allerdings nur ein Schatten ihres früheren Strahlens.

»Mir wurde nicht gesagt, daß du Bluttransfusionen bekommst.« Alice betrachtete besorgt die Flasche, die über Junipers Bett hing, aus der mit der Regelmäßigkeit eines Herzschlags Blut durch einen Schlauch in Junipers Arm tropfte.

»Ich komme mir vor wie ein Vampir«, sagte Juniper kichernd.

»Ach, mein armer Liebling.« Alice hatte Tränen in den Augen, die sie hastig abwischte.

»Weine nicht, Großmama«, sagte Juniper. »Ich war unglaublich dumm, aber ich hatte auch unglaubliches Glück. Mir geht es bald besser.«

»Sobald der Arzt dich aus der Klinik entläßt, kommst du mit mir nach Hause«, sagte Alice und setzte sich vorsichtig auf die Bettkante. »Ich werde dich gesundpflegen und dir ein paar Pfunde anfüttern.«

»Das würde mir gefallen.« Juniper ließ den Kopf zufrieden aufs Kissen sinken. »Weihnachten auf *Gwenfer*, das wäre wundervoll.«

Ängstlich darauf bedacht, die Patientin nicht zu ermüden, gingen die drei nach einer halben Stunde. Alice bat um eine Unterredung mit dem Arzt, was sie später fast bereute. Er hatte ihr versichert, daß Juniper genesen würde, aber ... Es war dieses Aber, das Alice angst machte. Wenn ihre Enkelin ihren Lebensstil nicht konsequent ändere, könne der Arzt einen erneuten Zusammenbruch nicht ausschließen. Beim nächsten Mal werde sie sterben, hatte er gewarnt.

»Warum lebt sie auf diese Weise?« fragte Alice später in einem Restaurant und zerbröselte nervös ein Brötchen.

»Ich hätte strenger mit ihr sein müssen«, sagte Polly lahm.

»Such die Schuld nicht bei dir, Polly. Meine Enkelin hat immer das getan, was sie wollte – ihr Leben lang.« Alice formte jetzt aus dem Brötchenteig kleine Kugeln.

»Polly, du mußt uns alles erzählen«, sagte Gertie in einem Ton, der keinen Widerspruch duldete.

»Was kommt denn noch hinzu?« fragte Alice beunruhigt.

»Andere schädliche Substanzen könnten ihrer Gesundheit schaden, Alice«, erklärte Gertie.

»Was willst du damit sagen?«

»Ich spreche von Drogen, Alice. Eine Freundin von mir wurde auf gefährliche Weise von Belladonna abhängig.«

»Über die Wirkung von Belladonna weiß ich gar nichts«, konnte Polly wahrheitsgemäß sagen und erinnerte sich nur vage an viktorianische Heldinnen, die es benutzten. »Junipers angebliche Freunde üben einen schlechten Einfluß auf sie aus und sind überhaupt keine Hilfe«, fügte sie hinzu, um ihre Großmutter von dem Thema abzubringen. Dann erging sich Polly in ausführlichen Schilderungen über die »Gäste« im Haus, die seit Monaten ein ständiges Ärgernis waren.

Nach dem Mittagessen führte Polly die beiden in ein Kino, damit sie für ein paar Stunden ihre Sorgen vergessen konnten. Den Film *Mrs. Miniver* hatte Polly schon dreimal gesehen, und auch Alice gefiel er, doch Gertie fand ihn dümmlich und banal.

»Ich ziehe es vor, ein gutes Buch zu lesen«, sagte sie, als Polly die Haustür aufschloß. Schallendes Gelächter drang vom oberen Stockwerk herunter. »Und was hat das zu bedeuten, frage ich dich?« sagte Gertie und rauschte zur Treppe, ohne Hut und Mantel abzulegen. Alice folgte ihr hastig. Polly hielt ängstlich Abstand.

Gertie stieß die Doppeltür zum Salon auf. In dem rauchgeschwängerten Raum hielten sich ungefähr zwanzig Leute auf. Aus dem Grammophon plärrte die Musik *You'll never know* . . . Gemessen an Junipers Standard war es eine kleine Party. Die Neuigkeit von ihrer Krankheit hatte sich in Windeseile verbreitet, und die »Freunde«, die sich Sorgen machten, waren weggeblieben. Die Gräfin stand mit erstaunlicher Behendigkeit auf und kam mit ausgestreckten Händen näher.

»Sie müssen Junipers geliebte Großmutter sein«, sagte sie überschwenglich, griff nach Gerties Hand und schüttelte sie kräftig.

»Ich bin Gertrude Frobisher. Das ist Mrs. Whitaker«, sagte Gertie und zog ihre Hand mit einem Ausdruck des Abscheus zurück.

»Meine liebe Mrs. Whitaker, ich bin Junipers Freundin, Sophia von Michelberg.« Sophia drängte Gertie beinahe zur Seite und ergriff Alice' Hand. »Die liebe Juniper hat mir so viel von Ihnen erzählt. Kommen Sie, und berichten Sie mir, wie es ihr geht.« Alice wurde förmlich durchs Zimmer zu einem Sofa gezerrt. Sophia ließ sich darauf nieder und zog Alice, deren Hand sie noch immer hielt, neben sich. Sophia besaß die Fähigkeit, sofort eine vertrauliche Atmosphäre zu schaffen, wenn sie merkte, daß jemand ihrem Niveau entsprach und von Bedeutung für sie sein könnte.

»Arme Mrs. Whitaker«, sagte sie. »Was müssen Sie sich für Sorgen gemacht haben. Ich habe alles versucht und stundenlang mit dem bedauernswerten Kind gesprochen. Ich wollte Juniper bewußt machen, daß sie sich auf dem verkehrten Weg befindet und nur sich selbst schadet. Vergebens . . .« Mit dramatischer Geste griff sie wieder nach Alice' Hand. »Ich habe Sie und die liebe, süße Juniper im Stich gelassen.«

»Sie dürfen sich nicht die Schuld daran geben«, sagte Alice steif.

»Oh, aber ich tue es.« Sophia rückte noch näher. »Ich habe versucht, ihr eine Mutter zu sein«, flüsterte sie mit sanfter, einschmeichelnder Stimme.

Gertie beobachtete die Szene mit kritischen Blicken.

»Den Typ Frau kenne ich«, sagte sie zu Polly. »Mitteleuropäisch, arm wie eine Kirchenmaus, zweifelsohne adlig, hat sich geschickt Junipers Vertrauen erschlichen.«

»Du meine Güte, woher weißt du das alles?«

»Lebenserfahrung, Polly. Man bekommt Antennen«, antwortete Gertie und ging zu Alice. Mit verschränkten Armen bezog sie neben dem Sofa Position und starrte gelassen wie der Wächter eines Pharaonengrabes auf die beiden hinunter.

»Ich konnte vor Sorge kaum noch schlafen«, sprach Sophia weiter und warf Gertie einen gereizten Blick zu.

»Zweifelsohne hat auch Sie der Lärm um den Schlaf gebracht.«

»Welcher Lärm? Ich verstehe nicht, was Sie meinen, Mrs. Whitaker.«

»Dieser Lärm«, sagte Alice, schüttelte Sophias rosige Hand ab und stand auf. Sie ging zum Grammophon und hob den Tonarm hoch. Als die Musik aufhörte, blieben die tanzenden Paare stehen und sahen sich erwartungsvoll um. Sophia erhob sich verärgert.

Alice klatschte in die Hände. Als Stille eingekehrt war, sagte sie: »Da Juniper krank in der Klinik liegt, halte ich es nicht für angebracht, daß in ihrem Haus Partys gefeiert werden. Damit ist jetzt endgültig Schluß, und ich empfehle Ihnen, Ihr Vergnügen anderweitig zu suchen.« Unter protestierendem Gemurmel entfernte sich ein Gast nach dem anderen. Nur Maureen und Pam, Seaton und Giles und Sophia blieben. Alice wandte sich ihnen zu.

»Juniper hat euch Gastfreundschaft gewährt. Wie konntet

ihr hier leben und mit ansehen, wie sich meine Enkelin zugrunde richtete? Ihr habt nicht einmal versucht, ihr zu helfen.«

»Ich sagte Ihnen doch, Mrs. Whitaker, ich habe getan, was ich konnte. Juniper wollte nicht auf mich hören«, jammerte Sophia.

»Ehrlich gesagt, ich glaube Ihnen nicht. Polly ist die einzige, die etwas unternommen hat und Anstand besitzt.« Alice ignorierte die lautstark geäußerten Einwände. »Ich wünsche, daß Sie dieses Haus verlassen«, befahl Alice. Polly war erstaunt. Noch nie zuvor hatte sie Alice wütend erlebt. Doch auch in ihrer Wut bewahrte Alice Würde.

»Ich bin völlig mittellos.«

»Das bezweifle ich, Gräfin. Bestimmt haben Sie Ihr Nest auf Kosten meiner Enkelin behaglich ausgepolstert. Und zweifelsohne«, jetzt wandte sie sich an die beiden jungen Männer, »wird es Ihnen gelingen, sich das Vertrauen eines anderen naiven Menschen zu erschleichen.«

»Das ist nicht Ihr Haus – Sie haben kein Recht, in diesem Ton mit uns zu sprechen«, protestierte Giles lautstark.

»Ich habe jedes Recht, meine Enkelin zu beschützen. Wenn Sie nicht bis morgen mittag das Haus verlassen haben, werde ich die Polizei rufen. Sie ist bestimmt daran interessiert, wer diesen Haushalt mit Drogen versorgt hat. Es wäre mir angenehm, wenn Sie sich jetzt auf Ihre Zimmer begeben würden.«

»Diese Behauptung ist eine Verleumdung«, empörte sich Sophia, die mittlerweile einen ziemlich aufgelösten Eindruck machte. Ihr Mund war verzerrt und ihre Bewegungen fahrig.

»Nicht, wenn sie der Wahrheit entspricht«, sagte Alice mit trügerischer Gelassenheit, die die Gräfin zum Schweigen brachte.

»Na, auch die längste Party hat mal ein Ende«, sagte Maureen schulterzuckend und verließ mit den anderen den Salon.

Alice ging zum Getränkewagen und goß sich einen großen Brandy ein. Polly klatschte begeistert in die Hände.

»Fabelhaft, Mrs. Whitaker. Sie waren wundervoll.«

Alice ließ die Schultern sinken und setzte sich müde auf einen Stuhl.

»Ich fühle mich gar nicht wundervoll.«

»Hast du nichts von den Drogen gewußt, Polly?« fragte Gertie gereizt.

»Doch, ich habe es gewußt.« Polly senkte beschämt den Kopf.

»Haben wir dir nicht gesagt, wir müßten alles erfahren, um Juniper helfen zu können? Kannst du das nicht verstehen, Polly?«

»Doch, Großmama. Es tut mir leid.« Polly errötete vor Scham, weil ihre törichte Loyalität aufgedeckt worden war. »Woher wußten Sie das mit den Drogen, Mrs. Whitaker? Wer hat es Ihnen gesagt?« fragte sie und mied den strengen Blick ihrer Großmutter.

Alice sah Polly traurig an. »Es waren ihre Augen. Als ich die Gräfin und diese jungen Männer sah, wußte ich sofort Bescheid. Meine Tochter, Grace, Junipers Mutter . . .«, aber sie konnte den Satz nicht zu Ende sprechen, konnte auch nach all den Jahren nicht zugeben, daß ihre Tochter süchtig gewesen war. Der Gedanke, daß die Vergangenheit ihre Enkelin eingeholt haben könnte, ließ sie erschaudern.

# ZWEITES KAPITEL

## 1

Gwenfer war ein Haus, zu dem die immergrünen Girlanden des Weihnachtsschmucks gut paßten. Die große Halle mit den dunklen Deckenbalken, den weißen Wänden und dem großen Kamin aus Granit, über dem Banner und Wappenschild der Tregowans hingen, verlor an Weihnachten ihre strenge Schönheit. Lange, gewundene Girlanden aus Stechpalmenzweigen und Efeu zierten die Wände. Eine vier Meter hohe Kiefer, mit cremefarbenen Kerzen, Lametta und goldenen und silbernen Christbaumkugeln geschmückt, stand in einer Ecke. Eine riesige Schale voller bemalter Kiefernzapfen befand sich mitten auf dem langen Tisch.

Alice hatte gerade den letzten Streifen Lametta aufgehängt und trat zurück. Lächelnd fragte sie die Kinder: »Wie gefällt euch der Baum?«

»Er ist wundervoll, Mrs. Whitaker. In der Oxford Street habe ich mal so einen Baum gesehen, aber wir hatten nie einen bei uns zu Hause«, erklärte May feierlich.

»Er sieht nicht mehr wie ein Baum aus. Jetzt ist er ein Zauberbaum.« Annies Augen war groß vor Erstaunen, als sie ihre Hand in Alice' schob. Im ersten Kriegsjahr hatten Gertie und Alice das Haus nicht geschmückt, weil es ihnen unpassend vorkam, Weihnachten zu feiern, während in Europa und England Menschen starben. Doch dieses Jahr hatten sie beschlossen, den Kindern ein feierliches Weihnachtsfest zu bereiten, und dazu gehörte auch ein geschmückter Christbaum.

Gertie hatte im kleinen Salon neben der Halle zwei Stunden damit verbracht, Geschenke einzupacken, wofür sie eine alte Tapete benutzte, die sie in einem Schrank gefunden hatte. Es war schwierig gewesen, passende Geschenke für die Kinder zu finden. Spielzeug gab es kaum zu kaufen, deswegen hatten sie Zac überredet, für die Jungen Holzschiffe zu schnitzen. Alice hatte für May aus einer alten Bluse ein Nachthemd genäht und bestickt. Und Gertie hatte ihr aus einem mit Spitzen besetzten Nachthemd einen mit Rüschen besetzten Unterrock genäht. Beide wußten, daß May nie ein derart luxuriöses Kleidungsstück besessen hatte.

Die größte Enttäuschung war Annies Geschenk gewesen. Monatelang hatte im Schaufenster eines Geschäfts in Penzance ein großer Teddybär mit einer blauen Samtschleife gesessen. Annie hatte sich sofort in den Bär verliebt, doch als ihn Alice kaufen wollte, hatte der Besitzer erklärt, der Bär sei nicht zu verkaufen. Alice war wütend, als sie ein paar Wochen vor Weihnachten erfuhr, daß der Bär doch zu einem völlig überhöhten Preis verkauft worden war.

Gertie und Alice versuchten, einen ähnlichen Bären aufzutreiben – ohne Erfolg. Es blieb ihnen nichts anderes übrig, als selbst einen zu basteln. Alice zerschnitt einen selten getragenen Biberfellmantel und nähte daraus einen Schmusebären. Das Resultat ähnelte mehr einem Büffel als einem Bär, also bastelte Gertie für Annie noch eine Puppe, die man an- und ausziehen konnte, falls ihr der Bär nicht gefallen sollte.

Alice war so aufgeregt wie die Kinder, als das Weihnachtsfest näher kam. Am Weihnachtsabend würde Phillip für zwei kostbare Wochen nach Hause kommen. Am Tag davor rief Juniper an und sagte, Polly habe eine Woche Urlaub bekommen, und sie sei aus der Klinik entlassen worden. Sie würden ebenfalls mit dem Zug am Heiligabend eintreffen. Zum erstenmal seit Kriegsbeginn würde die ganze Familie wieder versammelt sein.

Seit Wochen hatten Alice und Gertie schon Lebensmittel gehortet und mit ihren Zuteilungsscheinen kaum erschwingliche Luxusgüter erworben. Sie hatten drei Hühner gemästet, und obwohl Alice vor dem Tag graute, an dem sie geschlachtet würden, verschloß sie ihr Herz vor diesen sentimentalen Gefühlen, denn dieses Weihnachtsfest sollte für alle unvergeßlich werden.

Phillip traf gegen Mittag mit dem Auto ein, und Alice war über sein Aussehen entsetzt. Seit seinem letzten Besuch hatte er beträchtlich abgenommen und wirkte zu Tode erschöpft. Er ist beinahe siebzig und sollte diese anstrengende Arbeit nicht mehr machen, dachte sie.

»Phillip, es muß Tausende von Künstlern geben, die den Behörden bei dem Entwurf von Tarnungsmöglichkeiten helfen können. Warum stellst du dich zur Verfügung?« fragte Alice, als er müde in einem Ohrensessel vor dem Kamin im Salon saß.

»Die jungen und jetzt sogar die Männer mittleren Alters kämpfen, da bleiben nur die alten Trottel wie ich übrig.« Er lächelte ihr zu, als sie vor dem Feuer kniete, und streckte die Hand aus, um sie zu berühren. Ihm kam es noch immer wie ein Wunder vor, daß er jemanden so lieben konnte.

»Es ist nicht fair, Phillip. Vor drei Monaten hast du nicht so erschöpft ausgesehen. Ich möchte nicht, daß du diese Arbeit fortsetzt.« Alice blickte zu ihm auf. Ihr schönes Gesicht war vor Sorge zerfurcht.

»Wir werden sehen«, sagte er sanft, und der traurige Ausdruck in seinen Augen beunruhigte sie noch mehr. »Im

Augenblick wäre ich schon mit einer heißen Suppe zufrieden. Ich bin ziemlich hungrig«, sagte er entschuldigend.

»Mein Liebling, es tut mir leid. Ich war so mit meinen Sorgen beschäftigt, daß ich gar nicht daran gedacht habe, dir etwas zu essen zu bringen. Bleib hier vor dem warmen Kamin – im Speisezimmer herrscht noch immer eisige Kälte, obwohl das Kaminfeuer schon seit zwei Tagen brennt. Rühr dich nicht von der Stelle«, befahl sie, stand auf und ging in die Küche. Sie war glücklich, etwas für ihn tun zu können.

»Wie kommt sie mit den Evakuierten zurecht? Hoffentlich überanstrengt sie sich nicht«, sagte er zu Gertie, die schweigend auf der Fensterbank gesessen hatte. Gertie durchquerte den Salon und betrachtete ihn forschend.

»Was fehlt dir, Phillip? Du kannst mich nicht täuschen. Du bist krank.«

»Ich habe Krebs«, sagte er einfach.

»Wieviel Zeit bleibt dir noch?«

»Sechs Monate, mit etwas Glück vielleicht ein Jahr.«

»Keine Operation?«

»Nein.«

»Ich verstehe«, sagte Gertie und straffte die Schultern, um diese schlimme Nachricht zu verkraften.

»Ich möchte nicht, daß Alice es erfährt. Sie würde sich zu viele Sorgen machen. Das wäre nicht fair.«

»Es wäre noch weniger fair, ihr die Wahrheit zu verschweigen.«

»Ich möchte ihr keinen Kummer bereiten.«

»Sie würde mehr leiden, wenn Sie dieses schreckliche Geheimnis für sich behielten. Alice hat viele Probleme im Leben gemeistert und möchte bestimmt dieses Leid mit Ihnen teilen.«

»Ich weiß nicht«, sagte Phillip skeptisch.

»Aber ich weiß es. Doch ich würde Ihnen empfehlen, es ihr nicht jetzt zu sagen. Lassen Sie ihr die Freude an diesem Weihnachtsfest. Sie hat sich so darauf gefreut. Sagen Sie es ihr hinterher.«

»Wie geht's Juniper?« fragte Phillip, beugte sich vor und stocherte im Feuer herum.

»Alice glaubt, es geht ihr gut – die Operation ist erfolgreich verlaufen, und sie denkt, daß Juniper ihre Lektion gelernt hat und ihr früheres wildes Leben nicht wiederaufnehmen wird. Ich habe da meine Zweifel. Juniper ist labil, Phillip. Wenn sie nicht eine gewisse Stabilität in ihrem Leben erreicht, fürchte ich das Schlimmste für sie.«

»Arme Alice. Sie hat alle diese Probleme nicht verdient. Es gibt keine Gerechtigkeit im Leben, Gertie.«

»Leider nicht. Aber wenn jemand die Ungerechtigkeit überwinden kann, dann Alice.«

»Juniper haßt mich, wußten Sie das, Gertie?«

»Ich würde nicht sagen, daß sie Sie ›haßt‹. Das ist ein zu starker Ausdruck. Juniper ist eifersüchtig auf Sie. Sie möchte Alice ganz allein für sich haben – nicht, um mit ihr zu leben, verstehen Sie, sondern Alice soll ihr voll und ganz zur Verfügung stehen. Juniper ist eine sehr selbstsüchtige junge Frau, wenn man jedoch ihre Erziehung betrachtet ...« Gertie verstummte. Ihren feinen Ohren war das Klappern von Besteck nicht entgangen, und sie legte einen Finger an ihre Lippen. Dann ging sie zur Tür und öffnete sie. Alice brachte ein Tablett mit Suppe, frisch gebackenem Brot und Butter für Phillip.

Polly und Juniper kamen zur Teezeit mit einem Taxi aus Penzance. Juniper sah strahlend aus. Sie hatte zugenommen. Abstinenz und die Ruhe in der Klinik hatten ihr gutes Aussehen wiederhergestellt. Sie barst förmlich vor Energie.

»Oh, es ist wundervoll, wieder zu Hause zu sein!« Sie warf

die Arme in die Luft und wirbelte glücklich durch die Halle.

»Wir hätten schon früher hiersein können, aber Juniper bestand darauf, einkaufen zu gehen«, sagte Polly lachend und trug zusammen mit dem Chauffeur ganze Stapel von Päckchen herein, die sie auf den Tisch legte. Dann küßte sie jeden zur Begrüßung und holte den Rest des Gepäcks aus dem Taxi.

Gertie betrachtete argwöhnisch den riesigen Truthahn, den Schinken und die große Pralinenschachtel.

»Keine Schwarzmarktware, hoffe ich doch sehr?« sagte sie mißbilligend.

»Nein, Lady Gertie, ich kann Sie beruhigen. Das sind alles Geschenke, die mir Freunde, die in der amerikanischen Armee sind, gegeben haben. Es ist wundervoll, was sie alles besorgen können, und ich bekomme eine Menge Pakete aus Amerika. Oh, Großmama, der Baum ist wunderschön. Wir werden das herrlichste Weihnachtsfest aller Zeiten feiern. Komm, Polly. Wir müssen die Geschenke einpacken. Ach, ist das nicht alles schrecklich aufregend?« Sie ging zur Treppe, wo Annie auf einer Stufe saß und die Erwachsenen mit ernsten Augen beobachtete.

»Kleine Annie. Wie geht es dir?« Juniper lächelte das Kind an, das aussah, als wüßte es nicht, wie es reagieren sollte, also steckte es den Daumen in den Mund. »Warte nur, bis du siehst, was dir der Weihnachtsmann bringt. Komm endlich, Polly!« Juniper lief die Treppe hinauf, sie nahm zwei Stufen auf einmal, als wäre sie nie in ihrem Leben krank gewesen.

Die Sternsinger waren da gewesen, hatten ihre gefüllten Pasteten gegessen und gewürzten Wein getrunken. Die Kinder lagen im Bett. Die Kerzen am Christbaum leuchteten, und sonst verbreiteten nur das Kaminfeuer und die beiden Petroleumlampen, die Alice gebracht hatte, anheimelndes Licht in der großen Halle. Es war ein vollkommener Abend gewesen. Jetzt saßen sie zufrieden da, wußten, daß es Zeit war, zu Bett zu gehen, aber alle fühlten sich zu wohlig und entspannt und wollten noch eine Weile die angenehme Atmosphäre genießen.

»Schade, daß Harry nicht hier ist. Dann wäre alles wirklich perfekt, nicht wahr?« sagte Alice verträumt.

Nach ihren Worten herrschte absolute Stille. Alice sah auf und merkte sofort, welchen Fehler sie begangen hatte. Junipers Gesicht wirkte plötzlich wie erstarrt.

»Juniper, es tut mir leid. Es war unüberlegt ... ich hätte nicht sagen ...« sagte Alice schuldbewußt.

»Ich weiß, was du meinst, Großmama. Aber du redest, als wäre er tot. Ich möchte ihn nicht hier haben.« Juniper lachte rauh und schüttelte trotzig den Kopf. »Laßt uns in die Kirche zur Mitternachtsmesse gehen.« Sie sprang auf. »Na los, ihr schlaft ja alle ein.«

»Du gehörst ins Bett, Juniper, und solltest nicht den steilen Weg an den Klippen entlang zur Kirche gehen«, sagte Alice, erleichtert über den Themawechsel, und streckte sich behaglich in ihrem Sessel aus.

»Ach, kommt doch mit«, versuchte Juniper die anderen zu überreden.

»Ich nicht, Juniper. Für meine alten Knochen ist es draußen zu kalt«, sagte Gertie und schob ihren Sessel näher ans Feuer.

»Großmama, komm mit, bitte.« Juniper streckte die Hand aus und sah Alice flehend an.

»Ich gehe nie in die Kirche, das weißt du, Juniper. Und ich halte es nicht für richtig, daraus einen sentimentalen Weihnachtsbrauch zu machen«, wehrte Alice ab.

»Phillip?« fragte Juniper, und Polly merkte, wie sie beinahe unmerklich mit dem Fuß auf den Boden klopfte. Polly hielt unwillkürlich die Luft an.

»Nein, danke, Juniper. Ich bin sehr zufrieden hier«, sagte er, beugte sich vor und streichelte sanft Alice' Haar. Sie wandte ihm mit einem Lächeln voller Liebe das Gesicht zu.

»Nun, dann bleibst nur du noch übrig, Polly«, sagte Juniper mit einem gefährlichen Funkeln in den Augen.

»Ich möchte nicht mitkommen«, antwortete Polly und spürte, daß Juniper Streit suchte.

»Ach, du tust immer, was andere wollen, und nie, was ich möchte«, sagte Juniper gereizt.

»Juniper, du bist nicht nett zu Polly«, schalt Alice.

»Ist schon gut, Mrs. Whitaker. Juniper ist nur müde.«

»Ich bin nicht müde. Ich möchte in die Kirche gehen, aber nicht allein. Du bist egoistisch, Polly.«

Phillip seufzte und starrte ins Feuer, als würde darin eine Lösung liegen. Nichts hatte sich geändert, fürchtete er. Alice spielte wieder nervös mit ihrer Perlenkette. Gertie runzelte mißbilligend die Stirn, und Polly stand auf.

»Es tut mir leid, daß du mich für egoistisch hältst. Ich möchte nicht gehen. Ich sehe keinen Sinn darin, die Mitternachtsmesse zu besuchen.«

»Sei doch nicht so langweilig. Es ist nur eine Zeremonie.«

»Nein. Es ist die Verehrung eines Gottes, an den ich nicht glauben kann – eines Gottes, der dieses Entsetzen auf der Welt zuläßt. Eines Gottes, der junge Männer sterben läßt, ehe sie angefangen haben zu leben ...« sagte Polly eindringlich.

»Polly, es tut mir leid. Bitte, verzeih mir.« Juniper lief zu Polly und umarmte sie. »Es ist typisch für mich, nicht nachzudenken. Was bin ich doch für ein selbstsüchtiger Dummkopf.« Zu den anderen sagte sie: »Ich entschuldige mich. Nach meinem Aufenthalt in diesem Gefängnis, der Klinik, bin ich wohl zu aufgeregt.« Mit einem Lachen fügte sie hinzu: »Eine heiße Schokolade würde der Besserung versprechenden Juniper jetzt guttun. Leistet mir dabei jemand Gesellschaft?« Alle lehnten sich wieder entspannt in ihre bequemen Sessel zurück.

## 2

Den ganzen Morgen hatten die Kinder mit sehnsüchtigen Augen den großen Stapel bunter Päckchen unter dem Christbaum betrachtet. Alice hatte sie nur mit Mühe dazu bringen können, sich in ihren Zimmern zu waschen und fürs Mittagessen anzuziehen.

Gewöhnlich wurden die Mahlzeiten in der Küche eingenommen, doch zur Feier des Tages hatte Alice im Speisezimmer decken lassen. Die Kinder betrachteten voller Ehrfurcht den großen, holzvertäfelten Raum, das Geschirr und die Silberbestecke auf der Anrichte und den festlich gedeckten Tisch. Die Mahlzeiten waren sonst eine ziemlich lärmende Angelegenheit, doch heute saßen die Kinder, überwältigt von der Pracht, still auf ihren Stühlen und verspeisten sittsam das ungewohnt opulente Mittagessen.

Alice hatte sich gefragt, ob überhaupt Drinks serviert werden sollten, weil sie sich wegen Juniper Sorgen machte. Doch Gertie hatte ihr klargemacht, daß Juniper weiterhin an gesellschaftlichen Ereignissen teilnehmen würde, bei denen Alkohol ausgeschenkt wurde. Schließlich hatte ihr der Arzt das Trinken nicht völlig verboten – er hatte ihr nur zur Mäßigung geraten. Nach dem Mittagessen fragte sich Alice, warum sie sich Sorgen gemacht hatte. Juniper hatte nur zwei mit Wasser verdünnte Gläser Wein getrunken. Den

Brandy zum Kaffee hatte sie abgelehnt und statt dessen ein kleines Glas Portwein akzeptiert. Alice atmete erleichtert auf.

Das Öffnen der Geschenkpakete artete zu einem Tumult aus. Die Kinder schrien und lachten aufgeregt und bedankten sich überschwenglich für die Geschenke, vor allem für die prächtigen von Juniper. Annie riß das Päckchen von Alice ungeduldig auf.

»Ein Bär!« quietschte sie.

»Du hast viel Phantasie.« Phillip gluckste vor Lachen beim Anblick des merkwürdigen Tiers mit der breiten Samtschleife um den dicken Hals. Doch Annie kuschelte sich schon in Alice' Arme und dankte ihr überschwenglich.

Zehn Minuten später öffnete sie das große Paket von Juniper. Darin befand sich der großartigste Bär, den man je gesehen hatte. Er trug eine prächtige rote Weste.

»Vielen Dank, Juniper«, sagte Annie höflich. »Er ist hübsch«, fügte sie hinzu, drückte Alice' Stofftier an sich und ließ den prachtvollen Teddybär in der Schachtel liegen.

»Nun, du ziehst offensichtlich den Bären von meiner Großmutter meinem Geschenk vor«, sagte Juniper mit einem steifen Lächeln. Polly merkte, daß sie verletzt war.

»Alice hat ihn gemacht«, erklärte Annie einfach und drückte den Bären fest an sich.

»Sollte ein kleines Mädchen wie du meine Großmutter nicht Mrs. Whitaker nennen?« sagte Juniper noch immer lächelnd, aber ihre Worte klangen eisig.

Annie sah Alice verwirrt an.

»Natürlich darfst du mich Alice nennen, Annie.« Zu Juniper sagte sie: »Dieser Name war das erste Wort, das sie gesprochen hat.«

»Trotzdem halte ich das für falsch und respektlos.« Juniper

war blaß vor unterdrückter Wut. Die anderen waren peinlich berührt. Annie steckte den Daumen in den Mund und schaute ängstlich umher. Alice hob sie auf ihren Schoß und streichelte ihr feines blondes Haar.

»Ich bekomme allen Respekt, den ich brauche, Juniper. Du mußt dir keine Sorgen machen.« Alice schenkte ihrer Enkelin ein liebevolles Lächeln. Im Hintergrund warf Phillip Gertie einen verzweifelten Blick zu und goß sich noch einen Drink ein.

Nachdem die Kinder noch eine Weile gespielt hatten, wurden sie von Flo zu Bett gebracht. Alice gab ihnen wie jeden Abend einen Gutenachtkuß und hörte sich geduldig an, was sie zu erzählen hatten. Annie legte Alice die Arme um den Hals und küßte sie.

»Ich liebe dich, Mrs. Wh-it-a-ker«, stammelte sie.

»Ich liebe dich auch. Aber du darfst mich weiterhin Alice nennen. Das gefällt mir.«

»Miss Juniper wird böse mit mir sein.«

»Nein, das wird sie nicht. Sieh dir nur das hübsche Geschenk an, das sie dir gemacht hat. Sie liebt dich auch.« Alice bückte sich und hob Junipers Bär auf, der auf den Boden gerutscht war. Sie legte ihn neben Annie aufs Kissen.

»So, mit einem Bär an jeder Seite siehst du wie die Goldmarie aus«, sagte sie lachend. »Gute Nacht, mein Schatz.« Dann ging sie leise zur Tür und machte das Licht aus.

Als sich die Tür hinter Alice schloß, warf Annie Junipers Bären wieder auf den Boden und kuschelte sich eng an Alice'.

Alice haßte es, Bridge zu spielen, also machte sich Polly auf die Suche nach Juniper. Sie klopfte leise an ihre Zimmertür.

»Wer ist da?« hörte sie Juniper rufen.

»Ich bin's«, antwortete sie und stieß die Tür auf. Juniper versteckte schnell etwas hinter ihrem Rücken, aber nicht

schnell genug. Es war eine Flasche Brandy. »Juniper, nein!«
rief Polly laut, außer sich vor Enttäuschung.

»Du solltest nicht auf diese Weise in die Zimmer anderer
Leute platzen«, sagte Juniper vorwurfsvoll.

»Ich habe vorher geklopft, und du hast geantwortet.«

»Ich habe nicht ›herein‹ gesagt, oder? Du bist selbst schuld
daran. Hättest du *höflich* gewartet, hättest du mich nicht
ertappt.«

»Oh, Juniper, du begreifst überhaupt nichts. Ich bin froh,
daß ich hinter dein Geheimnis gekommen bin.«

»Damit du wieder an mir rumnörgeln kannst, wie? Fröhli-
che Weihnachten!« Juniper zog eine Grimasse.

»Wenn jemand anderer Meinung ist als du, nennst du das
Nörgelei. Verstehst du denn nicht, daß die Menschen nicht
wollen, daß du wieder krank wirst, daß du dich selbst um-
bringst?«

»Wem würde das schon etwas ausmachen?«

Es war der schmollende Unterton in Junipers Stimme, der
Polly erboste. »Ach, um Himmels willen, Juniper! Hör auf,
so zu reden und dir selbst leid zu tun. Du klingst wie ein
Kind, das immer im Mittelpunkt stehen muß«, sagte sie
gereizt.

Juniper plumpste schockiert auf den Frisierhocker.

»Noch nie hast du so mit mir gesprochen.«

»Vielleicht war es ein Fehler, daß ich dir nicht schon früher
die Meinung gesagt habe.«

»Du bist also noch nicht fertig mit deiner Strafpredigt?«
Juniper gähnte ostentativ, was Polly noch wütender machte.

»Nein, ich bin noch nicht fertig! Deine Großmutter hat
weder Mühe noch Arbeit gescheut, um diesen armen Kindern ein schönes Weihnachtsfest zu bereiten. Und du versuchst alles zu zerstören, weil du eifersüchtig bist. Das ist
würdelos und, um ehrlich zu sein, ziemlich erbärmlich.«

»Aber...«

»Unsere Großmütter haben sich auf dieses Weihnachtsfest gefreut, und ich werde nicht tatenlos zusehen, wie du in deiner maßlosen Selbstsucht alles zerstörst. Mehr habe ich nicht zu sagen.« Polly stand mitten im Zimmer, hatte Herzklopfen und war über ihre eigenen Worte erschrocken.

Es herrschte lange Schweigen. Juniper saß still da und betrachtete ihr Spiegelbild. »Bist du fertig?«

»Ja.«

»Da bin ich aber froh.« Juniper fing an zu lachen. »Wenn du wütend bist, werden deine Wangen ganz rosig, wußtest du das?« Sie drehte sich auf dem Frisierhocker um. »Bin ich wirklich so schrecklich?«

»Manchmal schon«, sagte Polly stoisch. Jetzt wollte sie nicht mehr zurückstecken.

»Da bist du nicht die einzige. Ich mag mich auch nicht.«

»Ich habe nicht gesagt, daß ich dich nicht mag, Juniper. Ich liebe dich, und deswegen habe ich dir meine Meinung gesagt. Ist das die einzige Flasche?«

Juniper sagte nichts.

»Oh, Juniper, du bist unmöglich! Woher hast du die Flasche? In London hast du sie nicht gekauft.«

»Aus dem Keller, natürlich. Mein Großvater, Lincoln, hat für reichlich Vorrat gesorgt. Mein engelhafter Stiefgroßvater trinkt kaum etwas. Ich hielt es für eine Schande, alle diese schönen Flaschen im Keller verkommen zu lassen.«

»Trinken löst keine Probleme und bricht deiner Großmutter das Herz.«

Juniper hielt ihr die Brandyflasche hin. »Dann nimm sie mit. Ich werde keinen Tropfen mehr anrühren. Wirf sie weg.« Polly nahm die Flasche.

»Warum tust du das, Juniper? Warum willst du dich selbst zerstören?«

Juniper zuckte die Schultern. »Ich weiß es nicht, Polly. Aber du hast recht. Du hast immer recht.« Sie lächelte jetzt, konnte es sich leisten. Versteckt in ihrem Schrank lagen noch zwei Flaschen. Sie sprang auf. »Ich will dir was sagen. Ich werde absolut lieb zu der süßen kleinen Annie sein, und dann wirst du mich wieder lieben, nicht wahr?« Sie legte ihren Arm um Polly. »Du bist mir eine so gute Freundin.«

Polly war vor Besorgnis völlig verkrampft gewesen, aber Junipers Versprechen hatte ihre Angst zerstreut, und sie entspannte sich erleichtert.

Juniper hielt ihr Versprechen. Jeden Tag während der Weihnachtszeit bemühte sie sich um Annie. Sie schlug ihr Ausflüge vor, überhäufte sie mit Geschenken, bot ihr an, ihr vorzulesen, doch Annie wich jedesmal zurück und sagte nichts, sondern starrte Juniper nur an.

»Wie du siehst, will sich das undankbare Kind nicht mit mir anfreunden«, sagte Juniper verzweifelt, als Annie sich geweigert hatte, mit ihr spazierenzugehen, jedoch fünf Minuten später begeistert davonlief, um ihren Mantel für einen Spaziergang mit Polly zu holen.

»Ich glaube, sie hat Angst vor dir.«

»Aber ich bin die Liebenswürdigkeit in Person.«

»Vielleicht spürt sie, daß du es nicht ehrlich meinst. Kinder sind wie Tiere. Sie spüren Dinge, lesen unsere Gedanken.«

»Mensch, Polly, du redest Quatsch. Nun, mich langweilt dieses alberne Spiel allmählich. Wenn sich das Gör nicht mit mir anfreunden will, soll es mir auch recht sein.« Und Juniper machte sich auf die Suche nach einem Buch, während Polly und Annie zu ihrem Spaziergang aufbrachen.

Es war Silvesterabend. Polly war gleichzeitig glücklich und traurig. Morgen begann das Jahr 1944 – wieder ein Jahr ohne Andrew, und doch war sie froh, daß 1943, das traurig-ste Jahr ihres Lebens, vorbei war.

»Warum sind Sie traurig, Miss Polly?« fragte Annie neugie-rig und sah zu ihr hoch, als sie den steilen Weg durchs Tal hinunter zum Meer gingen.

»Ich habe einen Mann, einen Soldaten, geliebt, der getötet wurde, und ich kann mich von der Trauer nicht befreien.«

»Meine Mum starb, und ich fühlte mich innerlich ganz leer.«

»Ja, ich kenne dieses Gefühl.« Polly drückte ihre Hand.

»Aber Alice hat alles wieder gutgemacht. Sie liebt mich. Vielleicht finden Sie jemanden, der Sie liebt, dann werden Sie wieder glücklich sein.«

»Das wäre nett, aber ich glaube, ich kann Andrew nie vergessen.«

Annie blieb abrupt stehen. »Oh, das müssen Sie nicht. Das würde ihm nicht gefallen. Meine Mum ist im Himmel und schaut auf mich herunter. Das hat mir Alice erzählt. Sie würde weinen, wenn ich sie vergessen würde.«

»Du hast recht, Annie.«

Sie waren am Strand angekommen und setzten sich auf den großen Fels, von dem sie die Bucht und das Tal überblicken konnten. Annie spielte mit ein paar Muscheln.

»Sie sind nett«, sagte sie grinsend zu Polly. »Aber Miss Juniper, sie ist auch traurig.«

»Warum sagst du das?« fragte Polly überrascht.

»Weil sie glaubt, daß niemand sie liebt, aber alle lieben sie. Sie ist dumm.« Annie wickelte die Muscheln in ihr Taschen-tuch. »Wollen wir zur Klippe hinaufgehen? Kommen Sie ...« Annie streckte Polly ihre Hand hin, und sie kletter-ten an den riesigen Rhododendronbüschen entlang zur Klippe hinauf.

Zwei Tage nach Neujahr standen Alice und Gertie auf der Treppe von *Gwenfer* und winkten Polly und Juniper zum Abschied nach. Polly mußte wegen ihrer Arbeit abreisen, doch Alice hatte die leise Hoffnung genährt, daß Juniper länger bleiben würde. Es war eine vergebliche Hoffnung, denn Alice merkte, daß Juniper das Landleben bald zu langweilen begann. Sie fürchtete, daß Juniper in London wieder ihr ausschweifendes Leben beginnen würde. Wenigstens blieb ihr der tröstliche Gedanke, daß Juniper ihr Trinken jetzt unter Kontrolle hatte. Der Zusammenbruch und die Operation hatten ihr einen Schrecken eingejagt, und sie war endlich zur Vernunft gekommen. Die beiden Frauen gingen ins Haus zurück und gratulierten sich gegenseitig, weil das Weihnachtsfest ein voller Erfolg gewesen war.

Phillips zweiwöchiger Urlaub dehnte sich auf drei Wochen aus. Alice wagte nichts zu sagen, weil sie Angst hatte, ihn zur Rückkehr nach London zu bewegen. Sein Zivildienst war freiwillig, also konnte er kommen und gehen, wann es ihm beliebte. Nur sein ausgeprägtes Pflichtgefühl hatte ihn so lange von ihr ferngehalten.

Die Kinder gingen wieder zur Schule, und obwohl Alice Juniper und Polly vermißte, freute sie sich doch darauf, die gewohnte Routine wiederaufzunehmen.

Nachdem Alice in dem Raum, den sie und Phillip als Atelier benutzten, die Staffeleien aufgestellt, Pinsel und Farben zurechtgelegt hatte, war sie erstaunt, als Phillip sagte, er habe keine Lust zum Malen. Das war noch nie passiert. Sie malte allein, stellte jedoch fest, daß es ihr keinen Spaß machte. Auch eine neue Erfahrung. Also packte sie die Malutensilien weg und setzte sich mit Näharbeiten in den kleinen Salon.

Phillips mangelnder Appetit machte ihr allmählich Sorgen.

Trotz der Lebensmittelrationierung war sie bemüht, ihm seine Lieblingsgerichte zu kochen. Dann mußte sie betrübt mit ansehen, wie er lustlos auf seinem Teller herumstocherte und nur ein paar Bissen von den Speisen zu sich nahm.

Früher hatten sie gern ausgedehnte Wanderungen gemacht. Jetzt begnügte er sich mit kurzen, langsamen Spaziergängen.

»Gertie, ich mache mir Sorgen um Phillip. Irgendwas stimmt nicht mit ihm. Was meinst du?« fragte sie eines Tages. Sie waren in der Küche, wo sich Gertie gerade bemühte, einen Karottenkuchen zu backen, der gemäß Lord Wooltons Empfehlung für die ganze Nation eine Köstlichkeit war.

Gertie blickte auf. »Er ist ruhiger geworden. Und er ist müde. Wir alle sind müde, Alice. Sieh nur uns an. Ich wurde immer von vorn und hinten bedient und konnte einen Kochtopf nicht vom anderen unterscheiden. Jetzt kochen und putzen wir, du bügelst, und ehrlich gesagt, Alice, ich bin froh, wenn dieser verdammte Krieg vorbei ist und ich mich wieder auf die faule Haut legen kann.«

»Du und faul? Das ist ein Witz, Gertie. Du warst immer mit tausend Dingen beschäftigt.«

»Zugegeben, aber ich habe keine groben Arbeiten getan. Wie unsere armen Dienstboten diese Langeweile überlebt haben, ist mir ein Rätsel.«

»Falls es nach dem Krieg überhaupt möglich sein wird, wieder Dienstboten zu bekommen. Welches Mädchen, das in der Armee war oder in einer Fabrik gearbeitet hat, wird zu der stumpfsinnigen Plackerei als Dienstbote zurückkehren?«

»Stimmt. Nur wer bereit ist, entsprechend zu zahlen, wird Personal finden. Ich fürchte, uns steht eine Zukunft bevor, in der nur noch Geld zählt.« Gertie gratulierte sich insgeheim zu ihrer geschickten Art, Alice vom Thema Phillips Gesundheit abgebracht zu haben.

Gertie hatte Phillip mehrmals gedrängt, Alice die Wahrheit zu sagen, und jedesmal hatte er es auf den folgenden Tag verschoben. Offensichtlich war nichts geschehen. Gertie bewunderte Phillip für seine Rücksichtnahme und seinen Mut, die Krankheit allein zu tragen, war jedoch trotzdem überzeugt, daß er einen Fehler machte. Eine weitere Woche verstrich, und in dieser Woche wurde Alice' Besorgnis so groß, daß sie nicht länger schweigen konnte.

»Phillip, fühlst du dich nicht wohl?« fragte sie eines Morgens nach dem Frühstück.

»Warum fragst du?« Er blickte auf und tat so, als wäre er erstaunt.

»Du hast dein Ei nicht gegessen.«

»Ach, Alice, du bist reizend. Machst dir Sorgen, nur weil ich mein Ei nicht esse«, sagte er lachend und faltete seine Serviette. Aber er vermied es, sie anzusehen.

»Es gab eine Menge Eier und andere Dinge, die du nicht angerührt hast. Und du bist müde und malst nicht mehr.«

»Hat Gertie mit dir geredet? Typisch für sie ...«

»Was willst du damit sagen? Weiß Gertie etwas, wovon ich keine Ahnung habe?« Ihr Herz pochte. Es mußte etwas Ernstes sein, wenn er sich Gertie und nicht ihr anvertraut hatte – er wollte sie schonen. »Sag es mir, Phillip. Ich habe ein Recht, es zu wissen«, sagte sie ruhig.

Er sah sie eine Weile an, ehe er zu sprechen begann. Es waren die letzten Sekunden ihres Glücks, das wußte er. Er hatte Alice vom ersten Augenblick an geliebt, und diese Liebe war mit den Jahren noch gewachsen. Er hatte geplant, mit ihr zu leben, für sie zu sorgen und sie für den Rest ihres Lebens zu beschützen. Und jetzt würde alles anders werden. An diesem Morgen, als er ihr von seiner Krankheit erzählte und er die Qual in ihren schönen, lieben, grauen Augen sah, starb ein Stück von ihm.

Am späten Nachmittag ging Alice dorthin, wo sie in der Not und im Kummer immer Trost gefunden hatte. Sie ging zu Ias Felsen und saß dort zusammengekauert im Januarnieselregen, den Blick aufs Meer gerichtet. Sie wartete darauf, daß das Meer ihr Ruhe und Kraft gebe, wie es in der Vergangenheit immer geschehen war, doch dieses Mal wartete sie vergeblich.

Gertie fand Alice dort eine Stunde später. Sie legte ihr den Regenmantel um die Schultern und setzte sich stumm neben ihre Freundin.

»Es ist so unfair, Gertie. Alle diese Jahre der Einsamkeit und Unzufriedenheit, die ich mit Lincoln verbracht habe. Aber mir wurden nur sechs kurze Jahre mit Phillip gegönnt.«

»Wunderschöne Jahre voller Liebe.«

»Das hilft mir nicht.«

»Ich weiß, ich weiß.« Gertie tätschelte unbeholfen die Hand ihrer Freundin. »Wäre es dir lieber, wenn ich gehen würde? Ich kann in *Hurstwood* leben, Polly hätte nichts dagegen einzuwenden. Oder bei meinem Sohn, Charles.«

»Gertie, das darfst du nicht einmal denken. Bitte, verlaß mich nicht.«

»Ich dachte, du wärst mit Phillip lieber allein, bis ...« Gertie schüttelte hilflos den Kopf. Es gab Worte, die nicht einmal sie in ihrer direkten Art aussprechen konnte.

»Nein. Ich brauche dich, Gertie. Dich und deine Kraft. Das hatte ich nicht erwartet, und ich weiß nicht, ob ich den Mut habe, damit fertig zu werden.«

»Unsinn, Alice! Du bist die tapferste Frau, die ich kenne«, brummte Gertie, und obwohl sie sonst nicht zu Gefühlsausbrüchen neigte, nahm sie Alice jetzt in die Arme, drückte sie fest an sich, ließ sie weinen und wiegte sie wie ein kleines Kind.

»Du hast immer ›Unsinn‹ gesagt, erinnerst du dich?« sagte Alice und lächelte unter Tränen. »Was für ein dummes Wort.«

»Von einer dummen Person«, sagte Gertie barsch, selbst den Tränen nahe.

»O nein, meine liebe Freundin, du warst niemals dumm.« Alice blickte auf das graue, kalte Meer hinaus; es ist so kalt wie ein Grab, dachte sie und erschauderte. »Heute abend werden wir die Sonne nicht untergehen sehen. Wenn die Sonne ins Meer versinkt – so sagen die Leute hier – und man Glück hat und genau hinschaut, kann man ein wunderschönes grünes Leuchten sehen.«

»Hast du es je gesehen?«

»Nie. Ich habe mein ganzes Leben danach Ausschau gehalten. Als Juniper noch ein Kind war, hat sie einmal gesagt, daß man es vielleicht nur sieht, wenn man dem Tode nahe ist.« Alice erschauderte wieder.

»Kinder sagen merkwürdige Dinge, nicht wahr? Alles Unsinn«, sagte Gertie in ihrer gewohnt schroffen Art. Dann stand sie auf und streckte Alice ihre Hand hin. »Du brauchst jetzt einen von Junipers wundervollen Martinis, meine Liebe.«

## 3

Juniper und Polly lebten seit einem Monat wieder in London. Diese Zeit hatte Juniper sehr ruhig verbracht. Sie stand zu einer vernünftigen Zeit auf und ging zu angemessener Stunde zu Bett. Sie las viel, schrieb zahlreiche Briefe, machte Spaziergänge im Park und aß, was man ihr vorsetzte. Sie schien nicht zu trinken und hatte keinen Kontakt zu den Leuten, mit denen sie vor ihrer Krankheit verkehrt hatte. Es war ein Zustand, über den sich Polly eigentlich hätte freuen müssen, doch dieses Benehmen war für Juniper so ungewöhnlich, daß sie sich besorgt fragte, ob es nur Theater war. Warum oder für wen Juniper dieses Spiel inszenierte, war ihr unverständlich, also wartete sie voller Sorge auf den Tag, an dem die alte, wilde, hemmungslose Juniper wieder durchbrechen würde.

Polly hatte von Alice einen Brief bekommen, in dem sie ihr von Phillips schwerer Krankheit berichtete und es ihrer Diskretion überließ, ob Juniper davon erfahren sollte. Alice wollte nicht, daß Juniper durch irgend etwas wieder aus ihrem seelischen Gleichgewicht gebracht wurde. Polly hatte am darauffolgenden Sonntag, als Juniper einen ihrer langen Spaziergänge machte, in *Gwenfer* angerufen. Da die Vermittlung von Ferngesprächen immer schwieriger wurde und es oft Stunden dauerte, bis eine Verbindung zustande kam, wartete Polly voller Nervosität auf das Gespräch, denn sie wollte nicht, daß Juniper davon erfuhr. Glücklicherweise hatte sie schon nach eineinhalb Stunden Alice am Apparat.

»Ich hielt es für besser, mit Ihnen zu sprechen, Mrs. Whitaker. Die Angelegenheit ist zu wichtig, um sie in einem Briefwechsel zu erörtern.«

»Wie geht es ihr, Polly?«

»Sie macht einen sehr ruhigen, entspannten Eindruck und ist gar nicht mehr wie früher.« Polly stand in der Halle und behielt die Eingangstür im Auge, damit sie sofort auflegen konnte, sollte Juniper zurückkommen.

»Dann sag es ihr nicht, Polly. Es bleibt noch Zeit genug«, antwortet Alice sanft.

»Wie geht es Ihnen, Mrs. Whitaker? Kann ich irgend etwas für Sie tun?«

»Ich bin sehr traurig, Polly. Phillip ist ein außergewöhnlicher Mann. Aber du hilfst mir sehr, weil du dich um Juniper kümmerst. Das ist eine Sorge weniger.«

Polly legte den Hörer auf und stand tief in Gedanken versunken da. War es richtig, Juniper nichts von Phillips Krankheit zu sagen? War es fair, Juniper wie ein Kind zu behandeln? Wie würde ich unter diesen Umständen reagieren? dachte Polly. Irgendwann würde Juniper herausfinden, daß man ihr Phillips Krankheit verschwiegen hatte, und würde das nicht genau die Situation schaffen, in der sie vor Verärgerung wieder zu trinken anfangen würde? Doch die Gefahr bestand auch, wenn sie jetzt von Phillips Krankheit erfuhr. Sie war in einem Dilemma. Jede Entscheidung bedeutete für Juniper ein Risiko.

Polly ging die Treppe hinauf in den Salon. Sie schloß die Doppeltür, die den Raum unterteilte, obwohl sie wußte, daß Juniper die Tür sofort wieder öffnen würde, weil sie große, weite Räume liebte und in kleinen Zimmern Platzangst bekam. Doch große Räume mußten geheizt werden, und das war bei dem knapp gewordenen Brennmaterial schwierig. Polly legte ein paar Kohlen auf das spärliche Feuer und dachte an das lodernde Kaminfeuer in *Gwenfer*, vor dem sie zu Weihnachten gesessen hatten. Wenigstens war auf dem Land genügend Holz vorhanden. Dann schaute sie zum Fenster hinaus. Ein leichter Nieselregen fiel, und die dunklen Wolken über den Dächern ließen auf einen Dauerregen schließen. Die ersten zwei Monate eines jeden Jahres, wenn die Natur noch im Winterschlaf lag, hatten deprimierende Auswirkungen auf die Menschen. Polly fröstelte und hüllte sich enger in ihre Strickjacke. Eine einsame Gestalt eilte aufs Haus zu. Es war Juniper. Sie schaute zum Fenster hinauf und winkte Polly lächelnd zu. Dieses Lächeln schien den trüben Februartag zu erhellen.

Polly kam in die Halle, als Juniper gerade ihren nassen

Mantel auszog und sich die Feuchtigkeit aus ihrem blonden, von einer Dauerwelle gelockten Haar schüttelte. Polly hatte die lange, glatte Frisur lieber gemocht.

»Im Park sind die ersten Schneeglöckchen zu sehen, und ein paar Krokusse wagen sich auch schon heraus. Ist die Natur nicht wundervoll?« fragte Juniper und ließ ihren Mantel – wie üblich – einfach zu Boden fallen. Polly bückte sich und hob ihn auf – wie immer.

»Aber es ist noch scheußlich kalt.« Polly fror in der großen Halle und fragte sich, ob das auf die Kälte oder auf die Unterhaltung mit Juniper zurückzuführen war.

»Hast du Feuer gemacht?«

Polly nickte.

»Gut. Ich möchte es mir mit einem Buch und bei Musik bequem machen. Wie wär's mit einer Tasse Tee?« Als sie Pollys Gesicht sah, fügte sie hinzu: »Du meine Güte! Du siehst wie ein Unglücksbote aus. Was ist los?«

»Juniper, ich weiß nicht, ob ich es dir sagen soll oder nicht . . .« fing Polly an.

»Wenn es schlechte Neuigkeiten sind, laß es lieber bleiben. Ich möchte sie nicht hören.« Juniper fuhr sich mit den Fingern durchs Haar. »Ich glaube nicht, daß mir die Dauerwelle steht. Was meinst du?«

»Sie ist im Regen etwas kraus geworden.«

»Hätte ich sie mir nur nicht legen lassen.« Juniper ging zur Treppe. »Du machst den Tee. Ich schaue nach dem Feuer und lege eine Platte auf. Dann ziehen wir die Vorhänge zu und machen es uns gemütlich, wie zwei zufriedene alte Jungfern«, sagte sie lachend und lief in den ersten Stock hinauf.

Als Polly mit dem Teetablett in den Salon kam, brannte ein loderndes Feuer. Was hätte sie jetzt nicht für einen Obstkuchen mit Mandelsplittern oder einen Pflaumenkuchen gegeben! Statt dessen mußten sie sich mit den letzten verdauungsfördernden Keksen begnügen.

»Was hast du denn für Neuigkeiten?« Juniper stand vor dem Feuer.

»Ich dachte, du wolltest sie nicht erfahren«, entgegnete Polly und stellte das Tablett auf einen kleinen Tisch.

»Ich will's hinter mich bringen.«

»Es geht um Phillip. Er ist sehr krank. Es tut mir leid, Juniper, aber er wird bald sterben«, sagte Polly und achtete genau auf irgendwelche Anzeichen von Hysterie im Benehmen ihrer Freundin.

Juniper nahm eine Schachtel Streichhölzer vom Kaminsims. »Mein Feuerzeug ist kaputt. Es kann nicht repariert werden. Ich liebe dieses Feuerzeug«, sagte sie und zündete sich ihre Zigarette mit einem Streichholz an.

Polly goß Tee ein, beobachtete Juniper jedoch mit Argusaugen und goß deswegen daneben. »Oh, verdammt! Sieh nur, was ich getan habe«, sagte sie ärgerlich.

»Du mußt mich nicht wie eine Krankenschwester beobachten. Ich bekomme keinen hysterischen Anfall, falls du das befürchtest. Ich habe Phillip nie besonders gemocht.«

»Aber Juniper, denk doch an deine arme Großmutter.«

»Ja. Es tut mir leid für sie.«

»Solltest du sie nicht besuchen ... ihr helfen?«

»Ich? Wie kann *ich* jemandem helfen?« Sie lachte. »Ach, komm schon, Polly. Meine Großmutter wird damit schon fertig, wie mit allem. Sind das die einzigen Kekse? Wie langweilig ... wenn der Krieg vorbei ist, werde ich mich von Sahnetorten ernähren«, verkündete sie.

»Und abscheulich fett werden.«

»Wahrscheinlich. Und Hunde züchten, Bulldoggen, denke ich.« Sie lachte fröhlich. »Was möchtest du hören? Glenn Miller oder Beethoven?«

Polly erwähnte Phillip nicht wieder.

Polly war weit davon entfernt, glücklich zu sein. Ihre Sehnsucht nach Andrew war unvermindert stark, und ihre Trauer um ihn lag ihr wie ein Stein im Herzen, den sie wohl für den Rest ihres Lebens mit sich herumschleppen würde. Sie kannte junge Frauen, deren Männer gefallen waren und die ein paar Wochen später am Arm eines neuen Geliebten lachend durch die Straßen gingen, als sei nichts geschehen. Polly wußte nicht, wie sie das fertigbrachten, und wollte es diesen Frauen nicht gleichtun, doch gleichzeitig hatte sie Angst vor einem Leben ohne Liebe. Wie es schien, hatte sich das Schicksal gegen sie verschworen.

Auch die Arbeit war ihr kein Trost, denn ihre Beschäftigung war monoton, langweilig und in ihren Augen wenig sinnvoll. Lasen die Hausfrauen überhaupt die Pamphlete mit guten Ratschlägen zur Improvisation, die ihr Büro tonnenweise publizierte? Außerdem haßte sie mittlerweile Mrs. Anstruther aus tiefstem Herzen.

An einem trostlosen Februarvormittag, als Polly gerade ein Pamphlet zum Thema *Spülen ohne Seife* zum drittenmal getippt hatte, wurde sie ins Büro von Gwendoline Rickmansworth, ihrer neuen Chefin, die erst vor einem Monat ihren Posten angetreten hatte, gerufen. Ihre Kolleginnen konnten sich die schadenfrohen Kommentare, ihr stünde wohl die Kündigung bevor, nicht verkneifen. Polly ignorierte zwar diese Bemerkungen, war jedoch ziemlich nervös, als sie schließlich Mrs. Rickmansworths Büro betrat.

Die Unordnung in dem Raum versetzte Polly in Erstaunen. Akten lagen auf dem Boden, Tabellen bedeckten die Wände, überall waren Kleidungsstücke verstreut, und auf Mrs. Rickmansworths Schreibtisch herrschte ein Chaos.

»Kommen Sie näher, meine Liebe«, sagte die erstaunlich junge und attraktive Frau, die aufgestanden war und Polly zur Begrüßung die Hand hinstreckte. »Setzen Sie sich. Möchten Sie Kaffee?«

Polly hatte einen alten Drachen erwartet, aber diese Frau war höchstens Mitte dreißig. Sie war schick gekleidet, und ihr Kostüm, das zwar nicht der gegenwärtigen Mode entsprach, mußte einmal ein kleines Vermögen gekostet haben. Ihr Haar war leicht gewellt, und sie trug ein dezentes Make-up.

»Danke«, sagte Polly erstaunt.

Mrs. Rickmansworth ging zur Tür, streckte ihren Kopf hinaus und rief heiter: »Philippa, zwei Tassen Kaffee und Kekse, hopp hopp!« Dann setzte sie sich wieder hinter ihren Schreibtisch, schob die Papiere beiseite, bot Polly eine Zigarette an, die diese ablehnte, und zündete sich eine an. »Entschuldigen Sie die Unordnung.« Sie deutete auf die Kleiderstapel. »Ich sammle Kleidung für Kriegsveteranen.«

»Ich verstehe«, sagte Polly höflich und war verblüfft, daß sich ihre Chefin verpflichtet fühlte, eine Erklärung abzugeben.

»Gefällt Ihnen die Arbeit in Mrs. Anstruthers Abteilung?« fragte Mrs. Rickmansworth, nachdem die Sekretärin den Kaffee gebracht hatte.

»Nun . . .« sagte Polly zögernd, befürchtete, in eine Falle zu tappen. Dann dachte sie, ach, zum Teufel damit und erklärte: »Um ehrlich zu sein, nein, Mrs. Rickmansworth. Die Arbeit ist ziemlich monoton.«

»Großartig. Können Sie Auto fahren?«

»Ja. Ich hatte aber in letzter Zeit wenig Gelegenheit dazu.«

»Sie werden schnell Praxis bekommen. Ich brauche eine Sekretärin, die Auto fahren kann. Wären Sie daran interessiert?«

»Aber ja! Ich wäre begeistert. Aber ich muß gestehen, daß

ich zwar gut Schreibmaschine schreibe, aber Probleme mit der Kurzschrift habe.«

»Wir werden uns schon durchwursteln. Dann muß ich eben langsam diktieren.« Mrs. Rickmansworth strahlte Polly an, die völlig fassungslos war. »Wie geht es Ihrer Großmutter?« fragte Mrs. Rickmansworth und nahm einen Keks.

»Sie kennen sie?«

»Du meine Güte, ja. Meine Großtante, Augusta Portley, war zusammen mit ihr Debütantin. Eine wundervolle Frau. Ich wußte, daß Sie hier arbeiten. Seit einem Monat will ich schon mit Ihnen sprechen, aber Sie wissen ja, wie hektisch es hier zugeht. Ihre Großmutter sagte mir, Sie wären glücklich mit Ihrer Arbeit, sonst hätte ich Sie gleich nach meiner Ankunft da rausgeholt. Und wie geht es Ihrer Mutter?«

»Die kennen Sie auch?« fragte Polly verblüfft.

»Nicht gut. Vor zehn oder elf Jahren habe ich mit ihr gemeinsam eine Kreuzfahrt in Südfrankreich gemacht. Wie die Zeit vergeht. Es muß elf Jahre her sein, denn es war meine Hochzeitsreise. Wir waren auf Marshall Boscars Jacht.«

»Großer Gott! Seine Tochter ist meine Freundin, und wir wohnen zusammen.«

»Wir Engländer sind wirklich ein geselliges Völkchen, nicht wahr?« Gwendoline glucckste vor Vergnügen. »Prima. Kommen wir jetzt zum Geschäftlichen. Welcher Tag ist heute? Mittwoch? Heute abend muß ich nach Wales fahren. Es hat wenig Sinn, daß Sie heute bei mir anfangen. Nehmen Sie sich den Rest der Woche frei. Treten Sie um acht Uhr Montag früh bei mir an und bringen Sie Ordnung in mein Chaos.«

»Danke. Bis Montag, dann«, sagte Polly aufgeregt, griff nach ihrer Handtasche und ging.

Draußen war es neblig. Seit der Bombardierung war der winterliche Nebel in London durch den Staub in der Luft noch schlimmer und undurchdringlicher geworden. Vorsichtig tastete sie sich an den Häuserfronten entlang und bog gerade um eine Ecke, als sie mit einem Mann zusammenstieß.

»Es tut mir leid. Sind Sie verletzt?« fragte eine vertraute Stimme.

»Jonathan. Du bist Jonathan Middlebank, nicht wahr?« Ihre Stimme überschlug sich vor Freude.

»Ja.« Er bückte sich, um besser sehen zu können. »Großer Gott, du bist es, Polly! Was für ein Zufall!« Er nahm sie in die Arme, küßte sie herzlich auf die Wange und wirbelte sie aufgeregt im Kreis herum. »Ich wollte dich gerade besuchen. Juniper hat mir gesagt, du hättest jetzt Mittagspause. Darf ich dich zum Essen einladen?«

»Liebend gern«, sagte sie atemlos und merkte, wie ihr Herz pochte, als sie die rauhe Wolle seines Armeemantels an ihrer Wange fühlte.

## 4

»Wie wär's mit dem *Savoy*?« Jonathan schaute auf Polly hinunter.

Sie lachte. »Bist du plötzlich reich geworden?«

»Nein, ich bin arm wie eh und je«, antwortete er grinsend. »Hier um die Ecke gibt es ein gutes britisches Restaurant. Ich gehe da oft hin.«

»Liebe Polly, praktisch wie immer. So arm bin ich auch wieder nicht. Ich möchte meinen Urlaubsbeginn etwas großartiger feiern.«

»Aber nicht im *Savoy* – daran würde ich nicht einmal im Traum denken. Ich kenne ein gutes Fischrestaurant, das noch einen zufriedenstellenden Weinbestand hat.«

»Hoffentlich wird dieses Essen nicht wieder von einer Bombe gestört, wie letztes Mal.«

Nachdem sie im Restaurant ihre Bestellungen aufgegeben hatten, lehnte sich Jonathan zufrieden zurück.

»Wie hübsch es hier ist.«

»Ja«, stimmte sie zu und betrachtete ihn eingehend. Er hatte im spanischen Bürgerkrieg und in Nordafrika gekämpft, aber abgesehen von ein paar zusätzlichen Falten, sah er so unbekümmert aus wie damals, als sie sich zum erstenmal in *Hurstwood* begegnet waren. Sie war noch ein Schulmädchen gewesen, das den kultivierten Studenten mit Ehrfurcht bewundert hatte.

»Woran denkst du?«

»Daß du wie früher aussiehst ... dich hat der Krieg nicht verändert.«

»Aber du hast dich verändert ... du siehst traurig aus.«

»Tatsächlich? Das glaube ich nicht.« Polly senkte verlegen den Blick.

»Aber ich erkenne in dir wieder die Polly, die ich damals in *Hurstwood* kennengelernt habe. Die schicke, kultivierte Lady, die du in Paris warst, war mir fremd. Jetzt bist du viel schöner.«

Polly errötete bei dem Kompliment.

»Ich habe die Puppe gehaßt, die Michel aus mir gemacht hat«, sagte sie vehement.

»Warum hast du es zugelassen?«

»Es war bequemer, ihm seinen Willen zu lassen. Es hat ihm großes Vergnügen bereitet, aus dem kleinen englischen Mädchen, das er geheiratet hatte, eine schicke Französin zu machen. Das Problem war, daß die Veränderung nur oberflächlich gelang.«

»Es wäre scheinheilig zu sagen, daß ich seinen Tod bedaure.«

»Sei unbesorgt. Ich fühle nichts mehr. Es ist beinahe, als wäre ich nie mit Michel verheiratet gewesen. Ich denke nicht einmal mehr an ihn. Er war nicht schuld an dem Debakel. Im nachhinein sehe ich, daß er sein Verhalten für normal hielt. Er war eben, wie er war. Und er konnte sehr freundlich und überaus großzügig sein.«

»Du erstaunst mich, Polly. Du bringst es immer wieder fertig, anderen zu verzeihen, nicht wahr?«

Sie wich seinem Blick aus. Wollte er jetzt hören, daß sie ihm und Juniper verziehen hatte? Warum? Sie wollte nicht an die Vergangenheit erinnert werden. Sie wollte dieses Wiedersehen nicht mit alten Geschichten überschatten. Sie wollte glücklich sein, war glücklich. Sie lehnte sich zurück und genoß dieses ungewohnte Gefühl. Seit langem hatte sie sich nicht so wohl gefühlt. Nicht mehr seit ihrem letzten Zusammensein mit Andrew.

»Wie geht es deinem Freund? Andrew Slater, heißt er, nicht wahr?« fragte Jonathan, als könnte er ihre Gedanken lesen.

»Du wußtest von Andrew?« fragte sie überrascht.

»Ja. Jemand, ich glaube, es war Juniper, hat mir erzählt, du hättest einen netten Burschen kennengelernt. Ich habe mich für dich gefreut ...« sagte er und fügte nach einer kleinen Pause hinzu: » ...obwohl ich eifersüchtig war.«

Polly fühlte, wie sie wieder errötete. »Er ist gefallen«, sagte sie einfach.

Jonathan griff nach ihrer Hand.

»Polly, das tut mir leid. Du hast ihn in keinem deiner Briefe erwähnt.«

»Er galt lange Zeit als vermißt. Und du hast ihn ja nicht gekannt.«

»Wie kam er um?«

»Bei der Flucht aus einem Kriegsgefangenenlager. Ich habe es erst ein Jahr später erfahren. Das war ein entsetzlicher

Schock. Solange er vermißt war, hatte ich wenigstens noch eine Hoffnung, an die ich mich klammern konnte. Wenn sie stirbt, scheint man alles zu verlieren«, sagte sie traurig.

»Gibt es einen anderen Mann in deinem Leben?« fragte er betont beiläufig, als wäre die Antwort für ihn nicht wichtig.

»Nein. Niemand kann Andrews Platz einnehmen«, antwortete sie leise.

»Natürlich nicht ... ich war nur neugierig«, sagte er beschämt.

»Juniper und ich leben wie zwei alte Jungfern mit Büchern und Kakao.«

»Ich kann mir nicht vorstellen, daß Juniper auf diese Weise ihr Leben verbringt«, sagte er lachend.

»Aber zu mir paßt es, wie?« Polly zwang sich zu einem Lachen, um einen Anflug von Ärger zu verbergen.

»Zu euch beiden nicht, das versteht sich doch von selbst. Wie geht es Juniper? Ich war nur kurz in ihrem Haus, um zu fragen, wo dein Büro ist. Sie sah gut aus ...« Wieder merkte Polly, daß er versuchte, nonchalant zu klingen. Gegen ihren Willen war sie über das offensichtliche Interesse, das Jonathan an Juniper zeigte, enttäuscht.

»Es erstaunt mich, daß du nicht Juniper zum Essen eingeladen hast«, sagte sie schroff.

»Nein. Ich wollte dich wiedersehen«, entgegnete er und überhörte bewußt den scharfen Unterton in ihrer Stimme.

»Ehrlich«, fügte er hinzu. Die ganze Zeit hatte er ihre Hand gehalten. Als er sie jetzt losließ, tat es ihr leid.

»Sie war schwerkrank, hat sich aber gut erholt und führt jetzt Gott sei Dank ein ruhigeres Leben. Eine Zeitlang hat sie mir ganz schön zu schaffen gemacht«, fügte Polly lachend hinzu.

»Möchtest du mich nach Hause begleiten? Juniper würde sich bestimmt freuen, dich öfter zu sehen, ehe dein Urlaub zu Ende ist.« Es lag keine Ironie in ihrer Stimme.

»Das würde ich gern tun«, sagte er. Das Essen wurde aufgetragen, und während sie aßen, sprachen sie über Bücher und andere Dinge.

»Schreibst du noch?«

»Ja, obwohl es schwierig ist, Zeit dafür zu finden. Ich kritzle meine Notizen auf jeden Fetzen Papier, den ich auftreiben kann. Ich habe den zweiten Entwurf meines Buches fertiggestellt ...«

»Das ist wundervoll ...«

Auf dem Weg nach Hause war Polly glücklich. Sie hatte nicht erwartet, je wieder dieses Gefühl zu haben. Ihr wurde bewußt, daß die Begegnung mit Jonathan mehr als Freude in ihr geweckt hatte. Und sie spürte, daß er dieses Gefühl mit ihr teilte. Seit Andrews Tod hatte sie keinem Mann auch nur einen Blick gegönnt, doch bei Jonathan war es etwas anderes. Weil sie Jonathan lange vor Andrew gekannt hatte, kam es ihr weniger wie ein Verrat vor, wenn sie das Zusammensein mit ihm genoß. Ehe sie jedoch diesem Gefühl nachgab, mußte sie Jonathan und Juniper zusammen sehen. Sie mußte herausfinden, ob es zwischen den beiden noch eine erotische Beziehung gab. Sie konnte das Risiko nicht eingehen, noch einmal verletzt zu werden.

»Du bist sehr still«, sagte er, als sie nebeneinander durch den Nebel gingen, der noch dichter geworden war.

»Ich hasse es, diesen stinkenden Dunst einzuatmen«, sagte sie entschuldigend. »Da sind wir schon.«

Im Haus angekommen, rief sie nach Juniper.

»Du bist früh zurück«, antwortete Juniper aus der Bibliothek, die zu ebener Erde lag und selten benutzt wurde. Zu ihrer Verärgerung sah Polly im Kamin ein loderndes Feuer brennen. Juniper schob beinahe schuldbewußt ein paar Blätter auf dem großen Schreibtisch zusammen.

»Du hast mich ertappt. Ich hatte dich nicht vor sechs Uhr

zurückerwartet. Verzeih, daß ich Feuer gemacht habe. Mir war kalt«, sagte sie entschuldigend. »Jonathan!« Ihr Gesicht strahlte vor Freude. »Ich habe gehofft, du würdest zurückkommen.« Sie ging anmutig und mit ausgebreiteten Armen auf ihn zu und küßte ihn auf beide Wangen. Jede Bewegung, jeder flüchtige Ausdruck wurde von Polly mit Argusaugen beobachtet. »Wie aufregend für Polly, daß du aus heiterem Himmel hier aufgetaucht bist. Der arme Schatz war so einsam. Mußte sich mit meiner langweiligen Gesellschaft zufriedengeben.«

»Du siehst blendend aus, Juniper. Polly sagte mir, daß du schwerkrank warst. Das tut mir leid.«

»Es war allein meine Schuld, Jonathan«, sagte sie lässig. »Aber dieses Wiedersehen müssen wir mit Champagner feiern. Was meinst du dazu, Polly?« Polly hatte keine Zeit zu antworten. »Jonathan, sei ein Schatz. Ich fürchte mich vor diesem unheimlichen Keller«, sagte sie lächelnd zu ihm.

Polly stocherte heftig in der Kohle herum. Juniper hatte sich nie vor dem Keller gefürchtet – früher war sie öfter an einem Abend hinuntergegangen. Dieses Theater veranstaltet sie einzig und allein für Jonathan, dachte Polly wütend.

»Was für eine Überraschung!« Juniper strahlte sie an. »Warum kommst du so früh nach Hause?«

»Habe ich dich beim Schreiben deiner Memoiren ertappt?« fragte Polly gereizt und sah zu ihrem Erstaunen, daß Juniper errötete.

»Nein, keine Memoiren ... aber seit kurzem ... wenn ich allein bin ... versuche ich zu schreiben.«

»Das ist wunderbar. Darf ich dein Manuskript lesen?«

»Nein! Niemand darf es *sehen*. Noch nicht. Sag kein Sterbenswörtchen darüber zu Jonathan. Ich meine, schließlich ist er Schriftsteller.«

»Ich freue mich, daß du etwas gefunden hast, was dir Spaß macht«, sagte Polly steif.

Jonathan kam mit zwei Flaschen Champagner zurück. »Findet ein 19er Dom Perignon eure Zustimmung? Vorsichtshalber habe ich zwei Flaschen gebracht.« Er grinste Polly an. Die meisten Menschen hielten Jonathan für einen ziemlich mittelmäßigen jungen Mann, der ein nettes Gesicht hatte und schlank war. Doch für Polly war er der bestaussehende Mann, dem sie je begegnet war.

»Du hast mir noch immer nicht erklärt, warum du so früh nach Hause gekommen bist«, sagte Juniper, nachdem sie auf Jonathans Rückkehr angestoßen hatten.

»Ich habe einen neuen Job bekommen – als Sekretärin und Chauffeuse unserer neuen Chefin, Mrs. Rickmansworth. Stell dir nur vor, Juniper ... sie kennt meine Mutter und Großmutter, und sie kannte deinen Vater.« Juniper schien diese Neuigkeit jedoch überhaupt nicht zu interessieren. »Sie hat mir den Rest der Woche frei gegeben. Am Montag trete ich meine neue Stelle an«, fügte sie hinzu.

»Wundervoll! Dann kannst du jede Minute meines Urlaubs mit mir verbringen«, platzte Jonathan heraus und strahlte sie an.

»Ich finde das alles herrlich.« Juniper klatschte vor Freude in die Hände. »Ich werde Gaston anrufen und einen Tisch für uns reservieren lassen. Ihr seid meine Gäste – keine Widerrede!«

»Bitte, Juniper, das ist nicht nötig«, sagte Polly hastig, um ihre Enttäuschung zu verbergen. Sie hatte sich gewünscht, den Abend allein mit Jonathan zu verbringen, nachdem er erklärt hatte, daß er mit ihr zusammensein wollte.

»Das ist sehr nett von dir, Juniper, aber ich wäre gern allein mit Polly ausgegangen«, sagte Jonathan verlegen.

»Natürlich. Ich komme nicht mit. Ihr wollt allein sein. Ich

bin überglücklich, euch beide wieder zusammen zu sehen. Die beiden liebsten Menschen, die ich auf der Welt habe.« Juniper legte ihre Arme um Polly und Jonathan und drückte beide an sich.

Später, als die beiden im Nebel vor dem Restaurant standen, in dem für reiche Stammgäste jede Köstlichkeit – für einen entsprechenden Preis – serviert wurde, sagte Polly: »Wir sollten nicht hier essen. Juniper tut schon viel zu viel für mich.«

»Ich habe gehört, es sei das beste Restaurant von London. Juniper könnte beleidigt sein, wenn wir ihre Einladung nicht annehmen.«

»Das wird ihr nichts ausmachen. Ich möchte nur Junipers Großzügigkeit nicht ausnutzen«, beharrte Polly.

»Na gut. Was schlägst du vor? Wohin sollen wir gehen?« Jonathan griff nach Pollys Arm. Polly hoffte, es sich nur eingebildet zu haben, daß Jonathan nur widerwillig zugestimmt hatte, nicht bei Gaston zu essen.

Als sie lange nach Mitternacht heimkamen, war Juniper betrunken.

5

Polly erwähnte am nächsten Morgen darüber nichts gegenüber Juniper. Das geschah nicht aus Freundlichkeit, sondern weil sie nicht wollte, daß irgend etwas ihr Glücksgefühl zerstörte. Denn in dieser Nacht, nach ihrer Rückkehr aus dem Restaurant und nachdem sie Juniper zu Bett gebracht hatten, hatte Polly wortlos Jonathans Hand genommen und ihn die Treppe hinauf in ihre Mansarde geführt. Zu einer anderen Zeit, unter anderen Umständen, hätte sie ihm erlaubt, sie zu umwerben, hätte gewartet, bis sie verheiratet waren. Aber der Krieg ließ ihnen keine Zeit. Man mußte das Glück packen, ehe es einem auf tragische Weise wieder entgleiten konnte. Die Bombenangriffe hatten nachgelassen, aber es gab noch immer Luftangriffe auf London, die das Leben eines jeden Menschen bedrohten. Jonathan wußte nicht, wo sein nächster Einsatzort sein würde und ob dort der Tod auf ihn wartete. Es war die erste Nacht seit langem, in der Polly nicht an Andrew dachte, und sie wunderte sich noch kurz vor dem Einschlafen, wie glücklich sie war.

Die restlichen Tage von Jonathans Urlaub vergingen wie ein aufregender Traum, in dem sie sich gegenseitig wiederentdeckten und sich zu jeder Stunde des Tages und der Nacht der Liebe hingaben. Der Roman, den Jonathan vor vielen Jahren in Spanien zu schreiben begonnen hatte, ehe die Welt dem Wahnsinn verfiel, war fertig. Er wollte, daß Polly ihn las.

Polly war sehr nervös, als sie erwartungsvoll das Manuskript aufschlug. Jonathan war zu einem Spaziergang aufgebrochen. Er konnte nicht untätig dasitzen und ihr beim Lesen zusehen. Den ersten Entwurf hatte sie in Paris gelesen und ihn für gut gehalten. Auf diese endgültige Version war sie nicht vorbereitet.

Polly saß auf ihrem Bett und wurde in ihre Jugendzeit in London zurückversetzt. Der Roman handelte von ihr und Jonathan und war doch nicht ihre Geschichte. Er hatte die damaligen Ereignisse und Schauplätze perfekt beschrieben. Aber irgendwie erkannte sie sich nicht in der Person, die er dargestellt hatte. Diese Heldin gefiel ihr nicht, und sie hoffte, daß Jonathan sie nicht so sah. Die Charaktere waren oberflächlich. Der Roman war gut geschrieben und aufgebaut, aber ihr kam es vor, als hätte jemand ohne Herz über Menschen ohne Tiefe geschrieben.

Jonathan kam mit ziemlich blassem Gesicht ins Zimmer.

»Nun, was hältst du davon?« fragte er nervös.

»Es ist ein sehr geistreiches Buch«, sagte sie. »Es gefällt mir.« Sie sagte die Wahrheit und war nicht fähig, die mangelnde Tiefe zu kritisieren. Vielleicht hatte sie zuviel von dem Roman erwartet. »Ich sage das nicht, weil ich dich liebe, sondern weil es so ist.«

»Meinst du das ehrlich? Daß du mich liebst?«

Sie lachte. »Es ist nicht meine Art, mit Männern ins Bett zu gehen, die ich nicht liebe.«

»Polly, Gott sei Dank! Ich hatte Angst, die Vergangenheit würde zwischen uns stehen, so daß du mich nicht mehr lieben kannst. Meine liebste Polly, bitte, heirate mich.«

»Ja, Jonathan. Das würde ich gern tun«, antwortete Polly einfach, ohne darüber nachdenken zu müssen.

Polly hatte ein festliches Dinner vorbereitet. Es war ihr gelungen, ein ansehnliches Stück Lachs aufzutreiben, und so bestand die Mahlzeit aus Gemüsesuppe, Fisch und Apfelkuchen. Sie hätte gern mit Jonathan allein gegessen, um ihre Verlobung zu feiern, hielt es jedoch für lieblos, Juniper auszuschließen. Morgen war der letzte Tag von Jonathans Urlaub, und sie würden ihn allein feiern.

Während des Essens rückte Jonathan mit einer Überraschung heraus. Er erzählte, daß er in seiner Nervosität – als Polly sein Buch las – zum Hauptquartier seines Regiments gegangen war.

»Es ist ganz merkwürdig. Ich bin vom aktiven Dienst suspendiert worden.«

»Gott sei Dank!« rief Polly erleichtert.

»Wie schön«, fügte Juniper hinzu.

»Ich muß Russisch lernen. Ausgerechnet Russisch!«

»Russisch?« wiederholten Polly und Juniper wie aus einem Mund.

»Wozu denn?« fragte Juniper.

»Anscheinend haben sie erfahren, daß ich ganz passabel Französisch und Spanisch beherrsche ...«

»Du beherrschst beide Sprachen fließend«, unterbrach Polly ihn stolz. »Und was ist mit Arabisch? Das kannst du doch auch.« Sie klang wie eine Mutter, die die Vorzüge ihres Kindes preist.

»Laß ihn ausreden, Polly. Wir alle wissen, daß er brillant ist«, sagte Juniper lachend.

»Ich mache ein Jahr lang einen Intensivkurs. Es ist alles sehr geheim.«

»Wo findet der Kurs statt?«

»Das kann ich dir nicht sagen, Polly. Das ist *das* Geheimnis. Aber ich kann dir die Nummer eines Pubs geben, wo du mich im Notfall erreichen kannst. Der Pub ist in Cambridge.« Jonathan gab ihnen diese Information, als würde er das Datum der Invasion Europas verraten. »Ich wäre dankbar, wenn ihr zu niemandem darüber sprechen würdet.«

Juniper lachte schallend. »Ach, Jonathan, du bist göttlich. Wie ich Männer liebe! Du nicht auch, Polly? Sie genießen diese Mantel-und-Degen-Geschichten, nicht wahr?«

Jonathan war peinlich berührt.

»Aber warum Russisch?« fragte Polly, der Jonathans Unbehagen leid tat, obwohl sie Juniper zustimmen mußte. Diese Geheimniskrämerei kam ihr überflüssig vor.

»Es gibt Strategen in der Regierung, die glauben, daß wir nach Beendigung des Krieges mit Deutschland einen Schlag gegen Rußland führen müssen.«

»Aber die Russen sind unsere Verbündeten«, sagte Polly verwirrt.

»Solange die Deutschen unbesiegt sind, aber danach? Wird Rußland dort weitermachen, wo die Deutschen aufgehört haben? Es könnte leicht geschehen, daß die Russen unsere Feinde werden.«

»Jonathan, was für eine schreckliche Vorstellung. Das würde einen Krieg ohne Ende bedeuten, der noch Jahre dauern könnte. Ich möchte nicht einmal daran denken.« Polly war plötzlich kalt, und sie rückte näher zum Feuer.

»Wenigstens werde ich dich öfter sehen können. Das ist das Erfreuliche daran.« Jonathan beugte sich vor und nahm Pollys Hand.

»Wann reist du ab?«

»Übermorgen. Nach einem Monat bekomme ich drei Tage Urlaub. Dann sollten wir heiraten, und du könntest in meine Nähe ziehen. An den Wochenenden habe ich frei. Es wird wie im Paradies sein.«

»Kann ich zu euch ziehen?« fragte Juniper und lächelte beide an. Polly und Jonathan sahen einander entsetzt an und senkten dann beschämt die Köpfe.

»Natürlich mußt du zu uns kommen. Wir können dich unmöglich allein hierlassen«, beteuerte Polly so herzlich wie möglich, aber gegen ihren Willen.

»Sei nicht albern, Polly. Es war nur ein Witz.«

Dessen war sich Polly jedoch nicht sicher.


Gegen Ende des ersten Monats von Jonathans Sprachkurs rief Polly die Nummer an, die er ihr gegeben hatte, und bat darum, ihm auszurichten, daß sie nach Cornwall reisen müsse und deshalb seinen dreitägigen Urlaub nicht mit ihm verbringen könne. Während der vorherigen Anrufe hatte sie sich mit der Wirtin des Pubs angefreundet.

»Vielleicht könnten Sie ihn fragen, ob er mich während seines nächsten Urlaubs heiratet?« witzelte sie lahm, um tapfer ihre bittere Enttäuschung zu verbergen.

»Ach, Sie Arme. Was für ein Schicksalsschlag. Haben Sie

eine schlechte Nachricht bekommen?« fragte die Wirtin mitfühlend.

»Der Mann einer engen Freundin ist gestorben. Ich muß ihre Enkelin nach Cornwall zur Beerdigung begleiten.«

»Was für eine gute Freundin Sie sind. Captain Middlebank kann sich glücklich schätzen, Sie zur Frau zu bekommen. Ich hoffe, er weiß das. Ich werde es ihm jedenfalls sagen.«

»Danke, Mrs. Greenstone. Ich bin die Glückliche.«

Polly legte auf.

»Und wieso glaubst du, diese Enkelin fährt zur Beerdigung?« Junipers Stimme ließ Polly zusammenzucken.

»Ich dachte, du wärst noch im Bett.« Juniper stand vor ihr, eine Hand in die Hüfte gestemmt, in der anderen eine Zigarette, elegant und anmutig wie immer. Zu Pollys Mißbilligung trug sie jedoch ein rotes Kleid und hatte sich nachlässig eine schwarze Kaschmirstrickjacke über die Schultern gelegt.

»Natürlich mußt du zur Beerdigung fahren.«

»Es gibt kein ›Muß‹. Ich fahre nicht, und es ist auch nicht nötig, daß du die anstrengende Reise nach Cornwall machst.«

»Aber ich möchte fahren. Wir *sollten* hinfahren. Alice könnte uns brauchen.«

»Deine Großmutter ist bei ihr. Wir können nichts für Alice tun.« Juniper ging in Richtung Bibliothek, als sei die Unterhaltung beendet. Sie verbrachte dort jeden Tag ein paar Stunden und arbeitete an ihrem Manuskript. Polly folgte ihr.

»Du fährst, und damit hat sich's. Du kannst mich nicht täuschen, Juniper. Du hast Angst davor.«

»Ich hasse Beerdigungen.«

»Jeder haßt Beerdigungen – es ist für niemanden leicht. Aber vor dieser Beerdigung kannst du nicht davonlaufen.«

»Wir haben uns nie verstanden, Phillip und ich.«

»Deine Beziehung zu Phillip ist irrelevant. Du solltest an Alice denken. Sie braucht dich, verstehst du das nicht?«

»Muß ich wirklich hinfahren?« sagte Juniper mit einem flehenden Lächeln.

»Du kennst die Antwort darauf. Und zieh dich um. Dieses Kleid ist absolut unpassend. Du hast eine Stunde Zeit, um zu packen. Wenn wir uns beeilen, erreichen wir den Zug um zehn Uhr fünfzig von Paddington.«

»O Mann, Polly, warum bist du immer so herrisch? Und warum hast du, verdammt noch mal, immer recht?« In Junipers Stimme lag kein ärgerlicher Unterton.

»Darin ähnele ich wohl meiner Großmutter«, rief Polly über die Schulter, als sie aus der Bibliothek ging.

»Sie ist nicht deine Großmutter«, sagte Juniper, aber Polly war schon außer Hörweite. »Ach, verdammt«, schimpfte sie mit sich selbst. »Warum muß ich immer tun, was andere Leute wollen?« Gehorsam ging sie nach oben, um sich umzuziehen und zu packen. Während der ganzen Zeit hoffte sie, daß irgend etwas passieren würde – vielleicht eine Bombe auf Paddington fiel –, was ihre Abreise verhindern könnte.

Polly war nervös und aufgeregt. Juniper hatte zu lange gebraucht, und jetzt steckte ihr Taxi in einem Stau am Marble Arch, deshalb kamen sie nur im Schneckentempo voran. Polly schaute dauernd auf ihre Armbanduhr und trommelte mit den Fingern auf das Uhrenglas.

»Beruhige dich, Polly. Ich habe noch nie einen Zug verpaßt.«

»Für alles gibt es ein erstes Mal.« Polly beugte sich vor und öffnete die Trennscheibe. »Kennen Sie keine Abkürzung zum Bahnhof? Wir verpassen unseren Zug.«

»Tut mir leid, Miss. Da vorn ist wohl ein Unfall passiert.«
Polly drehte ihr Fenster herunter und schaute hinaus. Deswegen sah sie das Auto nicht, das auf der anderen Seite, neben ihrem Taxi, hielt. Und sie sah nicht den kleinen, ungefähr sechsjährigen Jungen, der aufgeregt auf ihr Taxi deutete und etwas zu der Frau, die neben ihm saß, sagte. Sie sah nicht, daß er mit seinen kleinen Fäusten gegen die Scheibe trommelte und »Mama« schrie, was im Verkehrslärm und Hupkonzert unterging. Sie sah nicht Junipers Gesicht, das aschfahl geworden war. Juniper wandte den Kopf ab, um das Kind nicht mehr sehen zu müssen, und starrte nach vorn. Mit zitternden Händen holte sie ihr Zigarettenetui und Streichhölzer aus ihrer Handtasche.
Das Taxi fuhr mit einem Ruck an.
Polly rutschte auf dem Sitz zurück. »Gott sei Dank geht's jetzt weiter. Wir könnten es gerade noch schaffen«, sagte sie und schaute wieder auf ihre Armbanduhr. »Geht's dir nicht gut? Du siehst schrecklich aus, als hättest du einen Geist gesehen.«
»Mir geht's gut, ganz gut. Ich vertrage nur die Abgase nicht.« Juniper lächelte matt. »Reg dich nicht auf.«
Eine Limousine überholte ihr Taxi. Für den Bruchteil einer Sekunde sah Polly die Insassen. Sie schaute noch einmal hin und war sich nicht sicher, ob sie Caroline Copton und Harry gesehen hatte. Sie öffnete den Mund, um etwas zu sagen, hielt es jedoch für besser, zu schweigen. Juniper haßte es, wenn der Name ihre Sohnes auch nur erwähnt wurde. Vielleicht war es auch gar nicht Harry gewesen.
Das Taxi hatte kaum angehalten, da war Polly schon ausgestiegen. Sie rief nach einem Gepäckträger, während sie den Fahrer bezahlte. Juniper blieb sitzen.
»Komm endlich. Was ist denn mit dir los?« fragte Polly gereizt. Der Gepäckträger drängte sich durch die Menge

zum Zug. Polly folgte ihm, ohne nach rechts oder links zu blicken. Sie haßte Bahnhöfe. Für jedes glückliche Wiedersehen gab es ein Dutzend traurige Abschiede. Das deprimierte sie und weckte Erinnerungen an Andrew.

Als die Koffer im Zug verstaut und der Gepäckträger bezahlt war, hielt sie Ausschau nach Juniper, die ihr nicht ins Abteil gefolgt war. Nachdem sie einen Mitreisenden gebeten hatte, ihre Plätze freizuhalten, drängte sie sich durch den Gang zur Tür.

Juniper stand bleich und verloren auf dem Bahnsteig.

»Juniper, der Zug fährt ab«, rief Polly, als die Türen zugeschlagen wurden. Der Schaffner hob seine grüne Fahne.

»Juniper, bitte«, schrie sie, um den Lärm auf dem Bahnsteig zu übertönen.

»Ich kann nicht. Frag mich nicht, warum. Bitte, laß mich allein.« Juniper blickte zu ihr hoch, und Polly war über die Verzweiflung in den Augen ihrer Freundin entsetzt.

»Aber, Juniper ...« Der Zug setzte sich langsam in Bewegung. »Ich rufe dich an ...« Polly lehnte sich aus dem Fenster und sah, wie sich Juniper umdrehte. Und ihre kleine schmale Gestalt verlor sich im Gedränge.

## 6

Juniper schob sich mit gesenktem Kopf durch die Menschenmenge. Am Ende des Bahnsteigs blieb sie stehen, sie wußte nicht, was sie tun oder wohin sie gehen sollte, weil sie verwirrt und aufgewühlt war.

Überall schien sie nur Paare zu sehen: Paare, die sich küßten und umarmten. Menschen, die sich bei den Händen hielten, bis der Zeitpunkt des Abschieds gekommen war. Juniper stand stocksteif da und fühlte sich unermeßlich einsam. Links von ihr wurde ein Tür geöffnet, und schallendes Gelächter drang heraus. Sie bahnte sich einen Weg zu dieser Tür und betrat die Bahnhofsgaststätte.

Das Lokal war gerammelt voll und die Luft vom Zigarettenqualm völlig verräuchert. Überall auf dem schmutzigen Fußboden standen Seesäcke und Koffer und verstellten den Weg zur Theke. Mehrere Soldaten und Matrosen waren an den Tischen eingeschlafen. Zu dem grölenden Gelächter und der lautstarken Unterhaltung kam noch das Geklapper von Geschirr und Bestecken. Es herrschte ohrenbetäubender Lärm.

Juniper reihte sich in die Schlange vor der Theke ein, wo eine dralle, mißmutige Frau Tee aus einer riesigen Kanne in Tassen goß. Ihre Helferin schob das schmutzige Geschirr mit ungeheurem Geklapper in eine Durchreiche, wo es von körperlosen Händen entgegengenommen wurde.

Endlich war Juniper an der Reihe.

»Einen großen Brandy, bitte«, bestellte sie.

»Einen was?« brüllte die Frau.

»Einen großen Brandy«, wiederholte Juniper leicht lächelnd.

»Wo leben Sie denn? Wissen Sie nicht, daß Krieg herrscht?« belferte die Frau streitlustig.

»Doch, das habe ich gemerkt. Trotzdem möchte ich gern einen großen Brandy«, sagte Juniper liebenswürdig.

»An deiner Stelle würde ich ins West End zurückgehen, Liebes. Hier gibt es keinen Brandy. Was denn sonst noch? Sind wir hier vielleicht im *Ritz*?« sagte die Frau grinsend zu den hinter Juniper stehenden Männern, die laut über diesen Witz lachten.

Juniper errötete und sagte: »Tut mir leid. Eine Tasse Tee, bitte. Ohne Milch ...«

»Tee gibt's nur mit Milch.« Die Frau schob ihr eine große,

angeschlagene Tasse hin, die milchig-wäßrige Flüssigkeit schwappte über. »Gezahlt wird dort vorn.«

»Zucker?«

»Dort.« Ein fetter Finger deutete auf die Zuckerschale. »Nur einen Löffel voll, verstanden?«

»Könnte ich bitte einen Löffel haben?«

»Großer Gott, Mädchen! Steckst du noch in den Windeln?« Mit einer schroffen Geste schob die Frau Juniper einen Teelöffel zu, der an einer Schnur befestigt war. Blutrot im Gesicht, rührte Juniper ihren Tee um und ging dann mit ihrer Tasse zu einem Tisch, der plötzlich frei geworden war. »Mensch, diese Sorte sollte man nicht allein rumlaufen lassen«, hörte sie die Frau noch sagen.

Juniper saß an dem Tisch und fühlte sich noch elender. Die Frau hatte recht. Sie war nutzlos. Sie ging nie allein irgendwohin. Früher war sie von Freunden umgeben gewesen, und in letzter Zeit war sie ohne Polly nicht mehr ausgegangen, hatte nur einsame Spaziergänge im Park gemacht. Sie hatte wirklich keine Ahnung, wie die Menschen lebten und welche Auswirkungen dieser Krieg auf den Großteil der Bevölkerung hatte. Sie hatte in einem Elfenbeinturm gelebt. Sie war niemandem nützlich. Verschwände sie von der Erdoberfläche, würde man sie nicht einmal vermissen. Polly war hilfreich, nützlich, selbstlos – Hunderte würden sie vermissen, während um Juniper nur Alice trauern würde. Vielleicht würde auch ihre Großmutter, nachdem sie sie wieder einmal im Stich gelassen hatte, weil sie nicht zu Phillips Beerdigung gekommen war, erleichtert aufatmen, wenn sie einmal nicht mehr war.

Niedergeschlagen nippte sie an ihrem Tee und verzog angeekelt das Gesicht. Sie mußte Alice anrufen und ihr erklären, daß die flüchtige Begegnung mit Harry für sie ein Schock gewesen war, der sie in eine tiefe emotionale Krise gestürzt hatte. Bin ich nicht in den Zug gestiegen, weil ich zu aufgewühlt war oder weil ich mir Hoffnung mache, den Jungen zu sehen, wenn ich in London bleibe? überlegte sie. Vielleicht bringe ich den Mut auf und verlange das mir gerichtlich zugesprochene Besuchsrecht.

Juniper richtete sich erschöpft auf. Wäre das dem Kind gegenüber fair? fragte sie sich. Würde ihr Besuch dem geordneten Leben ihres Sohnes nicht schaden? Aber er hatte an die Fensterscheibe getrommelt, um ihre Aufmerksamkeit auf sich zu lenken. Dabei hatte er so aufgeregt ausgesehen. Doch vielleicht hat mein Anblick nur die Erinnerung an die vielen Geschenke in ihm geweckt, mit denen ich ihn in der Vergangenheit überhäuft habe.

Geld war alles, was sie besaß. Geld und die Art, wie sie es ausgab, waren das einzig Gute an ihr. Sie war großzügig, wenigstens das würde man positiv bewerten.

»Du siehst schrecklich deprimiert aus.«

Juniper sah wütend auf, sie wollte nicht gestört werden, und blickte in Jonathans Gesicht. Er runzelte die Stirn und lächelte unsicher, weil er merkte, daß er nicht willkommen war.

»Jonathan, wie schön, dich zu sehen. Setz dich.« Juniper verbarg ihren anfänglichen Ärger hinter einem Lächeln. Er stellte einen Teller mit Sandwiches und eine Tasse Tee auf den Tisch. Daneben legte er einen Apfel.

»Hier ist es dreckig. Ich hatte keine Ahnung, daß es derart schmutzige Gaststätten gibt«, sagte Juniper angewidert.

»Wie könntest du das auch wissen? Ich muß zugeben, du bist der letzte Mensch, den ich in einer Bahnhofskneipe vermutet hätte«, sagte er grinsend und biß in sein Sandwich. »Pfui Teufel, Dosenfleisch. Wenn der Krieg vorbei ist, schieße ich auf jede Dose Frühstücksfleisch, die mir unter die Finger kommt.«

»Was machst du hier?«

»Ich konnte früher als erwartet aus Cambridge abreisen. Von Pollys Büro bekam ich die Nachricht, daß sie nach Cornwall fahren mußte. In deinem Haus habe ich niemanden angetroffen, also bin ich zum Bahnhof gerast – und habe nur noch die Rücklichter des Zugs gesehen. Habt ihr ihn verpaßt? Wo ist Polly?«

»Nein. Sie sitzt im Zug. Ich habe meine Meinung geändert. Und weil ich dringend einen Brandy brauchte, bin ich hier reingegangen.«

»Ach, damit kann ich dir aushelfen. Warte mal.« Aus der Tasche seines Mantels zog er einen silbernen Flachmann. »Das gibt deinem Tee Pep«, sagte er und wollte einen Schuß Brandy in ihre Tasse gehen. Juniper riß ihm blitzschnell die Flasche aus der Hand.

»Mann, vergeude bloß den guten Brandy nicht an dieses Spülwasser«, rief sie, setzte die Flasche an die Lippen und nahm einen ordentlichen Schluck. »Ah, das ist besser«, seufzte sie, lehnte sich zurück und genoß die wohlige Wärme, die der Brandy in ihrem Körper verbreitete. Dann zündete sie sich eine Zigarette an und inhalierte tief. »Jetzt fühle ich mich wieder wie ein Mensch«, sagte sie lachend.

»Warum bist du nicht auch im Zug?«

»Ich wollte nicht fahren. Ich hasse Beerdigungen.«

»In der Nachricht, die ich erhielt, stand nichts von einer Beerdigung. Mein Gott, wer ist denn gestorben?« fragte er beunruhigt.

»Der Mann meiner Großmutter.«

»Juniper! Du hättest hinfahren müssen ...« sagte er mißbilligend.

»Ich weiß, ich weiß ...« Sie schüttelte den Kopf. »Ich kann es nicht ertragen. Du kennst mich doch.«

»Glaubst du, es ist unsere Bestimmung, immer wieder in

Restaurants zu sitzen und darüber zu diskutieren, ob du Beerdigungen ertragen kannst oder nicht?« Er lächelte mitfühlend. »Weißt du noch, in Paris, vor dem Krieg, führten wir eine ähnliche Unterhaltung über deinen Vater. Auch zu seiner Beerdigung wolltest du nicht gehen.«

»Er war mein Vater. Phillip ist es nicht.«

»Aber er *ist* der Mann deiner Großmutter. Und denkst du nicht an deine Großmutter? Sie braucht dich.«

»Er hat mich nicht gemocht. Ich glaube, er hat sich oft über mich geärgert, denn er hielt mich für ein verwöhntes Kind. Es wäre ihm bestimmt egal, ob ich an seiner Beerdigung teilnehme oder nicht.«

»Man geht nicht nur der Toten wegen zu einer Beerdigung, sondern auch aus Rücksicht auf die Lebenden.«

»Halt mir keine Strafpredigt, Jonathan. Davon hatte ich schon genug.«

»Tut mir leid.«

»Ist schon gut. Du verbringst so viel Zeit mit Polly, daß ihre Nörgelei auf dich abfärbt«, sagte sie lächelnd, aber leicht gereizt.

»Polly ist keine Nörglerin. Vielleicht ist dir gar nicht bewußt, wieviel ihr an dir liegt. Sie liebt dich und macht sich Sorgen um dich«, sagte er vorwurfsvoll.

»Das war gemein von mir. Bitte, verzeih. Polly ist meine beste, meine einzige Freundin. Vertrau mir einfach, Jonathan. Ich konnte nicht fahren, und mehr gibt's dazu nicht zu sagen.«

»Okay, okay …« Jonathan hob abwehrend die Hände. Er fing an, den Apfel zu schälen, drehte die Frucht mit seinen langen, feingliedrigen Fingern. »Wie schade, daß ich Polly verpaßt habe. Zwei unserer Lehrer sind krank, und ich habe eine Woche frei. Was soll ich allein in der Zeit anfangen?«

»Du könntest den nächsten Zug nach Cornwall nehmen.«
Juniper warf ihm einen hinterhältigen Blick zu.

»Ich kann mich doch nicht gerade jetzt deiner Familie aufdrängen«, protestierte er.

»Du bist in meinem Haus willkommen, wirst aber mit meiner langweiligen Gesellschaft vorliebnehmen müssen.« Juniper hob eine Braue und sah ihn spöttisch an.

»Ich weiß nicht«, sagte Jonathan und starrte den Tisch an. Er konnte sich Pollys Gefühle vorstellen, wenn sie herausfand, daß er mit Juniper allein im Haus war.

»Ich könnte jederzeit Gäste einladen. Dann hättest du Unterhaltung.« Sie nahm noch einen Schluck aus der Flasche.

»Und sie könnten gleichzeitig als Aufpasser fungieren, wenn dir das lieber ist«, fügte sie mit einem kleinen kehligen Lachen hinzu.

Er wirkte verlegen, wie jemand, der gerade ertappt worden ist.

»Danke, Juniper. Ich nehme dein Angebot mit Vergnügen an«, hörte er sich gegen sein besseres Wissen sagen.

»Großartig! Laß uns aus diesem Dreckloch verschwinden. Mir steht der Sinn nach etwas Aufregendem!« Sie stand auf und stieß ihren Stuhl zurück. »Komm, ich laufe mit dir zum Taxistand um die Wette«, sagte sie lachend. Ihre Depression war wie fortgeblasen.

## 7

Alice hatte alle Probleme ihres Lebens mit Mut und Tapferkeit bewältigt. Phillips Tod, auf den sie sich in den langen Monaten seiner Krankheit hatte vorbereiten können, akzeptierte sie gefaßt als unabänderliche Realität und geriet nicht ins Wanken. Wankte nicht, bis sie, am Ende des

Bahnsteigs stehend, nur Polly auf sich zukommen sah. Eine beschämt aussehende Polly, deren ganze Haltung Schuldbewußtsein ausdrückte.

Tränen, die ihrer Einsamkeit vorbehalten gewesen waren, brannten jetzt in Alice' Augen.

»Es tut mir leid, Mrs. Whitaker«, sagte Polly niedergeschlagen.

»Warum ist sie nicht gekommen?«

»Ich weiß es nicht. Als wir am Zug waren, hat sie sich einfach geweigert einzusteigen.«

»Ich verstehe«, sagte Alice, obwohl sie es nicht tat, und ihr wurde zum erstenmal seit Phillips Tod bewußt, wie absolut allein sie auf dieser Welt war. Es wäre schön gewesen, wenn Juniper Anteil an ihrem Leid gezeigt hätte, aber sie konnte und wollte sich nicht auf Junipers Unterstützung verlassen. Juniper war jung und führte ihr eigenes Leben. Da merkte Alice erst, daß sie weinte, und wischte sich hastig die Tränen ab, straffte die Schultern und hielt den Kopf wieder hocherhoben. Sie bestand darauf, eine von Pollys Taschen zu tragen, und schritt über den windgepeitschten Bahnhofsplatz zu ihrem Auto.

Die beiden Frauen legten die Fahrt nach *Gwenfer* schweigend zurück. Polly machte dieses Schweigen nicht verlegen, denn ihr war bewußt, daß Alice in ihrem Kummer um Selbstbeherrschung rang und mit einer Enttäuschung fertig werden mußte, deren Ausmaß Polly nur ahnen konnte. Sie kamen nach *Gwenfer*, als die Kinder gerade in der Küche unter Gerties Aufsicht zum Abendessen Platz nahmen.

»Wo ist Juniper?« fragte Gertie sofort anstelle einer Begrüßung.

»Sie ist nicht mitgekommen, Gertie. Polly weiß nicht, warum«, erklärte Alice, während sie Hut und Mantel abnahm und beides an die Tür zum Trocknen hängte. »Gib mir deinen Mantel, Polly. Bei diesem Wetter ist es so feucht im Haus ...«

»Warum?« verlangte Gertie herrisch von Polly zu wissen.

»Ich weiß es wirklich nicht, Großmama.«

»Das Kind ist rücksichtslos und verantwortungslos«, sagte Gertie, als sie Kartoffelbrei und Corned beef auf Alice' und Pollys Teller häufte.

»Nicht jetzt, Gertie, bitte«, sagte Alice müde und schob ihren Teller weg.

»Du mußt essen, Alice.«

»Ich weiß, Gertie. Aber nicht im Augenblick.«

Gertie betrachtete ihre Freundin, merkte, daß ihr für den heutigen Abend nicht mehr zuzumuten war, und schwieg.

»Lady Gertie hat mir ein Haus gemacht«, erklärte Annie. »Es hat prima geschmeckt.«

»Ein Haus?« Alice warf Gertie einen fragenden Blick zu.

»Nur eine alberne Idee – aus Kartoffelbrei«, entgegnete Gertie verlegen.

»Und die Türen und Fenster waren aus Corned beef, und der Rauch aus dem Kamin war braune Soße. Es hat hübsch ausgesehen, Alice. Anders kann ich Corned beef nicht essen.«

»Danke, Gertie.« Endlich lächelte Alice. Annie war eine heikle Esserin, und Alice hatte schon alles mögliche versucht, ihr die Speisen schmackhaft zu machen. Normalerweise hielt sich Gertie an ihre »Wenn du dein Mittagessen nicht ißt, bekommst du es abends noch einmal vorgesetzt«-Erziehungsmethode, und Alice war erstaunt, aber dankbar, daß sie nachgegeben hatte.

»Mr. Phillip ist jetzt im Himmel, Miss Polly«, sagte Annie.

»Halt deinen Mund«, warf May ein.

»Achte auf deine Ausdrucksweise, May.« Gertie klopfte auf den Tisch.

»Ich weiß, Annie. Es ist traurig, nicht wahr?« antwortete Polly.

»Oh, vielleicht nicht. Es heißt, im Himmel ist es schön. Natürlich wird er glücklicher sein, wenn Alice bei ihm ist.« Annie tunkte die braune Soße auf ihrem Teller mit einem Stück Brot auf und sah Alice scheu an. Polly warf Alice einen ängstlichen Blick zu, die dem Kind jedoch liebevoll zulächelte.

»Nun, ich gehe noch nicht zu ihm, Annie. Ich möchte bei dir bleiben«, sagte sie.

»Gut. Ich hatte gehofft, du würdest das sagen.«

»Können wir jetzt spielen gehen, Lady Gertrude?« fragte Fred.

»Wenn du gelernt hast, ›dürfen‹ anstatt ›können‹ zu sagen, und nachdem ihr eure Teller weggeräumt habt. In einer Stunde geht's ab ins Bett. Und keine Mätzchen, verstanden?« sagte Gertie streng. Aber die Kinder grinsten, denn sie sahen das Zwinkern in ihren Augen.

Die drei älteren Kinder standen lärmend auf und stapelten ihre Teller im Spülbecken. Dann stellten sie sich in einer Reihe auf.

»Was ist denn?« fragte Gertie. Polly merkte erstaunt, daß die Kinder kicherten und sie Zeugin eines Rituals wurde. »Ach, na gut. May, hol den Riegel, Fred, die Rasierklinge.« May und Fred liefen zur Anrichte und holten einen Schokoriegel und eine Rasierklinge. Polly beobachtete verblüfft, wie Gertie mit der Genauigkeit eines Chirurgen vier hauchdünne Scheiben Schokolade abschnitt. »Ihre tägliche Ration«, erklärte sie Polly. »Auf diese Weise reicht der Riegel eine Woche.« Polly war beschämt, daß sie nicht daran gedacht hatte, Schokolade mitzubringen, die Juniper mit Paketen aus Amerika bekam. Sie hatte ein paarmal vorgeschlagen, diese Pakete mit den Großmüttern zu teilen, doch Juniper hatte immer ausweichend reagiert. Die Kinder gingen lärmend aus der Küche. Annie rutschte von ihrem Stuhl und wollte auf Alice' Schoß klettern.

»Nicht jetzt, Annie. Alice ist müde ...«

»Laß nur, Gertie. Es macht mir nichts aus.«

»Du brauchst jetzt Ruhe, Alice. Annie, geh und spiel mit den anderen.« Gertie deutete mit strenger Miene zur Tür. Annie folgte widerstrebend und schleifte ihren schon ziemlich ramponierten Teddybären hinter sich her.

»Ich möchte nicht, daß sie sich aufregt«, sagte Alice, als die Tür hinter der kleinen Gestalt krachend zuschlug.

»Du mußt jetzt an dich denken, meine Liebe. Außerdem verwöhnst du das Kind über alle Maßen.«

»Ein Kind kann man nicht genug verwöhnen.«

»Ach, wirklich nicht?« Gertie hob zynisch eine Braue, und die beiden anderen Frauen wußten, daß sie an Juniper dachte. Freds Kopf tauchte in der Tür auf. »Telefon für Polly.«

»Ein Anruf für Miss Polly«, korrigierte Gertie seufzend.

»'tschuldigung«, sagte Fred grinsend.

Polly eilte zum Telefon, das in der zugigen Halle stand. Die Verbindung war schlecht, und sie konnte Jonathan kaum verstehen. Jedenfalls hatte er ihre Nachricht erhalten. Sie wunderte sich, daß er nach London gefahren war, wo sie doch in Cornwall war.

Als sie in die Küche zurückkam, traf sie nur noch ihre Großmutter beim Spülen an. Alice war zu Bett gegangen.

»Warum machst du das? Wo sind die Dienstboten?« fragte Polly schockiert beim Anblick ihrer Großmutter, die eine große Schürze umgebunden hatte und das schmutzige Geschirr spülte. Hastig griff sie nach einem Geschirrtuch, um abzutrocknen.

»Kannst du dir vorstellen, daß Flo eine Mutter hat?« fragte sie lachend.

»Flo? Aber die ist doch schon so alt.«

»Nun, ihre Mutter lebt noch – ist fast hundert, macht es aber wohl nicht mehr lange. Sie hat eine Lungenentzündung, und Flo ist zu ihr gefahren, um sie zu pflegen.«

»Und wo sind dein Dienstmädchen und die Köchin? Ich dachte, sie hätten nur über Weihnachten frei.«

»Die sind schon seit einer Ewigkeit fort.«

»Das hättest du mir sagen sollen.«

»Damit du dir Sorgen machst? Wir haben die Köchin wegen ihrer schlimmen Füße gehen lassen, aber eigentlich fanden Alice und ich, daß sie zu verschwenderisch mit den Lebensmittelrationen umging. Und irgendwie hielten wir es nicht für richtig, in diesen Zeiten eine Köchin zu beschäftigen – sehr unpatriotisch.«

»Wohl kaum. Es ist unwahrscheinlich, daß sie Arbeit in einer Munitionsfabrik gefunden hat.«

»Nein. Ich habe ihr eine Stelle bei einem Minister beschafft. Wie es scheint, kann sie dort jede Menge Eier nach Herzenslust aufschlagen.« Gertie schnaubte mißbilligend.

»Meine Zofe hat es sechs Monate ausgehalten. Dann war sie mit den Nerven fertig – behauptete sie jedenfalls. Ich glaube, sie hat sich einfach nur gelangweilt.« Gertie ließ das Spülwasser ablaufen und wischte das Becken sauber.

»Siehst du deine Mutter?« fragte sie plötzlich.

»Nicht oft. Eine Zeitlang habe ich sie einmal im Monat besucht, aber jetzt nicht mehr. Es war reine Zeitverschwendung. Wir sind zu verschieden.«

»Das will ich wohl meinen«, sagte Gertie entrüstet. Sie hängte das feuchte Geschirrtuch am Herd zum Trocknen auf. Dann verschwand sie kurz und kehrte mit einem Besen zurück.

»Laß mich das machen, Großmama«, meinte Polly.

»Unsinn. Es dauert nur eine Minute.«

»Du solltest die Kinder dazu anhalten, dir bei der Hausarbeit zu helfen.«

»Das tun sie auch. Aber am Samstag haben sie ihren freien Abend. Wir haben einen Dienstplan ausgearbeitet.«

»Aber warum haben alle am selben Abend frei?«

»Es macht ihnen mehr Spaß, zusammen zu sein«, sagte Gertie nachsichtig. Sie ging zur Anrichte und holte eine Flasche heraus. »Möchtest du ein Glas Portwein? Ein Laster, dem Alice und ich jeden Abend frönen.« Gertie lachte dröhnend. »Leistest du mir Gesellschaft?« Polly nickte. »Trinkt Juniper wieder?«

»Nein, sie hat in letzter Zeit sehr vernünftig gelebt. Ich glaube, die Krankheit hat ihr einen heilsamen Schock versetzt.«

»Hmmm.« Gerties ganze Haltung drückte Zynismus aus. »Hatte wohl keine Lust, zur Beerdigung zu kommen, wie? Sehr rücksichtslos.«

Polly schwieg.

»Ich weiß, du magst Juniper, Polly. Das hast du in der Vergangenheit stets bewiesen. Aber glaubst du, sie ist die richtige Freundin für dich?«

»Ich verstehe nicht, was du meinst, Großmutter.«

»Sie bürdet dir zuviel auf, Polly. Das ist nicht fair. Sie nutzt deine Gutmütigkeit aus. Diese Art von Menschen tun das immer.« Gertie setzte sich an den Küchentisch und nahm Pollys Hand. »Du bist ein liebes Mädchen und schadest dir selbst mit deiner Selbstlosigkeit.«

»So ist es nicht, Großmutter, wirklich nicht. Juniper war mir eine gute Freundin. Sie hat in der Vergangenheit Fehler gemacht, die sie jetzt bestimmt bereut. Sie ist sehr großzügig zu mir. Ohne sie und den Halt, den sie mir gibt, wäre mein Leben in London ziemlich schwierig.«

»Das weiß ich alles. Aber ihre Großzügigkeit ist anders als

die der meisten Menschen. Schließlich werden ihr keine Opfer abverlangt. Ich habe mich oft gefragt, ob sie ihr Geld nicht benutzt, um sich Freundschaft zu kaufen.«

»Das glaube ich nicht. Vielleicht früher, aber jetzt nicht mehr. Sie führt seit Monaten ein sehr ruhiges, zurückgezogenes Leben.«

»Wobei du sie zweifelsohne vorn und hinten bedienst.«

Polly lachte. »Das stimmt wohl, sie macht sich wenig nützlich. Irgendwie braucht sie immer ein Kindermädchen.«

»Ach, tatsächlich? Alice hatte wohl nicht viel Einfluß auf ihre Enkelin, sonst würde Juniper ein anderes Leben führen. Auch dieser Tommy, der Lebensgefährtin von Junipers Großvater, ist es wohl nicht gelungen, ihr Kochen und Nähen und Haushaltsführung beizubringen.«

»Nein, wohl kaum. Juniper kann nicht einmal ein Ei kochen. Sie würde neben einem vollen Kühlschrank verhungern«, sagte Polly.

»Hm.« Gertie betrachtete angelegentlich ihre Ringe. Klingt nach Faulheit, dachte sie.

»Jedenfalls läßt sich ein Mensch wie Juniper nicht ändern. Manchmal ärgere ich mich wirklich über sie. Juniper ist unordentlich und rücksichtslos und unpünktlich. Wie oft habe ich stundenlang auf sie gewartet. Aber sobald ich mir vorgenommen habe, ihr deswegen Vorhaltungen zu machen, kommt sie zur Tür herein, voller Charme und Freude – und mir bleibt das Wort im Hals stecken. Ich möchte ihr nicht weh tun, Großmutter ... sie hat schon genug gelitten.«

»Hm, dieses Lächeln. Benutzt es verschwenderisch, wie?« sagte Gertie skeptisch. Als sie jedoch Pollys Niedergeschlagenheit bemerkte, tätschelte sie ihr die Hand. »Du bist ein liebes Kind, Polly. Ich hoffe nur, Juniper weiß, was für ein Juwel sie an dir hat.«

»Ich war außer mir, als sie nicht mitkommen wollte. Ich habe alles versucht, sie zu überreden, aber sie schien schreckliche Angst davor zu haben. Ihre Reaktion war nicht normal.«

»Es gibt Menschen, die vor Krankheiten und dem Tod davonlaufen, weißt du. Aber hier handelt es sich schließlich um ihre Familie. Alice' wegen bin ich schrecklich wütend. Sie hätte Junipers Beistand gebraucht. Sie ist ganz gebrochen vor Kummer. Ich höre sie nachts . . . Ich weiß, was sie durchmacht. Aber unsere Erziehung hat uns gelehrt, insgeheim zu trauern und weiterzumachen. Und Alice wird ihren Kummer überwinden.«

»Wenigstens hat sie Annie. Sie mag das Kind offensichtlich sehr gern. Die Kleine ist ein eigenwilliges Persönchen, nicht wahr?«

»Alice macht einen Fehler. Was passiert, wenn Annie zu ihrem Vater zurückgeht? Es wird Alice das Herz brechen. Sie spricht davon, Annie zu Besuch nach *Gwenfer* zu holen, will für ihre Ausbildung aufkommen und das Kind sogar adoptieren, sollte der Vater im Krieg fallen. Ich sage ihr immer wieder, das sei dem Kind gegenüber unfair, aber sie hört nicht auf mich. Ist Annie erst einmal wieder in ihrer gewohnten Umgebung, wäre es zu grausam, sie aus den Slums vorübergehend in dieses luxuriöse Leben zu holen und sie dann wieder zurückzuschicken. Dieser ständige Wechsel würde das Kind völlig verstören. Und was würde Juniper dazu sagen, frage ich mich.«

»Aber es ist doch schon zu spät. Annie ist hier – lebt in einem schönen Haus, ist von hübschen Dingen umgeben. Das alles wird sie eines Tages wieder aufgeben müssen. Ihr Leben ist bereits in Unordnung geraten.«

»Annie ist erst acht. Die Zeit wird sie vieles vergessen lassen.«

»Glaubst du wirklich? Haben nicht die Jesuiten gesagt: ›Gib mir das Kind, und ich zeige euch den Mann‹ oder so was Ähnliches?«

»Mag sein«, sagte Gertie, klang jedoch nicht überzeugt. Sie begann einen Stapel Seidenpapier, der vor ihr auf dem Tisch lag, zu glätten, schnitt es zu ordentlichen Vierecken zurecht und bohrte eine Schnur hindurch. »Toilettenpapier«, erklärte sie. »Es gibt Dinge, die ich den Krauts nie verzeihen werde.«

Die paar Tränen, die Alice am Bahnhof geweint hatte, waren die einzigen, die Polly zu sehen bekam. Ihre Großmutter hatte recht gehabt: Während der Tage vor der Beerdigung, bei der traurigen Zeremonie und dem anschließenden Empfang war Alice voller Würde und gefaßt.
Polly fragte sich, ob sie fähig wäre, eine solche Haltung zu bewahren, sollte Jonathan etwas zustoßen. Aber auch sie war nach der Nachricht von Andrews Tod, als ihr Herz zu zerbrechen drohte, wieder zur Arbeit gegangen und hatte irgendwie weitergelebt. Vielleicht konnte auch sie sich eine Tochter des Granitlandes nennen, wie Alice. Cornwall war nicht das einzige Granitland, es gab auch Dartmoor. Ein solcher Gedanke war in diesen ungewissen Zeiten sehr tröstlich.
Trotzdem bezweifelte Polly, daß sie und Juniper die Charakterstärke ihrer Großmütter besaßen. Deren Anpassung an die schwierigen Umstände war bemerkenswert. Wer hätte je gedacht, daß die beiden kochen und putzen und alle Hausarbeiten erledigen würden?
Polly entdeckte, daß Gertie und Alice die Pamphlete mit Ratschlägen zur Haushaltsführung, an denen sie im Informationsministerium gearbeitet und an deren Sinn sie oft gezweifelt hatte, beinahe buchstabengetreu befolgten.
Vor Alice, Gertie und den evakuierten Kindern war keine Hecke sicher. Aus Hagebutten wurde Marmelade gekocht. Fingerhut, Nesseln, Hagedornblätter, Ringelblumen und Hirtentäschelkraut wurden gepflückt und zu Culpepper's,

dem Pharmazeuten, zur Gewinnung kostbarer Heilmittel geschickt. Die Schweine wurden mit Weißdornfrüchten gefüttert. Holunder, Brombeeren, Rhabarber, Äpfel, Pastinak und sogar Karotten wurden zum Einmachzentrum ins Dorf gebracht, das vom WVS eingerichtet worden war.

Gertie hatte nach ihrer anfänglichen Enttäuschung mit dem Roten Kreuz ihr Metier gefunden. Sie hatte mit ihrer alten Freundin, Lady Reading, der Gründerin des WVS, Kontakt aufgenommen und sich erboten, für *Gwenfer* und Umgebung eine Gruppe aufzustellen. Jetzt war sie in ihrem Element, trug stolz die schicke dunkelgrüne Uniform mit dem roten Pullover und organisierte Hausfrauen. Kein leeres Marmeladeglas, keine ungenutzte Decke entgingen ihrem Argusauge. Sie stellte einen Fahrdienst zusammen, der die älteren Bewohner zur Behandlung ins Krankenhaus brachte. Sie kümmerte sich um die zahlreichen Probleme mit den Evakuierten in der Gegend. Sie lehrte die Frauen, auf einfachen Kochern Mahlzeiten zuzubereiten. *Gwenfer* war auf alle Eventualitäten vorbereitet, sogar auf eine noch befürchtete Invasion.

Jeden zweiten Tag suchte eine Gruppe den Strand nach Treibholz ab. Im Wald wurden Äste gesammelt. Die Kinder beklagten sich oft über die anstrengende Arbeit, doch Alice und Gertie waren voll Eifer und unermüdlich.

Nachts im Haus herumzugehen war nicht ungefährlich, denn die beiden Frauen hatten den Ratschlag von Pollys Abteilung befolgt und alle hellen Leuchtbirnen entfernt und sie nur dort, wo es unbedingt nötig war, durch schwache Birnen ersetzt. Obwohl *Gwenfer* einen eigenen Generator besaß, zwang die Benzinknappheit zu äußersten Sparmaßnahmen.

In der Badewanne wurde in zwölf Zentimetern Höhe mit Glanzlack eine Markierung angebracht, die die absolute

Wasserobergrenze anzeigte. Polly war überzeugt, daß niemand im Haus mogelte. Sie jedenfalls tat es nicht.

Alice und Gertie besaßen auch die Schrift mit der Empfehlung, aus Salz und Essig ein Messingputzmittel herzustellen. Sie hatten alte Filzhüte zerschnitten und daraus Hausschuhe für die Kinder genäht. Und beide Frauen verbrachten jede freie Minute damit, alte Pullover aufzutrennen und neue Sachen zu stricken. Alice' Produkte waren recht ansehnlich; Gerties wirkten stets unförmig.

Die Lebensmittelrationierung wurde streng eingehalten, und Polly war überzeugt, daß beide Frauen ihre Zuteilungen den Kindern zukommen ließen. Ganz gewiß wurden die Kinder von ihren Coupons eingekleidet. Wie Alice erklärte, würde ihre umfangreiche Garderobe aus der Vorkriegszeit ihren Bedarf an Kleidung bis zum Kriegsende decken.

Polly nahm sich vor, Juniper dazu zu überreden, einen Teil ihrer Pakete aus Amerika nach *Gwenfer* zu schicken, wo die Sachen wirklich gebraucht wurden. Insgeheim hatte sie allerdings die Befürchtung, daß Juniper weiterhin schäbige Geschäfte mit den Schwarzhändlern machte.

## 8

Polly mußte nicht sofort nach London zurückkehren. Zuerst erhielt sie ein Telegramm von Gwendoline Rickmansworth, in dem ihr Urlaub verlängert wurde, weil ihre Chefin selbst an einer Beerdigung teilnehmen mußte. Dann kam ein Telegramm von Jonathan mit der enttäuschenden Nachricht, daß er übers Wochenende nicht frei bekäme, also beschloß Polly, bis Mittwoch zu bleiben.

Sie war über den kurzen Urlaub und auch über die Abwechslung froh. Es war wundervoll, wieder einmal mit ihrem Kater

Hursty im Arm einzuschlafen, und es tat ihr gut, den beiden Frauen zu helfen, deren Arbeit kein Ende zu nehmen schien, obwohl sie sich nie beklagten. Und erst nach ihrer Ankunft auf *Gwenfer* hatte Polly gemerkt, wie erschöpft sie war. Plötzlich bedeutete es eine Anstrengung, morgens aufzustehen, und sie mußte sich zwingen, Alice und Gertie bei der Arbeit zu helfen. Am liebsten hätte sie tagelang nur geschlafen. Diese Erschöpfung war verständlich. Fünf Jahre Krieg, fünf Jahre voller Sorgen hatten an ihren Kräften gezehrt. Die schlaflosen Nächte, die ungewohnte harte Arbeit, die Schwierigkeiten, sich trotz der Verdunkelung von einem Ort zum nächsten zu bewegen, das endlose Schlangestehen für die notwendigsten Dinge, der anstrengende Alltag ohne Ruhepausen und dann ihre Trauer um Andrew hatten zu ihrer Erschöpfung beigetragen.

Juniper klang sehr fröhlich, als Polly anrief, um sich nach ihrem Befinden zu erkundigen. Sie drängte Polly beharrlich, so lange wie möglich in *Gwenfer* zu bleiben. Es gehe ihr gut, und sie sei auch »brav«, wie sie es nannte. Die Deutschen hätten einen neuen Blitzangriff auf London gemacht, aber im Vergleich zu dem von 1940 sei er unbedeutend gewesen, und Polly müsse sich keine Sorgen machen. Juniper klang so glücklich, daß sich Polly fragte, ob sie endlich einen Mann kennengelernt habe, der ihr zusagte. Polly hoffte es, denn sie wünschte sich nichts sehnlicher, als daß Juniper einen Mann finden möge, der sich um sie kümmerte. Polly schätzte sich glücklich. In ihrem Leben hatte es erst Andrew und dann Jonathan – Michel überging sie – gegeben, und es kam ihr unfair vor, daß Juniper mit Männern nur Pech haben sollte.

Ein- oder zweimal hatte sie versucht, mit Alice über Juniper zu sprechen, aber jedesmal hatte Alice abweisend reagiert. Sie war noch zu verletzt, um über ihre Enkelin zu reden. Sie erwähnte Juniper nur einmal, als sie auf dem Bahnsteig von Penzance stand und zu Polly hochblickte, die aus dem Zugfenster lehnte.

»Sag Juniper, ich liebe sie« sagte Alice, als sich der Zug in Bewegung setzte und sie Polly zum Abschied zuwinkte.

Es war merkwürdig. Polly war nur zwölf Tage weggewesen, und doch schien bei ihrer Rückkehr alles verändert zu sein. Die Häuser wirkten kleiner, was wohl auf den Kontrast zu dem weiten Himmel und dem endlosen Meer in *Gwenfer* zurückzuführen war. Nach der Sauberkeit von Cornwall sahen die Straßen von London noch schmutziger und verkommener aus.

Im Haus fand Polly eine Nachricht von Juniper vor, in der stand, sie sei für ein paar Tage aufs Land gefahren und komme am Freitag zurück. Polly lächelte. Sie hatte recht gehabt. Juniper hatte einen Mann kennengelernt.

Polly beschloß, als erstes in die Geschäfte zu gehen, wo sie normalerweise einkaufte. Nur als Stammkunde bekam man regelmäßige Rationen zugeteilt. Das Wiedersehen war rührend. Es geschah heutzutage zu oft, daß jemand, der ein paar Tage wegblieb, nicht wiederkam.

Der Gemüsehändler schenkte ihr einen Apfel, der Metzger ein Lammkotelett und der Fischhändler eine Tüte voll Garnelen. Heute abend konnte sie sich ein Festmahl zubereiten. In Boots' Leihbücherei wurde sie wie eine alte Freundin begrüßt und bekam die letzte Ausgabe von Angela Thirkell, obwohl sie überzeugt war, daß dafür eine lange Warteliste existierte. Auch in London kann man wie auf dem Dorf leben, dachte Polly, wenn man dem eigenen Stadtteil und den Geschäftsleuten treu bleibt.

Sie verbrachte einen angenehmen Abend. Seit Junipers Krankheit hatte sie das Haus zum erstenmal für sich allein und genoß diesen Luxus. Gegen acht rief sie im Pub in Cambridge an, wo ihr gesagt wurde, daß Jonathan nicht da sei und die ganze Woche nicht gesehen worden sei. Das beunruhigte Polly. Hoffentlich ist er nicht krank, dachte sie. Sie hinterließ eine Nachricht, daß sie wieder in London sei. Dann genoß sie ihr Abendessen und machte es sich mit dem Buch vor dem Kamin gemütlich. Jetzt fehlt mir nur Jonathan im Sessel gegenüber und der schnurrende Hursty auf meinem Schoß, dachte sie.

Als sie erst spät am nächsten Morgen aufwachte, hatte sie unerklärlicherweise Schuldgefühle. Macht es etwas aus, wenn ich den ganzen Tag im Bett bleibe? Sie versuchte es, fühlte sich aber bald unbehaglich. Es lag ihr nicht, müßig zu sein. Sie stand auf, bereitete ihr Frühstück zu, wischte Staub, polierte die Möbel und freute sich auf Junipers Rückkehr.

Juniper traf am späten Nachmittag mit gewohnter Hektik ein. Polly war über das Taxi erstaunt, mit dem sie ankam. Sie hatte angenommen, Juniper sei im eigenen Auto aufs Land gefahren, weil sie ihre Benzingutscheine gehortet hatte. Vielleicht war ihr die Fahrt zu anstrengend gewesen.

»Wie gut du aussiehst«, sagte Juniper und gab Polly einen Begrüßungskuß auf die Wange.

»Du auch. Diesen kleinen Urlaub hast du offensichtlich gebraucht.«

»Da kann ich dir nur recht geben«, sagte Juniper lachend, schleuderte ihre Schuhe von den Füßen und ließ den Mantel von ihren Schultern gleiten. Polly bückte sich, um beides aufzuheben, dachte dann an die Worte ihrer Großmutter und ließ die Sachen auf dem Boden liegen.

»Du bist nicht mit deinem Wagen gefahren?«

»Doch. Ich hatte einen Unfall.«

»Oh, Juniper, nein! Bist du verletzt worden?«

»Nein, aber der Wagen ist ziemlich ramponiert.«

»War jemand bei dir?«

»Was meinst du damit?« fragte Juniper hastig.

»Ein Beifahrer, der verletzt wurde?«

»Nein. Ich war allein im Auto.« Juniper wandte den Blick ab.

»Wo ist es passiert?«

»Auf dem Land.«

»Wo?«

»Gott, ich weiß es nicht – überall waren Gras und Bäume.«

»Wie es auf dem Land eben üblich ist, nicht wahr?« Polly lächelte.

»Mann, du stellst vielleicht Fragen.«

»Tue ich das? Tut mir leid. Ich bin nur neugierig. Kann der Wagen repariert werden?«

»Ja. Ich kann ihn nächste Woche abholen. Er steht in einer Garage in der Nähe von«, sie zögerte den Bruchteil einer Sekunde lang, »von Oxford. Am Montag ist er fertig. Ich werde die Gelegenheit nutzen und noch einmal für ein paar Tage verreisen.«

»Hast du jemanden kennengelernt?« Polly klatschte begeistert in die Hände. »Ach, wie ich mich freue. Das ist eine wundervolle Neuigkeit.«

»Nein, ist es nicht. Es ist nichts Ernstes. Er ist ... er ist verlobt ... Es ist nur ein kleines Abenteuer, ehe er heiratet und ein guter Ehemann wird.«

»Juniper, nein!«

»Halt mir keine Strafpredigt – ich bin eben erst angekommen. Wie war's in *Gwenfer*? Bin ich für ewig in Ungnade gefallen?« Sie lächelte Polly an.

»Alice läßt dir sagen, daß sie dich liebt. Mehr nicht.«

»Ach, du lieber Himmel! Warum kann sie mir nie böse sein? Das macht mich nur noch schuldbewußter.« Juniper seufzte und kuschelte sich in einen Sessel. »Ich hätte hinfahren müssen. Wie war die Beerdigung?«

»Ja, das hättest du tun sollen. Die Zeremonie war schlicht und würdevoll. Das Wetter war perfekt.«

»Was für eine dumme Bemerkung, Polly. Wie kann das Wetter für eine Beerdigung perfekt sein, um Himmels willen? Spielt das Wetter dabei überhaupt eine Rolle?«

»Du weißt, was ich meine. Wie soll man eine Beerdigung überhaupt beschreiben?« entgegnete Polly gereizt.

»Hat sich Alice die Augen ausgeweint?«

Polly war über den frivolen Tonfall in Junipers Stimme schockiert. »Nein. Sie besitzt zuviel Würde, um eine Szene zu machen. Aber Phillips Tod hat ihr sehr zugesetzt. Meine Großmutter hörte sie nachts oft weinen«, sagte Polly leise. Juniper zuckte nur die Schultern. »Wenigstens ist ihr die kleine Annie ein Trost«, fügte Polly hinzu und stand auf. »Ich mache das Abendessen«, sagte sie und ging schnell hinaus. Zu ihrem Entsetzen mußte sie feststellen, mit welcher Befriedigung sie Juniper diese Bemerkung an den Kopf geworfen hatte. Wenn sie Juniper wegen ihrer Gefühllosigkeit nicht physisch schütteln konnte, wollte sie sie wenigstens aus ihrer kalten Selbstgefälligkeit aufrütteln.


Jonathan kam am Samstag. Er trug seinen linken Arm in einer Schlinge und hinkte.

»Nur ein dummer Unfall, mehr nicht«, beruhigte er Polly, mied jedoch ihren Blick.

»Ich *wußte*, daß etwas nicht stimmte, als mir die Wirtin vom *Green Man* sagte, sie hätte dich die ganze Woche nicht gesehen. Warum hast du mich nicht benachrichtigt?«

»Ich wollte dich nicht beunruhigen, mein Schatz.«

»Aber ich machte mir doch schon Sorgen. Wie ist es passiert?«

»Ich sagte dir doch schon, es war ein Unfall«, entgegnete er, als sie ihm aus dem Mantel half.

»Ja, aber was für ein Unfall?«

»Ich saß in einem Auto, das sich um einen Baum wickelte«, sagte er über die Schulter, weil er schon die Treppe hinaufging.

»Lieber Himmel! Du und Juniper, ihr gebt ein feines Paar ab«, sagte Polly leichthin und folgte ihm hinauf.

»Was willst du damit sagen?« Seine Stimme klang beiläufig, aber er drehte sich um und sah sie an.

»Sie hatte auch einen Autounfall, wurde aber nicht verletzt. Mein armer Liebling, hast du Schmerzen?«

»Nein, nein ... der Arm pocht nur ein wenig. Ist Juniper hier?« fragte er ziemlich nonchalant, wie er fand.

»Ja, sie wartet im Salon.« Polly öffnete ihm die Tür. »Sieh dir nur meinen armen verwundeten Soldaten an«, rief sie fröhlich.

Juniper, die vor dem Kamin stand und ins Leere starrte, drehte sich um.

»Armer lieber Jonathan. Du hast viel mitgemacht. Was ist passiert?« Sie ging zu ihm und küßte ihn leicht auf die Wange.

»Wie ich höre, hattest du auch einen Autounfall, Juniper«, sagte er vorsichtig.

»Ja, in der Nähe von Oxford. Eine dumme Sache.«

»Wie merkwürdig. Mein Unfall passierte in der Nähe von Cambridge.« Er lachte laut.

»Möchtest du einen Drink?« fragte Juniper und runzelte wegen seines lauten Lachens die Stirn.

»Für mich ist es für einen Drink noch ein bißchen früh«, sagte er mit einem Blick auf seine Armbanduhr.

»Wie langweilig. Mir ist es nie zu früh.« Sie ging zum Getränkewagen und goß sich einen Gin Tonic ein. »Es hat wohl keinen Sinn, dir etwas anzubieten, Polly?«

»Nein, danke«, sagte Polly und beobachtete mißbilligend, wie Juniper das Glas an die Lippen hob.

Es war ein erfreuliches Wochenende, obwohl Polly nicht mit Jonathan zu der Kunstausstellung gehen konnte, die sie gern gesehen hätte. Auch ein Theaterbesuch kam nicht in Frage, weil Jonathan der Knöchel doch mehr schmerzte, als er zugeben wollte. Statt dessen verbrachten sie die Tage mit Lesen und Musikhören. Jonathan schaffte es, ein paar Seiten zu schreiben.

Nachts schliefen sie eng aneinandergeschmiegt. Sie hatten versucht, sich zu lieben, aber Jonathan hatte zu starke Schmerzen. Polly machte das nichts aus, ihr gefiel es sogar besser. Nur still neben ihm zu liegen, gab ihr beinahe das Gefühl, mit ihm verheiratet zu sein. Als die Luftsirenen heulten, zogen sie einfach die Daunendecke über ihre Köpfe und hielten sich noch fester in den Armen. Für Polly war es das schönste Wochenende, das sie je mit Jonathan verbracht hatte.

Am Montag morgen herrschte reinstes Chaos. Juniper, die so früh am Tag nie gut zurechtkam, hetzte umher und suchte nach »wichtigen« Sachen, die sie verlegt hatte – einen bestimmten Seidenschal, ein Paar Ohrringe, ihr Scheckbuch. Sie teilte sich mit Jonathan ein Taxi.

»Warum nicht?« hatte sie am Abend zuvor gesagt. »Ich setze Jonathan in der Liverpool Street ab und fahre nach Paddington weiter.«

»Würdest du das tun, Juniper? Das ist sehr lieb von dir. Ich muß um acht Uhr im Büro sein. An meinem ersten Tag wage ich nicht, zu spät zu kommen«, sagte Polly dankbar.

Sie winkte den beiden zum Abschied zu und machte sich um sieben Uhr dreißig auf den Weg in die Arbeit.

Sie kam pünktlich ins Büro. Gwendoline Rickmansworth war jedoch schon da.

»Bin ich etwa zu spät dran?« fragte sie und hielt ihre Uhr ans Ohr, um zu prüfen, ob sie tickte.

»Nein, meine Liebe. Nur keine Panik. Ich war die Nacht über hier – das tue ich oft. Ich habe ein kleines Klappbett, das ich mir in der Ecke aufstelle. Ich hoffe, Sie haben für diese Woche keine Pläne gemacht?«

»Nein, nichts Besonderes, nur am ...«

Gwendoline Rickmansworth fiel ihr ins Wort. »Gut. Ich hätte Sie anrufen sollen, aber diese Nachricht kam erst am Freitag rein, und ich habe erst jetzt die Bestätigung erhalten. Wir fahren in den Norden, Sie und ich – Birmingham, York und Edinburgh. Gehen Sie jetzt nach Hause und packen Sie das Nötigste für ungefähr zehn Tage. Wir treffen uns hier um elf.«

»Ich verstehe«, sagte Polly mit enttäuschter Stimme.

»Bringt das Ihre Pläne durcheinander?«

»Nein.« Sie schüttelte den Kopf. »Nichts, was ich nicht regeln könnte«, sagte sie so beiläufig wie möglich.

Wieder zu Hause angekommen, packte sie ihren Koffer. Sie hinterließ eine Nachricht für Juniper und schaffte es glücklicherweise, sofort eine Verbindung mit dem Pub, *The Green Man,* herzustellen, wo sie eine Nachricht für Jonathan hinterließ. Um elf Uhr war sie wieder im Büro, holte den großen Humber-Wagen, den das Informationsministerium zur Verfügung stellte, aus der Garage. Zusammen mit einem Vorrat an Benzingutscheinen erhielt sie auch einen enorm großen Ölkanister. Um zwölf Uhr mittags hatten sie und Mrs. Rickmansworth die Stadt hinter sich gelassen und fuhren über die Great North Road.

Um zwölf Uhr mittags saß Juniper im *Green Man.* Sie aß ein leichtes Mittagessen, trank mehrere Gläser Wein dazu und machte sich dann auf den Weg, Cambridge zu erkunden, eine Stadt, die sie nicht kannte.

Jonathans Unterricht endete um sechs Uhr. Er traf Juniper in der Bar.

»Cambridge ist göttlich«, verkündete sie. »Ich könnte hier-herziehen.«

»Das wäre fabelhaft«, sagte Jonathan und fragte sich, ob es möglich sein würde, Juniper als Geliebte zu behalten, wenn er und Polly hier lebten.

»Die Stadt ist so grün und die Colleges herrlich, Jonathan. Es gibt kein besseres Wort dafür. Und die vielen jungen Männer – es ist das Paradies für eine geschiedene Frau«, sagte sie lachend.

»Sind sie nicht etwas zu jung für dich?« fragte Jonathan kurz angebunden, weil es ihm nicht gefiel, daß Juniper auf diese Weise von anderen Männern sprach.

»Überleg doch mal, wenn der Krieg vorbei ist – und er wird nicht mehr lange dauern –, werden alle diese müden Helden in die Universitäten strömen.« Sie lächelte ihn über den Rand ihres Glases hinweg an, und er wußte nicht, ob sie ihn auf den Arm nahm oder nicht.

»Mr. Middlebank, da ist eine Nachricht für Sie«, rief ihm die Wirtin, die hinter der Bar stand, zu.

»Ach ja? Wie lautet sie?« fragte Jonathan.

»Ich habe sie aufgeschrieben. Hier …« Sie wedelte mit einem Zettel und lächelte verschmitzt.

»Entschuldige mich.« Jonathan stand auf und ging zur Bar.

»Danke, Glad.« Er nahm den Zettel und betrachtete ihn. Er war unbeschrieben.

Die Wirtin flüsterte ihm verschwörerisch zu: »Diese nette junge Frau, Polly, hat angerufen. Sie muß für ungefähr zehn Tage in den Norden fahren. Unter den gegebenen Umständen wollte ich Ihnen die Nachricht auf diskrete Weise zukommen lassen.« Sie deutete mit einer Kopfbewegung auf Juniper.

»Danke, Glad. Das war wirklich sehr rücksichtsvoll von Ihnen.«

»Sie sind mir vielleicht einer«, sagte sie schelmisch und gab ihm einen Klaps auf die Hand. »Die arme kleine Polly. Sie sollten ihr das nicht antun. Sie klingt so nett am Telefon – es tut mir wirklich leid um sie.«

»Ja, Glad.« Jonathan errötete und trat vor Verlegenheit von einem Fuß auf den anderen. »Der Schein trügt.«

»Ach, tatsächlich? Das glauben Sie ja selber nicht, Mr. Middlebank.« Die Wirtin lachte schallend.

Jonathan kehrte mit schuldbewußter Miene zu Juniper zurück.

»Schlechte Nachrichten?« fragte sie.

»Von Polly.« Jonathan setzte sich neben sie.

»Oh, Gott! Ist sie etwa auf dem Weg hierher?« fragte Juniper erschreckt.

»Nein. Sie ist für zehn Tage in den Norden gefahren.«

»Wie wundervoll!« Juniper klatschte in die Hände. »Wir können zehn Tage zusammenbleiben – etwas Besseres hätte uns gar nicht passieren können.«

Jonathan trank einen Schluck von seinem warmen Bier. »Hast du denn keine Schuldgefühle?« fragte er.

»Nein. Warum sollte ich?« Sie nahm ihr Zigarettenetui aus der Handtasche.

»Polly *ist* schließlich deine beste Freundin. Wir haben sie schon einmal hintergangen, und was ist passiert – sie hat diesen französischen Bastard geheiratet.«

»So was wird sie nicht wieder tun. Sie ist jetzt klüger. Warum sollte sie es überhaupt herausfinden? Ich werde es ihr nicht erzählen. Beim letzten Mal habe ich es ihr nur gesagt, weil ich wußte, du würdest beichten, und weil ich dir zuvorkommen wollte.« Juniper lachte fröhlich. Jonathan schaute nervös in sein Bierglas. »Du hättest es ihr gebeichtet, nicht wahr?«

»Ja. Wahrscheinlich.«

»Na, da hast du's. Also denk nicht einmal daran, ein Geständnis abzulegen.«

»Aber so einfach ist es nicht, Juniper.«

»Wirklich nicht? Was ist daran so kompliziert? Wir mögen einander und sind gern zusammen. Wir beide lieben Polly und würden ihr niemals weh tun.«

»Großer Gott, Juniper! Wie kannst du das sagen?« Er lachte ironisch. »Natürlich tun wir ihr weh.«

»Sei nicht albern. Wie kann ihr etwas weh tun, was sie nicht weiß? Ich habe dich ihr nicht weggenommen – war ich am Wochenende nicht ein Goldstück? Ich war euch doch nicht im Weg, oder?«

»Nein«, stimmte er widerwillig zu und sah sie verwirrt an. Er hatte im Bett mit Polly Höllenqualen ausgestanden, weil er wußte, daß Juniper nur ein Stockwerk tiefer allein im Bett lag. Er war froh, daß er seine Schmerzen übertrieben und damit hatte vermeiden können, mit Polly zu schlafen. Schließlich gab es Grenzen. »Ich habe sie bezüglich des Wochenendes davor angelogen, damit sie länger in Cornwall blieb.«

»Das war deine Entscheidung, Jonathan, nicht meine. Ich habe dich nicht gebeten zu lügen. Das erfahre ich erst jetzt«, sagte sie bestimmt.

»Mein Gott, Juniper, ich stecke in der Klemme und weiß nicht, was ich tun soll.« Er stellte sein Glas behutsam auf den Tisch und nahm eine von Junipers Zigaretten, was ungewöhnlich war, denn normalerweise rauchte er Pfeife. »Ich liebe dich, Juniper, aber ich liebe auch Polly. Gott, was für ein Schlamassel!«

Juniper setzte sich gerade hin. Ihre Augen waren groß vor Schreck. Mit einer heftigen Geste drückte sie ihre kaum angerauchte Zigarette aus. »Rede nicht so, Jonathan, nie!

Es war nur Spaß, ein kleines Abenteuer. Liebe mich nicht. Das möchte ich nicht. Ich liebe dich nicht und werde es nie tun.«

»Juniper, sag das nicht.«

»Ich meine es ernst, Jonathan. Ich kann niemanden lieben – begreifst du das nicht?«

»Aber wie konntest du . . . ich meine, heißt das nicht . . . ich verstehe nicht . . .«

»Ich gehe gern mit dir ins Bett. Ich schlafe nicht gern allein – dann fühle ich mich einsam. Mehr ist es nicht. Du schläfst mit mir, weil *du* es willst, und nicht, weil *ich* es möchte.«

»Ich traue meinen Ohren nicht.« Jonathan fuhr sich verzweifelt mit der Hand durchs Haar.

»Es tut mir leid, wenn du das nicht gern hörst, aber es ist die Wahrheit. Deswegen habe ich Polly gegenüber keine Schuldgefühle – ich nehme ihr nichts weg.«

»Großer Gott, Juniper, was bist du nur für eine Frau? Du bist aus Stein.« Er starrte sie entsetzt an.

»Jonathan Middlebank . . .« rief eine Stimme von der Bar. Eine Gruppe RAF-Offiziere lehnte an der Theke. Einer kam zum Tisch.

»Hallo, Dominic«, sagte Jonathan mißmutig über die Störung.

»Willst du mich nicht vorstellen?« Dominic grinste über Jonathans offensichtliches Unbehagen.

Jonathan machte Dominic und Juniper widerstrebend miteinander bekannt und merkte verärgert, wie Juniper den jungen Mann strahlend und mit einem Funkeln in den Augen anlachte, als sie dessen Hand schüttelte.

# DRITTES KAPITEL

## 1

Der Gefangene stand in der Mitte des Exerzierplatzes. Der fadenscheinige Stoff seiner Gefangenenuniform war ein nutzloser Schutz gegen die Kälte. Mit aller Willenskraft unterdrückte er in dem eisigen, peitschenden Ostwind ein Zittern. Die Erfahrung hatte ihn gelehrt, daß ein abwechselndes Anspannen und Lockern der Muskeln ein Minimum an Körperwärme produzierte, das das Zittern und Zähneklappern verhinderte. Zittern war ein Zeichen von Schwäche, und dieses Vergnügen gönnte er den Bastarden nicht.

Sein Blick schweifte in die Ferne, über die Barackenreihen hinweg, an den Wachposten, den Maschinenpistolen auf den Türmen, den Hunden, und dem Stacheldraht vorbei. Er ignorierte die Reihe der nackten Gefangenen, die neben ihm stand und vor Kälte und Angst zitterte – wenigstens trug er eine, wenn auch unzulängliche, Uniform. Die einzige Konzession an seinen Status als Soldat. Und er hatte keine Angst; schon vor langer Zeit hatte er die Angst überwunden und die Kraft gefunden, dagegen anzukämpfen.

Er war dreißig und sah aus wie fünfzig. Sein einst muskulöser Körper war ausgezehrt und sein blondes Haar grau, obwohl er das nicht wußte, weil er seit Jahren sein Spiegelbild nicht mehr gesehen hatte. Doch seine blauen Augen in dem eingefallenen Gesicht loderten vor Haß.

Der Tag war trüb, der Boden gefroren. Er warf einen Blick zum Himmel und konnte nur mit äußerster Mühe ein

Wanken unterdrücken, als er die dicken gelben Wolken sah, die auf einen bevorstehenden Schneesturm schließen ließen.

Zweimal hatte er diese Bestrafung schon ertragen. Einmal in der sengenden Hitze des Sommers, von Fliegen und dem Gestank des Platzes gequält; ein zweites Mal in strömendem Regen. Aber dieses Mal könnte ihn der ärgste Feind, die Kälte, zur Strecke bringen.

Er war erstaunt, überhaupt hier zu stehen. Bei seinem letzten, fehlgeschlagenen Fluchtversuch hatte man ihm mit Hinrichtung gedroht, sollte er noch einmal versuchen auszubrechen. Er war das Wagnis wieder eingegangen, und sie hatten ihn nicht sofort exekutiert, sondern ließen ihn zur Bestrafung im eisigen Wind des Exerzierplatzes stehen.

Sie nannten es Exekution, er nannte es Mord. Es war vorauszusehen, daß er die restlichen zwölf Stunden seiner vierundzwanzigstündigen Strafe nicht überleben würde.

Die ersten Schneeflocken fielen. Er beobachtete ihr Wirbeln im Wind. Ihr Tanz war hier unheilverkündend, an einem anderen Ort, zu einer anderen Zeit wäre es ein wunderschöner Anblick gewesen. Er schüttelte den Kopf und zwinkerte die Flocken von seinen Lidern.

Ein anderer Ort, eine andere Zeit. *»Liz«*, wisperte er sanft, wiederholte den Namen, flüsterte ihn in den Wind und amüsierte sich über den Gedanken, der Wind könne ihren Namen auffangen und ihn über den Wald, die Berge, den Kanal tragen, und sie würde wissen, daß er an sie dachte.

Der Wind wurde stärker und trieb die immer dichter werdenden Schneeflocken vor sich her. Er hörte Geschrei am Ende des Platzes, das Tor wurde geöffnet, ein Lastwagen fuhr hindurch, stoppte mit quietschenden Bremsen und blockierte die Zufahrt. Er hörte die Wachen dem Fahrer

Anweisungen zubrüllen, der Motor heulte auf, Räder rotierten auf dem Eis. Er wandte den Kopf ab.

Liz, dachte er wieder. Sie konnten ihn aushungern, beschimpfen, demütigen, demoralisieren, aber seine Gedanken und Erinnerungen konnten sie ihm nicht nehmen. Allein die Erinnerung an Liz, an die kurze, glückliche Zeit, die sie zusammen verbracht hatten, hatte ihn die vergangenen vier Jahre durchhalten lassen. Nach seiner Gefangennahme, als er einen Monat in Einzelhaft gesessen hatte, war ihre Gegenwart in der Zelle beinahe physisch gewesen. Als er nach endlosen Verhören, in denen er seinen Peinigern hatte beweisen können, daß er keine Militärgeheimnisse kannte und nur ein einfacher Soldat war, und in ein Gefangenenlager überführt worden war, hatte sie ihn begleitet. In Augenblicken der Angst hatte er befürchtet, sie könne ihn vergessen und einen anderen Mann gefunden haben. Doch dann hatte er zwei ihrer Briefe bekommen, und er wußte, daß sie ihn liebte. Dieses Wissen hatte ihm die Kraft verliehen, die Fluchtversuche zu wagen. Er wollte zu ihr zurück.

Er war von einem Gefangenenlager ins nächste verlegt worden. Nach seinem letzten Fluchtversuch vor neun Monaten hatte man ihn in ein Konzentrationslager in Polen gebracht, wo man ihn wieder der Spionage verdächtigte und endlosen Verhören unterzog.

Hier war ihm sein kostbarster Besitz – Liz' Briefe – abgenommen worden. Ihr Verlust hatte ihn mehr getroffen als alle vorherigen Bestrafungen und Demütigungen. Seine Depression hatte ihn wie ein Kokon eingehüllt, und er war sich des Leids, des Elends und der Sterbenden nicht bewußt geworden. Diese Depression bewahrte ihn davor, aufzugeben, wie es so viele taten. Wut und Haß waren seine Triebkräfte zu überleben. Zweimal hatte er bisher versucht, aus dem Konzentrationslager zu fliehen – zwei Fehlschläge. Aber beim nächsten Mal ... dieser Gedanke hielt ihn am Leben.

Er klammerte sich an seine Erinnerungen, um die Gegenwart auszublenden. Jetzt war er in Paris, in der winzigen Wohnung, die ihn immer an ein Boot hatte denken lassen. Er rekelte sich auf einem der großen Kissen, hatte einen Drink in der Hand, wurde von der Wärme eingehüllt – dieser wundervollen Wärme, die der alte, schmiedeeiserne Ofen in der Ecke ausstrahlte. Er lachte der dunkelhaarigen, langbeinigen, schönen Liz zu, die auf einem anderen Kissen saß und ihren schnurrenden Kater auf dem Schoß hielt.

Eine Windbö brachte ihn ins Wanken. Liz entschlüpfte ihm. Er hob die Hände, um die Erinnerung festzuhalten. Sie war fort.

Er blickte sich um und sah nichts. Er stand in einer weißen Wolke. Es gab keine Gebäude, keinen Horizont, keinen Boden, keinen Himmel. Einen Augenblick lang glaubte er tot zu sein. Dann merkte er, daß er im Zentrum eines Schneesturms stand.

Er machte einen Schritt nach vorn und wartete. Niemand schrie. Er machte zwei weitere Schritte, wartete auf das Klicken eines Gewehrbolzens. Nichts. Er ging leise und schnell. Geradeaus.

Er hielt sich sehr aufrecht, hatte die Schultern gestrafft. Wartete auf die Kugel. Freute sich merkwürdigerweise darauf, sehnte sich danach – weil er keine Angst hatte. Und er sehnte sich nach Ruhe, war des Kämpfens müde. Ein Leben, dessen einziger Inhalt der Haß war, erschien ihm nicht mehr erstrebenswert.

Mit hocherhobenem Haupt schritt er stolz aus. Er würde nicht als feiger Hund sterben – er nicht.

Keine Kugel traf ihn. Er fiel nicht nach vorn, mit dem Gesicht in den Schnee. Plötzlich hob sich der dichte Schleier wie ein weißes Laken vor seinen Augen. Er war von Bäumen umgeben. Er war im Wald, das Konzentrationslager lag dreihundert Meter hinter ihm.

## 2

»Ich glaube, das Schlimmste an diesem verdammten Krieg ist, daß man nie richtig warm wird«, klagte Gwendoline Rickmansworth und verschob mit der Messingzange die kärglichen, kaum glühenden Kohlen. Dann setzte sie sich wieder in den wuchtigen Lehnsessel, in dem ihre zierliche Gestalt verloren wirkte.

Sie saßen in der Lounge eines Hotels in Edinburgh. Es ist eine merkwürdige Fahrt gewesen, dachte Polly. Und eine lehrreiche. Das Leben in London hatte die Menschen von der Umwelt isoliert und die Überzeugung geweckt, daß der Krieg außerhalb der Stadtgrenzen keine Schäden von Bedeutung anrichtete. Daher hatte Polly voll Entsetzen das Ausmaß der Zerstörung in Coventry gesehen.

Gwendoline hatte keine Erklärung für den Grund ihrer Reise abgegeben, doch den Briefen, die Gwendoline schrieb, und dem Report, den sie abfaßte, konnte Polly entnehmen, daß sie mit Plänen für die Nachkriegszeit beschäftigt war. Das Ende des Krieges schien nach der Landung der Alliierten in Italien und der Eroberung des Landes allmählich in greifbare Nähe zu rücken.

Während ihrer Fahrt in den Norden hatte sie überall Truppenbewegungen registriert, die auf eine langersehnte Invasion des Kontinents schließen ließen. Optimisten rechneten mit dem Ende des Krieges in einem Monat, andere sprachen von sechs Monaten oder einem Jahr. Die Hoffnung auf einen möglichen Sieg gab den Menschen neuen Auftrieb. Polly, wie so viele junge Frauen, erlaubte es sich allmählich, Zukunftspläne für ein Leben mit Jonathan zu schmieden.

Ein Tablett mit Tee, Sardinensandwiches und Gebäck wurde gebracht. Polly goß Tee in die Tassen.

»Hat es mit Ihrem Anruf geklappt?« fragte Gwendoline, lehnte Sandwich und Gebäck ab und süßte ihren Tee mit Saccharin aus einem hübschen, mit Juwelen besetzten Pillendöschen.

»Jonathan konnte ich nicht erreichen. Seit drei Tagen ist die Leitung blockiert. Und meine Freundin, Juniper, geht nicht ans Telefon ... ich hoffe, ihr ist nichts passiert.«

»Um Juniper würde ich mir keine Sorgen machen. Wenn sie ihrem Vater auch nur ein bißchen ähnelt, dann ist sie eine Überlebenskünstlerin«, sagte Gwendoline lachend und nahm sich doch ein Stück Gebäck.

»Kannten Sie ihn gut?«

»Nicht sehr gut. Nicht, wie die meisten Frauen ihn kannten«, sagte sie mit einem glucksenden Lachen. »Ich war nur dieses eine Mal auf seiner Jacht. Es war keine glückliche Reise ...« Gwendoline verstummte verlegen mitten im Satz. Sie hatte völlig vergessen, daß Pollys Mutter die unbeschreibliche Francine war, die während dieser Kreuzfahrt mit Junipers Vater ein Verhältnis gehabt hatte. »Die Gäste waren für die scheue junge Braut, die ich damals war, etwas zu hochgestochen.« Sie betupfte ihre Lippen mit der Serviette, um ihre Verlegenheit zu verbergen. »Ich frage mich, Polly, ob es Ihnen etwas ausmachen würde, wenn wir die Reise um ein paar Tage verlängern. Wir sollten noch nach Newcastle fahren.«

»Natürlich«, antwortete Polly und unterdrückte ihre Enttäuschung. Sie hatte gehofft, das Wochenende in London mit Jonathan verbringen zu können.

»Sie könnten Jonathan ein Telegramm schicken.«

»Ja, das tue ich.« Sie lächelte.

»Ich muß Ihnen etwas gestehen. Der Umweg über Newcastle geschieht aus familiären Gründen. Meine Familie stammt aus Northumberland, und ich möchte gern meine Mutter und eine ganz liebe Freundin besuchen, die ihren einzigen Sohn verloren hat und sehr deprimiert ist. Ihr Mann hofft, daß mein Besuch sie ein wenig aufheitert. Jedenfalls will ich es versuchen.«

»Wie überwinden Menschen den Verlust eines Kindes?«

»Das weiß der Himmel. Für meine Freunde war es besonders schlimm. Zuerst wurde ihr Sohn vermißt, dann hieß es, er sei in einem Gefangenenlager, und schließlich erhielten sie die Nachricht von seinem Tod.«

»Ich kann das Entsetzen nachempfinden. Das gleiche passierte mit dem Mann, den ich heiraten wollte.« Polly wurde traurig, als sie an Andrew dachte. »Er stammte auch aus Northumberland. Vielleicht kennen Sie die Familie? Slater – Andrew Slater.«

»Großer Gott!« Gwendoline war für einen Augenblick sprachlos. »Das kann ich nicht glauben«, fügte sie schließlich hinzu. »Seine Mutter ist die Freundin, die ich besuchen will. Ich wußte nicht, daß er verlobt war. Seine Mutter hat nie davon gesprochen. Es tut mir so leid, meine Liebe.«

»Wir waren verlobt, aber nicht offiziell. Dafür hatten wir keine Zeit. Wir haben uns in Paris kennengelernt, wissen Sie, kurz vor dem Einmarsch der Deutschen. Aber wir hatten beschlossen, gleich nach unserer Rückkehr nach England ...« Pollys Stimme verlor sich.

»Dann müssen Sie mich begleiten und seine Familie kennenlernen. Ihnen erzählen, wie es in Paris war. Vielleicht hilft das seiner Mutter.«

»Das würde ich gern tun. Er hat oft von seiner Familie gesprochen und vor allem seine Mutter sehr geliebt.«

»Aber Sie haben einen anderen Mann kennengelernt. Diesen Jonathan.«

»Ich habe ihn schon als Kind gekannt. Wir verschieben unsere Hochzeit dauernd. Immer kommt etwas dazwischen.«

»In Kriegszeiten sollte man keine kostbare Zeit vergeuden.«

Der Besuch im Haus der Slaters war nicht so positiv, wie beide erhofft hatten. Polly empfand vom ersten Augenblick an tiefes Mitleid mit Agnes Slater. Sie hatte das verlorene Aussehen eines Kindes. Ihre schmale Gestalt wirkte ausgezehrt, was neben ihrem stämmigen Mann, Ferdie, noch mehr auffiel. Er war ein gutmütig-derber, fröhlicher Typ, der anscheinend die Trauer um seinen Sohn überwunden hatte.

Andrews Zimmer war seit seiner Abreise unverändert geblieben. Das Bett, in dem er geschlafen hatte, war nicht neu bezogen worden. Das Buch, in dem er gelesen hatte, lag aufgeschlagen auf dem Nachttisch. Die Blumen in der Vase waren verwelkt. Als Polly ein paar Haare in der Bürste auf dem Toilettentisch sah, erschauderte sie. Es war das Zimmer eines Jungen – nicht des Mannes, den sie gekannt hatte. Schulfotos hingen an der Wand, sein Kricketschläger lehnte in einer Ecke.

Das Zimmer war wie eine Gedenkstätte, und es kostete Polly unendliche Selbstbeherrschung, dazustehen und Andrews Mutter zuzuhören, die unentwegt von ihrem Sohn sprach. Ursprünglich hatte Agnes Polly willkommen geheißen, doch im Verlauf des Abends änderte sich ihre Einstellung, als sie merkte, daß Polly den Verlust von Andrew überwunden hatte und wieder glücklich war, weil sie Ersatz für den Unersetzlichen gefunden hatte. Beim Abschied am folgenden Morgen war Agnes Slaters Abneigung Polly gegenüber unverhohlen.

»Es tut mir leid, Polly. Es war doch keine so gute Idee«, entschuldigte sich Gwendoline.

»Nein. Ich bin froh, daß ich dort war. Aber Mrs. Slater braucht Hilfe – ärztliche Hilfe. Sie hätte den Verlust ihres Sohnes mittlerweile überwinden müssen.«

»Ich weiß, aber ihre Familie will davon nichts hören. Ich habe gestern abend mit Ferdie darüber gesprochen. Er hat sich sehr aufgeregt und mich beschuldigt, Agnes für verrückt zu halten.«

»Wie traurig und wie töricht. Sie ist nicht verrückt, sondern verzweifelt.«

Am ersten Dienstag im April kehrten die beiden nach London zurück. Von Juniper keine Spur. Nachdem Polly Teewasser aufgesetzt und ihre Post durchgesehen hatte, meldete sie ein Gespräch nach Cambridge an.

»Liebling, es tut mir so leid. Bist du nach London gekommen, um mich zu sehen? Ich versuche seit Tagen, dich zu erreichen, aber die Leitungen waren dauernd gestört.« Die Worte purzelten vor Aufregung nur so aus ihrem Mund. Endlich hatte sie Kontakt mit ihm. Sie mußte Jonathan unbedingt treffen, um Andrews Geist, den der Besuch in ihr wachgerufen hatte, zu vertreiben.

»Nein. Ich war nicht in London. Als du nicht ans Telefon gingst, wußte ich, daß du noch nicht von deiner Reise zurückgekehrt warst. Und dann habe ich dein Telegramm erhalten. Wir werden verlegt.«

»Oh, nein! Wohin?«

»Das weiß ich nicht. Ich glaube, die Offensive steht kurz bevor.«

»Aber du warst dort in Sicherheit«, klagte sie.

»Mir wird schon nichts geschehen. Mach dir keine Sorgen, Polly. Es wird wohl jeder verfügbare Mann herangezogen. In ein, zwei Wochen bin ich wieder hier.« Seine Stimme klang flach.

»Ich habe einen Brief von meiner Großmutter bekommen. Sie schreibt, daß keine Besucher in der Zehn-Meilen-Küstenzone erlaubt sind. Man braucht eine Besuchserlaubnis. Ich wäre gern für ein paar Tage nach *Gwenfer* gefahren.«

»So ein Pech«, sagte Jonathan. »Davon ist die ganze Küste betroffen«, fügte er hinzu, klang jedoch völlig desinteressiert.

»Jonathan, geht's dir gut? Du klingst nicht sehr glücklich.«

»Es geht mir gut«, entgegnete er, aber sie glaubte ihm nicht.

»Juniper ist nicht hier«, sagte Polly, um das Gespräch fortzuführen.

»Sie ist nach Oxfordshire gefahren.«

»Du hast dich mit ihr getroffen?« Polly hörte den gepreßten Tonfall in seiner Stimme.

»Ja.«

»Wann und wo?« Ihr Herz pochte.

»Oh, sie ist ganz plötzlich hier aufgetaucht.«

Polly lehnte sich haltsuchend gegen die Wand. Ihr war bewußt, daß sie vielleicht überreagierte. Juniper hatte keinerlei Interesse an Jonathan gezeigt, doch Polly hatte schon vor langer Zeit gemerkt, daß man sich bei Juniper nie einer Sache sicher sein konnte.

»Warum denn?« Polly war froh, daß ihre Stimme wieder ausgeglichen klang.

»Das weiß der Himmel. Wahrscheinlich hat sie sich gelangweilt, weil du fort warst. Sie ist verliebt.«

Polly umklammerte den Hörer so fest, daß ihre Knöchel weiß hervortraten. »In wen?«

»In einen Typen von der Royal Air Force – Dominic Hastings. Sie hat ihn hier in der Bar kennengelernt, als er auf Urlaub zu Hause war. Liebe auf den ersten Blick und all dieser Quatsch. Sie ist mit ihm nach Oxfordshire gefahren. Er ist ein fader Kerl, wenn du mich fragst.«

»Oh ... oh, ich bin so glücklich ... Juniper braucht jemanden, den sie lieben kann«, seufzte sie förmlich ins Telefon.

»Du scheinst nicht sehr erfreut darüber zu sein«, fügte sie mit einem Lachen hinzu.

»Meinst du?« fragte Jonathan kurz angebunden.

»Ich möchte dich sehen, Jonathan – dringend.«

»Ich dich auch.«

»Wann kannst du kommen?«

»Im Augenblick ist es schwierig.«

»Warum?«

»Ich sagte dir doch, wir werden verlegt.«

»Rufst du mich an? Oder schickst mir ein Telegramm? Ich fahre überallhin, auch wenn es nur für eine Stunde ist ...«

»Schön.«

Es rauschte und klickte in der Leitung. Die Verbindung war unterbrochen. Polly schüttelte den Hörer frustriert und legte ihn dann zögernd auf die Gabel zurück. Plötzlich war sie sehr erschöpft und ging in die Küche, um Tee zu kochen.

Lange saß sie am Küchentisch, starrte ins Leere und trank ihren Tee. Jonathan hatte so merkwürdig, beinahe gereizt geklungen. Er schien nicht sehr versessen darauf zu sein, sie zu sehen. Jedenfalls sehnte er sich nicht so verzweifelt nach einem Wiedersehen wie sie. Sie mußte ihn sehen. Der Anblick von Andrews Zimmer war ein Schock für sie gewesen und hatte die Tür zu tausend Erinnerungen aufgestoßen, die besser vergessen geblieben wären.

**3**

Juniper saß zufrieden auf der schmalen Sitzbank neben dem Holzfeuer und wartete, daß Dominic von der Bar mit ihrem Drink zurückkam. Sie würden zu Mittag essen und dann den ganzen Nachmittag im Bett verbringen, um erst zum Dinner wieder zu erscheinen. Danach wartet eine lange Nacht auf uns, dachte Juniper. Mit einem kleinen Lächeln gestand sie sich ein, daß sie verliebt war.

Lautes Rufen an der Bar ließ sie aufblicken. Es sah nach einem Handgemenge aus, doch ein junger Offizier, der Geburtstag feierte, wurde von seinen Kameraden mit Gejohle und Gelächter in die Luft geworfen. Nach einundzwanzig Würfen platschte er flach auf dem Rücken auf den roten Teppich. Ein halber Liter Bier wurde über ihn gegossen, wozu die Männer lauthals *For He's A Jolly Good Fellow* grölten.

Sie entdeckte Dominic, der sich einen Weg durch das Gedränge der Soldaten zu ihr bahnte. Irgendwie konnte sie ihr Glück noch immer nicht fassen, ihn gefunden zu haben. Vor drei Wochen hatten sie sich kennengelernt. Gleich als Jonathan sie einander vorgestellt hatte, war etwas Erstaunliches geschehen. Dieser unbeschreibliche Augenblick. Dieses mystische, geistige, physische Ereignis, wie man es auch nennen wollte, war eingetreten. Für Juniper war es Liebe auf den ersten Blick gewesen.

In der Vergangenheit hatte sie Männer attraktiv gefunden, die elegant und auffällig aussahen. Dominic war anders. Er war groß und kräftig gebaut, hatte eine breite Brust und muskulöse Schultern. Seine dunkelbraune Haarmähne war aus der Stirn zurückgekämmt, und er fuhr sich oft mit den Fingern hindurch. Die buschigen Brauen über seinen braunen Augen verliehen ihm einen ernsten Ausdruck. Er lächelte selten, doch dann war die Veränderung, die dieses Lächeln in seinem starken, nachdenklichen Gesicht bewirkte, überwältigend.

Er hatte sehr strikte Ansichten über alle Bereiche des Lebens, war klug und konnte Dummköpfe nicht ausstehen. Das schmeichelte Juniper und gab ihr das Gefühl, bedeutend zu sein. Mit dreißig war er älter als die meisten seiner Truppe. Obwohl er Distanz zu seinen Kameraden wahrte und selten an ihren Trinkgelagen, Billard- und Dartspielen teilnahm, blickten die jüngeren Offiziere zu ihm auf und kamen mit ihren Problemen zu ihm. Er strahlte eine Charakterstärke und Unerschütterlichkeit aus, nach der Juniper – davon war sie überzeugt – ihr Leben lang gesucht hatte.

Er war Historiker und hatte vor dem Krieg an einer öffentlichen Schule unterrichtet. In einer bürgerlichen Familie aufgewachsen, hatte ihn das Leben, das manche seiner Schüler führten, schockiert. Er hatte beschlossen, nach Ende des Krieges Recht zu studieren und fürs Parlament zu kandidieren. Sein Sinn für soziale Verantwortung war stark ausgeprägt. Juniper, die überhaupt kein soziales Gewissen besaß, hatte allerhand zu lernen. Praktisch über Nacht wurde aus ihr eine überzeugte Sozialistin.

In den drei Wochen, die Juniper Dominic kannte, hatte sie wie eine Besessene gelesen. Er wußte so viel und sie so wenig. Er genoß es, sie zu unterrichten, und hatte eine lange Liste von Büchern über politische Ideen und Theorien angelegt. Für jemanden, der bisher ausschließlich Prosa gelesen hatte, bewies Juniper eine ungeheure Selbstdisziplin und Beharrlichkeit. Sie wollte, daß er stolz auf sie war, sie wollte seine intellektuelle Gefährtin sein – obwohl sie wußte, daß sie ihm nie ebenbürtig sein konnte.

Das alles geschah, weil Juniper – ohne Dominics Wissen –

eine Entscheidung getroffen hatte. Sie würde ihn heiraten. Dieses Mal würde sie eine perfekte Ehefrau sein.

Die Männer in Dominics Kreis waren verblüfft darüber, daß eine so schöne und offensichtlich unbekümmerte Frau wie Juniper derart in ihn vernarrt sein konnte – die beiden waren krasse Gegensätze. Hätte Polly Dominic kennengelernt, hätte sie sofort eine Erklärung gehabt: Dominic war für Juniper eine Herausforderung. Juniper liebte Herausforderungen.

In diesen Wochen hatte Juniper auch gelernt, mit der Angst zu leben. Sie küßte ihn zum Abschied, wenn er zum Einsatz mußte, und wußte nicht, ob er zurückkommen würde. Nachts lag sie wach und lauschte auf die Staffeln, die über ihren Kopf hinwegflogen, um ihre Bomben über Deutschland abzuwerfen. Im Morgengrauen hörte sie, in Angstschweiß gebadet, die Flugzeuge zurückkommen und fürchtete jedesmal, sein Flugzeug könnte nicht darunter sein.

Aber jedes Wiedersehen war ein unbeschreibliches Glückserlebnis. Durch die Nähe des Todes gewann jeder Tag ihres Lebens neue Intensität. Jede Minute war kostbar; jeder Kuß, jede Zärtlichkeit bekamen eine tiefere Bedeutung. Er wollte jeden Augenblick mit ihr verbringen, und seine absolute Inbesitznahme ihres Körpers und ihres Geistes war berauschend. Er überschwemmte sie mit seiner Aufmerksamkeit und hüllte sie in seine Welt, seine Ansichten ein. Er hatte völlig von ihr Besitz ergriffen, und sie genoß diese Abhängigkeit. Es gab auch Zeiten, da wirkte er geistesabwesend, war distanziert, als würde er sie gar nicht wahrnehmen. Dann war er ein ganz anderer Mensch, und gerade dieser Zwiespalt faszinierte Juniper.

Heute morgen war er mit einem Urlaubsschein für achtundvierzig Stunden zurückgekommen. Zwei Tage voller

Glückseligkeit lagen vor ihnen, und sie hatte eine wunderschöne Überraschung für ihn.

»Die Jungs übertreiben mal wieder«, sagte er und deutete auf die grölenden, sichtlich angetrunkenen jungen Männer an der Bar.

»Sie feiern Geburtstag . . .«

»Ja. Und ein Kamerad ist nicht zurückgekommen«, sagte er bedrückt.

»Wer war es?«

»Pete Bradford.«

»Aber er war erst achtzehn«, rief sie entsetzt aus.

»Der Krieg fragt nicht nach dem Alter«, erwiderte er barsch.

»Ich habe eine wunderschöne Überraschung für dich«, sagte sie lächelnd, um ihn von seinen trübsinnigen Gedanken abzulenken.

»Und was für eine?«

»Später. Zuerst wollen wir zu Mittag essen.«

Irgendwie schaffte es Mrs. Clemence, die Wirtin des *White Hart*, immer, »ihren Jungs«, die sie bemutterte wie eine Glucke, die besten Mahlzeiten aufzutischen. Wie ihr das gelang, war ein Geheimnis, aber es gab stets Braten, und vor allem war genügend Bier vorhanden. Die meisten jungen Männer waren nicht in der naheliegenden RAF-Basis von Benson stationiert, sondern meilenweit entfernt. Und hier verbrachten sie am liebsten ihre Kurzurlaube. Dominic war einer von ihnen.

Nach dem erstaunlich guten Mittagessen brachen die beiden auf. Dominic wollte zu seinem zerbeulten MG gehen, aber Juniper hielt ihn zurück.

»Wir brauchen das Auto nicht. Komm mit.« Sie streckte ihm ihre Hand hin.

Hand in Hand spazierten sie die High Street hinunter.

Dominic war ungewohnt schweigsam. Durch eine kleine Gasse gelangten sie zu einem Buchenwald. Sogar jetzt im April bedeckte ein dicker Teppich aus goldenen Blättern den Boden. Das trockene Laubwerk knisterte unter ihren Füßen, und in der Luft hing der wundervoll würzige, leicht modrige Duft, den die Vegetation im Zerfall verströmt. Sonnenstrahlen fielen durchs Geäst, Vögel zwitscherten, und ein Hase lief raschelnd durchs Unterholz. Dominic blieb abrupt stehen.

»Mein Gott, ist das ein wundervoller Tag.« Er reckte die Arme hoch und atmete tief durch. »Er ist beinahe zu perfekt«, fügte er hinzu und stand eine Weile mit gesenktem Kopf da.

»Dom, geht es dir nicht gut?« fragte Juniper leise und berührte leicht seinen Arm. Da spürte sie, daß er zitterte. »Mein Liebling, was hast du?«

»O Gott, Juniper! Ich habe so viel Angst ...« Seine Stimme klang hohl vor Furcht. »Ich bin es müde, so zu tun, als hätte ich keine Angst. Ich habe Todesangst ... habe Angst zu sterben.« Er sah sie an, und Juniper wich unwillkürlich vor dem nackten Entsetzen in seinen Augen zurück. Beschämt wandte er den Blick ab.

»Dom, Liebling«, flüsterte sie, berührte sein Gesicht und spürte die Tränen. »Mein Schatz. Weine nur, laß deinen Tränen freien Lauf ... du wirst nicht sterben. Ich lasse nicht zu, daß du stirbst.« Und sie legte ihre Arme um ihn und preßte ihn fest an sich und tröstete ihn, so gut sie konnte, denn sie konnte das Ausmaß seiner Angst nur erahnen. Lange Zeit standen sie aneinandergeschmiegt im Wald, zwei junge Leute, die eigentlich allen Grund hatten, sich auf die Zukunft zu freuen. Statt dessen war die Zukunft so furchterregend, daß sie nicht einmal daran zu denken wagten.

Trotz Dominics Niedergeschlagenheit war Juniper in Hochstimmung. An sie hatte er sich gewandt, ihr hatte er erlaubt, Zeugin seiner Verletzbarkeit zu sein. Er brauchte sie. Zum erstenmal in ihrem Leben hatte sie das Gefühl, als Mensch gebraucht zu werden. Dieses Erlebnis weckte in ihr ein Vertrauen in diese Beziehung, das sie nie zuvor erfahren hatte. Tränen brannten in ihren Augen, aber es waren Tränen des Glücks.

»Es tut mir leid, Juniper«, sagte er schließlich. »Ich habe mich ziemlich dumm benommen.«

»Du brauchst dich bei mir nicht zu entschuldigen, Dom. Ich bin stolz, daß du dich mir anvertraut hast.«

»Ich werde zu einer anderen Einheit verlegt, weißt du. Neben Pete haben wir auch noch drei andere Kameraden verloren . . .«

»Du schuldest mir keine Erklärung.«

»Aber ich habe alle diese verdammten Luftangriffe über-lebt. Ich hatte gehofft, Ausbilder zu werden – ein netter, sicherer Posten. Ich war an der Reihe. Jetzt fängt die Angst wieder von vorn an.« Er klatschte seine Faust wütend in die Handfläche.

»Was meinst du damit?« fragte Juniper entgeistert.

»Ich wurde nach Benson versetzt . . .«

»Das ist doch wundervoll. Es liegt ganz in der Nähe. Was Besseres hätte uns nicht passieren können.« Sie klatschte begeistert in die Hände. »Komm mit, schnell.« Sie lief zwischen den Bäumen davon. Er folgte ihr.

Sie betraten eine Lichtung, auf der in einem Garten voller Frühlingsblumen ein strohgedecktes Cottage stand. Klet-terpflanzen rankten sich an den roten Ziegelmauern em-por, umrahmten Fenster und die Tür, als hätte die Natur eine schützende grüne Decke über das Haus geworfen.

»Kletterrosen, Geißblatt, Klematis . . . Stell dir nur vor, Dom, welch ein Paradies der Garten im Sommer sein wird. Komm

mit.« Sie nahm seine Hand und führte ihn zur Rückseite, wo
ein gepflasterter Hof mit gekalkten Mauern angrenzte.
»Hier werde ich Blumen in Töpfe pflanzen, Bänke aufstel-
len, und an langen warmen Abenden werden wir Champagner trinken und uns lieben.«

»Du hast das Haus gemietet?« fragte er lächelnd, denn er
hatte seinen Gefühlsausbruch im Wald vorübergehend vergessen.

»Viel besser ... ich habe es gekauft«, sagte sie strahlend.

»Es muß ein Vermögen gekostet haben. Grundbesitz in
dieser Gegend ist entsetzlich teuer.« Er wirkte besorgt.

»Ich hatte etwas Geld übrig. Ich wollte sowieso aus London
wegziehen«, fügte sie schnell hinzu.

»Wie schön. Du bist also auch noch reich? Bin ich nicht ein
Glückspilz? Laß uns reingehen.«

Juniper sperrte die Tür auf und blieb stehen. Sie lächelte
ihn an. Er erriet ihre Gedanken, nahm sie auf die Arme und
trug sie über die Schwelle. Nach einem langen Kuß ließ er
sie sanft auf den Eichenholzboden gleiten.

Die Haustür führte direkt in ein geräumiges Wohnzimmer
mit dunklen Eichenbalken an der Decke. Das Sonnenlicht
fiel durch Sprossenfenster und malte rautenförmige Muster auf den Boden. Eine Treppe führte in den ersten Stock,
und am gegenüberliegenden Ende führte eine Tür in die
kleine Küche. Dominic spähte in den Rauchfang des großen Kamins.

»Funktioniert er?« fragte er.

»Der Grundstücksmakler behauptet es.«

»Ich wette, daß er raucht.«

»Was hältst du von dem Haus?«

»Es ist perfekt. Jeder Engländer träumt davon, so ein Cottage zu besitzen. Wie viele Schlafzimmer hat es?«

»Zwei. Ein großes und ein winziges.«

215

»Sehr gut. Kein Platz für Gäste. Wir brauchen Möbel. Ich habe Ersparnisse.«

»Nein, nein. Das geht schon in Ordnung. Ich habe dafür gesorgt.«

»Aber wie kannst du es dir leisten ...«

»In London habe ich noch Möbel von meiner Großmutter«, log sie. »Ich wollte nächste Woche hinfahren und den Transport arrangieren. Du brauchst deine Ersparnisse nicht anzugreifen. Ich besitze sogar ein Bett ...« Er ließ sie den Satz nicht zu Ende sprechen.

»Wer braucht ein Bett?« fragte er lachend, ließ sie sanft auf den staubigen Boden gleiten und liebte sie voller Leidenschaft.

An diesem Abend planten sie beim Dinner die Einrichtung ihres Hauses und bedauerten, daß es ihnen erst in zwei Tagen gehören würde.

»Da du jetzt in Benson stationiert bist, kannst du wenigstens im Cottage wohnen. Was für ein Glück!«

Er wandte den Blick ab; er konnte ihr nicht sagen, was Benson bedeutete. Auf keinen Fall wollte er ihr noch mehr Sorgen machen. Er würde für Tiefflüge, geheime Aufklärungsflüge über Deutschland ausgebildet werden. Allein die Ausbildung barg hohe Absturzrisiken. Viele Piloten hatten das Training nicht überlebt. Und tief in seinem Innersten wuchs die Überzeugung, daß er einer von ihnen sein würde.

## 4

»Du hast *noch* ein Haus gekauft? Juniper, du bist verrückt! Du besitzt eins in Hampstead, hast dieses hier gemietet, hast eins in Frankreich und weiß Gott wie viele in Amerika ...« Polly schaute Juniper entgeistert über den Küchentisch hinweg an.

»Nur eins, und das Apartment in New York«, antwortete Juniper grinsend.

»Hättest du das Cottage denn nicht mieten können?«

»Doch. Aber es sollte mir gehören. Es ist wirklich das entzückendste kleine Cottage, das du je gesehen hast, Polly.«

»Irgendwie habe ich in dir nie eine Frau gesehen, die Gefallen an einem Cottage findet«, sagte Polly ironisch.

»Du unterschätzt meine Fähigkeiten. Das Haus ist perfekt, leicht in Ordnung zu halten, und ich werde kochen. Lach nicht! Ich habe es mal gelernt, weißt du. Meine Großmutter und meine Gesellschafterin, Tommy, haben es mir beigebracht.«

»Es klingt idyllisch«, sagte Polly lächelnd. »Erzähl mir jetzt alles über *ihn*.«

»Über Dominic? Er ist wundervoll. Ich bin wirklich verliebt – es dauert schon fast einen Monat. Kannst du dir das vorstellen?« Sie lachte. »Er braucht mich, Polly«, sprach sie, plötzlich ernst geworden, weiter. »Das ist das Geheimnis daran. Und er weiß nichts von mir – das Geld und alles andere –, also liebt er *mich*.«

»Und was geschieht, wenn er die Wahrheit erfährt? Vielleicht solltest du zu ihm ehrlich sein. Zu entdecken, daß du Millionärin bist, könnte ihn schockieren.«

»Bei dir klingt das wie eine Krankheit. Nein, ich weiß, was ich tue. Das verdammte Geld hat jeder meiner Beziehungen geschadet. Dieses Risiko will ich nicht eingehen – alles ist einfach perfekt. Ach, Polly, und wenn er mich liebt, fühle ich mich im siebten Himmel. Du weißt, daß mich Sex gewöhnlich kaltläßt. Ich will Dominic auf keinen Fall verlieren, verstehst du?«

»Dieses Problem habe ich nie ganz verstanden, Juniper. Du meine Güte, da war Hal und dann dieser Franzose und jetzt

Dominic. Drei Männer in deinem Leben, die dich im Bett glücklich gemacht haben. Das ist eine ganze Menge, jedenfalls mehr, als die meisten Frauen je haben werden.« Pollys Lächeln nahm ihren Worten die Schärfe.

Juniper warf mit einem Brötchen nach Polly. »Du bist immer so prosaisch. Ich weiß gar nicht, warum du meine beste Freundin bist«, sagte sie lachend. »Macht es dir etwas aus, wenn ich einen Teil meiner Möbel ins Cottage bringen lasse?«

»Warum sollte mir das was ausmachen? Du kündigst natürlich den Mietvertrag für dieses Haus, nicht wahr?«

»Nein! Das kann ich nicht tun.«

»Warum nicht?«

»Wo solltet ihr, du und Jonathan, denn wohnen?«

»Meine liebe Juniper, ich werde natürlich eine andere Wohnung finden.«

»Ich bestehe darauf, daß du hierbleibst. Die Miete bezahle ich sowieso weiter, also kannst du genausogut hier wohnen.«

»Juniper, du bist lieb. Aber verstehst du denn nicht? Ich kann es mir nicht leisten, in diesem Haus zu wohnen. Die Unterhaltskosten sind zu hoch für mein Gehalt.«

»Die bezahle ich auch.«

»Nein, das wirst du nicht tun. Du gehst, ich gehe. So einfach ist das.«

»Ich habe die Miete für drei Monate im voraus bezahlt. Bleib wenigstens so lange.«

»Na gut. Aber ich werde nur ein Zimmer benützen«, sagte Polly lächelnd. Junipers Großzügigkeit erstaunte sie immer wieder aufs neue. Sie freute sich für sie, war aber gleichzeitig besorgt. Junipers Verliebtheit hatte nie lange angehalten. Würde es diesmal anders sein?

Polly fragte: »Was wirst du mit dem Haus in Hampstead

anfangen? Was für eine Vergeudung ... es leben doch nur die Haushälterin und die Hunde dort – der teuerste Hundezwinger der Welt.«

»Ich habe darüber nachgedacht und halte es nicht für gut, es jetzt zu verkaufen. Wenn es stimmt, was die Leute sagen, wird der Krieg bald zu Ende sein. Der Wert von Grundstücken wird bestimmt steigen.«

»Du meine Güte! Juniper, die Geschäftsfrau? Ich kann es nicht glauben.«

»Das ist nicht der einzige Grund. Mir gefällt der Gedanke nicht, Mrs. Green heimatlos zu machen – ihr Mann wird vermißt, weißt du.«

»Ist Mrs. Green die Frau, die sich um dein Haus kümmert?«

»Ja. Ich will warten, bis der Krieg zu Ende ist oder wenigstens bis sie weiß, wo ihr Mann ist.«

»Ich glaube, du bist der netteste Mensch, den ich kenne.«

»Und wie geht's dem bald berühmten Jonathan?« fragte Juniper schnell. Lobreden auf ihre Großzügigkeit machten sie immer verlegen.

»Er ist versetzt worden. Das hat mit dieser Invasionsgeschichte zu tun. Seit meiner Rückkehr nach London habe ich ihn nicht gesehen. Am Telefon klingt er ziemlich merkwürdig.«

»Merkwürdig?« Juniper nahm sich noch ein Brötchen, damit Polly ihre Verlegenheit nicht merkte.

»Er wirkt distanziert – als würde er Entschuldigungen erfinden, mich nicht zu sehen.«

»Das glaube ich nicht. Vielleicht ist er nur zerstreut.«

»Nein. Da steckt etwas anderes dahinter.«

»Vielleicht hat er angefangen, einen neuen Roman zu schreiben. Sind Schriftsteller dann nicht sehr introvertiert?«

»Ich wüßte nicht, wann er Zeit zum Schreiben haben sollte.«

Juniper neigte den Kopf seitwärts und betrachtete Polly

eingehend, als überlege sie ihre nächsten Worte. »Glaubst du, er ist der Richtige für dich, Polly? Er scheint so, nun, so in sich selbst gefangen zu sein. Nicht sehr romantisch, du weißt, was ich meine.«

»Er ist Engländer. Von romantischen Ausländern habe ich die Nase voll. Vergiß nicht, daß ich mit einem verheiratet war. Ich liebe Jonathan, habe ihn schon als kleines Mädchen geliebt. Wir scheinen füreinander bestimmt zu sein.«

»Nun, das *ist* romantisch. Weißt du, diese Marmelade schmeckt einfach köstlich. Kann ich noch was davon haben?« Polly reichte ihr das Marmeladeglas. »Nimm es. Meine Großmutter hat sie gemacht.«

»Sind unsere Großmütter nicht wundervoll? Wie gut sie sich den veränderten Umständen angepaßt haben.«

»Hm . . .« sagte Polly vage. »Wie hast du das gemeint, was du gerade über Jonathan gesagt hast? Bitte, erkläre mir das näher.«

Juniper schob ihren Teller beiseite und zündete sich eine Zigarette an. Sie bedauerte ihre Bemerkung, aber sie liebte Polly und mußte ihr etwas antworten. »Wenn du es unbedingt wissen willst: Er ist für dich nicht gut genug.« Da, jetzt hatte sie es gesagt und fühlte sich entschieden wohler. Ihr Verhalten hatte doch einen Anflug von Schuld in ihr ausgelöst. Da sie Polly jetzt jedoch gewarnt hatte, glaubte sie, ihre Pflicht getan zu haben. Und es stimmte, was sie gesagt hatte. Jonathan war für Polly nicht gut genug. Er war ihr untreu gewesen, und wenn er das einmal getan hatte, würde er es wieder tun. Eigentlich kümmerte sie sich um Polly.

»Du sagst manchmal komische Dinge, Juniper. Nicht gut genug? Du meine Güte, Jonathan ist mir in jeder Hinsicht überlegen – denk an seine Intelligenz, seine Prinzipien, seinen Mut. Ich bin erstaunt, daß er mich heiraten will – falls er es noch will.«

»Natürlich tut er das. Du bildest dir das alles nur ein. Und wenn er dir weh tut, bringe ich ihn um.«

»Was für eine wundervolle Freundin du bist, Juniper. Die beste.«

Um alles Nötige zu transportieren, bedurfte es häufigerer Reisen, als Juniper angenommen hatte. Die Möbel waren kein Problem; sie arrangierte den Transport mit dem Bruder des Metzgers, der einen Lastwagen besaß und regelmäßig nach Oxfordshire fuhr. Juniper fragte nicht nach dem Zweck dieser Reisen. In diesen unsicheren Zeiten war es besser, nicht zu viel zu wissen. Die Lebensmittel- und Weinvorräte jedoch, die kostbaren Sheraton- und Hepplewhite-Stühle und die Gemälde von Constable und Turner wagte sie dem zwielichtig aussehenden jungen Mann nicht anzuvertrauen und brachte die Sachen deshalb selbst nach Oxfordshire.

»Deine Großmutter muß reich sein, wenn sie Zeug wie das hier rauswirft«, sagte Dominic und bewunderte einen besonders schönen Chippendale-Schreibtisch.

»Was? Dieses alte Gerümpel? Sei nicht albern«, sagte Juniper hastig und fragte sich, ob sie einen Fehler gemacht hatte und lieber billige, gebrauchte Möbel hätte kaufen sollen.

»Es sieht alles wundervoll aus. Wie mußt du geschuftet haben! Komm her«, befahl er, und die selbständige Juniper tat, wie ihr befohlen und schmiegte sich in seine Arme.

»Ich habe ein riesiges Filetsteak für dich«, sagte sie, als er sie losließ.

»Wo hast du das nur aufgetrieben?«

»Der Bruder des Mannes aus London, der die Möbel transportiert hat, ist Metzger.«

»Zweifelsohne war es sündhaft teuer. Du bist unmöglich. Aber ich liebe dich.« Er zerzauste ihr Haar.

»Tust du das, Dominic? Liebst du mich wirklich?«

»Ich habe in meinem Leben keine Frau wie dich kennengelernt.«

Sie sah ihn an, wollte ihn zwingen, die Worte zu sagen, nach
denen sie sich sehnte. Aber er bat sie nicht, ihn zu heiraten,
und sie hatte beschlossen, dieses Mal einen richtigen Heiratsantrag abzuwarten und nicht wie bei Hal die Initiative
zu ergreifen.

»Können wir heute abend vor dem Dinner den Wein einla-
gern?« fragte sie, wandte sich ab und ordnete einen Stapel
Zeitschriften, damit er ihren enttäuschten Gesichtsausdruck nicht sehen konnte.

»Klar. Laß mich nur erst die Uniform ausziehen.« Er lief die
Treppe hinauf. Der Augenblick war vertan.

»Dieser Wein ist phantastisch. Und diese Kisten voller
Champagner! Woher hast du die?«

»Meine Großmutter trinkt nicht viel.« Sie bückte sich, und
in dem trüben Licht des Weinkellers konnte er ihr Grinsen
nicht sehen.

Juniper konnte sich an keine Zeit in ihrem Leben erinnern,
wo sie glücklicher gewesen war. Wegen der Nähe der RAF-
Basis in Benson verbrachte Dominic jede freie Minute mit
ihr. Viele Nächte, wenn er im Flugeinsatz war, schlief sie allein und warf sich vor Angst, er könne nicht zurückkommen,
unruhig im Bett umher. Aber am Morgen war er da, und sie
fielen in das Bett, aus dem sie gerade aufgestanden war. Es
gab viele schöne Nächte, wenn er bei ihr war, geborgen und
sicher in ihren Armen. Dann war sie oft nahe daran, vor
Glück zu weinen. Juniper sprach nie mit ihm über das Fliegen oder die Gefahr, in der er sich befand, noch über ihre
Angst um ihn. Wenn er bei ihr war, sollte er sich entspannen
und alles vergessen. Der Erfolg, den sie dabei hatte, überstieg ihre kühnsten Träume.

Als Jonathan am folgenden Wochenende nach London kam, Polly in die Arme nahm und küßte, konnte sie nicht mehr begreifen, warum sie sich seinetwegen solche Sorgen gemacht hatte.

Sie führte ihn in die Küche, machte Sandwiches und Tee, den sie mit einem Schuß Whisky anreicherte, für ihn und opferte ihren Zucker, weil sie seine Vorliebe für Süßigkeiten kannte.

»Benutzt du den Salon nicht mehr?« fragte er.

»Würdest du dich lieber dort aufhalten?« Polly sprang auf, ängstlich darauf bedacht, ihm gefällig zu sein, weil sie wegen ihrer Zweifel an ihm Schuldgefühle hatte.

»Nein. Es ist schön hier – ich habe Küchen immer gemocht. Setz dich und mach es dir gemütlich.« Er lächelte sie über den Rand seiner Tasse hinweg an.

»Seit Junipers Auszug benutze ich nur noch die Küche und mein Schlafzimmer, um Unkosten zu sparen. Ich bin von der Mansarde in den zweiten Stock gezogen. Da jetzt keine Partys mehr stattfinden, ist es sinnlos, weiterhin im Dachgeschoß zu wohnen.«

»Das wird mir fehlen. Es hat mir dort oben, hoch über der Stadt, gefallen.«

»Wir können wieder dort hinaufziehen, wenn du möchtest.« Polly war schon wieder auf den Füßen.

»Was ist denn los mit dir, Polly? Du bist nervös wie eine Katze.« Er klopfte auf ihren Stuhl, damit sie sich wieder hinsetzte.

»Wo lebt Juniper jetzt?« fragte er beiläufig, und Polly interpretierte diese Frage erleichtert als Höflichkeitsfloskel.

»Du willst doch jetzt nicht über Juniper sprechen«, sagte sie lächelnd.

»Doch. Ich bin immer an dem Geflatter des ›Goldenen Schmetterlings‹ interessiert.«

»Sie hat ein Cottage in der Nähe von Henley gekauft. Ihrer Beschreibung nach ist es ein Schmuckstück mit Deckenbalken und Strohdach und liegt in einem Wald. Sie hat jede Menge Möbel dorthin gebracht.«

»Lebt sie allein?«

»Nein, sie ist wahnsinnig verliebt. In einen Mann namens Dominic – aber du kennst ihn doch.«

»Nicht sehr gut. Er lebt mit seiner verwitweten Mutter in Cambridge, oder tat es bis vor kurzem.« Jonathan schnaubte ironisch. »Ich hätte nie geglaubt, daß die Liebelei zwischen ihm und Juniper andauern würde. Er ist überzeugter Sozialist, wie sein Vater, der Parlamentarier war.«

»Ach, ich verstehe«, sagte Polly unverbindlich. Das war wohl einer der Gründe, warum Juniper ihre Herkunft verschwieg. Zweifelsohne war sie jetzt bemüht, eine Sozialistin zu werden, aber wann würde ihr Enthusiasmus nachlassen? Wahrscheinlich genoß sie dieses neue Spiel. Polly fragte sich jedoch, wie lange sie eine derartige Täuschung aufrechterhalten konnte.

»Wollen wir heute abend ausgehen?«

»Entschuldige.« Sie zuckte zusammen. »Was hast du gesagt? Ich war in Gedanken.«

»Was ist denn los, Polly? Du hast doch was.«

Polly konnte ihm nicht in die Augen sehen.

»Liebling, du bist ja ganz verlegen, als hättest du etwas angestellt.« Er beugte sich vor und nahm ihre Hand. »Sag mir, was dich bedrückt.«

Polly musterte eine Weile stumm ihre ineinander verschlungenen Hände auf der Tischplatte. Dann holte sie tief Luft und sagte: »Ich habe an dir gezweifelt, Jonathan. Ich dachte, du würdest mich belügen und Ausflüchte erfinden, um mich nicht sehen zu müssen, weil du eine andere Frau gefunden hattest. Es tut mir leid. Das ist unverzeihlich.«

»Liebste Polly.« Er drückte ihre Hand, doch jetzt war es an ihm, verlegen den Blick zu senken.

»Und dabei hast du so hart gearbeitet und wurdest zu deiner alten Einheit zurückversetzt. Währenddessen war ich nur dumm und selbstsüchtig. Verzeih mir, Jonathan.« Als sie aufblickte, hatte er sich von ihr abgewandt.

»Da gibt es nichts zu verzeihen, Polly, Liebling«, sagte er barsch und entzog ihr seine Hand.

Polly fröstelte plötzlich. »Es gibt doch keine andere Frau, oder?« Ihre Stimme war kaum mehr als ein Flüstern.

»Du Dummkopf! Natürlich nicht«, sagte er nach einer kaum merklichen Pause. Er zog sie an sich.

Sie barg ihr Gesicht an seinem Hals, atmete den vertrauten, nach süßem Honig duftenden Tabakgeruch und schalt sich wegen ihrer Dummheit.

Schweigend löste sich Jonathan von ihr, nahm ihre Hand und führte sie zur Tür.

»Wir waren so lange getrennt, du und ich. Welches ist dein Schlafzimmer?« fragte er auf dem Weg zur Treppe.

Sie gingen nicht aus, sondern aßen Würstchen und Kartoffelbrei im Bett.

»Ich glaube, wir sollten heiraten, Polly. Aus irgendwelchen Gründen verschieben wir die Hochzeit immer wieder. Ich spreche jetzt nicht vom nächsten Monat oder nächsten Jahr. Wir sollten gleich heiraten. Was meinst du?«

»Wegen der Invasion auf dem Festland?«

»Das ist wohl einer der Gründe.«

»Oh, mein Gott, Jonathan! Hast du eine schlimme Vorahnung?« Sie richtete sich so plötzlich auf, daß eines der Würstchen von ihrem Teller auf die Bettdecke rollte. Lachend versuchte er es mit der Gabel aufzuspießen.

»Es ist ein bißchen haarig«, sagte er und legte es auf ihren Teller zurück.

»Antworte mir«, drängte sie, denn sie konnte nicht über seinen Witz lachen. »Ich habe von Leuten gehört, die Vorahnungen hatten. Ein Mädchen im Büro wollte eines Abends unbedingt ins Kino gehen. Als sie wieder zurückkam, war ihr Haus völlig zerbombt.« Polly schob ihren Teller von sich.

Jonathan fing an zu lachen. Es war ein lautes, glückliches Lachen. »Meine liebste Polly, ich möchte dich einfach nur heiraten. Das will ich schon seit langem, noch ehe ich 1936 nach Spanien ging. Erinnerst du dich?«

»Aber jeder sagt, der Krieg ist bald zu Ende.«

»Das halte ich für einen Irrtum. Ich rechne mindestens noch mit einem Jahr.«

»Wann mußt du England verlassen?«

»Das weiß ich noch nicht. Und wenn ich es wüßte, dürfte ich es dir nicht sagen.«

»Nein, natürlich nicht«, antwortete sie resigniert.

»Du gibst mir nicht gerade das Gefühl, begehrt zu werden.«

»Wieso sagst du das?«

»Du hast meine Frage nicht beantwortet.«

»Ach, Liebling. Tut mir leid. Du kennst die Antwort doch. Ja, o ja, laß uns so bald wie möglich heiraten.«

»Mutter, das ist Jonathan Middlebank.«

»Ich kenne Sie doch, nicht wahr?« Francine trat zurück und musterte eingehend sein Gesicht.

»Ich war früher ein paarmal auf *Hurstwood* zu Besuch. Mein Vater ist der Vikar von Tunhill.«

»Ja, natürlich! Ich vergesse nie einen gutaussehenden Mann«, sagte sie schmeichelnd. Ihr Lachen klang kehlig und anzüglich. »Und was verschafft mir die Ehre deines Besuchs, Polly? Du hast dich nicht sehr oft bei mir blicken lassen, nicht wahr?« Polly hörte den scharfen Unterton in

Francines Stimme, der Jonathan zu entgehen schien. »Polly vernachlässigt ihre Mutter, Jonathan. Wie denken Sie darüber?« sagte sie mit einem verführerischen Augenaufschlag, drehte sich um und schwebte förmlich durch den Raum. Anmutig ließ sie sich in einen Sessel sinken.

»Nun ...« Jonathan räusperte sich und blickte von Polly zu ihrer Mutter.

Polly hatte keine Zweifel, daß er bald Francines Charme verfallen würde.

»Es ist immer schwierig, wenn sich zwei Menschen nicht oft sehen. Polly und ich, wir wissen das, nicht wahr, Liebling?« sagte er schließlich diplomatisch. Er griff nach Pollys Hand, als wollte er vor der überwältigend charmanten und schönen Francine an der Realität festhalten.

»Würde eine Bombe diesen Wohnblock zertrümmern, kämst du nicht angelaufen, nicht wahr, Polly?«

»Oh, ich bin mir sicher ...« stammelte Jonathan. Polly schwieg.

»Und du kommst nie, um mich auf der Bühne zu bewundern, nicht wahr, Polly, mein Liebling?«

»Erst kürzlich habe ich einen Theaterbesuch vorgeschlagen. Erinnerst du dich, Polly?« erklärte Jonathan verlegen. Polly schwieg.

»Aber Polly haßt, was ich tue, nicht wahr, Polly? Mein Beruf ist für ihren Geschmack geistig zu anspruchslos. Polly ist eine Intellektuelle, wissen Sie das nicht, Jonathan?«

»Sie ist sehr belesen«, stimmte Jonathan etwas selbstsicherer zu. Polly schwieg.

»Kommen Sie und setzen Sie sich neben mich, Jonathan«, sprach Francine weiter und deutete auf einen Sessel, der dicht neben dem ihren stand. Widerstrebend ließ Jonathan Pollys Hand los und durchquerte das Zimmer. »Wie gut, daß Sie groß sind, wo Polly doch so eine Bohnenstange ist.«

Polly kam sich plötzlich wieder wie ein linkischer Teenager vor. Trotzig trat sie ein paar Schritte auf Francine zu und verkündete: »Jonathan und ich werden heiraten.«

»Großer Gott!« Francine kreischte vor Lachen. »Haben Sie sich das gut überlegt, Jonathan?« Sie beugte sich vor und griff nach Jonathans Hand. Er sprang auf, als hätte er sich verbrannt.

»Ich habe kein Geld, wissen Sie, Jonathan«, sprach Francine ungerührt weiter. »Ich kann Polly in keiner Weise unterstützen. Das wird allein Ihnen überlassen bleiben.«

»Lady Frobisher, ich liebe Polly. Ich betrachte es als Ehre, für sie sorgen zu dürfen. Wir haben Ihnen einen Höflichkeitsbesuch gemacht und sind nicht gekommen, um Sie um Geld zu bitten.«

»Davon bin ich überzeugt, Jonathan.« Francine lächelte wieder, dieses kleine, madonnenhafte Lächeln, das sie aufsetzte, wenn sie einen unschuldigen Eindruck erwecken wollte. »Und wann ist die Hochzeit?«

»In vierzehn Tagen. Mir wurde ein dreitägiger Sonderurlaub gewährt.«

»Und wo?«

»In Caxton Hall.«

»Natürlich komme ich nicht ...«

»Aber, Lady Frobisher ...«

»Nein. Ich bitte Sie, mich nicht einzuladen. Meine Anwesenheit würde euch den Festtag ruinieren.«

»Aber ...«

Francine hob die Hand. »Es ist völlig ausgeschlossen. Zu viele Fotografen und Bewunderer kämen, um mich zu sehen. Wie könnte ich den Hochzeitstag meiner liebsten Polly ruinieren?« Sie schenkte Jonathan ihr strahlendes Lächeln. Er setzte sich wieder in den Sessel. Die wutschäumende Polly wurde beauftragt, Champagner zu holen.

228

# 6

Da nur zwei Wochen Zeit für die Hochzeitsvorbereitungen blieben, obwohl es eine schlichte Feier werden sollte, geriet Polly in Panik. Erst jetzt merkte sie, wie sehr sie von Juniper in Fragen des gesellschaftlichen Stils abhängig war. Das Festessen und die Blumenarrangements bereiteten ihr zwar keine Probleme, doch bezüglich ihres Hochzeitskleides war sie mit ihrer Weisheit am Ende. Da es ihre zweite Hochzeit war, beabsichtigte sie natürlich nicht, Weiß zu tragen. Sollte sie ein cremefarbenes Kleid wählen? Oder Blau tragen? Oder konnte sie es wagen, das schwarze Kostüm anzuziehen, das ihr Juniper im ersten Kriegsjahr in Lissabon gekauft hatte? Sie wußte, daß es ihr stand und sie elegant darin aussah. Aber wirkte Schwarz im Mai nicht zu bedrückend? Juniper hätte eine Antwort auf diese Fragen gewußt.

Polly ließ sich auf einen Stuhl plumpsen, stützte die Hände unters Kinn und wünschte sich, Juniper würde Kontakt mit ihr aufnehmen. Sie hatte ihr sofort geschrieben, wartete jedoch seit drei Tagen vergeblich auf Antwort. Wenn sie Juniper doch wenigstens anrufen könnte, aber es gab in dem Cottage kein Telefon. Sie konnte sich nur schwer vorstellen, wie Juniper ohne Telefon auskam.

Polly griff nach ihrem Notizblock und checkte die Liste der Vorbereitungen, die noch zu treffen waren. Wenigstens war es ihr heute morgen gelungen, beim Bäcker die Hochzeitstorte aus Pappe zu ergattern. Bei den vielen kurzfristigen Hochzeiten und den fehlenden Zutaten für eine richtige Torte war die Attrappe sehr begehrt. Ihre Rationen an Butter und Eiern würden gerade für einen Hochzeitskuchen reichen. Polly rechnete mit höchstens fünfzehn Gästen.

Sie legte den Füllfederhalter beiseite. Seit vier Jahren lebte sie wieder in England und hatte so wenig Freunde. Von den fünfzehn Eingeladenen waren elf Jonathans Freunde und Kameraden. Sie hatte nur Juniper und Gwendoline, ihre Großmutter und ihre Mutter. Und wenn Francine zusagte, würde ihre Großmutter nicht kommen, blieben also drei Gäste.

Betrübt starrte sie die Liste an. Warum hatte sie nicht mehr Freunde? Sie kannte den Grund dafür: Juniper. Die Freundschaft mit ihr hatte ihre ganze Zeit in Anspruch genommen. Juniper war fordernd und besitzergreifend – was ihr allerdings nicht bewußt war. Und obwohl Juniper viele Freunde hatte, waren die meisten nicht nach Pollys Geschmack.

Nach dem Krieg, wenn sie mit Jonathan auf *Hurstwood* leben würde, mußte sie neue Freundschaften schließen. Das war ein entmutigender Gedanke, denn Polly war schüchtern, und es fiel ihr schwer, Freunde zu finden. Doch Juniper würde sie zweifelsohne auch auf *Hurstwood* regelmäßig besuchen und Aufregung in ihr ruhiges Leben bringen. Eigentlich konnte sie sich glücklich schätzen, Juniper zur Freundin zu haben.

Polly griff wieder nach dem Füllfederhalter und kehrte zu ihrer Liste zurück. Sandwiches – vielleicht würde eines von Junipers Paketen mit Dosenschinken, Sardinen und Zunge aus Amerika eintreffen. Seit Juniper Auszug war jedoch kein Paket mehr gekommen.

Welche Vorbereitungen waren sonst noch zu treffen? Sie hatte das Zimmer in einem Hotel in Windsor für ihre kurze Hochzeitsreise gebucht. Ihre Überlegungen wurden vom Läuten der Türglocke unterbrochen. Sie stand auf, setzte sich jedoch gleich wieder. Sie erwartete niemanden zu dieser späten Stunde. Am besten, ich reagiere überhaupt nicht, dachte sie. Als es jedoch beharrlich weiterläutete, ging sie schließlich widerstrebend zur Haustür.

Sie legte die Sicherheitskette vor, öffnete einen Spalt und spähte hindurch. Auf der Treppe stand ein hochgewachsener, hagerer Mann.

»Ja?« fragte sie mißtrauisch.

»Liz?«

»Tut mir leid«, sagte sie höflich. »Ich glaube, Sie haben sich in der Adresse geirrt. Hier wohnt niemand namens Liz«, fügte sie hinzu und verspürte einen Anflug von Trauer bei der Erinnerung daran, daß sie einmal so genannt worden war.

»Erkennst du mich denn nicht?«

»Tut mir leid, nein. Sollte ich das?«

»Ich bin Andrew. Andrew Slater.«

»Du bist tot«, sagte sie entrüstet. Wenn das ein Witz sein sollte, war er keineswegs lustig.

»Nein, das bin ich nicht. Im Gegenteil, ich fühle mich sehr lebendig«, sagte er lachend.

Es war Andrews unverwechselbares Lachen – tief und volltönend, übersprudelnd vor Freude. Polly wurde plötzlich schwindlig, und sie mußte sich gegen den Türrahmen lehnen.

»Oh, Liz ...«

Das war der Name, den Andrew ihr gegeben hatte. Er hatte sich geweigert, sie Polly zu nennen. Nur er allein auf der ganzen Welt nannte sie Liz. Sie hatte nicht erwartet, diesen Namen je wieder zu hören.

»Andrew ...« Der Name kam wie ein Hauch über ihre Lippen, als würde ein lautes Wort den Bann brechen. »Andrew«, wiederholte sie benommen.

Dann wurde ihr plötzlich bewußt, daß die Tür nur einen Spaltbreit offen war. Hastig entschuldigte sie sich. »Bitte, verzeih. Ich muß die Tür zumachen, um die Sicherheitskette abnehmen zu können.«

»Eine sehr kluge Vorsichtsmaßnahme«, sagte er lächelnd, und dieses einst so vertraute Lächeln ließ ihr Herz plötzlich wie verrückt klopfen.

Endlich war die Tür offen. Sie stand mit hängenden Armen vor ihm und wußte nicht, was sie sagen sollte. Und dann huschte ein äußerst merkwürdiger Gedanke durch ihren Kopf: Auf dem Nachttisch neben meinem Bett steht ein gerahmtes Foto von Jonathan. Warum muß ich ausgerechnet jetzt daran denken? Warum sollte das eine Rolle spielen? dachte sie verwirrt.

»Darf ich reinkommen?« fragte Andrew höflich. »Oder soll ich die ganze Nacht vor der Tür stehenbleiben?«

»Andrew, bitte, verzeih.« Sie machte die Tür weit auf. »Ich . . . ich . . .«

»Mein Anblick hat dir einen Schock versetzt, nicht wahr?« Er stellte seine Tasche auf den Boden. »Tut mir leid.«

Sie starrte ihn einfach nur an. Es war Andrew und doch wieder nicht. Dieser Mann war so hager, sein Haar grau. Andrew war blond und erst dreißig – dieser Mann sah viel älter aus. Seine Augen waren blau, aber von einem harten, kalten Blau, nicht so sanft wie die Augen, in denen sie sich stundenlang verloren hatte. Und doch . . . das Lächeln, das Lachen, die Stimme . . .

»Ich bin es wirklich, Liz. Ich weiß, es fällt dir schwer, das zu glauben.« Sie standen jetzt in der Halle und konnten einander in dem hellen Licht anschauen. »Ich habe mich sehr verändert, aber du – du siehst aus wie früher.« Er streckte die Hand aus, um ihr Gesicht zu berühren, doch Polly trat schnell zurück. »Hab keine Angst vor mir, bitte.«

»Ich habe keine Angst«, behauptete sie, obwohl es nicht stimmte. Sie hatte Angst – Angst vor dem Gefühlsaufruhr in ihr, vor der Freude, die schnell stärker wurde als der Schock.

»Bist du verheiratet?« fragte er ängstlich.

»Nein ... ich ...« stammelte sie.

»Gott sei Dank. Davor hatte ich am meisten Angst ...« Er griff nach ihrer linken Hand, betrachtete sie und küßte ihren Ringfinger. »Du bist nicht einmal verlobt. Wie wundervoll!«

»Möchtest du einen Drink? Oder Tee?« fragte sie prosaisch. Sie war außerstande, ihm zu erklären, daß sie verlobt war und darauf wartete, daß Jonathan es sich leisten konnte, ihr einen Ring zu kaufen.

»Du warst schon immer so herrlich praktisch, Liz. Erinnerst du dich, als ich in Frankreich von der Front zurück und in deine Wohnung kam, hast du mir stets als erstes etwas zu trinken angeboten. Du hast mir nie Fragen gestellt, sondern gewartet, bis ich zur Ruhe gekommen war.« Er trat plötzlich auf sie zu, nahm sie in die Arme und drückte sie derart verzweifelt an sich, daß sie ihn gewähren ließ. »Du weißt nicht, wie oft ich von diesem Augenblick geträumt habe, meine Geliebte.« Er preßte sein Gesicht in ihr Haar. »Ich habe sogar vom Duft deines Haars geträumt – es riecht nach Heu und Rosen. Oh, mein Liebling ...«
Eng aneinandergeschmiegt standen sie lange Zeit still da. Polly konnte nicht sprechen. Sie konnte diesen Bann einfach nicht brechen.

7

»Du mußt mir alles erzählen«, sagte Polly und warf Andrew über den Tisch hinweg einen besorgten Blick zu. Sie saßen in der Küche, eine von Junipers Malzwhiskyflaschen stand zwischen ihnen, und auf dem Herd köchelte ein Eintopf – der mehr aus Gemüse als aus Fleisch bestand.

»Ich weiß nicht, wo ich anfangen soll.«

»Zuerst wurde uns mitgeteilt, du seist vermißt, und dann hieß es, du seist in einem Kriegsgefangenenlager. Oh, wie habe ich mich über diese Nachricht gefreut – ich war so glücklich. Und dann tauchte dieser Captain Wishart auf und sagte uns, du seist auf der Flucht erschossen worden.«

»Armer alter Wishart. Natürlich mußte er das annehmen. Ich bin wie ein gefällter Baum hingestürzt, aber die Kugel hatte mich nur gestreift.«

»Ich war so unglücklich, am liebsten wäre ich auch gestorben. Ich hätte es fühlen müssen, daß du tot warst.«

»Aber das konntest du doch nicht«, sagte er triumphierend.

»Weil ich lebte.«

»Aber warum hat man uns das nicht mitgeteilt? Warum standest du nicht auf der Liste?«

»Zweifelsohne hatten sie die Absicht, mich sterben zu lassen. Aber ich war dagegen.«

»Wer ist ›sie‹? Die deutsche Armee?«

»Nein. Nicht die Armee. Im Gefangenenlager wurde ich anständig behandelt. Natürlich gab es beim Wachpersonal die üblichen Bastarde. Nein, ich spreche von dem Lager, wo ich später hingebracht wurde ...«

»Wo war das?«

»Frag mich nicht, Liebling. Zwing mich nicht, es dir zu erzählen.« Die Qual in seinen Augen ließ sie verstummen.

»Wie hast du mich hier gefunden?« fragte sie schließlich.

»Ich habe von dir zwei Briefe bekommen, beide mit dieser Adresse. Ich habe einfach gehofft, dich hier noch anzutreffen.«

»Weiß deine Mutter, daß du lebst? Ich habe sie kennengelernt. Es geht ihr nicht gut, Andrew. Sie trauert entsetzlich um dich.«

»Arme Mum. Ich rufe sie an, aber nicht gleich. Laß mich das Alleinsein mit dir noch eine Weile genießen.«

»Ich halte es nicht für gut, sie anzurufen – der Schock, dich plötzlich auf der Türschwelle stehen zu sehen, war schlimm genug für mich. Ein Anruf von dir könnte ihr ernsthaften Schaden zufügen. Vielleicht solltest du einem Freund der Familie ein Telegramm schicken, damit deine Eltern auf die Neuigkeit vorbereitet werden können.«

»Wie du meinst, Liz.«

»Ich habe einen noch besseren Vorschlag. Eine Freundin deiner Mutter, Gwendoline Rickmansworth, ist meine Vorgesetzte. Wir könnten sie bitten, entsprechende Vorkehrungen zu treffen. Sie ist eine überaus tüchtige Frau, die weiß, was zu tun ist.«

»Gut. Aber nicht jetzt.«

»Nein. Wie du wünschst.« Sie stand auf und rührte den Eintopf um. »Wie bist du überhaupt nach England zurückgekommen?«

»Eines Tages hatte ich die Nase voll, bin aus dem Lager marschiert und einfach weitergegangen.« Er grinste sie an, und in dem trüben Licht der zwei Kerzen, die sie zur Feier des Tages angezündet hatte, sah er wieder wie ein frecher kleiner Junge aus.

»Du bist doch nicht den ganzen Weg gegangen?«

»Ich hatte unbeschreibliches Glück. Mit Hilfe einer freundlichen polnischen Familie konnte ich die Grenze überqueren und wurde von einer Gruppe zur nächsten quer durch Europa nach Portugal weitergereicht. Und da bin ich.« Er trank einen großen Schluck Whisky. Polly merkte, daß er es vermied, sie anzusehen.

Er konnte ihr nicht in die Augen sehen, weil er niemandem, am wenigsten ihr, von der Angst dieser Wochen erzählen konnte, als er sich quer durch das besetzte Europa

235

schlug, ständig von der Furcht besessen, wieder gefangengenommen zu werden. Er konnte die Tapferkeit der Menschen, die ihm geholfen hatten, nicht beschreiben. Allein die Erinnerung an deren mutigen Einsatz trieb ihm Tränen der Dankbarkeit in die Augen. Nein, davon konnte er niemandem erzählen – noch nicht.

»Du bist so mager.«

»Dort, wo ich war, gab's nicht viel zu essen.« Er grinste wieder, aber in seinen Augen lag kein Lächeln.

»Dann müssen wir dich irgendwie aufpäppeln.«

»Waren die Jahre schlimm für dich?«

»Nein, eigentlich nicht. Ich hatte sehr viel Glück. Juniper hat dauernd Pakete aus Amerika bekommen, und wir haben recht luxuriös gelebt. Die Bombenangriffe 1941 waren entsetzlich, aber danach war es zu ertragen. Bis Anfang dieses Jahres, da haben sie alles auf uns geworfen, was ihre Flugzeuge nur tragen konnten. Jetzt sind die Luftangriffe vorbei, und jeder denkt, daß der Krieg bald zu Ende sein wird. Die Invasion Frankreichs steht wohl unmittelbar bevor. Es kann nicht mehr lange dauern.«

Polly rührte wieder emsig im Eintopf, was völlig unnötig war. Sie redete über Bomben und sollte eigentlich von Jonathan sprechen und daß sie nächste Woche heiraten würde. Wie sollte sie das Andrew nur erklären? Es wäre besser, ihm die Wahrheit gleich jetzt zu sagen, ehe er sich unerfüllbare Hoffnungen machte. Der Löffel kratzte am Topfrand entlang. Sie konnte es ihm nicht sagen, noch nicht. Kratz, kratz. Sie konnte es ihm nicht sagen, weil sie es nicht wollte. Sie schüttelte den Kopf – das war albern. Sie liebte Jonathan, sie hatte ihn immer geliebt, sie waren füreinander bestimmt. Sie drehte sich um.

»Andrew ...« sagte sie und sah, wie fertig er war. Mit gekrümmtem Rücken lehnte er über dem Tisch, hielt sich förmlich an seinem Whiskyglas fest.

»Ja?« Er schaute auf.

»Wie hungrig bist du?«

»Ich sterbe vor Hunger.«

»Dann laß uns essen gehen. An der Ecke gibt es ein kleines Restaurant, dort ißt man gut. Dieser Eintopf braucht eine Ewigkeit.«

Beim Dinner herrschte eine angespannte Atmosphäre. Andrew fühlte sich offensichtlich unbehaglich, er zuckte bei jedem Geräusch zusammen und blickte dauernd verstohlen über seine Schulter.

»Ist ja gut. Du bist hier in Sicherheit«, sagte sie sanft und legte ihre Hand auf seine. Er umklammerte ihre Finger so fest, daß sie einen Schmerzensschrei unterdrücken mußte.

»Hab Geduld mit mir, Liz, bitte. Es ist so lange her ...«

»Ich verstehe, mein Liebling. Ich werde mich um dich kümmern. Niemand wird dir jetzt mehr weh tun.« Sie beugte sich vor und küßte ihn leicht auf die Wange. Er berührte mit den Fingern wie verwundert die Stelle.

Eine Fleischpastete wurde gebracht, und er schlang sie so hastig und geräuschvoll hinunter, als hätte er Angst, sie könnte plötzlich wieder verschwinden.

»Andrew. Iß langsam. Niemand nimmt dir dein Essen weg«, sagte sie lächelnd und dachte bedrückt daran, welche Entbehrungen er erlitten haben mußte.

»Entschuldige. Die Macht der Gewohnheit«, sagte er und grinste wieder sein jungenhaftes Lächeln. Polly empfand tiefes Mitleid mit ihm. Sie sehnte sich danach, ihn zu beschützen und ihm alles wiederzugeben, was er verloren hatte.

Als sie nach Hause kamen, war Andrew völlig erschöpft. Er

gestand ihr, daß er achtundvierzig Stunden lang nicht geschlafen hatte, weil er sich so verzweifelt nach ihr gesehnt hatte. Polly führte ihn nach oben. Auf dem Treppenabsatz blieb sie stehen, öffnete den großen Wäscheschrank und reichte ihm ein Handtuch.

»Das Bad ist dort vorn. Ausnahmsweise darfst du soviel heißes Wasser einlaufen lassen, wie du willst. Wenn du fertig bist, komm in mein Schlafzimmer.« Sie deutete auf eine Tür.

»Ich beeile mich.«

Während er im Bad war, entfernte Polly Jonathans Foto vom Nachttisch, nahm seine Jacke und Hose aus dem Schrank und die Hemden und Unterwäsche aus der Kommode. Das Bündel brachte sie in Junipers Zimmer.

Polly unterdrückte einen Entsetzensschrei, als sie Andrews bis zum Skelett abgemagerten Körper sah. Er hatte sich nur das Handtuch um die Hüften geschlungen. Seine Rippen drohten die hauchdünne Fleischschicht zu durchbohren.

»Liz, ich ... es ist schwierig.« Er stand verlegen da und vermied es, sie anzusehen.

»Ich weiß, Andrew. Du mußt schlafen. Mach dir keine Sorgen«, sagte sie und hoffte, nicht allzu erleichtert zu klingen. Sie führte ihn zu ihrem Bett, half ihm hinein und deckte ihn sanft zu, als wäre er ein Kind. Dann gab sie ihm einen Gutenachtkuß. Er drückte sein Gesicht ins Kissen.

»Es riecht nach dir.«

»Wie schön. Deshalb habe ich dich da reingesteckt. Schlaf, so lange du willst.« Sie knipste das Licht aus und ging auf Zehenspitzen hinaus.

Es war eine sehr verwirrte Polly, die in die Küche zurückging und sich, ganz gegen ihre Gewohnheit, einen großen Whisky eingoß, den sie gierig hinunterstürzte. Was hatte sie nur getan? Es war unfair, Andrew in ihr Bett zu legen – er könnte diese Geste mißverstehen. Sie sehnte sich danach, ihm zu helfen, war glücklich, ihn wiederzusehen, bei ihm zu sein, und war doch erleichtert gewesen, als er ihr verlegen zu verstehen gegeben hatte, daß er zu erschöpft war, um mit ihr zu schlafen.

Sie stand zielstrebig auf. Sie mußte mit Jonathan sprechen. Er würde ihr sagen, was sie in dieser Situation tun sollte. Dann setzte sie sich wieder – ich werde verrückt, dachte sie. Seit Jonathan wieder bei seiner Einheit war, konnte sie ihn telefonisch nicht erreichen. Sie wußte nicht einmal, wo er stationiert war – irgendwo in Kent.

Gwendoline! Sie würde Gwendoline anrufen. Glücklicherweise waren sie seit ihrer Reise in den Norden nicht nur gute Freundinnen geworden, sondern Polly hatte auch ihre Privatnummer und hatte sie einmal in ihrem Haus am Eaton Square besucht.

»Gwendoline? Hier ist Polly.«

»Meine Liebe, was ist los? Ihre Stimme klingt merkwürdig.«

»Es geht um Andrew. Er ist nicht tot, sondern hier bei mir.«

»Andrew? Andrew Slater?«

»Ja.«

»Großer Gott ...« Polly hörte ein Klappern, als wäre der Hörer hinuntergefallen. »Tut mir leid. Ich mußte mich setzen. Wie geht es ihm?«

»Er ist ein Nervenbündel und sieht schrecklich aus – völlig ausgezehrt. Er will nicht darüber reden, aber ich glaube, er war in einem Konzentrationslager. Danach war er zwei Monate auf der Flucht, bis er England erreichte.«

»Wie geht es Ihnen?«

»Mir? Gut«, sagte Polly verwirrt. »Ich habe ihn gerade zu Bett gebracht ... er war völlig erschöpft ...«

»Sie haben meine Frage nicht beantwortet. Ich meinte, wie haben Sie auf ihn reagiert? Was ist mit Jonathan?«

»Ich weiß es nicht, Gwendoline. Ich bin so verwirrt.« Zu ihrem Entsetzen fing Polly an zu weinen.

»Ich komme zu Ihnen. Haben Sie Schnaps im Haus?«

»Jede Menge.«

»Gut. Hört sich an, als würden Sie welchen brauchen.« Gwendoline legte auf. Polly wartete in der Halle, bis Gwendoline fünfzehn Minuten später ganz aufgeregt eintraf. Wortlos nahm sie Polly in die Arme.

»Kommen Sie. Wir haben eine Menge zu besprechen.«

»Macht es Ihnen etwas aus, in der Küche zu sitzen?«

»Wo denn sonst?« Gwendoline lachte. »Hat Andrew zu Hause angerufen?« war ihre erste Frage, als sie sich mit zwei Gläsern Malzwhisky an den Tisch gesetzt hatten.

»Nein. Ich hielt das für keine gute Idee.«

»Gut. Morgen fahre ich nach Nordengland und bringe seinen Eltern die Nachricht schonend bei – nun, so schonend, wie eine derartige Nachricht eben zu übermitteln ist. Möchten Sie, daß ich Andrew mitnehme? Sie von ihm befreie?«

»Gwendoline, ich weiß es nicht. Ich weiß nicht, was ich will. Ich möchte ihn hier haben, ich möchte ihm helfen, ihn wieder auf die Beine bringen. Und dann wünsche ich ihn wieder meilenweit weg. Alles hat sich so angenehm entwickelt, und jetzt weiß ich nicht . . .«

»Was haben Sie gefühlt, als Sie ihn sahen?«

»Nach dem Schock? Nachdem mir bewußt wurde, daß er es war? Ich war glücklich. Überglücklich. Ich liebe Andrew, Gwendoline. Aber ich liebe auch Jonathan.«

»Ach, du meine Güte! Dieser verdammte Krieg.« Gwendoline starrte in ihr Whiskyglas. »Sie brauchen Zeit zum Nachdenken«, sagte sie unvermittelt. »Ich rufe Andrews Vater an und fahre morgen für ein paar Tage mit Andrew nach Nordengland, – um Ihnen Zeit zum Alleinsein zu geben, damit Sie eine Entscheidung treffen können.«

240

»Wie soll ich das schaffen? Wie kann ich zwischen zwei Männern wählen?«

»Es tut mir leid, Polly, meine Liebe. Niemand kann Ihnen dabei helfen. Es wird schwierig sein. Sie können nicht beide haben. Diese Entscheidung müssen Sie allein treffen.«

## 8

Andrew wollte nicht nach Northumberland fahren. Völlig verstört bat er Polly, bei ihr bleiben zu dürfen. Ihr Instinkt riet ihr, seinem Wunsch nachzugeben; er brauchte offensichtlich Zeit, sich an das Leben in Freiheit zu gewöhnen und die Leiden der Vergangenheit zu vergessen.

»Vielleicht nur für ein paar Tage.« Polly blickte Gwendoline verständisheischend an.

»Er sollte seine Mutter sehen«, entgegnete Gwendoline bestimmt, stellte ihren Diplomatenkoffer auf den Boden und knöpfte ihren Mantel zu, womit sie unmißverständlich ausdrückte, daß sie und Andrew nicht bleiben würden.

»Ich möchte meine Mutter sehen, aber noch lieber bliebe ich bei Liz.«

Polly wurde das Herz bei diesen Worten schwer. Sie hatte kaum zwei Stunden geschlafen, und während der langen Nacht – in eine Decke in einem Sessel neben dem schlafenden Andrew eingehüllt – hatte sie versucht, ihre Gefühle zu analysieren. Sie fragte sich, ob ihre Reaktion auf ihn eher von Mitgefühl als von Liebe geprägt war. Sie dachte an Jonathan, der sich auf den Fronteinsatz in Frankreich vorbereitete, die Angst, die er davor haben mußte, und ihr wurde bewußt, daß auch er sie brauchte. Am Morgen hatte sie beschlossen, Andrew nach besten Kräften zu helfen, aber Jonathan trotzdem zu heiraten.

Pläne, in der Stille der Nacht entstanden, waren eine Sache, die Realität jedoch eine andere. Nachdem Andrew aufgewacht war, rührte sie sein Bedürfnis nach ihr zutiefst. Jetzt stand sie mitten in der Küche, blickte von Andrew zu Gwendoline und wieder zu ihm zurück, und ihr wurde bewußt, daß sie noch verwirrter als letzte Nacht war.

»Andrew, mein Lieber, Sie müssen an Polly – oder Liz, wie Sie sie nennen – denken.« Gwendoline sah ihn liebevoll an. »Ihre Ankunft war für sie ein Schock. Sie müssen ihr Zeit geben, damit fertig zu werden, daß Sie vom Tod wiederauferstanden sind. Verstehen Sie das?«

»Ja, natürlich verstehe ich das«, sagte Andrew knapp. »Ich bitte nur um ein paar Tage.«

»Und ich sage Ihnen, es ist besser, Polly Zeit zu geben, damit fertig zu werden. Und wie steht es mit Ihrer Verpflichtung Ihren Eltern gegenüber?« fragte Gwendoline mit ihrer nüchternen, sachlichen Stimme, die Polly so sehr an ihre Großmutter erinnerte.

»Deine Mutter ist in einem schlimmen Zustand, Andrew. Sie braucht deine Hilfe. Ich bin da, wenn du zurückkommst.«

»Versprichst du mir das?«

Polly zögerte mit ihrer Antwort. Es war nicht fair, in ihm Hoffnungen zu wecken, und doch ... er mußte seine Mutter sehen. »Ja, natürlich. Ich verspreche es.«

»Da, sehen Sie, Andrew. Es ist für alle das beste. Kommen Sie, draußen steht mein Wagen. Ich habe Ihren Vater angerufen und ihm gesagt, daß wir zwei Tage bleiben. Länger kann ich nicht wegbleiben.«

»Ich auch nicht. Also, sehen wir uns am Samstag, Liz.«

»Ich freue mich darauf.« Sie lächelte, obwohl es ihr schwerfiel, sich an den Kosenamen zu gewöhnen.

Als Andrew hinausging, um seine Reisetasche zu holen, legte Gwendoline ihren Arm um Pollys Schultern.

»Nehmen Sie sich diese Woche frei. Man wird sowieso annehmen, daß Sie mit mir gefahren sind. Viel Glück. Ich beneide Sie nicht.«

»Ich habe mich entschieden. Jetzt mache ich mir noch Sorgen darum, wie ich diese Entscheidung in die Tat umsetzen soll.«

Polly winkte den beiden zum Abschied nach und ging dann ins Haus zurück. Sie kochte sich Tee und starrte so lange gedankenverloren ins Leere, daß der Tee kalt war, als sie ihn trank. Ich brauche Juniper, dachte sie schließlich. Entschlossen stand sie auf, ließ das schmutzige Frühstücksgeschirr stehen, lief nach oben und packte ihre Reisetasche. Mit einem lauten Knall, der in dem leeren Haus widerhallte, schlug sie die Tür hinter sich zu.

Im Green-Line-Bus starrte sie blind zum Fenster hinaus, sie war sich weder der Menschen noch des vorbeiströmenden Verkehrs noch des herrlichen Wetters bewußt. Erst als der Bus in Reading hielt, kehrte sie in die Realität zurück und fragte sich, was sie tun sollte, falls Juniper nicht zu Hause war. Nachdem sie Erkundigungen eingezogen hatte, bestieg sie den Bus nach Nettlebed.

Die schwarze Eichentür des *White Heart* knarzte, als sie zögernd das Gasthaus betrat. Das Stimmengewirr der Mittagsgäste schlug ihr entgegen. Sie schaute sich suchend nach Juniper um. Dieses Gasthaus entsprach exakt Junipers Geschmack. Es gab einen großen Kamin, niedrige Deckenbalken, und Kupfergeschirr glänzte an den Wänden.

Von der freundlichen Wirtin erhielt Polly eine Wegbeschreibung zu Junipers Cottage. Erleichtert verließ sie die lärmige Gaststube, denn die frechen Bemerkungen der jungen Männer in Luftwaffenuniformen verunsicherten sie.

Der Weg zweigte von der Straße ab und führte durch einen Buchenhain. Es war ein Spaziergang, den Polly unter normalen Umständen sehr genossen hätte. Als sich der Weg zu einem überwucherten Pfad verengte, der schließlich in eine Lichtung mündete, sah sie das rote Ziegelsteincottage mit dem Strohdach und dem Garten voller früher Sommerblumen. Jetzt verstand sie, warum Juniper dieses Haus hatte kaufen müssen. Dieses im Wald versteckte Kleinod gefiel auch ihr auf den ersten Blick.

Der Klopfer in Form eines lächelnden Löwen an der alten Tür war auf Hochglanz poliert und glänzte in der Sonne. Polly mußte nur einen Augenblick warten, bis die Tür aufgerissen wurde und Juniper vor ihr stand.

»Polly, mein Schatz, was für eine großartige Überraschung! Einfach toll!« rief sie aus und breitete die Arme aus.

»Juniper, du siehst fabelhaft aus!« Was stimmte. Noch nie hatte Juniper so gut ausgesehen. Sie hatte etwas zugenommen, was ihr stand, und es ging dieses Strahlen von ihr aus, das nur eine verliebte Frau besaß.

»Hätte ich gewußt, daß du kommen würdest, hätte ich mich etwas herausgeputzt«, sagte Juniper und griff nach dem Schal – von Hermès, wie Polly amüsiert feststellte –, den sie wie einen Turban um ihren Kopf geschlungen hatte. Sie trug ein weißes Hemd, marineblaue Hosen, war barfuß und ohne Make-up und sah aus wie sechzehn.

»Ich habe mich ganz spontan zu diesem Besuch entschlossen«, erklärte Polly, als ihr Juniper aus der Leinenjacke half.

»Entschuldige die Unordnung. Ich habe keine Hilfe im Haushalt ... nun, du kennst mich ja.« Sie lachte glucksend, während sie mit einer Handbewegung auf den niedrigen Raum wies. Er war so ordentlich, daß sich Polly auf die Zunge beißen mußte, um eine erstaunte Bemerkung zu unterdrücken. Zwei große Sofas standen neben dem Kamin, die mit wunderschönen Gobelinstoffen bezogenen Kissen waren wie mit dem Lineal ausgerichtet. Zwischen den Sofas stand eine große Eichentruhe, auf der Bücher – ordentlich aufgestapelt – lagen und eine Vase mit anmutig arrangierten Frühlingsblumen stand. Die silberne Zigarettendose war so glänzend poliert, daß sich das Zimmer darin wie eine Miniatur spiegelte.

»Was für ein schöner Raum. Und so gemütlich«, sagte Polly.

»Du solltest ihn abends sehen, wenn es kühl wird und wir das Feuer anzünden ... es ist einfach herrlich. Dann sind wir wie Darby und Joan mit unseren Büchern und unserer Musik.«

»Du bist also glücklich?«

»Glücklich? Ich denke manchmal, daß ich gestorben und im Himmel wieder aufgewacht bin. Weißt du, Polly, ich dachte immer, man könnte vom Leben nur Augenblicke des Glücks, der Vollendung erwarten. Und jetzt bin ich von morgens bis abends in einem Glücksrausch.« Juniper lächelte sie strahlend an.

»Das freut mich für dich.«

»Möchtest du Kaffee und Kuchen? Ich habe ihn selbst gebacken.«

»Kann ich dir irgendwie helfen?«

»Nein. Kaffee habe ich immer parat, wie zu Hause in Amerika. Und den Kuchen muß ich nur noch auf einen Teller legen. Setz dich, und mach es dir bequem.«

Polly setzte sich auf ein Sofa und lehnte sich in die Kissen zurück. Sie fühlte sich schon besser, nur weil sie hier war. Juniper würde ihr helfen, die richtige Entscheidung zu treffen, denn es gab eine Juniper, die die wenigsten Menschen kannten. Sie konnte so vernünftig und logisch denken, daß selbst Polly manchmal verblüfft war.

Juniper kam mit einem Silbertablett zurück, das sie auf die niedrige Eichentruhe stellte. Erst als Polly Kaffee und Kuchen gebührend gelobt hatte, kamen sie auf den Grund ihres Besuchs zu sprechen.

»Warum bist du gekommen? Doch nicht aus Neugier?« fragte Juniper, löste ihren Turban und schüttelte ihr blondes Haar. Sie läßt es wieder wachsen, dachte Polly und wunderte sich, daß sie trotz ihres persönlichen Dramas Möbel, Blumen, Kuchen bewundern und die Länge des Haars ihrer Freundin registrieren konnte.

»Andrew Slater ist nicht tot. Er war im Gefangenenlager, ist geflohen und stand gestern abend vor meiner Tür.«

»Großer Gott!«

»Es war ein ungeheurer Schock für mich«, sagte Polly.

»Und jetzt bist du völlig durcheinander. Du liebst Andrew und Jonathan und bist dir nicht sicher, wen du wählen und wie du es dem anderen sagen sollst, ohne zu großes Leid anzurichten.«

Polly sank in die Kissen zurück. »Ja. Das ist, kurz gesagt, mein Problem. Ich habe bis Samstag Zeit, um eine Entscheidung zu treffen. Ich weiß einfach nicht, was ich tun soll.«

»Ich glaube, du hast dich zutiefst in deinem Inneren schon entschieden«, sagte Juniper sachlich und nahm sich noch ein Stück Kuchen. »Er ist mir erstaunlich gut gelungen, nicht wahr?« fragte sie strahlend vor Stolz.

»Ich habe mich schon entschieden?«

»Oh, ja. Für Andrew.«

»Wie willst du das wissen?«

»Weil du ein liebes, uneigennütziges Mädchen bist und denkst, du könntest ihm helfen. Weil du in Paris ganz vernarrt in ihn warst und diese Liebesaffäre kein natürliches Ende gefunden hat – eure Beziehung blieb einfach

in der Luft hängen. Der Tod kann die Liebe nicht auslöschen, nur Menschen zerstören ihre Liebe füreinander.«
»Aber was soll mit Jonathan geschehen?«
»Ach, der vielversprechende Jonathan. Du liebst ihn, davon
bin ich überzeugt. Aber liebst du ihn wie Andrew, wenn ihr
zusammen seid? Hast du wirklich vergessen, was zwischen
Jonathan und mir einmal gewesen ist?«
»Ich habe ihm – euch beiden – schon vor langer Zeit
verziehen. Das weißt du.«
»Ich sagte nicht ›verziehen‹, ich sagte ›vergessen.‹ Ich glaube, wenn man jemanden liebt, der diese Liebe – ganz gleich
wie – zerstört, ist es wie mit zerbrochenem Porzellan, das
man versucht zu kitten ... die Risse bleiben immer sicht-
bar.«
»Nein, so war es zwischen Jonathan und mir nicht. Ich habe
nie mehr daran gedacht«, sagte Polly und betupfte ihre
Lippen mit der Serviette. Dabei hielt sie den Blick gesenkt,
damit Juniper in ihren Augen nicht lesen konnte, welch
panische Angst sie noch vor ein paar Wochen gehabt hatte,
als sie dachte, Jonathan und Juniper hätten wieder ein
Verhältnis gehabt.
»Wirklich nicht?« Juniper hob fragend eine Braue.
Polly zog es vor, diese Frage zu ignorieren. »Ich liebe beide,
das ist mein Problem. Aber Andrew braucht mich. Ich kann
es in seinen Augen lesen. Er kommt mir wie ein verlorenes
Kind vor.«
»Wahrscheinlich hat er die Hölle erlebt. Mit jemandem, der
diese schreckliche Erfahrung gemacht hat, zu leben, kann
zu einer anderen Art von Hölle werden. Du kannst jemanden nicht aus Mitleid heiraten, weißt du.«
»Er tut mir nicht nur leid. Als ich ihn sah, habe ich wieder
so gefühlt wie früher. Als ich seine Mutter besuchte – das

habe ich dir noch gar nicht erzählt –, hatte ich das Gefühl, er sei bei mir. Ich mußte ständig an ihn denken.«

»Meine arme, liebe Polly. Könnte ich dir nur helfen.«

»Das hast du schon getan, indem du mir klargemacht hast, daß ich diese Entscheidung allein treffen muß.«

»Wenn du mich fragst . . . soweit ich mich erinnern kann, ist Andrew der nettere Kerl. Ich habe immer gesagt, du seist zu gut für Jonathan.«

»Was hast du gegen ihn? Erst letzthin hast du so merkwürdige Andeutungen gemacht.« Polly lehnte sich vor. Ihr Wohlgefühl, ihre Freude, Juniper wiederzusehen, schwanden plötzlich.

»Ich würde ihm an deiner Stelle nicht trauen.«

»Das sagst ausgerechnet du.« Polly ärgerte sich über Junipers Selbstsicherheit, die an Selbstgefälligkeit grenzte. Merkwürdig, nach der langen Zeit, dachte sie. Obwohl Polly nie Einzelheiten über den Verlauf der Affäre zwischen den beiden erfahren hatte, bezweifelte sie, daß Jonathan der Verführer gewesen war.

»Du wirst mir immer die Schuld an diesem ›kleinen Zwischenfall‹ geben, nicht wahr?«

»Dieser ›kleine Zwischenfall‹, wie du ihn nennst, hat dazu geführt, daß Jonathan im spanischen Bürgerkrieg gekämpft hat und ich diesen Sadisten Michel geheiratet habe.«

»Du meine Güte! Das alles habe ich angerichtet?« rief Juniper belustigt aus.

»Ja. Indem du einfach getan hast, was du wolltest, hättest du mein Leben zerstören können.«

»Aber ich hab's nicht zerstört, oder?« Juniper zündete sich gelassen eine Zigarette an. Diese Geste erinnerte Polly an ihre Mutter und vergrößerte nur ihre Wut, was nicht zur Lösung ihres Problems beitrug.

»Was ist denn in dich gefahren, Polly? Es ist nicht meine Schuld, daß Andrew ausgerechnet in dem Augenblick, wo du einen anderen Mann heiraten willst, aus dem Grab gestiegen ist. Irgendwie ist es schade, daß ich Dominic kennengelernt habe. Vielleicht hätte ich dir helfen können, indem ich den Abgewiesenen genommen hätte.« Juniper warf sich lachend in die Kissen zurück.

»Das finde ich nicht sehr komisch.«

»Nein, wahrscheinlich nicht. Aber ich«, antwortete sie kichernd.

»Du irrst dich. Ja, ich habe mich entschieden, aber für Jonathan. Ich muß es Andrew nur schonend beibringen.« Dabei hatte Polly merkwürdigerweise das Gefühl, diese Worte nur Juniper zum Trotz gesagt zu haben.

»Dann wünsche ich dir viel Glück, meine Freundin. Besser du als ich«, fügte sie hinzu.

»Jetzt bist du schon wieder Jonathan gegenüber gemein. Warum?«

»Frage ihn doch.«

»Was meinst du damit?«

»Was ich sage. Frage ihn, warum es mir lieber wäre, du würdest ihn nicht heiraten.«

»Du bist eifersüchtig.«

»Ach, Polly, sei nicht albern. Natürlich bin ich nicht eifersüchtig. Ich bin verliebt und möchte, daß du so glücklich wirst, wie ich es bin. Ich möchte, daß du die Sicherheit und den Seelenfrieden findest, die ich gefunden habe. Und diese Gefühle wird dir Jonathan nicht geben, glaube mir.«

»Was versuchst du mir begreiflich zu machen, Juniper?«

»Das habe ich dir gerade gesagt. Du bist meine Freundin, ich liebe dich, ich möchte nur das Beste für dich.«

Polly überlief trotz des warmen Tages plötzlich ein eisiger

Schauder. »Du hast es wieder getan, nicht wahr? Du und Jonathan, hinter meinem Rücken. Du Miststück ...« Sie spuckte das Schimpfwort gehässig aus.

»Ich sage nichts mehr.«

»Das ist auch nicht nötig. Du Hure! Warum läßt du dich nicht dafür bezahlen? Warum kannst du nicht ehrlich sein? Mein Gott, kein Mann ist vor dir sicher. Kennt Dominic die Wahrheit?« Polly stand jetzt über Juniper gebeugt da, die sich auf dem Sofa zusammengekauert hatte.

»Laß Dominic da raus. Damit kannst du mir nicht weh tun – er weiß alles über meine Vergangenheit.« Nun, fast alles, dachte sie und berührte vorsichtshalber die hölzerne Truhe.

»Außer, daß du stinkreich bist. Das würde ihm nicht gefallen und gegen seine politischen Prinzipien verstoßen, nicht wahr?«

»Ach, Polly! Warum streiten wir überhaupt? Warum sagst du so schreckliche Dinge zu mir? Bitte, ich bin deine Freundin, ich möchte, daß du glücklich wirst.«

»Du hast eine merkwürdige Art, mir deine Freundschaft zu zeigen.«

»Verstehst du denn nicht? Ich habe dir einen Gefallen erwiesen. Wie hättest du sonst Jonathans wahres Wesen erkannt? Was für ein Bastard er in Wirklichkeit ist?«

»Du bist unglaublich, Juniper! Du machst nie etwas verkehrt, nicht wahr? Du verdrehst die Tatsachen immer zu deinen Gunsten. Nun, ich bin jedenfalls fertig mit dir. Solange ich lebe, will ich kein Wort mehr mit dir reden und dich nie wieder sehen.«

»Aber, Polly ...«

»Da gibt es kein ›Aber‹ ...« Mit tränenblinden Augen griff Polly nach ihrer Handtasche und warf sich ihre Leinenjacke über.

»Ich habe dir nur geholfen, die richtige Wahl zu treffen.«

»Geholfen? Geholfen?« Pollys Stimme klang häßlich. »Ich hasse dich! Du wirst nie wissen, wie sehr.« Sie stapfte durchs Zimmer und knallte die Haustür hinter sich zu.

»Polly, Liebling ... Ich wollte nur helfen ...« Junipers Stimme verlor sich. Wütend warf sie sich auf das Sofa und schlug mit geballter Faust auf ein Kissen ein.

## 9

Die Cottagetür wurde geöffnet.

»Polly?« Juniper blickte hoffnungsvoll auf.

»War das die verrückte Frau, die eben an mir vorbeigestürmt ist?« Dominic stand im Türrahmen. Juniper sprang auf und lief zu ihm.

»Halt mich fest, Dom. Halt mich ganz fest.« Sie warf sich in seine Arme.

»Mein Schatz, was ist geschehen? Ganz ruhig. Erzähl es mir.« Sanft führte er sie zum Sofa zurück und wischte ihr mit seinem Taschentuch die Tränen vom Gesicht. »Ich habe dich noch nie weinen gesehen.«

»Ich weine nicht. Ich habe nur Staub in den Augen«, sagte Juniper, nahm das Taschentuch und schneuzte sich.

»Möchtest du darüber reden?« Er nahm ihre Hand und streichelte sie zärtlich.

»Es war alles so töricht. Ich wollte ihr nur helfen, und da ist sie auf mich losgegangen und hat mich beschimpft. Dann ist sie hinausgestürmt und hat gesagt, daß sie mich nie wiedersehen will.« In Junipers großen haselnußbraunen Augen glitzerten wieder Tränen.

»Das hat sie wahrscheinlich nicht so gemeint. Bestimmt kommt sie zurück.«

»Nein, das glaube ich nicht. Du kennst Polly nicht. Sie wird nie wütend. Sie ist der liebste Mensch auf der Welt. Ich kann mir ein Leben ohne Polly nicht vorstellen. Sie war immer für mich da.«

»Womit hast du sie denn so gegen dich aufgebracht?« fragte Dominic geduldig.

»Sie liebt zwei Männer. Nächste Woche wollte sie Jonathan heiraten, und da taucht plötzlich Andrew, mit dem sie verlobt war und den sie tot glaubte, wie aus heiterem Himmel bei ihr auf.«

»Großer Gott! Das arme Mädchen.«

»Sie wußte nicht, wie sie sich entscheiden sollte, und da habe ich ein bißchen nachgeholfen.«

»Aha, und wie?« Dominic lächelte sie an. Es war ein ziemlich nachsichtiges Lächeln, das Juniper an ihren Großvater erinnerte und ihr sofort ein Gefühl der Sicherheit und Geborgenheit gab.

»Nun ... es ist schon eine Ewigkeit her, verstehst du ...« Sie schaute ihn mit großäugiger Unschuld an. »Ich hatte ein kleines Techtelmechtel mit Jonathan, und das habe ich nur ganz leise angedeutet ...«

»Und als ihr dieses Techtelmechtel hattet, war er ungebunden?«

»Nein, er war schon mit Polly zusammen. Es ist einfach passiert. Weißt du ...« Ihre Stimme verlor sich.

»Juniper! Du Dummkopf! Wie konntest du ihr das nur sagen? Kein Wunder, daß sie dich beschimpft hat.«

»Ich konnte doch nicht ahnen, daß sie gleich an die Decke geht. Ich dachte, wir könnten vernünftig darüber reden«, sagte Juniper schmollend, und er konnte nicht widerstehen und gab ihr einen Kuß auf die Nase.

»Du bist mir wegen Jonathan nicht böse?«

»Nein. Warum sollte ich? Das gehört der Vergangenheit an. Für mich zählt nur die Gegenwart. Ich mag auch kein

Gerede über die Zukunft.« Auch er klopfte vorsichtshalber auf Holz. »Wahrscheinlich hast du ihr einen großen Gefallen getan. Dieser Jonathan hat einen ziemlich üblen Ruf, dabei sieht er gar nicht wie ein Herzensbrecher aus, nicht wahr?«

»Jonathan?« Juniper richtete sich erstaunt auf.

»Ja. Ich weiß von zwei Mädchen, mit denen er in Cambridge ein Verhältnis hatte. Es können auch mehr gewesen sein.«

»Was für Mädchen?« sagte sie und merkte, wie entrüstet ihre Stimme klang. »Ich meine, wer waren sie?« fügte sie hastig und weniger empört hinzu.

»Eines arbeitete bei Heffers, und das andere im *The Whim*. Die eine hat Bücher verkauft, die andere Brötchen«, fügte er lächelnd hinzu.

»Wann war das?«

»Erst vor kurzem. Ich habe ihn nur eine Woche vor dir kennengelernt. Damals ging er mit dem Heffers-Mädchen.«

»Dieser Bastard!« rief Juniper aus und hoffte, daß Dominic glaubte, sie sei wegen Polly wütend. Aber ihr Zorn galt Jonathan. Wie hatte er es wagen können, sie zu betrügen?

»Nun, dann habe ich ihr wirklich einen Gefallen getan, nicht wahr?« Sie wurde wieder fröhlich. »Möchtest du ein Stück von meinem köstlichen Kuchen?«

Während der Rückfahrt nahm Polly noch weniger von ihrer Umgebung wahr als auf der Fahrt zu Juniper. Immer wieder ging sie in Gedanken die Szene durch, die wie ein Film vor ihrem geistigen Auge ablief. Als der Bus hielt, merkte sie erstaunt, daß sie wieder mitten in London war.

Im Haus angekommen, ging sie direkt in ihr Zimmer und begann zu packen. Wütend schleuderte sie ihre Kleider in einen Koffer. Ein Klopfen an der Haustür unterbrach ihre Tätigkeit. Sie spähte zum Fenster hinaus und sah ein Fahrrad am Treppengeländer lehnen. Ein Telegramm von Andrew, dachte sie und eilte hinunter. Aber es war von Jonathan, der ihr mitteilte, daß er um sechs Uhr für einen vierundzwanzigstündigen Urlaub kommen würde.

»Gut.« Sie zerknüllte das Telegramm und schleuderte es in eine Ecke der Halle. Dann schaute sie auf ihre Uhr. »Sogar noch besser.« Sie mußte nur eine halbe Stunde warten. Sie klinkte die Haustür nur ein.

Im Salon goß sie sich einen Drink ein, stellte sich ans Fenster und wartete.

»Polly, Liebling! Ich bin's«, rief Jonathan, als er die Treppe hinauflief. »Du solltest die Tür nicht offenlassen, jeder könnte ...« sagte er, betrat den Salon und blieb abrupt stehen, als er Pollys Gesichtsausdruck sah. »Was ist los, Liebling? Was ist passiert?« Er durchquerte hastig den Raum und streckte die Arme nach ihr aus. Sie wich zurück, um seiner Berührung zu entgehen.

»Nenn mich nicht ›Liebling‹!« Sie trat noch einen Schritt zurück.

»Polly! Warum benimmst du dich so merkwürdig?« fragte er verwirrt.

»Das weißt du ganz genau.«

»Nein, ich weiß es nicht. Ich komme hier an, bin glücklich, dich wiederzusehen, und will mit dir Pläne für nächste Woche schmieden. Großer Gott, Polly! Es war ungeheuer schwierig für mich, diese zwei Tage Urlaub zu bekommen. Die Bombe kann jeden Augenblick platzen.« Er war offensichtlich verzweifelt.

»Du hast ein sehr kurzes Gedächtnis, wie?« Sie machte eine Pause. »Ich bin eben von einem Besuch bei Juniper zurückgekommen«, fügte sie bewußt bedächtig hinzu.

»Oh!« Jonathan kam sich wie ein Idiot vor. Er stand mit halboffenem Mund da.

»Hast du dazu nicht mehr zu sagen?«

»Was hat sie dir erzählt?« fragte er vorsichtig.

»Das weißt du verdammt gut«, entgegnete sie. Dabei war ihr auf der Rückfahrt bewußt geworden, daß Juniper nur Andeutungen gemacht hatte, die jedoch unmißverständlich waren. Jonathan ließ sich in einen Sessel sinken. »Wir hatten vereinbart, Stillschweigen zu bewahren.«

»Dann ist sie offensichtlich nicht zuverlässig. Das habe ich gemerkt, schon zum zweiten Mal.«

»Großer Gott, Polly! Ich kann dir gar nicht sagen, wie leid es mir tut. Es hat überhaupt nichts zu bedeuten. Es ist einfach nur passiert, wir haben getrunken ...«

»Genau wie beim ersten Mal. Erinnerst du dich daran? Auch damals hast du dein Verhalten damit entschuldigt. Vielleicht solltet ihr beide aufhören zu trinken. Alkohol hat offenbar unglückliche Auswirkungen auf eure Moral.«

»Mir ist klar, wie verletzt du sein mußt, Polly. Ich kann dich nur um Verzeihung bitten.«

»Du kannst nicht wissen, wie ich mich fühle, weil ich dich nicht betrogen habe. Zweimal habe ich dir vertraut und eine Närrin aus mir gemacht. So fühle ich mich, Jonathan – idiotisch und erleichtert. Erleichtert, weil ich erfahren habe, wie du wirklich bist, ehe es zu spät ist.«

»Polly, nein! Das kann nicht dein Ernst sein. Ich liebe dich. Unsere Pläne ...«

»...sind den Bach runtergegangen.«

»Was ist mit Juniper? Es gehörten schließlich zwei dazu, um dich zu betrügen«, sagte er verzweifelt.

»Ich will sie nie wieder sehen.«

»Aber sie ist deine Schwester.«

»Sie ist *nicht* meine Schwester. Das ist ihre blöde Idee, an die ich nie geglaubt habe. Ich wollte sie nie zur Schwester haben, und jetzt bin ich verdammt froh, daß sie es nicht ist.«

»Aber sie ist davon überzeugt.«

»Es ist mir verdammt egal, wie überzeugt sie davon ist. Soweit es mich betrifft, paßt ihr beide gut zueinander. Ich will auch dich nicht mehr sehen. In diesem Karton dort drüben sind die Geschenke, die du mir gemacht hast. Würdest du mir den Gefallen tun und damit verschwinden – sofort!« Polly durchquerte den Salon und öffnete die Doppeltür weit. »Jetzt«, sagte sie mit einer dramatischen Gebärde.

»Polly, wir müssen darüber reden.«

»Wir haben uns nichts mehr zu sagen, Jonathan. Lebwohl.« Hocherhobenen Hauptes schritt sie hinaus und stieg langsam die Treppe zu ihrem Zimmer hinauf, wo sie sich mit heftig pochendem Herzen gegen die Tür lehnte. Dann lauschte sie angespannt, bis sie Jonathans Schritte auf der Treppe und das Zuschlagen der Haustür hörte.


»Wie kommst du nur auf die Idee, ihr könntet bei mir wohnen?« Francine betrachtete ihre Tochter mit unverhohlener Verärgerung.

»Ich kenne nicht viele Leute in London.«

»Deine heißgeliebte Großmutter besitzt doch ein Haus in der Stadt.«

»Es gehört ihrem ältesten Sohn, und außerdem wurde es beschlagnahmt.«

»Und ihre Freundin – Alice Wakefield oder Whitaker, wie auch immer ihr Name ist – hat sie nicht ein Haus, das sie nicht bewohnt, weil sie jetzt in Cornwall lebt?«

»Ich möchte sie nicht fragen.«

»Aber es macht dir nichts aus, mich zu fragen. An dieser Alice hast du doch einen Narren gefressen und verbringst jede freie Minute bei ihr. Mich jedoch besuchst du nie, und jetzt erwartest du, daß ich dich und deinen Verlobten bei mir aufnehme. Nun, das ist unmöglich.«

»Du hast Platz genug, Mutter. Und es wäre nur für ein paar Tage, bis ich ein Zimmer oder eine kleine Wohnung gefunden habe.«

»Ich bestimme, ob ich Platz habe oder nicht – nicht du. Außerdem wäre es nicht anständig, dich und den jungen Mann in einem Zimmer unterzubringen. Ich muß auf meinen guten Ruf achten.«

»Ach, Mutter«, sagte Polly voller Verzweiflung über diese alberne Ausrede.

»Du hast mir nicht gesagt, warum du mit deiner heißgeliebten Freundin zerstritten bist.«

Polly stand schweigend am Tisch mitten in Francines Schlafzimmer und strich mit den Fingern über die roten Rosen auf der azurfarbenen Schale, die darauf stand. Meine Mutter hat wohl eine Pause zwischen zwei Theateraufführungen, dachte sie beziehungslos, sonst würde diese Schale in ihrer Garderobe stehen. Sie geht nie auf die Bühne, ohne ihren Talisman vorher zu berühren.

»Hör auf, mit der Schale herumzuspielen. Du wirst sie noch beschädigen«, fauchte Francine. »Warum kann dich dein geliebter Jonathan nicht für ein paar Tage in einem Hotel unterbringen?«

»Ich bin nicht mehr mit Jonathan zusammen. Ich habe meine Verlobung mit ihm gelöst.«

»Tatsächlich? Wie interessant. Was ist denn passiert?« Francine richtete sich kerzengerade auf. Ihre Augen funkelten vor Neugier. »Nun, wir wollen mal sehen. Du hast mit Jonathan Schluß gemacht und bist mit deiner besten Freundin, Juniper, zerstritten. Welche Schlußfolgerung kann man daraus ziehen?« Sie lachte fröhlich. »Du meine Güte! Ist Juniper zu ihren alten Mätzchen zurückgekehrt? Hast du sie zusammen mit deinem Verlobten erwischt? Ach, ist das lustig.«

»Ich halte es nicht für lustig.«

»Also habe ich recht?« Francine grinste hämisch. »Vielleicht hörst du jetzt auf deine Mutter, was dieses unverschämte Miststück betrifft.«

»Ich möchte dieses Thema nicht weiter erörtern.«

»Das kann ich verstehen. Du kommst dir wohl wie eine Idiotin vor – geschieht dir recht, wenn du mich fragst.«

»Ich frage dich nicht, Mutter.«

»Wer ist denn der junge Mann, den du hierherbringen willst?«

»Er heißt Andrew Slater.«

»Heißt das, du bist von einem Bett ins nächste gestolpert? Es ist töricht, sich mit einem anderen Mann über eine Enttäuschung hinwegzutrösten.«

»Ich tröste mich nicht mit ihm, Mutter. Andrew und ich waren in Paris verlobt.«

»Erzähl doch keinen Unsinn, Polly. Wie konntest du verlobt sein, solange du mit diesem niedlichen kleinen Franzosen verheiratet warst?«

»Die Verlobung war inoffiziell.«

»Sehr inoffiziell, wie mir scheint. Ich verstehe nur nicht, warum du so mittellos bist, Polly. Dein Vater hat dir doch *Hurstwood* und seine Kapitalanlagen hinterlassen – ich habe rein gar nichts bekommen.«

»Ich brauche jeden Penny meines Einkommens für den Unterhalt von *Hurstwood.* Ich hatte gehofft, das Haus für die Dauer des Krieges an die Regierung oder eine Schule vermieten zu können, aber dafür ist es zu klein.«

»Nun, dann verkauf den verdammten Besitz doch.«

»Das könnte ich nie tun. Ich liebe *Hurstwood.* Es war meinem Vater heilig.« Polly war über diese frevlerische Idee entsetzt.

»Dann wirst du eben arm bleiben, nicht wahr? Würdest du mich jetzt bitte entschuldigen? Ich muß mich zum Dinner umziehen. Du mußt gehen«, sagte Francine und winkte zum Abschied mit der Hand. Ein besonders gutaussehender amerikanischer Major würde sie heute zum Dinner ausführen, und sie hatte nicht die Absicht, ihren Bewunderer mit ihrer erwachsenen Tochter bekanntzumachen. Ein simples Rechenexempel könnte Aufschluß über ihr wahres Alter geben, und sie unterzog sich nicht ihrem strengen Schönheitsritual, um leichtfertig die Wahrheit preiszugeben.

Bei ihrer Rückkehr in Junipers Haus fand Polly einen Brief von Juniper in der Abendpost, und Jonathan hatte eine Nachricht in den Briefkasten geworfen. Sie zerriß beides ungelesen.

In der Küche machte sie sich Kakao. Es war dumm von ihr gewesen anzunehmen, ihre Mutter würde ihr erlauben, bei ihr zu wohnen. Dieser Entschluß zeigte das Ausmaß ihrer Panik. Irgendwie konnte sie Francines Einstellung verstehen. Man mußte jemanden mögen, um ihn bei sich aufzunehmen. Lächelnd gestand sich Polly ein, daß ihre Anwesenheit das gesellschaftliche Leben ihrer Mutter erheblich gestört hätte.

Ich habe überreagiert, dachte sie. Warum soll ich nicht hierbleiben, bis ich eine andere Bleibe gefunden habe? Schließlich bin nicht ich im Unrecht. Oder doch? Haben sich die Ereignisse nicht überaus günstig für mich entwickelt? Habe ich nicht bekommen, was ich eigentlich wollte – Andrew? Beschämt mußte sie sich eingestehen, daß sie seine Rückkehr Jonathan gegenüber nicht einmal erwähnt hatte.

Na gut, dachte sie, dafür ist es jetzt zu spät. Sie hatte noch immer eine Zukunft, auf die sie sich freuen konnte, und einen Mann, der sie wirklich brauchte. Gebraucht zu werden, sagte sie laut, ist das Kostbarste in einer Beziehung. Lächelnd knipste sie das Licht aus und ging in ihr Zimmer mit dem halbgepackten Koffer.

»In gesundheitlicher Hinsicht steht es äußerst schlecht um ihn, Polly. Wissen Sie, worauf Sie sich da einlassen?« fragte Gwendoline, während Polly Tee aufbrühte. Andrew packte oben seinen Koffer aus.

»Ich liebe ihn«, antwortete Polly einfach, als wäre Liebe die Lösung für alle Probleme.

»Und was ist mit Jonathan?«

»Ich habe mit ihm Schluß gemacht.«

»Haben Sie ihm von Andrew erzählt?«

»Nein, ich habe etwas sehr Unerfreuliches erfahren und die Beziehung zu ihm abgebrochen. Meine Probleme haben sich von selbst gelöst.« Polly lachte, aber der zynische Unterton paßte nicht zu ihr.

»Suchen Sie etwa Trost bei Andrew?« fragte Gwendoline besorgt.

»Nein«, widersprach Polly fest. »Wenn Andrew mich noch heiraten will und da er mich braucht, zählt nichts anderes mehr.«

»Er spricht nur davon. Glücklicherweise hat seine Mutter Ihre Beziehung zu Jonathan nicht erwähnt. Sie war zu euphorisch über seine Rückkehr. Aber es könnte schwieriger werden, als Sie sich vorstellen. Andrew ist ein Nervenbündel und hat schreckliche Alpträume.«

»Das ist wohl kaum erstaunlich, nicht wahr?«

»Er ist ernsthaft krank, Polly, und bräuchte ärztliche Betreuung.«

»Dann suche ich eben einen guten Arzt für ihn.«

»Und sein Magen ist ruiniert. Er kann kein Essen bei sich behalten und ist völlig abgemagert.«

»Dann experimentiere ich so lange, bis ich eine geeignete Diät für ihn finde.«

»Seine Eltern wollten, daß er bei ihnen bleibt, aber er hat darauf bestanden, zu Ihnen zurückzukehren.«

»Das ist schön« sagte Polly lächelnd. »Aber ich habe doch ein Problem, Gwendoline. Ich muß aus diesem Haus ausziehen. Wüßten Sie zufällig, wo ich billig wohnen könnte?«

»Sie wissen, wie schwierig die Wohnungslage ist, wobei ich nie verstanden habe, daß dieses Riesenhaus immer leersteht. Hier könnten mindestens zehn Menschen einquartiert werden.«

»Als die Beamten vom Wohnungsamt hier waren, hatte Juniper das Haus voller Gäste. Als sie auszogen, hat sie es nicht gemeldet. Irgendwie ist das wohl nie bemerkt worden.«

»Warum müssen Sie ausziehen?«

»Ich möchte nicht hierbleiben.«

»Wie Sie meinen. Aber Andrew braucht Ruhe. Eigentlich ist London nicht der geeignete Aufenthaltsort für Andrew. Im Augenblick ist es zwar relativ ruhig, aber sollten die Luftangriffe wieder ... Haben Sie nicht ein Haus in Devon?«

»Ja. Aber dort leben nur eine Haushälterin und der Gärtner. Beide sind zu alt, um sich um Andrew zu kümmern.«

»Nein, ich dachte, daß ihr beide dort wohnen solltet.«

»Aber was wird dann aus meiner Stellung bei Ihnen?«

»Überlassen Sie das mir. Ich finde schon eine Lösung. Er braucht Sie jetzt mehr ... Andrew? Hat Ihnen das Bad wohlgetan?«

»Ja, danke, Gwendoline. Aber vor allem tut es mir gut, wieder bei Liz zu sein.« Er durchquerte den Salon und ergriff schüchtern Pollys Hand.

»Ich muß mich auf den Weg machen. Mein armer, geduldiger Ehemann wird sich allmählich fragen, wo ich geblieben bin. Machen Sie sich keine Sorgen, Polly. Fahren Sie so schnell wie möglich nach Devon. Um die Behörden kümmere ich mich.« Gwendoline umarmte die beiden jungen Leute aufmunternd zum Abschied. »Viel Glück«, rief sie noch und winkte fröhlich.

»Möchtest du mit mir in *Hurstwood* leben, Andrew?«

»Sehr gern. Laute Geräusche kann ich im Augenblick schlecht vertragen.«

»Das kann ich gut verstehen.«

»Und, Liz, es mag dumm klingen, aber ich weine oft völlig grundlos.«

»Dann sind wir schon zwei«, sagte Polly lächelnd.

»Willst du mich noch immer heiraten?«

»Ja. Glaubst du etwa, ich lasse dich ein zweites Mal entkommen?« fragte sie lachend. »Ich liebe dich, Andrew. Ich habe nie aufgehört, dich zu lieben.« In dieser Hinsicht hatte Juniper die Wahrheit gesagt: Menschen, nicht der Tod, zerstören die Liebe.

Eine Woche in der geruhsamen Landschaft von Devon hatte Wunder bewirkt, fand Polly. Andrew sah schon besser aus. Die beiden hatten herausgefunden, daß sein Magen eine Diät aus Suppe, gekochtem Huhn und gedünstetem Fisch vertrug. Das Wetter war unglaublich schön, und sie machten jeden Tag lange Spaziergänge über das Moor. Die Bewegung kräftigte seinen Körper, die Landschaft heilte seine Seele. Manchmal, wenn sie die Lerchen hoch oben im blauen Himmel singen hörten, klang der Gesang wie ein Freudenlied auf ihr wiedergefundenes Glück.

Pollys erste Ehe war nur vor dem Standesamt geschlossen worden, weil ihr Bräutigam Katholik gewesen war und Polly sich geweigert hatte zu konvertieren. Jetzt war sie sechsundzwanzig und beschloß, ihrer Großmutter zuliebe einer kirchlichen Trauung zuzustimmen. Sie wußte, was für eine Freude sie der alten Dame damit machen würde.

Es gab nur einen peinlichen Augenblick im Pfarrhaus, als die beiden ihr Aufgebot bestellten. Der alte Julius Middlebank kam herbeigeschlurft und betrachtete sie mit wäßrigen Augen durch verschmierte Brillengläser.

»Polly, meine Liebe – wie ich mich freue, Sie zu sehen. Und dich auch, Jonathan.« Er griff nach Andrews Hand.

»Das ist Andrew Slater, Mr. Middlebank. Ich hatte es Ihnen doch erklärt«, mußte Polly laut sagen, weil der Vikar schwerhörig war.

»Andrew? Aber wo ist Jonathan?«

»Er ist bei der Armee, Mr. Middlebank.«

»Aber ich dachte immer . . . Ach, du meine Güte . . .« Er hob verwirrt die Hände.

»Ich habe Ihnen doch geschrieben«, rief Polly. »Und unsere Geburtsurkunden beigelegt. Können Sie sich nicht daran erinnern?«

»Natürlich erinnere ich mich. Meine Sehkraft und mein Hörvermögen sind zwar nicht mehr gut, aber ich bin nicht senil, wissen Sie«, sagte der alte Geistliche beleidigt.

Polly war beschämt. Der Vikar war gewiß nicht senil, denn trotz seiner achtzig Jahre fanden seine Predigten noch immer Anerkennung, und er war nach wie vor eine Kapazität auf dem Gebiet des kanonischen Rechts. Offensichtlich hatte sie sich in ihrem Brief nicht deutlich genug ausgedrückt, was unter den gegebenen Umständen nicht erstaunlich war.

»Wer ist Jonathan?« fragte Andrew später, als sie vom Pfarrhaus nach *Hurstwood* zurückgingen.

»Der arme Mr. Middlebank ist völlig verwirrt«, sagte Polly hastig. »Jonathan ist sein Neffe, und als Schulmädchen war ich in ihn verknallt. Unsere beiden Väter machten Witze darüber, daß wir einmal heiraten würden.«

»Ah, ich verstehe. Einen unangenehmen Augenblick lang glaubte ich, einen Rivalen zu haben.«

Nach ihrer Ankunft in Devon hatte Andrew darauf bestanden, im *The New Inn* in Widecombe zu wohnen, bis sie verheiratet waren.

»Ich möchte dich nicht kompromittieren. Ich kenne das Leben auf dem Land und will nicht, daß Klatschgeschichten über uns verbreitet werden, wenn ich allein mit dir auf *Hurstwood* wohne.«

»Klatsch interessiert mich nicht. Mein guter Ruf war sowieso dahin, nachdem ich einen Franzosen geheiratet hatte.« Polly kicherte bei der Erinnerung an den Aufruhr, den ihre damalige Entscheidung verursacht hatte.

»Aber mir liegt sehr viel daran, was die Leute über dich reden. Bis zu unserer Hochzeit bleibe ich im Gasthaus.«

»Aber in Paris haben wir doch praktisch zusammengelebt.«

»Das war in Paris, jetzt leben wir in Devon. In moralischer Hinsicht liegen Welten dazwischen.«

Jeden Abend, nach dem Dinner, gab er ihr einen keuschen Kuß und ging in der Dunkelheit durchs Tal ins Dorf hinunter. Sie haßte seinen Aufenthalt im Gasthaus. Gwendoline hatte ihr von seinen Alpträumen erzählt. Der Gedanke, er könnte allein und verängstigt nachts aufwachen, ließ ihr keine Ruhe. Also telefonierte sie mit ihrer Großmutter in *Gwenfer* und bat sie, so schnell wie möglich nach *Hurstwood* zu kommen, um als Anstandsdame zu fungieren.

»Es geht dabei um Andrew. Er will mich nicht kompromittieren.«

»Andrew?« belferte Gertie ins Telefon. »Wer, bitte schön, ist Andrew?«

»Ach, du meine Güte. Das habe ich dir ja noch gar nicht erklärt. Ich heirate nicht Jonathan, sondern Andrew.«

»Je früher ich komme, um so besser, scheint mir. Das klingt, als säßest du ganz schön in der Patsche. Wenigstens ist er ein

Gentleman. Natürlich kommt es nicht in Frage, daß er allein mit dir unter einem Dach lebt.«

Die ganze Sache roch für Polly stark nach Scheinheiligkeit. Auch tagsüber hätten sie genügend Gelegenheiten gehabt, sich unanständig zu benehmen. Sie dachte an die vielen Nachmittage, die sie in Paris gemeinsam im Bett verbracht hatten. Niemand hätte sich jedoch hier Sorgen um ihre Reputation zu machen brauchen, denn Andrew benahm sich wirklich wie ein perfekter Gentleman. Abgesehen von gelegentlichen Küssen, hatte er – zu ihrer Enttäuschung – keinen Versuch gemacht, sie zu verführen. Daher wartete sie geduldig die zwei Tage bis zu Gerties Ankunft, um Andrew wenigstens in die Geborgenheit ihres Hauses holen zu können.

Gertie Frobisher brachte Hursty, Pollys Kater, mit, und ihre Ankunft sorgte für Abwechslung und Wirbel im Haus. Andrew begegnete sie mit zuvorkommender Höflichkeit und zeigte keine Sekunde lang ihre Verwirrung. Erst nach dem Mittagessen, als sich Andrew für eine Weile hingelegt hatte, konnte sie endlich ihre Neugier befriedigen.

»Das ist also der Andrew, den alle für tot gehalten haben«, sagte sie zu Polly, während sie einen Spaziergang im Garten machten. »Wie konnte den Behörden nur ein so grausamer Irrtum unterlaufen?«

»Das weiß ich nicht. Jedenfalls war er zum Schluß nicht mehr in einem Kriegsgefangenenlager. Aber darüber will er nicht sprechen.«

»Und du mußtest dich zwischen den beiden jungen Männern entscheiden? Meine arme Polly.«

»Die Wahl ist mir leichtgefallen.«

»Das freut mich für dich.«

»Wie es scheint ...« Polly blieb stehen, ließ den Blick über das Tal schweifen und fragte sich, wie sie ihrer Großmutter erklären sollte, daß Juniper nicht zu den Hochzeitsgästen zählen würde. Es war wohl besser, ihr geradeheraus die Wahrheit zu sagen. »Jonathan hatte eine Affäre mit Juniper.«

Gertie starrte Polly entsetzt an. »Juniper? Aber sie ist deine Freundin.«

»*War* meine Freundin, entspricht wohl eher den Tatsachen. Ich konnte ihnen nicht verzeihen. Nicht dieses Mal.«

»*Dieses Mal?*« Gertie begriff sofort die Bedeutung dieser Worte. Polly erzählte ihr die ganze Geschichte.

»Dieses dumme, egoistische Kind. Ich könnte Juniper ohrfeigen«, sagte Gertie wütend und seufzte dann. »Aber was hätte das für einen Sinn? Juniper ist im Grunde genommen ein bedauernswertes Geschöpf. Sie hatte eine schreckliche Kindheit, weißt du, trotz Alice' Versuchen, sie normal aufwachsen zu lassen. Es war einfach zuviel Geld im Spiel. Die Neureichen begehen den fatalen Fehler, ihre Kinder zu sehr zu verwöhnen, was schlimme Folgen hat. Und sie ähnelt so sehr ihrem Vater, der völlig amoralisch war.«

»Sie benimmt sich noch immer wie ein Kind.«

»Genau. Und wie ein Kind nimmt sie sich einfach, was ihr gefällt. Bestimmt bist du der letzte Mensch auf der Welt, dem sie weh tun wollte«, sagte Gertie tröstend, während sie innerlich vor Wut schäumte.

»Da bin ich mir nicht so sicher.«

»Aber ich.«

»Ich zweifle daran. In ihrer Vorstellung bin mittlerweile bestimmt ich schuld daran – oder Jonathan. Obwohl ich sie gut verstehe, kann ich ihr nicht verzeihen. Ich könnte ihr nie wieder vertrauen, verstehst du?«

»Das solltest du auch nicht«, entgegnete Gertie schroff. »Doch gleichzeitig tut sie mir leid, diese arme, verlorene Seele.«


266

»Mir nicht.«

»Natürlich hast du jetzt kein Verständnis für Juniper, aber eines Tages wirst du ihr verzeihen. Was ist mit Andrew? Liebst du ihn, oder heiratest du ihn aus einem mißverstandenen Pflichtgefühl heraus?«

»Nein. Ich liebe ihn.«

»Gut. Nun, dann ist ja alles in Ordnung, nicht wahr? Gegen diese Montbretia mußt du etwas unternehmen, Polly, das ist eigentlich nur Unkraut. Wenn du nicht aufpaßt, wird sie den ganzen Garten überwuchern.«

Polly betrachtete interessiert die Pflanze, die ihr eigentlich gefiel. »Großmutter, da ist noch eine Sache. Ich möchte nicht, daß Alice es erfährt. Es würde sie zu sehr beunruhigen.«

»Das ist ganz in meinem Sinne, liebe Polly.«

Beide Frauen erschauderten plötzlich, obwohl keine kühle Brise wehte, und sie gingen ins Haus zurück. Es war ein Angstschauer – durch die Angst hervorgerufen, was die Zukunft für jemanden wie Juniper bereithielt.

## 11

Polly hatte Alice gefragt, ob Annie und May Brautjungfern sein könnten, und hatte erfahren, daß May mit ihren Brüdern nach London zurückgebracht worden war. Nachdem die Luftangriffe jetzt anscheinend vorbei waren, hatte die Mutter darauf bestanden, ihre Kinder wieder zu sich zu nehmen.

Gertie hatte Pollys schwarzes Kostüm als ungeeignet für die Hochzeit bezeichnet. »Du gehst doch nicht auf eine Beerdigung. Wir fahren nach Exeter und kaufen dir ein passendes Kleid. Du kannst meine Bezugsscheine haben.«

In einem Geschäft fanden sie ein hellblaues Leinenkostüm und in einem anderen einen dazu passenden Hut und eine Handtasche. Bei Tee und Toast ruhten sie sich in einem Café aus und freuten sich über ihren erfolgreichen Einkaufsbummel.

Zwei Wochen später trafen Alice und Annie ein, die aufgeregt über ihr mit Vergißmeinnicht besticktes, hellgelbes Leinenkleid plapperte, das Alice für sie genäht hatte. Der Farbton paßte haargenau zu Pollys Kostüm.

Die Hochzeitsvorbereitungen ließ Andrew mit männlicher Distanz über sich ergehen, doch Polly fühlte seine unterschwellige Depression. Was nicht verwunderlich ist, dachte sie. Sein Vater hatte ihnen eine Glückwunschkarte geschickt und mitgeteilt, daß der angegriffene Zustand seiner Mutter die weite Reise nicht zulasse. Sein Bruder, den Andrew als Trauzeugen hatte haben wollen, bekam keinen Urlaub. Und jetzt hatte Gwendoline angerufen und vorsichtshalber angekündigt, daß sie bezweifle, kommen zu können, obwohl sie Himmel und Hölle in Bewegung setze. Polly hatte Andrew mit dem Hinweis getröstet, daß auch sie nur ein paar Gäste eingeladen habe, aber er ließ sich nicht aufheitern.

»Ich hoffe, du hast es dir nicht anders überlegt«, machte sie den lahmen Versuch, witzig zu sein. Ihr war mittlerweile der Gedanke gekommen, daß sie zu übereilt handelte. Vielleicht hätte sie ein paar Monate verstreichen lassen sollen, um ihm Zeit zu geben, sich wieder an ein normales Leben zu gewöhnen. Leise schlüpfte sie aus dem Zimmer, in dem sie ihn angetroffen hatte, ein Buch im Schoß, in dem er nicht las. Statt dessen starrte er blicklos die Wand an. Ich muß geduldig sein, sagte sie sich. Der Andrew, der zu ihr zurückgekehrt war, hatte einen schweren seelischen Schaden erlitten. Gott allein wußte, was er sah, wenn er auf diese deprimierende Weise ins Leere starrte. Nur einmal hatte sie ihn gefragt, doch seine kategorische Antwort: »Ich möchte nicht darüber sprechen«, hatte jede weitere Frage unmöglich gemacht.

Gertie merkte zu ihrem Kummer, daß sich ihre Beziehung zu Alice verändert hatte. Sie wollte Alice nicht die Schuld daran geben, was Juniper getan hatte, aber unwillkürlich und unlogischerweise machte sie ihr insgeheim Vorwürfe. Hätte Alice ihre Enkelin strenger erzogen, hätte sich dieses verwöhnte Kind nicht so rücksichtslos verhalten. Diese Verärgerung über ihre Freundin drückte sich allmählich in kühler Distanz aus. Gertie wußte, daß Alice über ihr Verhalten verwirrt war, konnte jedoch nichts dagegen unternehmen. Sie hätte gern mit ihr gesprochen, das Problem diskutiert und analysiert, konnte es jedoch nicht tun, weil sie Polly versprochen hatte, Alice nichts von Junipers ehemaligem Verhältnis mit Jonathan zu erzählen.

Auch Gertie machte sich Sorgen um Andrew und vor allem um Polly.

»Glaubst du, Pollys Entscheidung ist richtig?« fragte Alice eines Tages, die das zurückhaltende Benehmen ihrer Freundin auf deren Besorgnis um ihre Enkelin zurückführte.

»Ich glaube, sie betrachtet es als ihre Pflicht, Andrew zu heiraten«, antwortete Gertie.

»Aber Pflichtgefühl genügt in der heutigen Zeit nicht mehr für eine Ehe. Unsere Generation hat oft aus familiären Gründen geheiratet, aber unser Lebensstil war anders – wir waren von Dienstboten umgeben, hatten Kindermädchen und ein ausgefülltes gesellschaftliches Leben. Andrew und Polly werden in diesem abgelegenen Nest ein zurückgezogenes Leben führen. Sie haben wenig Geld und werden hart arbeiten müssen ... es ist viel Liebe nötig, damit eine Ehe unter diesen Umständen dauern kann.«

»Ich habe absolutes Vertrauen in Polly. Sie hat immer das Richtige getan«, sagte Gertie, die offensichtlich nicht den Wunsch hatte, diese Unterhaltung fortzusetzen.

Polly wurde zum Klang der Kirchenglocken verheiratet. Nicht nur in Tunhill, auch in Widecombe und allen Kirchen des Landes wurden die Glocken geläutet. Sie läuteten nicht für Polly, sondern wegen der erfolgreichen Landung der Alliierten in Frankreich.

Polly ging stolz am Arm der sogar noch stolzeren Gertie den Mittelgang hinunter. Als der Vikar die Gemeinde dazu aufforderte, für den Sieg der Soldaten an der Front zu beten, fügte Polly insgeheim ein Gebet für Jonathan hinzu, der jetzt auf dem Festland stationiert war. An diesem glücklichsten Tag in ihrem Leben konnte sie weder Zorn noch Bitterkeit ihm gegenüber empfinden. Aber gleich nach dem kurzen Gebet wandte sie sich Andrew zu, nahm seine Hand und drückte sie. Während der Zeremonie dachte sie auch an ihren Vater und war traurig, daß er diesen Tag nicht mehr hatte erleben dürfen.

»Ich weiß nicht, wo Juniper bleibt. Wie rücksichtslos von ihr, zu spät zu Pollys Hochzeit zu kommen«, beklagte sich Alice, während sie und Gertie im Wohnzimmer von *Hurstwood* darauf warteten, daß das Brautpaar zum Aperitif vor dem Dinner erschien. Da niemand Alice gesagt hatte, daß Juniper nicht zur Hochzeit eingeladen worden war, war ihre Besorgnis verständlich. Gertie hatte vorgeschlagen, daß sie und Alice ins *Royal Clarence* nach Exeter umziehen sollten, um das Brautpaar allein zu lassen, doch Polly wollte davon nichts hören. Sie bat die beiden, länger zu bleiben, die jedoch darauf bestanden, am folgenden Morgen abzureisen.

»Sie hatte doch hoffentlich keinen Autounfall. Was meinst du, Gertie? Du weißt, wie schnell sie fährt.«

Gertie sagte nichts, lehnte sich nur zurück, und gab weiter vor, in einer alten Ausgabe von *Pferd und Jagdhund* zu lesen, die sie im Arbeitszimmer ihres Sohnes gefunden hatte, wo nichts verändert worden war.

»Gertie, sag mir, was du denkst. Ich mache mir schreckliche Sorgen.«

»Sie ist eine sehr gute Autofahrerin.« Gertie wandte sich wieder ihrer Zeitschrift zu.

»Es sieht ihr nicht ähnlich, so einen wichtigen Tag zu versäumen. Sie weiß doch, wie sehr sich Polly danach sehnt, sie hier zu haben.«

Gertie warf über den Rand der Zeitschrift hinweg Alice einen zynischen Blick zu.

»Warum siehst du mich so an?« Alice ging jetzt rastlos auf und ab.

»Was meinst du?« fragte Gertie, die personifizierte Unschuld.

»Du weißt genau, daß dieser Blick überheblich war.«

Gertie legte die Zeitschrift auf einen kleinen Beistelltisch.

»Es tut mir leid, wenn dich mein Blick gekränkt hat«, sagte sie würdevoll.

»Deine Blicke bedeuten immer etwas. Raus damit.«

»Ich erinnerte mich an eine bestimmte Beerdigung, an der Juniper es vorzog, nicht teilzunehmen.«

»Das ist nicht fair, Gertie, das weißt du. Ich habe Junipers Gefühle verstanden. Sie war offensichtlich zu deprimiert, um ...«

Gerties verächtliches Schnauben war nicht zu überhören. Alice wandte sich ihr empört zu.

»Warum benimmst du dich so? Was ist los? Seit meiner Ankunft verhältst du dich mir gegenüber sehr merkwürdig.«

»Ich weiß nicht, wovon du sprichst.« Gertie nahm ihre Zeitschrift wieder auf.

»Du liest doch gar nicht in dieser Zeitschrift. Antworte mir, Gertie! Es ist etwas passiert, nicht wahr? Etwas, worüber du dich ärgerst.«

Gertie ignorierte diese Frage und blätterte geräuschvoll die Seiten um.

»Um Himmels willen, leg dieses blöde Ding weg.« Alice war mit ein paar Schritten bei Gertie und riß ihr die Zeitschrift aus der Hand.

»Also, wirklich, Alice! Was machst du da?«

»Ich versuche, mit dir zu reden. Du sollst mir sagen, was du weißt.«

»Ich habe Polly versprochen zu schweigen.«

»Du *mußt* es mir sagen. Ich bin außer mir vor Sorgen. Weiß Gott, was passiert ist.«

»Ich gehe so weit, dir zu sagen, daß sie zerstritten sind.«

»Polly und Juniper? Ach, sei nicht albern, Gertie. Die beiden sind ein Herz und eine Seele.«

»Wie du meinst.«

»Ist das dein Ernst?«

»Es ist nicht meine Gewohnheit, Dinge zu sagen, die ich nicht meine, Alice«, antwortete Gertie barsch.

»Nein, natürlich nicht. Tut mir leid. Warum haben sie sich zerstritten?«

»Ich bin nicht bereit, darüber zu sprechen.«

»Das mußt du.«

»Ich muß gar nichts. Es ist eine unangenehme Sache, die du nicht zu wissen brauchst. Polly ist mit Andrew glücklich. Mehr gibt es dazu nicht zu sagen.«

»Na, großartig! Solange deine heißgeliebte Polly glücklich ist, ist alles in Ordnung. Du verschwendest keinen Gedanken an Juniper. Nach allem, was sie für Polly getan hat – sie ernährt, ihr ein Dach über dem Kopf gegeben, sie verschwenderisch mit Geschenken und Liebe überhäuft hat.«

»Nach allem, was *sie* für Polly getan hat?« brüllte Gertie und stand auf. »Ich werde dir sagen, was sie für Polly getan hat – sie hat ihr den Verlobten gestohlen, nicht nur einmal, sondern zweimal. So sieht ihre Liebe für Polly aus.«

»Du lügst.«

Gertie verschränkte die Arme vor der Brust und stellte sich vor Alice hin. »Kennst du deine größte Schwäche, Alice? Du kannst kein Wort der Kritik gegen dieses eigensinnige Kind vertragen.«

»Noch würdest du Kritik an Polly zulassen.«

»Über Polly gibt es nichts Schlechtes zu sagen, wie du sehr gut weißt.«

»O nein, natürlich nicht! Nicht über die vollkommene, liebste Polly«, sagte Alice mit ungewohnter Gehässigkeit.

Beide Frauen wandten sich betroffen ab. Sie zitterten vor Wut und waren entsetzt darüber, was zwischen ihnen geschah. Doch sie waren auf diesem Pfad der Bitterkeit und gegenseitigen Anklage schon zu weit gegangen.

»Warum hat sie Andrew geheiratet? Es müssen Lügen sein. Polly würde niemanden heiraten, der sie betrogen hat.«

»Doch nicht Andrew, um Himmels willen. Ich spreche von Jonathan Middlebank.«

»Jonathan?« Alice sank in einen Sessel. Ihre Hand spielte nervös mit der Perlenkette um ihren Hals. »Ich glaube kein Wort davon. Juniper kann wild sein ... aber Polly ist ihre Freundin ... ich kann das nicht glauben ... Es ist böswilliger Klatsch ... Du hast dir schmutziges Gewäsch angehört, Gertie.«

Gertie richtete sich kerzengerade auf und konterte empört: »Ich höre nicht auf Klatsch. Niemals. Diese Information hat mich sehr geschmerzt. Wobei mich die Tatsache eigentlich nicht überraschen sollte, wenn ich mir Junipers Abstammung betrachte.«

»Wie bitte?« Alice starrte Gertie entsetzt an. »Und was willst du damit andeuten?«

»Du hast zugelassen, daß Juniper von ihrem Großvater und ihrem Vater als Kind völlig verdorben wurde. Du bist schwach, Alice. Du hast dich zurückgehalten. Sogar wenn Polly Juniper eingeladen hätte, wäre sie nicht gekommen. Wie du, läuft sie immer vor schwierigen Situationen davon. So wie du mit Chas davongelaufen bist, anstatt deinem Vater die Stirn zu bieten. So wie du aus Amerika geflohen bist, als du den idiotischen Verdacht hattest, Lincoln – ausgerechnet Lincoln – wäre ein Mörder ...«

»Er war ein Mörder. Er hat es zugegeben!« verteidigte sich Alice mit schriller Stimme.

»Ach, wirklich? Das bezweifle ich. Aber wenn deine heißgeliebte Juniper kritisiert wird, hast du schon immer übertrieben reagiert.«

»Mein Gott, du bist ein Tyrann, Gertie. Ich kann mir gar nicht vorstellen, wie ich dich all die Jahre ertragen habe.«

»Dafür gibt es eine einfache Lösung, Alice. Ich werde so bald wie möglich meine Sachen aus *Gwenfer* abholen lassen. Ich bin dir für die Gastfreundschaft dankbar, die du mir in den vergangenen Jahren gewährt hast, aber die Situation ist jetzt untragbar geworden.« Gertie schritt hocherhobenen Hauptes zur Tür. In diesem Augenblick betraten Andrew und Polly, Hand in Hand und vor Glück strahlend, das Wohnzimmer. Pollys Lächeln erlosch, als sie das Gesicht ihrer Großmutter sah.

»Großmama, was ist passiert? Warum weinst du?«

»Ich weine? Blödsinn!« platzte Gertie heraus, stapfte hinaus und floh die Treppe hinauf in die Geborgenheit ihres Schlafzimmers.

»Mrs. Whitaker, können Sie mir erklären, was hier vorgefallen ist?« fragte Polly besorgt.

»Deine Großmutter hat üblen Klatsch über meine Enkelin verbreitet. Sie verläßt *Gwenfer*, und ich muß sagen, das freut mich. Ich möchte nie wieder ein Wort mit ihr wechseln.«
Alice stand mit aschfahlem Gesicht mitten im Zimmer.

»Über Juniper? Meine Großmutter? Aber das würde sie nie tun.«

»Sie hat es getan, und ich muß mich fragen, wer die Quelle dieses Giftes ist ... Du warst immer auf Juniper eifersüchtig, nicht wahr? Auf ihr Geld, ihre Schönheit. Aber ich hätte nie geglaubt, daß du je so weit gehen würdest! Du ähnelst deiner Mutter mehr, als ich dachte, Polly.« Alice bebte vor Zorn.

»Mrs. Whitaker, ich weiß nicht, wovon Sie sprechen.«

»Ach, nein?« Alice lachte kurz und zynisch auf.

»Nein, tut mir leid. Ich weiß es wirklich nicht.«

»Über deinen heißgeliebten Jonathan und Juniper hat deine Großmutter gesprochen. Das gefällt mir nicht, Polly, und ich dulde es nicht. Ich ziehe sofort ins *Clarence* in Exeter. Vielleicht könntest du veranlassen, daß das Gepäck deiner Großmutter aus *Gwenfer* abgeholt wird. Gute Nacht, Andrew. Offensichtlich hat das alles nichts mit Ihnen zu tun.«
Alice rauschte hinaus.

»Was, zum Teufel, hat das zu bedeuten?«

»Ich weiß es nicht«, sagte Polly. »Ehrlich«, fügte sie hinzu und bereute sofort dieses Wort, denn es implizierte, daß sie nicht die Wahrheit sagte.

»Wieder dieser Jonathan. Zuerst der Vikar und jetzt Mrs. Whitaker. Bist du mir nicht eine Erklärung schuldig, Liz?«

»Ich muß nach meiner Großmutter sehen. Sie muß in einer schrecklichen Verfassung sein. Die beiden sind schon seit Jahrzehnten befreundet.«

»Liz, setz dich. Ich glaube, du schuldest mir eine Erklärung«, wiederholte Andrew und hielt Polly am Arm zurück.

Polly setzte sich mißmutig hin und begann widerstrebend, die ganze erbärmliche Geschichte von Jonathan und Juniper zu erzählen.

»Und deswegen hast du mich geheiratet?« fragte Andrew bedrückt.

»Nein. Ich weiß, das wird jeder sagen, aber es ist nicht wahr. Wahr ist, daß meine Gedanken, vom ersten Augenblick an, als ich dich wiedersah, rasten und ich nach einer Möglichkeit gesucht habe, Jonathan zu sagen, daß ich ihn nicht heiraten würde. Das mußt du mir glauben.« Sie schaute ängstlich zu ihm hoch. Er betrachtete sie lange forschend. Polly hielt den Atem an.

»Natürlich glaube ich dir. Außerdem denke ich, daß du ohne Juniper besser dran bist.«

Polly sprang auf und warf ihm erleichtert die Arme um den Hals. »Ich freue mich so, daß du die Geschichte endlich kennst – sie hat mein Gewissen belastet. Es schien mir nicht richtig zu sein, unser gemeinsames Leben mit einer Lüge zu beginnen.«

»Dem kann ich nur zustimmen – hast du noch mehr Leichen im Keller?«

»Nein.«

»Gut. Dann solltest du jetzt vielleicht nach deiner Großmutter sehen.«

Polly begegnete Alice und Annie auf der Treppe.

»Warum reisen wir ab? Es gefällt mir hier. Ich mag Miss Polly«, jammerte Annie und schleppte ihren kleinen Koffer polternd die Stufen hinunter.

»Mrs. Whitaker, ich wünschte mir, Sie würden bleiben. Wir sollten in Ruhe über alles sprechen.«

»Ich habe nichts mehr zu sagen«, entgegnete Alice kurz angebunden und mühte sich mit ihrem großen Koffer ab.

»Darf ich Ihnen mit dem Gepäck helfen?«

»Das schaffe ich schon allein. Danke.«

»Miss Polly ...« Annie war jetzt verängstigt, weil sie Alice' Zorn spürte. » ... was ist los?«

»Ich weiß es nicht, Annie«, sagte Polly, bückte sich und küßte das Kind.

»Annie, komm!« befahl Alice. Das Mädchen, das Alice noch nie wütend erlebt hatte, folgte ihr verstört zur Tür.

Polly hämmerte mit den Fäusten gegen Gerties Tür, wurde aber nicht eingelassen. Sie hörte ihre Großmutter schluchzen – ein gänzlich ungewohnter Gefühlsausbruch.

»Geh fort. Laß mich allein«, sagte sie nur.

Polly kehrte zu Andrew und zu dem, was von ihrem Hochzeitsdinner übriggeblieben war, zurück.

»Keine schöne Hochzeitsfeier, nicht wahr? Armer Liebling, Liz.« Er lächelte ihr über den Tisch hinweg zu. Die leeren Plätze von Gertie und Alice wirkten wie ein stummer Vorwurf.

»Das Fest ist vollkommen. Schließlich habe ich dich.« Sie lächelte tapfer.

Später, im Bett, in Andrews Armen, fühlte sich Polly sicher und geborgen. So war es in Paris gewesen. Dieses Gefühl hatte er ihr immer gegeben.

»Es tut mir leid, Liz«, sagte Andrew zwanzig Minuten später. »Ich weiß nicht, was mit mir los ist.«

»Es macht nichts – wir hatten einen anstrengenden Tag.« Sie küßte ihn zärtlich, legte ihre Arme um ihn und schmiegte ihren Kopf an seine Brust. »Na komm. Laß uns schlafen.«

In der Dunkelheit lauschte Polly auf Andrews gleichmäßiger werdende Atemzüge, während er in den Schlaf glitt. Sie lag mit weit offenen Augen da, starrte die Decke an und hatte Furcht im Herzen. Bitterkeit stieg in ihr auf. Das Geständnis über ihre Beziehung zu Jonathan hatte ihr die

Hochzeitsnacht verdorben. Und daran war Juniper schuld. Ihr Leid ließ sie jede Logik vergessen. In dieser langen Nacht trieb der Haß Wurzeln, als sie Juniper die Schuld an Andrews Impotenz gab.

## 12

Aus dem *Royal Clarence* in Exeter schrieb Alice an Gertie. Es war ein kurzer Brief, in dem sie ihr mitteilte, daß sie erst in einer Woche nach *Gwenfer* zurückkehren würde, damit ihnen beiden die Peinlichkeit einer Begegnung erspart blieb, wenn Gertie ihr Gepäck abholte.

Diese Nachricht stürzte Gertie in eine tiefe Depression. Beim Anblick von Alice' Handschrift auf dem Umschlag hatte sie gehofft, er würde eine Entschuldigung enthalten, ähnlich jener, die sie schon geschrieben hatte. Daher traf sie die Enttäuschung doppelt schwer.

Polly mußte sich jetzt um zwei deprimierte Menschen kümmern. Die Hochstimmung des Hochzeitstages war verflogen. Andrew starrte wieder stundenlang ins Leere und hatte Polly vorgeschlagen, getrennte Schlafzimmer einzurichten. Dagegen hatte sich Polly vehement gewehrt. Auf die Lösung dieses Problems sind getrennte Betten nicht die richtige Antwort, sagte sie sich, zu ihm jedoch: »Nein, Liebling. Ich bin glücklich, einfach nur neben dir zu schlafen. Mach dir deswegen keine Sorgen.«

Der Umgang mit ihrer Großmutter war jedoch komplizierter. Da sie Gertie noch nie zuvor in dieser Verfassung erlebt hatte, wußte sie nicht, wie sie sich ihr gegenüber verhalten sollte. Ihr Instinkt riet ihr, Gertie einfach sich selbst zu überlassen, bis sie das, was geschehen war, überwunden hatte. Mittlerweile konnte sie Gertie nur die Zusicherung geben: »Nichts würde uns glücklicher machen, als wenn du bei uns bleiben würdest.«

Zwei Tage später ließ Alice ihr Auto am St.-Davis-Bahnhof in Exeter stehen. Sie hatte nicht genug Benzin für die Reise, also fuhren sie und Annie mit dem Zug. Nach der Ankunft in Nettlebed nahm sie ein Zimmer im *White Hart* und erkundigte sich nach dem Weg zu Junipers Haus. Dann marschierte sie mit Annie los.

»Großmama, was für eine wundervolle Überraschung. Komm herein, bitte.« Juniper strahlte vor Freude. »Und du auch, Annie. Wie lieb«, sagte sie, doch Annie sah, daß das Lächeln nicht ihr galt. »Möchtest du Tee? Kaffee? Oder einen Drink?« Juniper umgab ihre Großmutter mit hektischer Aufmerksamkeit, half ihr aus dem Mantel, nahm ihr Hut und Handschuhe ab. »Findest du mein kleines Cottage nicht einfach hinreißend? Ist es nicht vollkommen? Ich habe kein Spielzeug für Annie. Möchtest du zeichnen? Hier ist Papier ...« Juniper plapperte unentwegt. Alice war bestimmt bei Pollys Hochzeit, dachte sie. Ihr Besuch hier läßt nichts Gutes ahnen. Hoffentlich platzt Dominic nicht in die Unterhaltung, die wohl unvermeidlich ist.

»Juniper, setz dich! Ich muß mit dir reden«, befahl Alice. Der scharfe Unterton in ihrer Stimme steigerte Junipers Nervosität.

»Annie, bitte geh und spiel eine Weile draußen. Braves Mädchen«, sagte Alice liebevoll, als Annie folgsam zur Tür ging.

»Ich möchte mit dir über Jonathan sprechen.«

»Was ist mit ihm?« fragte Juniper leichthin und setzte sich neben ihre Großmutter aufs Sofa.

»Ich nehme an, du hast dich mit ihm unanständig benommen.«

Juniper lachte schallend. »Was für eine komische Formulierung, Großmama.«

»An einem derartigen Benehmen ist nichts komisch, und auch nicht an den Konsequenzen.«

»Was für Konsequenzen?«

»Du hast ganz offensichtlich Pollys Herz gebrochen, und sie hat sich direkt in Andrews Arme gestürzt. Der Gesundheitszustand dieses jungen Mannes ist äußerst bedenklich. Er hätte in dieser Verfassung nicht heiraten dürfen.«

»Dazu habe ich Polly nicht gebracht – sie wollte Andrew unbedingt heiraten. Dabei war ihr Jonathan im Weg.«

»Das ist also erst passiert, als Andrew in Pollys Leben zurückkehrte?« fragte Alice und gab sich einen Augenblick lang der Hoffnung hin, daß die Situation nicht so schlimm war, wie sie befürchtet hatte.

Juniper fühlte, wie sie errötete, und wußte, daß dieses Erröten ihre Antwort Lügen strafte, wenn sie nicht die Wahrheit sagte.

»Nun, nein ...« Sie starrte auf ihre Hände hinunter. »Nicht genau ...« fügte sie hinzu, blickte vorsichtig auf und schenkte ihrer Großmutter ein bezauberndes Lächeln. Aber dieses Mal gelang es ihr nicht, Alice mit diesem Lächeln zu entwaffnen.

»Ich möchte die ganze Geschichte erfahren, Juniper. Und ich bleibe, bis du mir alles erzählt hast.«

»Da gibt's wenig zu erzählen. Polly war nicht da, und ich hatte Mitleid mit Jonathan. Ich lud ihn ein, bei mir zu übernachten – und dann ist es einfach irgendwie passiert.«

»Nur dieses eine Mal?«

»Nein. Wir haben uns mehrere Wochen lang regelmäßig getroffen.«

»Juniper, wie konntest du nur?«

»Was für einen Unterschied macht das denn? Einmal oder ein dutzendmal – die Würfel waren gefallen, nicht wahr? Es war geschehen und konnte nicht mehr rückgängig gemacht werden.«

»Aber Polly ist deine beste Freundin.«

»Natürlich ist sie das, Großmama. Verstehst du denn nicht, daß ich ihr eigentlich einen großen Gefallen getan habe? Jonathan hat sie offensichtlich nicht genug geliebt, sonst wäre es doch nicht passiert, oder?«

»Ich kann dir nicht zustimmen. Er ist ein Mann, du bist eine Frau. Es lag bei dir, nicht bei ihm, daß es geschah. Wir beide wissen, wozu Männer fähig sind.«

»Ach, wirklich, Großmama? Diese Einstellung gefällt mir nicht, und außerdem finde ich sie schrecklich altmodisch. Okay, wir hätten es nicht tun sollen, aber Jonathan ist dafür genauso verantwortlich wie ich. Sein Verhalten ist sogar noch schändlicher, denn schließlich war er mit Polly verlobt, nicht ich«, verteidigte sich Juniper lebhaft. »Ich hab die Nase voll davon, daß immer den Frauen die Schuld gegeben wird. Und daß dieser Vorwurf ausgerechnet von dir kommt, erstaunt mich sehr. Als du schwanger wurdest, wer hat am meisten gelitten? Wem hat die Gesellschaft die Schuld gegeben? Dir! Du bist der letzte Mensch, von dem ich derartiges Geschwafel erwartet hätte.«

»Juniper, wirklich!«

»Es ist wahr, Großmama. Und du weißt es.«

»Es ändert nichts an der Tatsache, daß du das Leben deiner Freundin hättest zerstören können.«

»Herrje, Großmama, das habe ich doch nicht getan. Du meine Güte, Polly hatte in Paris monatelang eine Affäre mit Andrew. Ihm hätte nichts Besseres geschehen können, als Polly zu heiraten. Was Jonathan betrifft ... er ist schwach und wird immer fremdgehen.«

»Wenn du das gewußt hast, warum hast du ihn dann ermutigt?«

»Weil ich es wollte«, sagte Juniper, verärgert über diese Einmischung in ihr Leben.

»Du lieber Himmel, du bist ja noch ein Kind, nicht wahr? Ich will etwas haben, also nehme ich es mir. Ist dir nicht bewußt, daß du mit dieser Einstellung nicht durchs Leben gehen kannst?«

»Warum denn nicht? Manchmal fühle ich mich einsam, dann brauche ich Leute um mich.«

»Schämst du dich denn nicht?«

»Natürlich schäme ich mich. Wenn du mich nicht magst und Polly mich haßt, was glaubst du wohl, wie ich über mich denke? Ich verabscheue mich, kann aber nichts dafür, daß ich so bin.«

»Ach, Juniper.« Alice nahm voller Mitgefühl Junipers Hand. »Mein armer Liebling. Du hattest es zu leicht im Leben und wirst jetzt mit den Schwierigkeiten nicht fertig.«

»Ich habe mich geändert, Großmama. Den Mann, mit dem ich jetzt zusammenlebe, liebe ich wirklich. Ich werde nie wieder wie früher sein, das verspreche ich dir.«

»Wahrscheinlich hast du mehr unter dieser unglückseligen Sache gelitten, als ich dachte, und hast dich mehr dafür bestraft, als ich es je könnte.«

»O ja, Großmama. Du weißt nicht, wie niedergeschlagen ich war«, sagte Juniper und sah Alice mit großen flehenden Augen an. Obwohl sie sich weder für ihr Verhalten schämte noch sich selbst verabscheute, hatte sie es für besser gehalten, diese Gefühle vorzutäuschen, um der unerfreulichen Unterhaltung ein Ende zu setzen.

Drei Tage später, an einem Montagmorgen, nahm Alice mit Annie den Zug nach London. Dort fuhren sie direkt zu ihrem kleinen Haus in Chelsea, das muffig und modrig roch, weil es so lange unbewohnt gewesen war. Alice öffnete alle Fenster und nahm die Schutzbezüge von den Möbeln. Annie half ihr, die Betten zu beziehen, und dann gingen sie ein paar Lebensmittel einkaufen.

Alice hatte nicht vorgehabt, nach London zu kommen. Da sie jedoch Gertie geschrieben hatte, sie würde eine Woche *Gwenfer* fernbleiben, mußte sie noch einen Tag mit der Rückreise warten. Sie hätte in Nettlebed bleiben können, doch Junipers kaum verhohlene Abneigung Annie gegenüber hatte zu einer derart angespannten Atmosphäre geführt, daß Alice beschloß, lieber ein paar Tage in London zu verbringen. Alice hatte keine Eile, nach *Gwenfer* zurückzukehren. Schließlich wartete dort niemand mehr auf sie.

Am folgenden Morgen standen Alice und Annie früh auf und fuhren mit dem Bus zum Trafalgar Square, um die Tauben zu füttern. Annie hielt eine Tüte mit altbackenem Brot in der Hand, aus dem sie Krumen verstreute. Plötzlich schaute sie zu Alice hoch und sagte: »Du liebst doch Lady Gertie, nicht wahr?«

»Natürlich tue ich das. Aber das ändert nichts an der Tatsache, daß ich sehr böse auf sie bin.«

»Wirst du dich wieder mit ihr versöhnen?«

»Das weiß ich nicht, Annie.«

Annie runzelte die Stirn. »Aber sie ist deine beste Freundin. Du mußt dich wieder mit ihr vertragen.«

Alice bückte sich, nahm Annies Hand und sah sie ernst an. »Annie, hör mir zu. Was ich dir jetzt sage, ist sehr wichtig. Ja, ich werde Gertie immer lieben. Niemand kann ihren Platz einnehmen. Aber weißt du, ich glaube nicht, daß ich ihr je verzeihen kann.«

»Warum nicht?«

»Sie hat schlimme Dinge über Juniper gesagt. Juniper ist

meine Enkelin. Niemand darf sie kritisieren. Niemand. Verstehst du?«

»Auch nicht, wenn Juniper was Schlimmes getan hat?«

»Nun, es kommt darauf an, in welcher Stimmung diese Kritik vorgetragen wird ... und doch ...« Alice seufzte. »Nein, Annie, auch dann nicht«, fügte sie vehement hinzu. »Loyalität der Familie gegenüber ist eine der wichtigsten Voraussetzungen im Leben. Letztendlich bleibt dir nur die Familie. Die gilt es um jeden Preis zu schützen. Niemand, ganz gleich, wie sehr du diesen Menschen liebst, darf die Familie angreifen und ungestraft bleiben.« In ihrer Erregung hatte sie Annies Hand fest gedrückt.

»Du tust mir weh«, klagte Annie.

»Das tut mir leid.« Alice ließ ihre Hand los. Annie rieb sich das Handgelenk und fragte: »Was wirst du tun, wenn Gertie sagt, daß es ihr leid tut und sie nie wieder so etwas tun wird?«

»Ich könnte ihr vielleicht verzeihen, aber ich werde es *nie* vergessen.«

»Das ist traurig.« Annie drehte sich um. »Oh, schau, Alice. Die arme Taube dort drüben hat noch keine Krumen gekriegt.« Und sie lief mitten durch die Vogelschar, die erschreckt aufflatterte.

Nachdem das Brot verfüttert war, besuchten sie ein Konzert in St. Martin-in-the-Fields. Während der Aufführung hörte Alice gelegentlich ein dumpfes Dröhnen und merkte, daß die Zuhörer unruhig und unkonzentriert waren. Sie hoffte, daß dieses Geräusch nicht die Vorankündigung eines Luftangriffs war. Da sie noch nie einen Bombenangriff auf London erlebt hatte, kannte sie die Warnsignale nicht. Wie schrecklich es für Annie wäre, hätte sie das Kind erneut dieser Gefahr ausgesetzt.

Nach dem Konzert, wieder draußen auf dem Trafalgar

Square, merkte Alice, daß die Menschen nicht mehr gemächlich dahinschlenderten, sondern hastig davoneilten. Plötzlich schienen weniger Busse und Taxis über den Platz zu fahren. Aus Richtung Whitehall kam ein dumpfes Röhren, ähnlich einem kaputten Autoauspuff. Über den Häusern flog ein langes, zigarrenförmiges Objekt. Die Menschen rannten in Deckung und suchten Schutz in Hauseingängen. Alice und Annie standen wie gelähmt da und starrten das unheimliche Flugobjekt an.

»Duckt euch, ihr Narren!« schrie ein Mann. Er kam aus dem Eingang eines Ministeriums gelaufen, drängte die beiden in den Eingang und stieß sie zu Boden. Eine ohrenbetäubende Explosion ließ die Erde erbeben. Darauf folgte Todesstille und Sekunden später der Lärm von berstendem Glas und einstürzenden Gebäuden. Die Menschen im Hauseingang standen auf, schüttelten sich und klopften sich gegenseitig den Staub von den Kleidern.

»Was war das?« fragte Alice ihren Retter.

»Weiß Gott! Das Ding hatte weder einen Cockpit noch einen Piloten«, antwortete der Mann gleichzeitig schockiert und erstaunt.

»Und es gab keinen Alarm«, sagte Alice verwundert.

»Es sah aus wie eine Rakete«, sagte der Mann und fügte hinzu: »Bei diesen Scheißdingern hilft kein Alarm. Entschuldigen Sie meine Ausdrucksweise. Sie sollten mit der Kleinen besser nach Hause gehen. Sie sind wohl nicht von hier?«

»Nein. Wir sind aus Cornwall für ein paar Tage nach London gekommen.«

»An Ihrer Stelle würde ich so schnell wie möglich dorthin zurückkehren.«

»Ja, ich glaube, Sie haben recht,« sagte Alice mit einem freudlosen Lächeln. »Komm, Annie. Wir suchen uns ein

Taxi und fahren nach Hause. Dort sind wir in Sicherheit.«
Sie streckte die Hand nach dem Mädchen aus, das am
ganzen Körper bebend zurückwich und sich gegen die
Hauswand drückte. »Annie, Liebling, es ist vorbei. Du
brauchst keine Angst mehr zu haben.«
»Die Kleine steht wohl unter Schock«, sagte der freundliche
Mann. »Wo wohnen Sie denn?«
»In Chelsea.«
»Mein Auto steht weiter unten, am Embankment. Ein Taxi
werden Sie jetzt wohl kaum finden. Ich fahre Sie nach
Hause.«
Alice nahm das zitternde Kind auf den Arm und folgte dem
Mann. Annie preßte ihr Gesicht fest gegen Alice' Schulter.
Als Alice die Tür ihres kleinen Hauses hinter sich schloß,
lehnte sie sich erschöpft dagegen und stieß einen Seufzer
der Erleichterung aus. »Wir sind jetzt in Sicherheit«, sagte
sie zu Annie, die wie erstarrt dastand und den gleichen
geistesabwesenden Ausdruck in den Augen hatte wie bei
ihrer Ankunft auf *Gwenfer*. Obwohl Alice versuchte, das
Kind zu beruhigen, wußte sie, daß es in London keinen
Schutz vor Bomben gab und ihr Leben in Gefahr war.
In dieser Nacht schlief Annie in Alices Bett. Noch im Schlaf
zuckte der kleine Körper vor Angst. Alice hatte die Vorhänge
zurückgezogen, weil sie unlogischerweise dachte, wenn
sie die Raketen kommen sähe, könnte sie ihnen auf irgendeine Weise entfliehen. Während der ganzen Nacht beobachtete sie, wie die scharfen Strahlen der Suchscheinwerfer
kreuz und quer über den Nachthimmel huschten.
Alice hörte die Rakete kommen. Atemlos und völlig verkrampft wartete sie auf die Explosion. Die Stadt schien in
Totenstille erstarrt zu sein. Das ferne Knattern des Antriebs-
motors der Rakete verstummte, ein riesiger Schatten verdunkelte den Himmel vor dem Fenster ihres Hauses und

fiel in unmittelbarer Nähe auf die Straße. Alice warf sich über Annie, die verstört aufschreckte, mit Händen und Füßen um sich schlug und immer wieder schrie: »Ich will nicht sterben! Ich will nicht sterben!« Alice betete. Sie, die ihr Leben lang jeden Gott und jede Religion abgelehnt hatte, betete wie eine überzeugte Christin.

Die Explosion erschütterte das Haus, zerschmetterte die Fenster und schleuderte Glassplitter über ihr Bett. »Oh, danke, danke«, stammelte Alice erleichtert, wiegte Annie in ihren Armen und war gleichzeitig beschämt über ihre Erleichterung, denn diese Bombe hatte andere Häuser zerstört, andere Menschen getötet.

»Siehst du, Annie, jetzt ist alles gut. Ich lasse es nicht zu, daß dir etwas passiert.«

»Ich dachte, wir müßten sterben, Alice.«

»Pst, sei ganz ruhig.« Alice zwang sich trotz ihres pochenden Herzens zu einem Lächeln.

Paddington war am nächsten Morgen ein einziges Chaos, als die Menschenmengen in den Bahnhof drängten, um vor den todbringenden Raketen aus London zu fliehen. Alice nahm Annie auf den Arm und kämpfte sich durch den Ansturm der Reisenden in ein Abteil. Ein Soldat hatte Mitleid mit den beiden und bot ihnen seinen Sitzplatz an. Mit Annie auf dem Schoß blickte Alice zum Fenster hinaus, als der Zug, der sie in Sicherheit bringen würde, langsam anfuhr.

## 13

Juniper verabschiedete sich ohne Trauer von ihrer Großmutter. Obwohl Alice ihr – oberflächlich gesehen – wegen Jonathan verziehen zu haben schien, war sich Juniper dessen nicht sicher. Ihr waren Alice' nachdenkliche Blicke nicht entgangen, und auch nicht die kurz angebundene Art, die ein krasser Gegensatz zu ihrer früheren unendlichen Geduld war. Während des Besuchs hatte eine reizbare, angespannte Atmosphäre geherrscht, die beide Frauen erschöpfte.

Juniper konnte auch Annies Anwesenheit nicht vertragen und gestand sich ein, daß sie auf das Kind maßlos eifersüchtig war. Sie nahm es Annie übel, daß sie jetzt der Mittelpunkt von Alice' Leben war, wo einst ihr alle Aufmerksamkeit gegolten hatte. Sie haßte die Vertrautheit zwischen den beiden, haßte die Erkenntnis, daß ihre Großmutter jemand anderen außer ihr lieben konnte. Juniper tröstete sich mit dem Gedanken, daß nach Ende des Krieges Annie zu ihrer Familie zurückkehren würde, und dann würde Alice' ausschließliche Liebe wieder ihr gelten.

Voller Stolz hatte sie Dominic ihrer Großmutter vorgestellt, und die beiden hatten sich auf Anhieb verstanden. Doch nach dem ersten gemeinsamen Abend wollte Juniper die wenigen kostbaren Stunden wieder allein mit ihrem Geliebten verbringen. Auf der Fahrt zum Bahnhof hatte sie Alice gegenüber angedeutet, daß sie und Dominic heiraten würden. Alice hatte ihr freudestrahlend gratuliert. Juniper konnte die Frage nach dem Hochzeitstermin nur mit einer vagen Andeutung beantworten, aus dem einfachen Grund, weil Dominic ihr bis jetzt noch keinen Heiratsantrag gemacht hatte, sie aber überzeugt war, das sei nur eine Frage der Zeit.

Und dann war da noch das Problem mit dem Alkohol gewesen. Alice hatte während ihrer Anwesenheit im Haus genau registriert, wann und wieviel Juniper trank. Nach ihrer Rückkehr vom Bahnhof goß sich Juniper sofort einen großen Gin Tonic ein, trank ihn mit Genuß und fühlte sich wieder frei.

Eine Woche später hatte Juniper eine Zugehfrau gefunden, die nicht im Haus, sondern im *White Hart* wohnte.

»Liebling, kannst du dir das denn leisten? Die Löhne sind heutzutage doch horrend hoch«, sagte Dominic überrascht.

»Meine Großmutter hat darauf bestanden, daß ich mir eine Hilfe im Haushalt nehme, und bezahlt auch dafür. Sie machte sich Sorgen, daß die Arbeit für mich zu anstrengend ist.« Juniper lächelte ihn an und war erfreut darüber, wie leicht er ihre Lüge akzeptierte. Er machte ihr auch Komplimente über das mehrgängige Dinner, aber sie verschwieg ihm, daß sie mit Mrs. Clemence, der Wirtin des *White Hart,* ein Arrangement getroffen hatte, wonach die Mahlzeiten rechtzeitig vor Dominics Eintreffen ins Cottage geliefert wurden. Denn für Juniper war der Reiz des Neuen bald verflogen, und die Hausarbeit und das Kochen machten ihr keinen Spaß mehr. Es war ein Spiel gewesen, dessen sie jetzt müde geworden war. Es überstieg ihr Begriffsvermögen, daß manche Frauen ihr ganzes Leben lang nichts anderes taten.

Der schnelle Vormarsch der Alliierten auf dem Kontinent gab Grund zu der Hoffnung, daß der Krieg bald zu Ende sein würde. Jetzt schmiedeten nicht nur Optimisten Zukunftspläne. Oft saßen Juniper und Dominic auf dem Sofa, und sie lauschte seinen Plänen.

»Ich werde nach Oxford gehen und studiere Jura. Und danach kommt Westminster, hoffe ich wenigstens.«

»Darauf brauchst du nicht zu hoffen. Sie werden dich anflehen, fürs Parlament zu kandidieren.«

»So leicht ist das nicht. Man muß zuerst gewählt werden. Vielleicht muß ich mich bei verschiedenen Wahlbezirken bewerben, ehe ich akzeptiert werde.«

»Du redest Unsinn, Liebling. Der erste Wahlbezirk, an den

du dich wendest, wird dich nehmen.« Sie lächelte ihn voller Stolz an.

Jetzt erging sich Juniper in Dominics Abwesenheit in Tagträumen über ihr Leben als Frau an der Seite eines Parlamentariers. Sie malte sich aus, wie sie stolz neben Dominic stände, während er seine brillanten Reden hielt. Sein Aufstieg würde kometenhaft sein, und bald würde sie als strahlende Gastgeberin Abendgesellschaften und politische Empfänge für den Staatsminister geben. Und wie ihr das Leben an der Seite des Premierministers – was Dominic unweigerlich werden würde – erst gefallen würde! Und wenn er von seinem Amt zurücktrat, um in den wohlverdienten Ruhestand zu gehen, würde er mit einem Adelstitel für seine Verdienste belohnt werden. Mit diesen angenehmen Träumen vertrieb sich Juniper die Zeit bis zu Dominics Rückkehr.

Ein paarmal hatte sie versucht, wieder zu schreiben, aber nach der Lektüre des Manuskripts, das sie in London verfaßt hatte, hatte sie die Blätter zerrissen und weggeworfen. Als Jonathans Buch endlich erschien, las sie die schmeichelhaften Kritiken und war erstaunt zu erfahren, daß er Talent besaß. Danach beschloß sie, ihr Vorhaben, einen Roman zu schreiben, aufzugeben und sich auf die Poesie zu konzentrieren – das schien eine weniger harte Arbeit zu sein.

Dominic wußte noch immer nicht, daß sie reich war. Mit diesem Problem würde sie sich nach dem Krieg befassen müssen. Eines Tages hatte Dominic sie gebeten, ein Abendessen für Gäste zu geben, die ihm – wie sie glaubte – bei seiner späteren politischen Karriere nützlich sein würden. Voller Entsetzen hatte sie deren Ansichten über Geld und Besitztum gehört. Nach ihrer Meinung gefragt, hatte sie aus ganzem Herzen zugestimmt, daß extremer Reichtum verabscheuungswürdig sei, und insgeheim unter ihrer Serviette den Daumen gedrückt. Als sie zustimmte, daß Reichtum gerecht verteilt werden sollte, drückte sie beide Daumen und nickte heftig, als von der »Obszönität ererbten Reichtums« gesprochen wurde.

»Du glaubst doch nicht wirklich an diese albernen Theorien, oder?« hatte sie Dominic gefragt, als die Gäste gegangen waren und sie das Geschirr und die Gläser wegräumten.

»Aber natürlich! Es ist nicht richtig, daß manche Menschen im Geld schwimmen, während andere nichts haben. Das sind keine ›albernen‹ Ansichten, sondern ernsthafte Prinzipien.«

»Und wenn dir dein Vater ein kleines Vermögen hinterlassen hätte? Ich wette, dann würdest du anders darüber denken.«

»Er hat es nicht getan, also stellte sich mir dieses Problem nie. Außerdem bin ich überzeugt, daß ich dann ebenso denken würde.«

»Die Menschen können doch nichts dafür, wenn sie etwas erben, oder?«

»Nein, aber niemand kann sie daran hindern, das zu verschenken, was sie geerbt haben. Mit diesem Problem werden wir uns höchstwahrscheinlich nie auseinandersetzen müssen, nicht wahr? Außer deine Großmutter hinterläßt dir ein enormes Vermögen.« Er lachte. »Damit ist wohl nicht zu rechnen, oder?«

»Sie bezieht Einkünfte aus einem Treuhandvermögen. Das Kapital gehört ihr nicht.«

»Aha.« Er wirkte erleichtert. Seine Reaktion erfüllte sie mit freudiger Hoffnung. Offenbar wünschte er nicht, daß sie ein Vermögen erbte, was nur bedeuten konnte, daß er sie mit in seine Zukunftspläne einbezog.

Danach beschäftigte sie nur noch der Gedanke, was sie mit

ihrem Reichtum anfangen sollte. Ihr Vermögen zu verschenken war keine Lösung, die ihr gefiel. Vielleicht könnte sie einen Teil hergeben, um sein Gewissen zu beruhigen. Es war nicht nötig, daß er je erfuhr, wie groß ihr Vermögen wirklich war, außerdem wußte sie es selbst nicht. Und schließlich gab es noch die Hoffnung, daß er seine Meinung änderte, wenn er erst einmal erfuhr, daß sie reich war, und ebenso viel Gefallen am Geld fand wie sie. England war wirklich ein merkwürdiges Land. In Amerika würde jeder Mann mit politischen Ambitionen seinem Glücksstern auf Knien für eine reiche Frau danken, die bereit war, seinen Wahlkampf zu unterstützen. Vielleicht könnte sie Dominic dazu bringen, die Partei zu wechseln – das wäre die beste Lösung. In ihren Augen waren seine Ansichten gut gemeint, aber ziemlich naiv; sie hatte in ihrem Leben genug sozialistische Millionäre kennengelernt und wußte, daß Reichtum kein Stolperstein in der Politik war.

Ganz gewiß wollte sie nach ihrer Heirat nicht länger in diesem Cottage auf die Erfüllung ihres Lebenstraums warten. Die Hausfrau zu spielen hatte ihr kurzfristig Spaß gemacht, doch jetzt war der Reiz des Neuen verflogen, und die Beengtheit der Räume ging ihr auf die Nerven.

Dominic hatte ihr mit Worten und Taten bewiesen, daß er sie liebte. Dieses Gefühl, um ihrer selbst willen geliebt zu werden, hatte sie gebraucht – und bekommen. Jetzt wollte sie wieder reich sein und den ganzen Komfort genießen, den der Reichtum bot. Aber wann und wie sollte sie Dominic die Wahrheit sagen?

Sobald der Krieg vorbei war, würden sie hier wegziehen, und er würde herausfinden, daß sie Häuser in London besaß. Vielleicht sollte sie diese Häuser gegen ein kleineres eintauschen. Sie beschloß zu warten, bis sie verheiratet war, ehe sie ihm von ihrem Reichtum erzählte.

Aber er sprach nie von Heirat.

Eines Abends im Juli saßen sie im Garten und tranken eine der letzten Flaschen Champagner. Juniper hoffte auf ein baldiges Ende des Krieges, denn ihr Weinkeller leerte sich erschreckend schnell. Der Abend war der krönende Abschluß eines vollkommenen Tages. Nach einem Picknick im Wald waren sie erschöpft, aber zufrieden nach Hause gekommen.

»Wo werden wir nach dem Krieg leben?« fragte sie und reckte die Arme über ihren Kopf.

»Ich hoffentlich in Oxford. Wo du hingehst, weiß ich nicht.«

Es war, als hätte jemand einen Eimer voll eiskaltem Wasser über sie geschüttet. Sie ließ die Arme sinken und verschränkte die Hände in ihrem Schoß. Mit brennenden Augen starrte sie darauf und schluckte krampfhaft.

»Ich verstehe«, sagte sie schließlich tonlos.

»Wahrscheinlich nicht. Tut mir leid, Liebling.«

»Es war eine schöne Zeit. Die möchtest du nicht verderben, nicht wahr? Das kann ich verstehen. Du hast wohl recht ... es gibt nichts Langweiligeres als ein häusliches Leben.« Ihre Worte klangen tapfer; sie hatte das Gefühl zu sterben.

»Das ist es nicht, Juniper.«

»Nein?«

»Ich liebe dich.«

»Oh, ja.« Ihr entfuhr ein kurzes, bitteres Auflachen, das sie sofort bereute – Männer mochten keine Bitterkeit. »Das sagst du mir ständig«, fügte sie mit erzwungener Leichtigkeit hinzu.

Dominic setzte sich neben sie, legte den Arm um ihre Schultern, aber sie wandte den Kopf ab, damit er die Qual und Enttäuschung in ihren Augen nicht sehen konnte.

»Ich würde dich gern bitten, mich zu heiraten, Liebling.

Aber das wäre nicht fair. Es wird eine Ewigkeit dauern, bis ich mir den Status eines Ehemannes leisten kann. Vor mir liegt ein jahrelanges Studium, und der Himmel weiß, wann ich beruflich so etabliert sein werde, um einen Versuch in der Politik zu wagen, geschweige denn eine Ehe einzugehen.«

Juniper saß ganz still da. War das der Augenblick, ihm zu sagen, daß er sich nie wieder in seinem Leben wegen Geld Sorgen machen mußte? Sollte sie das Risiko eingehen? Vielleicht nicht. Vielleicht war es besser, noch eine Weile zu warten. Sie mußte ihn langsam daran gewöhnen, daß sie reich war. Dieses Wissen änderte stets das Verhalten der Menschen ihr gegenüber. Aber ihr Herz jubilierte jetzt. Er wollte sie heiraten, das war das einzig Wichtige. Alles andere kann ich arrangieren, dachte sie zuversichtlich. Ich werde mich ihm unentbehrlich machen.

»Liebling, es macht mir nichts aus, daß du kein Geld hast. Wie du weißt, bekomme ich von meiner Großmutter eine kleine Unterstützung, davon können wir beide leben.« Mittlerweile glaubte sie beinahe selbst die Lügen, was ihre finanzielle Situation betraf.

»Das wäre nicht richtig. Ich möchte meine Frau selbst ernähren können.«

»Was bist du doch für ein altmodischer Mann, dabei vertrittst du radikale Ansichten«, sagte sie fröhlich.

»An manchen Dingen sollte man festhalten.«

»Dann warte ich eben. Es ist mir egal, wie lange es dauert. Ich werde mich wie eine Klette an dich hängen.«

Er küßte sie. »Wie kann ich hoffen, daß eine wunderschöne Frau wie du auf mich wartet?«

»Das entscheide allein ich, nicht wahr? Wir ziehen nach Oxford, mieten dort in der Nähe ein kleines Cottage – vielleicht ein bißchen größer als dieses hier«, fügte sie hastig hinzu. »Würde dir das gefallen?« Sie lächelte ihn mit kindlicher Unbefangenheit an.

»Ach, Liebling, was glaubst du denn?«

Juniper lehnte sich im Sessel zurück und war wieder glücklich. Es war nur eine Frage der Zeit, bis sie Mann und Frau sein würden.

Die Nachrichten über die V-1-Angriffe auf London und die verheerenden Zerstörungen, die diese Raketen anrichteten, waren erschreckend. Juniper beschloß, nach London zu fahren, um ein paar Sachen aus ihrem Haus in Belgravia zu retten.

Sie fuhr auf den Platz und bremste abrupt. Irgendwann in den vergangenen Tagen hatte ihr Haus einen Volltreffer abgekommen. Sie stieg aus dem Auto und ging zu dem Schutthaufen. Da gab es nichts mehr zu retten. Alles, was nicht zerstört worden war, hatten längst Plünderer mitgenommen. Sie betrachtete eine Weile die Ruine, dachte an die Partys und die Soldaten, die bei ihr verkehrt hatten und vielleicht mittlerweile an der Front gestorben waren. In diesem Haus war sie nie glücklich gewesen, und da sie es nur gemietet hatte, weckte der Verlust keinerlei Bedauern in ihr. Nun, dachte sie lächelnd, davon brauche ich Dominic nichts mehr zu erzählen. Jetzt muß ich nur noch eine Erklärung für das leerstehende Haus in Hampstead finden, und vielleicht mache ich mir nicht einmal die Mühe. Sie ging wieder zu ihrem Auto, stieg ein und fuhr ohne einen Blick zurück zwischen den Ruinen entlang davon.

Da ihre Pläne jetzt durcheinandergeraten waren, beschloß sie, nach Mayfair zu ihrer Schneiderin zu fahren – seit sie Dominic kennengelernt hatte, hatte sie kein neues Kleid gekauft. Es war Zeit, daß sie sich einen kleinen Luxus gönnte.

Nach etlichen Umwegen, da viele Straßen zerstört waren, bog sie von der Piccadilly in eine Seitenstraße ab. Ihr Blick fiel auf einen Scherbenhaufen vor einem zerbombten Apartmentblock, der von einem Arbeiter zusammengekehrt wurde. Sie trat auf die Bremse.

»Entschuldigen Sie. Gehört das jemandem?«

»Aber es ist zerbrochen. Sehen Sie, da sind nur ein paar Scherben übrig. Ich weiß nicht, ob ein Stück fehlt.«

»Das macht nichts. Ich kann es reparieren lassen.« Sie stieg aus und suchte zusammen mit dem Arbeiter die Scherben aus dem Geröll.

»Was ist mit den Menschen, die in diesem Gebäude gelebt haben?«

»Sind wohl alle tot, nehme ich an. Eine V 1 hat das Haus getroffen. Warum? Kannten Sie jemanden, der hier gewohnt hat?«

»Ja, vage. Ihr gehörte diese Schale.«

»Tja, jetzt kann sie damit wohl nichts mehr anfangen, vermute ich.«

»Nein. Danke.« Sie lächelte, als ihr der Mann vorsichtig die Scherben einer azurfarbenen Schale in die Hände legte.

# ZWEITER TEIL

ZWEITER TEIL

# VIERTES KAPITEL

## 1

Der Verkehrslärm auf der Fifth Avenue war im dreißigsten Stockwerk nur noch als gedämpftes Rauschen zu hören. Die Menschen, die unten über die Bürgersteige eilten, ähnelten Ameisen. Hal Copton verbrachte viele Stunden vor diesem Fenster des Penthouse. Es war sein Lieblingsplatz, wo er gern saß und nachdachte. Diese Position, so hoch über dem Rest der Menschheit, gab ihm ein angenehmes Gefühl der Überlegenheit. Dann wähnte er sich gern in dem Glauben, alles erreichen zu können, was er sich wünschte, daß er ein Leben führte, das sich grundsätzlich von dem gewöhnlichen Dasein anderer Menschen unterschied. Diese Selbsteinschätzung war nicht übertrieben, denn Hal war ein ungewöhnlicher und exzentrischer Mann.

Von den zwanzig Räumen des Penthouse gefiel ihm dieser am besten. Er war groß, ein Raum, der sich über mehrere künstlich geschaffene Ebenen erstreckte – diese Kreation war sein Werk. Eine Wand bestand aus hohen Glasschiebetüren, die auf eine riesige Terrasse hinausführten, auf der er einen Dachgarten angelegt hatte, der das Gesprächsthema von Manhattan war. Dort im Schatten der Bäume, umgeben von Blumenrabatten, zu sitzen, dem Plätschern des Springbrunnens im Teich zu lauschen, in dem ein mächtiger Karpfen schwamm, ließ ihn vergessen, daß er auf einem Wolkenkratzer inmitten von New York lebte.

Er saß in einem Sessel aus weichstem weißen Wildleder und betrachtete mit gewohnter Freude diesen Raum, dessen Anblick ihm mehr Vergnügen bereitete als eine Skulptur oder ein Gemälde.

Als er in dieses Penthouse einzog, war es eine Ansammlung von kostbaren Antiquitäten gewesen; riesige, goldgerahmte Gemälde hatten an den Wänden gehangen, und Kristallüster von unschätzbarem Wert hatten jedes Zimmer verunziert. Diese geschmacklose Ausstattung war das Werk seines Schwiegervaters, Marshall Boscar, gewesen. Zum Glück für Hal hatte seine damalige Frau, Juniper, eine derartig heftige Abneigung gegen ihren Vater entwickelt, daß sie angeordnet hatte, das ganze Penthouse umzugestalten, als hätte sie damit jede Erinnerung an ihn auslöschen können.

Zu diesem Zeitpunkt hatte Hal seine wahre Berufung entdeckt – er war Innenarchitekt geworden. Junipers großzügige finanzielle Unterstützung hatte ihm dabei geholfen, doch er hatte letztendlich die Entscheidungen getroffen und die Arbeit gemacht. Sie war damals schwanger gewesen und hatte ihm völlig freie Hand gelassen. Das antike Gerümpel war entfernt und aus den Räumen ein hypermodernes, spärlich, aber schön eingerichtetes Apartment geworden. Bei seiner Rückkehr nach New York, nach Ausbruch des Krieges, hatte er sein Werk vollendet. Alle Möbel waren handverlesene Kunstwerke, wie die abstrakten Gemälde und Skulpturen, und bildeten zusammen mit der Farbgestaltung in Weiß und Primärfarben, dem Chrom und Stahl, den Lackarbeiten, ein atemberaubendes Beispiel der Avantgarde. Noch nach zehn Jahren zählte dieses Penthouse zu einem Musterstück der Innenarchitektur und hatte Hals Ruhm begründet.

Und seit fünf Jahren war Hal Copton der begehrteste Innenarchitekt der New Yorker High-Society. Der Vorteil, ein englischer Adliger zu sein, hatte ihm überdies den Zugang zur Gesellschaft erleichtert.

Hals angenehme Gedanken wurden von seinem Butler unterbrochen, der ins Zimmer kam und verkündete: »Mr. Macpherson ist am Telefon, Milord.«

»Danke, Romain.« Hal griff nach dem Apparat, der neben ihm auf einem kleinen Beistelltisch stand, und nahm den Hörer ab.

»Hal? Ich muß Sie dringend sprechen«, dröhnte die rauhe Stimme des Anwalts aus der Leitung.

»Das kommt mir ungelegen.«

»Bitte, Hal. Es ist wichtig«, drängte Charlie mit einem flehenden Unterton.

»Sie hören sich ziemlich verzweifelt an.«

»Das bin ich auch.«

»Na gut. Ich gebe Ihnen fünf Minuten zwischen zwei Verabredungen. Kommen Sie in einer Stunde hierher – fünf vor sechs.«

Hal legte auf. Er hatte keine Termine, doch in diesem Land erweckte es keinen guten Eindruck, auch nur eine Minute des Tages untätig zu sein. Die Menschen hier respektierten niemanden, der nicht ständig damit beschäftigt war, Verträge abzuschießen und Geld zu verdienen. In den vergangen Jahren hatte Hal eine Menge über die Mentalität der Amerikaner gelernt.

Gemächlich stand er auf. Er war ein hochgewachsener Mann, hatte kurzes, schwarzes Haar, das mit Pomade straff zurückgekämmt war und glänzte wie die Lackmöbel, die er so liebte. Sein Oberlippenbart war perfekt gestutzt. Er war ein gutaussehender Mann und wußte es.

»Ich ziehe mich jetzt um, ehe Mr. Macpherson kommt«, sagte er zu seinem Butler.

Fünf Minuten vor sechs kam er geduscht, parfümiert und makellos gekleidet – er trug ein schwarzes Dinnerjackett – in den Raum zurück. Auch wenn Hal allein war, zog er sich zum Dinner um.

Romain führte den unerwarteten Besucher herein.

»Was ist los, Charlie? Konnten Sie mir diese dringende Sache nicht am Telefon erzählen?«

»Wir könnten abgehört werden.«

»Sie sind paranoid, Charlie. Wer könnte sich für unsere Gespräche interessieren? Möchten Sie einen Drink?«

»Ja, einen großen Brandy.«

Während Hal den Drink eingoß – nur einen, denn er trank nie vor sieben Uhr abends –, betrachtete er seinen Partner. Charlie sah schlecht aus. Sein Gesicht war schweißbedeckt, und sein Teint wirkte kränklich gelb. Er nahm den Drink und leerte das Glas in einem Zug.

»Erzählen Sie endlich«, forderte Hal ihn auf, nachdem Charlie in einem bequemen Sessel Platz genommen und ein zweites Glas in der Hand hatte.

»Es betrifft Juniper. Sind Sie informiert?«

»Die letzte Nachricht, die ich erhielt, betraf ihre Heirat mit Dominic Hastings, einem Kriegshelden«, sagte Hal spöttisch. »Das war vor 1946, also vor drei Jahren. Warum? Ist sie tot?«

»Nein, nichts dergleichen. Sie kommt nach New York. Und das ist das Problem.«

»Wann?«

»Heute abend, und das ist das andere Problem.«

»Sie hätten mich früher informieren müssen, Charlie.« Hal schlug die Beine übereinander und zupfte an der rasiermesserscharfen Bügelfalte seiner Hose, das einzige Anzeichen dafür, daß ihn diese Nachricht etwas aus der Fassung brachte.

»Das konnte ich nicht, weil ich es selbst eben erst erfahren habe. Gestern erhielt ich ein Telegramm von ihr. Natürlich nahm ich an, daß sie mit dem Schiff kommt, dann hätten wir fünf oder sechs Tage Zeit gehabt, unsere Strategie zu planen. Aber, nein! Juniper fliegt! Kommt heute abend in Idlewild an.« Die Worte sprudelten nur so aus Macphersons Mund und raubten ihm den Atem.

»Juniper hat das Meer immer gehaßt. Es erinnert sie an ihren Großvater, der ertrunken ist, hat sie mir einmal erzählt. Natürlich zieht sie es vor zu fliegen«, sagte Hal ruhig.

»Nun, das läßt Ihnen nicht viel Zeit, wie, Charlie?«

»Verdammt, das betrifft *uns* beide, nicht nur mich allein!«

»Sie irren sich, Charlie, alter Knabe. Wie Sie wissen, kann keine Transaktion zu mir zurückverfolgt werden.«

»Vielleicht habe ich über jeden Bargeldtransfer, der zwischen Ihnen und mir erfolgte, eine Notiz angefertigt?«

»Ich bezweifle, daß Sie derartiges Belastungsmaterial besitzen, Charlie, alter Junge. Das ist nicht Ihr Stil. Außerdem würde Ihr Wort gegen meines stehen, nicht wahr? Und ich kann Ihnen sagen, wem meine Exfrau mehr vertrauen würde.«

»Ihr aufwendiger Lebensstil könnte einer Erklärung bedürfen«, sagte Charlie mit einem triumphierenden Glitzern in den Augen.

»Eigentlich nicht. Ich habe geschickt investiert, und mein Innenarchitektenbüro ist ein gewinnbringendes Unternehmen. Was war ich doch für ein emsiger Biber – alles legal erworben.« Hal lachte. »Der Wert meiner Immobilien steigt von Jahr zu Jahr. Dank Ihrer Großzügigkeit, Charlie, bin ich heute ein reicher Mann. Ohne Sie hätte ich das nicht geschafft.« Hal grinste ironisch.

»Fehlt noch die Erklärung, woher Sie das Anfangskapital hatten. Das könnte sich als schwierig erweisen.«

»Ich war immer ein Spieler, Charlie, mein ganzes Leben lang – manchmal erfolgreich, manchmal nicht. Durch diese Hände sind Vermögen geflossen.« Er hob seine langfingrigen, eleganten Hände. »Meine Frau weiß das besser als sonst jemand. In Amerika hatte ich gute Karten, mehr brauche ich nicht zu sagen. Aber wozu die Panik? Sie kennen doch Juniper. Es ist unwahrscheinlich, daß sie sich plötzlich für die Geschäftsbücher interessiert. Falls ja, fehlt es ihr an der nötigen Intelligenz, Unregelmäßigkeiten zu entdecken. Wie Sie wissen, hat sich Juniper nie fürs Geschäft interessiert. Versorgen Sie sie weiterhin mit Geld, mehr erwartet sie nicht. Natürlich könnte die Geschichte anders aussehen, wenn sie ihren neuen Ehemann mitbringt. Es besteht immer das Risiko, daß er sich für das Vermögen seiner Frau interessieren könnte. Befürchten Sie etwa, er könnte das tun, was ich getan habe, und herausfinden, was für ein Betrüger Sie sind?«

»Es geht nicht nur um die Bücher. Da gibt es andere Dinge, über die Sie nicht Bescheid wissen.«

Hal beugte sich interessiert vor. »Du meine Güte, wollen Sie damit etwa sagen, daß Sie mir gegenüber nicht immer aufrichtig waren? Betrug an Ihrer Arbeitgeberin und auch an mir, Ihrem alten Freund, begangen haben? Das ist aber nicht nett, Charlie.« Hal lachte kurz auf. Es war ein bösartiges Lachen. »Was sind das für Dinge?«

»Besitztümer – nun, vor allem ein Großteil der Stadt des Alten.«

»Nun, das war dumm von Ihnen.«

»Als das Soßengeschäft in Schwierigkeiten geriet, habe ich diesen Teil des Unternehmens verkauft und hielt es für sinnlos, am Rest der Besitztümer festzuhalten.«

»Charlie, anscheinend haben Sie vergessen, daß Sie nicht an Dingen festhalten können, die Ihnen gar nicht gehören.

Ich nehme an, Sie haben alles verkauft und auf Junipers Konto nur die Hälfte des Erlöses verbucht.«

»Davon weiß sie nichts. Ich habe schon vor Jahren damit aufgehört, sie mit geschäftlichen Details zu belästigen. Nach ihrer Heirat und der Aufhebung der Treuhandsverpflichtung schuldete ich dem Gericht keine Erklärungen für meine Geschäfte mehr, wie Sie sehr wohl wissen. Und Juniper hat nie Interesse daran gezeigt.«

»Und Sie haben ihr nicht gesagt, daß die Pickles- und Soßenfirma ihres geliebten Großvaters verkauft wurde? Darüber wird Juniper nicht glücklich sein. Ich glaube, diesbezüglich hat sie ganz eigene Ansichten. Sie hat diesen alten Bastard angebetet. Nie hätte sie die Erlaubnis zum Verkauf gegeben.«

»Dieser Geschäftszweig mußte verkauft werden, er warf keine Gewinne mehr ab. An dieser Entscheidung ist nichts verkehrt. Ich besaß die Vollmacht und hielt den Verkauf aufgrund meiner Einschätzung für gerechtfertigt.«

»Na, na, Charlie! Dieses Unternehmen war eine kleine Goldmine, das wissen Sie genau. Es steckte nie in Schwierigkeiten. Wohin man auch geht, in jeder Imbißstube, in jedem Lebensmittel- und Delikatessengeschäft stehen Wakefields Soßen und Pickles. Es ist noch immer ein blühendes Geschäft. Juniper könnte Sie deswegen verklagen, ist Ihnen das klar? Sie haben eindeutig Ihre Vollmachten überschritten. Großer Gott, Charlie, haben Sie denn nicht genug abgesahnt? Sie waren zu gierig und konnten diesem Riesendeal nicht widerstehen, wie? Sie sind ein verdammter Narr, Charlie!«

»Ich weiß«, antwortete Charlie verdrießlich. »Das brauchen Sie mir nicht zu sagen.«

»Was haben Sie jetzt für Pläne? Wollen Sie bleiben und ganz unverfroren die Sache durchstehen? Nein, dafür mangelt es Ihnen an Mut. Bleibt Ihnen nur Brasilien oder Mexiko. Ich rate Ihnen, schnellstens die Flucht zu ergreifen. Aber, was wird dann aus Mrs. Macpherson? Sie ist doch eine Säule der New Yorker Gesellschaft und diverser Wohltätigkeitseinrichtungen. Wird ihr ein Leben in Südamerika gefallen? Nun, vielleicht sollten Sie Argentinien in Betracht ziehen. Buenos Aires hat eine prachtvolle Oper, gerade der passende Rahmen für eine so kultivierte Frau.« Hal lachte hämisch.

»Copton, Sie sind ein Bastard!«

»Ja, ich bin ein Bastard, so wie Sie, Charlie. Nur weniger gierig.«

»Und was ist mit diesem Penthouse? Es wird Juniper nicht gefallen, daß ausgerechnet Sie all die Jahre hier gewohnt haben.«

»Eins muß ich Juniper lassen – sie war nie gemein oder rachsüchtig. Also wird es ihr nichts ausmachen, daß ich hier gewohnt habe. Im Gegenteil, ich wette mit Ihnen um hundert Dollar, daß sie mir dankbar dafür sein wird, daß ich mich um die Wohnung gekümmert habe. Meine kleine Exfrau hat mich sehr gern. Eigentlich ist es schade, daß sie wieder geheiratet hat. Vielleicht hätten wir wieder zueinanderfinden können.«

»Sie sind ein Scheißkerl, Hal. Der armen Juniper hätte nichts Schlimmeres passieren können, als Ihnen zu begegnen.«

Hal lachte über die Beleidigung. »Ausgerechnet Sie sprechen von der ›armen‹ Juniper. Denken Sie doch an die Millionen, die Sie ihr gestohlen haben.«

»Aber ich kann doch mit Ihrer Hilfe rechnen, nicht wahr, Hal? Gemeinsam werden wir plausible Erklärungen für unsere geschäftlichen Transaktionen finden.«

»Sind Sie verrückt? Ich denke nicht daran. Damit würde ich

mich ja selbst ans Messer liefern. Sollten Sie meinen Namen auch nur in Verbindung mit einem Ihrer miesen Geschäfte erwähnen, werde ich Schimpf und Schande über Sie und Ihre Familie bringen. Raus mit Ihnen, Macpherson! Sie sind ein elender, gieriger Nassauer!« Hal betrachtete den Anwalt mit arroganter Verachtung, stand auf und ließ den verängstigten Mann allein.

Charlie Macpherson fuhr verzweifelt und deprimiert zu seiner perfekten Frau in seiner luxuriösen Villa an der Upper East Side zurück. Während sich seine Frau zum Dinner umzog, erklärte er, im Arbeitszimmer noch etwas erledigen zu müssen.

In dem überladenen Raum setzte er sich an seinen prunkvollen Schreibtisch und schrieb einen Brief. Dann saß er reglos da und betrachtete seinen kostbarsten Besitz – ein Selbstporträt von Rembrandt.

Sein Blick schweifte von dem Gemälde zu einem Foto im Silberrahmen, das auf seinem Schreibtisch stand. Es war im ersten Jahr seiner Anstellung bei Lincoln Wakefield aufgenommen worden und zeigte ihn an der Seite seines Arbeitgebers. Charlie wußte, was Lincoln, dieser harte und skrupellose Geschäftsmann, mit ihm getan hätte, würde er noch leben – er wäre bereits ein toter Mann. Einst war er stolz auf das Vertrauen gewesen, das der alte Mann in ihn gesetzt hatte. Dieses Vertrauen hatte er auf unverzeihliche Art und Weise mißbraucht. Er öffnete eine Schublade und entnahm ihr eine kleine braune Flasche. Er leerte den Inhalt auf die Schreibtischplatte; weiße Pillen rollten über das feine Leder. Er sammelte sie sorgfältig ein und reihte sie ordentlich auf. Dann goß er sich ein volles Glas Bourbon ein. Einen Augenblick starrte er die weißen Pillen an, schaufelte ein halbes Dutzend in seine Hand und schluckte die Tabletten mit Bourbon hinunter. Mit jedem weiteren Schluck Bour-

bon nahm er eine Pille, bis keine mehr übrig war. Dann saß
er da – Tränen strömten über seine Wangen – und starrte
das Foto von Lincoln Wakefield an, dem Mann, dem er
seinen Erfolg und alles, was er besaß, zu verdanken hatte,
und dessen Enkelin ihn jetzt ruinieren würde.

## 2

Auf dem langen Flug nach New York hatte Juniper Zeit,
darüber nachzudenken, warum sie auf diese dramatische
Weise Hals über Kopf aus dem Haus gestürmt war. Alle
Ehepaare hatten manchmal Streit, doch es gab wenig Frau-
en, die das nötige Kleingeld besaßen, ein Flugzeug nach
New York zu nehmen. Ein normales Paar hätte im selben
Haus weiter zusammengelebt und wahrscheinlich dasselbe
Bett geteilt. Es hätte genügend Gelegenheiten gegeben,
ihre Differenzen beizulegen, die Probleme zu diskutieren
und sich zu versöhnen.
Diskutieren – das war ein Witz. Eines hatte sie in dieser Ehe
gelernt: Man diskutierte mit Dominic nicht. Er hielt Vorträ-
ge und duldete keinen Widerspruch. Das war der eigentli-
che Grund, warum sie dieses Mal die Flucht ergriffen hatte.
Er hatte sie einmal zu oft mit seinen autoritären Tiraden
genervt und ihr keine Chance gelassen, ihre Meinung zu
äußern.
Geld war das eigentliche Problem. Juniper wischte das
Kondenswasser von dem kleinen Fenster, das eher wie ein
Bullauge aussah. Dichte Wolken versperrten ihr die Sicht.
Geld war in ihrem Leben immer ein Problem gewesen und
würde es wohl weiterhin sein. Auch ihre Beziehung zu
Dominic war letztendlich daran gescheitert.
Erst nach ihrer Heirat, 1946, auf dem Standesamt von

Oxford, hatte sie Dominic von ihrem Reichtum erzählt. Noch heute konnte sie sich gut an diesen Abend erinnern. Die beiden verbrachten ihre Flitterwochen in einem Hotel in Brighton und hatten zum erstenmal als Mann und Frau miteinander geschlafen. Sie hatte auf dem Bett gelegen und über eine witzige Bemerkung, die er gemacht hatte, gelacht. Er goß Champagner in ihre Gläser, und sie fühlte sie so entspannt, so glücklich und zuversichtlich, daß sie beschloß, diesen Augenblick zu nutzen und ihm die Wahrheit zu sagen. Noch immer kichernd hatte sie gesagt, sie habe ihm ein schreckliches Geheimnis zu enthüllen. Obwohl sie lachte, pochte ihr Herz vor Angst.

»Und was ist das für ein Geheimnis? Bist du etwa eine Bigamistin?« hatte er gescherzt.

»Nein, noch schlimmer. Ich bin steinreich.«

»Wie bitte?« sagte er und stellte die Champagnerflasche vorsichtig in den Eiskübel zurück.

»Du hast richtig gehört, Dom«, erwiderte sie ruhig und war sich bewußt, daß es nach diesem Bekenntnis kein Zurück mehr zu Lügen und Ausflüchten gab.

»Warum hast du mir das nicht früher erzählt?«

»Es ist für mich immer schwierig, wenn ich jemanden kennenlerne. Ich weiß nicht warum, aber irgendwie schafft Geld immer eine Barriere zwischen mir und meinen Freunden. Ich wollte von dir um meinetwillen und nicht wegen des Geldes geliebt werden.«

»Das ist eine verdammt beleidigende Bemerkung, Juniper«, sagte er wütend und schlüpfte in seinen Morgenmantel.

»Ich wollte dich nicht beleidigen. Bitte, glaube mir. Du weißt nicht, was es heißt, in meiner Lage zu sein. Es gibt Menschen, die wollen sich nur mit mir anfreunden, weil ich reich bin. Das ist abscheulich und entwürdigend.«

»Genau dieses Gefühl habe ich jetzt. Wie konntest du mich

nur für einen Mann halten, der nur hinter Geld her ist? Ich bin fassungslos!«

Juniper rutschte zur Bettkante und steckte die Hand nach ihm aus. Er übersah sie, drehte sich um und stellte sich ans Fenster. Als sie das bedrückende Schweigen nicht länger ertragen konnte, sagte sie: »Es ist mir schon einmal passiert. Hal, mein erster Mann, hat mich nur des Geldes wegen geheiratet. Er hat mich verachtet. Als ich das endlich erkannte, habe ich die Ehe mit ihm nicht mehr ertragen.«

»Du hast mir erzählt, er sei homosexuell und daß du dich deswegen hast von ihm scheiden lassen.« Dominic drehte sich endlich zu ihr um und starrte sie wütend an.

»Das war der Tropfen, der das Faß zum Überlaufen brachte. Zuvor hat er mich ständig um Geld gebeten. Ich habe ihm ein Vermögen geschenkt. Kannst du nicht verstehen, daß mich eine derartige Erfahrung mißtrauisch gemacht hat?«

»Nein, das verstehe ich überhaupt nicht. Diese Unterhaltung zeigt mir, daß du nie Vertrauen zu mir hattest. Das ist ein verdammt guter Anfang für eine Ehe.«

»Es ist viel komplizierter. Als ich dich kennenlernte, begegnete ich den Menschen nur noch mit Zynismus. Dann stellte ich fest, daß ich dich liebe, und wollte dir die Wahrheit sagen, doch als ich hörte, wie du und deine Freunde über Reichtum denkst, hatte ich Angst, dich zu verlieren.«

»Was war mit dem Cottage? Hat es dir deine Großmutter gekauft?«

»Nein. Ich.«

»Und die Möbel?«

»Haben auch mir gehört.«

»Der Wein, der Champagner, die Zugehfrau? Ich vermute, auch damit hatte dein Großmutter nichts zu tun?«

»Nein.«

»Dann hast du mich belogen, hast mir seit dem Tag, an dem

wir uns kennengelernt haben, nichts als Lügen erzählt. Das Haus in Oxford hast du wohl auch gekauft und nicht gemietet, wie du mir erzählt hast?«

»Ja«, sagte sie kläglich.

»Wie, zum Teufel, soll ich wissen, wann du lügst und wann du die Wahrheit sagst? Wie kann ich dir je wieder vertrauen?« Er griff nach seiner Kleidung und stürmte ins Bad. Zum Ausgehen angezogen, kam er wieder heraus und ging zur Tür, ohne ihr auch nur einen Blick zu gönnen.

»Wohin gehst du?« rief sie.

»Ins Freie, um nachzudenken.«

»Es tut mir leid«, rief sie ihm nach, als die Tür zuschlug und seine Schritte auf dem Korridor verhallten. Vielleicht kommt er nicht zurück, dachte sie niedergeschlagen.

Sie verbrachte zwei Stunden in hoffnungsloser Verzweiflung, verfluchte ihr Schicksal und sehnte sich nach ihm.

Als sie den Schlüssel im Schloß hörte, war ihre erste Reaktion, sich im Bad zu verstecken, damit sie keine weiteren Vorwürfe zu hören bekam. Statt dessen steckte sie ihren Kopf unters Kissen, um sein zorniges Gesicht nicht sehen zu müssen. Sie fühlte, wie er sich auf die Bettkante setzte, ihr das Kissen wegzog, hielt aber die Augen geschlossen.

»Wieviel?« hörte sie ihn fragen.

»Eine Menge.«

»Hunderttausend? Zweihunderttausend?«

»Millionen.« Sie wagte die Augen zu öffnen, vermied es jedoch, ihn anzusehen.

»Oh, verdammt! Wie viele Millionen?«

»Das weiß ich nicht. Ich habe nie danach gefragt«, antwortete sie kläglich.

Zu ihrem Erstaunen brach er in schallendes Gelächter aus. »Juniper, du bist unglaublich! Wie kann man nicht wissen, wie reich man ist?«

»Ab einer gewissen Summe verliert man das Interesse daran.«

»Kennst du die Quelle dieses Vermögens?«

»Mein Großvater hat den Grundstein zu seinem Reichtum mit einem Familienrezept für Mixed Pickles gelegt – Wakefields – es gibt keinen Tisch in Amerika, auf dem nicht unsere Soßen und Pickles stehen«, sagte sie voller Stolz.

»Mixed Pickles.« Er schüttelte ungläubig den Kopf.

»Und dann gibt es da noch eine Menge Grundbesitz und ein Filmstudio – JP-Filme –, du mußt das Markenzeichen schon im Kino gesehen haben. Das bin ich: Juniper-Produktion«, fügte sie hinzu und lächelte wieder, denn sie war auch noch nach all den Jahren stolz darauf, daß ihr Großvater das Studio nach ihr benannt hatte. »Ich weiß nicht, was sonst noch.«

»Öl?«

»Keine Ahnung.« Sie schüttelte den Kopf.

»Und du bist Alleinerbin?«

»Meine Großmutter bezieht Einkünfte aus einem Treuhandvermögen, mehr nicht.«

»Wer verwaltet das Vermögen?«

»Rechtsanwälte in Amerika, hauptsächlich einer – Charlie Macpherson. Er weiß über alles Bescheid. Mit ihm solltest du reden, wenn dich weitere Auskünfte interessieren.«

Dominic goß sich ein Glas Champagner ein, der jetzt schal geworden war, und Juniper merkte, daß seine Hand zitterte.

»Ich kann deine Gefühle verstehen, Dominic. Mir ist klar, in welch eine peinliche Lage dich das bezüglich deiner Zukunftspläne bringen kann. Seit ich dich kenne, habe ich gründlich über Geld nachgedacht und weiß, wie du über ererbten Reichtum denkst. Ich könnte Charlie bitten, einen Wohltätigkeitsfonds einzurichten – für die Ausbildung armer Kinder oder etwas Ähnliches – hier in England, wenn dir das lieber ist. Und ich habe mir überlegt, ob die Zinn-minen von *Gwenfer*, der Heimat meiner Großmutter, wieder erschlossen werden könnten. Es gibt eine Menge Möglich-keiten, um das Geld loszuwerden.«

»Es loszuwerden!« explodierte er. »Bist du wahnsinnig?«

»Aber ...« wollte sie widersprechen.

»Das wird meine politische Karriere ungeheuer beschleuni-gen.« Er stand auf und ging rastlos im Hotelzimmer auf und ab. »Ich kann mich sofort für einen Wahlkreis bewerben – in achtzehn Monaten lege ich mein Examen ab. Mit deinem Geld kann ich mir die jahrelange Plackerei als Anwalt ersparen, bis ich genug verdiene, um eine politische Kar-riere anzustreben. Eigentlich ist das eine wundervolle Neuigkeit.«

»Aber du warst so wütend«, sagte sie verwirrt.

»Weil du es mir verschwiegen hast.«

»Eigentlich hat mir unser Leben gefallen ... das kleine Haus in Oxford, das angebliche Rechnen mit jedem Pen-ny ...«

»Aber verstehst du denn nicht? Jetzt können wir leben, wo wir wollen – ein Haus auf dem Land, ein Haus in London, in der Nähe von Westminster.«

»Ich hatte angenommen, du würdest weiterhin so leben wollen wie bisher ... in einem kleinen Haus, mit einem kleinen Auto, so in der Art«, sagte sie vage.

»Auf keinen Fall! Es ist kein Unrecht, daß du Geld hast.«

»Nein«, entgegnete sie. Doch dieser Abend war der Beginn einer drei Jahre währenden Desillusionierung. Sie hatte Dominic wegen seiner Integrität bewundert, obwohl ihr seine Prinzipien peinlich gewesen waren. Jetzt mußte sie feststellen, daß er – wie alle anderen auch – an diesen Prinzipien nur festhielt, solange sie ihm zum Vorteil ge-reichten. Genau wie Hal verlangte er – trotz ihrer großzügigen Unterstützung – immer mehr Geld. Und jetzt, was vielleicht das Schlimmste war, hatte er einen Wahlkreis zugeteilt bekommen und war auf dem Weg nach Westminster. Der Einzug ins Unterhaus würde ihm bei der nächsten Wahl, spätestens jedoch 1950, gelingen. Und er war wichtigtuerisch, unerträglich wichtigtuerisch geworden. Manchmal beobachtete sie ihren Mann, während er aufgeblasen über eines von unzähligen Themen, zu denen er glaubte, etwas zu sagen zu haben, dozierte, und begann, sich ernsthaft zu fragen, warum sie bei ihm blieb. Der Mann, den sie geliebt hatte, existierte nicht mehr, hatte vielleicht nie existiert. Ihre Freunde wurden nur noch nach einem Kriterium ausgewählt: Waren sie Dominics Karriere nützlich?

Juniper hatte das Leben, das sie führten, der Kreis, in dem sie verkehrten, angefangen zu langweilen. Es ödete sie an, immer wieder dieselben Leute zu treffen, denselben Vorträgen zuzuhören, denn es gab weder Diskussionen noch Streitgespräche, weil alle einer Meinung waren. In dieser Atmosphäre erstarb jede interessante Unterhaltung.

Dominic hatte angefangen, ihr Vorschriften bezüglich ihrer Kleidung, ihres Benehmens, ihres Auftretens, ihrer Pflichten als Hausherrin und ihrer Lektüre zu machen – Beschränkungen ihrer persönlichen Freiheit, die sie maßlos ärgerten und gegen die sie erbittert ankämpfte. In diesem Kreis fühlte sie sich einsam, denn keine der anderen Frauen war so jung wie sie, und mit keiner hatte sie Freundschaft schließen wollen.

Der Anlaß für ihre überstürzte Flucht aus dem Haus war Dominics Erklärung gewesen, es bestünde keine Möglichkeit, ihren Urlaub – wie geplant – in Amerika auf Dart Island zu verbringen. Juniper hatte sich auf diese Reise gefreut. Seit Jahren war sie nicht mehr dort gewesen, das letztemal mit Hal vor dem Krieg, 1936. Sie sehnte sich danach, dieses Haus wiederzusehen, denn es hatte eine entscheidende Rolle in ihrem Leben gespielt. Dort hatte sie als Kind mit ihren Großeltern gelebt und war glücklich gewesen. Vielleicht hatte sie gehofft, den alten Zauber von Dart Island wiederzuentdecken. Statt dessen hatte Dominic vorgeschlagen, den Urlaub zusammen mit Freunden und deren Frauen auf einer Farm in Wales zu verbringen, um Wahlstrategien zu besprechen. Juniper hatte ein Machtwort gesprochen und auf Amerika bestanden. Da hatte er sie ein verwöhntes Balg genannt, worauf sie nur eine Reisetasche gepackt hatte, aus dem Haus gestürmt und nach Heathrow gefahren war. Jetzt näherte sie sich ihrem Geburtsland zum erstenmal seit über zwölf Jahren.

Juniper war entzückt, als das Flugzeug das Lichtermeer von New York überflog. Sie empfand einen völlig unlogischen Stolz, weil sie sich selten als Amerikanerin betrachtete.

Sie hoffte, daß Charlie Macpherson ein Hotelzimmer für sie gebucht hatte. Sie wollte nicht direkt zum Penthouse fahren, wo es noch zu viele Erinnerungen an Hal gab, denen sie sich nicht gleich in der ersten Nacht aussetzen wollte.

Bald darauf hatte sie den Zoll passiert und hielt in der Ankunftshalle Ausschau nach Charlie.

»Juniper, hier bin ich«, rief eine vertraute Stimme.

Sie drehte sich um und mußte mit Bestürzung feststellen, daß ihr Herz schneller schlug, als sie ihren gutaussehenden Exehemann, Hal Copton, sah, der ihr zuwinkte.

»Hal, was für eine Überraschung«, hörte sie sich zu ihrem Erstaunen sagen. Sie sollte diesen Mann hassen, ihn anspucken, anstatt ihn anzulächeln.

»Juniper, du siehst fabelhaft aus – wie immer«, sagte Hal und küßte sie zärtlich auf die Wange.

»Was für eine Überraschung, dich hier zu sehen«, sagte
Juniper zu Hal und merkte, wie banal das klang. Sie hatte
sich oft vorgestellt, was sie zu ihm bei ihrer nächsten Begegnung sagen würde – unweigerlich beißende und sarkasti-
sche Bemerkungen, an denen sie stundenlang im Bad oder
nachts, wenn sie nicht schlafen konnte, gefeilt hatte. Doch
der Schock über dieses unerwartete Wiedersehen war zu
überwältigend und ließ sie ihre Vorsätze vergessen.

»Charlie Macpherson sagte mir, daß du kommst. Jemand
mußte dich doch abholen, nicht wahr?« Er lächelte sein
schiefes, leicht sardonisches Lächeln. Es war ein sehr anzie-
hendes Lächeln, an das sie sich nur zu gut erinnerte.

»Ich hätte ein Taxi nehmen können. Ich bin kein hilfloses
Kind«, sagte sie ein bißchen schroff, verärgert über ihre
unerwartete Reaktion auf ihn.

»Niemand behauptet, daß du das bist, Juniper.« Er winkte
einen Gepäckträger herbei, der sich um ihre Koffer kümmern sollte. Als er sah, daß sie nur eine Reisetasche bei sich
hatte, rief er verwundert aus: »Hast du nicht mehr Gepäck?
Du meine Güte, wie hast du dich verändert.«

»Ich beabsichtige, einige Einkäufe zu tätigen, während ich
in New York bin.«

»Ah, du hast dich also doch nicht verändert«, sagte er mit
einem strahlenden Lächeln.

Er nahm ihren Ellbogen und geleitete sie durch die Menschenmenge. Erst ein paar Minuten später schüttelte sie
ärgerlich seine Hand ab und merkte, daß sie es nicht
zulassen durfte, daß er einfach über sie verfügte. Mit welch
einer Unverschämtheit er annahm, sie würde sich darüber
freuen, daß er sie vom Flughafen abholte. Bei der Limousine angekommen, öffnete ihr der Chauffeur die Tür, wäh-

rend der Gepäckträger ihre Reisetasche in den Kofferraum legte.

»Vielen Dank, Hal«, sagte sie kurz angebunden, gab ihm die Hand und nahm an, er würde den Wink verstehen und sie allein lassen.

»Willst du mich nicht mitnehmen?« fragte er, neigte lächelnd den Kopf zur Seite und ließ ihre Hand nicht los.

»Natürlich. Wenn du möchtest.« Sie wollte brüsk klingen, war jedoch nur aufgeregt. Sie entzog ihm ihre Hand, stieg ein und rutschte auf dem Rücksitz in die entfernteste Ecke. Als Barriere stellte sie ihre Handtasche zwischen sich und Hal.

Die Limousine fuhr leise schnurrend an und reihte sich in den fließenden Verkehr ein. Die Klimaanlage sperrte die drückende Schwüle des New Yorker Sommertages aus. Obwohl sie hartnäckig nach vorn blickte, merkte sie, daß er sie musterte, und zog unwillkürlich ihren Rock übers Knie.

»Ich habe für dich ein Dinner im Penthouse arrangiert. Es sei denn, du möchtest ausgehen. Seit deinem letzten Aufenthalt in New York heben eine Menge neuer Restaurants eröffnet. Vielleicht darf ich dich an einem anderen Abend ausführen?«

»Ich möchte lieber ein Zimmer in einem Hotel nehmen«, sagte sie steif und wünschte sich, er würde nicht derart entspannt und unbefangen mit ihr sprechen.

»Warum denn? Dir gehört doch das Penthouse. Ich habe mich darauf gefreut, daß du es endlich siehst. Ich habe eine Menge Arbeit darin investiert.«

»Das war nett von dir.«

»Du möchtest mich doch nicht enttäuschen, oder?«

Juniper antwortete nicht, sondern sah nur schweigend zum Fenster hinaus. Warum übte Hals Stimme noch immer diesen besonderen Reiz auf sie aus, nach all den Gemeinheiten, die er ihr angetan hatte?

»Ich habe im Penthouse gewohnt. Ich hoffe, du hast nichts dagegen«, sagte er, nachdem er vergeblich auf eine Antwort von ihr gewartet hatte.

»Warum sollte ich? Ich habe das Apartment ja nicht benutzt. Danke, daß du dich darum gekümmert hast«, sagte sie, ohne ihn anzusehen.

Jetzt wandte Hal den Kopf ab, damit Juniper nicht sein selbstgefälliges Lächeln sehen konnte. Charlie schuldet mir hundert Dollar, dachte er zufrieden. »Wenn ich sagte, ich hätte ein Dinner für dich arrangiert, meinte ich damit nur für dich allein. Es ist mir durchaus bewußt, daß ich dir als Gast nicht willkommen bin. Ich habe die meisten meiner Sachen aus dem Apartment entfernt. Du brauchst dir keine Sorgen zu machen.«

»Oh, du mußt dir meinetwegen keine Umstände machen. Es stört mich nicht, wenn deine Sachen dort sind«, hörte sie sich sagen.

»Du freust dich also, im Penthouse zu wohnen?«

»Nun, ja. Wahrscheinlich«, sagte sie nach einer Weile. Es kam ihr töricht vor, auf einem Hotelzimmer zu beharren. Und warum sollte sie seinetwegen in ein Hotel ziehen, wo ihr doch ein luxuriöses Apartment gehörte? »Ich bin neugierig auf die Veränderungen, die du vorgenommen hast«, fügte sie höflich hinzu.

»Es entspricht jetzt größtenteils den Plänen, die ich damit hatte, als wir noch hier lebten.«

»Gefällt es dir in New York?« Sie zwang sich, ihn anzusehen.

»Ich bin begeistert«, antwortete er. »Ich hätte als Amerikaner geboren werden sollen.«

»Ach, wirklich?« Sie lachte. »Du bist viel zu sehr Engländer ... der Inbegriff eines englischen Lords. Hal, ein Yankee?« Dieser Gedanke brachte sie wieder zum Lachen, und sie wunderte sich über die höfliche und zivilisierte Art und

Weise, in der sie miteinander umgingen. Es entsprach überhaupt nicht ihrer Vorstellung.

Der Cadillac kam sanft zum Stehen. Hal war ausgestiegen und hielt ihr die Tür auf, noch ehe der Chauffeur die Limousine umrundet hatte. Juniper stand auf dem Bürgersteig und verrenkte sich den Hals, um am Wolkenkratzer hochzublicken. Im Vergleich mit den anderen neuen Gebäuden wirkte er ziemlich altmodisch, doch Juniper hatte nie gewollt, daß er verändert wurde, denn sie betrachtete ihn als ein Denkmal für ihren Vater. Es ist ein gutes Gefühl, wieder zu Hause zu sein, dachte sie und schritt unter der dunkelgrünen Markise zum Eingang.

In der weißen Marmorhalle blieb sie abrupt stehen, als sie das Ölporträt ihres Großvaters an einer Wand hängen sah. »Hal, dieses Bild hat früher nicht dort gehangen. Was für eine großartige Idee.« Sie drehte sich zu ihm um und schenkte ihm ihr bezauberndstes Lächeln, das er nie vergessen hatte. Er dankte seinem Instinkt, daß ihm der Gedanke gekommen war, dieses Gemälde dort heute morgen aufhängen zu lassen. Hal führte sie zum Lift, nahm einen Schlüssel aus der Tasche und öffnete eine der Türen.

»Das ist ein privater Fahrstuhl, der direkt zum Penthouse fährt.« Er reichte ihr den Schlüssel.

»Der ist neu, nicht wahr?«

»Charlie hatte vor ein paar Jahren die Idee, ihn einbauen zu lassen«, sagte er leichthin, denn er hielt es für besser, Charlie die Verantwortung für alle seine kostspieligen Ideen zuzuschieben. »Es war früher ein Dienstbotenaufzug«, erklärte er, drückte einen Knopf, und der kleine, mit grünem Leder und Gold ausgekleidete Lift schwebte zum Dachgeschoß empor.

Die Lifttür führte direkt in die Halle von Junipers Penthouse, in der nur zwei moderne, abstrakte Skulpturen vor zwei verspiegelten Wänden standen, die sowohl die Halle als auch die Skulpturen reflektierten.

»Hal, das ist phantastisch!« sagte sie begeistert.

»Du hast noch gar nichts gesehen. Komm mit.« Er führte sie in den Empfangsraum.

»Wie wunderbar«, rief sie aus und tanzte mit ausgebreiteten Armen durch den riesigen Raum. Dann deutete sie auf den beleuchteten Garten hinter der Glaswand. »Hal, das hast du fabelhaft gemacht.«

»Es freut mich, daß es dir gefällt«, sagte er mit einer leichten Verbeugung. Dann läutete er, und ein schicker junger Butler erschien, gefolgt von einem Dienstmädchen. »Lady Copton möchte ihr Zimmer sehen, Sally«, befahl Hal.

»Aber, Hal ...« wollte Juniper protestieren, hielt es jedoch für besser, bis später zu warten, wenn die Dienstboten nicht anwesend waren.

»Ist es dir recht, wenn wir in einer Stunde dinieren, Juniper?«

»Ja, das paßt mir gut, danke«, sagte sie und folgte dem Zimmermädchen. Auf halbem Weg zu ihrem Zimmer merkte sie erst, daß sie sich in ihrem Apartment eher wie ein Gast als wie die Besitzerin vorkam.

Eine Stunde später kam sie zum Dinner angekleidet zurück, fühlte sich jedoch noch immer nicht wohl. Sie nahm das Glas Martini, das Hal ihr anbot, schlenderte zum Fenster und betrachtete das Lichtermeer von New York.

»Alles in England ist so langweilig und grau. Erst bei diesem Anblick fällt es mir auf.« Die Wolkenkratzer wirkten in der Nacht wie Lichterbäume, die sich zum Himmel streckten.

»Noch immer?« fragte Hal und trat neben sie. »Du hättest früher kommen sollen.«

»Ja, vielleicht. Es gab vieles, das ich hinter mir hätte lassen sollen«, sagte sie nachdenklich. »Dieser Martini ist köstlich.

Irgendwie schmecken sie in England immer anders, wie Tee in Frankreich«, sagte sie übertrieben fröhlich, als wollte sie gewisse Gedanken verdrängen.

»Arme Juniper. War es eine schlimme Zeit? Falls du darüber sprechen möchtest...«

»Ich dachte, wir reden vom Krieg?« sagte sie eisig, über seine unerhörte Taktlosigkeit erstaunt.

»Natürlich. Was dachtest du denn?« log er und beschloß, ihren Ehemann mit keinem Wort zu erwähnen. »Ich sprach von den Luftangriffen und den Auswirkungen des Krieges.«

»Ach, man konnte auch viel Spaß haben. Die Menschen waren sehr freundlich zueinander, und wir haben großartige Partys gefeiert...« Sie sah ihn an. »Aber das weißt du doch, Hal, nicht wahr? Von den Privatdetektiven, die deine Mutter auf mich angesetzt hat und die du zweifelsohne bezahlt hast?«

»Nicht jetzt, Juniper. Wir wollen doch nicht den ersten Abend verderben. Verschieb die Vorwürfe auf später. Was hältst du davon?« Er hob fragend eine Braue.

Sie wandte sich ab und starrte geistesabwesend in die Ferne. Sie muß jetzt dreißig sein, dachte er, und hat noch immer den großäugigen, kindlichen Ausdruck der Unschuld in ihren wunderschönen haselnußbraunen, mit Gold gesprenkelten Augen. Sie hat sich kaum verändert, sie war immer zierlich und ist noch schlank wie eine Gerte. Heute abend trug sie Grau und hatte eine scharlachrote Seidenstola elegant über ihre Schultern drapiert. Er erinnerte sich daran, daß sie nur Schwarz oder Grau mit roten oder weißen Farbtupfen trug. Auch ihren persönlichen Stil hatte sie nicht geändert. Ihr feines blondes Haar trug sie schulterlang, im Pagenschnitt. Ihre Haut war samtweich wie die einer jungen Frau und brauchte nur einen Hauch von

Make-up. Juniper war immer wunderschön gewesen. Hal fragte sich, ob sie jetzt nicht schöner denn je sei.

»Ja, du hast wahrscheinlich recht«, sagte sie schließlich. »Wie auch immer, du kennst mich. Streit und langweilige Auseinandersetzungen sind mir lästig«, fügte sie scheinbar ungezwungen hinzu, fragte sich jedoch, ob sie diesem Mann je das Leid verzeihen könnte, das er ihr zugefügt hatte.

Romain verkündete, das Dinner sei angerichtet. Juniper war über das Speisezimmer entzückt, das ganz in Schwarz und Weiß gehalten war.

Romain servierte die Hors d'oeuvres. »Ich kümmere mich um den Wein, Romain«, sagte Hal. Schweigend verließ der Butler den Raum.

»Eigentlich ist Romain Schauspieler. Er glaubt, die Rolle des Butlers bereichere sein künstlerisches Repertoire« erklärte Hal lächelnd.

Junipers Gesicht erstarrte. »Ja, natürlich. Du magst Schauspieler, nicht wahr, Hal?« sagte sie mit unverhohlener Bitterkeit in der Stimme.

»Bitte, Juniper! Das war vor langer Zeit. Laß nicht zu, daß Groll die neue Freundschaft, die zwischen uns entstehen könnte, beeinträchtigt.« Seine dunklen Augen sahen sie eindringlich an. »Bitte, Juniper«, wiederholte er leise.

»Dieses Apartment sollte in einer Illustrierten abgebildet werden«, sagte sie und ließ den Blick durch den Raum schweifen, um dem beunruhigenden Ausdruck in seinen Augen auszuweichen.

»Das ist schon oft geschehen. Ich bin seit Jahren ein sehr erfolgreicher Innenarchitekt, Juniper«, sagte er und beschrieb mit einer stolzen Geste den ganzen Raum. »In eine moderne Welt gehören moderne Dinge, das ist meine Philosophie. Das Problem mit England ist – und es wird immer der Fluch dieses Landes sein –, daß es nur in der Vergangenheit lebt.«

»Vermißt du denn gar nichts?« fragte sie.

»Nichts. Hierherzukommen und zu bleiben war die beste Entscheidung, die ich je getroffen habe«, sagte er selbstzufrieden, stand auf und goß den Wein ein.

»Hattest du nicht manchmal das Gefühl, du hättest in deinem Heimatland bleiben und wie alle anderen Männer kämpfen sollen?«

Diese Frage hatte sie ihm einfach stellen müssen. Zu viele ihrer Freunde waren gefallen, und seine Antwort war wichtig, sollte je wieder eine Art Freundschaft zwischen ihr und Hal entstehen.

»Ich konnte nicht kämpfen.«

»Warum nicht?« fragte sie erstaunt.

»Hat es dir niemand gesagt?«

»Mir was gesagt?«

»Ich wurde von den Ärzten für untauglich erklärt. Etwas stimmt mit meinem Herzen nicht. Davon hatte ich keine Ahnung. Aber ich konnte nicht in England bleiben, ohne meinen Wehrdienst zu leisten. Ich hätte es nicht ertragen, nur Bürohengst zu sein. Also habe ich mich nach Amerika abgesetzt.«

»Hal!« rief Juniper entsetzt aus und stieß in der Aufregung ihr Weinglas um. Ungeschickt versuchte sie, mit ihrer Serviette die Flüssigkeit aufzutupfen. »Warum hat man mir das nicht gesagt? Wie geht es dir jetzt?«

»Ich habe darum gebeten, es dir nicht mitzuteilen. Ich wollte nicht, daß irgend jemand davon erfährt. Es geht mir wirklich gut. Alt werde ich wohl nicht, aber . . .«

»Hal, das tut mir so leid.« Sie berührte sanft seine Hand, als er ihr Glas wieder mit Wein füllte.

»Solltest du überhaupt Alkohol trinken?« fragte sie besorgt.

»Wahrscheinlich nicht. Aber wenn ich nicht essen und trinken kann, was mir schmeckt, dann will ich lieber nicht leben.«
Nach dem Abendessen kehrten sie in den Salon zurück.
»Hal, auch du scheinst etwas über mich nicht zu wissen. Ich habe wieder geheiratet ...«
Hal beugte sich vor und legte ihr sanft den Finger auf die Lippen. »Ich weiß es, möchte aber lieber nicht daran denken. Vor allem will ich nicht über deinen Mann reden, jedenfalls nicht heute abend.«
Juniper senkte verlegen den Blick und wußte nicht, was sie darauf sagen sollte.
»Und wie geht's der tugendhaften Polly?«
»Ich wußte nicht, daß du Polly nicht magst.«
»Habe ich das gesagt?« konterte er.
»Sie lebt in Devonshire und genießt die Wonnen der Ehe mit einem gewissen Andrew Slater.«
»Hast du keinen Kontakt mehr zu ihr?« fragte Hal, dem die Schärfe in Junipers Stimme nicht entgangen war.
»Nein, sie will nichts mehr von mir wissen.« Juniper sah ihn mit ihren großen, unschuldigen Augen an. »Ich war böse«, fügte sie kichernd hinzu. »Ich habe mit einem ihrer Verlobten geschlafen – Jonathan, du hast ihn kennengelernt. Das hat sie geärgert.«
Hal lachte schallend. »Ja, dafür hat Polly natürlich kein Verständnis.«
»Du etwa?«
»Doch, ich glaube schon. Du warst immer wie ein kleines Kind und hast dir genommen, was dir gefiel. In dieser Hinsicht hast du dich wohl nicht verändert.«
»Das klingt ja entsetzlich.«
»Im Gegenteil. Ich halte dich für äußerst charmant.«
»Ich sollte dich hassen, Hal«, sagte sie, plötzlich ernst geworden.

»Vermutlich. Aber du tust es nicht, oder? Letztendlich verzeihst du immer – sogar mir. Das ist eine weitere bewundernswerte Charaktereigenschaft von dir.«

»Ich fühlte mich gedemütigt und erniedrigt, Hal. Wenn du mich mit einer Frau betrogen hättest, hätte ich es verstehen können. Dagegen hätte ich etwas unternehmen ... ankämpfen können – aber ein Mann?«

»Ich vermute, es ist etwas spät für Entschuldigungen und Erklärungen, aber ich hätte es gern, wenn du mir verzeihen könntest. Robin war ein Fehltritt, und doch war die Situation ganz anders, als sie den Anschein erweckte. Ich weiß heute noch nicht, warum ich ihn zu meinem Freund machte. Eine ziemlich lächerliche Sache. Wahrscheinlich war ich gelangweilt und neugierig. Diese Neugier habe ich teuer bezahlt.«

»Das haben wir beide«, sagte Juniper so leise, daß er sich vorbeugen mußte, um ihre Worte zu verstehen. Er nahm ihre Hand.

»Warum willst du Harry nicht sehen?«

»Es schmerzt mich zu sehr. Dort, wo er ist, geht es ihm sehr gut.«

»Ich habe die Geschichte von dir und Leigh erfahren. Na, darüber habe ich herzlich gelacht – mein scheinheiliger Bruder.«

»Eigentlich ist er recht nett«, sagte sie abwehrend und brach dann in schallendes Gelächter aus.

Romain kam und sagte, Lord Copton werde am Telefon verlangt. Hal ging an den Apparat.

Juniper griff nach einer Illustrierten und blätterte sie müßig durch. Da hörte sie einen erstickten Ausruf von Hal, sah, wie er plötzlich aschfahl wurde und taumelte. Er legte auf und goß sich einen großen Brandy ein.

»Was ist los, Hal?« fragte sie ängstlich, stand auf und ging zu ihm.

»Ich glaube, es ist besser, du setzt dich wieder, Juniper.« Er führte sie zum Sofa. »Leider habe ich eine schlechte Nachricht. Charlie Macpherson hat Selbstmord begangen.«

»Charlie?« fragte sie entsetzt. »Warum, um Himmels willen, hat er das getan?«

Hal setzte sich neben sie. »Ich glaube, ich weiß warum, Juniper. Es ist keine erfreuliche Sache, mein Schatz, aber ich bin mir ziemlich sicher, daß Charlie Unterschlagungen im großen Stil begangen hat.«

»Charlie? Aber er hat doch schon für meinen Großvater gearbeitet. Lincoln hätte nie einen Betrüger eingestellt.«

»Damals war er es wahrscheinlich noch nicht. Es hat wohl erst begonnen, nachdem er die Vollmacht für die Verwaltung deines Treuhandvermögens erhielt. Und nach unserer Scheidung hatte ich keine Möglichkeit mehr, ihn im Auge zu behalten und deine Interessen zu wahren ...« Hal zuckte die Schultern.

»Um wieviel hat er mich betrogen?«

»Wie gesagt, ich habe nur einen Verdacht. Genaue Zahlen kenne ich nicht. Wir müssen alles überprüfen. Ich hatte angefangen, ein bißchen herumzuschnüffeln. Er hat wohl gemerkt, daß ich ihm auf der Spur war, und deine Ankunft heute ... Wahrscheinlich hatte er nicht den Mut, dich mit der Wahrheit zu konfrontieren.«

»Hal, das ist entsetzlich«, sagte sie verzagt.

»Ich weiß, Liebling, es ist abscheulich.« Hal hatte seine Selbstbeherrschung wiedergefunden. »Aber ich werde mich darum kümmern, mach dir keine Sorgen.«

Juniper war den Tränen nahe. Ihre Ehe in England ging in die Brüche, sie war erschöpft, sie war wegen ihrer Reaktion auf Hal verwirrt, und jetzt hatte sie irgendwie das Gefühl, an Charlie Macphersons Selbstmord schuld zu sein.

# 4

Juniper hatte weder Zeit für Einkäufe noch für opulente Mahlzeiten in Restaurants oder für Theaterbesuche, wie sie geplant hatte. Jeden Tag durchforsteten Hal und ein ganzes Team von Buchprüfern und Steuerberatern, die er engagiert hatte, in mühseliger Arbeit die Geschäftsbücher der Wakefield Enterprises. Jede Unstimmigkeit wurde triumphierend kommentiert.

Sie saß auf dem Sofa im Salon, der zu einem Arbeitszimmer umfunktioniert worden war. Auf jeder freien Fläche, sogar auf dem Fußboden lagen Akten und Papiere. Auf einer Seite des Raums hatte Hal eine Tafel aufgestellt, auf der mit Kreide jeder gestohlene Dollar vermerkt wurde. Juniper saß zusammengekauert da und beobachtete, wie ihr unermeßliches Vermögen täglich schrumpfte.

Eine Woche später nahm Juniper zusammen mit Hal an Charlies Beerdigung teil. Es war eine pompöse Zeremonie, die Messe wurde in der St. Patrick's Cathedral gelesen. Ein Repräsentant des Präsidenten der Vereinigten Staaten, Senatoren, Kongreßabgeordnete und der Bürgermeister von New York waren anwesend. Filmstars, Regisseure, Produzenten und Filmmagnaten waren mit dem Flugzeug von der Westküste gekommen. Die höchsten Vertreter der New Yorker Gesellschaft saßen neben Industriemagnaten, Opernsängern und Unternehmern: Charlie war ein sehr populärer, für seine Großzügigkeit berühmter Mann gewesen. Juniper hörte die Trauergäste über seine Großzügigkeit, seine verschwenderische Gastlichkeit, seine unerschöpflichen Spenden für Wohltätigkeitsorganisationen reden. Zweifelsohne weckte der Tod dieses Mannes tiefe Trauer. Doch Juniper saß im vordersten Kirchenstuhl und betrachtete den reichverzierten Eichensarg mit einem Ausdruck von Wut und Abscheu, die ihrem Charakter fremd und in dieser Umgebung fehl am Platz waren.

Bei dem anschließenden, ebenso kostspieligen Leichenschmaus in Charlies pompöser Villa gelang es Juniper nur mit Mühe, höflich zu der Witwe, Pearl, zu sein. Sie hatte Charlies Frau nur flüchtig gekannt, aber deren ausweichender Blick, ihre feuchten Hände überzeugten Juniper, daß Pearl über die Machenschaften ihres Mannes Bescheid gewußt hatte.

Diese Frau besaß sogar die Unverschämtheit, in die Unterhaltung beiläufig einfließen zu lassen, wie entsetzlich hoch die Kosten für diese aufwendige Beerdigung seien. Juniper merkte, daß Pearl von ihr, Charlies Arbeitgeberin, erwartete, das Begräbnis dieses Betrügers zu bezahlen. Sie starrte Pearl mit eisiger Feindseligkeit an, machte auf dem Absatz kehrt und bat Hal, sie nach Hause zu bringen.

In der Nacht, als Charlie Selbstmord gegangen hatte, war es Pearl gewesen, die Hal angerufen und ihm von einem Abschiedsbrief erzählt hatte. Jetzt existierte dieser Brief anscheinend nicht mehr, und mit ein paar Bestechungsgeldern war aus Charlies Selbstmord eine versehentliche Überdosierung von Tabletten gegen einen Grippeanfall geworden. Daher konnte die Totenmesse von einem Kardinal abgehalten und Charlie in geweihter Erde zur letzten Ruhe gebettet werden.

»Möchtest du, daß ich die Polizei hinzuziehe?« fragte Hal auf dem Heimweg.

»Das hätte wenig Sinn. Charlies Frau ist es gelungen, durch Schmiergelder seinen Selbstmord zu verschleiern, also wird es ihr auch gelingen, seinen Betrug zu vertuschen. Niemand würde mir zuhören.«

»Der Name deines Großvaters hat in dieser Stadt noch immer hohe Geltung.«

»Er ist schon zu lange tot.«

»Vielleicht gelingt es uns, einen Teil deines Vermögens zurückzubekommen.«

»Hal, ich bezweifle, je wieder einen Cent davon zu sehen. Das Geld liegt sicher auf einem Nummernkonto in der Schweiz. Aber darum geht es mir gar nicht so sehr. Mich macht wütend, daß Charlie das Vertrauen meines Großvaters mißbraucht hat. Niemand behandelt so eine Wakefield und kommt ungestraft davon. Hätte er sich nicht umgebracht, hätte ich es getan.«

»Ganz recht«, sagte Hal und befingerte seine Krawatte. Der kalte Unterton in ihrer Stimme und der harte, entschlossene Ausdruck in ihrem Gesicht machten ihn nervös.

»Ich werde alles daran setzen, Pearl auf irgendeine Art und Weise Schaden zuzufügen. Das ist die einzige Genugtuung, die mir bleibt. Wenn ich mich recht erinnere, haben sie Kinder.«

»Zwei Söhne. Beide verheiratet.«

»Gut«, sagte Juniper ohne eine weitere Erklärung. Blicklos starrte sie zum Fenster der Limousine hinaus. Im Penthouse wartete ein Telegramm von Dominic auf sie, der ihre sofortige Rückkehr verlangte. Der barsche Ton ärgerte sie maßlos. Sie diktierte eine ebenso kurze Antwort, erwähnte ihre finanziellen Probleme jedoch nicht. Jemand könnte das Telegramm lesen. Sie wollte nicht, daß irgend jemand – auch nicht Dominic – erfuhr, was mit dem einst so stolzen Namen Wakefield geschehen war. Jeden zweiten Tag traf ein Telegramm von Dominic ein, immer kurz angebunden und sachlich. In keinem stand, daß es ihm leid tue, daß er sie vermisse oder daß er sie liebe. Manche Telegramme beantwortete Juniper, andere nicht.

Sie weinte nur einmal. Das geschah, als man ihr sagte, daß die Fabrik ihres Großvaters, in der Soßen und Chutneys hergestellt wurden – der Eckpfeiler seines gesamten Vermögens –, verkauft worden war. Noch schlimmer war, daß zusammen mit der Fabrik auch die Stadt, die er für seine Arbeiter gebaut hatte und die seinen Namen trug, nicht mehr in ihrem Besitz war.

»Könnten wir die Fabrik und die Stadt nicht wieder zurückkaufen«, fragte sie schließlich, darüber verärgert, daß sie vor den Buchprüfern in Tränen ausgebrochen war. Lincoln Wakefield hätte diese Schwäche verachtet. »Gehen Sie zwanzig Prozent höher, als der Verkaufspreis war«, befahl sie.

»Dann müßten Sie andere Anlagen verkaufen«, sagte Brian Williams, der älteste Steuerberater, skeptisch.

»Die interessieren mich nicht. Allein diese Fabrik zählt. Ich werde nicht ruhen, bis sie wieder in meinem Besitz ist.«

Mit den neuen Eigentümern wurden Verhandlungen aufgenommen, führten jedoch zu keinem Ergebnis, da sie fünfzig Prozent mehr verlangten. Eine unerschwingliche Summe, wurde Juniper erklärt, die sie unter den gegebenen Umständen nicht ohne Risiko aufbringen könne.

»Wenigsten trägt die Fabrik noch Ihren Familiennamen«, sagte John Robinson, der jüngste Buchprüfer, tröstend. »Die Erinnerung an Ihren Großvater wird noch Generationen überdauern.«

»Pah! Und wie lange wird es dauern, bis der Name auf den Produkten geändert wird?«

»Das wird nie geschehen«, sagte Hal zuversichtlich. »Es wäre, als ob Heinz oder Kellogg die Namen ändern würden, die ausschließlich für diese Produkte stehen und den Umsatz garantieren.«

»Darf mein Familienname überhaupt benutzt werden?«

»Ja. Tut mir leid. Der Name wurde zusammen mit dem Produkt verkauft.«

»Gott, ich wünschte, dieser Bastard würde noch leben! Ich ließe ihn dafür bezahlen!« Juniper hieb frustriert mit der geballten Faust aufs Sofa. »Ich habe meinen Großvater enttäuscht,« fügte sie kläglich hinzu.

»Natürlich nicht, Juniper. Der alte Lincoln vertraute deine Angelegenheiten einem Betrüger an. Das konntest du nicht wissen«, sagte Hal.

Als die Summe auf der Tafel eine alarmierende Höhe erreicht hatte, war Hal insgeheim froh, daß er sich mit relativ bescheidenen Beträgen aus Junipers Vermögen begnügt hatte. An manchen Tagen brach ihm bei der Durchsicht der Bücher durch die Prüfer der kalte Schweiß aus, denn manche Transaktionen waren auf gefährliche Weise mit seinen Geschäften verknüpft, doch es konnte glücklicherweise keine eindeutige Beziehung hergestellt werden.

»Blieb der Treuhandfonds, aus dem meine Großmutter ihre Einkünfte bezieht, unangetastet?« fragte Juniper eines Tages.

»Ja. Dieses Vermögen konnte er nicht anrühren«, erklärte Hal lächelnd. Juniper fand von allen Buchprüfern John am sympathischsten. Die anderen schienen sich nur für Zahlen und Geld zu interessieren. John schien jedoch begriffen zu haben, daß sie die Beleidigung, die dem Namen ihres Großvaters zugefügt worden war, am meisten quälte. John war sensibler als die anderen und hatte neben Geld noch andere Interessen.

An einem anderen Tag fragte Juniper nach der JP-Produktion, dem Filmstudio, das ihren Namen trug.

»Es wäre besser, das gesamte Unternehmen als Grundbesitz zu verkaufen«, sagte Brian.

»Was ist mit den Filmen? Bringen sie nichts mehr ein?«

»Seit dem Tod Ihres Großvaters wurden keine nennenswerten Filme mehr gedreht. Soweit wir feststellen können, hat

Mr. Macpherson die Studios als eine Art Privatclub benutzt – Starlets zum Vergnügen seiner Geschäftsfreunde. Kein Wunder, daß er sehr beliebt war. Er hat nur Filme finanziert, die von anderen Studios abgelehnt wurden – und hat sich damit sicher das Wohlwollen etlicher Schmarotzer eingehandelt«, sagte Brian William verächtlich.

Während dieser ganzen traumatischen Zeit hätte Juniper Hal nicht dankbarer sein können. Die Jahre nach ihrer Scheidung waren von Bitterkeit geprägt gewesen, und sie hatte vergessen, wie rücksichtsvoll und aufmerksam er sein konnte. Er ärgerte sich aufrichtig ihretwegen über den teilweisen Verlust ihres Vermögens. Natürlich klang da auch die Besorgnis um das Erbe seines Sohns mit durch, aber sie hielt sein Mitgefühl für echt. Während dieser Zeit verzichtete er auf seine gesellschaftlichen Verpflichtungen und verbrachte die Tage und Abende zusammen mit Juniper und den Buchprüfern. Meistens waren sie erst spät nachts mit der Arbeit fertig, und nach einem kleinen Imbiß küßte er sie auf die Wange, und beide gingen in ihre Schlafzimmer. Sie fing an sich zu wünschen, er würde zu ihr kommen.

Juniper hatte das Gefühl, nie in ihrem Leben einsamer gewesen zu sein. Irgendwie war sie an einem absoluten Tiefpunkt angekommen. Sie war aus London geflohen, damit sie Zeit hatte, über Dominic, ihre Ehe und eine Lösung für ihre Schwierigkeiten nachzudenken. Sie wollte nicht, daß auch ihre zweite Ehe in die Brüche ging. Sie hatte Angst, eine Trennung psychisch nicht ertragen zu können, und fürchtete sich gleichzeitig, zu Dominic und der rigiden Routine ihres Zusammenlebens zurückzukehren. Und ihre Gefühle für Hal verwirrten sie zutiefst. Anstatt über Dominic nachzudenken, hatte sie diese Probleme verdrängt. Ihre Ehe, ihr wiedererwachtes Interesse an Hal, ihre verworrene finanzielle Lage türmten sich zu Problemen auf, die sie glaubte, nicht bewältigen zu können.

»Juniper, ich glaube, du solltest für ein paar Tage verreisen. Du bist jetzt seit drei Wochen in diesem Apartment eingesperrt«, sagte Hal eines Morgens beim Frühstück.

»Ich habe keine Lust, irgendwohin zu fahren, vor allem nicht allein.«

»Natürlich nicht, Schatz. Soll ich dich begleiten? Vielleicht könnten wir nach Dart Island fahren? Wenigstens hat Charlie dir diesen Besitz gelassen. Ich weiß, es wird nicht leicht für dich sein, aber irgendwann mußt du es doch tun.«

Juniper wußte, daß Hal recht hatte. Sie mußte fort, Abstand gewinnen. Es war ein vernünftiger Vorschlag, Dart Island zu inspizieren – obwohl es dort zu viele Erinnerungen gab.

Sie fuhren mitten in der Nacht nach Dart Island, um den Reportern zu entgehen, die Gerüchte aufgeschnappt hatten, daß es um die Wakefield Enterprises nicht allzu gut bestellt war, und das Geschäftsgebäude Tag und Nacht belagerten. Nach ein paar Stunden Fahrt – kurz vor Sonnenaufgang – überquerte die Limousine die Holzbrücke, die die Insel mit dem Festland verband. Vor der letzten Biegung der Auffahrt, hinter der sich der erste Ausblick auf das Haus bot, ließ Juniper anhalten.

Sie stieg aus und ging über das hohe Gras zu einer mächtigen kanadischen Buche und wartete. Wie ein Geist in der Nacht tauchte allmählich das riesige Haus auf, als die goldenen Strahlen der Morgensonne auf den Rasen, die Freitreppe, die von Säulen eingerahmte Terrasse fielen.

Einst hatte sie sich gefürchtet, hierher, in dieses Schattenreich voller Erinnerungen zurückzukehren. Die Gegenwart ihres toten Großvaters war zu übermächtig gewesen. Jetzt lehnte sie sich gegen die rauhe Rinde des Baums und spürte wieder seine Anwesenheit. Sie schloß die Augen und dachte an ihn.

Lincoln Wakefield hatte Juniper über alles geliebt, hatte ihretwegen die Beziehungen zu Menschen, die er liebte, abgebrochen, um ihr Leben zu schützen. Sie hatte geglaubt, ihre Liebe zu ihm sei gestorben, doch jetzt fühlte sie, daß diese Liebe ungebrochen war. Er hatte sie so tief und ausschließlich geliebt, daß nichts dieses innige Band zerstören konnte.

Fest gegen den Baum gepreßt, stand sie da und sehnte sich nach ihrem Großvater, nach der Sicherheit und Geborgenheit, die er ihr immer gegeben hatte. »Was soll ich tun?« rief sie laut in den Wind, der in den Blättern raschelte. Sie schloß die Augen, neigte den Kopf zur Seite, und für Hal sah es aus, als würde sie auf etwas lauschen. Verblüfft beobachtete er, wie sie den Schutz des Baums verließ und über den weiten Rasen zum Meer eilte.

Er runzelte besorgt die Stirn. Das letzte Mal, als sie hier gewesen waren, kurz nach ihrer Hochzeit, hatte sich Juniper sehr merkwürdig benommen. Damals hatte er dieses seltsame Verhalten ihrer Schwangerschaft zugeschrieben. In dieser Zeit hatte sie das Meer gemieden. Verständlich, dachte er, da in der Bucht ihr Großvater ertrunken war.

Hal befahl dem Chauffeur, zum Haus zu fahren und die Hausverwalterin zu beauftragen, das Frühstück für sie herzurichten. Dann stand er auf der Terrasse, lehnte an der Steinbrüstung und beobachtete Juniper in der Ferne, nahe dem Wasser, wo sie bewegungslos zum Horizont starrte.

Er nahm eine Zigarette aus dem Etui, zündete sie an und warf einen Blick auf das Haus. Er hatte dieses Gebäude immer für eine Ungeheuerlichkeit gehalten. Es stellte eine entsetzliche Mischung aus allen möglichen Stilrichtungen dar. Ursprünglich war es ein hübsches Kolonialhaus gewe-

sen, doch Lincoln hatte es für nötig gehalten, es zu vergrö-
ßern und zu verändern. Römische Säulen, Ziergiebel, ein
Hauch von Tudor, etwas Barock hatten alle Proportionen
ruiniert. Hal hatte Junipers Liebe zu diesem stillosen Monument nie begriffen. Vielleicht würde sie ihm jetzt erlauben, das Haus umzugestalten, wie er schon vor Jahren
vorgeschlagen hatte.

Er wünschte sich, Juniper würde ihre Zwiesprache mit den
Göttern oder mit wem auch immer endlich beenden, denn
er hatte Hunger. Da drehte sie sich plötzlich um und eilte
zum Haus zurück.

»Fühlst du dich jetzt besser?« fragte er freundlich. »Es gibt
nichts Wirksameres als eine Brise Meerluft, um einen klaren Kopf zu bekommen.«

»Ja. Es geht mir ausgezeichnet. Ruf den Chauffeur, Hal. Wir
fahren nach New York zurück.«

»Aber wir sind doch eben erst angekommen. Willst du dich
nicht ausruhen?«

»Nein. Ich würde hier keine Ruhe finden. Ich habe beschlossen, Dart Island zu verkaufen.«

»Ach, wirklich?« sagte er erstaunt. »Wollen wir ins Haus
gehen? Ich habe das Frühstück bestellt.«

»Nein.« Sie drückte ihre Handtasche an sich und wich mit
erschreckter Miene ein paar Schritte zurück. »Ich möchte
nicht hineingehen. Ich könnte es nicht ertragen. Ich habe
genug gesehen.« Sie machte auf dem Absatz kehrt, lief die
Treppe hinunter und stieg in den Fond des Wagens. Hal
holte den Chauffeur.

»Möchtest du mir deine Entscheidung erklären?« fragte er,
als die Limousine über die Holzbrücke holperte. Juniper
hatte keinen Blick zurückgeworfen.

»Die Erklärung ist ganz einfach«, sagte sie lächelnd, und er
merkte, daß es ihr erstes Lächeln seit Wochen war. »Wenn

ich Dart Island verkaufe – dieser Besitz liegt so nahe bei New York, daß er heutzutage ein Vermögen wert ist, die neureichen Millionäre werden sich darum reißen –, kann ich Großvaters Fabrik zurückkaufen.«

»Möchtest du das wirklich? Ich weiß, der Konzern bedeutet dir viel, aber der Name bleibt doch erhalten«, sagte Hal so freundlich wie möglich, obwohl ihn die Tatsache, daß Junipers Vermögen auf einem Pickle-Rezept begründet war, stets peinlich berührt hatte. »Diese Gauner verlangen einen exorbitanten Preis.«

»Es ist die Entscheidung, die mein Großvater getroffen hätte. Er hätte gewollt, daß ich es tue. Er liebte diese Fabrik – sie war sein Leben. Mein Entschluß steht fest.« Sie lehnte sich zurück, schloß die Augen und gab vor zu schlafen. Sie konnte keine weiteren Erklärungen abgeben, denn niemand würde ihr Motiv verstehen. Dort, am Meer, war ihr Großvater zu ihr zurückgekommen und hatte ihr diesen Rat gegeben. Lincoln hatte entschieden, was zu tun war, obwohl sie diese Entscheidung realisieren würde. Das Haus, das er geliebt hatte, sollte verkauft werden, um die Fabrik, die er noch mehr geliebt hatte, zurückzukaufen.

## 5

Die Veränderung in Juniper war dramatisch, als sie anfing, ihr Schicksal selbst zu bestimmen. Statt dabeizusitzen und verzagt den Erklärungen Hals und der Buchprüfer zuzuhören, ließ sie sich jetzt jede Transaktion detailliert erklären. Sie entwickelte ein eigenes System, um die Übersicht über Verlust und Gewinn zu erhalten, das sie für viel einfacher und effektiver hielt als die komplizierten Aufstellungen ihrer Ratgeber. Sie übernahm bei Konferenzen den Vorsitz, und unter ihrer Leitung wurden die Verhandlungen über den Rückkauf der Fabrik ihres Großvaters geführt. Juniper, die nie Fragen nach der Herkunft des Geldes, das sie verschwenderisch mit beiden Händen ausgab, gestellt hatte, wurde eine Finanzexpertin. Hal beobachtete sie mit Vergnügen und sagte ihr, wie stolz ihr Großvater auf sie gewesen wäre. Junipers plötzlich erwachter Geschäftssinn und ihre Fähigkeit, die Details der Investmentpolitik zu begreifen, konnte nicht genetisch bedingt sein, da sie nur Lincoln Wakefields Stiefenkelin war. Hal nahm sich vor, Juniper eines Tages nach der wahren Geschichte zu fragen. Er hatte gehört, daß Lincoln Alice Tregowan und deren illegitime Tochter, Grace, aus der Gosse von New York geholt hatte. Ein romantisches Märchen, das unglaubwürdig war, wenn man die kultivierte und würdevolle Alice kannte.

Es trafen weiterhin Telegramme von Dominic ein, dann bombardierte er Juniper mit Anrufen. Trotz der Störungen in der Leitung war sein autoritärer Ton unmißverständlich.

»Ich habe Probleme hier, ich kann nicht abreisen«, schrie Juniper in den Hörer.

»Ich verlange deine sofortige Rückkehr. Du bist meine Frau.«

»Ach, rutsch mir den Buckel runter!« schimpfte sie und knallte den Hörer auf die Gabel.

»Darf ich annehmen, daß das dein innig geliebter Gatte war?« Hal blickte von den Papieren auf und lächelte boshaft.

»Er ist so herrisch. Du kannst dir nicht vorstellen, wie selbstherrlich und aufgeblasen er ist.«

»War er das schon, ehe du ihn geheiratet hast?«

»Wahrscheinlich. Ich hab's nur nicht gemerkt. Das Leben mit ihm hat Spaß gemacht, aber jetzt redet er nur noch von seiner politischen Karriere. Er ist so langweilig. Ich fühle mich betrogen.«

»Arme Juniper. Du scheinst keine glückliche Hand bei der Wahl deiner Ehemänner zu haben.«

»Heirate nie einen Politiker, Hal.«

»Das ist höchst unwahrscheinlich«, antwortete Hal amüsiert. »Dabei kann ich die Probleme des armen Kerls verstehen – seine schöne junge Frau ist allein in New York, von Verführern umworben. Solltest du ihm nicht wenigstens schreiben und ihm die mißliche Lage, in der du steckst, erklären?«

»Ich kann nicht. Ich möchte nicht, daß er davon erfährt.« Das war die Wahrheit. Dominic, der früher ihr Geld verachtet hatte, war jetzt völlig davon abhängig. Wenn er sie jetzt für arm hielt, würde er dann das Interesse an ihr verlieren? Sie war in dieser Ehe unglücklich und wußte, daß er ebenso unzufrieden war. Vielleicht fühlte auch er sich betrogen. Sie wußte außerdem, daß sie für einen ehrgeizigen aufstrebenden Politiker nicht die geeignete Frau war. Ihr graute vor einer Zukunft an Dominics Seite – endlose Wahlversammlungen, lächelnde Frauen, die ihre Männer unterstützten. Ihr schauderte bei dem Gedanken, daß sie diese Vorstellung einmal als faszinierend und aufregend betrachtet hatte. Juniper wußte genau, was ihr Problem war: Sie wollte nicht mit Dominic leben, hatte aber Angst vor einem Leben ohne ihn. Sie hatte wie immer Angst vor der Einsamkeit. Doch jetzt war Hal wieder in ihr Leben getreten. Sie konnte die Veränderung in ihren Gefühlen ihm gegenüber nicht ignorieren. Auf eine erstaunliche Weise hatte sich zwischen ihnen eine unbefangene Beziehung entwickelt, wie sie nie während ihrer Ehe existiert hatte. Sie hatte geglaubt, ihn zu hassen, und hatte in ihm einen Freund gefunden. Die ganze Situation drohte immer komplizierter zu werden. Wieder einmal fühlte sie sich physisch zu ihm hingezogen.

In der Vergangenheit hätte sie nicht gezögert, die Initiative zu ergreifen, aber davor hütete sie sich nun. Sie hatte zu oft unter seiner Zurückweisung gelitten.

Jetzt war Hal fürsorglich und immer charmant zu ihr. Sie konnte sich kaum noch daran erinnern, wie launisch er während ihrer Ehe gewesen war und wie sehr er sie mit seinen Depressionen geängstigt hatte. Sie akzeptierte die Tatsache, daß er jetzt glücklich war, und zog sogar die Möglichkeit in Erwägung, daß sie in ihrer Ehe versagt hatte und die Ursache ihres Scheiterns war. Die Dinge aus dieser Sicht zu betrachten war für Juniper, die immer anderen die Schuld für ihr Unglück gegeben hatte, eine völlig neue Erfahrung.

»Woran denkst du?« fragte Hal, beugte sich vor und reichte ihr Feuer für ihre Zigarette.

»Wie du dich verändert hast. Du warst ein sehr schwieriger Mann, weißt du . . .« Sie zögerte kurz, suchte nach Worten. »Aber jetzt, jetzt bist du ein Engel«, fügte sie lächelnd hinzu.

»Danke, doch dieses Kompliment verdiene ich nicht. Ich war ein Bastard. Ich war deiner nicht wert«, entgegnete er zu ihrem Erstaunen. »Das lag daran, weil ich nichts besaß – kein Geschäft, kein Geld. Das hat an mir genagt, mich unausstehlich gemacht.«

»Ich war unsensibel«, antwortete sie, und ihr Herz machte einen Sprung, als er auf dem Sofa näherrückte.

Er streckte die Hand nach ihr aus, wollte etwas sagen, als das Telefon läutete und den Bann brach. »Ich gehe schon«, sagte sie und sprang auf. Sie nahm selten die Anrufe entgegen, um nicht von Reportern oder – wie in letzter Zeit – von Dominic belästigt zu werden. Jetzt war ihr diese Unterbrechung willkommen, weil sie verwirrt und enttäuscht war.

Eine Frauenstimme – tief und etwas rauh – bat, Hal sprechen zu dürfen. Er nahm den Hörer, wandte Juniper mit einem entschuldigenden Lächeln den Rücken zu und begann leise und eindringlich zu reden. Juniper stand da und hatte einen Augenblick lang das Gefühl, im Stich gelassen worden zu sein. Es hat keinen Sinn, länger zu bleiben, dachte sie und ließ Hal allein.

Die Neugier darüber, wer diese Frau war und was sie Hal bedeutete, beherrschte jetzt Junipers Gedanken.

»Du brauchst meinetwegen dein gesellschaftliches Leben nicht aufzugeben«, sagte sie eines Abends nach einem besonders langen Telefonat.

»Ich würde nicht im Traum daran denken, dich allein zu lassen.«

»Ich brauche keinen Gesellschafter. Wenn du dich mit deiner Freundin treffen willst, so habe ich nichts dagegen«, sagte sie so beiläufig wie möglich.

»Was für eine Freundin?«

»Die Frau, die dich ständig anruft und nie ihren Namen nennt.«

»Wer sagt, daß sie meine Freundin ist?«

»Ihre ständigen Anrufe sind doch eindeutig«, konterte sie.

»Möchtest du sie kennenlernen?«

»Das habe ich nicht gesagt.«

»Nein, aber gedacht«, sagte er mit diesem sardonischen Lächeln, das sie immer entwaffnete.

Drei Tage später wurde Maddie Huntley zum Cocktail eingeladen. Ein Blick auf sie, und Juniper wünschte sich, dieser Begegnung nicht zugestimmt zu haben. Maddie war sehr groß; ihr Leben lang hatte Juniper große Frauen beneidet. Sie war dunkelhaarig, hatte einen blassen, durchsichtigen Teint, riesige braune Augen und den langgliedrigen Körper eines Mannequins – alles Attribute, wonach sich Juniper immer gesehnt hatte. Maddie war intelligent und amüsant. Juniper ließ die junge Frau keinen Augenblick aus den Augen.

Später lud Hal Juniper ein, mit ihnen zum Dinner auszuge-
hen. Als sie sah, wie besitzergreifend Maddie die Hand auf
Hals Arm gelegt hatte, gab Juniper vor, Kopfschmerzen zu
haben, und lehnte ab.

Nachdem die beiden gegangen waren, goß sich Juniper
einen extragroßen Drink ein und starrte eine Weile das Glas
an.

»Nein«, sagte sie dann zu dem leeren Raum. »Das habe ich
immer getan – mich betrunken.« Jetzt würde sie anders
reagieren. Sie hatte Dinge zu erledigen, die einen klaren
Kopf erforderten. Sie stellte das Glas auf einen Tisch, griff
nach einen Stapel Papieren und marschierte damit fest
entschlossen in ihr Schlafzimmer. Aber die Arbeit verhinderte nicht, daß sie sich selbst bemitleidete.

Trotz Charlies Machenschaften war Juniper noch reich,
reicher, als sich die meisten Menschen je träumen ließen.
»Eigentlich ist alles relativ, nicht wahr«, sagte sie eines Tages
pragmatisch. »Ich bin mir bewußt, daß ich mehr Geld
besaß, als einem Menschen zusteht. Ich hätte es niemals
ausgeben können, ganz gleich wie sehr ich mich bemüht
hätte«, sagte sie kichernd. Sie war jetzt glücklicher als früher. Zum erstenmal in ihrem Leben hatte sie ein Ziel – die
Rettung ihres Familiennamens. »Ich habe den Besitz von
zuviel Geld immer als langweilig empfunden.«

»Ich bewundere deine Courage, Juniper«, sagte Hal aufrichtig. Er wäre an ihrer Stelle krank vor Wut über den
teilweisen Verlust des Vermögens gewesen. Da Juniper jedoch immer reich gewesen war, erforderte es wenig Mut,
mit der gegebenen Situation fertig zu werden, denn ohne
Geld zu leben überstieg ihre Vorstellungskraft.

Ihr Pragmatismus hinderte sie jedoch nicht daran, ihr Ziel,
die Fabrik ihres Großvaters zurückzukaufen, weiterzuver-

folgen. Nach einem Monat intensiver Verhandlungen gehörte das Unternehmen wieder ihr.

Sie reiste zusammen mit Hal in die kleine Stadt, Wakefield, um die Fabrik zu inspizieren. Es war ihr gelungen, die Häuser, in denen die Arbeiter wohnten, zurückzukaufen, doch ein erheblicher Teil des Grundbesitzes in der Stadt war noch in fremden Händen. Beim Anblick der Häuser und Geschäfte, die das Eigentum anderer Besitzer waren, schwor sie sich, nicht zu ruhen, bis alles wieder ihr gehörte.

Wieder zurück in New York, gönnte sich Juniper endlich die Vergnügungen, deretwegen sie nach Amerika gekommen war – sie stürzte sich in einen wahren Einkaufsrausch und nahm wieder Kontakt zu ihren alten Freunden auf. Dabei stellte sie diskrete Erkundigungen über Maddie an, aber niemand schien diese Frau zu kennen. Da Juniper stets in Hals Begleitung in der Öffentlichkeit gesehen wurde, betrachtete man die beiden bald wieder als Paar – und zweifellos als Liebespaar. Juniper wünschte sich, es wäre so. Zum erstenmal seit Jahren freute sich sich auf jeden kommenden Tag.

Sie und Hal hatten einen Flug nach Paris gebucht. Erst vor kurzem hatte sie erfahren, daß Lincoln Wakefield auch Unternehmen in Europa besessen hatte, deren Eigentümerin sie jetzt war. Ihr Großvater schien seine Geschäftsinteressen wie eine Krake über die ganze Welt ausgestreckt zu haben. Ihre Reise würde sie nach Frankreich und Deutschland führen.

Juniper besaß jetzt Selbstvertrauen, und deshalb konnte sie sich eingestehen, daß ihre zweite Ehe ebenfalls gescheitert war. Gleichzeitig faßte sie den Entschluß, allein ihren Geschäften in Europa nachzugehen. Sie mußte sich ihre Unabhängigkeit von Hal beweisen.

Eine halbe Stunde vor der Fahrt zum Flughafen saßen die beiden bei einem Drink im Salon.

»Hal, würdest du es als Beleidigung oder Kränkung empfinden, wenn ich alleine reisen möchte?«

Er betrachtete sie nachdenklich. »Nein, ich wäre nicht beleidigt, aber neugierig.«

»Ich möchte mir beweisen, daß ich ohne deine Hilfe zurechtkomme.«

»Gut. Ich halte das für eine exzellente Idee.«

»Und ich werde in London einen Zwischenstopp einlegen und meinen Anwalt aufsuchen. Ich habe beschlossen, mich scheiden zu lassen.«

»Ach, tatsächlich? Ich kann nicht sagen, daß mir das leid tut.« Er lächelte sie an, und in diesem Lächeln lag soviel Intimität, daß ihr Puls zu rasen begann. »Warum nimmst du diese Mühe auf dich? Beauftrage deine Anwälte, die Scheidung einzureichen. Damit würdest du dir viele Unannehmlichkeiten ersparen.«

»Das kann ich Dominic nicht antun. Ich muß ihn noch einmal sehen und ihm meinen Entschluß erklären.«

Hal musterte sie schweigend. »Juniper, ich möchte nicht, daß du ihn noch einmal siehst.«

»Warum nicht?« fragte Juniper atemlos.

»Weil ich Angst habe, du könntest deine Meinung ändern, wenn du dich mit ihm triffst.«

»Aber ... ich verstehe nicht ...« stammelte sie verwirrt.

»Ich habe bis jetzt geschwiegen, Juniper. Ich weiß, du bist nach Amerika gekommen, um eine Entscheidung bezüglich deiner Ehe zu treffen. Es wäre nicht fair von mir gewesen, die Lage für dich noch mehr zu komplizieren. Aber ich möchte, daß du während deiner Abwesenheit über die Möglichkeit nachdenkst, wieder mit mir zusammenzuleben.«

»Oh, Hal«, sagte sie leise.

»Es schien ein unerfüllbarer Traum zu sein. Aber in den

vergangenen Wochen hat diese Idee immer mehr an Absurdität verloren. Ich war sehr einsam, Juniper.«

Juniper lächelte geheimnisvoll und sagte sanft: »Ich auch, Hal.«

»Sag jetzt nichts, mein Liebling«, fügte er hastig hinzu; er wirkte verlegen wegen seines Gefühlsausbruchs. »Du mußt gehen. Es gibt vieles, worüber du nachzudenken, was du abzuwägen hast.«

»Begleitest du mich zum Flughafen?«

»Ich hasse Abschiede. Menschen willkommen zu heißen ist mir lieber.« Er küßte ihre Nasenspitze. »Der Wagen wartet.« Er nahm ihren Arm und ging mit ihr zum Lift. Während der Fahrt nach unten hielt er ihre Hand fest umklammert, als würde er es hassen, sie gehen zu lassen.

Sie stieg in den Fond des Cadillac. Hal winkte zum Abschied, und sie beugte sich aus dem Fenster und warf ihm Kußhände zu. Als die Limousine um die Ecke bog und sie ihn nicht mehr sehen konnte, lehnte sie sich zurück und dachte über die Worte nach, die er zu ihr gesagt hatte. Konnte sie wieder mit Hal leben? Plötzlich dachte sie an Harry: Das war die Chance, ihn wieder zurückzubekommen. Warum sollten sie nicht endlich eine Familie werden? Auf halbem Weg zum Flughafen befahl sie dem Chauffeur umzukehren.

Der Lift surrte zum Penthouse hinauf. Sie stieg aus, der Salon war leer. Sie schleuderte ihre Schuhe von den Füßen und lächelte. Er ist wohl im Bad. Ich werde ihn überraschen. Auf Zehenspitzen schlich sie den Flur entlang.

Ihre Vorsicht war überflüssig. Sie hörte die Stimmen, lange ehe sie zur offenen Schlafzimmertür kam.

»Und sie hat zugestimmt, dich wieder zu heiraten?« hörte sie die belustigte Stimme von John Robinson, dem jungen Buchprüfer.

»Natürlich hat sie eingewilligt. Was habe ich dir gesagt?«
Auch Hal lachte.

»Ich hatte schon befürchtet, du würdest etwas zu kühl
vorgehen.«

»Juniper hat immer Herausforderungen geliebt. Zeig ihr
etwas, das sie glaubt, nicht bekommen zu können, und sie
wird es haben wollen. Es wäre eine Katastrophe gewesen,
hätte ich mich zu früh erklärt. Dann hätte sie das Interesse
an mir verloren.«

»Frauen sind sonderbar.«

»Eher dumm. Sie hat sogar die Geschichte über mein
schwaches Herz geglaubt – sehr rührend.«

Die beiden Männer lachten schallend. Juniper stand wie
angewurzelt da, sie wollte nichts mehr hören, war aber
unfähig, zu gehen.

»Und du bist dir sicher, daß sie keine Ahnung davon hat,
daß du mit Charlie Macpherson gemeinsame Sache gemacht hast?« fragte John.

»Absolut. Du warst sehr clever, daß du das herausgefunden
hast. Dafür ist sie zu dumm.«

»Du kennst mich, Hal. Ich werde keiner Menschenseele
etwas verraten«, sagte John sanft.

»Das weiß ich, John.«

Sie sprachen wie ein Liebespaar. Juniper wähnte sich einer
Ohnmacht nahe. Sie machte auf dem Absatz kehrt, zwang
sich, den Korridor zurückzugehen. Ihr Gesicht war vor
Schock und Schmerz aschfahl. Sie verließ das Penthouse,
fuhr mit dem Lift nach unten und stieg wieder in die
Limousine.

»Zum Flughafen«, sagte sie wie ein Zombie.

Auf halbem Weg dorthin befahl sie dem Chauffeur, wieder
umzukehren.

»Bringen Sie mich in ein Hotel. Irgendein Hotel.«

# 6

Juniper saß in der Hotelbar und trank. Tief in Gedanken versunken, war sie sich der Männer nicht bewußt, die die Aufmerksamkeit dieser schönen und offensichtlich einsamen Frau auf sich zu lenken versuchten.

Sie war wütend und voller Bitterkeit und Haß. Sie mochte diese Gefühle nicht. Ihr ganzes Leben lang hatte sie Streit und Auseinandersetzungen gemieden, weil es in ihrer Kindheit zu viel davon gegeben hatte. Jetzt war sie diesen Gefühlen hilflos ausgeliefert. Immer und immer wieder spielte sie im Geist die Szene durch, deren Zeugin sie im Penthouse gewesen war. Und immer wieder machte sie sich Vorwürfe, wie eine Idiotin ein zweites Mal auf Hal hereingefallen zu sein.

Jetzt brauche ich Polly, dachte sie und wurde von einer plötzlichen Sehnsucht nach ihrer Freundin überwältigt. Polly würde mir einen vernünftigen Rat geben. Auf ihre prosaische Art würde sie eine plausible Erklärung finden und Juniper wieder aufrichten. Warum hatten sie über etwas so Unzuverlässiges wie einen Mann gestritten?

Sie leerte ihr Glas und bedeutete dem Kellner, noch einen Drink zu bringen. Ein Mann am Nebentisch wollte sie zu einem Drink einladen, aber sie starrte ihn derart giftig an, daß er den Mut verlor. Dann hüllte sie sich wieder in ihren Zorn wie in einen Mantel und war unzugänglich für ihre Umgebung.

Der Mensch, für den sie sich gehalten hatte, wäre vor dieser Situation geflohen, hätte sich in Vergnügungen gestürzt, um zu vergessen und den aufsteigenden Groll zu verdrängen. Aber dieser Monat in New York hatte sie verändert. Zu viel war geschehen, dem sie nicht mehr den Rücken kehren konnte. Sie wollte Rache. Sie fühlte dieses Gefühl in sich aufsteigen und wußte, sie würde keine Ruhe finden, bis diese Rachsucht befriedigt war. Aber wie sollte diese Revanche aussehen?

»Juniper? Sie sind doch Juniper, nicht wahr?« Eine Frau blieb neben ihrem Tisch stehen.

Juniper blickte auf, verärgert über die Störung.

»Maddie!« sagte sie stirnrunzelnd. Ausgerechnet dieser Frau zu begegnen verstärkte ihre Verbitterung.

»Haben Sie etwas dagegen, wenn ich mich zu Ihnen setze?« fragte Maddie fröhlich.

Juniper wollte ablehnen, doch ihre angeborene Höflichkeit ließ sie auf der Sitzbank beiseite rutschen, um Maddie Platz zu machen.

»Möchten Sie noch einen Drink?« fragte Maddie, nachdem sie sich gesetzt hatte.

»Einen doppelten Brandy«, sagte Juniper kurz angebunden.

»Herrje! Sind Sie deprimiert oder was?« Maddie lächelte, aber es war ein freundliches und besorgtes Lächeln. Mit einem Fingerschnippen rief sie den Kellner herbei.

»Ich schmiede Rachepläne, wenn Sie es unbedingt wissen wollen«, sagte Juniper und bereute ihre Worte sofort, als sie Maddies neugieriges Gesicht sah.

»Hal?« fragte sie nur.

»Unter anderem.«

»Das überrascht mich nicht. Sie waren einmal mit ihm verheiratet, stimmt's?«

»Ja. Leider.«

»Es hat mich sprachlos gemacht, wie freundlich Sie miteinander umgingen. Alle Geschiedenen, die ich kenne, würden sich gegenseitig lieber umbringen, als eine Wohnung zu teilen.« Maddie zündete sich eine Zigarette an. »Er ist ein seltsamer Bursche, nicht wahr?«

»Das sollten Sie doch wissen«, entgegnete Juniper kurz angebunden.

»Wieso ich? Ich kenne den Mann doch kaum.« Maddie zuckte die Schultern.

»Aber, ich dachte ...«

»Da haben Sie verkehrt gedacht, meine Liebe. Er hat mich engagiert.«

»Wozu?« Juniper richtete sich auf und beugte sich interessiert vor.

»Meine Anweisungen lauteten, täglich im Apartment anzurufen. Ging eine Frau an den Apparat, mußte ich mit einer Stimme, die vor Sex trieft, Hal verlangen. Das hat nur einmal funktioniert, dann nahm immer ein Mann den Hörer ab.«

»Ich bin nicht mehr ans Telefon gegangen, weil mir die Anrufe meines Mannes auf die Nerven gingen.«

»Noch einer? Du meine Güte, Sie haben aber einen Verschleiß«, sagte Maddie kichernd. Juniper fragte sich, aus welchem Teil Amerikas diese Frau wohl kam. Sie hatte einen merkwürdigen Akzent, den sie nicht definieren konnte.

»Und als er Sie an jenem Abend ausführte, was passierte da? Wohin sind Sie gegangen?« fragte Juniper gegen ihren Willen, doch ihre Neugier hatte die Oberhand gewonnen.

»Er hat mich nicht ausgeführt. Im Apartment sollte ich ein bißchen ... Sie wissen schon ... nett zu ihm sein. Dann sind wir in das Foyer hinuntergefahren, wo er mir fünfzig Dollar gegeben hat. Danach bin ich nach Hause gegangen. Mit diesem Betrag in der Tasche hatte ich keine Lust mehr zu arbeiten.«

»Und wo ist er hingegangen?«

»Keine Ahnung. Er stieg in ein Auto, in dem ein Kerl auf ihn wartete. Den hatte ich schon bei meiner Ankunft bemerkt – er sah ein bißchen schwul aus – ein junger, blonder Kerl, gutaussehend auf die feminine Art. Ich dachte mir noch, was für eine Verschwendung.«

»John«, sagte Juniper leise.

»Kennen Sie ihn?«

»Er ist einer meiner Buchprüfer.«

»Nicht mehr, meine Liebe. So wie die beiden einander begrüßt haben«, sagte Maddie lachend.

»Mein Gott, was war ich für eine Idiotin!«

»Sind wir das nicht alle?« Maddie schüttelte resigniert den Kopf.

»Möchtet ihr zwei süßen Ladies mit uns das New Yorker Nachtleben genießen?«

Die beiden Frauen blickten auf und sahen einen leicht schwankenden Mann vor ihrem Tisch stehen, der sie lüstern angrinste.

»Schwirr ab!« fauchte Maddie.

»Kein Grund, so böse zu sein, kleine Lady. Mein Kumpel und ich dachten nur ...«

»Na, dann denk noch mal. Verpiß dich und laß uns allein.«

»Sind Sie Engländerin?« fragte Juniper, als die beiden Männer beleidigt abzogen.

»Wie haben Sie das erraten?« fragte Maddie grinsend.

»An ihrer komischen Ausdrucksweise«, sagte Juniper und lachte zum erstenmal.

»Sie haben ein hübsches Lachen, wie Sahneschokolade«, sagte Maddie bewundernd.

»Was treiben Sie denn hier, so weit von der Heimat entfernt?«

»Ich bin die gestrandete Frau eines GIs.«

»Wie ist das passiert? Oder möchten Sie nicht darüber reden?«

»Das macht mir nichts aus. Ich komme aus Cambridge,

wo eine Menge Yankees während des Krieges stationiert waren, und hatte das Pech, einen GI kennenzulernen. Nein, das ist nicht fair. Bestimmt sind eine Menge Mädchen glücklich verheiratet. Ich bin eben an den Falschen geraten. Oh, er sah gut aus. Ein großer, gutgebauter Typ, der mit Geld nur so um sich warf – damals war er sehr großzügig. Erzählte mir diesen ganzen Quatsch über sein wundervolles Heim in Amerika. Wir haben geheiratet, und ich konnte mein Glück gar nicht fassen. Ich dachte, ich hätte wirklich das große Los gezogen ... und lebwohl langweiliges Cambridge.

Als ich nach einem ermüdenden Papierkrieg endlich nach zwei Jahren hier landete, wartete die Enttäuschung meines Lebens auf mich. Die Familie meines Traummannes besaß eine Farm irgendwo im Hinterland – die nächste Stadt war fünfzig Meilen entfernt. Das hübsche Haus war eine Baracke, in der wir zusammen mit seinen Eltern und vier Geschwistern lebten – wir hatten nur ein winziges Zimmer für uns. Als von mir verlangt wurde, daß ich auf der Farm mitarbeite, hat es mir gereicht. Ich kann eine Kuh nicht von einem Pferd unterscheiden und will es auch nicht lernen. Ich war einfach überflüssig. Und als er anfing, mich zu schlagen, da habe ich mitten in der Nacht die Kurve gekratzt und bin vor einem knappen Jahr in New York gelandet.«

»Das tut mir leid. Es muß sehr schwer für Sie gewesen sein.«

»Mir geht's gut. Wenigstens habe ich etwas von der Welt gesehen. Jetzt will ich nur noch nach Hause zurück. Dafür arbeite ich.«

»Was haben Sie denn für einen Beruf?«

»In England war ich Sekretärin, aber hier konnte ich keinen Job finden. Jetzt arbeite ich bei Macey's – in der Parfümerieabteilung. Der Job ist nicht schlecht, aber die

Bezahlung. Deswegen habe ich angefangen, nebenberuf-
lich zu arbeiten.«

»Als was?«

»Erraten Sie das nicht? Ich gehe auf den Strich, meine
Liebe.«

»Oh, ich verstehe«, sagte Juniper gelassen.

»So habe ich Ihren Exmann kennengelernt, in einer Bar in
der City. Eigentlich hat er mir einen Gefallen getan. Er hat
mir Geld gegeben, damit ich mir für die Begegnung mit
Ihnen diese teuren Fummel kaufe. Sie sollten bei Ihnen
wohl den Eindruck erwecken, ich sei gut betucht. Und
diese Kleider gaben mir die Chance, mein Gewerbe in den
teuren Vierteln auszuüben, wo mehr bezahlt wird. Auch
wenn Hal Ihnen nicht gutgetan hat, mir hat er jedenfalls
geholfen«, sagte sie lachend. »Macht es Ihnen etwas aus?«
fragte sie plötzlich ängstlich. »Ich meine, jetzt, da Sie wissen, was ich tue ... Soll ich gehen?«

»Nein, nein. Bitte, bleiben Sie.« Juniper hob abwehrend die
Hand. »Das alles ist ja sehr interessant«, und dann kicherte
sie über ihre unpassende Bemerkung. »Wie ist es denn?«
fügte sie mit der Neugier aller Frauen hinzu, die einer
»gefallenen Schwester« begegnen.

»Ziemlich eklig, um die Wahrheit zu sagen. Aber ich lege
mich einfach hin und denke an England.« Beide Frauen
brachen in Gelächter aus.

»Haben Sie schon zu Abend gegessen?« fragte Juniper,
nachdem sie sich beruhigt hatten.

»Ich warte gewöhnlich, bis ich einen Kerl aufgable. Die
netten führen einen gern vorher aus.«

»Hätten Sie Lust, mit mir zu essen?«

»Liebend gern«, antwortete Maddie schnell. Sie hatte nicht
die Absicht, Juniper zu erzählen, daß sie seit zwei Tagen
außer einem Apfel und einem Stück Käse nichts gegessen

hatte. Lebensmittel waren teuer, und je weniger sie aß, um so schneller konnte sie eine Passage auf einem Schiff nach England buchen. Noch würde sie gestehen, was für eine Amateurin sie in ihrem Gewerbe war. Bis jetzt hatte sie drei Männer als Kunden gehabt, und einer davon war Hal gewesen, der nicht zählte, weil er nicht mit ihr hatte schlafen wollen. Da Juniper ihr Leben zu faszinieren schien, wagte sie nicht, ihr die Wahrheit zu erzählen, aus Angst, diese könne das Interesse an ihr verlieren.

»Lassen Sie uns auf mein Zimmer gehen. Dort sind wir ungestört«, sagte Juniper, als sich wieder zwei Männer ihrem Tisch näherten.

»Widerliche Kerle!« rief Maddie mit großer Genugtuung, weil sie nicht nett zu ihnen sein mußte.

Junipers Zimmer war nicht groß, lag über der Küche und war laut und stickig. Bei ihrer Ankunft war Juniper zu erschöpft und deprimiert gewesen, um sich ein besseres Hotel zu suchen.

Sie läutete dem Zimmerservice und bestellte ein Abendessen für zwei. Nachdem der Servierwagen mit den Speisen hereingeschoben worden war, blieb kaum noch Platz zum Umdrehen.

»Was für ein Unterschied zu Hals prächtigem Apartment«, sagte Maddie und schaute sich um.

»Es ist nicht Hals, sondern mein Apartment«, erklärte Juniper.

»Warum, zum Teufel, wohnt er dann dort und Sie hier?«

Juniper sah Maddie an und lächelte. »Natürlich. Wie recht Sie haben.« Sie goß Wein in die Gläser. »Möchten Sie einen Job?«

»Was für einen Job?« fragte Maddie mit dem Mißtrauen, das sie das Leben in New York gelehrt hatte.

»In den nächsten paar Tagen brauche ich eine Sekretärin. Sie sagten doch, das sei Ihr Beruf in England gewesen. Außerdem habe ich ein paar alte Rechnungen zu begleichen, wobei Sie mir behilflich sein könnten. Wenn das erledigt ist, beabsichtige ich, nach England zurückzukehren, und ich nehme Sie mit, wenn Sie wollen – auf meine Kosten, natürlich.«

»Ich kann's nicht fassen! Sie machen doch keine Witze mit mir, oder?« Juniper schüttelte den Kopf. »Abgemacht! Oh, Mann! Das ist fast zu schön, um wahr zu sein. Und alles wegen des lieben alten Hal.«

»Ja, der liebe alte Hal«, wiederholte Juniper, ohne zu lächeln.

## 7

Um acht Uhr am folgenden Morgen hatte sich Juniper gebadet und angezogen. Um acht Uhr dreißig hatte sie mit Chuck Gouzenko, einem Jugendfreund aus Dart Island, der jetzt ein erfolgreicher Anwalt war, telefoniert. Punkt neun Uhr marschierten Juniper und Chuck in das Foyer des Wakefield-Towers.

Der Salon war leer, bis auf die Überreste einer Champagnerparty, die Hal wohl gefeiert hatte. Juniper läutete nach Romain.

»Wecken Sie Lord Copton. Sagen Sie ihm, daß ich hier bin und ihn sofort zu sprechen wünsche. Dann packen Sie unverzüglich Lord Coptons Sachen – alles. Habe ich mich deutlich ausgedrückt?«

Romain antwortete nicht, sondern verließ fluchtartig den Raum. Juniper blickte Chuck an und hob spöttisch eine Braue, als gedämpftes, aber hektisches Gemurmel aus der Halle hereindrang. Dann hörten sie das Öffnen und Schließen der Lifttür.

»Da entschwindet der Geliebte«, sagte Juniper zu Chuck mit einem verkniffenen Lächeln.

Einen Augenblick später erschien Hal mit verschlafenen Augen, aber makellos gekämmtem Haar, mit einem seidenen Morgenmantel bekleidet.

»Guten Morgen, Juniper«, sagte er in einem derart normalen Tonfall, daß sie ihn am liebsten geschlagen hätte. »Was für eine fabelhafte Überraschung. Und ich dachte, du wärst mittlerweile in Europa. Was hat dich zurückgebracht?« Er ging mit ausgestreckten Armen auf sie zu, als wollte er ihr einen Willkommenskuß geben.

»Ich möchte, daß du augenblicklich von hier verschwindest«, befahl sie kalt und wich seiner Berührung aus.

»Mein Liebling! Was ist denn los? Du wirkst verärgert.«

»Ich bin gestern abend zurückgekommen. Wirklich, Hal, du solltest dir angewöhnen, deine Schlafzimmertür zu schließen.«

Juniper mußte ihn einfach bewundern. Hal antwortete völlig ungerührt: »Juniper, mein Schatz, wovon sprichst du?«

»Versuche nicht, mich zu bluffen – nie wieder. Ich habe dich und John gehört – ich weiß alles.«

»Juniper, mein Liebling, darüber müssen wir sprechen. Ich weiß nicht, was du glaubst, gehört zu haben, aber ich kann das Mißverständnis sicher aufklären.«

»Nein, das kannst du nicht. Und hör auf, mich ›Liebling‹ zu nennen. Ich bin es nicht und war es nie! Weiter habe ich dir nichts zu sagen, Hal. Ich möchte, daß du aus meinem Apartment, aus meinem Leben und wenn es irgendwie zu arrangieren ist, auch aus meinem Land verschwindest.«

»Verbitterung steht dir nicht, Juniper. Du bist kein rachsüchtiger Mensch.«

»Die Menschen ändern sich. Ich habe mich verändert. Raus!«

»Also, warte mal! Ich habe Sachen hier, teure Sachen, für die ich bezahlt habe.«

»Ich schlage vor, Sie erstellen eine Liste, Lord Copton, dann können wir verhandeln.« Chuck trat vor.

»Und wer sind Sie?« Hal grinste höhnisch. Da wußte Juniper, daß er schockiert war.

»Ich bin Chuck Gouzenko, Junipers Anwalt.«

»Ein Polacke?« höhnte Hal.

»Russe«, sagte Chuck mit einer leichten Verneigung.

»Verschwinde einfach, Hal.« Juniper wandte ihm angewidert den Rücken zu. »Okay, Chuck. Hier sind die Akten und Papiere, an denen wir gearbeitet haben. Ich möchte, daß du alles überprüfst. Hal hat die Buchprüfer und Steuerberater engagiert, und ich kann nicht ausschließen, daß auch sie korrupt sind.«

»Wer ist denn jetzt beleidigend?« Hals Überheblichkeit wirkte aufgesetzt. Er wußte, daß er verloren hatte, und versuchte, sein Gesicht zu wahren.

»Wenn du nicht sofort gehst, rufe ich die Polizei. Es ist mir ernst damit, Hal.« Juniper betrachtete Hals glattes, schwarzes Haar, seinen überheblichen Gesichtsausdruck, den adretten Schnurrbart und erschauderte. Ich muß verrückt gewesen sein, dachte sie.

»Habe ich den Spaß verpaßt?« Maddie schlenderte herein. Bei ihrem Anblick merkte Hal, daß er endgültig besiegt war. Er ließ die Schultern sinken, fuhr sich nervös durchs Haar und eilte aus dem Raum.

»Was soll ich tun, Juniper?« fragte Maddie.

»Rufen Sie diese Leute an, seien Sie so lieb«, sagte Juniper und reichte ihr eine Namensliste. »Treffen Sie die Verabredungen wie vereinbart. Chuck nimmt sich die Buchprüfer vor. Jetzt brauche ich einen Drink.«

Eine Stunde später kam Hal mit einer Inventarliste, die er hastig auf vier Blätter gekritzelt hatte, zurück. Er gab sie Juniper. Sie warf nicht einmal einen Blick darauf.

»Sorgen Sie dafür, daß das ganze verdammte Zeug entfernt wird – alles. Nichts von diesem Mann soll hier zurückbleiben. Wenn er keinen Platz zur Aufbewahrung hat, dann lassen Sie es in den East River kippen. Maddie, rufen Sie ein Möbelgeschäft an, und bestellen Sie uns zwei Betten. Dann will ich ein Verzeichnis der Innenarchitekten haben. Das ganze Penthouse muß renoviert werden. Dieser fiese Kerl soll keine Spuren hier hinterlassen.«

Juniper begann ihren Rachefeldzug. Um vier war sie zum Tee bei Pearl Macpherson und versetzte die Frau in Erstaunen, als sie darauf beharrte, die Beerdigungskosten zu übernehmen. Pearl zerfloß vor Dankbarkeit – wie Juniper vorausgesehen hatte – und beteuerte, daß ihr Mann unschuldig und Hal der Übeltäter sei. »Erpressung«, deutete sie vage an. Nach einer Weile plauderten die beiden Frauen völlig unbefangen miteinander, als wären sie seit langem befreundet, daher war es ganz selbstverständlich, daß Pearl Junipers Einladung zu einem Dinner in der folgenden Woche annahm.

Abends um sechs saßen Maddie und Juniper in einem Taxi und fuhren zu einer Bar an der Lower East Side zu einer Verabredung, die Maddie an diesem Morgen arrangiert hatte.

»Wie heißen die beiden Männer doch gleich wieder?« fragte Maddie.

»Larry und Rolly Macpherson. Mit denen sollten Sie keine Probleme haben. Offensichtlich hassen beide ihre Frauen. Larry ist Politiker; er ist sehr ehrgeizig und strebt zweifelsohne einen Posten im Weißen Haus an. Rolly arbeitet für den Dewart Trust und ist mit einer der Töchter des Vorstands verheiratet. Haben Sie von diesem Trust schon gehört? Es ist eine sehr reiche calvinistische Stiftung für gefallene Frauen.«

»Wie passend.« Maddie kicherte.

»Wo treffen wir Ihre Freundin?«

»Gloria? Sie wird schon da sein. Sie weiß, was zu tun ist. Ich habe ihr gesagt, daß wir mit den beiden nicht sofort ins Bett gehen, sondern uns wie zwei normale Freundinnen benehmen.«

»Sehr gut. Halten Sie sie ein paar Tage hin. Ich sage Ihnen, wann es soweit ist. Maddie, kennen Sie vielleicht einen jungen Mann, der diese Art von Job übernehmen würde? Ich gebe nächste Woche eine Dinnerparty und suche einen besonders gutaussehenden Partner für eine Freundin von mir – Pearl. Sie ist gerade Witwe geworden, sehr reich und kultiviert.«

»Ich kenne genau den richtigen Kerl. Humph Roth. Er bevorzugt ältere Damen und verdingt sich öfter als Begleiter. Eigentlich ist er Schauspieler, bekommt nur leider selten Engagements. Und er ist schrecklich intellektuell. Ich verstehe nur die Hälfte von dem, was er redet.«

»Klingt wie eine Verbindung, die im Himmel geschlossen wurde«, sagte Juniper kichernd, als das Taxi vor der *Tearaway Bar* hielt.

Juniper und Maddie gingen in das Lokal und begrüßten Gloria, als wären sie alte Schulfreundinnen. Die Macpherson-Brüder hatten der bevorstehenden Begegnung mit Juniper voller Nervosität entgegengesehen, da sie über die Machenschaften ihres Vaters Bescheid gewußt hatten. Keiner von beiden hatte zu dieser Verabredung kommen wollen, wagte es jedoch aus Angst vor Enthüllungen nicht, fernzubleiben. Junipers freundliche Begrüßung und die Schönheit ihrer Begleiterinnen zerstreuten jedoch bald ihre Bedenken, deshalb wiegten sie sich in trügerischer Sicherheit. Die beiden Männer waren von Maddie und Gloria so angetan, daß sie nicht merkten, daß Juniper unauffällig die Bar verließ, nachdem sie Maddie ein verschwörerisches Lächeln zugeworfen hatte.

In den nächsten Wochen arbeitete die Boulevardpresse von New York unter Hochdruck. Ein anonymer Anruf, von Informationen über pikante Einzelheiten gefolgt, veranlaßte den Herausgeber, ein Heer von Journalisten auf den Fall anzusetzen. Die Spur führte erstaunlich schnell zu Gloria und Maddie, die mit verblüffender Freimütigkeit – gegen ein gewisses Honorar natürlich – über ihre Freundschaft mit den Macpherson-Brüdern und über ihren Beruf sprachen. Humph Roth hätte sich mit der Summe, die ihm ein berüchtigtes Schmierenblatt für das Foto, das ihn zusammen mit Pearl, der »lustigen Witwe«, im Bett zeigte, zur Ruhe setzen können. Es wurden Andeutungen über die Umstände von Charlie Macphersons Tod veröffentlicht. Die unbarmherzige Kampagne gegen gewisse Mitglieder der New Yorker High-Society wurde schließlich – wenn auch mehr zurückhaltend und sachlicher – von der *New York Times* und der *Herald Tribune* aufgegriffen, was einem Todesurteil für die Macpherson-Familie gleichkam.
Mitte Oktober war Larrys Traum von einer politischen Karriere zerstört. Die Menschen, die er zu seinen Freunden gezählt hatte und die ähnliche Ambitionen wie er hatten, mieden plötzlich den Umgang mit ihm wie die Pest. Rolly wurde nach einer höchst unerfreulichen Unterredung mit dem Vorstand des Dewart-Trusts fristlos entlassen.
Beide Ehefrauen hatten die besten Scheidungsanwälte von New York engagiert und forderten derart horrende Unter-

haltszahlungen, daß die Klatschspalten der Boulevardpresse Stoff für mehrere Monate hatten.

Pearl geriet ins gesellschaftliche Abseits und trat von allen ihren Funktionen in verschiedenen Wohltätigkeitsorganisationen zurück. Praktisch über Nacht gab sie ihr Domizil in New York auf und floh zusammen mit ihrem jungen Geliebten nach Mexiko. Von Hal gab es keine Neuigkeiten.

Junipers Penthouse war von Grund auf renoviert worden. Jetzt ähnelte das Apartment mit den chintzbezogenen Sesseln und Sofas, den englischen Möbeln einem britischen Landhaus. Juniper saß im Salon und betrachtete ihre neugestaltete Umgebung. Vielleicht habe ich einen kostspieligen Fehler begangen und hätte Hals moderne Stilrichtung beibehalten sollen, dachte sie verunsichert.

In ihr herrschte eine emotionale Leere, sie fühlte sich wie ausgebrannt. Seit der Aufdeckung von Charlie Macphersons betrügerischen Machenschaften hatte sie nur ein Ziel gehabt: den Ruin seiner Familie. Diesen Augenblick hatte sie herbeigesehnt. Doch sie empfand weder Genugtuung noch Zufriedenheit oder Triumph – nur Leere und ein tiefes Gefühl der Beschämung.

Sie wünschte sich, ihr Großvater würde noch leben. Er hätte ihren Rachefeldzug gutgeheißen und wäre auf ihren Erfolg stolz gewesen. Während der vergangenen Wochen, als sie Maddie und anderen Leuten zielstrebige Anweisungen gab, hatte sie das Gefühl gehabt, von ihm geleitet zu werden. Mit seiner Anerkennung hätte sie sich nach vollendeter Tat wohler gefühlt.

Aber jetzt war es zu spät für Reue. Die Uhr war nicht mehr zurückzudrehen. Sie hatte mehrere Leben ruiniert. Nach ihrem erbarmungslosen Rachefeldzug fühlte sie sich ebenso verabscheuungswürdig wie die Menschen, die sie betrogen hatten.

»Warum sehen Sie denn so trübsinnig aus?« Maddie kam mit einer Flasche Champagner und zwei Gläsern ins Zimmer. »Ich dachte, Sie wollten Ihren Triumph feiern.« Obwohl sich die beiden Frauen erst seit kurzem kannten, hatte sich zwischen ihnen eine ungezwungene Vertrautheit entwickelt; sie waren mehr Freundinnen als Angestellte und Arbeitgeberin.

»Ich bin nicht sehr stolz auf das, was ich getan habe. Ich wünschte, ich hätte meinen Rachegelüsten nicht nachgegeben.«

»Juniper, das ist Unsinn. Um Himmels willen, haben Sie etwa Schuldgefühle?«

»Ja, das kann ich nicht leugnen.«

»Das ist lächerlich. Sie haben diese beiden Mistkerle nicht gezwungen, mit Gloria und mir ins Bett zu gehen. Und nichts hätte die liebe Pearl davon abhalten können, den gutaussehenden Humph in ihr Boudoir zu zerren. Diesen Leuten wurde auf einem Silbertablett serviert, wonach sie sich sehnten. Es ist wohl kaum Ihr Fehler, daß die Macphersons von Ihrer Großzügigkeit Gebrauch machten.«

»Aber ich habe sie ruiniert.«

»Nein, sie haben sich selbst ruiniert. Die beiden Männer haben ihre Ehefrauen seit Jahren betrogen – das haben sie uns erzählt. Und im öffentlichen Leben traten sie als Moralapostel auf. Diese Falschheit finde ich zum Kotzen. Sie sind Betrüger wie ihr Vater, nur auf eine andere Weise.«

»Aber ich habe Sie, Gloria und Humph benutzt.« Juniper ließ von ihren Selbstvorwürfen nicht ab.

»Das ist alles Blödsinn! Gloria freut sich über das Geld und die Kleider, die Sie ihr gegeben haben, und Rolly hat sie mit Geschenken überhäuft. Ihr ist ein fetter Fisch ins Netz gegangen. Und ich habe dabei auch einen guten Schnitt gemacht. Ich habe gewiß keinen Grund zum Klagen! Humph führt jetzt das Leben eines reichen Gigolos. Er mag

Pearl und hat ausgesorgt. Kommen Sie, Juniper, lassen Sie den Kopf nicht hängen. Dieser Skandal wird bald in Vergessenheit geraten, und in ein paar Jahren wird Pearl wieder eine Säule der New Yorker Gesellschaft sein. Und es ist gut, daß Larrys wahrer Charakter aufgedeckt wurde, ehe seine politische Laufbahn begann. Eigentlich haben Sie dem amerikanischen Volk einen Gefallen erwiesen.«

Juniper mußte lachen. »Maddie, wie sehr Sie doch Polly, meiner Freundin, ähneln. Auch sie hat immer an allem die gute Seite gesehen. In diesem Fall hätte sie allerdings Probleme, plausible Erklärungen zu finden. Es muß wundervoll sein, alles in Schwarz und Weiß zu sehen, wie ihr beide es tut.«

»Grau ist so eine langweilige Farbe.« Maddie sah Juniper, die ein graues Kaschmirkleid trug, mit einem verschmitzten Lächeln an. Sie goß Champagner ein und reichte Juniper das Glas. »Was ist mit Hal?«

»Was soll mit ihm sein?«

»Auch er hat Sie bestohlen. Was werden Sie gegen ihn unternehmen?«

»Nichts. Es gibt keine Beweise für seine betrügerischen Machenschaften. Alle Geschäfte wurden in bar abgewickelt oder sind nicht zurückzuverfolgen.«

»Nach allem, was er Ihnen angetan hatte, würde meine Reaktion anders aussehen. Ich würde den Bastard fertigmachen und jedem erzählen, daß er homosexuell ist.«

»Und damit das Leben unseres Sohnes Harry ruinieren? Wie grausam würden ihn die Kinder im Internat behandeln! Und wenn er einmal Anwalt oder was Ähnliches werden will? Er hätte keine Chance. Die Scheinheiligkeit der Engländer duldet zwar Skandale, aber nur solange sie ein Familiengeheimnis bleiben.«

»Da haben Sie recht. Natürlich können Sie Ihrem Sohn nicht schaden. Also wird Hal ungeschoren davonkommen.«

»Es ist wohl am besten, ich versuche, ihn zu vergessen. Ich will weg von hier und alles hinter mir lassen«, sagte Juniper nach einer Weile. »Ich muß sowieso nach Europa zurück. Chuck und ein alter Freund meines Großvaters werden sich hier um meine Geschäfte kümmern. Dieses Mal gehe ich auf Nummer sicher: Wenn einer mich betrügt, entdeckt es der andere. Wenn mich beide betrügen, gebe ich auf!« Sie lachte. »Also, Maddie, meine Liebe, ich möchte nach England zurück. Wollen Sie immer noch mitkommen?«

»O ja, bitte!« Maddies Augen funkelten vor Aufregung. »Ich hatte schon Angst, Sie hätten Ihr Angebot vergessen.«

»Warum haben Sie mich nicht gefragt?«

»Das wollte ich nicht. Sie kennen mich doch kaum.«

»Aber mir kommt es vor, als würde ich Sie schon seit Jahren kennen, Maddie. Ich bin so froh, daß Sie in mein Leben getreten sind. Ich brauche jemanden wie Sie.«

Junipers Kompliment machte Maddie verlegen.

»Mein Gott, Maddie, ich glaube, ich habe Heimweh.« Juniper reckte die Arme über ihren Kopf. »England war für mich immer Heimat. Ich möchte Ihnen *Gwenfer* zeigen – es ist der zauberhafteste Ort der Welt. Wenn es einmal mir gehört, werde ich England nie wieder verlassen.«

»Fahren wir direkt dorthin?«

»Nein. Ich muß meinem Mann helfen, ins Unterhaus gewählt zu werden. Aber dann verlasse ich ihn.«

»Warum machen Sie sich diese Mühe?«

»Weil er als geschiedener Mann keine Chance hätte. Er hat mich einmal sehr glücklich gemacht. Ich bedaure zutiefst, daß unsere Ehe in die Brüche ging.«

»Wissen Sie, was die Chinesen sagen? ›Die Vergangenheit zu bedauern bedeutet, die Zukunft zu verlieren.‹«

»Es gibt Zeiten, Maddie, da bin ich überzeugt, daß nur das Vergangene lebenswert war.«

# 8

Der Flug nach England war gebucht. Während Maddie mit Packen beschäftigt war, wurde Juniper von ihren Jugendfreunden, für die sie weniger Zeit als geplant gehabt hatte, von einer Abschiedsparty zur nächsten gereicht.

Als Ehrengast bei einem dieser Dinners wurde ihr Theo Russell vorgestellt. Juniper blickte zu dem hochgewachsenen Mann auf und verlor sofort jedes Interesse an den anderen Gästen. Vor ihr stand einer der bestaussehenden Männer, die ihr je begegnet waren. Er hatte das blonde, sonnengebleichte Haar eines Menschen, der viel Zeit im Freien verbringt. Seine Augen waren tiefblau und strahlten Wärme aus. Er hatte ausgeprägte Wangenknochen, ein starkes Kinn und angenehme Gesichtszüge. Er war breitschultrig, hatte schmale Hüften und – wie Juniper sich vorstellte – bestimmt einen knackigen Hintern. Seine großen Hände waren erstaunlich feingliedrig. Sein Gesichtsausdruck verriet Intelligenz, und sein Lächeln war bezaubernd. Juniper hielt den Atem an, bis sie seine Stimme hörte, die tief und angenehm klang. Von diesem Augenblick an wollte sie nur noch mit ihm sprechen.

Alarmglocken hätten in ihrem Kopf schrillen müssen, denn ihre Erfahrung hatte sie gelehrt, daß ein anscheinend derart perfekter Mann gefährlich war. Juniper jedoch ignorierte alle Warnsignale und streckte ihm die Hand hin.

»Es tut mir leid, daß das Ihre Abschiedsparty ist«, sagte er.

»Ist es nicht.« Sie blickte mit leicht zur Seite geneigtem Kopf zu ihm auf. »Ich habe meine Meinung geändert. Ich reise nicht ab.« In ihrem Lächeln und in ihren Augen spiegelte sich das Interesse wider, das er ihr entgegenbrachte. »Noch nicht ...«

Juniper lachte über das Erstaunen ihrer Freunde, die voll

Freude ihren Sinneswandel begrüßten, verriet jedoch niemandem den Grund dafür.

Der restliche Abend wurde für Juniper zur Qual. Da sie im Mittelpunkt des Interesses stand, fand sie keine Zeit für eine Unterhaltung mit Theo. Am liebsten wäre sie gleich nach dem Dinner gegangen, zwang sich jedoch, ihre Rastlosigkeit zu unterdrücken. Im Verlauf des Abends kamen ihr Zweifel an ihrer intuitiven Reaktion, und sie glaubte, dieses erregende Gefühl der Erwartung, die Gewißheit, jemandem begegnet zu sein, der eine Rolle in ihrem Leben spielen könnte, beruhe nicht auf Gegenseitigkeit. Mit zunehmender Beklommenheit sah sie, daß Theo zu allen Frauen überaus galant und charmant war.

Als sich die Party dem Ende näherte, zählte Juniper zu den letzten Gästen, die widerstrebend aufbrachen. Als sie ihren Mantel holte, hörte sie plötzlich Theos Stimme hinter sich: »Würden Sie es für sehr anmaßend halten, wenn ich Sie bitten würde, Sie nach Hause begleiten zu dürfen, Ma'am?« fragte er und half ihr in den Mantel.

»Es wäre mir eine Freude.«

Ihr Apartment lag nur zwei Häuserblocks entfernt, und um ihr Zusammensein zu verlängern, schlug sie vor, zu Fuß dorthin zu gehen, obwohl ihre Limousine vor der Tür stand. Sie zuckte wie elektrisiert zusammen, als er ihre Hand nahm und in seine Armbeuge legte. Während sie gemächlich dahinschlenderten, achtete sie kaum auf die oberflächliche Konversation, zu der sie Zuflucht suchten.

Am Wakefield-Tower angekommen, brachte sie es nicht fertig, ihn gehen zu lassen, und lud ihn auf einen Schlaftrunk in ihr Apartment ein. Im Lift war sie ungewohnt schüchtern und brachte keinen Ton heraus. Schweigend fuhren sie nach oben. In der Halle angekommen, vergaß Juniper ihre Absicht, mit Theo zu flirten und ihn mit ihrem

Charme zu bezaubern. Statt dessen glitt sie wie von einem Magneten angezogen in seine Arme.

Sie küßten sich wie zwei Verhungernde und rissen sich gegenseitig die Kleidung vom Leib. Nackt klammerten sie sich aneinander, als hätten sie Angst, sich wieder zu verlieren. Erst viel später gingen sie in Junipers Schlafzimmer.

Am nächsten Morgen war Juniper am Boden zerstört. Sie lag im Bett, trank ihren Kaffee und klagte Maddie, die auf der Bettkante saß, ihr Leid.

»Maddie, was habe ich nur getan?«

»Was jede gesunde Frau unter diesen Umständen tun würde«, antwortete Maddie grinsend.

»Sie vielleicht und auch ich – zu oft, leider. Aber einer Frau nach Theos Geschmack wäre das nicht passiert. Mein Gott, was wird er von mir denken! Ich habe mich wie eine Idiotin benommen, Maddie. Es hat so vielversprechend angefangen, und jetzt habe ich alles ruiniert.«

»Das können Sie doch nicht wissen. So, wie Sie mir die Situation geschildert haben, hat Sie beide die Leidenschaft überwältigt.«

»Haben Sie je einen Mann kennengelernt, der die Frau, die sofort mit ihm ins Bett geht, nicht verachtet? Mir ist noch keiner begegnet. Mein Gott, wir haben uns kaum gekannt ...«

»Jetzt kennen Sie ihn ...« Maddie kicherte.

»Es ist mir ernst, Maddie. Er ist ein Prachtexemplar von Mann ... gehört der Elite der Ostküste an. Zu seinen Spielregeln gehört es, eine Frau zu umwerben, sie auf anständige Weise für sich zu gewinnen. Er wird mich für eine Hure halten ... wahrscheinlich sehe ich ihn nie wieder.« Juniper schlüpfte aus dem Bett und fügte kläglich hinzu: »Wir können genausogut weiterpacken.«

Eine Stunde später widerrief Juniper ihre Anweisung. Ein

riesiges Rosenbukett war zusammen mit einer Einladung zum Mittagessen abgegeben worden.

»Ich habe nicht geglaubt, daß du mich wiedersehen willst.« Juniper sah Theo mit einem scheuen Lächeln über den Tisch hinweg an.

Er nahm ihre Hand. »Wie kommst du denn auf diesen Gedanken?«

»Nach der letzten Nacht...« antwortete sie beschämt.

»Mein Liebling, und ich dachte, du würdest mich aus diesem Grund nicht wiedersehen wollen.«

»Ach, Theo, wie töricht...«

»Na, siehst du. Wir beiden denken dasselbe. Du sollst wissen, daß ich mich normalerweise nicht so ... so ungestüm benehme.« Er sah sie reumütig an und fügte hinzu: »Ich konnte einfach nicht anders. Es hat mich überwältigt.«

»Ja. Ich hatte dieselben Gefühle.« Juniper lächelte jetzt.

»Ist es dir ernst damit, was du gestern abend gesagt hast? Daß du nicht abreisen wirst«, fragte er beunruhigt.

»Ja.«

»Was hat dich veranlaßt, deine Meinung zu ändern?«

»Du.«

»Geschah das gleich im ersten Augenblick?« fragte er verwundert. »Mir ging es ebenso. Ich betrat dieses Zimmer und da warst du – die schönste Frau, der ich in meinem Leben begegnet bin. Und ich habe mich in dich verliebt, Juniper. Das klingt unwahrscheinlich, ist aber passiert.«

Juniper spürte, wie ihr Tränen des Glücks in die Augen traten. Gleichzeitig überlief sie jedoch ein Schauder der Angst.

»Warum zitterst du?« fragte er besorgt.

»Weil ich Angst habe, Theo. Alles geschieht so schnell. Ich kann mich nicht erinnern, je so glücklich gewesen zu sein.

Und davor habe ich Angst. Angst, es könnte nicht von Dauer sein.«

»Liebe Juniper, ich gehe nicht weg. Ich weiß, das kam alles zu plötzlich. Aber daran können wir nichts ändern. Das Schicksal hat uns zueinandergeführt, und wir sollten darüber glücklich sein.« Er drückte beruhigend ihre Hand. »Noch nie war ich mir derart sicher. Ich will dich heiraten, Juniper – falls du mich haben willst? Wir werden ein Dutzend Söhne haben und bis ans Ende unserer Tage glücklich miteinander leben.« Er lachte, aber sein bestimmter Tonfall ließ keinen Zweifel an seinem Entschluß aufkommen.

Ein betrübter Ausdruck huschte über ihr Gesicht. Sie senkte wieder den Blick, um die Enttäuschung nicht sehen zu müssen, wenn sie ihm die Wahrheit sagte.

»Theo, ich bin verheiratet.« Sie sprach beinahe flüsternd.

Er legte die Hand unter ihr Kinn, hob ihren Kopf und zwang sie, ihn anzusehen.

»Das weiß ich, Liebling. Jemand hat es mir gestern abend gesagt. Mir wurde auch erzählt, daß du in deiner Ehe unglücklich bist und beschlossen hast, dich scheiden zu lassen. Dann muß ich eben eine Weile warten, bis du wieder frei bist.«

Juniper sah ihn eindringlich an, ehe sie weitersprach: »Es ist meine zweite Ehe, ich wurde schon einmal geschieden. Ich habe einen Sohn, der nicht bei mir lebt. Die englischen Gerichte haben mir das Sorgerecht abgesprochen, da ich keine geeignete Mutter bin.« Sie leierte diese Bekenntnisse hastig herunter wie ein Sündenregister. »Und ich trinke zuviel«, fügte sie hinzu.

»Ach, tun wir das nicht alle?« Zu ihrer Erleichterung lachte Theo. »Was mich betrifft, so hättest du deinen ersten Mann ermorden können, es wäre mir gleichgültig. Das alles gehört der Vergangenheit an. Diese Geschehnisse haben

nichts mit uns zu tun. Ich warte noch auf deine Antwort:
Willst du mich heiraten?«

»Ja, Theo.« Jetzt erst konnte sie ihm ihr strahlendes Lächeln
schenken. Theo bestellte Champagner, damit sie ihr gegen-
seitiges Versprechen besiegeln konnten.

## 9

Hätten Junipers Großeltern einen Mann für ihre Enkelin
aussuchen können, so wäre ihre Wahl wohl auf Theo gefallen. Er hätte allen ihren Wünschen und Vorstellungen
entsprochen. Alice wäre von seiner Sensibilität, seiner Liebenswürdigkeit, seiner Intelligenz und Liebe zur Kunst
angetan gewesen. Lincoln hätte ihn wegen seiner Intelligenz, der Tatsache, daß er Amerikaner war, daß seine Familie zu den ältesten dieses Landes zählte, daß er einen starken Charakter besaß und reich war, gewählt.

Juniper war fassungslos, als sie erfuhr, wie reich Theo war.
Zum erstenmal in ihrem Leben konnte sie sicher sein, um
ihrer selbst willen geliebt zu werden. Für Theo spielte ihr
Vermögen keine Rolle. Und zum erstenmal wurde sie in
einer Beziehung mit Geschenken überhäuft, für die sie
nicht auf indirekte Art bezahlt hatte. Jetzt bezahlte nicht
mehr sie die Rechnung. Und dieses Mal, als sie ein passendes Haus in New York suchten, würde Theo den Besitz
erwerben. Das war eine ganz neue Erfahrung für Juniper,
und sie mußte feststellen, daß sie ihr gefiel. Bei Theo hatte
sie das Gefühl, in Liebe und Bewunderung eingehüllt zu
werden, er gab ihr die Sicherheit, die sie als Kind bei ihrem
Großvater gehabt hatte.

Juniper blühte auf. Maddie sah mit Verwunderung, daß ihre
Freundin noch schöner wurde, was sie für unmöglich gehal-

ten hatte, und sie trank kaum noch. Nur etwas Wein oder Champagner mit Theo. Gin oder Brandy rührte sie nicht an. Ihre ursprüngliche Vitalität und ihre enthusiastische Lebensfreude waren zurückgekehrt. Ihr Glück wirkte ansteckend und übertrug sich auf jeden Menschen in ihrer Nähe. Für Maddie war dieses Glück, diese Veränderung in Juniper ein Trost für die Enttäuschung über die abgesagte Reise nach England. Ihre Freundschaft schien von Dauer zu sein.

Die Liebenden verbrachten jede freie Minute zusammen. Sie besuchten Museen, Kunstgalerien, gingen in die Oper, ins Varieté und ins Kino. Juniper entdeckte mit Theo ganz andere Viertel von New York. Sie machte sich für ihn schön und kaufte Kleider, Hüte und Handtaschen nur noch mit ihm als Berater an ihrer Seite.

Sie fühlte sich wie neugeboren und kehrte ihrer Vergangenheit resolut den Rücken. Immer wieder verschob sie den Zeitpunkt, Dominic ihren Entschluß mitzuteilen, daß sie die Scheidung einreichen wollte. Irgendwann würde sie sich dazu aufraffen, aber im Augenblick sollte nichts ihrem Glück im Weg stehen.

Und dann lernte sie Theos Mutter kennen. Für Junipers Großeltern wäre Theo die Erfüllung der kühnsten Träume gewesen, doch leider entsprach Juniper nicht Joan Russells Erwartungen, die sie an die zukünftige Frau ihres ältesten Sohnes stellte.

Juniper war nervös wie ein Teenager, als sie sich Theos Familiensitz näherten. Es war ein herrlicher Wintertag. Die Sonne glitzerte auf dem Schnee im weitläufigen Park, der das weiße Haus mit seinen Säulen umgab.

Zum erstenmal versagte Junipers unwiderstehlicher Charme. In dem Augenblick, als sie die Schwelle des Hauses überschritt, spürte sie die Ablehnung, die ihr von Theos Mutter wie ein eisiger Winterwind entgegenschlug.

Joan Russell war eine dieser trügerischen Frauen, die mit ihrem hübschen, puppenhaften Aussehen, der atemlosen Kleinmädchenstimme, dem perlenden Lachen und den rüschenbesetzten Kleidern sanft und weiblich wirkten. In Wirklichkeit war sie aus Eisen. Schon nach wenigen Minuten und ohne Umschweife erklärte sie Juniper, sie sei eine unpassende Partie für ihren Sohn, was noch niederschmetternder klang, weil sie es mit ihrer sanften Stimme und ihrem makellosen, kultivierten Bostoner Akzent sagte.

Juniper hatte beschlossen, Theos Eltern rückhaltlos die Wahrheit über ihre Vergangenheit zu sagen. Joan Russell war ihr jedoch zuvorgekommen, hatte Nachforschungen über Junipers Leben anstellen lassen und war über ihre Entdeckungen entsetzt gewesen.

Juniper hörte peinlich berührt zu, wie Joan Russell ihrem Sohn von Hal, dem Rachefeldzug gegen die Macphersons, ihren Trinkgewohnheiten und sogar ihrer Krankheit erzählte. Theo wartete höflich, bis seine Mutter ihre Tirade beendet hatte, und eröffnete ihr dann, daß Juniper ihm ihren Lebenslauf bereits erzählt habe und sie sich keine Sorgen zu machen brauche. Doch Schlimmeres sollte folgen. Juniper war gezwungen, sich die entwürdigenden Details aus ihrer Familiengeschichte anzuhören. Tatsachen, die so weit zurücklagen, daß sie es für unnötig gehalten hatte, Theo darüber zu berichten. Joan Russell belehrte ihren Sohn erbarmungslos und mit dem boshaften Tonfall eines Advokaten, der sich im Recht wähnt.

Lincoln Wakefields Abstammung aus einfachsten Verhältnissen wurde angeführt. Seine zweifelhaften Geschäftsmethoden aufgezählt. Alice' Vergangenheit, ihr Kampf ums Überleben in New York – allein auf sich gestellt und mit einem Kind – wurde mit anzüglichen Andeutungen in den Schmutz gezogen. Lincoln habe Alice aus der Gosse gerettet, sie geheiratet und ihre Tochter, Grace – ein illegitimes Kind – adoptiert. Über den Selbstmord von Junipers Vater, Marshall, wurden genüßlich Spekulationen hinsichtlich seines Geisteszustandes angestellt. Nachdem Joan Russell auch noch den Selbstmord ihrer Mutter, Grace, erwähnte hatte, erging sie sich abschließend in Zweifeln über die geistige Stabilität dieser Familie.

Theobald Russell der Dritte, Theos Vater, betrachtete als erfolgreicher Geschäftsmann die Situation eher pragmatisch. Nachdem er erfahren hatte, wen sein Sohn heiraten wollte, war er nur noch von dem Gedanken besessen gewesen, daß die Verschmelzung der beiden Vermögen die Russells zu einer der reichsten Familie Amerikas machen würde. Er versuchte ein paarmal, beschwichtigend die Tiraden seiner Frau zu unterbrechen, wofür er einen derart haßerfüllten Blick erntete, daß Juniper trostsuchend nach Theos Hand griff.

»Mutter, nichts von dem, was du mir erzählt hast, ändert meine Gefühle für Juniper. Ich liebe sie«, konstatierte Theo gelassen, als Joan Russell eine Atempause einlegte.

»Nun, für mich ist diese Verbindung indiskutabel. Du kannst, du wirst diese junge Frau nicht heiraten. Bestehst du auf deiner unsinnigen Entscheidung, werde ich nie wieder ein Wort mit dir sprechen, und dein Vater wird dich enterben.« Dieses Ultimatum verkündete Joan mit ihrer sanften, seidenweichen Stimme.

Juniper wagte nicht, Theo anzusehen, sondern betrachtete mit starrem Blick das Muster des Teppichs und war fest entschlossen, nicht die Beherrschung zu verlieren.

»Das wär's dann wohl, Mutter. Ich bin vierunddreißig, kein Kind mehr. Ich werde die Frau, die ich liebe, heiraten, und wenn du mich nie wiedersehen willst, so ist das deine Entscheidung.«

Juniper blickte kurz auf und genoß den Ausdruck des schockierten Erstaunens auf Joans Gesicht.

»Du hast den Verstand verloren, Theo.«

»Möglich, aber der Zustand ist wundervoll«, sagte Theo, legte den Arm um Junipers Taille und drückte sie an sich. Juniper hätte vor Stolz platzen können.

»Du gibst alles für eine Frau auf, die sich wahrscheinlich in ein paar Jahren von dir scheiden lassen wird, wie sie es mit ihren anderen Männern getan hat?«

»Nein, das wird sie nicht, Mutter. Juniper liebt mich so wahnsinnig wie ich sie. Unsere Liebe ist für die Ewigkeit geschaffen, dagegen kannst du nichts ausrichten. Und offen gesagt, die Entscheidung, ob ich enterbt werde, liegt bei meinem Vater, nicht bei dir.«

Drei Augenpaare wandten sich Theobald zu. Er hatte an der Wall Street Gerüchte aufgeschnappt, daß es mit dem Wakefield-Imperium nicht zum Besten gestanden hatte. In letzter Zeit war jedoch in Finanzkreisen davon gesprochen worden, daß diese junge, bildschöne Frau das Unternehmen wieder auf Erfolgskurs gesteuert hatte. Er war überzeugt, daß unter Theos Leitung – und natürlich seiner Anleitung – die Fusion der beiden Vermögen den Reichtum und das Ansehen der Russells enorm steigern würde.

»Natürlich werde ich den Jungen nicht enterben, Joan. Was für ein Unsinn! Er ist alt genug, um eigene Entscheidungen zu treffen«, sagte Theobald mit Nachdruck. Joan stieß einen hysterischen Schrei aus und floh aus dem Salon.

Theo und Juniper brachen auf. Vater und Sohn umarmten sich zum Abschied.

Im Wagen sagte Juniper: »Theo, Liebling, ich möchte mich nicht zwischen dich und deine Mutter drängen. Ich wollte nie die Ursache eines Familienzwistes sein.« Sie kuschelte sich tiefer in ihren Nerzmantel, der sie noch kleiner und verlorener aussehen ließ. Theo warf ihr einen Blick zu und lächelte nachsichtig.

»Unsinn. Meine Mutter ist eine törichte Frau, die nur für die Gesellschaft lebt. Mir ist Boston verdammt gleichgültig. Warum, glaubst du wohl, lebe ich in New York? Warte nur, bis wir unseren ersten Sohn haben, dann wird sie ihre Meinung ändern.«

Er redete weiter von den Söhnen, die sie ihm gebären würde. Juniper versuchte den Gedanken daran zu verdrängen. Zu gut konnte sie sich noch daran erinnern, wie schrecklich die Zeit der Schwangerschaft, die Qualen der Geburt gewesen waren. Damals hatte sie sich geschworen, nie wieder Kinder zu bekommen. Jeder wußte, daß sie eine entsetzliche Mutter war. Theo hatte sie vorgegaukelt, daß Harrys Verlust eine Tragödie für sie gewesen sei. Aus Angst, ihn zu verlieren, wagte sie nicht, ihm ihre wahre Einstellung zu gestehen. Trotz meines Wunsches, absolut ehrlich zu ihm zu sein, gibt es ein paar Stellen in meiner Vergangenheit, die umgeschrieben werden müssen, dachte sie. Aber vielleicht würde seine Liebe, die ihr Leben total verändert hatte, ihr helfen, auch diese Schwierigkeit zu überwinden.

Er hielt den Wagen am Straßenrand an.

»Du bist sehr ruhig« sagte er besorgt.

»Ich habe an Babys gedacht«, antwortete sie wahrheitsgemäß.

»Oh, mein liebster Schatz, ich kann es kaum erwarten.« Er zog sie an sich und bedeckte ihr Gesicht mit Küssen, die Juniper wieder das Gefühl der Sicherheit und Geborgenheit gaben.

In den folgenden Wochen war Juniper unbeschreiblich glücklich. Theo hatte schließlich darauf bestanden, daß ihre Scheidung eingereicht werden mußte, und sie hatten beschlossen, im neuen Jahr gemeinsam nach England zu reisen. Er würde ihr bei der Aussprache mit Dominic beistehen.

Eines Tages überraschte Theo sie mit der Nachricht, daß er Dart Island für sie zurückkaufen wolle. Diese Neuigkeit versetzte ihr einen Schock. Sie war sich nicht sicher, ob sie je wieder in diesem Haus leben wollte.

»Aber der neue Besitzer wohnt dort erst seit ein paar Wochen. Es wäre nicht fair, ihn wieder aus dem Haus zu vertreiben«, wandte Juniper ein. Sie suchte verzweifelt nach Gründen, um den Kauf zu vereiteln, ohne Theos Gefühle zu verletzen.

»Er ist überglücklich über das Angebot, das ich ihm gemacht habe. Er konnte einfach nicht widerstehen. Jeder hat seinen Preis, wie du weißt, Liebling.«

Es war dieser Ausdruck – jeder hat seinen Preis –, den ihr Großvater immer wieder gebraucht hatte, der sie aufspringen ließ. Sie umarmte Theo und dankte ihm für seine Großzügigkeit. Wie sehr Theo doch Lincoln ähnelte. Natürlich würde sie mit ihm zusammen auf Dart Island wieder glücklich sein. Mit Theo war alles anders.

Theo weckte auch das Geschäftsinteresse in Juniper wieder, das nach der Entdeckung von Hals Betrug erloschen war. Er lehrte sie, geschickt zu verhandeln und wie ein guter Pokerspieler nie ihre Karten aufzudecken. Er lehrte sie, Bilanzen zu lesen und zu interpretieren, das tägliche Marktgeschehen zu analysieren und den Kurs ihrer Aktien und Anleihen zu bewerten. Er half ihr dabei, ihr Vermögen wieder aufzubauen und ihre Marktanteile zu sichern. Er entfachte Interesse für geschäftliche Dinge in ihr.

Sie hatten Wakefield Town besucht. Juniper hatte sich das Ziel gesetzt, alle ehemaligen Besitztümer, die Charlie Macpherson verschleudert hatte, zurückzukaufen. Eines Tages würde ihr die ganze Stadt wieder gehören. Heute hatten sie den Kaufvertrag für zwei Gebäude an der Main Street unterzeichnet, und die Verhandlungen für das Kino standen kurz vor dem Abschluß. Juniper war überglücklich.

Sie fuhr den neuen Wagen, einen grauen Cadillac, den Theo ihr zu Weihnachten geschenkt hatte.

»Liebling, du fährst zu schnell«, beklagte er sich.

»Ich liebe die Geschwindigkeit.«

»Ich nicht. Ich ziehe es vor, heil am Ziel einer Reise anzukommen.«

»Du bist ein Feigling«, sagte Juniper lachend.

»Mit dir am Steuer gestehe ich mir das gern ein. Bitte, halte und laß mich fahren«, sagte er mit einem breiten Grinsen.

Widerstrebend und mit halbherzigem Protestgemurmel fuhr Juniper an den Straßenrand.

Er stieg aus, und sie rutschte auf den Beifahrersitz. Juniper fand ihren Lieblingsradiosender, dann fuhren sie singend durch die Winterlandschaft.

Es lagen nur noch zehn Kilometer vor ihnen, als ein Lastwagen auf der Gegenfahrbahn ins Schleudern geriet und in ihren Wagen prallte.

Juniper wachte in einem Krankenzimmer auf. Sie wußte nicht, wo sie war, noch warum sie hier lag. Erst als Maddie sie besuchte, erinnerte sie sich an alles. Drei Tage waren vergangen. Seit drei Tagen war Theo tot, und sie hatte es nicht gewußt.

»Mein armer Liebling. Es tut mir so leid«, sagte Maddie, als sie ihr nach Rücksprache mit den Ärzten die schreckliche Nachricht schonend mitteilte.

»Es war meine Schuld.«

»Nein. Das dürfen Sie keinen Augenblick denken. Die Polizei ist überzeugt, daß es ein Unfall war – Glatteis. Das hätte jedem passieren können.«

»Nein, nicht jedem – nur mir. Ich habe ihn geliebt. Jeder,
den ich liebe, verläßt mich.«

»So dürfen Sie nicht sprechen, Juniper. Theo hätte ...«

»Erwähnen Sie nie wieder seinen Namen. Sprechen Sie mit
keiner Menschenseele über ihn. Er hat nie existiert. Alles
war nur ein Traum ...«

Und dann fing Juniper an zu schreien.

## 10

Juniper entließ sich selbst aus dem Krankenhaus. Sie bestand darauf, sagte, ihr fehle nichts. Was stimmte – physisch
gesehen.

Die beiden bereiteten ihre Abreise vor, wie sie es an jenem
Abend, als Juniper Theo kennengelernt hatte, getan hatten. Doch dieses Mal gab es keine Abschiedspartys. Juniper
mied den Umgang mit ihren Freunden. Sie hätte es nicht
ertragen, *seinen* Namen zu hören.

Juniper hatte weder geweint, noch schien sie zu trauern. Sie
hatte die Erinnerungen an ihr kurzes Glück mit Theo tief
in ihrer Seele begraben. Aber ein derartiger Verlust, der
zwanghaft verdrängt wird, existiert trotzdem und eitert wie
ein Geschwür.

Diese Reaktion verwirrte Maddie, denn Juniper benahm
sich so, als hätte es diese drei Monate nicht gegeben. Sie
wagte nicht, Juniper darauf anzusprechen, und tröstete sich
mit dem Gedanken, daß diese Art von Verdrängung Junipers Art und Weise war, mit diesem Schicksalsschlag fertig
zu werden.

Juniper hatte beschlossen, ihren ursprünglichen Plan, nach
London zurückzukehren und Dominic zu unterstützen, bis
er ins Unterhaus gewählt worden war, durchzuführen. Da-

für blieb nicht viel Zeit, nur sechs Wochen, denn am 10. Januar, dem Tag ihrer Ankunft in England, hatte Clement Attlee, der Premierminister, den Termin für die Wahl angesetzt.

Juniper saß im Salon ihres Hauses in London und verfluchte ihr Verantwortungsgefühl. Dominic war in seinem Element, zählte Unzulänglichkeiten und Fehler seiner Frau auf, wobei er vor dem Kamin auf und ab marschierte, die Daumen in die Westentaschen gehakt hatte und in Junipers Augen unerträglich selbstgefällig aussah.

Sie war müde, ihr Kopf pochte vor Schmerz, und sie war noch deprimierter als bei ihrer Abreise. Nach dem geschäftigen Treiben und dem Wohlstand von New York wirkte England in der bitteren Kälte dieses Nachkriegswinters noch trostloser.

Ihr Blick schweifte durchs Zimmer; sie haßte dieses Haus. Es war zu groß, aber Dominic hatte auf einem entsprechend pompösen Rahmen für den Empfang von Gästen bestanden. Es wirkte eher wie ein Club für Männer als wie ein Zuhause. Dominic hatte jeden ihrer Vorschläge, die Räumer heller und freundlicher zu gestalten, vereitelt. Er liebte diese dunkle, maskuline Umgebung. Juniper betrachtete das Haus mittlerweile als Monument für den Mann, den sie einst geliebt hatte.

»Dein Lebensstil ist zu extravagant. Das kommt in diesen Zeiten der Not bei meinem Wählern nicht gut an. Du solltest mit gutem Beispiel vorangehen.« Dominic legte eine kurze Pause ein, um seine Pfeife anzuzünden. »Du besitzt dieses riesige Haus in Hampstead. Was gedenkst du damit anzufangen? Es herrscht Wohnungsnot, wie du weißt.«

Juniper rutschte tiefer in den Sessel und verschloß ihre Ohren vor Dominics Tiraden, der sich wohl bereits als

Parlamentskandidat auf dem Podium wähnte. Sie hätte dieses Haus in Hampstead schon vor Jahren verkaufen sollen. Seit dem Tod ihres Vaters haßte sie diesen Ort, nicht, weil er dort gelebt, sondern weil man ihr dort die Nachricht von seinem Tod überbracht hatte. Dieses Haus war für sie ebenso mit einem Makel behaftet wie Dart Island. Ich werde es verkaufen, dachte sie und wunderte sich, daß sie diese Entscheidung nicht schon vor Jahren getroffen hatte. Da merkte sie plötzlich, daß es im Raum still war. Dominic lehnte am Kaminsims und starrte ins Feuer. Er hatte endlich ausgeredet.

»Es tut mir leid, daß ich so lange fort war«, sagte sie. Er drehte sich um und sah sie erstaunt an. Wahrscheinlich hatte er im Verlauf seiner Ansprache ihre Anwesenheit völlig vergessen. »Nach meiner Ankunft in New York mußte ich feststellen, daß ein Großteil meines Vermögens veruntreut worden war. Ich mußte bleiben, bis die Schwierigkeiten behoben waren.«

»Großer Gott, Juniper, warum hast du mir das verschwiegen? Ich hätte das nächste Flugzeug nach New York gekommen, um dir zu helfen«, sagte er, plötzlich ganz der fürsorgliche Ehemann.

»Ein Team von exzellenten Buchprüfern, Steuerberatern und ein ausgezeichneter Anwalt haben mich dabei unterstützt, die Probleme in den Griff zu bekommen.« Dann hob sie herausfordernd das Kinn und fügte hinzu: »Um ehrlich zu sein, hatte ich auch Angst, du würdest mich verlassen, sollte sich herausstellen, daß ich mein ganzes Vermögen verloren habe.« Als er protestieren wollte, hob sie abwehrend die Hand. »Nein«, sprach sie weiter, da er sie offensichtlich mißverstanden hatte. »Nein, ich hatte Angst, allein gelassen zu werden – nicht, dich zu verlieren.«

»Aber du hast doch nicht dein gesamtes Vermögen einge-büßt, oder?« fragte er und fügte hastig hinzu: »Ich würde dich nie verlassen.«

»Nein, ich habe nicht alles verloren, aber es war schlimm genug.« Diese Unterredung ist sinnlos, dachte sie. Er hört mir gar nicht zu, aber wann tat er das jemals?

»Na, dann ist es ja gut.« Er wandte ihr wieder den Rücken zu, als sei damit die Unterhaltung beendet.

»Nicht ganz, Dominic. Weißt du, ich bin überzeugt, du hättest schon vor langer Zeit deine Koffer gepackt, wäre es dir nicht um deine Karriere gegangen.«

»Das ist eine teuflische Anschuldigung.«

»Nein, denn sie entspricht der Wahrheit«, sagte sie und holte sich noch einen Drink.

»Trinkst du nicht ziemlich viel? Ich dachte, du solltest auf Alkohol verzichten.«

»Meine Trinkgewohnheiten gehen dich nichts an, Domi-nic.« Sie stand jetzt vor ihm. »Auf dieser Reise habe ich eine Menge gelernt. Ich habe begriffen, daß die Angst vor Einsamkeit keine Basis für eine Beziehung ist. Und daß man in einer Ehe, die nicht funktioniert, einsamer sein kann, als lebte man allein. Unsere Ehe ist ein Fehlschlag, Dominic. Wir sind zwei Menschen, die nichts miteinander verbindet, außer einem Namen, ein paar Erinnerungen und einem Haus, in dem wir wohnen. Deswegen werde ich dich verlassen. Das ist eine faire Lösung für uns beide.«

»Das kannst du nicht tun. Wenn du mich verläßt, werde ich nicht gewählt ...«

»Mach dir keine Sorgen. Ich bleibe bis nach der Wahl und noch eine Weile länger, bis du für deine Wähler unentbehr-lich geworden bist. Dann sehen wir weiter. Wenn du dich scheiden lassen willst, werde ich die Schuld auf mich nehmen, damit dein Ruf nicht in Mitleidenschaft gezogen wird.«

»Hast du einen anderen Mann kennengelernt?«

»Nein, da ist niemand«, sagte sie schroff und starrte eine Weile stumm ins Feuer. Dann zündete sie sich mit zitternden Händen eine Zigarette an und inhalierte tief. »Ich bezweifle, ob ich je wieder heirate ... Jetzt nicht mehr«, fügte sie so leise hinzu, daß Dominic ihre Worte nicht verstehen konnte. Sie lachte, ein kurzes, sprödes Lachen. »Das hätte wohl keinen Sinn, nicht wahr? Ich scheine damit nicht viel Erfolg zu haben.«

»Aber ich liebe dich, Juniper.«

»Nein, das tust du nicht, Dominic. Wir beide waren eine Weile ineinander vernarrt; diese Zeit mit dir war wundervoll. Doch es ist vorbei. Nichts ist geblieben.«

»Ich dachte, wir führen eine gute Ehe«, sagte Dominic schmollend.

»Ach, komm schon, Dom. Wem willst du denn etwas vormachen?«

»Ich möchte nicht, daß du mich verläßt.«

»Mag sein, aber mein Entschluß steht fest. Mit einem zweitrangigen Arrangement gebe ich mich nicht zufrieden. Ich war nie bereit, derartige Konzessionen zu machen.« Sie warf ihre halbgerauchte Zigarette ins Feuer. Nein, darauf konnte sie sich nicht einlassen, jetzt nicht mehr, nachdem sie die vollkommene Liebe erlebt hatte. Ein eisiger Schauder überlief ihren Körper, und sie verschränkte die Arme vor der Brust, um sich zu wärmen.

»Du bist ein unerträglicher Egoist, Juniper.«

»Meinst du? Das sind wir wohl beide – du ebenso wie ich.«

»Wovon soll ich denn leben?« fragte er konsterniert und runzelte die Stirn.

Juniper lächelte insgeheim. Aha, dachte sie, da wären wir beim Thema. Geld.

»Du kannst dieses Haus behalten.«

»Der Unterhalt ist verdammt teuer. Das kann ich mir nicht leisten.«

»Natürlich nicht, doch du bekommst weiterhin von mir Geld, wie bisher.« Obwohl sie lächelte, seufzte sie innerlich über die Unvermeidbarkeit dieser Unterhaltung.

»Warte mal, sagtest du nicht, du hättest einen Großteil deines Vermögens verloren«, wandte er argwöhnisch ein.

»Ja, ich habe einen beträchtlichen Teil eingebüßt, doch du brauchst dir keine Sorgen zu machen, Dom. Ich kann mir den einen oder anderen Pensionär immer noch leisten«, sagte sie, machte auf dem Absatz kehrt. Sie wollte plötzlich nichts mehr mit ihm zu tun haben.

Was kann trauriger sein, dachte sie, allein in ihrem Schlafzimmer, als die sachlichen, geschäftlichen Vereinbarungen am Ende einer Ehe.


Während der kurzen Wochen vor der Wahl blieb kaum Zeit zum Nachdenken. Juniper und Dominic eilten von einer Wahlversammlung zur nächsten. Juniper spielte die Rolle der charmanten, vom Erfolg ihres Mannes überzeugten Frau perfekt.

Jeder hielt die beiden für das ideale Paar. Ihre lächelnden Gesichter zierten die Titelseiten von Zeitungen und Illustrierten. Dominic wurde berühmt, eine Situation, die er sichtlich genoß, ihn jedoch noch selbstgefälliger werden ließ.

Maddie erwies sich bald als unverzichtbar für Dominics Wahlkampagne und fungierte erfolgreich als Pressesprecherin. Die einzige Person, die gegen Maddie intrigierte, war Dominics Sekretärin, Ruth.

»Du bist in dieser Position fabelhaft, Juniper. Beabsichtigst du noch immer, mich zu verlassen?« fragte Dominic eines Abends auf der Heimfahrt von einer Wahlveranstaltung.

»Es macht mir Spaß, das muß ich zugeben«, antwortete Juniper.

»Na also«, sagte er und legte die Hand auf ihr Knie. Sie entzog sich hastig seiner Berührung.

»Es gefällt mir, mit den Leuten zu reden. Die Versammlungen finde ich nach wie vor langweilig.«

»Ich brauche dich, Juniper. Nicht nur jetzt, sondern auch in Zukunft. Diesen Erfolg erringen wir gemeinsam. Ich möchte dich immer an meiner Seite haben.«

»Nein, das willst du nicht. Nach deiner Wahl und nachdem du dich als Politiker etabliert hast, wirst du niemanden mehr brauchen. Außerdem hängt mir die Rolle der guten Fee längst zum Hals raus.«

»Warum glaubst du nicht, daß ich dich noch liebe?«

»Weil es nicht wahr ist. Ich langweile dich zu Tode, wir haben nichts mehr gemeinsam.«

»Das würde ich nicht sagen.«

»Aber ich. Du langweilst mich ebenfalls, also beruht es auf Gegenseitigkeit.«

»Juniper!« Niemand hatte diesen aufgehenden Stern der Labour Party jemals als langweilig bezeichnet.

»Du langweilst mich schon seit einer Ewigkeit, Dom. Für uns beide ist eine Trennung die beste Lösung.«

Am 24. Februar 1950 wurde Dominic mit überwältigender Mehrheit ins Parlament gewählt. Sein Erfolg hatte der Labour Party eine knappe Mehrheit von fünf Sitzen beschert. Juniper war seltsamerweise stolz, als der Wahlleiter in den frühen Morgenstunden im Rathaus die Wahlergebnisse verlas. Später, in ihrem Hotel, schlenderte Juniper in den Salon, um sich einen Schlaftrunk zu holen, und fand Ruth in Dominics Armen. Juniper empfand einen Anflug von unerwartetem Bedauern, als sie die Tür leise wieder schloß und zu Bett ging.

Sie lag im Dunkeln und starrte die Decke an. Es war dumm von ihr gewesen, Dominics Verhältnis mit Ruth nicht zu entdecken, aber sie hatte den Fehler vieler schöner Frauen gemacht und die kleine graue Maus im Hintergrund übersehen. Dieser Anflug von Trauer war töricht gewesen. Sie wollte Dominic nicht mehr haben und wußte, daß es ihr leichterfallen würde, ihn zu verlassen, da er jetzt nicht mehr allein war. Nein, sie trauerte um ihr eigenes verlorenes Glück. Wie lautet doch noch das chinesische Sprichwort? dachte sie, drückte ihr Gesicht ins Kissen und wünschte, sie könnte weinen, denn sie wußte, daß Tränen ihr helfen würden, ihre Trauer zu überwinden.

Ein Jahr lang spielte Juniper noch die Rolle der perfekten Ehefrau und Gastgeberin. Gleichzeitig setzte sie die Pläne für ihre eigene Zukunft in die Tat um. Zuerst verreiste sie für eine Woche, dann für zwei. Anschließend verbrachte sie einen Monat in Paris. Dort richtete sie ein Büro für die Wakefield European Holding ein und übergab die Leitung dem Mann einer Freundin aus ihrer Debütantinnenzeit. In dieser Zeit erfuhr sie, daß ihr Großvater Unternehmen gesammelt hatte wie andere Menschen Kunstobjekte oder Briefmarken. Zu ihrem Besitz zählte eine Parfümerie in Grasse, ein Weinberg in Burgund, ein weiterer am Rhein und eine Uhrenfabrik in der Schweiz. Die Gewinne aus diesen Unternehmen waren auf ein Bankkonto in der Schweiz geflossen, von dem Charlie Macpherson offensichtlich keine Ahnung gehabt hatte. Das Vermögen war im Verlauf der Jahre kontinuierlich gewachsen. Zufrieden mit dem Team, dem sie die geschäftliche Leitung ihrer Unternehmen übertragen hatte, kehrte Juniper nach London zurück, um ihre Strategie der langsamen Trennung von Dominic weiterzuverfolgen. Die Menschen gewöhnten sich an ihre Abwesenheit. Jetzt plante sie, für drei Monate aus Dominics Leben und aus der Politik zu verschwinden.

Das Ziel ihrer Reise war dieses Mal *Gwenfer*. Seit zwei Jahren hatte sie ihre Großmutter nicht gesehen. Sie befand sich an einem wichtigen Wendepunkt ihres Lebens und wollte, wie so oft in der Vergangenheit, in der Ruhe und Abgeschiedenheit von *Gwenfer* über ihre Zukunftspläne entscheiden. Und danach? Sie wußte es nicht. Von der Politik, der lähmenden Langeweile offizieller Dinners, der Selbstgefälligkeit von Stadträten, den anödenden Unterhaltungen mit Politikerfrauen hatte sie die Nase voll. Vor allem ödete sie ihre Ehe an. Juniper stand der Sinn nach Abenteuern.

## 11

»Wie gut kennst du diese junge Frau, Juniper?« fragte Alice ihre Enkelin, als sie am Tag nach ihrer Ankunft allein im kleinen Salon saßen, vor dem Dinner einen Aperitif tranken und auf Maddie warteten.

»Ich habe dir doch erzählt, daß wir uns in New York kennengelernt haben und sie seitdem als meine Sekretärin arbeitet. Warum fragst du?«

»Ich mache mir Sorgen um dich und die Freundschaften, die du schließt.«

»Aber Maddie ist ein Schatz. Ich verstehe dein Problem nicht.«

»Das Problem, meine liebe Juniper, besteht darin, daß du in Gegenwart von Maddie allzu freizügig über alles, auch über Geld, sprichst. Findest du das nicht ein bißchen indiskret?«

»Warum? Was soll Maddie denn tun? Mit meinem Geld davonlaufen?«

»Sei nicht albern, Juniper. Du weißt genau, was ich meine. Du bist zu vertrauensselig. Du warst es schon immer.«

»Maddie besitzt eine Courage, die ich bewundere. Und sie bringt mich zum Lachen – was ich brauche.« Juniper stand auf und ging zum Getränketablett. »Soll ich dir nachschenken, Großmama?«

»Nein, danke. Und ich denke, du hast auch genug getrunken. Hast du vergessen, wie krank du warst und daß dich der Arzt vor exzessivem Trinken gewarnt hat?« Noch während sie sprach, wußte Alice, daß sie einen Fehler gemacht hatte. Sie spürte förmlich, wie Juniper bei dieser Einmischung in ihre persönliche Angelegenheit erstarrte.

»Ich halte zwei Gin vor dem Abendessen nicht für exzessiv, Großmama. Außerdem bin ich zweiunddreißig und entscheide selbst, wieviel ich trinke«, sagte Juniper freundlich, aber der Blick, den sie ihrer Großmutter zuwarf, enthielt eine unmißverständliche Warnung.

»Ich habe mir immer Sorgen . . .« begann Alice.

»Großmama, wenn ich während meines Aufenthalts hier glücklich sein soll, dann behandle mich wie eine Erwachsene und nicht wie ein Kind. Schließlich ist es mein Leben, und damit kann ich tun, was ich will . . . Maddie?« rief sie, als es leise an die Tür klopfte. Maddie trat ziemlich schüchtern ein, was gar nicht ihre Art war. »Du brauchst nicht zu klopfen, Maddie. Fühl dich hier wie zu Hause. Das ist doch auch in deinem Sinn, nicht wahr, Großmama?«

Die beiden jungen Frauen duzten sich mittlerweile, denn die gemeinsamen Erlebnisse hatten ihre Freundschaft vertieft.

Alice schien sich unbehaglich zu fühlen und murmelte eine kaum verständliche Zustimmung. Juniper goß Maddie einen großen Drink ein, warf ihrer Großmutter einen herausfordernden Blick zu und leerte ihr Glas in einem Zug.

»Bist du das kleine Mädchen?« fragte Maddie und deutete auf ein Foto auf Alice' Schreibtisch.

»Großer Gott, nein! Das ist Annie Budd, ein verwahrlostes Kind, das meine Großmutter in ihre Obhut genommen hat. Hast du je wieder von ihr gehört?« fragte Juniper Alice.

»Nein, seit langem nicht mehr.« Ein trauriger Ausdruck huschte über Alice' Gesicht. Juniper lächelte zufrieden, worüber sich die scharfäugige Maddie wunderte.

»Wir alle haben versucht, dich zu warnen, Großmama. Einschließlich Gertie Frobisher.«

»Ich habe irgendwie den Kontakt zu Annie verloren. Nach ihrer Abreise habe ich ziemlich regelmäßig Briefe von ihr bekommen. Dann schrieb sie plötzlich nicht mehr. Als ich einmal in London war, wollte ich sie besuchen, aber Annies Vater war weggezogen, und niemand in der Nachbarschaft kannte die neue Adresse. Mr. Budd scheint bei seinen Mitmenschen nicht sehr beliebt zu sein. Ich denke oft an Annie und frage mich, was wohl aus ihr geworden ist.«

»Wahrscheinlich ist sie schon verheiratet und hat einen Haufen kreischender Gören.«

»Sei nicht albern, Juniper. Annie wird nächstes Jahr erst sechzehn.«

»Ach? Dann ist sie wahrscheinlich schwanger«, sagte Juniper vergnügt, bis sie Alice' Gesichtsausdruck sah. Sie stellte ihr Glas ab und eilte zu ihrer Großmutter. »Es tut mir leid, Großmama. Es tut mir leid, daß sie dir fehlt – wirklich. Das war gemein von mir. Ich ... nun, du hast es wohl gemerkt, ich war immer auf dieses Kind eifersüchtig.« Juniper fühlte sich nach diesem Geständnis erleichtert.

»Auf Annie eifersüchtig? Du meine Güte! Ich hatte keine
Ahnung davon. Du wärst nicht eifersüchtig auf Annie, wenn
du ihren Vater kennengelernt hättest. Er ist ein sehr unge-
hobelter und grober Mensch.«

»Arme Maddie, du siehst ziemlich verwirrt aus. Annie ist
ein Kind aus London, das während des Krieges hierher
evakuiert worden war. Meine Großmutter war ganz vernarrt
in sie und dachte sogar daran, sie zu adoptieren. Aber nach
dem Krieg tauchte plötzlich ihr Vater hier auf und nahm sie
mit nach London zurück.«

»Mrs. Whitaker, das tut mir leid. Es war sicher schrecklich
für Sie«, sagte Maddie voller Mitgefühl.

»Ja, Maddie, es war hart.« Alice betrachtete Maddie jetzt mit
Interesse. Die Bemerkung der jungen Frau hatte aufrichtig
geklungen. »Annie war ein so intelligentes Kind. Ich habe
ihrem Vater angeboten, die Kosten für ein Internat zu
übernehmen, aber davon wollte er nichts hören. Juniper
hat wahrscheinlich recht. In ein paar Jahren ist Annie
verheiratet, und damit haben meine Träume ein Ende.«

»Ich war in New York viel mit Hal zusammen«, wechselte
Juniper abrupt das Thema, der die Unterhaltung über
Annie auf die Nerven ging.

»Ach, wirklich?« sagte Alice beunruhigt.

»Er ist noch immer homosexuell.«

»Juniper!«

»Ist schon gut. Maddie kennt die ganze unerfreuliche Geschichte.«

»Er war mir unheimlich«, sagte Maddie schaudernd.

»Hast du dich mit Lady Gertie wieder ausgesöhnt? Ist euer
Streit beigelegt?«

Alice versteifte sich. »Nein.«

»Gertie Frobisher war die beste Freundin meiner Großmutter, Maddie, aber sie haben sich meinetwegen zerstritten«,

sagte Juniper unbekümmert. »Aber du weißt doch, wie es ihr geht, oder?«

»Ich vermute, daß sie jetzt ein ruhiges Leben bei Polly führt. Ihr Sohn Charles ist kurz nach dem Krieg an Kinderlähmung gestorben. Beide Häuser in London und *Mendbury* mußten verkauft werden, um die horrende Erbschaftssteuer zu bezahlen. Wie ich erfahren habe, soll *Mendbury* in ein Hotel verwandelt werden. Das wird Gertie hassen. Der Familie blieb nur das Austragshaus, aber dort konnte Gertie nicht zusammen mit ihrer Schwiegertochter und den Kindern leben.«

»Bei Polly ist sie gut aufgehoben.«

»Bestimmt. Was für eine Ironie des Schicksals, daß Gertie mit ihren radikalen sozialistischen Ansichten ausgerechnet von einer Labour-Regierung ruiniert wurde. Wie geht es Dominic?« Jetzt wechselte Alice das Thema. Die Unterhaltung über Gertie hatte sie traurig gestimmt. Sie vermißte ihre Freundin entsetzlich, würde es aber nie zugeben.

»Ich verlasse ihn«, erklärte Juniper unumwunden und betrachtete angelegentlich ihre Fingernägel.

»Oh, Juniper, nein!« rief Alice aus und spielte nervös mit ihrer Perlenkette. »Warum? Er ist ein so netter Mann und überaus erfolgreich.«

»Er ist langweilig.«

»Juniper, man läßt sich nicht von jemandem scheiden, nur weil er langweilig ist.«

»Ich habe nicht gesagt, daß ich mich scheiden lasse. Ich sagte nur, daß ich ihn verlasse. Es liegt bei ihm, ob er eine Scheidung will. Mir ist das völlig egal.«

»Darin sehe ich keinen großen Unterschied, Juniper.«

»Oh, es besteht ein himmelweiter Unterschied: Eine Trennung ist billiger.« Junipers Lachen klang hohl.

»Du scheinst sehr hart geworden zu sein. Was ist mit dir

passiert?« Alice' Besorgnis war größer als ihr Widerwille, Familienangelegenheiten in Anwesenheit einer Fremden zu diskutieren.

»New York ist mir passiert. Zuviel ist dort geschehen ...« Juniper verstummte. Maddie hielt den Atem an – würde Juniper endlich reden? Würde der Aufenthalt hier in *Gwenfer*, bei ihrer Großmutter, ihr helfen, diese Tragödie zu überwinden?

»Da war die Auseinandersetzung mit Hal«, begann Juniper zu erzählen, und Maddie seufzte enttäuscht. »Dem lieben Hal ist es wieder einmal gelungen, sich mein Vertrauen zu erschleichen. Ich hatte sogar in Betracht gezogen, zu ihm zurückzukehren.« Junipers Stimme klang schneidend. Sie zündete sich eine Zigarette an. »Dann habe ich erfahren, daß der gute alte Charlie Macpherson seit Jahren mein Vermögen veruntreut hat. Doch damit nicht genug – später entdeckte ich, daß Hal dabei sein Komplize war und mich ebenso betrogen hat – was ich allerdings nicht beweisen kann.«

Alice wurde aschfahl. »Juniper, das sind entsetzliche Neuigkeiten. Warum hast du mir das nicht geschrieben?«

»Was hätte es für einen Sinn gehabt, dir Sorgen zu machen? Es war mein Problem.«

»Wieviel hast du verloren?«

»Millionen.«

»Großer Gott!« Alice spielte wieder nervös mit ihre Perlenkette, zerrte jedoch in ihrer Aufregung so heftig daran, daß sie riß und die Perlen über den Teppich kullerten. Juniper und Maddie krochen über den Boden und sammelten, kichernd wie kleine Kinder, die Perlen auf. Alice beobachtete die beiden, ihr Gesicht war starr vor Schock, und ihre Hand umklammerte ihren nackten Hals. Juniper hatte keine Ahnung, wie schlimm diese Nachricht für sie war. Die

Summe, die Lincoln Wakefield ihr hinterlassen hatte, war mehr als großzügig gewesen – in den dreißiger Jahren. Doch jetzt, mit der Inflation und den horrenden Steuern, kam Alice nur knapp damit aus. Ihre eigenen Bedürfnisse waren bescheiden, doch der Unterhalt von *Gwenfer* verschlang fast ihr gesamtes Einkommen. Die täglichen Kosten wurden zur Bürde, und außerdem mußte das Dach erneuert werden. Es würde nicht mehr lange dauern, bis es durchregnete. Die Stromleitungen, die Lincoln hatte installieren lassen, waren in einem gefährlich verwahrlosten Zustand. Und der Garten war völlig verkommen. Alice hatte gehofft, daß Juniper, die *Gwenfer* über alles liebte, etwas zum Unterhalt des Hauses beitragen würde. Sie hatte beabsichtigt, ihre Enkelin darum zu bitten, ihr Einkommen zu erhöhen und den Hauptteil der Reparaturkosten zu übernehmen. Das stand jetzt nicht zur Debatte, sie konnte Juniper, die zweifelsohne finanzielle Probleme hatte, damit nicht belasten.

»Laßt die Perlen liegen«, sagte Alice schroff. »Den Rest können wir morgen früh aufsammeln. Das Dinner ist fertig.« Alice ging ins Speisezimmer. Wie hatte sie sich letzten Monat gefreut, als sie endlich eine neue und kompetente Köchin gefunden hatte! Heutzutage war es fast unmöglich, gute Dienstboten zu finden; der Krieg hatte viele Dinge unwiderruflich verändert. Jetzt würde sie die Köchin wieder wegschicken müssen – den Lohn für Dienstboten konnte sie sich nicht leisten.

»Warum behandelst du deine Großmutter so hart? Sie scheint eine liebe Frau zu sein«, sagte Maddie später, als sie bei einer Flasche Wein im Salon vor dem Kaminfeuer saßen. Draußen heulte der Sturm.

»Sie ist lieb. Ich bin nicht hart zu ihr.«

»Vielleicht wäre ›spitz‹ der bessere Ausdruck.«

»Ich war mir dessen nicht bewußt.« Juniper mied Maddies scharfen Blick, der ihr Unbehagen bereitete. »Manchmal ärgert sie mich.« Sie rechtfertigte sich, ohne zu wissen, warum. »Aber das ist unvermeidbar, nicht wahr? Wie alle Großeltern will sie sich dauernd in mein Leben einmischen. Sie glaubt, alles besser zu wissen.«

»Wahrscheinlich tut sie das«, sagte Maddie leise, aber nicht so leise, daß Juniper ihre Worte nicht verstanden hätte.

»Ich liebe dieses Haus. Wäre es meins, ich glaube, ich könnte nie von hier weggehen. Hör nur den Wind und das Meer. Ich habe immer von einem Haus geträumt, wo man beim Rauschen der Wellen einschläft«, sagte Maddie verträumt.

»Pah! In manchen Nächten findet man wegen der tosenden Brandung keinen Schlaf. Und die Frühlingsstürme können einen verrückt machen.«

»Und deine Großmutter lebt hier ganz allein? Machst du dir ihretwegen keine Sorgen?«

»Alice Tregowan braucht niemanden, der sich um sie sorgt. Sie ist eine Kämpferin und meistert jede Situation.«

»Tregowan? Ist das ihr Mädchenname? Ich an ihrer Stelle hätte ihn längst wieder angenommen. Er klingt so romantisch, findest du nicht? Strandräuber und Seefahrer ... der ganze Zauber von Cornwall.«

»Eigentlich ist es traurig. Alice ist die letzte Tregowan. Ihr Name stirbt mit ihr.« Juniper seufzte.

»Wie alt ist sie?«

»Großmama? Sie muß jetzt fünfundsiebzig sein.«

»Das ist erstaunlich. Sie sieht zehn Jahre jünger aus.«

»Ja. Sie ist noch immer eine schöne Frau. Ich weiß gar nicht, warum sie nach dem Tod ihres zweiten Mannes nicht noch einmal geheiratet hat. Dann müßte ich mir nicht so viele Sorgen um sie machen.«

»Wenn du die Wahrheit wissen willst . . .«

»Nein, aber du wirst es mir trotzdem sagen.« Juniper grinste Maddie an.

»Ich denke, du solltest nach diesem Urlaub hier – wenn du dich von Dominic trennst – auf *Gwenfer* leben. Es kann deiner Großmutter nicht viel Vergnügen machen, hier allein zu sein, und du müßtest dir keine Sorgen mehr um sie machen.«

»Würde es dir nichts ausmachen, hier zu leben? Ich hätte gern, daß du bleibst.«

»Ich könnte mir nichts Schöneres vorstellen.«

»Es dauert Stunden, bis man in London ist.«

»Ich hasse London.«

»Hier lernen wir keine Männer kennen.«

»Wen interessieren schon Männer? Mich nicht, und man sollte annehmen, du hättest die Nase von ihnen voll.«

»Weißt du, Maddie, das ist gar keine schlechte Idee.«

## 12

Nachdem Juniper Maddies Vorschlag überschlafen und am folgenden Morgen gründlich darüber nachgedacht hatte, konnte sie es kaum erwarten, Alice' von ihrer Absicht zu erzählen, *Gwenfer* zu ihrem ständigen Wohnsitz zu machen. Alice' Antwort klang erfreut, doch insgeheim hegte sie Zweifel an der Beständigkeit dieses Entschlusses. Wahrscheinlich war es nur eine weitere von Junipers kurzlebigen Verrücktheiten. Sie hielt es für ihre Pflicht, ihre Enkelin und Maddie darauf hinzuweisen, daß sie das Leben auf dem Land bald langweilen würde, doch die beiden jungen Frauen protestierten vehement. Alice deutete auch so taktvoll wie möglich an, daß Juniper in der Abgeschiedenheit von

Cornwall keine Sekretärin brauchen würde. Worauf Juniper energisch hervorhob, Maddie könne in mannigfaltiger Hinsicht hilfreich sein, dem Maddie zustimmte und sagte, sie scheue keine Arbeit außer dem Melken von Kühen.

Juniper führte ein langes Ferngespräch mit ihrem Anwalt in London, erörterte ihm ihre Pläne und leitete die gesetzliche Trennung von Dominic in die Wege. Dann telefonierte sie mit Ruth und bat darum, ihre persönlichen Sachen einpacken zu lassen. Maddie erbot sich, nach London zu fahren und den Transport nach *Gwenfer* zu veranlassen.

Während Maddies Abwesenheit wurde Juniper rastlos, ein Zustand, den Alice fürchtete, denn daraus resultierten oft unüberlegte Handlungen. Tatsächlich kehrte Juniper eines Tages von einem langen Spaziergang zurück und verkündete voller Stolz, sie werde *Bal Gwen*, die alte Zinnmine der Tregowans, die vor über sechzig Jahren stillgelegt worden war, wieder in Betrieb nehmen.

»Ich hoffe, du hast mit niemandem über dieses Vorhaben gesprochen, Juniper«, sagte Alice beunruhigt.

»Natürlich habe ich das getan. Mit jedem, dem ich im Dorf begegnet bin, und ich habe die Mine inspiziert. Die alten Bergarbeiter sind von dieser Idee begeistert.«

»Das kommt nicht in Frage, Juniper. Die Stollen sind völlig verfallen, ein Abbau lohnt sich einfach nicht mehr.«

»Ich engagiere die besten Ingenieure Cornwalls. Die überfluteten Stollen können mit Pumpen aus Amerika trockengelegt werden.«

»Das würde ein Vermögen kosten, diese Ausgaben kannst du dir in deiner gegenwärtigen finanziellen Situation nicht leisten«, widersprach Alice.

»Die Wiedereröffnung der Mine ist für diese Gegend hier lebenswichtig. Ich kann das erforderliche Kapital auftreiben. Ich verkaufe Wakefield Tower, mein Apartmenthaus in

New York. Nie wieder setze ich einen Fuß in dieses gräßliche Gebäude. Und ich leihe mir Geld, bis ich das nötige Kapital habe.«

»Oh, Juniper, das führt immer zu Problemen. Die Mine wurde 1939 von Ingenieuren inspiziert, und schon damals wurden die Kosten einer Reaktivierung für unerschwinglich gehalten. Du weckst nur unerfüllbare Hoffnungen in den Menschen. Das ist unfair.«

»Großmama, du bist immer so pessimistisch. Diese Aufgabe würde mir Spaß machen, denn ich hätte etwas Sinnvolles zu tun. Dagegen hast du doch nichts einzuwenden, oder?«

»Nein. Ich bin nur realistisch. Ich kenne Leute, die haben ihr Vermögen in stillgelegte Minen investiert und alles verloren. *Bal Gwen* warf schon in meiner Kindheit keine Gewinne mehr ab.«

»Du irrst dich – in dieser Mine liegt noch genügend Zinn und Kupfer – du brauchst nur den alten Bergarbeitern zuzuhören, deren Meinung für mich mehr zählt als die Ansichten von Experten.«

Alice seufzte und wandte sich wieder ihrer Näharbeit zu. Es war ein verrückter Plan, aber sie konnte sich noch daran erinnern, wie sie in ihrer Jugend versucht hatte, ihren Vater dazu zu überreden, diese Mine wieder in Betrieb zu nehmen. Und was hatte er ihr geantwortet? Die Bergarbeiter würden ihnen Gold versprechen, nur um wieder eine Arbeitsstelle zu bekommen. Alice wußte, daß Juniper an ihrem Vorhaben festhalten würde, und hoffte nur, daß das Gutachten der Experten ihre Enkelin zur Vernunft brächte, ehe sie zuviel Kapital in dieses Projekt gesteckt hätte, nachdem sie bereits einen Teil ihres Vermögens verloren hatte. Es wäre besser, Juniper würde dieses Geld in die dringend notwendige Renovierung von *Gwenfer* stecken.

In den folgenden Tagen bekam Alice Juniper kaum zu

Gesicht. Sie war ständig unterwegs und leitete ihr Projekt *Bal Gwen* in die Wege. Um die Wartezeit, bis die ersten Ergebnisse der Proben eintrafen, zu überbrücken, in der Juniper wieder rastlos wurde, schlug Alice ihr vor, einen Teil der Räume in *Gwenfer* als ihren persönlichen Bereich einzurichten. Alice wußte, daß ein zu nahes Zusammenleben unterschiedlicher Generationen selten glücklich verlief. Auch sie wollte ihre Intimsphäre wahren, zu der sie nicht einmal Juniper Zutritt gewähren wollte. Juniper wählte das oberste Stockwerk. Das alte Schulzimmer, ein schöner und großer Raum, eignete sich hervorragend als Wohnzimmer. Die Kinderzimmer konnten zu hübschen Schlafzimmern umgebaut werden, und ein Bad war schon vorhanden. Juniper machte sich mit Begeisterung an die Arbeit und räumte die Zimmer aus. Sie plante die Einrichtung eines zusätzlichen Bades und einer kleinen Küche. Alice hoffte nur, daß Maddie kochen konnte.

Alice hatte an dieser Veränderung weniger Freude als ihre Enkelin. Es schmerzte sie zu sehen, wie der Schreibtisch, die Schiefertafel und die alten Schränke entfernt wurden. In diesem Raum war seit ihrer Kindheit nichts verändert worden. Alice hatte das Gefühl, ein Teil ihres Lebens würde zerstört. Natürlich ist das sentimentaler Unsinn, schalt sie sich. Juniper brauchte Platz, und das ist die praktischste Lösung.

Schließlich traf ein großer Möbelwagen mit Junipers persönlichen Sachen ein. Nach ein paar Stunden standen die Möbel und Koffer im obersten Stock.

Maddie war mit den Nachmittagszug angekommen und half der aufgeregten Juniper beim Auspacken, die in den Koffern Sachen entdeckte, die sie seit Jahren nicht mehr gesehen hatte. Jedes einzelne Stück wurde von ihr mit begeisterten Ausrufen begrüßt, als würde sie alte Freunde wiedersehen.

Alice brachte ein Tablett mit Tee und Gebäck und gesellte sich zu den beiden jungen Frauen. Juniper hielt gerade einen in mehrere Lagen Seidenpapier gehüllten Gegenstand in der Hand, den sie vorsichtig auswickelte.

»Du lieber Himmel, Juniper! Woher hast du das denn?«

»Ich habe es in einem Schutthaufen nach einem Bombenangriff gefunden. Es hat mich an etwas erinnert, ich weiß aber nicht, woran. Es bestand nur noch aus Scherben, und ich habe es reparieren lassen.«

»Es ist Ias azurfarbene Schale«, flüsterte Alice kaum hörbar, als sie zaghaft die Hand ausstreckte und zart über die Schale strich, die jetzt Risse aufwies und der ein kleines Stück fehlte.

»Die Schale deiner Ia? Warum hat sie in einer Londoner Straße gelegen?«

»Ia hat die Schale ihrer Tochter, Francine Frobisher, hinterlassen.«

»Dann gehört sie ihr. Ich habe die Schale vor Francines eingestürztem Apartmenthaus gefunden.«

»Und was ist mit Francine?«

»Das Haus wurde von einer Bombe getroffen. Der Mann, der den Schutt wegräumte, sagte, keiner der Bewohner habe überlebt.«

»Arme Polly«, sagte Alice leise.

»Sie mochte ihre Mutter nicht.«

»Nein, aber ... wenn sie tot ist ... Arme Schale.«

Juniper beobachtete neugierig, wie ihre Großmutter mit den Fingerspitzen sanft über die aufgemalten Rosen streichelte, wobei ihr Tränen über die Wangen liefen. »Möchtest du die Schale haben, Großmama? Mir liegt eigentlich nichts daran. Ich weiß gar nicht, warum ich sie genommen habe.«

»Ich hätte sie sehr gern.«

»Nimm sie. Irgendwie ist das eine hübsche Geschichte, nicht wahr? Die Schale ist nach Hause zurückgekehrt, so wie ich.«

Vierzehn Tage später brachen Juniper und Maddie zu ihrem geplanten Urlaub auf. Alice hatte Junipers Einladung, sie zu begleiten, abgelehnt.
Nach der Überquerung des Kanals saß Juniper am Steuer ihres Wagens und fragte Maddie, wohin sie fahren wolle.
»Wohin du willst. Du bist der Chauffeur«, antwortete Maddie auf ihre gewohnt vernünftige Weise. »Ich hatte angenommen, du wolltest dich um deine Geschäfte kümmern.«
»Geschäfte sind langweilig. Ich bin mir nicht sicher, wohin wir fahren sollen. Ich besitze hier in der Nähe ein Haus, das ich völlig vergessen hatte.«
»Noch eins!« rief Maddie lachend aus. »Du erstaunst mich immer wieder. Wie kann man ein Haus vergessen?«
»Leicht. Ich habe nur kurze Zeit darin gelebt. Es ist ein hübsches Cottage, liegt in einem verwilderten Garten voller Blumen.«
»Dann laß uns doch dorthin fahren.«
»Nein. Ich war dort sehr unglücklich und will es nicht wiedersehen.«
»Du bist komisch, Juniper. Die meisten Menschen sind irgendwann unglücklich, verkaufen jedoch nicht gleich alle Besitztümer, die sie an ihr Unglück erinnern.«
»In meinen Augen ist das völlig logisch. Andere können es sich nur nicht leisten, ihre Habe zu verkaufen, ich hingegen bin in der glücklichen Lage, alle Brücken zu einer unerfreulichen Vergangenheit hinter mir abbrechen zu können. Jedenfalls habe ich beschlossen, keine Häuser mehr zu kaufen, sie bringen nur Unglück. Außerdem

leben wir jetzt in *Gwenfer*, das mir Großmama eines Tages vererben wird«, sagte sie und legte den ersten Gang ein. »Wir fahren einfach ins Blaue und sehen, wo wir landen. Einverstanden?«

Sie kamen bis nach Paris, wo der Zylinderkopf kaputtging. Ganz Frankreich war im Urlaub, die Reparatur würde Tage dauern. Frustriert über diese Unterbrechung schlug Juniper vor, mit dem Zug weiterzureisen.

»Aber was geschieht mit deinem Wagen?«

»Der Portier des *Ritz* kümmert sich darum. Wir holen das Auto auf der Rückreise ab«, erklärte Juniper leichthin.

Maddie war hingerissen und bewunderte Junipers Art, ihre Reisepläne einfach dem Zufall zu überlassen.

Auf diese Weise gelangten die beiden in den Zug nach Griechenland. Maddie hatte immer davon geträumt, einmal nach Griechenland zu reisen, und Juniper erinnerte sich, wie sie vor vielen Jahren zusammen mit ihrem Vater in diesem Land einen glücklichen Urlaub verbracht hatte.

Dann standen sie in der Maihitze auf dem Bahnsteig in Athen. Ein Taxi brachte sie ins Hotel *Grande Bretagne.* Obwohl die luxuriöse Suite angenehm kühl war, fanden sie wegen der Hitze in dieser Nacht kaum Schlaf und beschlossen am folgenden Morgen, Athen zu verlassen. Am Hafen von Piräus überließen sie die Entscheidung, zu welcher Insel sie reisen wollten, ebenfalls dem Zufall und bestiegen das nächste auslaufende Schiff.

Die Fähre näherte sich der Insel im azurblauen Meer. Die Häuser eines kleinen Dorfes schmiegten sich in die Hügel, die die Bucht umgaben. Alle Gebäude waren blendendweiß angestrichen und leuchteten förmlich im grellen Sonnenlicht. Die Luft war schwer vom Jasminduft. Die sanfte Brise wehte das Zirpen der Grillen über die Insel. Geranien blühten in großen Töpfen. Die Schatten waren von einem tiefen, schimmernden Grün wie unter Wasser.

»Juniper, wie wunderschön«, sagte Maddie atemlos vor Bewunderung.

»Wie ein Shangri-La«, sagte Juniper, gegen die Reling gelehnt.

Schweigend beobachteten sie, wie die Fähre in den Hafen glitt, ohne zu ahnen, daß sie dem Zauber der Insel bereits erlegen waren.

## 13

Junipers erste Affäre mit einem deutschen Archäologen dauerte drei Wochen; ihre zweite, mit einem jungen griechischen Fischer, drei Tage. Dieser zweite Liebhaber wurde ihrer dritten Liebe – einem Haus – geopfert.

In der sonnenverbrannten, braunen Landschaft war das Haus in dem Garten mit seiner üppigen Vegetation und dem hellgrünen Rasen eine kühle Oase.

Es war ein großes, niedriges, weißes Haus am steilen Abhang eines Hügels gelegen, fünf Kilometer außerhalb des Dorfes. Die Terrasse erstreckte sich über seine ganze Breite; Kletterpflanzen umrankten die weißgetünchten Säulen. Die geometrisch angeordneten Fenster zierten kunstvolle, schmiedeeiserne Gitter. Das Dach bestand aus merkwürdigen blauen Ziegeln.

»Wie grün das Gras ist«, rief Maddie aus, als sie das Haus zum erstenmal sah.

»Zum Grund gehört eine eigene Quelle. Der Rasen wird bewässert.«

Auf der Terrasse sagte Juniper stolz: »Sieh nur. Ist das nicht ein himmlischer Ausblick?«

Über die Ebene hinweg konnten sie das Meer sehen. Die Sonne glitzerte auf dem Wasser. Am Horizont lag eine Kette von Inseln, wie Perlen aufgereiht.

»Komm rein und wähl dir dein Zimmer aus«, sagte Juniper und ging beschwingt durch die einzelnen Räume. Maddie folgte ihr.

Nach der Hitze im Garten war die Kühle im Haus angenehm. Die Räume, alle mit Marmormosaik ausgelegt, wurden durch Bogengänge miteinander verbunden und ergaben dadurch eine weitläufige Einheit. Kunstvoll verzierte Keramikfliesen an den Wänden und die vorherrschenden Farben, Blau und Weiß, verstärkten den Eindruck von Kühle.

»Das Haus wirkt so maurisch, nicht wahr? Othello könnte jeden Augenblick hier eintreten. Und sieh dir das an.« Juniper führte Maddie in ein riesiges Badezimmer, in dem Stufen zu einem Becken hinunterführten, das mit Kacheln in den Farben Lapislazuli und Gold gefliest war. »Hast du je ein solches Bad gesehen? Wir könnten Partys darin feiern.« Juniper sprudelte über vor Aufregung. »Ich mußte das Haus kaufen, Maddie. Es ist einfach vollkommen.«

»Du hast es schon gekauft?« Maddie klang erstaunt. Juniper hatte ganz gegen ihre Gewohnheit ein Geheimnis bewahrt, wohl um ihre Freundin zu überraschen.

»Nach schwierigen Verhandlungen. Der Besitzer wollte nicht verkaufen, weil seine verstorbene Frau es entworfen hat. Aber, jeder hat seinen Preis ...« Juniper verstummte betroffen und fügte nach einer Weile hinzu: »So heißt es doch, nicht wahr?« Ihr kurzes Auflachen klang hohl. »Letztendlich konnte er meinem Angebot nicht widerstehen.«

»Ich dachte, du wolltest kein Haus mehr kaufen, solange du lebst.«

»Da wußte ich noch nicht, daß es dieses Juwel gibt.«

»Es ist zweifelsohne wunderschön«, sagte Maddie, durchquerte einen leeren Raum und stieß die Klappläden auf. Sie lehnte sich aus dem Fenster, bewunderte den Ausblick, lauschte auf das ohrenbetäubende Zirpen der Grillen und versuchte, sich an die veränderte Situation zu gewöhnen.

»Was hast du?« fragte Juniper.

»Willst du wirklich ein Haus auf einer obskuren griechischen Insel besitzen? Was willst du damit machen?« Maddie drehte sich um und sah Juniper an.

»Darin leben natürlich. Erst als ich hierherkam, wurde mir bewußt, daß ich mein Leben lang nach einem Ort wie diesem gesucht habe. Ich wußte, daß ich Griechenland liebe, wie sehr, habe ich erst jetzt gemerkt. Nie hatte ich ein so starkes Gefühl der Zufriedenheit wie in den vergangenen Monaten. Es war wie eine Heimkehr – vielleicht habe ich griechisches Blut in meinen Adern. Na, das ist eine Idee!«

Maddie lächelte über Junipers kindlichen Enthusiasmus. Mit ihrem blonden Haar, ihren haselnußbraunen Augen und ihrer zierlichen Gestalt war es schwer vorstellbar, in ihr eine Griechin zu sehen.

»Und was ist mit *Gwenfer*?« fragte Maddie ernst.

»Was soll damit sein?«

»Du hast deiner Großmutter gesagt, du würdest dort leben. Sie erwartet dich zurück.«

»Oh, das ist jetzt völlig unmöglich. Sie wird mich wie immer verstehen.«

»Und die Mine?«

»Das Projekt ist gestorben ... viel zu teuer«, sagte Juniper wegwerfend. »Es gibt auch einen Swimmingpool. Ein Teil der Kacheln ist zerbrochen, aber er kann bestimmt instand gesetzt werden. Natürlich müssen mehr Badezimmer und anständige sanitäre Anlagen eingebaut werden.«

Amüsiert folgte Maddie ihrer Freundin durch das ganze

Haus. Begeistert erzählte Juniper von ihren Umbauplänen, den Möbeln, Bildern und Spiegeln, die sie kaufen wollte.

Doch Maddie konnte Junipers Enthusiasmus nicht teilen. Sie machte sich Sorgen. Die Insel war nicht leicht zu erreichen. Die Fähren verkehrten nicht immer nach Fahrplan. Es gab keinen Landeplatz für Flugzeuge oder Hubschrauber. Eine Telefonverbindung von dem einzigen Apparat in der Dorfpost – wo jeder Einwohner interessiert zuhörte – herzustellen, konnte einen halben Tag dauern. Jetzt war Sommer, und es herrschten paradiesische Zustände, aber wie würde das Leben hier im Winter aussehen, wenn wegen der stürmischen See keine Verbindung zum Festland möglich war? Am bedenklichsten war jedoch der Mangel an medizinischer Versorgung.

»Und falls du krank wirst? Es gibt kein Krankenhaus auf der Insel. Stell dir nur vor, du hast eine Blinddarmentzündung.«

»Warum sollte ich krank werden? Ich weigere mich, krank zu werden.« Juniper lachte. »Außerdem gibt es hier einen Arzt, der recht nett ist. Du scheinst nicht sehr begeistert zu sein. Du kannst abreisen, wenn du willst. Ich bezahle deine Heimreise.« Der scharfe Unterton in Junipers Stimme war unüberhörbar.

»Ich bleibe, bis du dich hier eingerichtet hast. Danach sehen wir weiter.« Maddie war erleichtert, ihre Gedanken ausgesprochen zu haben.

»Das paßt mir gut.« Juniper betrachtete die Boote in der Bucht. »Du hast mich jedoch auf eine Idee gebracht. Ich werde mir ein Boot kaufen.« Und Juniper stürzte sich voll Begeisterung in ihr neues Vorhaben.

Maddie hatte lange genug mit Juniper gelebt, um ein gewisses Schema in ihren Trinkgewohnheiten zu erkennen. Vorausgesetzt, Juniper war aktiv und hatte ein interessantes Ziel vor Augen – so wie jetzt –, trank sie wenig. Gab es jedoch Probleme, selbst kleine Schwierigkeiten – falls ein Maurer ihre Anweisungen nicht buchstabengetreu ausführte –, dann griff sie sofort zur Flasche. Maddie konnte sich nicht vorstellen, daß Juniper lange zufrieden auf dieser Insel leben würde. Und was dann? Wieviel würde sie trinken?

Es war eine hektische Zeit, und Maddie war recht glücklich, als Juniper allein nach Athen fuhr, um Möbel einzukaufen. Die friedlichen Tage ohne Juniper ließen Maddie darüber nachdenken, wie lange sie die Geduld aufbringen würde, Junipers wechselnde Stimmungen zu ertragen.

Juniper kam mit einer Schiffsladung Möbel und Einrichtungsgegenständen zurück, die ausgereicht hätten, zwei Häuser auszustatten.

Trotz der kühlen Brise vom Ägäischen Meer war der Juli nicht der beste Monat, um ein Haus einzurichten, und die beiden Frauen fielen jeden Abend erschöpft in die Betten. Der August brachte noch größere Hitze und einen Strom von Athenern, die dem unerträglichen Klima in ihrer Stadt entflohen. Juniper und Maddie wurden in die griechische Gesellschaft eingeführt und tanzten und feierten jede Nacht bis zum Morgengrauen.

»Wie soll ich mich hier langweilen? Das war wohl nicht dein Ernst, wie?« sagte Juniper eines Nachts, als sie mit schmerzenden Füßen, die Schuhe in der Hand, über den kühlen Marmorboden in ihr Schlafzimmer ging.

Im September ließ die Hitze etwas nach. Briefe von Alice trafen ein, denen kurze Nachrichten von Dominic beilagen, in denen er Junipers Rückkehr verlangte. Nach knapp zwei Jahren an der Macht hatte die Regierung Neuwahlen angesetzt. Dominic brauchte Junipers Hilfe. Doch Juniper dachte nicht daran, ihr Paradies, ihre Insel zu verlassen. Sie beantwortete weder Alice' noch Dominics Briefe. Maddie schrieb an Alice, hielt es jedoch für besser, die Villa nicht zu erwähnen.

Im Oktober waren die Renovierungsarbeiten fast abgeschlossen.

»Warum verbringen wir den Winter nicht in England und überlassen das Haus den Bauarbeitern?«

»Du meine Güte, nein! Ich muß die Arbeiten beaufsichtigen. Im Frühjahr muß das Haus fertig sein, dann kann ich eine Menge Freunde einladen, die so lange bleiben können, wie sie wollen. Nächsten Sommer feiern wir eine einzige lange Party.«

»Und deine Großmutter?«

Juniper wich Maddies eindringlichem Blick aus. »Ich weiß. Du brauchst nichts zu sagen«, entgegnete Junipers schuldbewußt. »Ich hätte ihr schreiben sollen. Ich möchte ihr nicht weh tun, weiß aber nicht, wie ich ihr meinen Entschluß erklären soll.«

»Wie wär's mit der Wahrheit?«

»Mein Gott, du klingst immer mehr wie Polly. Ich verspreche dir, ihr heute abend zu schreiben und ihr mitzuteilen, daß ich eine Zeitlang in Griechenland bleiben möchte.«

Im November trafen weitere Briefe von Alice ein. An Juniper schrieb sie, daß sie für ihre Entscheidung wegen des Hauses in Griechenland Verständnis habe, und sie wünschte ihr einen glücklichen Aufenthalt. Im Postskriptum erwähnte sie beiläufig, daß die Labour-Party die Wahl zugunsten der Konservativen verloren habe, Dominic jedoch weiter Parlamentsmitglied sei. Ihr Brief an Maddie enthielt die vertrauliche Mitteilung über Junipers Krankheitsgeschichte und welches Risiko sie eingehe, wenn sie zuviel trinke. Sie solle sich stets in der Nähe eines Krankenhauses aufhalten und – könne sich Alice darauf verlassen, daß Maddie bei ihr bliebe und sich um sie kümmere? In ihrem Antwortschreiben gab Maddie dieses Versprechen nur widerstrebend, war sich jedoch sicher, daß in ihrem Brief dieser Zweifel nicht anklang.

In diesem Monat flog Juniper nach New York. Obwohl ihr anfänglicher Enthusiasmus für geschäftliche Dinge nachgelassen hatte, wollte sie die Fehler ihrer Vergangenheit nicht wiederholen und ihre Pflichten vernachlässigen. Es fiel ihr schwer, in diese Stadt, die jetzt voller trauriger Erinnerungen war, zurückzukehren. Als sie kurz vor Weihnachten wieder auf ihre Insel kam, brachte sie einen Gast mit.

»Maddie, darf ich dir Jonathan Middlebank, einen alten Freund, vorstellen? Ich habe ihn in einer Buchhandlung in New York beim Signieren seiner Bücher aufgestöbert. Ist das nicht großartig? Er ist mitgekommen, um hier sein nächstes Buch zu schreiben. Ich bin so aufgeregt – mein Haus wird berühmt. Beinahe so berühmt wie der liebe Jonathan.«

An diesem Abend, bei einem langen Dinner, mußten sie sich ein dutzendmal bei Maddie wegen ihrer endlosen Geschichten aus der Vergangenheit entschuldigen. Sie sprachen über Zeiten, Orte und Menschen, die Maddie nicht kannte. Maddie ging schließlich zu Bett, nicht weil sie müde oder gelangweilt war, sondern weil sie das Gefühl hatte zu stören.

Am nächsten Morgen, als sie am Gästezimmer vorbeiging, dessen Tür weit offen stand, sah sie, daß Jonathans Bett unberührt geblieben war.

# FÜNFTES KAPITEL

## 1

Es wird allmählich Zeit. Seit einer Stunde läute ich diese verdammte Glocke.«

»Ich würde eher sagen, seit zehn Minuten.«

»Du hast mich also gehört? Warum bist du nicht sofort gekommen?«

»Ich war beschäftigt. Ich habe noch anderes zu tun. Was willst du?«

»Ich kann meinen Füllfederhalter nicht finden.«

»O nein! Und deswegen rufst du mich? Warum nimmst du nicht den hier?« Polly nahm einen Füller vom Schreibtisch, schraubte ihn auf und prüfte die Tinte. »Er ist voll.«

»Den mag ich nicht. Ich will meinen goldenen haben.«

»Heute wirst du dich mit diesem Füller zufriedengeben müssen.« Polly warf den Füller auf den Schreibblock. »Ich will meine Zeit nicht damit vergeuden, den anderen zu suchen.«

»Du bist ein schlechtgelauntes Miststück, Polly.«

»Möglich«, entgegnete Polly desinteressiert.

»Wahrscheinlich wurde der goldene Füller gestohlen, er ist sehr wertvoll. Ich habe ihn von Asprey.«

»Ja, das hast du mir schon oft erzählt.«

»Bestimmt hat ihn die Putzfrau, diese Schlampe, gestohlen.«

»Mrs. Tyman ist eine ehrliche Frau. Wage ja nicht, ein Wort wegen des Füllers zu ihr zu sagen. Wenn sie deinetwegen geht, werde ich ... werde ich ...«

»Mich umbringen? Wolltest du das sagen? Du wartest nur auf meinen Tod, damit du mein Geld erben kannst.«

»Sei nicht albern.« Polly hob einen Stapel Illustrierte auf, der zu Boden gefallen war.

»Clara soll zurückkommen.«

»Clara kommt in einer Woche wieder.«

»Ich brauche sie jetzt.«

»Du mußt noch eine Weile warten. Clara hat sich diesen kurzen Urlaub bitter verdient. Du bist ein sehr anspruchsvoller und schwieriger Mensch.« Polly schüttelte die Kissen auf dem alten Sofa auf. Sie haßte diese kleinlichen Streitereien, in die ihre Mutter sie immer wieder verwickelte. »Möchtest du Tee? Wir können ihn auf der Terrasse trinken. Die Sonne ist für März erstaunlich warm.«

»Nein, ich hasse die Sonne. Ich habe keine ledrige Haut wie du. Bring den Tee hierher.«

»Nein. Ich serviere ihn im kleinen Salon. Ich warte dort auf dich.«

»Du weißt, daß ich nicht gehen kann.«

»Der Arzt sagt, daß deine Beine in Ordnung sind und es keinen Grund gibt, im Rollstuhl zu sitzen.«

»Ich bin verkrüppelt, das weißt du sehr gut.«

»Nein, das bist du nicht. Aber du wirst zum Krüppel werden, wenn du dich nicht mehr bewegst«, antwortete Polly automatisch, denn diese Unterhaltung wiederholte sich ständig.

»Du bist so hart. Ich weiß gar nicht, warum du mich so grausam behandelst.« Tränen standen in Francines großen grünen Augen. Polly wandte den Blick ab. Seit Jahren war sie den Erpressungsversuchen ihrer Mutter ausgeliefert.

»Zu deinem eigenen Besten, Mutter.«

»Es gibt Tage, da wünsche ich mir, die Bombe hätte mich getötet. Dann wäre mir dieses ganze Elend erspart geblieben.«

»Was für ein Elend? Gewöhnlich tanzt Clara nach deiner Pfeife und erfüllt dir jeden Wunsch. Wir alle versuchen, dir zu helfen, aber du willst einfach nicht, daß es dir besser-geht.«

»Wofür soll ich mich anstrengen? Ich bin fürs Leben ge-zeichnet, meine Karriere ist ruiniert. Aber was kümmert dich das schon? Ich war dir immer gleichgültig. Du bist viel zu egoistisch, um dir Gedanken um andere Menschen zu machen.«

»Ja, Mutter«, sagte Polly automatisch. »Ich hole den Tee«, fügte sie gelassen hinzu und ging.

Sie schloß die Tür, lehnte sich dagegen und holte erst einmal tief Luft, um ihre Nerven zu beruhigen. In Fran-cines Gegenwart gab sie sich kühl und ungerührt. Innerlich jedoch kochte sie vor Wut. Ihre Mutter hatte immer diese Reaktion in ihr ausgelöst und ärgerte sie vorsätzlich, was ihr ein teuflisches Vergnügen zu bereiten schien. Resigniert ging Polly in die Küche, setzte den Wasserkessel auf, nahm frisches Brot aus dem Brotkasten und strich Sandwiches.

Sie hatte es längst aufgegeben, auch nur den leisesten Funken Mitgefühl für ihre Mutter aufzubringen. Francines Anwesenheit war ihr zutiefst zuwider, und ihr Groll wuchs mit jedem Jahr. Es war einfach unfair, daß sie für Francine sorgen mußte, denn zwischen ihnen hatte nie eine Bezie-hung bestanden.

Francine war nicht die einzige, die sich wünschte, die Bom-be hätte sie getötet – Polly hörte auf, Brot zu schneiden. Jedesmal, wenn sie diesen Gedanken hegte, wurde sie von Schamgefühl überwältigt. Sie schüttelte den Kopf, ver-drängte ihre Schuldgefühle und schnitt weiter Brot.

Wenn Francine nur auf die Ärzte hören würde. Sie hatte Spezialisten in London aufgesucht. Polly war mit ihr sogar nach Paris, zu einem weltberühmten Arzt für Nervenleiden, gefahren. Alle stellten dieselbe Diagnose. Francine war nicht gelähmt, sondern litt unter einer psychosomatischen Störung. Sie bildete sich nur ein, gelähmt zu sein. Polly bereute mittlerweile bitter, daß sie ihrer Mutter einen Rollstuhl gekauft hatte. Ihre Großmutter hatte mit ihrer Warnung recht behalten, als sie sagte, Francine würde nicht mehr aufstehen, wenn sie erst einmal in einem Rollstuhl säße.

Zweifellos hatte Francine ein schreckliches Trauma erlitten. Sie hatte als einzige Bewohnerin des von einer Bombe getroffenen Apartmenthauses überlebt. Clara hatte überlebt, weil sie beim Einkaufen gewesen war.

Vier Jahre hatte Francine in Krankenhäusern und Sanatorien verbracht, um Heilung für ihre leblosen Beine zu suchen. Überall kam man zur selben Schlußfolgerung: Francine war physisch gesund. Vor vier Jahren hatte sie plötzlich Polly gebeten, ihr zu erlauben, »nach Hause zu kommen, bitte.« Ihr Flehen war so entwaffnend gewesen, sie hatte sogar beteuert, Polly zu lieben, und hatte mit dieser Erklärung, ihre Tochter dazu gebracht, ihrem Drängen nachzugeben. Kaum im Haus, hatte Francine begonnen, jedem das Leben in *Hurstwood* zur Hölle zu machen.

Polly und Andrew hatten zunächst schockiert auf Gerties Feststellung reagiert, Francine suche Zuflucht in der Krankheit, weil sie in ihrem Alter und mit schwindender Schönheit am Ende ihrer Karriere stehe. Schon Monate bevor Francine ein Opfer des Bombardements geworden war, hatte sie nur noch selten gute Engagements erhalten und war nur noch in billigen Revuen aufgetreten.

Trotz Pollys und Andrews Zweifeln an dieser Theorie behauptete Gertie nach wie vor, daß Francine aus dem Rollstuhl aufstünde, wenn niemand sie sähe.

»Ach, Großmama, wie kannst du das nur behaupten?«

»Hast du dir ihre Beine angesehen? Nach all den Jahren

müßte sie unter Muskelschwund leiden, was jedoch nicht der Fall ist. Denk an meine Worte: Nachts steht sie auf, geht herum und macht Gymnastik.«

»Clara hat nie etwas davon erwähnt. Ihr Zimmer grenzt an Francines; sie hört jedes Geräusch«, entgegnete Polly.

»Wahrscheinlich hat sich Francine ihr Schweigen erkauft.«

»Aber warum sollte sie das tun, Großmama? Welchen Nutzen würde sie aus einer derartigen Farce ziehen?«

»Wer könnte schon die machiavellistischen Gedankengänge deiner Mutter nachvollziehen, Polly? Irgendwann werden wir sie in ihrer ganzen Vulgarität wiederauferstehen sehen.«

Diese Theorien waren schockierend, erwiesen sich im Verlauf der Jahre jedoch als plausibel. Dieses Verhalten ist traurig und kann nur einem kranken Geist entspringen, dachte Polly. Eine Frau, die ihre Schönheit verloren und das Schicksal einer Einsiedlerin gewählt hatte, sollte eigentlich Mitleid erwecken, doch Francines bösartiger Charakter erstickte jedes Mitgefühl. Manchmal fragte sich Polly, ob ihre Mutter es nicht ertragen konnte, weil sie mit Andrew glücklich war, und deshalb alles daran setzte, ihr Leben zu zerstören.

Francines plötzliches Verschwinden, ihre Weigerung, Interviews zu geben, hatte die unwahrscheinlichsten Spekulationen in der Presse hervorgerufen. In verschiedenen Artikeln wurde angedeutet, ihr Gesicht sei von Narben entstellt, ihre Beine amputiert worden und sie habe ihre Stimme verloren. Auf diese Weise erlangte Francine auch in der ländlichen Abgeschiedenheit einen etwas morbiden Ruhm, und sie schnitt jeden Artikel aus und verwahrte ihn sorgfältig.

»Sie tut so, als wäre sie die Garbo«, schnaubte Gertie verächtlich.

Keiner von Francines früheren Freunden hatte sie je besucht, also blieb ihr wahrer Gesundheitszustand weiterhin ein Geheimnis.

Polly schaute auf die Uhr. Zwanzig vor vier. Sollte sie mit dem Tee auf Andrews Rückkehr warten? Er hatte eine Verabredung mit dem Bankier in Exeter, um über einen kurzfristigen Kredit zu verhandeln. Wenn es ihnen nicht gelang, in den nächsten zwei Jahren die Farm zu einem profitablen Unternehmen umzugestalten, mußte sie *Hurstwood* verkaufen. An diese Möglichkeit wagte Polly nicht zu denken. Diesen Verlust könnte sie nie überwinden.

Sie setzte sich an den Küchentisch und beschloß, bis vier Uhr zu warten.

Niemand hatte Schuld an dem finanziellen Desaster der vergangenen Jahre, schon gar nicht Andrew. Niemand hätte härter als er arbeiten können. Die Schafzucht war das Standbein der Moorbauern, aber die Erträge waren so niedrig, daß Andrew und Polly beschlossen hatten, mit der Aufzucht von Schweinen zu beginnen.

Doch dann fielen die Preise für Schweinefleisch ins Bodenlose, und eine Seuche raffte die Tiere dahin. Die kleine Milchkuhherde war von der Maul- und Klauenseuche befallen worden. Am schlimmsten war jedoch, daß in diesem Frühjahr alle frischgeborenen Lämmer an einer mysteriösen Krankheit, die kein Tierarzt hatte heilen können, gestorben waren. Polly und Andrew standen vor dem Bankrott. Diese Pechsträhne war ein Schicksalsschlag, der ihnen den Mut zum Weitermachen raubte.

*Hurstwood* war bis unters Dach mit Hypotheken belastet. Polly konnte sich nicht erinnern, wann sie sich zum letztenmal ein neues Kleid gekauft hatte. Ohne die Unterstützung ihrer Großmutter hätte sie manchmal nicht gewußt, wovon sie leben sollten.

Hühner, so hofften sie jetzt, würden ihre Probleme lösen. Es bestand immer Bedarf an Eiern. Andrew wollte bei der Bank einen Kredit für den Bau von Ställen beantragen. Sie würden das Geld nur kurzfristig brauchen, denn Andrews Vater war schon alt und würde seinem Sohn ein ansehnliches Vermögen hinterlassen. Beide haßten den Gedanken, auf die erwartete Erbschaft Geld zu leihen, aber es gab keine andere Möglichkeit, den Engpaß zu überwinden. Gertie hätte ihnen das Geld geliehen, doch sie wollten die alte Dame nicht mit ihren finanziellen Schwierigkeiten belasten.

Polly betrachtete ihre Hände, die von der schweren Arbeit ganz schwielig geworden waren. Lächelnd dachte sie daran, wie gepflegt und weich sie einst gewesen waren, trauerte dieser Zeit jedoch nicht nach.

Zehn vor vier. Hoffentlich kommt er bald, dachte sie. Jedesmal, wenn Andrew nicht da war, vermißte sie ihn. Seit ihrer Heirat hatten sie Tag und Nacht zusammen verbracht. Daher war es nicht erstaunlich, daß ihr eine Hälfte fehlte, wenn er fort war, denn sie liebte Andrew jetzt mehr als an ihrem Hochzeitstag.

Es war schwierig gewesen, diese Form ihrer Beziehung zu erreichen. In den ersten Jahren hatte Polly unendliche Geduld und Fürsorge aufgebracht, um Andrew gesundzupflegen. Jahrelang war er von schlimmen Alpträumen gequält worden, und sie hatte aufgehört, die Nächte zu zählen, in denen er schreiend, in Schweiß gebadet und um sich schlagend aufgewacht war. Dann hatte sie ihn in die Arme genommen, tröstende Worte gemurmelt und ihn wie ein kleines Kind gewiegt, bis er erschöpft wieder eingeschlafen war. Die Alpträume hatten nachgelassen.

In diesen Jahren hatte es Wochen gegeben, wo Andrew in tiefe Depressionen gestürzt war und wie erstarrt in einer Welt der Trauer und des Elends lebte, zu der sie keinen Zugang hatte. In dieser Zeit hatte sie die Arbeiten auf der Farm allein erledigen müssen. Seit vier Jahren hatte er jetzt keinen Anfall der Schwermut mehr gehabt.

Allmählich war er wieder zu dem Menschen geworden, den sie in Paris gekannt hatte. Er war amüsant, freundlich und rücksichtsvoll, nur ein wenig stiller.

Dem Anschein nach führten sie eine perfekte Ehe, denn niemand wußte, daß Andrew in den acht Jahren, die sie jetzt miteinander verheiratet waren, nur selten mit ihr geschlafen hatte.

Polly sehnte sich nach seiner leidenschaftlichen Liebe, litt unter seiner Gleichgültigkeit und hätte manchmal vor Qual schreien können. Gleichzeitig schämte sie sich, daß sie ihre Gefühle so wenig unter Kontrolle hatte.

Am Anfang ihrer Ehe war es ihr leichter gefallen, diese Distanz zu akzeptieren, denn er litt offensichtlich unter den schrecklichen Erlebnissen während der Gefangenschaft. Er hatte nie darüber gesprochen und würde es wohl auch nicht tun. Aber sie hatte gehofft, daß im Verlauf der Jahre sein sexuelles Begehren wiedererwachen würde – vergeblich. Die paarmal, die sie miteinander geschlafen hatten, hütete sie wie eine kostbare Erinnerung. Er hatte sich ihr jedesmal nur genähert, nachdem sie von einer kleinen Feier zurückgekehrt waren und etwas getrunken hatten. In diesen Nächten hatte sie gehofft, er würde seine Zurückhaltung aufgeben und ein normales Eheleben mit ihr beginnen, was er jedoch nicht tat. Voller Sehnsucht hatte sie eine Schwangerschaft herbeigewünscht, damit der Mangel an Sex keine so große Rolle in ihrem Leben spiele, sie wurde jedoch immer wieder enttäuscht.

Polly konnte mit niemandem über dieses Problem sprechen. Ihrer Großmutter wollte sie sich nicht anvertrauen, und ihre Mutter kam nicht in Frage. Oft wünschte sie sich, Juniper wäre noch ihre Freundin. Sie hätte mit dem Arzt sprechen können, hielt das jedoch für einen Verrat an

413

Andrew, denn er war ihrer beider persönlicher Freund. Wie hätte sie ihm am Tisch gegenübersitzen können in dem Wissen, daß er ihr Geheimnis kannte? Und sie vertraute seiner Sprechstundenhilfe nicht, die ihr Problem im ganzen Dorf verbreiten würde.

Ein- oder zweimal hatte sie die Initiative ergriffen, was jedoch zu einer derart peinlichen Situation geführt hatte, daß sie es bleiben ließ. Oft lag sie nachts schlaflos neben ihm und sehnte sich danach, von ihm in die Arme genommen zu werden. Sie hätte gern mit Andrew darüber gesprochen, um gemeinsam eine Lösung zu suchen, doch das einzige Mal, als sie dieses Thema anschnitt, war Andrew wütend aus dem Haus gestürmt.

Nie wieder wurde darüber gesprochen. Wahrscheinlich nahm Andrew an, daß sie sich mit der Situation abgefunden hatte, was nicht stimmte. Sie dachte viele Stunden darüber nach, dieses Problem verfolgte sie bis in ihre Träume.

Polly zuckte erschreckt zusammen. In der Ferne hörte sie das beharrliche Läuten von Francines Glocke. Sie warf einen Blick auf die Uhr. Vier. Andrew hatte sich offensichtlich verspätet. Sie brühte Tee auf und trug das Tablett ins Eßzimmer. Dann kehrte sie zu ihrer Mutter zurück und schob sie im Rollstuhl an den Tisch, ignorierte dabei die Litanei von Klagen, die sich über sie ergoß.

## 2

Andrew kam erst um neun Uhr nach Hause, und ein Blick genügte, um Polly zu zeigen, daß es ihm nicht gutging.

»Ach, du meine Güte! Das bedeutet ein Nein zum Kredit«, murmelte Polly und ging Andrew entgegen, der in den Salon kam

»Andrew, mein Lieber, du siehst entsetzlich aus. Was ist denn geschehen?« fragte Gertie besorgt.

»Er ist betrunken«, sagte Francine gehässig.

»Bist du hungrig? Ich habe dein Essen warm gestellt.«

»Ich will kein verdammtes Essen. Ich will einen Whisky«, sagte Andrew aggressiv.

»Kommen Sie, Francine. Es ist Zeit, daß wir beide uns zurückziehen«, sagte Gertie forsch und stellte sich hinter Francines Rollstuhl.

»Nehmen Sie die Hände von meinem Stuhl. Ich gehe zu Bett, wann es mir paßt.«

»Die beiden müssen jetzt allein sein, sehen Sie das denn nicht?« flüsterte Gertie ihr zu. »Ich rufe Ihre Pflegerin.«

»Ich hasse diese Person. Sie ist grob zu mir.«

Gertie schob den Rollstuhl zur Tür. »Nehmen Sie Ihre verdammten Hände von meinem Stuhl«, keifte Francine und schwenkte ihr Gefährt so heftig herum, daß es gegen Gerties Schienbein stieß, die vor Schmerz zusammenzuckte.

»Wie geschickt Sie damit umgehen können, wenn es in Ihrem Interesse liegt, Francine. Wie schade, daß Sie nicht dasselbe mit Ihren Beinen machen.«

»Halt den Mund, du widerliche alte Ziege«, fauchte Francine ihre Schwiegermutter an. Gertie griff ungerührt wieder nach dem Stuhl und schob die protestierende und durch ihren Gleichmut noch wütendere Francine aus dem Zimmer. »Paß auf, wohin du mich schiebst, du Miststück.«

»Ist es nicht außerordentlich, wie Sie sich trotz der vielen Vorteile in Ihrem Leben einen eklatanten Mangel an Manieren und Charme bewahrt haben«, sagte Gertie in gemessenem Tonfall.

»Laßt mich endlich in Ruhe! Ich gehe nicht zu Bett wie ein Gör, das man fortschickt!« Francine Stimme klang schrill und häßlich.

»Herrgott noch mal! Haltet endlich den Mund. Beide! Geht mir aus den Augen und laßt uns allein«, brüllte Andrew. Die drei Frauen starrten ihn entgeistert an.

»Andrew, bitte ...« sagte Polly und warf ihrer Großmutter einen ängstlichen Blick zu.

»Polly, ich kann ihn gut verstehen«, sagte Gertie sanft.

»Du irrst dich, Gertie. Du begreifst verdammt noch mal überhaupt nichts. Keiner von euch hat eine Ahnung.« Andrew goß sich einen großen Whisky ein.

»Gute Nacht, ihr beiden«, sagte Gertie würdevoll.

»Das ist der Dank dafür, wenn man sich einmischt«, keifte Francine noch, ehe sich die Tür hinter den beiden Frauen schloß.

»Andrew, das war sehr unhöflich. Du weißt, wie Großmutter darauf achtet, unser Leben nicht zu stören.«

»Spar dir deine verdammten Vorwürfe. Ich hab die Nase voll.« Er leerte sein Glas in einem Zug und goß sich noch einen Whisky ein.

»Liebling, hast du nicht schon genug getrunken?«

»Ich trinke, soviel ich will. Du brauchst mir nicht zu sagen, wann ich aufhören soll.«

»Andrew, komm her.« Polly klopfte aufs Sofa. »Erzähl mir, was passiert ist. Ich nehme an, der Bankdirektor hat den Kredit abgelehnt.«

»Ich bin nicht zu ihm gegangen.« Andrew ließ sich aufs Sofa plumpsen und schleuderte die Schuhe von sich.

»Du warst nicht bei ihm?« fragte Polly erstaunt.

»Ganz recht. Ich bin nach Exeter gefahren und habe mich im County Club betrunken«, sagte er fast prahlerisch. »Wie findest du das?«

»Warum solltest du nicht in den Club gehen? Wenn du Lust hattest, dich zu betrinken, warum nicht? Ich wünschte nur, du hättest angerufen, damit ich dich abholen komme.

Bestimmt hattest du einen guten Grund, nicht zur Bank zu gehen.« Polly griff nach seiner Hand. Er entzog sie ihr.

»Der Gedanke, Geld auf meine zukünftige Erbschaft zu leihen, solange mein Vater noch lebt, kam mir einfach widerlich vor.«

»Natürlich konntest du das nicht tun. Ich kann dich gut verstehen.«

»Das wußte ich. Du hast immer Verständnis für alles.«

Polly war der bittere Unterton in seiner Stimme nicht entgangen.

»Es tut mir leid«, sagte sie und wußte nicht, wofür sie sich entschuldigte. Sie hatte keine Ahnung über den Grund seiner Verbitterung. Sein Zustand erschreckte sie. Hoffentlich ist das nicht der Vorbote einer Depression, dachte sie besorgt.

»Du bist immer so verdammt verständnisvoll. Habe ich nicht unwahrscheinliches Glück? Bin ich nicht der glücklichste Mann auf Erden? Ich habe die verständnisvollste Frau. Das wird man auf deinen Grabstein schreiben, nicht wahr?« Er trank einen Schluck Whisky. »Na, mehr könnte man auch nicht darauf schreiben, nicht wahr? Sonst hast du doch nichts zustande gebracht, oder?«

Polly erstarrte bei diesen bitteren Worten voller Zorn und spürte ein Gefühl des Verrats in sich aufsteigen.

»Ich begreife, daß du einen schlimmen Tag hattest, Andrew. Das tut mir leid, und ich halte den Grund, warum du nicht zur Bank gehen konntest, für absolut verständlich.« Polly wog ihre Worte sorgfältig ab, um Andrews Wut nicht weiter zu schüren.

»Du bist ja schon wieder voll *Verständnis!* Kannst du nicht einmal normal reagieren? Warum bist du nicht auf mich wütend, weil ich wieder einmal versagt und dich enttäuscht habe?«

»Mein Liebling, du hast nicht versagt, und du hast mich nie enttäuscht ...« protestierte sie.

»Ich bin ein verdammter Versager. Ich bin kein Ehemann, ich bin ein Nichts. Und ich kann nicht einmal den Unterhalt für dieses verdammte Haus aufbringen. Ich komme nach Hause, hasse mich selbst, höre mir das Gekeife dieser beiden griesgrämigen alten Frauen an, und du bist so verflucht vernünftig, daß ich schreien könnte.« Er schrie jetzt, starrte sie wild an und schleuderte sein Glas in den Kamin, wo es zerschellte.

»Andrew, was soll ich denn sonst sagen?« Polly war aschfahl im Gesicht.

»Verzeih mir, wie immer. Sag's doch endlich. Damit ich mich noch mehr hassen und verachten kann.«

»Andrew, ich liebe dich«, sagte sie beinahe schluchzend.

»Wie kannst du mich lieben? Du hast mich aus Mitleid geheiratet. Glaubst du etwa, das weiß ich nicht? Ich habe es immer gewußt.«

»Das ist nicht wahr.«

»Doch! Wir leben seit Jahren eine Lüge. Laß uns wenigstens heute abend ehrlich zueinander sein.«

»Ich habe dich geheiratet, weil ich dich liebe. Ich wollte dir helfen, was mir offensichtlich nicht gelungen ist ...« Polly senkte den Blick, damit er ihre Tränen nicht sehen konnte.

»Warum siehst du mich nicht an? Was verbirgst du vor mir? Deine Tränen? Habe ich dich endlich zum Weinen gebracht?« Er packte ihre Schultern und zwang sie, ihn anzusehen.

»Ich liebe dich«, flüsterte sie.

»Belüg mich nicht! Ich kann dein verdammtes Mitleid nicht ertragen ...« Seine Stimme war ein einziger schmerzvoller Aufschrei, und sie streckte die Hände aus, um ihn zu umarmen, ihn von der Qual zu befreien, sie mit ihm zu teilen. »Dein verfluchtes Verständnis langweilt und lähmt mich«, schrie er mit wutverzerrtem Gesicht.

Sie trat zurück, ließ die Arme sinken und stand vor Schreck stumm und wie erstarrt da.

»Wie kannst du es wagen, so mit mir zu sprechen!« sagte sie plötzlich zornig. Jetzt erschrak er. »Du bist gelangweilt? Auch ich langweile mich. Mich langweilt das ganze Selbstmitleid in diesem Haus zu Tode! Entweder jammert meine Mutter oder du.« Sie zitterte am ganzen Körper und übersah bewußt seinen gequälten Gesichtsausdruck. »Es tut mir leid, was dir widerfahren ist, Andrew, aber das geschah vor langer Zeit. Niemand, am allerwenigsten ich, kann dir helfen, darüber hinwegzukommen. Aber denk nur einmal, ein einziges Mal an mich, ja? Überleg dir, wie mein Leben aussieht. Auch ich sitze in einem Gefängnis, und daran bist du schuld, nicht ich. Ich habe es mit Geduld und Verständnis versucht, und jetzt sagst du mir, daß ich dich langweile. Na gut, dann sieh zu, wie du zurechtkommst.« Sie machte auf dem Absatz kehrt und marschierte zur Tür.

Andrew hatte diesen Ausbruch wie in Trance über sich ergehen lassen. Als Pollys Hand auf dem Türgriff lag, wachte er plötzlich auf, war mit ein paar Schritten bei ihr und riß sie an der Schulter zurück.

»Laß mich los, Andrew!« Sie versuchte sich zu befreien, aber er zerrte sie ins Zimmer zurück. »Laß mich gehen!« schrie sie.

Er stieß sie aufs Sofa und kniete sich über sie.

»Droh mir nicht«, sagte er eindringlich.

»Ich habe dir nicht gedroht.«

»Ohne dich würde ich sterben.«

»Oh, Andrew ...« Sie konnte den Satz nicht beenden, denn er preßte seine Lippen auf ihren Mund, und sie klammerten sich mit der ganzen Vehemenz ihrer frustrierten Liebe aneinander. Im Flackern des Kaminfeuers liebten sie sich mit leidenschaftlicher Intensität.

Später saßen sie lange beisammen und redeten, wie sie es schon seit langem hätten tun sollen. Polly schüttete ihm ihr Herz aus, und er vertraute ihr seine Ängste an. Gemeinsam erörterten sie ihre Probleme und waren fest entschlossen, eine Lösung zu finden.

Am nächsten Morgen brachte ihr Andrew den Tee ans Bett.

»Du meine Güte, wie haben wir uns verändert«, sagte sie lächelnd.

»Ich muß mich ändern«, meinte er schüchtern.

»Wir beide müssen uns ändern«, entgegnete sie. »Du hast recht. Es muß einen zur Raserei bringen, mit einer derart verständnisvollen Frau zusammenzuleben.«

»Ich hab's nicht so gemeint. Ich weiß gar nicht, warum ich das gesagt habe.«

»Weil es wahr ist. Schließlich heißt es *in vino veritas*..«

»Das glaube ich nicht. Es ist nur eine bedeutungslose Redensart.« Er lachte nervös.

»Aber ich bin davon überzeugt. Wir haben im Moment einfach zuviel am Hals, Andrew.« Sie klopfte auf die Bettdecke, und er setzte sich neben sie. »Gestern abend haben wir ehrlich und aufrichtig miteinander gesprochen. Doch wir dürfen nicht zuviel und zu bald erwarten. Ich glaube, ein Großteil unserer Spannungen hängt mit unseren Geldproblemen zusammen. Dieser Druck ist einfach unerträglich. Und wir müssen öfter allein sein.«

Andrew nickte zustimmend, als Polly ihm von ihren Plänen erzählte. Als erstes würde sie ihre Mutter bitten, wie Gertie etwas zum Lebensunterhalt beizusteuern. Und sie würde Francine vorschlagen, ein Cottage im Dorf zu kaufen, das von einem Makler angeboten wurde.

»Mein Gott, ich möchte nicht in der Nähe sein, wenn du ihr diesen Vorschlag machst«, sagte Andrew lachend.

»Es gibt keine andere Lösung. Meine Mutter und ich sind nie miteinander ausgekommen, hatten nie eine gute Beziehung. Unter einem Dach mit ihr zu leben, weckt nur Haß – auf meiner Seite jedenfalls.«

Gertie war für beide kein Problem. Sie war eine vernünftige und einfühlsame Frau, die ihrer eigenen Wege ging und ihnen Zeit zum Alleinsein ließ.

Und dann kam Polly zu dem Thema, das ihr am meisten am Herzen lag und worüber sie letzte Nacht nicht hatte sprechen wollen.

»Ich möchte Kinder haben, Andrew. Ich bin jetzt vierunddreißig, und die Zeit läuft mir davon. Ich hätte dir früher erklären müssen, wieviel mir daran liegt. Ich sehne mich danach, Mutter zu sein.«

Andrew senkte den Blick, strich sich das Haar aus der Stirn und schien sich weit weg zu wünschen.

»Wir haben nichts zu befürchten. Wir lieben einander – das haben wir uns letzte Nacht bewiesen«, sprach Polly weiter.

»Wir werden in allem Erfolg haben, Liebling. Das verspreche ich dir.«

Polly konnte nicht wissen, daß sie mit ihrem wiedergefundenen Optimismus und ihrer Entschlußkraft viele Probleme lösen würde.

### 3

Polly wagte es nicht, den Entschluß aufzuschieben, ihrer Mutter zu sagen, daß es besser wäre, sie würde nicht länger in *Hurstwood* leben. Sie kannte sich, und sie kannte ihre Mutter. Wenn sie zögerte, würde sie den Mut verlieren.

Es mußte heute geschehen. Nach ihrem Gespräch mit Andrew fühlte sie sich voller Selbstvertrauen, das sie nutzen wollte. Sie wartete bis nach dem Frühstück. Andrew hatte in der Landwirtschaft zu tun, und Gertie brach zu einem langen Spaziergang auf. Francine war in ihrem Zimmer und hörte sich Schallplatten an.

»Mutter, ich möchte dir das hier geben«, eröffnete Polly den Kampf und reichte Francine ein Blatt Papier.

»Was ist das?« fragte Francine und hielt das Blatt auf Armeslänge von sich entfernt, weil sie ohne Brille nicht lesen konnte. Francine hatte sich jedoch stets geweigert, einen Optiker aufzusuchen, weil sie zu eitel war, um eine Brille zu tragen. Da sie nie las, empfand sie ihre Kurzsichtigkeit nicht als störend.

»Es ist die Rechnung von der Agentur für deine Pflegerin.«

»Was!« Francine explodierte wütend, genau wie Polly es vorhergesehen hatte. »Du erwartest von deiner Mutter, daß sie ihre Pflegerin selbst bezahlt?«

»Ja, Mutter, das tue ich. Du kannst sie dir leisten, ich nicht. So einfach ist das. Du bezahlst Claras Lohn ohne Klagen, warum soll ich also ihre Vertreterin bezahlen?«

»Clara ist mein Dienstmädchen, deswegen bezahle ich sie. Das ist ein Unterschied. Die Rechnung von der Agentur geht mich nichts an. Ich wollte diese verdammte Pflegerin nicht haben. Sie taugt nichts.«

»Nach drei Wochen ist es zu spät, über die Mängel deiner Pflegerin zu klagen. Aber darum geht es jetzt nicht. Du hast jemanden gebraucht, der deine Intimpflege übernimmt. Das hast du mir ja erfreulicherweise erspart.«

»Wenn du dich weigerst, dich um mich zu kümmern, und dafür jemanden einstellst, dann, meine liebe Polly, geht mich diese Rechnung nichts an. Tut mir leid.«

»Nein, Mutter. Ich werde diese Rechnung nicht bezahlen.«

»Du undankbares Miststück. Polly, ich bin deine Mutter, um Himmels willen. Du hast es allein mir zu verdanken, daß dir *Hurstwood* jetzt gehört. Ich hätte deinen Vater ohne weiteres dazu überreden können, das Testament zu ändern und mir den Besitz zu überschreiben.«

»Das ist eine Lüge, Mutter, wie du wohl weißt.«

»Nie hätte ich gedacht, daß es einmal soweit kommen würde. Ich bin hier unerwünscht, das hast du mir mit aller Deutlichkeit klargemacht. Ich könnte genausogut tot sein.« Wie auf Kommando strömten Tränen aus den dunkelgrünen Augen.

»Mutter, deine Tränen wirken bei mir nicht. Darauf bin ich nie reingefallen.«

»Du bist selbstsüchtig, Polly, warst es immer. Mit deiner aufgesetzten Liebenswürdigkeit konntest du mich nie täuschen. Ich kenne den Typ: zuckersüß und lieb an der Oberfläche, aber hart wie Granit im Inneren. Diese Menschen setzen immer ihren Willen durch.«

»Das führt zu nichts, Mutter. Andrew und ich können uns die Ausgaben einfach nicht mehr leisten.«

»Ach, du wirfst mich raus?«

»Niemand spricht von Rauswerfen. Ich spreche von den Lebenshaltungskosten.«

»Und was ist mit dieser vertrockneten Pflaume, Gertie?«

»Meine Großmutter ist vom ersten Tag an für ihren Lebensunterhalt selbst aufgekommen.«

»Deine Großmutter ist so reich wie Krösus und kann es sich leisten. Ich nicht. Mit dem wenigen, was mir geblieben ist, muß ich für den Rest meines Lebens auskommen, jetzt, wo ich ein Krüppel bin.« In Francines Stimme lag ein dramatischer Unterton.

»Du irrst dich. Der Krieg hat vieles verändert – auch Großmutters Einkommen. Heutzutage muß jeder für seinen Lebensunterhalt aufkommen.«

»Warum sollte ich für den Aufenthalt im Haus meiner Tochter bezahlen? Nie in meinem Leben ist mir eine derartige Gemeinheit widerfahren. Du redest wie eine Pensionsbesitzerin, Polly.«

»Es ist keine Gemeinheit, Mutter. Andrew und ich stehen vor dem Bankrott – so schlimm steht es.«

»Nun, ich werde euch nicht helfen, mach dir das klar. Glaubst du etwa, ich vergeude mein schwerverdientes Geld an einen Versager wie Andrew?«

»Er ist kein Versager. Wir hatten eine entsetzliche Pechsträhne«, verteidigte Polly vehement ihren Mann.

»Unsinn. In dieser Welt ist jeder seines Glückes Schmied. Dem Schicksal die Schuld zuzuschieben, zeugt von einem schwachen Charakter.«

»Dann kann ich auch nicht das Schicksal dafür verantwortlich machen, daß ich ausgerechnet dich zur Mutter bekommen habe!« Pollys Stimme kippte um, sie war erschrocken über die bösen Worte. Sie ballte die Fäuste. Es gefiel ihr nicht, wie sie reagierte – so böse und zänkisch. Das war das Ergebnis des jahrelangen Zusammenlebens mit ihrer Mutter. Dagegen mußte sie etwas unternehmen. »Mutter ...« sagte sie beschämt.

»Hier bleibe ich nicht, soviel steht fest. Ich bin unerwünscht, du hast es nur auf mein Geld abgesehen. Wenn ich bedenke, was du mir schuldest! Als ich entdeckte, daß ich schwanger war, wußte ich nicht, wer dein Vater ist, und hätte dich leicht loswerden können. Wie eine verdammte Närrin habe ich geglaubt, das Leben in mir nicht zerstören zu dürfen. Du wurdest nur wegen meiner Uneigennützigkeit geboren.«

»Was hast du eben gesagt, Mutter?« Polly starrte Francine fassungslos an. *Du wußtest nicht,* wer mein Vater ist? Hast du das gesagt? Ich dachte immer, daran hättest du nie Zweifel gehabt.«

424

»Hatte ich auch nicht. Natürlich weiß ich, wer dein Vater ist.« Francine spielte nervös mit ihrer Handtasche. »Ich verlasse dieses Haus auf der Stelle. Deine Beleidigungen höre ich mir nicht mehr an.«

»Ich möchte darüber reden.«

»Aber ich nicht. Gib mir mein Adreßbuch. Sag dieser blöden Pflegerin, sie soll meine Koffer packen. Ich reise noch heute ab.«

Polly betrachtete ihre Mutter voll Verzweiflung. Francine hatte zu ihrer Tochter nie über deren Herkunft gesprochen, und als sie endlich hoffte, etwas Konkretes in Erfahrung zu bringen, sagte Francine kein Wort mehr. »Sieh mal, Mutter, ich möchte nicht, daß wir uns im Bösen trennen. Wahrscheinlich ist es eine gute Idee, wenn du woanders hinziehst. Im Dorf steht ein hübsches Cottage zum Verkauf. Ich könnte jeden Tag nach dir sehen. Vielleicht kommen wir dann besser miteinander aus und können Freundinnen werden.«

»Freundinnen? Du und ich? Pah! Du wärst der letzte Mensch, den ich mir zur Freundin wählen würde, Polly. Ein Cottage? Ich soll in einem Cottage wohnen? Du mußt verrückt sein. Ich kehre nach London zurück und suche mir ein Apartment. Ich habe *Hurstwood* immer gehaßt. Du hast mir einen großen Gefallen getan, Polly. Du hast mir gezeigt, wie wenig dir an der Frau, die dich geboren hat, liegt ...« Francine warf mit einer dramatischen Geste den Kopf zurück. Polly fragte sich, aus welchem Boulevardstück dieser Text wohl stammte.

Es gab nichts mehr zu sagen. Allein in ihrer Küche, überlegte Polly ohne Schamgefühl, wie leicht es gewesen war, ihre Mutter dazu zu bringen, von sich aus den Vorschlag zu machen, auszuziehen. Hätte ich das nur schon vor Jahren getan, dachte sie und wurde vor Freude über diesen Erfolg fast übermütig.

Sie holte das Bügelbrett hervor und begann den Wäsche-
berg von einer Woche zu bügeln. Die rhythmischen Bewegungen bei dieser Arbeit halfen ihr stets beim Nachdenken.
Die Äußerung ihrer Mutter über die nicht zweifelsfreie
Identität ihres Vaters war höchst interessant. Juniper hatte
stets behauptet, Marshall Boscar sei ihr Vater. Jetzt hatte
Francine Zweifel in ihr geweckt, und die Chancen, ob es
Richard oder Marshall war, standen fünfzig zu fünfzig. Ihrer
Überzeugung nach war es Richard, und darin war sie jetzt
wenigstens halbwegs bestätigt worden und mußte sich nicht
mehr allein auf sentimentale Gefühle verlassen.
Gertie kam in die Küche.
»Möchtest du Kaffee?« fragte sie und ging zum Herd.
»Ja, bitte«, antwortete Polly und faltete ein Hemd.
»Du arbeitet zuviel, Polly. Warum schickst du Andrews
Hemden nicht in die Wäscherei?«
Polly bückte sich zum Wäschekorb, um dem Blick ihrer
Großmutter auszuweichen.
»Zu teuer?« bohrte Gertie beharrlich nach.
»Ich bügle gern seine Hemden.«
»Flunkere nicht, Polly. Keine intelligente Frau bügelt gern
Hemden.« Gertie lachte dröhnend.
»Ich schon«, sagte Polly achselzuckend.
»Dann bist du ein seltsamer Kauz«, sagte Gertie lächelnd
und fügte, plötzlich ernst geworden, hinzu: »Ich bin kein
Dummkopf, weißt du, Polly.«
»Dafür habe ich dich auch nie gehalten, Großmama«, sagte
Polly leichthin, ahnte jedoch, daß ihr eine Unterredung
bevorstand, der sie gern ausgewichen wäre.
»Ihr habt finanzielle Probleme, nicht wahr?«
Polly schwieg.
»Dachte ich mir's doch. Ich beobachte schon seit einiger
Zeit euren Kampf ums Überleben. Ich hatte gehofft, du

würdest dich mir anvertrauen. Ich möchte euch helfen. Ich weiß, wie hoch die Unterhaltskosten für dieses Haus sind, ganz zu schweigen von den Katastrophen, die ihr in letzter Zeit mit eurer Viehhaltung hattet.«

»Wir kommen schon zurecht, und mit dem Unterhaltsgeld, das du mir gibst, könnte ich ein Dutzend Damen verköstigen.«

»Ich habe einen teuren Geschmack, und in meinem Alter möchte ich auf gewisse Dinge nicht verzichten. Aber du weichst mir aus, Polly. Bitte, laß mich dir und Andrew helfen. Ich würde mich darüber freuen.«

Polly stellte ihr Bügeleisen beiseite. »Danke. Aber das sind unsere Probleme, die Andrew allein lösen möchte. Das ist für ihn wichtig, verstehst du?«

»Ja, aber wie lange könnt ihr ohne Hilfe durchhalten? An Geldproblemen ist schon so manche Ehe gescheitert.«

»Dann wäre unsere Ehe nicht sehr stabil, oder?«

»Versprich mir nur eins, Polly. Sollte es zum Schlimmsten kommen und die Gefahr drohen, daß ihr euer Heim verliert, dann sprich mit mir.«

»Ja, Großmama. Ich verspreche es«, sagte Polly und hielt den Blick starr aufs Bügelbrett gerichtet, damit Gertie ihre Tränen nicht sah.

»Meine Mutter zieht aus. Sie kehrt nach London zurück«, sagte Polly etwas später beiläufig, als sie die Kaffeetassen auf den Tisch stellte, wobei sie ein zufriedenes Grinsen nicht unterdrücken konnte.

»So, so! Und wie kam es dazu? Ich kann nicht sagen, daß es mir leid tut. Im Gegenteil, ich muß zugeben, das erfüllt mich mit großer Freude«, sagte Gertie strahlend.

»Du warst wundervoll, wie du dich in diesen Jahren mit ihr abgefunden hast. Ich weiß, es war nicht leicht für dich, denn es gibt Dinge, die du ihr nicht verzeihen kannst. Nie werde ich den Ausdruck auf deinem Gesicht vergessen, als ich dir an jenem Abend vor vier Jahren sagte, daß meine Mutter nach ihrer Entlassung aus dem Krankenhaus zu uns ziehen würde. Du hast nie Einwände dagegen erhoben.«

»Dies ist dein Haus, und sie ist deine Mutter. Deine Entscheidung hatte mit mir nichts zu tun. Und Francine gehört zur Familie, auch wenn ich das Gegenteil vorgezogen hätte.«

»Wie auch immer. Jedenfalls telefoniert sie jetzt mit der Maklerfirma Harrods. Mit mir will sie wohl nicht mehr sprechen.«

»Arme Polly, du hättest eine bessere Mutter verdient.«

Nachdem die beiden Frauen ihren Kaffee getrunken hatten, kehrte Polly an ihr Bügeleisen zurück, und Gertie beschäftigte sich mit ihrer Morgenlektüre, der *Times*.

Polly betrachtete ihre Großmutter voller Liebe. Die Probleme, die diese Frau in ihrem Leben hatte meistern müssen, hätten andere Frauen – vor allem jemanden wie Francine – zerstört. Früher hatte sie in Herrenhäusern mit Scharen von Dienstboten gelebt, war zusammen mit ihrem Mann in privaten Salonwagen gereist oder hatte Kreuzfahrten auf der eigenen Jacht unternommen. Der Krieg hatte ihr alles genommen. Gertie hatte lernen müssen, ohne Zofe auszukommen, hatte angefangen, selbst zu kochen und ihre Kleider zu nähen. Sie hatte zwei Söhne begraben, hatte zusehen müssen, wie ihre Häuser und Ländereien verkauft wurden und ihr Einkommen auf die Hälfte zusammenschrumpfte. Und trotzdem hatte Polly nie ein Wort der Klage von ihr gehört. Diese Frau, die prachtvolle Bälle und Dinner gegeben hatte, zu deren Bekannten und Freunden Staatsmänner, Schriftsteller, Maler und Mitglieder des Königshauses gezählt hatten, besaß die Größe, jetzt in Pollys Küche zu sitzen, Kaffee aus einem Becher zu trinken und einen zufriedenen Eindruck zu machen.

Gertie hatte zehn Minuten lang die Geburts-, Ehe- und

Todesanzeigen studiert und begann jetzt die Privatanzeigen durchzusehen, als sie plötzlich einen so lauten Schrei ausstieß, daß Polly vor Schreck ihr Bügeleisen fallen ließ.

»Großmama, was hast du?«

»Hör dir das an: ›Berühmtes elisabethanisches Herrenhaus in Cornwall bietet anspruchsvollen Gästen komfortable Unterkunft. Annehmbare Preise. Halb- oder Vollpension. Broschüre auf Anfrage. Schreiben Sie an Mrs. Whitaker, Gwenfer ...‹«

»Na«, sagte Gertie, nahm ihre Brille ab und legte sie auf den Tisch. »Was hältst du davon?«

»Ach, du meine Güte, was ist da nur passiert?«

»Es bedeutet, daß Alice kein Geld hat. Diese Anzeige ist Ausdruck schierer Verzweiflung. Wer nimmt schon Gäste in seinem Haus auf, außer er braucht dringend Geld?«

»Vielleicht ist sie einsam.«

»Niemals. Nicht Alice. Sie ist pleite.« Gertie dachte angestrengt nach.

»Juniper würde nie zulassen, daß Alice Gäste in *Gwenfer* einquartiert.«

»Vielleicht weiß sie nichts davon. Vielleicht hat sie ihr Vermögen verloren.«

»Nein, Juniper hatte zuviel Geld. Es ist unmöglich, ein derartiges Vermögen durchzubringen.«

»Geld zerrinnt in sorglosen Händen, meine liebe Polly. Juniper war immer sehr verschwenderisch und hat sich nie um ihre finanzielle Situation gekümmert. Sie war für jeden skrupellosen Ausbeuter ein willfähriges Opfer.« Gertie schüttelte den Kopf. »Aber das ist traurig. Meine arme liebe Freundin befindet sich in ernsten Schwierigkeiten.« Gertie sah unendlich traurig aus.

»Warum schreibst du ihr nicht, Großmama? Frag sie, ob alles in Ordnung ist.«

Gertie richtete sich kerzengerade auf. »Nein, das kann ich nicht. Sie hat mich auf unfaire Weise beschuldigt und beleidigt.«

»Seitdem sind doch Jahre vergangen. Könntest du deine Meinung nicht ändern?«

»Könntest du Juniper verzeihen?«

»Ohne weiteres. Schließlich wäre ich jetzt nicht mit Andrew verheiratet, wenn sie nicht getan hätte, was sie tat. Und du kennst Juniper. Sie handelt immer, ohne an die Konsequenzen zu denken – wie ein Kind.«

»Das hat Alice allerdings nicht getan. Vielleicht schicke ich ihr eine Weihnachtskarte. Dann sehen wir weiter.«

»Weihnachten ist doch erst in neun Monaten, Großmama!«

»So? Man soll nichts überstürzen«, sagte Gertie würdevoll, setzte ihre Brille wieder auf und las weiter ihre Zeitung. »Vielleicht könnten wir eine Broschüre anfordern – unter einem anderen Namen natürlich. Was hältst du davon?« Sie warf Polly einen verschwörerischen Blick zu.

## 4

Francines Abreise verzögerte sich um zwei Wochen. Ursprünglich hatte sie für den Tag ihrer Auseinandersetzung mit Polly einen dramatischen Abgang geplant. Doch ihre Pflegerin weigerte sich, sie nach London zu begleiten, und Clara kam erst drei Tage später aus dem Urlaub zurück. Durch die Wohnungsknappheit in London war auch nicht im Handumdrehen ein Apartment aufzutreiben, das Francines extravaganten Ansprüchen genügte. Zwei Wochen lang herrschte eine angespannte Atmosphäre in *Hurstwood*, der Umgangston wurde von eisiger Höflichkeit geprägt.

Diese Situation hätte noch ewig dauern können, hätte sich Andrew nicht an einen Schulfreund erinnert, dessen Mutter vor dem Krieg ein kleines Maklerbüro für die Vermietung von Luxusapartments besessen hatte. Wie sich herausstellte, existierte dieses Unternehmen immer noch, und in kürzester Zeit wurde eine passende Bleibe für Francine gefunden, die sie bewohnen würde, bis ihr ein geeignetes Apartment zum Kauf angeboten wurde.

Als Francines letzter Tag in *Hurstwood* anbrach, wurde der Abschied doch von leiser Wehmut überlagert. Auch Gertie konnte eine gewisse Rührung nicht verbergen, obwohl sie wußte, daß zwischen ihr und ihrer Schwiegertochter immer nur Feindschaft herrschen würde. Polly fühlte eine gewisse Trauer, die Trauer eines Kindes, das seine Eltern verliert. Andrew hatte Mitleid mit Polly, und merkwürdigerweise auch mit Francine, in der er plötzlich nur noch eine ziemlich klägliche, einsame Frau in mittleren Jahren sah.

Diese Emotionen dauerten jedoch nicht lange. Keiner der drei Zurückbleibenden hatte geahnt, was für einen destruktiven Einfluß Francines Gegenwart auf ihrer aller Leben gehabt hatte, bis sie nicht mehr da war. Praktisch über Nacht entspannte sich die Atmosphäre im Haus, und eine befreiende Erleichterung breitete sich aus.

Am folgenden Abend bereitete Polly ein Festessen vor, obwohl sie ein schlechtes Gewissen hatte, weil sie den Abschied von ihrer Mutter feierte.

»Wenn wir uns über Francines Fortgehen freuen, dann ist das allein ihre Schuld, Polly«, sagte Gertie beruhigend.

Andrew holte zur Feier des Tages ein paar Flaschen des besten Weins aus dem Keller. Gegen Mitternacht erklärte Gertie, etwas beschwipst zu sein, und machte sich leicht schwankend auf den Weg zu ihrem Schlafzimmer. Andrew und Polly saßen im Salon. Nur das Flackern des Kaminfeuers verbreitete trauliches Licht.

»Dieses alte Sofa müßte neu bezogen werden«, sagte Polly träge und strich mit der Hand über den verschlissenen Samt.

»O nein! Ich liebe es in seiner ganzen Schäbigkeit«, protestierte Andrew.

»Ich wünschte, du hättest meinen Vater gekannt. Ihr wärt sehr gut miteinander ausgekommen. Auch er ließ es nicht zu, daß etwas im Haus verändert wurde. Francine und er hatten gerade über dieses Sofa einen heftigen Streit.«

Andrew griff nach dem Weinglas. »Immer, wenn du von deinem Vater sprichst, leuchtet dein Gesicht. Er muß ein wundervoller Mann gewesen sein – das genaue Gegenteil von Francine. Wie konnten diese beiden so wenig zueinander passenden Menschen nur heiraten?«

»Gertie behauptet, Francine hätte ihn mit ihrer Schwangerschaft reingelegt. Aber ich glaube nicht, daß das die ganze Geschichte war. Mein Vater wurde im Krieg verwundet und hatte viele Freunde verloren. Es war eine Zeit des Umbruchs und der überstürzten Entscheidungen. Francine war in ihrer Jugend eine Schönheit.«

»Das ist sie noch, könnte sie nur ihr Alter akzeptieren. Arme Frau.«

»Aber mit ihrer Ehe ging bald alles schief. Wie mir erzählt wurde, hat Francine gleich nach meiner Geburt angefangen, einen ziemlich lockeren Lebenswandel zu führen. Meinen Vater hinderte der Stolz daran, seine Frau zu verlassen und seiner Familie einzugestehen, daß er einen Fehler begangen hatte, obwohl er enterbt wurde.«

»Haben sich er und Gertie je versöhnt? Sie spricht nie von ihm.«

»Ja, aber leider zu spät – einen Tag vor seinem Tod. Das hat Großmama bestimmt bitter bereut.«

Beide lehnten sich zurück, er in seinem bequemen Lehnsessel und sie auf dem Sofa. Zwischen ihnen herrschte das zufriedene Schweigen von Menschen, die sich gut kennen. Sie schauten verträumt in die Flammen. Polly fühlte sich zu wohl und zu träge, um ins Bett zu gehen.

»Liebling ...« sagte Andrew.

Polly sah ihn an. Worte waren überflüssig. Sie breitete nur die Arme aus.

Drei Tage nach Francines Abreise war Gertie zu ihrer Rundfahrt – wie sie es nannte – aufgebrochen. Zweimal im Jahr machte sie diese Reise, besuchte alte Freunde, blieb jedoch in den verschiedenen Häusern nie länger als drei Tage, um die Gastfreundschaft nicht überzustrapazieren.

Zum erstenmal seit vier Jahren waren Polly und Andrew allein im Haus. Die entspannte und von Frustrationen befreite Atmosphäre wirkte sich auch positiv auf ihr Liebesleben aus, und ihre Beziehung gewann an Intensität.

Als Gertie nach einem Monat zurückkam, verkündete ihr Polly strahlend, sie sei höchstwahrscheinlich schwanger.

»Sag kein Wort darüber zu Andrew. Ich möchte ihn nicht enttäuschen. Nächste Woche habe ich einen Termin beim Arzt. Dann erst will ich es ihm sagen.«

»Kein Wort«, sagte Gertie, nahm ihren Hut ab und lächelte Polly liebevoll an. »Wie sehr ich mich über diese Nachricht freue, Polly. Ihr beide habt es verdient, glücklich zu sein.«

Es gibt Augenblicke im Leben, in denen Worte überflüssig sind. Gertie und Polly standen in der Küche, umarmten sich innig und genossen diesen Augenblick des Ausdrucks der gegenseitigen Liebe.

Gertie trompetete in ihr Taschentuch, und Polly, die wußte,

wie sehr ihre Großmutter Gefühlsausbrüche haßte, wandte sich ab.

»Hast du etwas über Alice in Erfahrung gebracht?« fragte Polly forsch, um den peinlichen Moment zu überbrücken.

»Ach, du meine Güte, was für eine Katastrophe. Anscheinend hat Juniper ein Vermögen verloren.« Gertie setzte sich an den Küchentisch und sah plötzlich sehr müde aus.

»O nein!« Polly plumpste auf einen Stuhl.

»Nicht ihr ganzes Geld, aber eine Menge. Dieser gräßliche Lustknabe, Hal Copton – wer sonst – hat Juniper betrogen. Sie lebt jetzt in Griechenland, wahrscheinlich ist es dort billiger, und man kann von ein paar tausend Pfund wie eine Fürstin leben. Aber sie hat Alice zu wenig Geld dagelassen und ihr die Mine aufgebürdet.«

»Die Mine?«

»Juniper hatte die verrückte Idee, die Mine von *Gwenfer* wieder in Betrieb zu nehmen. Sie hat sogar Ingenieure aus Amerika kommen lassen. Kannst du dir das vorstellen? Na, diese Experten müssen natürlich bezahlt werden. Alice muß für die Rechnungen geradestehen, deswegen vermietet sie an Gäste.« Gertie blies mißbilligend die Wangen auf.

»Oh, Juniper«, stöhnte Polly aus tiefstem Herzen. »Wahrscheinlich wollte sie den Dorfbewohnern helfen. Ich höre sie förmlich: ›Was wird das für ein Spaß‹. Ich wette, das hat sie gesagt. Arme Alice, wie will sie das schaffen, dafür ist sie doch schon ...« Polly verstummte. Sie hätte beinahe »zu alt« gesagt. Alice und Gertie waren im selben Alter, und Gertie hätte es nicht gern gehört, als »alt« bezeichnet zu werden. Andere waren alt, aber sie nicht. »Hat sie denn eine Hilfe bei der Führung des ...« Polly wußte nicht, wie sie Alice' geschäftliches Unternehmen bezeichnen sollte.

»Gästehaus ist wohl die beste Bezeichnung.«

»Ich kann mir *Gwenfer* beim besten Willen nicht als Gästehaus vorstellen«, sagte Polly betrübt.

»Die Größe des Hauses ist irrelevant. Schließlich ist es kein
Hotel, oder?«

»Lebt Alice noch immer allein?«

»Soweit meine Freundin informiert ist, ja. Im Juni wird sie
eine Woche dort zu Gast sein. Danach erfahren wir mehr.«

»Ich liebe dich, Großmama. Mit all deinen Kontakten wärst
du eine wundervolle Spionin.«

»Ich kann vor Sorge um Alice kaum schlafen, Polly.«

»Dann schreib ihr doch endlich.«

»Hab ich schon getan«, antwortete Gertie niedergeschlagen. »Als ich bei Augusta Portley war, habe ich Alice geschrieben und ihr Glück für ihr Unternehmen gewünscht.
Außerdem habe ich ihr mitgeteilt, daß du und ich gerne
eines Tages als Gäste zu ihr kämen. Bisher habe ich keine
Antwort erhalten. Hier ist auch kein Brief von ihr angekommen, oder?«

»Leider nein. Nur die Post, die ich dir gegeben habe.«

»Wie könnte ich ihr nur helfen? Vielleicht sollte jemand
Juniper in Kenntnis setzen.« Gertie blickte Polly vielsagend
an.

»Aber ich weiß nicht, wo sich Juniper aufhält, Großmama.«

»Ich weiß es«, antwortete Gertie grinsend und kramte aus
ihrer geräumigen Handtasche einen Zettel hervor, auf dem
eine Adresse notiert war.

»Ich werd's mir überlegen.«

»Du sagtest doch, du hättest Juniper verziehen.«

»Aber das ist eine Einmischung in die Privatangelegenhei-
ten anderer. Ich bin mir nicht sicher, ob es uns etwas
angeht. Vielleicht haben sich Alice und Juniper zerstritten.«

»Die beiden? Das ist absoluter Blödsinn! Genausogut könnten wir beide uns zerstreiten – undenkbar«, protestierte Gertie entrüstet.

»Dasselbe habe ich von dir und Alice gedacht. Sieh nur, was an meinem Hochzeitstag passiert ist.« Polly lachte.

»Könnte ich nur die dumme Uhr zurückdrehen. Wäre es nur nicht so schwer, jemandem zu sagen, daß es einem leid tut – obwohl man im Recht ist, möchte ich hinzufügen.«

Polly schrieb nicht sofort an Juniper. Sie beschloß, bis zur Rückkehr von Gerties Freundin aus *Gwenfer* zu warten. Vielleicht erfuhren sie dann nähere Einzelheiten. Gertie war damit einverstanden.

Polly brachte es nicht fertig, Andrew ihre Vermutung zu verschweigen, daß sie schwanger war, und erzählte ihm am selben Abend davon. Andrew schien sich vor ihren Augen zu verwandeln. Er wirkte plötzlich größer, aufrechter, hielt den Kopf höher und war voller Stolz. Endlich würden sie eine richtige Familie sein.

Beim Dinner sagte Gertie plötzlich: »Ich habe euch beiden etwas mitzuteilen. Und ich wünsche nicht unterbrochen zu werden.«

Polly und Andrew hörten aufmerksam zu.

»Ich habe stets den Mut bewundert, mit dem ihr gegen eure finanziellen Schwierigkeiten angekämpft habt. Ich weiß, daß es dir unangenehm ist, darüber zu sprechen, Andrew, doch jetzt kommt eine weitere Verantwortung auf euch zu, und ihr könnt euch keine Empfindlichkeiten mehr leisten. Ich habe mit meinem Bankier in London gesprochen und zwölftausend Pfund bereitstellen lassen, die ihr jederzeit abrufen könnt.«

»Großmama, das ist ein Vermögen! Das können wir nicht annehmen«, protestierte Polly fassungslos.

»Natürlich könnt ihr, denn es ist kein Darlehen, sondern meine Beteiligung an eurer Hühnerzucht. Selbstverständlich bestehe ich auf einer Gewinnbeteiligung. Jetzt dürft ihr reden.«

»Nein!« sagten beide wie aus einem Mund.

»Und warum nicht?« Gertie richtete sich kerzengerade auf.

»Aus einem einfachen Grund, Lady Gertie«, antwortete Andrew. »Sollten wir Schiffbruch erleiden, wie soll ich Ihnen das Geld zurückzahlen?«

»Das erwarte ich nicht. Habe ich mich nicht klar genug ausgedrückt, Andrew?«

»Das mag jetzt Ihre Meinung sein, doch wenn das Geld weg ist, könnten Sie vielleicht anders darüber denken.«

»Unsinn! Ich ändere nie meine Meinung. Sobald das Geld auf eurem Konto ist, gehört es mir nicht mehr. Dann ist es weg, fort.« Gertie rieb ihre Hände aneinander, als würde sie Scheine wegwaschen.

»Aber es ist eine Menge Geld, Großmama.«

»Was soll ich denn damit anfangen? Ich bin jetzt sechsundsiebzig und beabsichtige nicht, ewig zu leben.« Sie lachte ihr dröhnendes Lachen. »Für den Rest meines Lebens habe ich noch genug Geld. Ich hätte dir mein Vermögen sowieso vererbt, Polly. Jetzt könnt ihr es doch viel besser gebrauchen, und ich kann an eurer Freude Anteil haben. Nun, Andrew, ich erwarte eine Antwort.«

»Dazu gibt es nicht viel zu sagen – außer danke, Lady Gertie.«

»Sehr zufriedenstellend.« Gertie lächelte strahlend. »Es mag zu dieser Abendstunde etwas unorthodox klingen, Andrew, aber wissen Sie, ich hätte jetzt gern einen von Junipers wundervollen Martinis – ich habe dieses Getränk stets als sehr anregend empfunden.«

Im Juli bekam Gertie einen Brief von ihrer Freundin, Prunella Smeeton, die eine Woche lang Gast in *Gwenfer* gewesen war. Sie war voll des Lobes für Alice, schilderte begeistert die Schönheit und den Komfort von *Gwenfer*, das ausgezeichnete Essen und die geruhsame Stille in dieser herrlichen Gegend. Alice hingegen habe auf sie einen sehr distanzierten Eindruck gemacht – ›als sei sie mit ihren Gedanken stets woanders‹ – drückte es Prunella aus. Juniper habe ihr Haus in Hampstead verkauft und ihre beiden alten Hunde in Alice' Obhut gegeben. Der Zustand des Herrenhauses und der den Gästen gebotene Komfort lasse nicht darauf schließen, daß Alice finanzielle Probleme habe.

»Das ergibt doch keinen Sinn«, sagte Gertie und steckte den Brief wieder in den Umschlag. »Wenn Alice keine Geldprobleme hat, warum beherbergt sie dann Fremde in ihrem Haus? Und was ist mit den Hunden? Mag Alice überhaupt Hunde – ich glaube, sie hatte nie einen eigenen. Wirklich, Juniper ist überaus verantwortungslos. Zuerst ihr Kind, dann ihre verflixten Hunde ... wenn sie etwas überdrüssig ist, schiebt sie die Verantwortung einfach anderen zu.«

»Ach, Großmama, du urteilst ein bißchen hart. Juniper hat wegen Harry sehr gelitten. Sie wollte ihm eine gute Mutter sein, hat es aber nicht geschafft. Hoffentlich bringe ich es fertig.«

»Unsinn! Du kannst dich nicht mit Juniper vergleichen. Das kleine Würmchen kann sich glücklich schätzen, dich zur Mutter zu bekommen, Polly.«

»Ich kann Juniper jetzt aber besser verstehen. Manchmal habe ich Angst vor der Verantwortung, für ein Kind sorgen zu müssen. Dabei bin ich schon fünfunddreißig, und Juniper war damals erst zwanzig, fast selbst noch ein Kind.«

»Du hast immer zuviel Verständnis für andere Menschen, Polly. Eine Toleranz, die über dein Alter hinausgeht.«

Polly war verlegen und sagte schnell: »Jetzt ist wohl der richtige Zeitpunkt, um Juniper zu schreiben, was meinst du?«

Es war nicht leicht, nach der langen Zeit ihrer Trennung – sie hatte Juniper zum letztenmal vor acht Jahren gesehen – einen Brief zu schreiben. Polly saß an ihrem Schreibtisch, kaute nachdenklich auf ihrem Füller herum und versuchte einen Anfang für die Schilderung der vielen Ereignisse zu finden, die ihr Leben seit damals verändert hatten. Andrew war wieder gesund, sie hatten am Rand eines Bankrotts gestanden, ihre Hühnerzucht florierte, und sie war schwanger – wichtige Ereignisse in ihrem Leben, aber wohl kaum von Interesse für Juniper.

Polly begann zu schreiben, nachdem sie beschlossen hatte, Juniper nur mitzuteilen, daß sie glücklich verheiratet und schwanger sei. Ausführlicher hingegen berichtete sie von Gerties Besorgnis um Alice.

Nachdem der Brief abgeschickt war, dachte Polly nicht weiter daran.

Gertie hatte im August Geburtstag und sich selbst mit einem Geschenk verwöhnt. Gegen ihre Angewohnheit machte sie darüber nur geheimnisvolle Andeutungen und kicherte oft unvermittelt, was gar nicht zu ihrem Charakter paßte.

An dem Tag, als das Geschenk in einem Lieferwagen eintraf, ruhte die Arbeit in *Hurstwood*. Gertie hatte einen Fernseher gekauft.

»Nächstes Jahr sollen die Krönungsfeierlichkeiten übertragen werden«, vertraute Gertie Polly hinter vorgehaltener

Hand an. »Dann ist in keinem Geschäft mehr ein Fernseher aufzutreiben. Also hielt ich es für klüger, jetzt einen zu kaufen. Was hältst du davon?« Sie standen auf der Freitreppe und sahen den Männern zu, die die Antenne installierten.

»Es ist ein wundervolles Gerät, Großmama.«

»Ja, diesen Luxus mußte ich mir einfach gönnen. Hast du gewußt, daß dies die erste Krönung in meinem Leben sein wird, an der ich nicht persönlich teilnehme?« fragte Gertie und marschierte ins Haus, um die Aufstellung des Geräts zu überwachen.

Von diesem Tag an war Gertie fernsehsüchtig. Sie sah sich alles an: Quizsendungen, Dokumentarfilme, Haushaltssendungen, das Kinderprogramm. Sie saß bis zum Sendeschluß wie angewurzelt in ihrem Sessel und beklagte sich, daß nicht den ganzen Tag gesendet wurde. Am Abend waren Andrew und Polly praktisch allein im Haus, denn Gertie ließ sich auch ihr Dinner im Zimmer servieren.

»Es wird ihr doch nicht schaden?« fragte Polly Andrew eines Abends besorgt.

»Aber nein. Das alte Mädchen hat wieder Freude am Leben«, antwortete er lachend.

Der Sommer verging, und Polly hatte noch immer keinen Brief von Juniper bekommen. Sie hatte auf einem alten Atlas ihres Vaters versucht, die Insel in der Ägäis zu finden, vergeblich. Wahrscheinlich war sie zu klein, um eingezeichnet zu sein. Vielleicht hatte ihr Brief Juniper beleidigt, was eine Erklärung für ihr Schweigen wäre. Polly hatte die Hoffnung beinahe aufgegeben, als im Oktober in dem Stapel Post, den ihr Andrew gab, ein Umschlag mit Junipers unverkennbarer Handschrift war. Aufgeregt und etwas ängstlich öffnete Polly den Umschlag.

Der Brief war typisch für Juniper, die mit ihrer ausladenden

Handschrift acht Seiten Luftpostpapier beschrieben hatte.
Polly konnte förmlich Juniper sprechen hören. Sie war
»überglücklich«, Pollys Brief erhalten zu haben. »Mann, so
etwas Schönes ist mir seit Jahren nicht passiert.« Die Glück-
wünsche fürs Baby nahmen eine ganze Seite ein, und sie
»hoffe, nein, bestehe darauf, daß ihr Andrew dessen Geburt
unverzüglich mitteile.« Die Beschreibung ihres »Paradie-
ses« nahm mehrere Seiten in Anspruch. Polly und Andrew
müßten sie unbedingt besuchen. Das Leben sei »wundervoll, glückselig, ein Freudentaumel, himmlisch.« Eine Menge Freunde haben bei ihr gewohnt, und alle hätten nach
Polly gefragt. »Bitte, antworte bald, bald, bald ...« An den
Rand gekritzelt stand: »Alice wisse ihre Besorgnis zu schätzen, es ginge ihr jedoch gut, sie sei gesund und glücklich.«
In dem Umschlag lagen Fotos, die Polly auf dem Tisch
ausbreitete. Gleich das erste ließ sie erstarren. Juniper stand
auf der Terrasse ihres Hauses, hatte ein Glas in der Hand
und ihren Arm um Jonathans Taille gelegt.
Polly studierte die anderen Fotos genau, entdeckte jedoch
Jonathan nicht unter den fröhlich lachenden Gesichtern.
Sie steckte das anstößige Foto in den Umschlag zurück und
ließ die anderen Aufnahmen, zusammen mit dem Brief für
Gertie und Andrew, auf dem Tisch liegen. Warum empfand
sie die Aufnahme mit Jonathan als kränkend? Was bedeutete es ihr, daß Jonathan wieder mit Juniper zusammen war?
Sein Leben ging sie nichts an. Es war ihr gleichgültig – war
es jedoch nicht.
Andrew und Gertie waren erstaunt, daß Polly Junipers Brief
nicht sofort beantwortete. Nach zwei Wochen gaben sie es
auf, danach zu fragen.

Anfang Februar 1953 setzten bei Polly endlich die Wehen
ein. Eigentlich hatte sie ihr Kind zu Hause bekommen

wollen, doch wegen ihres Alters war der Arzt dagegen gewesen. Also raste Andrew aufgeregt und mit knirschenden Gängen in die Entbindungsklinik nach Exeter.

Das Baby war ein Junge. Richard Andrew Frobisher Slater wurde er genannt.

Zwei Tage später kam Gertie zu Besuch. Sie steckte den Kopf zur Tür hinein und sah zu ihrer Bestürzung, daß Polly im Bett saß, das Baby im Arm, und herzzerreißend schluchzte.

»Liebste Polly! Was ist denn passiert? Stimmt etwas nicht mit dem Kind?« Gertie war mit ein paar Schritten an ihrem Bett.

»Großmama, sieh doch, oh, sieh nur ...« stammelte Polly schluchzend. »Schau dir sein Haar an.«

Gertie kramte ihre Brille heraus und prüfte gründlich den Kopf des Babys. Das Kind hatte feines, goldenes Haar, aber nicht mit dem Schimmer von blondem, sondern von rotem Haar.

»Mein Haar, Richards Haar«, sagte Gertie gerührt.

»Weißt du, was das bedeutet? Ich habe die ganze Zeit recht gehabt. Ich bin Richards Tochter. Du bist wirklich meine Großmutter.«

Gertie legte den Arm um Mutter und Kind. Jetzt weinte nicht nur Polly.

6

Das Jahr 1953 hatte recht glücklich begonnen. Gertie hatte darauf bestanden, ein Kindermädchen für Richard zu bezahlen, bis Polly wieder auf den Beinen war. Gertie war entsetzt, als Polly schon nach zehn Tagen aus dem Krankenhaus entlassen wurde. Ihrer Meinung nach brauchte eine

Frau mindestens drei Wochen Bettruhe, um sich vom Trauma einer Geburt zu erholen.

Richard gedieh prächtig und war ein zufriedenes Baby, bis das Kindermädchen nach einem Monat das Haus verließ. Das Taxi war noch keine Meile entfernt, da begann Richard zu schreien.

Es gab Tage, da war Polly krank vor Erschöpfung und wußte nicht, wie sie sich auf den Beinen halten sollte. Nach mehreren schlaflosen Nächten schlug sie vor, daß Andrew in einem anderen Zimmer schlafen sollte, bis sich das Baby beruhigt hatte, damit wenigstens er zur Ruhe kam. Das war ein Fehler. Innerhalb von drei Nächten bekam Andrew wieder derart schreckliche Alpträume, daß er Angst hatte, einzuschlafen. Er zog wieder ins gemeinsame Schlafzimmer, und die Mühe, Richard still zu halten, raubte ihr die letzte Kraft.

Sie liebte ihr Baby, und doch gab es Tage, da ärgerte Richard sie maßlos, und sie haßte sich für dieses widernatürliche Gefühl. Die wundervolle intime Beziehung, die zwischen ihr und Andrew entstanden war, wurde durch das nächtliche Schreien des Kindes zerstört.

Doch Gertie war ein Fels in der Brandung. Sie übernahm das Kochen, damit sich Polly wenigstens nicht darum zu kümmern brauchte. Und Gertie ging stundenlang mit dem Baby auf dem Arm umher, damit Polly ein paar Stunden schlafen konnte.

Das Haus wirkte allmählich, trotz der Anstrengungen von Mrs. Tyman, der Putzfrau, verwahrlost, und auch der Garten, den Polly mit so viel Mühe wieder kultiviert hatte, begann zu verwildern.

Vor der Ankunft des Babys hatte Polly viele Stunden damit zugebracht, von der Mutterschaft zu träumen, wie sie voll Liebe und Gelassenheit ihr Kind großziehen würde. Sie hatte sich und Andrew Hand in Hand vor der Wiege stehen und stolz ihr zufrieden glucksendes Kind betrachten sehen. Die Realität ließ sie an ihren Qualitäten als Mutter zweifeln. Andrew und Gertie versicherten ihr ununterbrochen, daß Richard nur eine Krise durchmache und das Schreien irgendwann aufhören würde. Polly war verzweifelt.

In ihrer Übermüdung und am Rande eines Nervenzusammenbruchs machte Polly eines Tages eine derart gefühllose Bemerkung zu Andrew, daß sie glaubte, er würde ihr nie verzeihen. Sie war zu ihm in den Hühnerstall gegangen, um ihn zu bitten, aus Ashburton ein Medikament mitzubringen.

Andrew war in einem der langen Schuppen. Der Lärm der gackernden Hühner war ohrenbetäubend, die Hitze unerträglich und der Gestank unausstehlich. Polly mochte diese Ställe nicht. Sie fühlte sich darin beengt und mußte stets gegen Platzangst ankämpfen. Andrew hingegen war verständlicherweise stolz auf seine erfolgreiche Hühnerzucht.

»Schläft Richard?« fragte Andrew, der gerade Futter verstreute.

»Ja, endlich. Jetzt sieht er aus wie ein kleiner Engel.« Polly lachte ironisch. Ohne ihren Widerwillen zu verbergen, schaute sie sich um und sagte: »Ich weiß nicht, wie du es stundenlang hier drin aushältst.«

»Es gefällt mir. Diese kleinen Ladies sind mir richtig ans Herz gewachsen«, sagte er lächelnd.

»Die Hühner hier einzupferchen ist unnatürlich und grausam. Die armen Dinger tun mir leid. Das ist ja wie in einem Konzentrationslager.« Kaum waren ihr diese Worte herausgerutscht, mußte sie sich zu ihrer Beschämung eingestehen, daß sie die Bemerkung vorsätzlich gemacht hatte. Auf irgendeine verdrehte Weise wollte sie Andrew für ihre Erschöpfung und ihr Versagen bestrafen.

Sein Blick jagte ihr einen eiskalten Schauder über den Rücken. Erst da wurde ihr bewußt, was sie getan hatte, und sie bereute ihre Worte. »Es tut mir leid, Andrew. Ich war gedankenlos.«

»Offensichtlich«, sagte er eisig, machte auf dem Absatz kehrt und ging durch die langen Reihen von Käfigen zum Ausgang. Polly lief ins Haus zurück, hastete die Treppe zu ihrem Schlafzimmer hinauf, knallte ohne Rücksicht auf das schlafende Kind die Tür hinter sich zu und warf sich schluchzend aufs Bett. Sie hörte nicht, daß Gertie hereinkam und sich auf die Bettkante setzte.

»Schon gut, wein dich aus.« Gertie streichelte ihr Haar. »Möchtest du mir sagen, was passiert ist?«

»Ich war gerade absolut gemein zu Andrew.«

»Er wird es verstehen. Du bist übermüdet.«

»Nein, das wird er mir nie verzeihen. Ich war grausam und wollte ihm absichtlich weh tun. Aber ich liebe ihn doch. Wie konnte ich das nur tun?«

»Sei still, Liebes.« Gertie streichelte weiter ihr Haar. »Polly, das alles ist einfach zuviel für dich. Du und Andrew, ihr seid zu stolz. Und dieser Stolz macht euch krank. Laßt mich eine Haushaltshilfe bezahlen.«

»Andere Frauen schaffen es. Warum ich nicht?«

»Nicht jede Mutter hat ein kleines Monster wie Richard. Wenn ich an die Schar von Kindermädchen, Dienstmädchen und Köchinnen denke, die wir hatten. Und du sollst die ganze Arbeit allein machen und obendrein eine liebende Ehefrau sein! Heutzutage wird von den Frauen viel mehr verlangt als zu meiner Zeit. Ich hätte diesen Druck nicht ausgehalten und wäre schon längst auf und davon.«

»Ach, Großmama, du bist so lieb. Du hättest durchgehalten. Außerdem waren deine Kinder keine schreienden Monster.« Polly lächelte schwach.

»Ich kenne ein junges Mädchen aus dem Dorf, das dir im Haushalt helfen könnte. Und ich habe mit Mrs. Tyman gesprochen. Sie arbeitet gern jeden Morgen eine zusätzliche Stunde.«

»Das wäre wundervoll.« Polly sah ihre Großmutter aus geröteten Augen an und war zu erschöpft, um zu widersprechen.

»Also, abgemacht.«

Und Andrew verzieh ihr. An diesem Abend entschuldigte sich Polly und gestand ihm, daß sie ihn hatte vorsätzlich verletzen wollen. Zu ihrer Beschämung nahm er sie in die Arme, küßte sie und sagte ihr, daß er sie liebe.

Kaum hatte das junge Mädchen ihre Sachen ausgepackt, da hörte Richard auf zu schreien. Lächelnd und zufrieden glucksend lag er in seinem Bettchen. Das Trauma war zu Ende, und endlich konnte Polly ihr Baby lieben, wie sie es sich immer vorgestellt hatte.

Doch dann wurde Gertie im Mai zum erstenmal in ihrem Leben krank. Der Arzt diagnostizierte Übermüdung und verordnete absolute Bettruhe. Ihre leichte Erkältung entwickelte sich zu einer Bronchitis, und dann kam eine Lungenentzündung hinzu. Polly beobachtete verzweifelt, wie sich der Gesundheitszustand ihrer Großmutter von Tag zu Tag verschlechterte. Sie schien vor ihren Augen zu schrumpfen und fiel schließlich ins Koma. Polly mußte sich mit der schrecklichen Tatsache abfinden, daß Gertie im Sterben lag.

Der Arzt beantwortete Pollys Fragen nach einer eindeutigen Prognose ebenso ausweichend wie die Krankenschwester, die ihre Großmutter betreute. Die Tatsache, daß Gertie nicht in ein Krankenhaus gebracht wurde, ließ Polly das Schlimmste befürchten. Jede Nacht saß sie an Gerties Bett und hielt ihre Hand.

»Liebling, du mußt schlafen, sonst wirst du krank. Ich bleibe bei ihr«, sagte Andrew.

»Ich kann Großmama nicht verlassen. Sie weiß bestimmt, daß ich da bin. Wenn sie die Augen aufschlägt, muß ich bei ihr sein.«

Polly pflegte ihre Großmutter nächtelang, achtete auf die Sauerstoffzufuhr im Zelt, hielt sie warm, fühlte ihr den Puls, wie die Krankenschwester es ihr gezeigt hatte. Zwischendurch nickte sie in dem Sessel neben dem Bett ein, hielt Gerties Hand und schreckte bei der leisesten Bewegung auf.

Der Arzt hatte jede Hoffnung auf Besserung aufgegeben und machte eines Abends, als er sich über Gertie beugte, eine entsprechende Bemerkung zur Krankenschwester. Gertie, die im tiefen Koma lag, hörte jedes Wort und kämpfte – wütend über diese defätistische Äußerung – um ihr Leben.

Vierzehn Tage später öffnete Gertie die Augen, fragte, wie es dem Baby ginge, und fiel in einen unruhigen Schlaf. Die Gefahr war vorbei.

Polly und Andrew überredeten sie, zusammen mit ihrer Pflegerin vierzehn Tage in ein Sanatorium in Bournemouth zu gehen, um sich von ihrer schweren Krankheit zu erholen. Eine Woche später war sie wieder zurück. Die Rekonvaleszenten wären »alt«, beklagte sie sich, und langweilig – erzählte sie. Zu Hause gehe es ihr am besten, verkündete sie, und machte es sich in ihrem Lieblingssessel vor dem Fernseher bequem.

Die Königin wurde gekrönt. Polly hatte gut zwanzig Leute aus dem Dorf zur Fernsehübertragung der feierlichen Zeremonie eingeladen. Der Fernseher war im Salon aufgestellt und Stühle, Sessel und Sofas davor aufgereiht worden. Gertie saß, in eine Decke gehüllt, in der ersten Reihe und kommentierte die Geschehnisse auf dem Bildnis kritisch. Polly servierte ihr und ihren Gästen Appetithappen und Champagner.

Im August kehrten die beiden jungen Männer, die für Andrew gearbeitet hatten, aus dem Koreakrieg zurück. Polly und Andrew gaben in der großen Scheune eine Willkommensparty für sie.

Es war ein herrlich warmer Sommerabend, und die Feier verlief harmonisch. Es gab keinen Streit, niemand betrank sich, und Alt und Jung tanzte zur Musik der kleinen Dorfkapelle.

»Mr. Slater. Schauen Sie!« Ein Kind aus dem Dorf zerrte Andrew am Ärmel zum Scheunentor. Der Himmel über den Bäumen war glutrot.

»Holt die Feuerwehr«, schrie Andrew und rannte zum Brandherd. Die anderen folgten ihm mit Wassereimern und Besen.

Sie kamen zu spät. Beide Hühnerställe brannten lichterloh. Es war nichts mehr zu retten. Andrew sank zu Boden und vergrub sein Gesicht in den Händen.

So fand ihn Polly.

»Ach, mein armer Liebling – die ganze harte Arbeit war umsonst. Aber wir fangen wieder von vorn an.« Sie kniete neben ihm im Gras. Andrew wandte das Gesicht ab. »Es war ein Unfall. Die Versicherung wird den Schaden bezahlen ...«

Und dann sah Andrew sie an, und der verzweifelte Ausdruck in seinen Augen sagte ihr, daß es keine Versicherung gab.

Polly stand auf. Die Hitze versengte ihre Haut. Blicklos starrte sie in die Flammen, die sie in den Ruin trieben.

# DRITTER TEIL

DRITTER TEIL

# SECHSTES KAPITEL

## 1

Der Nieselregen glitzerte im Licht der Straßenlaternen. Trotz des schlechten Wetters trödelte das junge Mädchen auf dem Weg durch den Park. Es schien keine Eile zu haben, nach Hause zu kommen.

Das Mädchen marschierte mit gesenktem Kopf über das matschige Laub. Die Gestalt mit dem gekrümmten Rücken in dem übergroßen Regenmantel, unter dem blaubestrumpfte Beine in knöchelhohen Stiefeln hervorschauten, hätte eine Frau sein können. Nur die Schultasche, die es fest gegen die Brust drückte, verriet, daß es eine Schülerin war.

Die Schülerin blieb unter einer Parklaterne stehen, klemmte sich die Tasche zwischen die Knie, nahm die Brille ab und wischte sie mit einem Taschentuch trocken. Dann spähte sie durch die runden Gläser, die von einem Drahtgestell umrahmt waren, in Richtung Parkausgang. Diese Brille war das häßlichste Modell im Angebot der Krankenkasse, und deswegen hatte sie es gewählt.

Eine Haarsträhne rutschte unter dem Hut hervor. Sie nahm ihn ab, löste das Haarband und faßte ihr langes, fast weißblondes Haar zu einem straffen Pferdeschwanz zusammen. Dann setzte sie den Hut wieder auf und marschierte entschlossen auf den Parkausgang zu, wandte sich dort nach links und erstarrte. Zehn Meter entfernt stand eine Gruppe junger Leute unter einer Straßenlaterne. Ein paar hatten Fahrräder dabei, andere saßen auf der Parkmauer.

Die Schülerin machte auf dem Absatz kehrt, hastete in den

Park zurück und überquerte den nassen Rasen unter den tropfenden Bäumen. In fünf Minuten würde der Parkwächter auch das Seitentor zusperren.

Nur die Parkmauer trennte das Mädchen von der Gruppe, die jetzt zu johlen begann: »Komm raus, Annie. Laß dich anschauen.«

»Warum kommst du nicht zu uns?«

»Was haben wir dir getan?«

»Eingebildete Kuh ...«

»Annie Budd ...«

Annie fing an zu laufen, bis sie die Stimmen ihrer Peiniger nicht mehr hörte. Schließlich blieb sie stehen und rang keuchend nach Luft. Dann zwang sie sich, ruhig weiterzugehen.

Wie unfair, mich am Parkausgang abzupassen, dachte sie. Jeden Tag mußte sie einen anderen Weg wählen, um den Mädchen vom Lyzeum auszuweichen, die sich mit Schülern vom Gymnasium trafen und deren liebster Zeitvertreib es war, Annie einzuschüchtern.

War das Wetter schön, machte ihr der lange Umweg durch den Park nichts aus, denn sie hatte es nie eilig, nach Hause zu kommen. Annie bezweifelte, ob irgend jemand verstehen würde, wie sehr sie litt, wenn sie an diesen Jungen vorbeigehen mußte, die anzüglichen Bemerkungen hörte, die Blicke fühlte, die sich förmlich in ihre Haut brannten. Dann glühte ihr ganzer Körper vor Scham.

Annie hüllte sich enger in ihren Regenmantel und stapfte weiter durch den Regen. In gewisser Weise zog sie Herbst und Winter dem Frühjahr und Sommer vor. Mit Beginn des Frühlings ordnete die Schuldirektorin an, die Winter- gegen die Sommeruniform auszuwechseln. In dem cremefarbenen Kleid aus leichtem Stoff konnte Annie ihre Figur nicht verstecken, die bereits sehr weiblich war.

Annie betrachtete es als Unglück, von der Natur mit schmalen Hüften, einer schlanken Taille und wohlgeformten Brüsten ausgestattet worden zu sein. Auch ihr Gesicht war ohne die häßliche Brille hübsch. Sie hatte alles getan, um unansehnlich auszusehen. Im Herbst und Winter konnte sie sich in Kleidern verstecken. Sie aß Cremetörtchen und jede Menge Schokolade, in der Hoffnung, Pickel zu bekommen und dick zu werden. Aber ihr Teint blieb makellos und ihr Gewicht unverändert. Wäre sie dick und häßlich gewesen, hätte kein Junge auch nur einen Blick an sie verschwendet. Annie hatte Angst vor Männern, ganz gleich welchen Alters oder welcher Hautfarbe. Manchmal wünschte sie sich, sie könnte Männer hassen, doch eine vage, mittlerweile verschwommene Erinnerung hinderte sie daran. Es hatte einmal einen freundlichen, sanften Mann mit Bart gegeben, der sie zeichnen lehrte und nach Farbe roch. Sie konnte sich nicht mehr an seinen Namen erinnern, aber er gehörte zu *Gwenfer*. Alle ihre Erinnerungen hatten etwas mit *Gwenfer* zu tun.

Annie hörte hinter sich das Surren eines Fahrrades und trat beiseite.

»Du heißt Annie, nicht wahr? Annie Budd?«

Das Fahrrad hielt, und ein hochgewachsener Junge versperrte ihr den Weg. Die Schulmütze saß schief auf seinem Kopf.

Annie antwortete nicht, sondern lief übers Gras um das Fahrrad herum. Er folgte ihr. Sie beschleunigte ihre Schritte.

»Komm schon, Annie. Red mit mir. Ich tu dir nichts. Warum bist du so schüchtern?«

Annie lief blindlings zum Parktor. Das Fahrrad schoß an ihr vorbei und verschwand in der Dunkelheit. Annie ließ vor Erleichterung die Schultern sinken und eilte zum Tor.

Der Parkwächter wartete bereits auf sie.

»Das war knapp, kleine Miss. Du solltest nicht so herumtrödeln.«

»Nein. Tut mir leid.«

»Glücklicherweise hat mir der junge Mann gesagt, daß du noch im Park bist. Sonst hätte ich dich eingesperrt.«

»Was für ein junger Mann?« fragte Annie und blickte sich ängstlich um.

»Ich, wer sonst. Der kleine Sir Walter, das bin ich.« Der Junge grinste sie an. Annie wandte sich ab und eilte über den Bürgersteig. Wieder versperrte ihr das Fahrrad den Weg.

»Hör mal, Annie. Ich weiß, daß die Jungs dich hänseln. Das tut mir leid. Glaub mir, ich habe nie bei ihren Witzen mitgemacht. Ich möchte mich mit dir anfreunden.«

Annie drehte ihm ihr Gesicht fast unmerklich zu.

»Komm schon ... ich beiß dich nicht.« Er lachte und hielt ihr seine Hand hin. Sie hob den Kopf so weit, daß sie die Hand sehen konnte. Er hatte lange Finger und saubere Nägel. Die Nägel fielen ihr sofort auf. Das Licht der Straßenlaterne ließ die Regentropfen auf seiner Hand glitzern.

»Darf ich dich ein Stück begleiten?« Er hielt ihr noch immer die Hand hin, so vorsichtig wie einem scheuen Tier. Sie wich zurück. »Ich möchte nur dein Freund sein.«

Jetzt hob sie den Kopf und sah ihn an. Er hatte ein intelligentes Gesicht, braune Augen voller Humor, und um seine Lippen lag ein freundliches Lächeln.

»Ich heiße Chris.« Er drehte sein Fahrrad um, legte die Hand auf den Lenker und schob es neben sich her. »Ich begleite dich bis zur Hauptstraße. Einverstanden?«

Sie nickte widerstrebend. Er war einer aus der Gruppe am Parktor gewesen, davon war sie überzeugt. Vielleicht tat ihm sein Benehmen leid, und er wollte sich wirklich mit ihr anfreunden. Bei dem Gedanken, einen männlichen Freund zu haben, überlief sie ein Zittern.

»Ist dir kalt?« fragte er. »Ein richtiger Sir Walter hätte jetzt natürlich einen Mantel, den er dir über die Schultern legen würde, nicht wahr?« Er grinste wieder.

»Ich glaube schon.«

Chris machte einen Luftsprung. »Erfolg. Sie spricht!« schrie er. »In welchen Fächern machst du Abitur?«

»In Englisch, Geschichte und Kunst.«

»Willst du studieren?«

»Ich möchte gern auf die Kunstschule gehen.«

»Ich möchte Arzt werden – Chemie, Physik und Mathe.«

»Ein schwieriges Studium.«

»Ich fürchte mich nicht davor – weil ich brillant bin.«

»Ah, ich verstehe«, sagte sie leise, voller Bewunderung über soviel Selbstvertrauen.

»So, da wären wir. Treffen wir uns morgen wieder?« Sie nickte. Er strampelte auf seinem Fahrrad davon, und sie sah das Rücklicht im Regen verschwinden. Zu ihrem Erstaunen fühlte sie sich plötzlich einsam und fragte sich, warum das so war.

Fünfzehn Minuten später schloß Annie völlig durchnäßt die Haustür auf.

»Ich bin's nur«, rief sie in Richtung Küche, zog ihren Regenmantel aus und hängte ihn an die Garderobe im Flur, unter der Zeitungen lagen, um die Tropfen aufzufangen. Normalerweise ging sie direkt in ihr Zimmer, doch heute rief Annies Stiefmutter aus der Küche: »Schreckliches Wetter, nicht wahr? Komm herein und trink eine Tasse Tee mit mir.«

»Ich habe viel Hausaufgaben . . .« wandte Annie ein.

»Unsinn. Du hast doch sicher Zeit für eine Tasse Tee, oder? Die Lehrer heutzutage stellen viel zu hohe Anforderungen an euch, finde ich.« Doris eilte geschäftig in der Küche umher.

Annie interessierte sich nicht für Doris' Meinung. Ihre Stiefmutter war eine freundliche und gute Frau, aber nicht sehr intelligent. Annie wußte, daß sich Doris gern mit ihr angefreundet hätte, aber es mangelte ihnen einfach an Gesprächsstoff. Und Annie bemühte sich seit sechs Jahren vergeblich, Zuneigung für ihre Stiefmutter zu entwickeln.

Doris war eine gute Stiefmutter, ganz anders als die Ungeheuer in den Märchen. Nie hatte sie Annie angeschrien, noch die Hand gegen sie erhoben. Doris behandelte das Mädchen wie eine Mutter. Aber das war gerade der Kern des Problems: Doris war nicht Annies Mutter und konnte sie nicht ersetzen.

Die beiden saßen am Küchentisch, tranken Tee und aßen Obstkuchen. Während Doris munter über irgendein lustiges Erlebnis an ihrer Arbeitsstelle erzählte, dachte Annie über ihre Stiefmutter nach, die kaum zwölf Jahre älter als sie selbst war. Schon ihre erste Begegnung mit Doris war eine Katastrophe gewesen. Damals hatte Annie mit ihrem Vater noch bei dessen Mutter und Schwester, Joy, gewohnt. Annies Großmutter hatte darauf bestanden, zum elften Geburtstag ihrer Enkelin eine Geburtstagsparty zu geben, wogegen sich Annie vergeblich gesträubt hatte. Oma Budd und Tante Joy hatten für die erwarteten Gäste – Annie sollte sechs Freundinnen einladen – den ganzen Tag Kuchen gebacken und am Morgen des Geburtstags Sandwiches hergerichtet.

Es wurde vier Uhr nachmittags, und niemand kam. Um fünf saß die Familie trübselig vor dem Berg Sandwiches und Kuchen.

»Wo bleiben sie nur?« fragte Oma Budd zum x-ten Mal und schaute auf die Uhr.

»Ich habe niemanden eingeladen, Oma«, gestand Annie schließlich.

»Was?« Ihre Großmutter stand so abrupt auf, daß der Stuhl umfiel.

»Ich habe dir gesagt, daß ich keine Geburtstagsparty will«, sagte Annie gleichgültig.

»Du undankbares Gör!« Tante Joy lehnte sich über den Tisch. »Eine Tracht Prügel sollte man dir verpassen. Du bist verzogen und unausstehlich.«

Annie schaute ihre Tante, eine stämmige und verbitterte Frau, an, deren einzige Sehnsucht, einen Mann zu ergattern, nicht in Erfüllung gegangen war.

»Ich hab's euch gesagt. Noch gestern wollte ich euch davon abhalten, irgendwelche Vorbereitungen zu treffen. Ihr habt einfach nicht auf mich gehört.« Obwohl Annie erst elf war, sprach sie zu den beiden Frauen wie zu zwei Kindern.

»Wofür hältst du dich eigentlich? In was für einem Ton redest du mir?« geiferte Tante Joy jetzt.

»Hallo, alle miteinander. Wir wollen mitfeiern.« In der Tür stand Annies Vater mit einer hübschen, wasserstoffblonden Frau. »Wo sind die Gäste?« fragte Stan.

»Es gibt keine Party. Das kleine Miststück hat niemanden eingeladen.«

»Was soll das denn, Annie? Warum hast du das getan?«

»Ich mag keine Partys. Und ich habe keine Freundinnen.«

»Natürlich hat ein hübsches kleines Mädchen wie du Freundinnen.« Stan Budd näherte sich Annie, die zurückwich. »Komm her, Prinzessin. Ich habe dir eine Freundin mitgebracht.« Er streckte die Hand nach der jungen Frau aus, die kichernd herantrippelte. »Das ist deine Tante Doris.«

»Hallo, Annie.«

»Hallo«, antwortete Annie und stand verlegen, mit herabhängenden Armen da.

»Gib Tante Doris einen Kuß.« Ihr Vater gab ihr einen leichten Schubs in den Rücken. »Na, geh schon. Küß sie.«

»Ich möchte nicht.« Annie blieb stocksteif stehen und ballte die Fäuste.

»Was bist du nur für ein mürrisches Ding, und das an deinem Geburtstag. Tut mir leid, Doris, mein Mädchen.«

»Das macht nichts, Stan. Wir werden uns schon noch anfreunden«, sagte Doris und kicherte kindisch, wobei sie hinter rot angemalten Lippen nikotinverfärbte Zähne zeigte.

Oma Budd kümmerte sich jetzt geschäftig um den Gast. »Setzen Sie sich. Joy, stell den Wasserkessel auf. Und du, Miss, gehst auf dein Zimmer, bis sich deine Laune gebessert hat.«

Annie ging nicht in ihr Zimmer. Sie setzte sich auf die Treppe und lauschte der Unterhaltung im Wohnzimmer, was sie oft tat.

»Nun, Mum, Doris und ich werden heiraten und suchen deshalb eine eigene Wohnung . . .«

»Ihr könnt doch hier wohnen, es ist Platz genug für alle«, protestierte Oma Budd. Annie hörte gleichgültig zu. Es spielte keine Rolle, wo sie wohnen würde.

»Dein kleines Mädchen scheint ein bißchen schüchtern zu sein, Stan.«

»Annie hat den Tod ihrer Mutter nie überwunden, Doris«, sagte Stan in dem kummervollen Ton, den er sich für dieses Thema vorbehielt.

»Unsinn, Stan! Sie erwähnt nicht einmal den Namen ihrer Mutter. Sie ist eingebildet und rümpft die Nase über uns. Clapham ist ihr nicht gut genug. Deswegen hält sie es nicht für nötig, mit uns zu reden«, warf Joy hämisch ein.

»Armes kleines Ding.« Doris war über die Verbitterung in Joys Stimme schockiert.

»Annie ist hochnäsig«, geiferte Joy weiter. »Während des Krieges wurde sie aufs Land evakuiert und hat dort in einem herrschaftlichen Haus gelebt. Das hat sie verdorben.«

»Ach, Joy, sei nicht zu hart mit dem Kind. Hör nicht auf sie, Doris. Meine Annie ist das süßeste Kind auf Erden. Sie ist das Licht meines Lebens.«

»Diese Frau, bei der Annie gelebt hat, schreibt noch immer. Ich habe Stan immer wieder gesagt, das muß aufhören. Sie wollte Annie sogar adoptieren, wäre Stan nicht aus dem Krieg zurückgekommen. Warum läßt sie Annie nicht in Ruhe? Sie hat eine eigene Familie.«

»Wenn wir hier wegziehen, hört der Briefwechsel sowieso auf. Dann kann Mum die Briefe wegwerfen«, sagte Stan.

Annie stand auf und ging in ihr Zimmer. Auch wenn sie keine Briefe mehr von Alice bekam, konnte niemand sie davon abhalten, ihr weiter zu schreiben.

»Was hältst du davon?« Doris' lachende Stimme drang in Annies Gedanken. Annie zuckte zusammen und fragte sich, warum sie auch nach so langer Zeit diese Erinnerungen nicht losließen.

»Sehr lustig«, sagte Annie vage.

»Da kommt dein Dad, und ich habe noch nicht einmal angefangen, das Abendessen zu kochen.« Doris sprang auf und schüttete ein paar Kartoffeln ins Spülbecken. »Wir sind hier drin, Lieber«, rief sie.

Stan Budd kam in die Küche. »Mein Gott, was für ein scheußliches Wetter«, klagte er.

Annie stand auf und wollte sich an ihm vorbei zur Tür schlängeln.

»Wohin gehst du?« fragte er.

»Ich muß noch Hausaufgaben machen.«

»Ach, ich verstehe. Laß dir von deinem Dad einen Kuß

geben.« Er beugte sich vor, und sie wandte den Kopf leicht ab. Er küßte ihre Wange. Annie drängte sich an ihm vorbei, und als sie die Tür von außen zumachte, lehnte sie sich zitternd dagegen. Heftig rieb sie die Stelle auf ihrer Wange, wo er sie geküßt hatte.

## 2

Annie schlief in dieser Nacht schlecht und konnte sich am nächsten Tag nicht auf den Unterricht konzentrieren. Sie war verwirrt. Ihre Gedanken kreisten ausschließlich um Chris. Dieses Interesse an einem Menschen war eine neue Erfahrung für sie, und daß es sich dabei um einen Jungen handelte, grenzte an ein Wunder.

Während ihres Nachhausewegs durch den Park hielt sie ständig verstohlen nach ihm Ausschau. Mit gesenktem Kopf trödelte sie dahin, denn sie hatte Angst, ihn zu verpassen. Da sah sie sein Fahrrad, das am Musikpavillon lehnte. Ihre Schüchternheit hinderte sie daran, stehenzubleiben, um auf ihn zu warten. Widerstrebend schlenderte sie weiter in Richtung Seitentor.

»Annie!«

Sie drehte sich um. Er radelte heran und rief keuchend: »Ich dachte, ich hätte dich verpaßt.«

»Ich habe dein Fahrrad gesehen«, antwortete sie schüchtern.

»Ach, wirklich?« Er umkreiste sie, lenkte nur mit einer Hand und schob sich mit der anderen die Mütze aus der Stirn. »Warum hast du mich nicht gesucht?« fragte er frech.

»Ich hatte keine Lust«, entgegnete sie und war wütend, weil sie errötete. Bestimmt bin ich das einzige Mädchen aus meiner Klasse, das errötet, wenn es mit einem Jungen spricht, dachte sie.

»Magst du dich eine Weile mit mir auf die Bank dort drüben setzen? Ich möchte mich gern mit dir unterhalten.«

»Das Tor wird doch bald geschlossen. Haben wir denn Zeit?«

»Jede Menge. Ich kenne einen Geheimweg, durch den wir rauskönnen, wenn das Tor zu ist.«

»Na gut«, antwortete sie unsicher und folgte ihm zu der Parkbank. Er war vom Rad gesprungen und wedelte mit übertriebenen Gesten mit seiner Mütze über die Sitzbank. »Ein Platz für die Königin.«

Annie setzte sich kichernd, rutschte jedoch so weit wie möglich von ihm fort.

Zuerst wußte sie nicht, was sie ihm sagen wollte. Sie suchte verzweifelt nach Themen, die ihn interessieren könnten. Sie war verwirrt und wünschte sich, er möge bleiben, und gleichzeitig, er möge gehen.

Zehn Minuten später hatte Annie ihre Schüchternheit überwunden. Voller Erstaunen stellte sie fest, wie viele gemeinsame Interessen und Vorlieben sie hatten. Noch nie war sie einem Menschen begegnet, mit dem sie hätte stundenlang reden können. Es war ein aufregendes Gefühl zu entdecken, daß jemand so dachte wie sie.

Er mochte dieselben Dichter, dieselben Künstler. In seinem Schlafzimmer hing ein Toulouse-Lautrec-Poster, und er mochte auch van Gogh nicht besonders. Ihm hatte *Brighton Rock* gefallen, und er haßte Jimmy Young ... die Liste war endlos.

»Was hältst du von Stan Kenton?« fragte er.

»Tut mir leid, den kenne ich nicht«, mußte sie verlegen zugeben.

»Dann mußt du mal zu mir kommen und dir meine Schallplatten von ihm anhören.«

»Gern«, sagte sie und konnte vor Aufregung kaum atmen. Die Glocke des Parkwächters hatte schon vor fünfzehn Minuten das Schließen der Tore angekündigt.

»Ich muß jetzt gehen«, sagte er schließlich zu ihrer Enttäuschung und führte sie über den Geheimweg zur Straße. »Bis Montag«, rief er ihr noch zu, und als das Rücklicht seines Fahrrads in der Dunkelheit verschwand, wurde sie wieder von Verzweiflung überwältigt.

Annie freute sich, das Haus leer vorzufinden. Sie hatte ganz vergessen, daß Freitag war. An diesem Tag fuhr Doris immer zum Tee zu ihrer Schwester nach Rochester.

Annie kochte sich Tee, stellte Kanne und Tasse zusammen mit ihren Lieblingskeksen auf ein Tablett und trug es in ihr Zimmer. Dort legte sie ihre neueste Platte – ein Beethoven-Konzert von Yehudi Menuhin gespielt – auf, setzte sich aufs Bett und dachte an Chris.

Nie hätte sie gedacht, daß ihr – mit ihrer Angst vor Männern – das passieren würde. Und jetzt sitze ich hier und träume wie die anderen Mädchen in meiner Klasse von einem Jungen, dachte Annie erstaunt. Mit Entsetzen hatte sie stets zugehört, wenn die Mädchen kichernd und errötend von *der* Sache sprachen, die ihr Leben vergällt hatte ... Annie bedeckte ihr Gesicht mit den Händen. Nein, mit Chris war es etwas anderes. Er war ein Freund, ein Seelenverwandter, ein Freund im Geiste – mehr nicht, niemals.

Annie schaute sich in ihrem Zimmer um. Und wenn ich Chris zu mir einlade? dachte sie. Das Zimmer war hübsch eingerichtet, und ihr mangelte es an nichts, dafür hatte ihr Vater gesorgt. Obwohl er nicht viel verdiente, wurde ihr Zimmer jedes Jahr neu tapeziert, die Vorhänge passend zum Tapetenmuster ausgewechselt. Ihr Vater hatte keine Kosten gescheut, moderne Möbel anzuschaffen, der Schreibtisch hätte auch in ein elegantes Büro gepaßt, und ihr Schrank war vollgestopft mit Kleidern, die sie selten trug. Die Regale waren voller Bücher, und ihre Schallplattensammlung konnte sich sehen lassen. Stan las seiner Tochter jeden Wunsch von den Augen ab.

Nie hatte jemand ihr Zimmer gesehen. Chris würde der erste sein, der ihr Reich betrat. Sie hatte keine Freundinnen und wagte niemanden zu sich nach Hause einzuladen.

Annie drehte die Platte um, setzte sich wieder aufs Bett und drückte ihren großen, mißgestalteten Teddybären an sich und dachte voll Sehnsucht an Alice und *Gwenfer*. Immer, wenn es in ihrem Leben wichtige Ereignisse gab, die sie mit jemandem besprechen wollte, dachte sie an Alice.

Es gab Tage, da wurde ihre Sehnsucht nach Alice und der Geborgenheit auf *Gwenfer* beinahe unerträglich. Annie hatte gehofft, daß dieses Gefühl im Verlauf der Jahre nachlassen würde, aber es schien nur stärker zu werden. Mit neun hatte sie *Gwenfer* verlassen müssen, und an diesem Tag war ihre unbeschwerte und glückliche Kindheit zu Ende gegangen. Ein Fremder, ihr Vater, hatte sie abgeholt – ein gutaussehender Mann, dessen blaue Augen freundlich blickten. Er hatte seine kleine Tochter in die Arme genommen, ihr Gesicht mit Küssen bedeckt und das sich verzweifelt wehrende Kind, das *Gwenfer* nicht verlassen wollte, mit nach London genommen. Annie konnte sich noch gut an die lange Zugfahrt neben dem Fremden in Uniform erinnern, den die Tränen des Kindes bald verärgerten. Schließlich saß Annie stumm da, hatte den Daumen im Mund und zog sich völlig in sich selbst zurück, wie sie es nach dem Tod ihrer Mutter getan hatte.

In dieser Nacht schlief sie in einem fremden Bett in einem fremden Zimmer in einem Haus, das sie nicht kannte und voller Fremder war, die behaupteten, sie zu kennen und zu mögen. Ständig wurde sie geküßt, es wurde staunend erörtert, wie groß sie geworden sei, und alle versuchten, sie zum Reden zu bringen. Später hatte sie in der Dunkelheit gelegen, auf die ungewohnten Geräusche der Stadt gelauscht und sich gefragt, was Alice jetzt wohl dachte, ob sie sie vermißte, und hatte gemerkt, daß die Leintücher nicht nach Lavendel wie auf *Gwenfer* rochen. Da wurde die Tür geöffnet, und ein Schatten fiel über ihr Bett. Kurz verdunkelte die Silhouette des Mannes den Rahmen der offenen Tür, ehe sie geschlossen wurde. Jemand kam auf Zehenspitzen an ihr Bett.

»Na, jetzt wollen wir mal sehen, was wir da haben.« Sanft zog er die Decke von ihrem Körper. »Laß uns Annies kleine Rosenknospe ansehen«, sagte ihr Vater.

Von diesem Augenblick an hatte Annie gewußt, daß es für sie nie wieder ein glückliches Leben geben würde. In dem Maße, wie sie physisch zurückschreckte, zog sie sich psychisch zurück. Sie wurde still und in sich gekehrt, lebte in einem Haus mit Leuten, die sie nicht mochte – ihrer eigenen Familie.

Die Familie bestand aus den Großeltern, ihrem Vater und Joy, der unverheirateten Tante. Annie wagte nicht, sich jemandem anzuvertrauen. Niemand hätte ihr geglaubt, und man hätte sie gehaßt.

Ihre in sich gekehrte Haltung, ihre überdurchschnittliche Intelligenz fiel den Lehrern in der Schule auf, die erkannten, daß Annie ein Problem hatte. Annie ihrerseits beobachtete die Lehrer und stellte sich manchmal vor, wie unendlich erleichternd es sein müßte, ihre Bürde abzuladen und zu fühlen, wie ihr eine große Schuld von den Schultern genommen würde. Aber das konnte nicht sein. Ihr Vater hatte sie vor den Konsequenzen gewarnt.

Nachdem er Doris geheiratet hatte und sie aus dem Haus ihrer Großmutter ausgezogen waren, hatte er sie eines

Tages dabei überrascht, wie sie einen Brief an Alice schrieb. Er hatte den Brief genommen, ihn zerrissen und ihr mit der Polizei gedroht. Er hatte ihr gesagt, sie käme für das, was sie ihm zu tun erlaube, ins Gefängnis. Ob sie das wolle? Hör auf, Alice zu schreiben, oder ... das Ultimatum. Als Annie Jahre später die Wahrheit erfuhr, glaubte sie, es sei zu spät, den Kontakt mit Alice wiederaufzunehmen. Sie bezweifelte, ob diese sich überhaupt noch an sie erinnerte.

Obwohl sie Doris bei ihrer ersten Begegnung nicht besonders gemocht hatte, hätte sie schon ein paar Tage nach der Hochzeit Gott auf Knien für diese Stiefmutter danken können. Jetzt hörten die nächtlichen Besuche auf, und obwohl ihr Vater sie nicht mehr belästigte, haßte sie ihn aus tiefstem Herzen.

Annie hatte immer gewußt, daß ein guter Schulabschluß der Schlüssel zur Freiheit war, und hatte deswegen von Anfang an hart gearbeitet. Jetzt war sie siebzehn und wollte die Kunsthochschule besuchen. Ohne Zweifel würde ihr Vater die Studiengebühren bezahlen. Was meine kleine Prinzessin haben will, bekommt sie, prahlte er stets. Annie hatte zwei Ziele: die Kunsthochschule zu besuchen und ihren Vater nie wiederzusehen.

Das Öffnen der Haustür riß sie aus ihren Gedanken. Sie sprang vom Bett und lief hinunter.

»Hallo, Doris«, rief sie.

Doris blickte Annie erstaunt an. »Du klingst so aufgeregt.«

»Ich habe mir überlegt ...« Annie folgte Doris in die Küche. »Könnte ich am Wochenende jemanden zum Tee einladen? Hättest du etwas dagegen?«

»Warum sollte ich etwas dagegen haben? Ich wünschte mir, du würdest endlich mal Freundinnen mit nach Hause bringen.«

»Danke.« Annie ging zur Tür.

»Dieser jemand ist doch nicht zufällig ein Junge, oder?«
Annie fühlte, wie sie errötete. »Macht das einen Unterschied?«
»Überhaupt keinen, solange ihr keine Knutscherei anfangt.«
»Ach, Doris!« Annie stürmte vor Verlegenheit hochrot aus der Küche und die Treppe hinauf, in ihr Zimmer. Dort riß sie die Schranktür auf und überlegte, welches Kleid sie anziehen sollte, wenn Chris zum Tee kam.

## 3

Nachdem Annie bis ins kleinste Detail ihre Vorbereitungen fürs Wochenende geplant hatte, stürzte sie in tiefste Verzweiflung, als sie Chris am Montag nachmittag auf dem Nachhauseweg nicht traf. Dasselbe geschah am Dienstag und Mittwoch, und am Donnerstag hatte sie jede Hoffnung aufgegeben, ihn je wiederzusehen. Entweder ging er ihr aus dem Weg, oder sie hatte sich nur eingebildet, er sei an ihr interessiert.

Wie immer trug Annie ihren übergroßen Regenmantel und stapfte am Donnerstag nachmittag durch den Park, wobei sie sich einredete, es sei ihr gleichgültig, ob sie Chris je wiedersähe. Als sie das Surren der Räder hinter sich hörte, hielt sie den Atem an. Radfahren war im Park verboten, und nur Chris wagte es, gegen diese Regel zu verstoßen.

»Hallo.«

»Hallo.«

»Hast du mich vermißt?« fragte er grinsend.

»Ja.« Sie errötete und wünschte sich, sie hätte lügen und blasiert vorgeben können, es hätte ihr nichts ausgemacht, ihn nicht zu sehen.

»Ich war verreist.«

»Ach, wirklich?« sagte sie, wollte ihn fragen, wo er gewesen sei, wagte jedoch nicht, neugierig zu erscheinen.

»In Newington. Meine Oma ist gestorben.«

»Das tut mir leid.«

»Mir nicht.« Er umradelte sie in einem weiten Kreis. »Ich habe sie nicht gemocht«, sagte er.

»Ach, wirklich?«

»Kannst du immer nur ›ach, wirklich‹ sagen?«

»Tut mir leid. Ich weiß nicht, was ich dazu sagen soll.«

»Du könntest mir zu meiner Ehrlichkeit gratulieren.«

»Ich gratuliere dir.«

»Magst du deine Oma?«

»Ich kann mich kaum noch an sie erinnern. Es ist eine Ewigkeit her, seit ich sie zum letztenmal gesehen habe.« Annie fragte sich, warum sie log. Sie haßte Oma Budd.

»Hast du Geschwister?«

»Nein.«

»Du Glückspilz.« Das Fahrrad zog wieder surrend Kreise, und sie wünschte sich, sie besäße den Mut, ihm zu sagen, daß es ihr auf die Nerven ging. »Was ist mit deinen Eltern.«

»Meine Mutter ist tot.«

»Gott, das muß schrecklich für dich sein.« Er bremste und sprang ab. »Ich meine, ein Leben ohne meine Mum könnte ich mir nicht vorstellen.«

»Ich kann mich nicht an sie erinnern, also weiß ich auch nicht, was es heißt, sie zu vermissen.«

»Und was ist mit deinem Dad?«

Annie blieb stehen und sah Chris mit leicht zur Seite geneigtem Kopf an. Ihr Blick war so eindringlich, daß er unwillkürlich zurückwich.

»Ich hasse ihn«, sagte sie schließlich mit einer Vehemenz, die sie selbst erstaunte. »Ich hasse ihn«, wiederholte sie.

»Willkommen im Club«, sagte er grinsend. »Ich kenne niemanden, der seinen Alten mag.«

»Ist das so?« fragte sie überrascht und erfreut, daß es auch andere gab, die ihre Väter haßten.

»Komm, laß uns eine Weile auf unserer Bank sitzen«, sagte er und lehnte sein Fahrrad an einen Baum.

»Möchtest du dieses Wochenende zu mir zum Tee kommen? Du könntest deine Stan-Kenton-Platte mitbringen«, sagte sie schüchtern, als sie nebeneinander saßen.

»Wann soll ich kommen?«

»Samstag oder Sonntag, das ist mir egal.« Ihre Antwort klang ziemlich beiläufig, so als würde sie jeden Tag Freunde zu sich einladen.

»Also komme ich am Samstag. Und ich bringe die Platten mit. Im Augenblick darf ich sie zu Hause sowieso nicht spielen. Meine Mum erlaubt es wegen Oma nicht.«

»Natürlich.«

»Das hat nichts mit Respekt vor den Toten zu tun. Sie hat Angst, was die Nachbarn sagen könnten.«

Annie warf den Kopf in den Nacken und lachte.

»Du bist sehr hübsch, wenn du lachst«, sagte Chris, und jetzt errötete er.

»Ich? Red kein dummes Zeug.« Sie gab ihm einen leichten Schubs, freute sich jedoch insgeheim über dieses Kompliment.

Annie brauchte den ganzen Samstagvormittag für die Vorbereitungen. Sie putzte ihr Zimmer auf Hochglanz, bügelte das Kleid, das sie ausgewählt hatte, ein königsblaues Jerseykleid mit Rollkragen. Nachdem sie einen Kuchen gebacken hatte, belegte sie Sandwiches. Der Samstag war für diesen Besuch ein idealer Tag, denn Doris ging nachmittags einkaufen, und ihr Vater schaute sich ein Fußballspiel an. Bis halb sechs würden sie allein im Haus sein.

Um drei war Annie mit allem fertig und wartete. Sie hatte überlegt, ob sie ihr Haar offen tragen sollte, dann jedoch nicht den Mut aufgebracht und es wieder zu einem Pferdeschwanz zusammengebunden. Chris kam pünktlich.

»Ein Grundig-Plattenspieler! Es gibt keinen besseren. Gehört er deinem Dad?« sagte Chris bewundernd.

»Nein. Mein Vater hat ihn mir zu Weihnachten geschenkt.«

»Hättest du Lust, die Väter zu tauschen?« fragte er lachend, nahm eine Platte aus der Hülle und legte sie vorsichtig auf.

»Mit dem größten Vergnügen«, antwortete sie, ebenfalls lachend, und rückte die Teetassen auf dem Tisch zurecht.

Sie saßen im vorderen Wohnzimmer, das nur an Festtagen benutzt wurde. Annie hatte diese Entscheidung in letzter Minute getroffen. Ein Blick auf das Bett in ihrem Zimmer hatte Panik in ihr ausgelöst. Also hatte sie den Plattenspieler, Schallplatten und zwei Bücher, die sie Chris zeigen wollte, ins Wohnzimmer getragen.

»Was hast du für Platten?« fragte er.

»Hauptsächlich klassische Musik.«

»Langweilig.« Er schnitt eine Grimasse.

»Ja, stimmt«, sagte sie und haßte sich im selben Augenblick dafür. Wie konnte sie Bach und Beethoven derart leichtfertig verleugnen? »Manche Komponisten«, fügte sie hastig hinzu. »Ist das eine Stan-Kenton-Platte? Laß sie uns anhören.«

Sie setzte sich auf den Boden, breitete den Rock ihres Kleides um sich aus und lauschte mit geschlossenen Augen der Musik. Den komplizierten Rhythmus des modernen Jazz fand sie mißtönend und schmerzhaft für die Ohren.

»Es gefällt dir nicht, oder?«

Annie zuckte zusammen, als seine Stimme so dicht neben

ihr erklang. Chris hatte auf dem Sofa gesessen und kauerte jetzt neben ihr auf dem Teppich.

»Du hattest einen so gequälten Gesichtsausdruck, daß es mir weh tat, dich anzusehen.« Zu ihrer Erleichterung sagte er das lachend.

»Leider kann ich an dieser Art von Jazz keinen Gefallen finden. Vielleicht muß man diese Musik oft hören, bis man sich daran gewöhnt«, sagte sie diplomatisch. »Möchtest du Tee?« fügte sie fröhlich hinzu.

»Nein, danke. Würdest du lieber eine von deinen Platten hören?«

»Ja, gern«, sagte sie lächelnd und legte Debussy auf.

»Iß wenigstens ein Stück Kuchen, wenn du schon keinen Tee magst. Ich habe ihn extra für dich gebacken«, sagte sie und reichte ihm einen Teller. Dann setzte sie sich auf die Sofalehne.

»Sei nicht unfreundlich. Komm her.« Er klopfte auf den Boden neben sich.

»Sandwich?« Annie ignorierte seinen Vorschlag.

»Nein, danke. Zigarette?«

»Ich rauche nicht«, sagte sie und wünschte, er würde die Zigarette nicht anzünden, weil sie der Rauch an ihren Vater erinnerte.

»Komm her. Setz dich zu mir. Wir wollen uns diese schöne Musik gemeinsam anhören.«

»Sie gefällt dir? Ich dachte, du hältst sie für langweilig.«

»Das habe ich nur so dahingesagt.«

»Ich bin so froh.« Sie seufzte fast vor Erleichterung und ließ sich anmutig neben ihm zu Boden sinken. Seite an Seite lauschten sie der Musik, und Annie hatte nie ein derartiges Gefühl der Zufriedenheit kennengelernt. Das ist wahre Freundschaft, dachte sie und erstarrte, als er ihr die Hand auf die Schulter legte und ihr Haarband löste.

»So ist es viel schöner«, hörte sie ihn sagen, als ihr Haar lose auf die Schultern fiel. »Du hast wunderschönes Haar«, flüsterte er.

Sie wandte ihm ihr Gesicht zu. »Chris, ich kann nicht ...«, sagte sie, aber er legte ihr den Finger auf die Lippen.

Dann nahm er ihr vorsichtig die Brille ab. »Dachte ich es mir doch. Ich wußte, du hast wunderschöne Augen. Mensch, Annie! Du bist verdammt schön, warum versteckst du das alles?«

»Ich ...«

Aber sie konnte nicht sprechen, sie wollte nichts sagen, denn er umfaßte ihr Gesicht. »Verdammt schön«, wiederholte er und preßte seine vollen Lippen sanft auf ihren Mund. Ihr Herz pochte zum Zerspringen.

»Du widerlicher Kerl! Du dreckiger Flegel! Nimm deine Schmutzfinger von meinem kleinen Mädchen!«

Die Tür war aufgestoßen worden, und Annies Vater stand mitten im Wohnzimmer, er starrte die beiden einen Augenblick wutentbrannt an und stürzte sich dann brüllend wie ein Wahnsinniger auf Chris, packte ihn am Kragen und riß ihn hoch. »Raus, du Abschaum!« schrie er.

»Dad, was tust du da?« Annie versuchte vergeblich, die beiden Männer zu trennen. Stan warf Chris aufs Sofa.

»Was treibt ihr hier für Spielchen? Ihr haltet wohl Doris und mich für dumm, wie? Ich wußte, was ihr im Sinn hattet.«

»Wir haben nichts getan!« protestiere Annie.

»Ach, nein? Habe ich nicht eben mit eigenen Augen gesehen, wie er dich abgeknutscht hat?«

»Hören Sie, Mr. Budd ...« Chris kam taumelnd auf die Beine. Stan stieß ihn aufs Sofa zurück.

»Erspar dir deine Erklärungen, junger Mann. Du hast meine Tochter betatscht ...«

»Aber ...«

»Weiß Gott, was passiert wäre, wäre ich nicht rechtzeitig dazugekommen.«

»Dad, das verzeihe ich dir nie!«

»Mr. Budd ...« Chris richtete sich wieder auf, achtete jedoch dieses Mal darauf, daß das Sofa zwischen ihm und Annies Vater stand.

»Raus hier! Ich weiß, wer du bist. Solltest du je wieder wagen, meine Tochter zu belästigen, werde ich deinen Vater informieren, klar? Verschwinde jetzt.«

»Annie ...« Chris warf ihr einen hilflosen Blick zu.

»Es ist besser, du gehst jetzt, Chris. *Jusqu'à lundi, d'accord?*« rief sie ihm nach, als er zur Tür hinausging.

»Was hast du zu ihm gesagt?« Stan packte sie am Arm und riß sie herum. »Was hast du gesagt, du kleine Hure?« schrie er mit hochrotem Gesicht und vor Wut hervorquellenden Augen.

»Ha!« lachte Annie. Sie achtete nicht auf den Schmerz in ihrem Arm. »Ich dachte, ich wäre deine kleine Prinzessin. Plötzlich bin ich eine Hure!«

»Mit diesem Burschen triffst du dich nie wieder, verstanden? Ich will nicht, daß dich jemand anrührt!«

Annie befreite sich aus dem Griff ihres Vaters. Sie rieb sich ihr schmerzendes Handgelenk und sagte: »Ich werde mich mit ihm treffen, wann immer ich Lust dazu habe, Vater. Jeden Tag, wenn es mir paßt.«

»Das wirst du verdammt noch mal nicht tun.«

»Ich werde es verdammt noch mal tun. Und du wirst mich nicht daran hindern, weil ich sonst Doris und deiner Mutter – am besten gleich der Polizei – erzähle, was für eine liebender Vater du bist. Damals war ich noch ein Kind und habe nichts begriffen. Aber jetzt weiß ich alles. Du kannst mich nicht mehr mit Lügen abschrecken, die Wahrheit zu sagen. Du bist ein böser, schmutziger alter Mann – das Gefängnis wäre nicht schlimm genug für dich. Das ist keine leere Drohung, es ist mir ernst. Geh mir jetzt aus dem Weg. Ich will dich nicht mehr sehen.«

## 4

Die beiden jungen Leute trafen sich am Montag und jeden Tag nach der Schule. Bei der ersten Begegnung nach dem Zwischenfall war Annie sehr verlegen, doch Chris betrachtete das alles recht philosophisch.

Jeden Abend saßen sie eine halbe Stunde lang auf ihrer Parkbank und unterhielten sich. Ein paarmal hatte Chris versucht, Annie zu küssen, aber sie hatte es ihm nicht erlaubt, nicht in der Öffentlichkeit, wo sie gesehen werden konnten. Etwas so Schönes und Kostbares wie der erste Kuß gehörte nur ihnen allein.

Während der ganzen Woche hatte Annie kein Wort mit ihrem Vater gesprochen. Wenn er von der Arbeit nach Hause kam, war sie bereits in ihrem Zimmer und nahm dort auch ihr Abendessen – in Form eines Apfels und eines Stücks Käse – ein. Da es zu ihren Gewohnheiten gehörte, ihrem Vater möglichst aus dem Weg zu gehen, fand Doris nichts Merkwürdiges an ihrem Verhalten.

Zweimal hatte ihr Vater versucht, mit ihr zu reden. Er hatte an die abgesperrte Tür geklopft, und sie hatte ihm gesagt, er solle verschwinden und sie allein lassen, sonst ... Diese Position verschaffte ihr eine sonderbare Form der Befriedigung, denn jetzt hatte er Angst und lag nachts schweißgebadet da. Auf diese Rache hatte sie lange warten müssen; Annie wünschte, sie hätte sich früher gewehrt.

Am nächsten Samstag war sie bei Chris zum Tee eingeladen.

Beklommen öffnete sie das Gartentor. Das große, solide Haus lag in der Nähe des Parks, hatte Fenster in tiefen Nischen und war von einem großen Garten umgeben. Wie bescheiden dagegen das Reihenhaus am Ende der Straße wirkte, in dem sie lebte! Annie wußte wenigstens, daß sie gut aussah. Sie hatte ihre Kleidung – einen roten Faltenrock mit einem schwarzen Rollkragenpullover – sorgfältig ausgewählt und trug ihr Haar straff nach hinten gekämmt.

»Du bist bestimmt Ann«, sagte die schmale, elegante Dame, die ihr die Tür öffnete.

»Annie«, korrigierte sie lächelnd und betrachtete kurzsichtig die Frau, denn sie hatte ihre Brille nicht aufgesetzt.

»Chris erledigt noch schnell etwas für mich. Komm bitte rein.«

Annie trat ein und zog ihren Mantel aus. Mrs. Mason musterte sie von Kopf bis Fuß und führte sie in einen geräumigen Salon, der mit Möbeln vollgestopft war. Die Flügeltüren boten einen Ausblick auf verschwommene Bäume.

»Ich stelle nur rasch Teewasser auf«, sagte Mrs. Mason und schlug die Tür hinter sich zu. Annie kramte hastig ihre Brille aus der Handtasche, hielt sie vor ihre Augen und unterzog ihre Umgebung einer gründlichen Prüfung. An den Wänden hingen einige gute Aquarelle, in einer Ecke stand eine Musiktruhe und daneben eine Kommode, die Annie – dank Alice' Erziehung – der Zeit Jakob I. zuordnete. Als sie das Klappern des Teewagens auf dem Flur hörte, steckte sie ihre Brille schnell wieder weg und öffnete die Tür.

»Oh, danke, Ann«, sagte Mrs. Mason, die absichtlich an diesem Namen festhielt. Annie korrigierte sie nicht.

»Ich bin froh, daß wir ein paar Minuten allein miteinander sprechen können, Ann. Ich mache mir um Chris Sorgen.«

»Ach, tatsächlich?« sagte Annie, die nicht wußte, welche Reaktion von ihr erwartet wurde.

»Die Schule nimmt seine ganze Zeit in Anspruch.«

»Ja, das Abschlußjahr ist immer sehr anstrengend.«

»Er möchte so gern Arzt werden.«

»Ja, das hat er mir erzählt.«

»Wie ich höre, möchtest du die Kunsthochschule besuchen?«

»Ja, das ist schon arrangiert – vorausgesetzt ich schaffe mein Abitur.«

»Genau wie bei Chris. Er hat einen Studienplatz am University College – vorausgesetzt, natürlich ...«

»Oh, Chris wird sein Abitur schaffen, darüber brauchen Sie sich keine Sorgen zu machen, Mrs. Mason. Er ist so intelligent.« Annie lächelte beruhigend.

»Das habe ich eigentlich nicht gemeint, Ann. Er sollte in dieser schwierigen Phase nicht mit anderen Dingen belästigt werden ... er muß frei von jeder Zerstreuung sein.«

»Ich belästige ihn nicht und bin für Chris sicher keine Zerstreuung«, entgegnete Annie scharf.

»Jede Freundin ist das.«

»Ich bin nicht seine Freundin, wie Sie das andeuten. Wir sind nur befreundet und haben gemeinsame Interessen.«

»Ja, nun ... diese Dinge ... Ach, Chris, da bist du ja.« Mrs. Mason lächelte, als ihr Sohn den Salon betrat.

»Hallo, Annie. Den Weg hättest du mir ersparen können, Mum. Dad hat das Gerät schon heute morgen abgeholt, was du eigentlich hättest wissen müssen, da du dabei warst.«

»Ach, wie dumm von mir.« Mrs. Mason lachte affektiert. »Möchtest du Tee, Liebling?«

Annie merkte, daß sie weder willkommen war noch akzeptiert wurde. Mrs. Mason hatte schnell in Erfahrung gebracht, wo Annie wohnte, daß ihr Vater Dockarbeiter war und ihre Stiefmutter ebenfalls arbeitete, daß Annie in Clapham geboren worden war – diese Informationen schienen Chris' Mutter förmlich erschaudern zu lassen. Am Ende der Befragung hatte Annie die Frau als Snob eingestuft und sich eingestanden, daß die Abneigung auf Gegenseitigkeit beruhte.

»Deine Mutter mag mich nicht«, sagte sie, als Chris sie nach Hause begleitete.

»Sei nicht albern, natürlich mag sie dich.«

»Sie hat mich den ganzen Nachmittag auf die Probe gestellt. Ich muß eine ziemliche Enttäuschung für sie gewesen sein.« Annie lächelte und dankte Alice insgeheim für die gute Erziehung, die sie ihr hatte angedeihen lassen und wovon sie heute profitiert hatte.

»Warum sollte sie das tun?« fragte Chris irritiert.

»Weil ich ihr nicht gut genug für dich bin.«

»Was für ein Unsinn! Meine Mum denkt nicht so.« Annie merkte, daß Chris beleidigt war. Er duldete keine Kritik an seiner Mutter. Chris blieb stehen. »Es ist wohl besser, ich begleite dich nicht bis vor die Haustür. Ich möchte deinem Vater nicht begegnen.«

»Es macht mir nichts aus, wenn er dich sieht.«

»Aber mir. Ich habe keine Lust, mich von ihm verprügeln zu lassen.« Er lachte. »Eines Tages werde ich dich küssen, Annie Budd. Heute hatten wir dazu wohl keine Gelegenheit, wie?«

»Nein. Deine Mutter ist eine perfekte Anstandsdame«, antwortete sie lächelnd. »Wir sehen uns also am Montag?«

»Ja.« Er machte kehrt und ging nach Hause zurück.

Am Montag wachte Annie mit Halsschmerzen auf. Der Arzt wurde gerufen, und obwohl er keine ernsthafte Erkrankung feststellen konnte, gab er ihr ein Antibiotikum und verordnete ihr für den Rest der Woche Bettruhe. Annie war enttäuscht. Sie hatte sich daran gewöhnt, Chris jeden Tag zu treffen, und würde ihn vermissen. Am Donnerstag bekam sie einen Brief von ihm. Am Samstag war Tanz im St. Augustine's Jugendclub, konnte sie kommen?

Annies erste Reaktion war blinde Panik. Sie hatte noch nie an einer Tanzveranstaltung teilgenommen und nur ein paar Stunden Tanzunterricht in der Schule gehabt, wo sie wegen ihrer Größe immer die Führungsrolle hatte übernehmen müssen. Sie würde sich steif und ungelenk bewegen und zum Gespött der Leute werden. Und doch ... vielleicht konnte sie Chris davon abhalten, mit ihr zu tanzen. Sie wollte ihn unbedingt sehen.

An diesem Abend zog sie sich warm an und ging zum Telefonhäuschen am Ende der Straße. Nachdem sie Chris' Nummer herausgesucht hatte, warf sie eine Münze ein, wählte und betete, er möge an den Apparat gehen. Sein Vater nahm ab. Es blieb ihr nichts anderes übrig, als Chris ausrichten zu lassen, sie würde am Samstag vor der St.-Augustine-Kirche auf ihn warten.

Da Annie mit ihrem Vater nicht sprach, schuldete sie ihm auch keine Erklärung, wo sie den Samstagabend verbringen würde. Doris war bei ihrer Schwester in Rochester, die mit einer Grippe das Bett hüten mußte.

Um sieben Uhr wartete Annie vor der Kirche. Sie hielt sich tief in den Schatten versteckt, damit niemand sie sehen konnte. Ihr Herz machte einen Sprung, als sie Chris' hohe Gestalt herankommen sah. Sie beobachtete ihn, bewunderte ihn und dachte, wie gut er aussah, und nahm erst in der letzten Sekunde ihre Brille ab, worauf die Welt wieder verschwommen wurde.

»Chris! Hier bin ich.«

»Annie, wie bin ich froh, daß du kommen konntest. Mein Vater sagte mir, du seist krank.«

»Ich hatte nur Halsschmerzen. Es geht mir schon besser.«

Sie war sehr stolz, als er seinen Arm durch ihren schob und sie in die Kirchenhalle führte, wo der Tanz des Jugendclubs stattfand. Sie gab ihren Mantel an der Damengarderobe ab und warf einen prüfenden Blick in den Spiegel. Sie hatte etwas Make-up aufgelegt, glättete das Taftkleid im Schottenmuster mit dem weißen Peter-Pan-Kragen und warf einen scheuen Blick auf die anderen Mädchen, um zu sehen, ob ihr Kleid für die Veranstaltung passend war. Erleichtert stellte sie fest, daß sie besser als die meisten Mädchen angezogen war.

Chris wartete in der Halle auf sie. »Annie, du siehst fabelhaft aus!« sagte er bewundernd. »Und du trägst dein Haar offen.«

»Du scheinst es so zu mögen.«

»Bestimmt bist du heute abend das hübscheste Mädchen, Annie. Und das ist keine Übertreibung.«

Annie hatte nicht gewußt, daß man so glücklich sein konnte. Der Abend verging in einem Wirbel von Foxtrotts, Walzern und Quicksteps. Ihre Besorgnis erwies sich als unbegründet, die Tanzstunden in der Schule kamen ihr gut zustatten. Und sie war das Gesprächsthema des Abends. Niemand konnte glauben, daß sie die schüchterne Annie Budd war. Sie fing an zu glauben, daß sich ihr ganzes Leben verändern und sogar der Schulbesuch am Montag anders sein würde.

»Annie, hol deinen Mantel. Bald wird der letzte Walzer gespielt, und dann gibt es immer ein großes Gedränge.«

»Gut. Ich treffe dich in der Halle.«

Annie drängte sich durch die Menge zur Damengarderobe. Die Mäntel hingen in langen Reihen auf Ständern zwischen dem Eingang und den Toiletten. Annie gab ihren Garderobenschein ab.

Während sie wartete, belauschte sie ungewollt eine Unterhaltung, die hinter den Mantelreihen stattfand.

»Ich war einfach platt, als ich sie gesehen habe. Wer hätte gedacht, daß sie so gut aussieht?«

»Trotzdem finde ich sie merkwürdig. Ich glaube, sie verbirgt etwas.«

»Was denn, um Himmels willen, Sylvia? Du hast eine blühende Phantasie.«

Annie erstarrte. Sie wußte instinktiv, daß über sie gesprochen wurde. Wie hypnotisiert hörte sie weiter zu.

»Hat Chris die Wette schon gewonnen?« fragte eine dritte Stimme.

»Was für eine Wette?«

»Weißt du nichts davon? Peter Watts hat mit ihm gewettet, daß es ihm nicht gelingen würde, sie innerhalb von zwei Wochen zu küssen. Und Colin hat zehn Shilling gewettet, daß er es nicht schafft, ihr vor dem Schulabschluß die Hand ins Höschen zu stecken.« Das Trio kreischte vor Lachen. Annie fühlte, wie ihr eiskalt wurde.

»Ist das dein Mantel, Schätzchen?« fragte die Garderobenfrau.

»Ja, ja«, sagte Annie automatisch. Sie nahm den Mantel und schleifte ihn hinter sich her, als sie in die Halle hinausging. Ihr kurzsichtiger Blick war ausschließlich auf Chris gerichtet, der sich mit Schulkameraden unterhielt. Sie klopfte ihm auf die Schulter. Er drehte sich um.

»Da«, sagte sie, packte sein Gesicht und küßte ihn voll auf die Lippen. »Wenigstens hast du fünf Shilling gewonnen. Tut mir leid um die zehn Shilling. Du Bastard!« schrie sie.

Sie machte auf dem Absatz kehrt, durchquerte taumelnd die Halle, stolperte auf der Treppe, achtete nicht auf den Schmerz in ihrem Knöchel und lief so schnell sie konnte den Hügel hinunter.

»Annie!«

»O nein!« stöhnte sie und hastete weiter.

»Annie, bleib stehen! Ich muß mit dir reden!«

Sie hörte seine Schritte hinter sich. Es gab kein Entkommen. Sie fühlte seine Hand auf ihrem Arm.

»Rühr mich nicht an! Ich hasse dich!« zischte sie ihn an.

»Bitte, hör mir zu. Es ist nicht so, wie du denkst.«

»Ach, nein? Dann erklär mir das bitte. Die Mädchen, die ich unfreiwillig belauschte, haben nicht einmal gewußt, daß ich zuhöre. Willst du mir etwa erzählen, sie hätten sich gegenseitig belogen? Warum sollten sie so eine haarsträubende Geschichte erfinden?«

»Ich gebe zu, daß es mit einer Wette angefangen hat. Das war an dem Nachmittag, als ich dich zum erstenmal angesprochen habe. Es war nur ein harmloser Spaß. Du warst eine Herausforderung, das mußt du zugeben«, sagte er grinsend, aber sie wandte angewidert den Kopf ab.

»Du verblüffst mich, Chris. Ich hatte dich für einen anständigen Menschen gehalten, der mit anderen keine üblen Scherze treibt.«

»Hör mir doch zu, Annie. Es ist alles ganz anders gekommen. Als ich dich näher kennenlernte, ging es mir nicht mehr um die Wette, sondern um dich.«

»Du verlogener Mistkerl!«

»Nein, Annie, das bin ich nicht. Es ist mir ernst.«

»Wie konntest du nur so grausam sein? Warum, Chris? Ich habe dich gemocht, wirklich gemocht. Weißt du eigentlich, was du getan hast?«

»Ich liebe dich, Annie.«

»Mach's nicht noch schlimmer. Um Himmels willen, behandle mich nicht derart gönnerhaft ...« Sie entriß ihm ihren Arm. »Ich will nie wieder mit dir reden – nie wieder. Hast du das begriffen?«

Chris wich vor ihrem zornigen Gesicht, vor dem Haß in ihren Augen zurück. »Annie, es tut mir leid ...« stammelte er. Aber Annie hörte ihn nicht mehr. Sie stürmte blindlings den Hügel hinunter.

Mit tränenblinden Augen sperrte sie die Haustür auf und wankte in den Flur. Die Küchentür wurde geöffnet. Ihr Vater trat heraus.

»Was ist passiert? Großer Gott, Annie, was ist los?« fragte er besorgt und kam näher.

»Es ist nichts. Laß mich allein«, schluchzte sie.

»Komm, Annie. Wer hat dich so aufgeregt? Komm, Mädchen, ich habe gerade Tee gemacht. In diesem Zustand kannst du nicht nach oben gehen. Trink mit mir eine Tasse Tee und erzähl deinem Dad, was passiert ist.«

Er nahm sanft ihren Arm. Annie war zu erschöpft, um Widerstand zu leisten. Er führte sie in die Küche, goß ihr eine Tasse Tee ein und schaufelte Zucker hinein. »Da, trink das, dann wirst du dich gleich besser fühlen. War es Chris?« Sie nickte.

»Dieser Abschaum! Rotznasiger Scheißkerl! Ich wußte, er hatte nichts Gutes im Sinn. Was hat er dir angetan, Prinzessin?«

Annies Worte sprudelten wie eine Lawine heraus. Sie erzählte ihrem Vater von ihrer Freundschaft, ihre Hoffnung, durch Chris auch andere Freunde zu gewinnen, um ihre Einsamkeit zu überwinden. Und dann erzählte sie ihm von den demütigenden Wetten. Schließlich ließ sie den Kopf schluchzend auf die Arme sinken.

»Meine arme Prinzessin«, sagte er beschwichtigend, legte den Arm um ihre Schultern und spielte mit ihrem Haar. »Hör doch auf zu weinen. Dein hübsches Gesicht wird davon ganz häßlich. Komm schon.« Er legte seine Hand unter ihr Kinn. »Schau Daddy an.« Sie sah ihn mit tränenumflorten Blick an. »Böse Buben«, sagte er und wischte ihr die Tränen von den Wangen. »Sie sind alle gleich, Prinzessin. Bleib bei deinem Daddy. Ich kümmere mich um dich.« Langsam zog er sie vom Stuhl hoch. Sie stand jetzt vor ihm. »So ist's brav«, murmelte er und schob seine Hand sanft zu den Knöpfen an ihrem Kleid. Sie stand wie erstarrt da. Sie konnte sich nicht bewegen, befand sich in einem schwarzen Tunnel, Mauern der Qual stürzten auf sie herab und begruben sie unter sich. »Na, komm, meine kleine Rosenknospe«, wisperte er ihr ins Ohr.

›Rosenknospe.‹ Dieses Wort hallte in ihrem Geist wider. Nur dieses Wort half ihr, die Lähmung abzuschütteln.

»Nein!« Das Wort war ein Schrei. »Nein!« Der Schrei war tierisch, nicht menschlich. »Nein!« Mit vor Horror verzerrtem Gesicht stieß sie ihn von sich. Er folgte ihr durch die Küche. Sie stand am Spülbecken, riß eine schwere Pfanne vom Regal und schlug sie ihm mit aller Kraft auf den Kopf. Er stürzte stöhnend zu Boden. Sie stand über ihn gebeugt da, hielt noch immer den Pfannengriff umklammert und war bereit, noch einmal zuzuschlagen. Sein Körper bäumte sich auf, und dann herrschte Stille. Entsetzt bückte sie sich und vergewisserte sich, daß er noch atmete. Aber wie lange würde es dauern, bis er aus der Ohnmacht erwachte?

Annie blickte wild um sich. Dann holte sie eine alte Teekanne aus dem Schrank, zertrümmerte sie und nahm die Geldscheine heraus, die Doris darin aufbewahrte. Ihre Gedanken rasten, ihr Geist war kristallklar. Sie lief in ihr Zimmer hinauf, zerrte einen kleinen Koffer aus dem Schrank und stopfte ihn wahllos mit Kleidungsstücken voll. Aus der Kommodenschublade nahm sie ihr Postsparbuch und steckte es in ihre Handtasche. In einen Matchbeutel stopfte sie ihren alten, zerschlissenen Teddybär.

Annie lief die Treppe hinunter und aus dem Haus, ohne die

Tür hinter sich zu schließen. Sie lief ohne Unterbrechung bis zum Bahnhof und verlangte dort völlig außer Atem und kaum fähig zu sprechen, eine einfache Fahrkarte für den letzten Zug nach London.

## 5

Annie war müde. Auf einer Bank im Wartesaal der Victoria Station hatte sie vergangene Nacht kaum geschlafen. Früh am Morgen hatte sie, kaum fähig, einen klaren Gedanken zu fassen, London durchquert und am Bahnhof Paddington eine Fahrkarte nach Penzance gekauft.

Erst im Zug kamen ihr Zweifel über ihren Entschluß, nach Cornwall zu fahren. Es war keine vernünftige Entscheidung gewesen: Der Fahrpreis riß ein großes Loch in ihr mageres Budget, und was sollte sie tun, wenn sie erst einmal dort war? Es wäre leichter gewesen, Arbeit in London zu finden, außerdem hätte ihr die Großstadt Anonymität geboten. Würde sie den Mut aufbringen, unter den gegebenen Umständen Alice aufzusuchen? Würde sich Alice überhaupt noch an sie erinnern? Wahrscheinlich hatte sie Cornwall als Reiseziel gewählt, weil tief in ihrem Inneren Erinnerungen an eine glückliche Zeit in *Gwenfer* schlummerten.

Nur flüchtig streifte sie der Gedanke, ob sie ihren Vater womöglich getötet hatte, und sie wunderte sich über ihre Gleichgültigkeit. Merkwürdigerweise machte sie sich keine Sorgen über eventuelle Konsequenzen. Annie hatte das Gefühl, dieses Ereignis sei einer anderen Person in einer anderen Zeit widerfahren.

Als der Zug im Bahnhof von Penzance einfuhr, preßte sie ihr Gesicht gegen die Fensterscheibe. Vor dem feurigen Rot der untergehenden Sonne erhob sich der massige St. Michael's Mount. Daran kann ich mich erinnern, dachte Annie aufgeregt. Alice ist mit mir eines Tages da hinaufgestiegen, und wir haben das Haus auf dem Gipfel besichtigt. Plötzlich hatte sie das Gefühl, nach Hause zu kommen.

Der Zug hielt. Annie stand auf dem Bahnsteig, sie schaute sich unwillkürlich um, erwartete, Alice oder Lady Gertie in der wartenden Menge zu entdecken. Was für eine törichte Anwandlung, dachte sie, folgte dem Bahnsteig zum Ausgang und genoß die kühle Meeresbrise und den Geruch von salziger Luft – wieder vertraute Erinnerungen.

Eine Zeitlang schlenderte sie ziellos durch die kleine Stadt und freute sich über jeden bekannten Anblick. In der Market Jew Street trank sie Tee in einem Café und bestellte sich, einem Impuls folgend, ein Stück Safrankuchen, den es auf *Gwenfer* immer zu besonderen Gelegenheiten gegeben hatte.

Annie saß lange in dem Café. Sie verschob den Augenblick, in dem sie eine Entscheidung treffen mußte, denn sie hatte Angst, Alice würde ihr ablehnend begegnen.

Es war dunkel, als sie schließlich zur Busstation ging. Der letzte Bus nach *Gwenfer* war vor zehn Minuten abgefahren. Froh darüber, wenig Gepäck zu haben, wanderte Alice durch die Stadt, den Hügel hinauf und fragte sich, ob der verpaßte Bus ein Zeichen gewesen sei, nicht nach *Gwenfer* zu gehen. Außerhalb der Stadt blieb sie an einer Kreuzung stehen und betrachtete die Wegweiser. Wohin soll ich gehen? Nach St. Just? Zurück nach Penzance und mit dem Nachtzug nach London zurückkehren? Oder soll ich dieser Straße folgen, die nach *Gwenfer* führt?

Sie stand unschlüssig da und wußte, daß ihre Zweifel irrational waren. Unter anderen Umständen hätte sie freudig ihre Ankunft in Penzance angekündigt und wäre wahrscheinlich von Alice herzlich willkommen geheißen worden. Nur ihre Übermüdung und Aufregung gaukelten ihr vor, Alice hätte sie vergessen. Vielleicht habe ich meinen Vater gar nicht schwer verletzt und er ist mittlerweile wieder auf den Beinen und hat eine plausible Geschichte über mein Verschwinden erfunden, dachte sie. Es gibt keinen Grund, warum ich mich verstecken müßte. Dieser Gedanke stimmte sie fröhlicher, und sie machte sich entschlossen auf den Weg nach *Gwenfer*.

»Wollen Sie mitfahren?«

Annie war so tief in Gedanken versunken gewesen, daß sie erschreckt zusammenzuckte, als ein Auto neben ihr hielt. Ängstlich spähte sie ins Wageninnere und sah eine rundliche, lächelnde Frau am Steuer sitzen, die ihr die Beifahrertür aufhielt.

»Ich gehe nach *Gwenfer*«, sagte Annie mit einem strahlenden Lächeln. Endlich sprach sie die Worte aus, von denen sie so oft geträumt hatte.

»Da haben Sie Glück. Es liegt auf meinem Weg.«

Annie lehnte sich im Sitz entspannt zurück und hörte dem pausenlosen Geplapper der Frau zu. Mittlerweile war es zu dunkel, um nach vertrauten Markierungen in der Landschaft Ausschau zu halten.

»Übrigens, ich bin Mrs. Penrose, meine Liebe«, sagte die Frau nach zehn Minuten. »Ich fahre zu einer Versammlung im Gemeindezentrum nach Gwenfer.«

»Ich heiße Annie Budd.«

Das Auto schlingerte kurz auf die andere Straßenseite. Mrs. Penrose riß das Steuer herum und fuhr wieder geradeaus.

»Du meine Güte! Tut mir leid, aber Sie haben mir einen Schrecken eingejagt! Sind Sie etwa *die* Annie Budd? Das kleine Mädchen, das in *Gwenfer* evakuiert war?«

»Ja, die bin ich.« Annie versteifte sich, weil sie nicht wußte, warum Mrs. Penrose so heftig reagiert hatte. Was wußte diese Frau? Waren schon Nachforschungen wegen ihres Vaters angestellt worden?

»Na, das ist aber eine freudige Überraschung! Ich war während des Krieges für die Einquartierung von Evakuierten zuständig. Was warst du – ich darf dich doch duzen, oder? – für ein klägliches kleines Ding. Du meine Güte, wie wird sich Mrs. Whitaker freuen, dich zu sehen.«

»Ich hoffe es.« Annie entspannte sich wieder. »Sie weiß nicht, daß ich komme. Es war ein spontaner Entschluß.«

»Mrs. Whitaker wird das verstehen. Sie hat nie viel Wert auf umständliche Prozeduren gelegt. Willst du lange hierbleiben?«

»Das weiß ich noch nicht.«

»Nun, ich hoffe es. Mrs. Whitaker braucht die Unterstützung eines kräftigen jungen Mädchens. Arme Frau ...« Ehe Annie eine Frage stellen konnte, schwenkte das Auto an den Straßenrand und hielt. »Ich würde dich ja gern bis vors Haus fahren, Annie, aber die Versammlung beginnt um acht.«

»Nein, nein, Mrs. Penrose, das ist nicht nötig. Ich freue mich auf den Spaziergang. Vielen Dank fürs Mitnehmen. Auf Wiedersehen.« Annie stieg aus.

Mrs. Penroses Wagen verschwand in der Dunkelheit. Annie stand da und schaute sich um. Da ist die Kirche und die kleine Schule, die ich besucht habe. Dort drüben liegt die Arbeitersiedlung, die Ia-Blewett-Arbeitersiedlung, an die sich Brachland anschließt. Und dahinter liegt *Gwenfer,* daran kann ich mich gut erinnern, dachte Annie und marschierte los. Zuerst spürte sie das vertraute Kopfsteinpflaster unter ihren Füßen, und als sie das Brachland überquerte, fiel alle Müdigkeit von ihr ab. Zielstrebig schritt sie durch das hohe Tor mit den Steinfalken auf den Säulen und lief beinahe die steile Zufahrt hinunter.

Ein kalter, beißender Wind peitschte vom Meer her, der einen Sturm ankündigte. Annie hörte das Tosen der Brandung gegen die Klippen unten im Tal. Noch eine Biegung – da lag *Gwenfer* vor ihr. Sie blieb stehen, betrachtete atemlos das mächtige Haus aus Granit, Lichter schimmerten warm hinter den Sprossenfenstern. Dann lief sie weiter, an zwei Autos vorbei, die in der Auffahrt standen, über die Terrasse zum Seiteneingang. Die Tür war nicht versperrt, wie sie es erwartet hatte. Vor ihr lag ein langer Korridor, auf einem Fenstersims stand ein großer Kupfertopf mit getrockneten Buchenblättern. Annie blieb kurz stehen – alles war so, wie sie es in Erinnerung behalten hatte. Das Haus umhüllte sie sofort mit einer schützenden Atmosphäre der Geborgenheit.

Leise ging sie den Flur entlang zur Tür, die in die Küche führte. Dort erwartete sie Alice anzutreffen, denn während des Krieges hatten Alice und Lady Gertie die meiste Zeit des Tages in diesem Raum verbracht. Unter der Tür sah sie einen Lichtstreifen. Sie klopfte – keine Antwort.

Vorsichtig öffnete sie die Tür. Der große Raum war leer. Annie lehnte sich gegen die Wand und nahm begierig jedes Detail in sich auf. Nichts war verändert worden. Die kupfernen Puddingformen standen noch immer aufgereiht auf der langen Anrichte. Die Teller mit dem blauen Blumenmuster, die für den Alltag gebraucht wurden, steckten in einem Regal darüber. Die Uhr im Holzgehäuse tickte noch immer. Neben dem Herd standen die bequemen Sessel, deren Bezüge jetzt abgewetzt waren. Die Unordnung auf dem Küchentisch ließ auf die Zubereitung eines Dinners schließen. Alice hat wohl Gäste, dachte Annie.

Sie zog ihren Mantel aus und hängte ihn an einen Haken an der Tür. Ich werde Alice eine Freude machen, dachte sie, band eine Schürze um und machte sich an den Abwasch.

Da wurde die Tür aufgestoßen, und ein junges Mädchen –
mit einem Korb Gemüse beladen – kam herein. Bei Annies
Anblick ließ sie den Korb mit einem Schreckensschrei fallen.

»Du meine Güte! Wer bist du denn? Wie hast du mich
erschreckt!«

»Tut mir leid. Ich habe Alice gesucht«, entschuldigte sich
Annie und sammelte das Gemüse auf.

»Mrs. Whitaker für dich, wenn's dir nichts ausmacht«, sagte
das Mädchen schockiert.

»Ja, natürlich. Mrs. Whitaker«, entgegnete Annie verlegen
und erinnerte sich, was für einen Wirbel Juniper gemacht
hatte, weil sie als Kind Alice beim Vornamen genannt hatte.

»Sie kommt gleich. Sie serviert den Pudding.«

»Ah, ich verstehe.« Annie ging wieder zum Spülbecken und
machte sich an den Abwasch.

»Wie nett von dir, daß du das Geschirr spülst.«

»Während ich warte ...« Annie zuckte die Schultern. »Übrigens, ich heiße Annie Budd. Weißt du zufällig, ob es
meinetwegen Telefonanrufe gegeben hat?«

»Nicht, daß ich wüßte. Ich bin Rose Penrose.«

Annie wischte sich die feuchten Finger an der Schürze ab,
und die beiden schüttelten sich freundlich die Hände.

»Eine Mrs. Penrose hat mich aus Penzance mitgenommen
– eine nette Frau. Ist sie vielleicht eine Verwandte von dir?«

»Ach, du meine Güte, hier in der Gegend gibt es Hunderte
von Penroses ...«

Da kam eine ältere Dame mit einem Tablett herein. Ihr
schlohweißes Haar war im Nacken zu einem Knoten zusam-
mengefaßt. Ihre Haltung war straff, die Bewegungen steif,
wie bei Menschen, die von Arthritis geplagt werden. Ihr
Gesicht war voller Falten, und in ihren Augen lag ein
Ausdruck unendlicher Trauer.

»Hast du das Kaffeetablett gedeckt, Rose? Die Gäste wollen den Kaffee im Salon trinken, dann können wir den Tisch im Eßzimmer abräumen und fürs Frühstück decken. Danach kannst du gehen.« Sie stellte das Tablett ab und blickte auf. »Oh, tut mir leid. Ich wußte nicht, daß wir Besuch haben.« Annie stand am Spülbecken, ihr Gesicht halb im Schatten verborgen. Das war der Augenblick, vor dem sie sich gefürchtet hatte.

»Das ist doch . . .« Alice machte einen Schritt auf sie zu. »Es ist Annie! Du bist Annie Budd.« Ihre Stimme zitterte vor Freude. »Oh, bitte, sag, daß du Annie bist.« Alice ging mit ausgestreckten Händen auf sie zu.

Annie unterdrückte das aufsteigende Schluchzen, kämpfte gegen den Impuls an, zu Alice zu laufen und sich in ihre Arme zu werfen. »Ja, ich bin Annie«, sagte sie mit gepreßter Stimme, die ihren Gefühlsaufruhr verriet.

Alice bewegte sich schnell, nahm Annie in die Arme und drückte sie fest an sich. »Ach, Annie, was für eine wundervolle Überraschung! Ich kann dir nicht sagen, wie oft ich von diesem Augenblick geträumt habe. Wie habe ich dich vermißt . . . Ach, Rose, wie aufregend. Annie hat während des Krieges bei mir gelebt. Und jetzt ist sie nach Hause gekommen . . . Ich kann es nicht fassen. Hast du gegessen . . . bist du hungrig?«

Annie lachte. »Wie früher, als Sie sich ständig Sorgen um unsere Mägen machten. Ich habe in Penzance ein Stück Safrankuchen gegessen.«

»Das ist nicht genug für eine junge Frau wie dich. Du bist groß geworden, sieh dich nur an.« Alice' Stimme vibrierte vor Stolz. »Es ist noch Pastete übrig – du hast Pasteten geliebt, nachdem euch Lady Gertie eure heiklen Eßgewohnheiten ausgetrieben hatte. Rose, gib Annie von der Pastete, sei so lieb. Du siehst müde aus, Annie, schrecklich müde.«

Alice runzelte die Stirn, denn sie merkte, daß mehr als Müdigkeit in Annies Gesichtsausdruck lag. Ihre Hand spielte nervös mit ihrer Perlenkette. »Kommst du von weit her?«

»Aus Chatham.«

»In einem Tag?«

»Nein, ich bin gestern fortgegangen. Die Nacht habe ich in der Victoria Station verbracht.«

»Oh, Annie, wie leichtsinnig! Was hätte dir alles passieren können.« Alice griff wieder nach ihrer Perlenkette. Annie konnte sich so gut an diese Geste erinnern.

»Da ist Rose mit der Pastete. Während du ißt, bringe ich den Kaffee in den Salon, und dann können wir uns ausführlich unterhalten.«

Als Alice gegangen war, stellte Rose einen Teller mit Pastete vor Annie auf den Tisch. »Sie ist noch nicht kalt. Soll ich sie dir kurz aufwärmen?«

»Nein, laß nur. Eigentlich habe ich keinen Appetit.«

»Wenn du nicht alles aufißt, wird sich Mrs. Whitaker Sorgen machen.«

Als Alice in die Küche zurückkam, hatte Annie die Fleischpastete gegessen und verzehrte gerade genußvoll ein Schälchen Apfelkompott.

»Wenigstens hast du deinen Appetit nicht verloren«, sagte Alice lächelnd. »Rose, du solltest jetzt besser nach Hause gehen. Ein Sturm zieht auf. Ich komme schon zurecht.«

»Es ist noch schrecklich viel zu tun, und ich habe noch nicht einmal die Pfannen gescheuert.«

»Laß nur. Annie wird mir sicher helfen.«

»Soll ich zum Frühstück kommen?« fragte Rose, als sie in ihren Mantel schlüpfte.

»Das ist nicht nötig, Rose. Ich habe nur drei Gäste.«

»Wie Sie meinen. Also, gute Nacht, Mrs. Whitaker und Annie.«

Alice holte zwei Tassen und goß Kaffee ein. Aus der Anrichte nahm sie eine Flasche Portwein und zwei Gläser, die sie auf den Tisch stellte.

»Du siehst aus, als könntest du einen Schluck vertragen.« Alice goß den Portwein ein. »Eine Gewohnheit aus den Tagen mit Lady Gertie. Bist du schon alt genug, um Alkohol zu trinken?«

»Im Juni werde ich achtzehn.«

»Wie die Zeit verfliegt.« Alice setzte sich an den Tisch. »Also, was ist passiert? Willst du mit mir darüber reden?« fragte sie ernst.

»Alice, ich dachte, ich habe ... weswegen ich hierhergekommen bin ... aber ich kann nicht ... noch nicht.« Annie wandte verlegen und errötend ihr Gesicht ab. Wie hatte sie sich danach gesehnt, ihr schreckliches Geheimnis jemandem anvertrauen zu können, doch jetzt konnte sie nicht einmal mit Alice darüber sprechen, weil sie sich zu sehr schämte.

»Na gut. Ich bin immer für dich da. Wenn es dir möglich ist, darüber zu sprechen, dann komm zu mir.«

Es wurde leise an die Tür geklopft. Alice schürzte mißbilligend die Lippen, stand auf und öffnete die Tür nur einen Spalt breit, damit man von draußen die Unordnung in der Küche nicht sehen konnte.

»Ja, Mr. Thornton?«

»Könnte meine Frau wohl eine Wärmflasche haben? Ihr ist so kalt.«

»In ihrem Bett liegt eine, Mr. Thornton. Sollte sie mittlerweile abgekühlt sein, läuten Sie einfach, dann bringe ich eine heißere.«

»Es tut mir leid, Sie zu belästigen, Mrs. Whitaker.«

»Keineswegs, Mr. Thornton, dafür bin ich ja da«, antwortete Alice mit einem freundlichen Lächeln und schloß die Tür.

»Was macht es mir doch für eine Freude, die Wünsche meiner Gäste zu erraten«, sagte sie kichernd, als sie zum Tisch zurückkam.

»Was geht denn hier vor, Alice? Wer ist dieser Mann?« fragte Annie verwirrt.

»Natürlich kannst du das nicht wissen. Ich führe jetzt ein Gästehaus.«

»*Gwenfer* ein Gästehaus? Das kann ich nicht glauben.«

»Zuerst ging es mir ebenso. Aber ich mußte Geld verdienen. Ich hatte nur die Möglichkeit, zahlende Gäste in mein Haus aufzunehmen.«

»Seit wann?«

»Im Frühjahr 1952 – vor zwei Jahren – habe ich damit begonnen. Im ersten Jahr war die Nachfrage nicht sehr groß, doch der letzte Sommer war fabelhaft. Ich war für die ganze Saison ausgebucht. Jetzt haben wir erst Ende März, und ich habe schon Gäste.«

»Aber das ist doch harte Arbeit ... ich meine ...«

»In meinem Alter? Wolltest du das sagen?« Alice lachte. »Es ist erstaunlich, wie schnell Wehwehchen und Schmerzen vergessen sind, wenn die Notwendigkeit es verlangt. Ich bin kerngesund. Rose hilft mir morgens und abends, und zwei Frauen aus dem Dorf machen die Betten und putzen. Ich koche und serviere.«

»Sie sind wundervoll, Alice. Es gibt nicht viele Ladys Ihrer Herkunft, die derart zurückstecken können.«

»Oh, wir sind eine zähe Rasse, wir Viktorianer. Und ich habe den Vorteil, eine Tochter dieses Granitlandes zu sein. Das verleiht uns mehr Kraft als anderen, verstehst du?« Alice lachte fröhlich.

»Darf ich bleiben?« fragte Annie mit ängstlich angespanntem Gesicht.

»Natürlich, meine liebe Annie. So lange du willst.«

»Ich werde Ihnen bei der Arbeit helfen.«

»Das ist sehr nett von dir, und ich nehme dein Angebot gern an.«

»Wo ist Juniper? Was sagt sie dazu?«

»Sie weiß es gar nicht. Sie lebt jetzt in Griechenland. Vor einiger Zeit hat sie mir geschrieben, irgendein aufdringlicher Mensch habe ihr mitgeteilt, daß ich jetzt ein Gästehaus führe. Ich habe ihr geantwortet, es gehe mir gut und ich hätte ziemlich viele Freunde zu Besuch gehabt. Ich möchte nicht, daß sie sich Sorgen macht. Glücklicherweise hat sie mir geglaubt.«

»Kann sie Ihnen denn nicht helfen?«

»Nein, ich habe Juniper nie darum gebeten. Bestimmt würde sie mir ihre Unterstützung anbieten, aber ich möchte nicht, daß sie es erfährt.« Alice' Tonfall ließ keine Einwände zu, und sie gab Annie zu verstehen, daß dieses Thema für sie abgeschlossen war.

Die beiden Frauen saßen bis tief in die Nacht hinein in der Küche und redeten. Als sie schließlich zu Bett gingen, war Alice so glücklich wie seit langem nicht mehr. Mit Annie hier hatte sie Gesellschaft, jemanden, an den sie sich wenden konnte, der *Gwenfer* ebenso liebte wie sie. Ihren Gesundheitszustand hatte sie verharmlost. Sie war neunundsiebzig und müde. Es gab Tage, an denen sie nicht wußte, woher sie die Energie nehmen sollte, um die Arbeit zu bewältigen, geschweige denn, nett zu ihren Gästen zu sein. Es wird wundervoll sein, Annie, die jung und stark ist, hier zu haben, dachte sie. Wie merkwürdig, daß ich Annie meine finanziellen Nöte anvertraue und alles dafür tue, daß Juniper nichts davon erfährt. Nun, Juniper hat auch ohne meine Geldprobleme genug eigene Sorgen, war Alice' letzter Gedanke vor dem Einschlafen.

Annie lag zufrieden lächelnd in ihrem Zimmer im Bett. Sie war wieder zu Hause, das war *Gwenfer* für sie – ihr wirkliches Zuhause. Sie drückte das Gesicht fest in die Kissen und atmete tief den vertrauten Lavendelduft ein. Ihr Entschluß hierherzukommen, war richtig gewesen: Alice sah so müde aus. Wie konnte es Juniper nur zulassen, daß sich ihre Großmutter in diesem Alter derart abrackerte? Es war abscheulich. Aber Juniper hatte stets nur an sich selbst gedacht. Annie merkte, daß ihr bei dem Gedanken an Juniper das Lächeln vergangen war.

## 6

Wie Alice vor ihrer Ankunft zurechtgekommen war, blieb Annie ein Rätsel. Im Verlauf der folgenden Monate wuchs Annies Hochachtung für Alice. Sie war erst achtzehn, gesund und beweglich, trotzdem war sie abends erschöpft. Annie merkte schnell, daß die Führung eines Gästehauses harte Arbeit bedeutete. In der ersten Zeit taten ihr die Füße und Beine weh, sie hatte Kopfschmerzen, und ihre Geduld wurde von den Ansprüchen der Gäste überstrapaziert. Annie mußte sich dazu zwingen, höflich zu bleiben, und bewunderte Alice' unendliche Langmut.

Alice hatte von Anfang an darauf bestanden, Annie für ihre Arbeit zu bezahlen.

»Ich brauche nur Kost und Logis, Alice. Mehr möchte ich nicht haben«, hatte Annie protestiert.

»Unsinn. Unterschätze nie deinen Wert, Annie, ganz gleich, was du tust. Wenn du für mich ohne Bezahlung arbeitest, wie kann ich dich da bitten, Arbeiten zu erledigen, die keinem von uns angenehm sind? Nein, tut mir leid – entweder du akzeptierst das Geld, oder du wirst hier nicht arbeiten. Natürlich kannst du bleiben. Damit meine ich nicht, daß du gehen sollst . . .« fügte Alice hastig hinzu.

»Es gefällt mir zwar nicht, weil ich Ihnen unendlich viel schuldig bin. Aber wenn Sie darauf bestehen, muß ich wohl einwilligen«, sagte Annie lächelnd, die wußte, wann bei Alice jeder Widerspruch sinnlos war.

Die Saison war ein Erfolg. Während der Sommermonate war das Haus voller Gäste gewesen. Da nur noch im örtlichen Pub Mahlzeiten serviert wurden – auf deren Verzehr die Urlauber nach einmaligem Genuß gern verzichteten –, buchten die meisten Gäste mit Dinner, und Alice nahm auch Reservierungen von aushäusigen Touristen entgegen. Dieser Erfolg und ihre Reputation als Köchin ließen Alice ernsthaft überlegen, eine Lizenz zu beantragen, damit sie zu den exzellenten Mahlzeiten auch gute Weine servieren könnte.

Trotz der harten Arbeit wirkte Alice jetzt entspannter, und der traurige Ausdruck war aus ihren Augen verschwunden, denn es kam Geld ins Haus. Eines Tages, im Spätherbst, rief Alice Annie in ihren kleinen Salon, der ihr als privates Wohnzimmer und Büro diente. Auf dem Tisch standen eine Flasche Champagner und zwei Gläser.

»Ich weiß nicht, ob dieser Champagner noch gut schmeckt. Mein erster Mann hat ihn eingelagert. Wie lange hält sich Champagner wohl, Annie?«

»Diese Art von Bildung erhält man in Chatham nicht«, sagte Annie grinsend, als sie ihr Glas entgegennahm. »Was feiern wir denn?«

Alice hob ihr Glas und sagte triumphierend: »Die Bezahlung der letzten Schulden.«

»Keine Schulden mehr«, wiederholte Annie erfreut und nippte von ihrem Champagner.

»Wie schmeckt er dir?« fragte Alice neugierig.

»Ganz gut. Aber ich weiß nicht, wie Champagner schmecken soll.«

»Na, jedenfalls macht er einen beschwipst«, sagte Alice kichernd.

»Ich möchte nicht unhöflich sein, aber von welchen Schulden sprechen Sie?«

»Da ich nicht möchte, daß du dir Sorgen machst, will ich es dir erzählen. Bei Junipers letztem Besuch auf *Gwenfer* hatte sie beschlossen, ständig hier zu leben. Um den Dorfbewohnern wieder Arbeit zu verschaffen, ließ sie von Ingenieuren die Rentabilität der Zinnmine prüfen, obwohl ihr jeder davon abriet, die Mine wieder in Betrieb zu nehmen. Als sie nach Griechenland fuhr – weil sie dort Urlaub machen wollte, verstehst du, nicht um zu bleiben –, hatten die Ingenieure schon mit der Arbeit in der Mine begonnen. Natürlich mußten sie bezahlt werden, was Juniper – na, kennst sie ja – offensichtlich vergessen hat.«

»Wollen Sie damit sagen, daß Sie alle Rechnungen bezahlt haben, Alice?« fragte Annie entsetzt.

»Das mußte ich tun. Ich hatte als Besitzerin von *Gwenfer* diesen Männern gegenüber eine Verpflichtung. Ich habe mein Haus in London verkauft, doch der Erlös reichte nicht für die Begleichung der Rechnungen und Schulden, die schon auf *Gwenfer* lasteten. Mein Einkommen hat schon lange nicht mehr ausgereicht, die Unterhaltskosten zu decken. Mir blieb nichts anderes übrig, als einen Kredit aufzunehmen, und um den zurückzahlen zu können, mußte ich ein Gästehaus eröffnen. Für mich gab es keine andere Möglichkeit, Geld zu verdienen.«

»Aber warum haben Sie Juniper nicht darüber unterrichtet?«

»Das konnte ich nicht tun. Ich kenne ihre finanzielle Situation nicht und weiß nur, daß sie in Griechenland glücklich ist. Zum erstenmal seit Jahren führt sie ein zufriedenes und ausgeglichenes Leben, und dieses Glück wollte ich nicht durch lächerliche Geldprobleme stören. Außerdem hat mir die Rolle als Gastgeberin Spaß gemacht. Dieses Haus ist viel zu groß für einen einzigen Menschen. Aber jetzt habe ich alle Schulden bezahlt und bin zum erstenmal seit einer Ewigkeit – wie mir scheint – glücklich und zufrieden. Nächstes Jahr brauchen wir nicht so hart zu arbeiten. Ist das nicht eine wundervolle Neuigkeit?«

»Juniper hat Sie nicht verdient«, sagte Annie, ohne nachzudenken.

»Du kennst nicht alle Fakten«, entgegnete Alice scharf, und da sie selten in diesem Ton sprach, wirkte ihre Zurechtweisung noch schroffer.

»Es tut mir leid, Alice. Diese Angelegenheit geht mich nichts an.«

»Ganz recht«, sagte Alice mißbilligend mit schmalen Lippen.

Eine Woche später tobte einer der schlimmsten Stürme über *Gwenfer* hinweg. Die Wellen brachen sich donnernd an den Klippen, und der Wind peitschte gegen das alte Haus. An Schlaf war nicht zu denken, und als gegen Mitternacht lautes Poltern und Krachen zu hören waren, fürchtete die beiden Frauen, das Gemäuer würde über ihren Köpfen einstürzen. Im Morgengrauen betrachteten Alice und Annie die Sturmschäden und waren entsetzt. Die Auffahrt war mit zerbrochenen Ziegeln bedeckt – der Sturm hatte einen Teil des Dachs abgetragen.

Alice und Annie standen inmitten des Gerölls.

»Oh, Alice, das sieht schlimm aus. Den Schaden wird doch wohl die Versicherung bezahlen, oder?« fragte Annie.

Alice schwieg eine Weile. »Es gibt keine Versicherung. Ich

konnte mir die Beiträge nicht leisten«, antwortete sie schließlich leise.

»Ach, du meine Güte! Was sollen wir nur tun? Das Dach muß repariert werden, sonst regnet es herein.«

»Du Miststück!«

Annie zuckte zusammen. Nie hatte Alice derartige Worte in den Mund genommen, und sie fragte sich, womit sie diesen Gefühlsausbruch verursacht hatte.

»Du gieriges Miststück! Was willst du sonst noch von mir?« schrie Alice und drohte dem Haus mit der geballten Faust. Ihr Gesicht war wutverzerrt.

»Alice, bitte ...« Annie versuchte vergebens, sie zu beschwichtigen.

»Ich dachte, jetzt wäre alles in Ordnung. Endlich wollte ich frei von Sorgen und Schulden sein – und jetzt hat sie mir das angetan. Warum?« Alice sah Annie flehend an. »Wie konnte sie nur?«

»Alice, ich verstehe nicht«, sagte Annie verwirrt, wußte nicht, von wem Alice sprach.

»Ich meine das Haus. Es ist die grausamste Herrin des ganzen Landes. Meine steinerne Herrin, habe ich sie schon vor langer Zeit genannt. Sie verlangt alles von mir – meinen letzten Penny, meine letzte Kraft ...« Und zu Annies Entsetzen begann Alice das Haus anzuschreien, während das Heulen des Windes wie triumphierendes Lachen über den angerichteten Schaden klang.

Alice nahm für die Reparatur des Dachs wieder einen Kredit auf. Es würde viele Jahre harter Arbeit erfordern, um die Schulden zu bezahlen.


»Annie, wollen wir einen Spaziergang machen?«

Annie blickte von ihrem Buch auf. Es war Januar und bitterkalt draußen. Zu dieser Jahreszeit waren keine Gäste im Haus, und die beiden Frauen saßen gemütlich in Alice' Salon vor dem prasselnden Kaminfeuer. Annie wäre es nie in den Sinn gekommen, die behagliche Wärme für einen Spaziergang in der Kälte aufzugeben. Sie warf Alice einen verwunderten Blick zu.

»Wir sollten die Gelegenheit nutzen und uns mehr im Freien aufhalten«, sagte Alice forsch, als könnte sie Annies Gedanken lesen. »Außerdem kann ich in der frischen Luft besser denken.«

Annie ging widerstrebend in ihr Zimmer, zog Handschuhe, Schal, Wollmütze und ihren dicken Wintermantel an. Alice wartete – ebenso vermummt – in der Halle.

Nach einer Weile vergaßen die beiden Frauen die beißende Kälte und genossen den Spaziergang über den Pfad, der an den Klippen entlangführte. Die ganze Zeit marschierte Alice schweigend und mit gesenktem Kopf dahin. Wieder vor dem Haus angelangt, wollte Annie hineingehen, doch Alice schlug den Weg ins Tal ein.

»Ich muß mit dir über etwas sprechen, Annie. Würdest du mich freundlicherweise noch ein Stück begleiten?«

Annie dachte wehmütig an das Kaminfeuer und den heißen Tee mit Gebäck, folgte Alice jedoch zur Bucht hinunter. Sie wußte, daß sie zu Ias Felsen gingen, und ahnte, daß es eine ernste Unterhaltung werden würde. Als die beiden Frauen nebeneinander auf dem Felsen kauerten, sagte Alice: »Ich fürchte, ich bin schrecklich selbstsüchtig, Annie. Es ist wundervoll, dich hier zu haben. Du bist mir eine große Hilfe, aber du solltest nicht länger in *Gwenfer* bleiben.«

»Aber, Alice, Sie brauchen mich doch«, protestierte Annie. Alice lächelte sie an. »Was ich brauche, ist irrelevant. Wir müssen an dich denken. Du besitzt ein enormes künstlerisches Talent, solltest deinen Abschluß machen und die Kunsthochschule besuchen. Du vergeudest deine Zeit damit, einer alten Frau bei der Führung eines Gästehauses zu helfen. Für diese Arbeit bist du viel zu intelligent.«

»Sie wollen mich hier nicht mehr haben?« Alice versteifte sich. Das hatte sie nicht erwartet. Nie hätte sie gedacht, je wieder die Geborgenheit und Sicherheit von *Gwenfer* verlassen zu müssen.

»Nein, das habe ich nicht gesagt. Ich denke nur an deine Zukunft. Mir ist bewußt, daß du hier glücklich bist und dir für den Augenblick kein anderes Leben wünschst. Aber vielleicht wirst du eines Morgens aufwachen und erkennen, wieviel kostbare Zeit du verloren hast. Was dann? Du wärst vielleicht auf mich böse, weil ich es versäumt habe, dich auf deine Zukunft hinzuweisen. Du könntest die Jahre bedauern, die du hier vergeudet hast.«

»Nein. Nie würde ich so etwas denken. Ich bin kein Kind mehr, Alice. Ich weiß, was ich tue und warum. Ich *muß* hierbleiben, ich *will* es nicht nur. Da draußen, in dieser Welt, könnte ich nicht leben. Dafür bin ich nicht geschaffen, und wenn Sie mich dazu zwingen, weiß ich nicht, was passiert.«

»Annie, das klingt sehr melodramatisch. Du bist eine sehr ausgeglichene, und innerlich gefestigte junge Frau.«

»Vielleicht kennen Sie mich nicht«, sagte Annie so leise, daß Alice es nicht hörte.

»Natürlich bin ich glücklich, wenn du hierbleiben willst. Du könntest deinen Abschluß in Penzance machen.«

»Und wovon soll ich leben?« fragte Alice.

»Vielleicht könnten wir deinem Vater schreiben. Annie, es macht mir Sorgen, daß du keinen Kontakt zu ihm hast. Er macht sich bestimmt Sorgen um dich.«

»Nein.«

»Dann soll er dir wenigstens dabei helfen, deine Ausbildung zu bezahlen.«

»Nein. Von diesem Mann würde ich keinen Penny annehmen«, sagte Annie mit Panik in der Stimme. Sie starrte aufs Meer und fühlte die alten Ängste und den Groll in sich aufsteigen. »Ich hasse ihn. Er ist nicht mehr mein Vater.« Annie wandte ihr Gesicht Alice zu, die über den Ausdruck der Verzweiflung in den Augen der jungen Frau entsetzt war. »Sie werden das nicht verstehen, Alice – ich habe versucht, ihn zu töten.«

Alice schnappte keuchend nach Luft und blickte Annie schockiert an. »Du wolltest ihn töten? Deinen eigenen Vater?«

»Ja. Jetzt verstehen Sie, warum ich ihn nicht bitten kann, mich zu unterstützen, auch wenn ich es wollte.«

»Aber, warum, Annie? Hattet ihr Streit? Junge Menschen streiten sich oft mit ihren Eltern . . .«

»Nichts dergleichen. Ich möchte Ihnen die ganze Geschichte erzählen. Ich glaube, jetzt ist der richtige Zeitpunkt dafür.« Und Annie redete.

Die Worte sprudelten nur so aus ihr heraus. Alice hörte mit wachsendem Entsetzen zu, wie Annie von ihrer ersten Nacht nach ihrer Abreise aus *Gwenfer* und den vielen folgenden Nächten bis zur Ankunft ihrer Stiefmutter erzählte. Alice fühlte, wie ihr ein Schauder des Grauens über den Rücken lief, und war wütend wie nie zuvor in ihrem Leben. Tränen über die verlorene Unschuld dieses Kindes, das ihr so lieb war, liefen ihr über die Wangen.

»Aber warum hast du niemandem davon erzählt? Deinen Lehrern, deiner Großmutter, dem Vikar? Konntest du dich denn keinem Menschen anvertrauen?« fragte Alice schließlich, als Annie aufgehört hatte zu reden und in sich zusammengesunken auf dem Fels saß. Annie lachte, ein merkwürdiges kleines Lachen voller Ironie.

»Ich konnte es nicht tun. Sie haben es mir verboten.«

»Ich? Was meinst du damit, Annie? Ich war Hunderte von Meilen entfernt.«

»Als Sie mir von Ihrem Streit mit Lady Gertie erzählten, damals, als wir auf dem Trafalgar Square die Tauben gefüttert haben. Sie sagten: ›Loyalität der eigenen Familie gegenüber ist das wichtigste im Leben. Man muß sie um jeden Preis schützen.‹ Erinnern Sie sich?«

»Mein Gott, Annie! Auf keinen Fall habe ich damit gemeint, daß Stillschweigen über eine derartige Schandtat bewahrt werden muß. Was für ein entsetzliches Mißverständnis. Es tut mir leid. Bitte, verzeih mir.«

»Da gibt es nichts zu verzeihen, Alice. Ich war ein Kind und habe Ihre Worte mißverstanden. Als ich alt genug war, um zu verstehen, wie böse er war, hat er aufgehört, mich zu behelligen. Bis zur letzten Nacht in seinem Haus. Da wollte er sich mir wieder nähern, und ich habe versucht, ihn zu töten.«

»Aber du hast es nicht getan, kannst es nicht getan haben, sonst wäre etwas in der Zeitung gestanden und die Polizei hätte Nachforschungen angestellt.«

»Das Schlimmste ist, daß es mir egal war, ob ich ihn getötet hatte oder nicht. Diese Gedanken haben mir angst gemacht.«

»Man müßte Anzeige bei der Polizei erstatten und ihn ins Gefängnis bringen.«

»Nein, das ist alles vorbei und in der Vergangenheit begraben. Ich werde ihn nie wiedersehen. Und meine Stiefmutter war nett zu mir, ich möchte ihr nicht weh tun.«

»Vielleicht könnte ich dir einen Zuschuß zum Studium geben . . .«

»Ach ja und wie?« Annie mußte lachen. »Alice, es ist so lieb von Ihnen, aber bei Ihren Problemen . . . Wie könnten Sie mir da einen Zuschuß geben? Wollen Sie etwa noch zusätzlich für fremde Leute Wäsche waschen? Wie wundervoll ich mich da fühlen würde.«

»Ich komme mir so hilflos vor.«

Annie gab Alice einen zärtlichen Kuß auf die Wange. »Wie können Sie das nur von sich behaupten? Darf ich bleiben? Sie verstehen jetzt sicher meine Situation. Und ich bin glücklich hier. Ich genieße es, gebraucht zu werden.«

»Liebe Annie, ich muß gestehen, daß ich mich vor dieser Unterredung gefürchtet habe. Ich hatte Angst, du würdest nur aus Mitleid bei mir bleiben. Wie ich ohne dich zurechtkommen sollte, habe ich nicht gewußt. Ich zog es vor, nicht darüber nachzudenken.«

»Jetzt brauchen Sie sich darüber keine Gedanken mehr zu machen«, sagte Annie und drückte Alice' Hand.

»Nein, aber ich wünschte, die Umstände wären für dich anders. Dein ganzes Elend hat wenigstens dazu geführt, daß wir wieder zusammen sind.« Alice seufzte. »Oh, schau nur! Die Sonne geht bald unter. Vielleicht sehen wir heute abend das grüne Leuchten. Darauf wollen wir warten.«

Alice legte ihren Arm um Annies Schultern, drückte sie fest an sich und empfand für diese junge Frau dieselbe Liebe wie für das kleine Mädchen von damals. Alice wünschte, sie könnte Annies Vergangenheit auslöschen, und schwor sich, sie vor jedem Schaden zu beschützen, solange sie lebte.

# 7

Juniper lag auf den Seidenkissen des Sofas und blätterte müßig in einer Illustrierten. Neben ihr auf dem Tisch stand ein Glas Champagner, und in der Hand hielt sie eine lange Elfenbeinzigarettenspitze. *Rock Around the Clock* dröhnte aus der Musiktruhe. Die Platte war zu Ende, da setzte sie sich kerzengerade auf, die Zigarettenasche fiel auf ihren weißen Schlafanzug.

»Komm schnell her«, rief sie aufgeregt.

Aus dem Bad kam eine unverständliche Antwort und das gedämpfte Geräusch fließenden Wassers. Juniper studierte voller Interesse die bebilderte Anzeige.

Jonathan kam mit einem Buch in der Hand aus dem Bad.

»Ach, deswegen brauchst du immer so lange«, sagte sie mit einem scharfen Unterton in der Stimme, der nicht zu überhören war.

»Damit ich vor dir und dieser infernalischen Musik Ruhe habe«, antwortete Jonathan grinsend.

»Leider liegt in deinen Witzen immer ein Quentchen Wahrheit, Jonathan. Sieh dir das an ...« Sie reichte ihm die Ausgabe von *Country Life*. »Ist das nicht schrecklich?«

Jonathan nahm die Illustrierte und betrachtete die Anzeige.

»Arme Polly. Sie muß in einer verzweifelten Lage sein«, sagte er schließlich und gab Juniper die Illustrierte zurück. »Wir müssen etwas unternehmen.«

»Was denn?«

»Ihr Geld geben, natürlich, damit sie *Hurstwood* nicht verkaufen muß. Sie liebt dieses Haus über alles.«

»Das weiß ich, aber mit Geld wird ihr nicht zu helfen sein. Wenn sie verkaufen muß, dann ist der Besitz bis unters Dach mit Hypotheken belastet, und die Bank würde jeden Penny schlucken. Es ist ein hübsches Haus, und sie wird keine Schwierigkeiten haben, einen Käufer zu finden.«

»Aber das wäre ihr Tod, Jonathan«, protestierte Juniper.

»Glaubst du wirklich, Polly würde von dir Geld annehmen? Bestimmt weiß sie, daß wir wieder zusammen sind.«

»Das ist eine uralte Geschichte, sei nicht albern. Polly ist glücklich verheiratet, und sie liebt Andrew – wohl mehr, als sie dich je geliebt hat, sonst wärst du jetzt arm wie eine Kirchenmaus und müßtest ihr Haus verkaufen, anstatt mit mir im Luxus zu leben, nicht wahr?«

Jonathan legte ein Lesezeichen in sein Buch und legte es widerstrebend beiseite.

»Du möchtest lieber dein langweiliges Buch lesen, nicht wahr, anstatt mit mir zu reden?«

»Juniper, das ist nicht fair.«

»Ach, nein? Ohne Maddie wäre ich in den vergangenen Jahren verrückt geworden. Du hast deine Nase immer in irgendwelchen scheußlichen Büchern«, sagte sie schroff. Aus irgendeinem Grund war sie seit ihrer Ankunft in London nervös und schlechtgelaunt.

»Nun, ich hab's ja weggelegt. Wohin gehen wir zum Lunch?«

»Ich dachte ans *Ivy*.«

»Einverstanden.«

Da läutete das Telefon, und Juniper eilte aufgeregt an den Apparat. Die Freude wich aus ihrem Gesicht, als sie Jonathan den Hörer reichte. »Es ist dein Agent«, sagte sie schmollend.

»Hallo, Peter . . .«

Juniper ging in das Schlafzimmer ihrer Suite. Im Ankleidezimmer musterte sie kritisch ihre Garderobe. Auf der Insel hatte sie ihren eigenen Stil entwickelt, doch die Kleider wirkten in London deplaziert. Vor drei Jahren war sie zum letztenmal in England gewesen, denn sie hatten ausgedehnte Reisen nach Indien, Malaysia, Indonesien und Japan unternommen – immer in den Osten, nie nach Westen. Diese Reisen waren faszinierend gewesen und dienten Jonathans Recherchen. Aber es hatte Zeiten gegeben, da hatte sie sich nach London oder New York gesehnt. Da ihr Imperium jetzt von vertrauenswürdigen Beratern geleitet wurde, hatte sie das Interesse an geschäftlichen Dingen verloren, und es gab keinen Grund für Reisen nach Amerika. Nachdem Jonathan eines Tages verkündet hatte, daß er nie wieder im Westen leben wolle, hatte sie ihm verschwiegen, wie sehr sie sich manchmal nach ihrer alten Heimat sehnte. Juniper brauchte Jonathan, das hatte sie schnell erkannt. Sie konnte nicht alleine leben, und ihr bangte vor dem Tag, an dem er sie wegen einer jüngeren Frau – die auch mehr Verständnis für sein Schreiben hatte – verlassen könnte. Sie wußte, es war ihre Schuld, daß er sein neues Buch noch nicht beendet hatte, es hätte schon vor zwei Jahren veröffentlicht werden sollen –, aber sie war auf sein Schreiben eifersüchtig. Jonathan war von ihrem Geld nicht so abhängig, wie es andere gewesen waren. Es schien ihn nicht zu interessieren. Vorausgesetzt, er hatte seine Schreibmaschine, Papier, eine Flasche Wein und Pfeifentabak, war er völlig zufrieden. Zuerst hatte Juniper diese Geringschätzung ihres Reichtums anziehend gefunden, denn dadurch unterschied sich Jonathan von anderen Männern. Doch mittlerweile wünschte sie, es würde ihm mehr bedeuten, denn sie wollte, daß auch er sie brauchte.

Juniper wählte eine schwarze Jacke mit weiten glockenförmigen Ärmeln, die mit grünen und roten Stickereien verziert war. Dieses Kleidungsstück hatte sie in Belgrad gekauft. Kritisch betrachtete sie sich im Spiegel. Eine kleine Zweitwohnung in London würde ihr gefallen. Dagegen hätte Jonathan sicher nichts einzuwenden, denn dann hätte er einen Wohnsitz in der Nähe seines Verlegers.

Maddie kam ins Zimmer.

»Maddie, würde ich wie ein Idiot aussehen, wenn ich damit ins *Ivy* gehe?«

»Ich kenne das *Ivy* zwar nicht, aber wenn es ein vornehmes Restaurant ist, dann landest du bestimmt einen Superhit.«

»Wirklich?«

»Ja. Ich war gerade in der Bond Street – dein Kollier wird nächste Woche fertig, hat man mir bei Asprey's gesagt –, und irgendwie sind die Frauen alle gleich gekleidet. Sie haben keinen originellen Stil, so wie du.«

»Na gut. Auf deine Verantwortung.« Juniper schlüpfte in schwarze Samtreithosen, zog die Jacke an, und Maddie half ihr, die auf Hochglanz polierten Reitstiefel von Hermès überzustreifen. »Hut?«

»Ja. Den schwarzen Schlapphut.« Maddie holte ihn aus einer Hutschachtel im Schrank und setzte ihn Juniper auf. »So«, sagte sie und trat zurück. »Du siehst verdammt gut aus«, meinte sie bewundernd.

»Willst du wirklich nicht zum Lunch mitkommen?« fragte Juniper.

»Nein. Ich hebe mir meine Kräfte für heute abend auf und will einen geruhsamen Nachmittag verbringen.«

»Erwarte dir nicht zuviel von der Party, die der Verleger für Jonathan gibt. Denk nur daran, wie langweilig diese Schriftsteller und Herausgeber waren, die Jonathan auf der Insel besucht haben. Hier werden sie gleich zuhauf auftreten.«

»O Mann! Was Schlimmeres kann ich mir gar nicht vorstellen«, sagte Maddie und verzog das Gesicht.

»Du könntest mir einen großen Gefallen tun, Maddie. Im Salon liegt eine Ausgabe von *Country Life*. Darin findest du eine Anzeige von einem Haus namens *Hurtswood*. Ruf bitte den Makler an und bitte ihn, detailliertes Informationsmaterial zu schicken – an dich, nicht an mich. Du darfst auf keinen Fall meinen Namen erwähnen.«

»Willst du etwa ein Haus kaufen? In England? Das wäre phantastisch«, sagte Maddie begeistert. Ihr gefiel es zwar in Griechenland, und nichts hätte sie dazu bewegen können,

Juniper zu verlassen, aber es gab Zeiten, da hatte sie eine beinahe qualvolle Sehnsucht nach England.

Juniper ignorierte die Frage. »Nachdem du dir die Unterlagen angesehen hast, vereinbare – wieder unter deinem Namen – einen Besichtigungstermin für *Hurstwood*. Wir machen am Samstag nachmittag auf dem Weg nach Cornwall einen Abstecher dorthin.«

»Wir fahren nach Cornwall?«

»Ich muß hin. Meine arme Großmutter wird allmählich denken, daß ich sie nicht mehr liebe. Und ich würde gern eine Weile in *Gwenfer* bleiben. Ich muß über Verschiedenes nachdenken. Könntest du meine Großmutter anrufen und ihr sagen, daß wir am Sonntag kommen?«

»Solltest du nicht selbst mit ihr reden, Juniper?« fragte Maddie in ihrer gewohnten direkten Art.

»Ja, ja, ich tu's ja. Hör auf zu meckern. Ich will nur, daß du ihr unsere Ankunft ankündigst. Ich habe jetzt keine Zeit dafür. Sei so lieb, und ruf an. Sag ihr, daß ich später mit ihr rede. Ich muß mich beeilen . . .«

Juniper war nicht erfreut, bei ihrer Ankunft im *Ivy* Peter Quilt, Jonathans Agent, anzutreffen. Jonathans verlegener Gesichtsausdruck zeigte ihr, daß er Peter eingeladen hatte, obwohl Juniper gern mit ihm allein gewesen wäre, ehe der Rummel mit der Presse begann.

»Peter, mein Lieber«, sagte sie zuckersüß und hauchte Küßchen neben seine Wangen. »Was für eine Überraschung.«

»Wie nett von dir, mich einzuladen«, antwortete Peter freudestrahlend.

»Ja, nicht wahr?« sagte sie und bestellte lächelnd einen Drink beim Kellner.

Maddie hatte recht, dachte sie. Sie sonnte sich in den bewundernden Blicken und genoß es, strahlender Mittelpunkt zu sein. Diese Mode erweckte Aufsehen in London.

»Tut mir leid, daß ich im Hotel so kratzbürstig war«, sagte sie plötzlich zu Jonathan.

»Du warst nicht kratzbürstig.«

»Doch, weil du deine Nase immer in Bücher steckst. Ich bin manchmal sehr selbstsüchtig ... du kennst mich ja.« Sie kicherte und fügte hinzu: »Außerdem finde ich den Gedanken an das bevorstehende Wiedersehen mit meinem entsetzlich langweiligen Ehemann abscheulich.«

»Dominic ist mittlerweile ein angesehener Politiker. Erst neulich hat ihn ein Freund von mir über die Wirtschaftslage sprechen hören ...«

»Ich verbiete dir, über Politik zu reden, Peter. Das Zusammenleben mit Dominic hat mir dieses Thema endgültig verleidet.«

»Tut mir leid, Juniper. Es würde mich allerdings nicht wundern, Dominic eines Tages als Premierminister zu sehen.«, fügte Peter hinzu.

»Wie gut, daß du ihn verlassen hast, Juniper. Du wärst eine miserable Premierministersgattin ...« neckte Jonathan sie. »Stell dir nur vor, irgendein Staatsoberhaupt würde dich langweilen!«

»Ebenso miserabel wie als Frau eines Schriftstellers?« Juniper warf ihm einen boshaften Blick zu.

»Überhaupt nicht. Du bist einfach wundervoll. Ich wünschte nur, du wärst meine Frau«, sagte Jonathan.

»Vor ein paar Monaten hast du gesagt, ich sei unverbesserlich und frustrierend und würde dein großes Werk ruinieren.«

»Damals war *ich* kratzbürstig, weil ich unter Druck stand und Monate hinter meinem Termin zurücklag.«

»Das erinnert mich daran, Jonathan, daß ich heute morgen mit Nigel gesprochen habe. Turnhills bestehen darauf, daß dein nächstes Buch termingerecht fertig wird. Sie sind ziemlich verärgert über die Verspätung. Alle Verleger rechnen mit Verzögerungen, aber zwei Jahre ...«

»Das Leben im Paradies verleidet einem jeden Gedanken an die Arbeit«, sagte Jonathan verlegen.

»Nein, es ist meine Schuld, Peter. Ich hasse es, wenn er schreibt. Ich kann es nicht ausstehen, wenn er mich vernachlässigt. Kannst du dir vorstellen, daß ich auf seine Bücher eifersüchtig bin? Ist das nicht albern und kindisch?« sagte Juniper und streichelte zärtlich Jonathans Hand. »Wahrscheinlich liebe ich ihn zu sehr.«

»Ich verstehe deine Schwierigkeiten, alter Junge«, sagte Peter lachend und beneidete Jonathan um die schöne Frau an seiner Seite. Jemand hatte ihm erzählt, Juniper sei sechsunddreißig, was unwahrscheinlich klang, denn sie sah kaum älter als zwanzig aus. Ihr feingliedriges Gesicht würde auch im Alter kaum an Schönheit verlieren, und ihr sonnengebräunter Teint zeigte keine Falten. Sie trug ihr blondes Haar offen, und in ihren wunderschönen, haselnußbraunen, mit Gold gesprenkelten Augen lag ein erstaunlich kindlicher Ausdruck. Peter neidete Jonathan den Erfolg mit seinen zwei bisher veröffentlichten Romanen, am meisten beneidete er ihn jedoch um diese schöne Frau, die ihn so offensichtlich liebte.

Juniper gefiel, trotz ihrer Zweifel, die Party, die das Verlagshaus Turnhills zur Feier von Jonathans drittem Roman an diesem Abend gab. Es herrschte die einhellige Meinung, daß *Eastern Idylls* besser als sein erstes Buch sei, das als geniales Werk gefeiert worden war. Jonathans zweiter Roman hatte die hochgesteckten Erwartungen enttäuscht. Juniper beobachtete voller Stolz, wie Jonathan von Fotografen und Frauen umlagert wurde. Vergessen war ihre Frustration auf der Insel, die Einsamkeit, die sie stets überwältigt hatte, wenn er seine Zeit lieber seinem Buch als ihr

510

gewidmet hatte. Jetzt dachte sie mit Beschämung an ihre Gereiztheit und die regelmäßigen Wutausbrüche. Sie sollte sich geehrt fühlen, daß dieser berühmte Schriftsteller mit ihr lebte. Ich werde mich ändern, beschloß sie. Mit strahlendem Lächeln ließ sie sich zusammen mit Jonathan fotografieren.

Zwei Tage später ging Juniper widerstrebend zu ihrer Verabredung mit Dominic. Obwohl sie Jonathan nicht heiraten wollte – sie waren auch ohne Trauschein glücklich –, hielt sie es für besser, einen endgültigen Schlußstrich unter ihre Ehe mit Dominic zu ziehen, und wollte auf einer Scheidung bestehen.

Dominic begrüßte Juniper in seinem Büro im Unterhaus mit einem Kuß. Dieser Mann hat keine Ähnlichkeit mehr mit dem forschen Piloten, den ich einmal geheiratet habe, dachte Juniper, als sie vor seinem imposanten Schreibtisch Platz genommen hatte. Er war zwar noch immer breitschultrig, wirkte jedoch schlaff und aufgedunsen. Er hatte Tränensäcke und dunkle Ringe unter den melancholischen braunen Augen.

»Dominic, ich möchte dir keine Schwierigkeiten machen, aber es ist wohl höchste Zeit, daß wir uns scheiden lassen. Wir sollten endlich geordnete Verhältnisse schaffen. Vielleicht möchtest du eines Tages wieder heiraten?« Juniper schnitt das Thema an, nachdem offenkundig wurde, daß Dominic einer direkten Aussprache auswich.

»Wir schreiben zwar das Jahr 1955, aber es könnte meiner Karriere schaden ...« Er befingerte nachdenklich seine Krawatte. »Die nächste Wahl findet am sechsundzwanzigsten dieses Monats statt.«

»Ich weiß, aber eine Scheidung geht nicht so schnell über die Bühne. Ich nehme gern die Schuld auf mich, denn mir liegt nichts an meinem Ruf. Und ich sorge dafür, daß du keine finanziellen Einbußen erleidest, das heißt, falls es dich nicht beleidigt«, sagte sie lächelnd und wunderte sich insgeheim, wie eingebildet und dumm die meisten Männer doch waren und warum es nötig war, immer dieses Theater zum Schutz ihres männlichen Egos zu veranstalten.

»Das versetzt mich in eine schwierige Lage. Ich meine, ein Mann nimmt nicht gern Geld von einer Frau an«, tönte er hohl.

»Wie gut, Dominic. Ich wußte, du würdest Verständnis zeigen. Meine Anwälte werden sich mit dir in Verbindung setzen«, sagte Juniper fröhlich, da er ihr seinen Preis genannt hatte. Wo waren seine hochgestochenen Prinzipien über Besitz geblieben?

Vor dem Parlamentsgebäude beschloß Juniper, zu Fuß zum Hotel zurückzugehen, und schickte ihren Chauffeur voraus. Es war ein herrlicher Maitag, und sie war in Hochstimmung. Obwohl ihre Ehe mit Dominic seit Jahren nur noch auf dem Papier bestanden hatte, würde es ein wundervolles Gefühl sein, ihre Freiheit bald wiederzugewinnen.

Bei Garrard's kaufte sie für Maddie ein hübsches Perlenarmband. In der Jeremy Street bestellte sie bei Turnbull and Asser Hemden und Krawatten für Jonathan. Bei Fortnum's ließ sie sich einen riesigen Eßkorb für ihre Reise nach Cornwall zusammenstellen, der ins Hotel geliefert werden sollte. Bei Hatchard's kaufte sie einen Berg Neuerscheinungen, eine Hälfte für sich, die andere für Jonathan. In einem kleinen exklusiven Geschäft kaufte sie für Maddie und sich ein ganzes Sortiment verschiedener Badeöle. Als sie beim *Ritz* ankam, hatte sie das Gefühl, auf Wolken zu schweben.

Sie öffnete die Tür ihrer Suite und rief: »Ich bin's.«

Sie rauschte in den Salon. Jonathan stand am Fenster neben einem jungen, hochgewachsenen und schlanken Mann mit tiefschwarzem Haar. Die saloppe Kleidung – Hosen und Blazer – trug er mit anmutiger Eleganz. Er drehte sich um. Irgend etwas an diesem gutaussehenden jungen Mann kam Juniper vertraut vor. Sie hatte das Gefühl, ihn zu kennen.

»Hallo«, sagte er unsicher.

Er kam mit einem schüchternen Lächeln und ausgestreckter Hand näher.

»Hallo, Mutter.«

## 8

»Harry!«

Juniper ließ Handtasche und Päckchen fallen und eilte mit ausgebreiteten Armen auf den jungen Mann zu. Errötend trat er einen Schritt zurück. Juniper blieb stehen und kam sich töricht vor. Harry spürte ihre Verwirrung und ließ sich von ihr in den Arm nehmen und küssen. Immer wieder rief sie seinen Namen, bis sie merkte, daß er stocksteif und verlegen dastand. Sie ließ ihn los.

»Das ist die wundervollste Überraschung, die ich mir vorstellen kann«, plapperte Juniper, tanzte durch den Salon und sammelte die verstreuten Päckchen ein, um ihre Enttäuschung zu verbergen, daß Harrys Begrüßung weniger herzlich als ihre ausgefallen war. Dann kehrte sie zu ihm zurück, griff etwas zurückhaltender nach seiner Hand und sagte fröhlich:»Bestell Champagner, Jonathan. Wir müssen feiern. Laß dich anschauen.« Sie trat einen Schritt zurück und musterte Harry, der Hal derart ähnelte, daß ihr ein Schauder über den Rücken lief. Nur die Augen hatte er von ihr geerbt – sie waren braun und mit Gold gesprenkelt. Er war groß, und sie hatte sich auf Zehenspitzen stellen müssen, um ihn zu umarmen. Das letztemal hatte sie ihn gesehen, als er ein sechsjähriger Junge war. Jetzt stand ein Mann vor ihr.

»Du hättest gestern, an deinem Geburtstag, kommen sollen. Wir hätten eine wundervolle Party gefeiert.« Juniper lächelte ihn strahlend an und wünschte sich, er würde nicht so verängstigt aussehen.

»Du hast dich daran erinnert?« fragte er schüchtern.

»Ich habe deinen Geburtstag nie vergessen«, antwortete Juniper sanft. »Jedes Jahr habe ich dir Geschenke geschickt.«

»Ach, wirklich?« Er wirkte verwirrt.

»Nun, ja«, sagte sie seufzend. »Was hätte ich denn erwarten können?« Sie wandte das Gesicht ab, damit er den verbitterten Ausdruck nicht sah. Wie befürchtet, hatten sie ihm ihre Geschenke vorenthalten. Immer hatte sie gehofft, daß Leigh ihm die Geschenke gab, damit Harry wußte, daß sie ihn nicht vergessen hatte. »Was wäre das für eine herrliche Geburtstagsfeier gewesen«, wiederholte sie vage.

»Ich war bei Onkel Leigh. Er wollte ein großes Dinner für mich geben.«

»Wie nett für dich. Hat es dir Spaß gemacht?« Juniper konnte Harry nicht ansehen, wenn er von seinem Vormund sprach, denn seine Miene drückte liebevolle Zuneigung für Leigh aus.

»Es wurde abgesagt. Onkel Leigh meinte, es wäre unter den gegebenen Umständen nicht schicklich zu feiern.«

»Was für Umstände?« fragte Juniper.

»Meine Großmutter ist letzte Woche gestorben. Lady Copton«, fügte er wegen Jonathan hinzu.

»Aha!« Der freudige Ausruf entrutschte ihr ungewollt. »Arme Großmutter«, fügte sie hastig hinzu und drehte sich zu dem Kellner um, der gerade den Champagner brachte, um ihr breites Grinsen zu verbergen. »Das habe ich nicht gewußt. Wir waren beinahe eine Ewigkeit auf Reisen. Jonathan hat Angst vorm Fliegen, nicht wahr, Liebling?«

»Ich kann schwimmen, wenn ein Schiff sinkt, aber nicht fliegen, wenn ein Flugzeug abstürzt«, antwortete Jonathan und goß Champagner ein.

»Klingt vernünftig, Sir«, sagte Harry mit einem Lächeln, das wesentlicher gelöster war als das ängstliche Lächeln, das er ihr geschenkt hatte. Warum Harry vor ihr Angst hatte, war ihr ein Rätsel.

»Mochtest du deine Großmutter?« fragte sie zu ihrem eigenen Erstaunen.

»Sehr. Sie war immer überaus freundlich zu mir«, antwortete er verlegen.

»Das freut mich«, sagte Juniper mit unüberhörbarer Ironie in der Stimme.

Jonathan reichte ihnen die Champagnergläser. »Worauf wollen wir trinken?« fragte er. »Auf wiedergefundene Freunde? Erneuerte Bekanntschaften?«

»Auf verlorene Söhne.« Juniper hob ihr Glas und stieß mit den beiden Männern an.

»Wollen wir uns nicht setzen? Es sieht so ungemütlich aus, wenn wir herumstehen.« Juniper ließ sich anmutig aufs Sofa sinken und bedeutete Harry, sich neben sie zu setzen. »Wie kommt es, daß du so plötzlich hier auftauchst?« fragte sie so sanft wie möglich, damit Harry keinen kritischen Ton heraushörte.

»Ich konnte nicht früher kommen ... weil, meiner Großmutter hätte es nicht gefallen ... ich wollte ihr nicht weh tun ... ich wollte niemandem weh tun ... es wäre irgendwie nicht richtig gewesen«, stammelte Harry, dem es offensichtlich schwerfiel, eine Erklärung zu finden.

»Ganz recht«, antwortete Juniper, der es nur mit Mühe

gelang, die Fassung zu bewahren. Ihr Haß auf ihre Schwiegermutter stieg wie Galle in ihr auf.

»Du warst in einer schwierigen Situation, mein Junge«, sagte Jonathan aufmunternd.

»Ja, Sir. Es war manchmal recht verwirrend und kompliziert«, antwortete Harry dankbar. »Außerdem wußte ich nicht, wo du dich aufhältst. Du warst seit Jahren nicht mehr in England«, sagte er beinahe vorwurfsvoll zu Juniper. »Und gestern, da sah ich dein Foto in der Zeitung. Ich habe Mr. Middlebanks Verleger angerufen. Zuerst wollte mir niemand deine Adresse verraten, doch glücklicherweise arbeitet ein Cousin von mir im Verlag, und er hat es mir gesagt. Ich hoffe, es macht dir nichts aus.«

»Daß sie dir meine Adresse gegeben haben oder weil du gekommen bist? Keins von beiden. Seit Jahren habe ich nicht mehr eine so freudige Überraschung erlebt.« Juniper lächelte ihn strahlend an. Harry betrachtete seine Mutter und war von ihrem Lächeln – wie viele Männer vor ihm – wie hypnotisiert.

»Hast du deinen Vater in letzter Zeit gesehen?« fragte sie beiläufig.

»Seit Jahren nicht mehr. Das letztemal, als er in England war – vor ungefähr vier Jahren –, hatte er einen furchtbaren Streit mit meiner Großmutter und Onkel Leigh. Dann ist er nach Amerika zurückgereist.«

Juniper hätte zu gern gefragt, worüber die Familie gestritten hatte, hielt sich jedoch zurück. Von ihr würde Harry nichts Böses über seinen Vater erfahren.

»Vater hat wieder geheiratet. Wußtest du das?«

»Nein. Wie merkwürdig. Gewöhnlich erfahre ich selbst auf meiner kleinen Insel alle Neuigkeiten.«

»Es war eine sehr stille Hochzeit. Nicht viele wußten davon.«

»Wer ist die Glückliche?«

Harry hörte den verbitterten Unterton in der Stimme seiner Mutter. »Ich habe sie nicht kennengelernt. Sie ist Amerikanerin, eine Witwe aus Connecticut, glaube ich.«

»Hoffentlich ist sie reich«, sagte Juniper mit beißend klingender Ironie. Jonathan schüttelte kaum merklich den Kopf. Er wollte nicht, daß sie dieses unvermutete Wiedersehen mit ihrem Sohn zerstörte.

»Wie alt bist du gestern geworden? Siebzehn? Also gehst du noch zur Schule?« fragte Jonathan, um das Thema zu wechseln.

»Nein, ich warte darauf, mein Studium in Cambridge beginnen zu können. Ich habe letztes Jahr ein Begabtenstipendium erhalten und durfte zu Ostern die Schule verlassen. Deswegen habe ich jetzt Ferien, und weiß nicht recht, was ich mit meiner Freizeit anfangen soll. Vielleicht mache ich ein paar Reisen, lerne Fremdsprachen ...«

»Oh, Harry, darf ich dir einen Vorschlag machen? Warum kommst du nicht mit uns nach Griechenland? Du würdest mir eine große Freude machen.«

»Das würde mir gefallen. Ich war noch nie in Griechenland.«

»Was hast du jetzt vor? Du mußt doch nicht gleich wieder fort, oder? Bleibst du zum Dinner? Am Wochenende fahren wir nach Cornwall. Deine Urgroßmutter würde dich so gern kennenlernen. Es gibt so viel, worüber wir reden müssen. Und vor der Abreise könnten wir einkaufen gehen, du sollst alles haben, was du dir wünschst ...«

»Juniper, beruhige dich, Liebes. Sonst jagst du dem jungen Mann noch einen Schrecken ein.«

»Ach, du meine Güte! Es tut mir leid.« Sie nahm seine Hand. »Verzeih mir, Harry, aber ich habe seit Jahren von diesem Tag geträumt. Von der Stunde, in der du aus eigenem Antrieb zu mir kommen würdest. Du hast keine Ahnung, wie glücklich ich bin.« In ihren Augen glitzerten Tränen, und Harry wandte verlegen den Blick ab. Jonathan setzte sich auf die Sofalehne und legte Juniper die Hand auf die Schulter. Er spürte, wie sie zitterte.

»Ich würde vorschlagen, wir gehen heute abend ins Theater und dinieren anschließend. Was haltet ihr davon?« fragte Jonathan.

»Das klingt fabelhaft, Sir.«

»Harry wird sich zu Tode langweilen.«

»Nein, keineswegs, Mutter. Ich liebe das Theater. Und ich würde gern mit nach Cornwall kommen, aber ich halte es für besser, heute abend bei Onkel Leigh und Tante Caroline zu verbringen. Sie haben eine kleine Wohnung in London gekauft und bleiben eine Weile hier. Ob es mit Griechenland klappt, weiß ich nicht. Um ins Ausland zu reisen, brauche ich die Zustimmung des Vormundschaftsgerichts. Ich weiß nicht, ob ich angeben soll, daß ich einen Aufenthalt bei dir plane.« Harry errötete.

»Lüge ihnen einfach etwas vor. Das ist einfacher. Sag doch, du besuchst einen alten Freund. Oh, bitte, Harry, lüge für mich. Ich traue den Coptons nicht über den Weg. Sie werden alles tun, um dich von mir fernzuhalten.« Juniper war nahe daran, in Tränen auszubrechen. Harry fragte peinlich berührt, ob er telefonieren dürfe. Zufrieden hörte Juniper, wie er seiner Tante erzählte, er hätte Schulfreunde getroffen, mit denen er ins Theater gehen und deswegen spät nach Hause kommen würde. Dann erzählte er weiter, dieselben Freunde hätten ihn zu einer Reise nach Cornwall eingeladen, er habe – ihr Einverständnis vorausgesetzt – zugesagt.

»Es ist nur eine halbe Lüge«, sagte er mit einem schiefen Grinsen, als er den Hörer auflegte. Juniper eilte zu ihm, schlug ihre guten Vorsätze in den Wind, umarmte ihn und bedeckte sein Gesicht mit Küssen.

»Juniper, ich glaube, du mußt den Jungen mit etwas mehr Zurückhaltung behandeln«, sagte Jonathan später zu ihr, als sie sich fürs Theater umzogen.

»Was willst du damit sagen?« fragte Juniper gereizt.

»Du weißt genau, was ich meine. Er hätte sich gern einen Anzug von mir geliehen, aber du hast darauf bestanden, ihn von Gieves von Kopf bis Fuß einkleiden zu lassen. Der Junge kommt mit dem Wirbel, den du um ihn machst, nicht zurecht.«

»Er ist kein Junge mehr.«

»Natürlich ist er das. Deine Überschwenglichkeit macht ihm angst. Er ist konventionell erzogen worden und Gefühlsausbrüche nicht gewöhnt.«

»Ach, mein armer Liebling. Ich muß verlorene Zeit gutmachen«, sagte Juniper fröhlich und besprühte sich ausgiebig mit Parfüm.

»Nein, Juniper, da irrst du dich schon wieder. Behandle ihn, wie er es gewohnt ist. Halte dich etwas zurück.«

»Verdammt, Jonathan, manchmal finde ich dich äußerst insensibel. Eine unglaubliche Eigenschaft bei einem sogenannten Schriftsteller«, entgegnete sie gereizt. »Was weißt du denn davon? Schließlich hast du keine Kinder und kannst die Beziehung zwischen Eltern und Kindern nicht nachempfinden.«

»Mit allem nötigen Respekt, Juniper, ich glaube nicht, daß du eine Ahnung davon hast.«

Juniper bedachte Jonathan mit einem zornigen Blick.

Während der nächsten zwei Wochen gab Juniper für Harry ein Vermögen aus. Die Geschäfte in der Savile Row wurden aufgesucht, Turnbull and Asser, bei Lobb's mehrere Paar Schuhe in Auftrag gegeben. Und bis zur Lieferung dieser Maßanfertigungen wurde Harry in anderen Geschäften ausgestattet. Harrys Einwände und vergebliche Versuche, seine Mutter in ihrer Kauflust zu bremsen, steigerten nur ihre Verschwendungssucht. In dem wachsenden Stapel der Päckchen und Pakete befanden sich Etuis mit goldenen Manschettenknöpfen, ein Aktenkoffer aus Krokodilleder, ein Kofferset von Vuitton, ein goldenes Zigarettenetui mit dazu passendem Feuerzeug – obwohl er nicht rauchte, was er jedoch innerhalb von ein paar Tagen tat. Juniper hatte ihm eine Patek-Phillipe-Armbanduhr gekauft und verzichtete nur darauf, ihm einen MG-TF-Sportwagen zu schenken, weil er darauf hinwies, daß er noch keinen Führerschein hatte. Also mußte sie sich damit begnügen, ihn bei einer Fahrschule anzumelden, und versprach ihm das Auto als Belohnung für die bestandene Fahrprüfung. Schließlich erschöpften sich auch die Geschenkideen einer derart phantasievollen Verschwenderin, wie es Juniper war, und ihr fiel nur noch eine Möglichkeit ein …

»Er braucht ein Domizil in London, wo er die Semesterferien verbringen kann. Er wird doch nicht jedesmal in dieses langweilige Schottland fahren wollen. Bestimmt öden ihn die Coptons ebenso sehr an, wie sie mich angeödet haben. Also kaufe ich ihm ein Apartment. Was hältst du davon, Jonathan?« Ohne eine Antwort abzuwarten, sprach sie weiter. Die Einwände, die er vor ein paar Tagen erhoben hatte, waren längst vergessen. »Es genügt eine kleine, zentral gelegene Wohnung. Dabei spielt auch meine Überlegung eine Rolle, daß wir dieses Domizil nutzen könnten, wenn wir in London sind.«

»Du schuldest mir keine Erklärungen, Juniper, mein Schatz. Wenn du Harry ein Apartment kaufen möchtest, dann tu es. Warum willst du meine Meinung dazu hören?

Übrigens, hast du deine Großmutter wegen des kommenden Wochenendes angerufen?«

»Nein.«

»Gut. Ich brauche noch ein paar Tage für meine Recherchen in der British Library und komme später nach.«

»Oh, Jonathan!« Juniper legte pflichtbewußt einen enttäuschten Unterton in ihre Stimme, empfand jedoch keinerlei Bedauern. Es hätte ihr nichts Besseres widerfahren können: Jetzt mußte sie während der Reise nach Cornwall Harry nicht mit Jonathan teilen.

## 9

Juniper blieb unter dem Vorwand, die Kathedrale besichtigen zu wollen, im *Royal Clarence* Hotel in Exeter. Maddie hatte während ihrer ganzen Reisen nie erlebt, daß Juniper Interesse an Kirchen, Kathedralen oder Museen zeigte, und vermutete, daß Juniper mit dieser Ausrede Harry beeindrucken wollte, der sich begeistert über die Kathedrale geäußert hatte. Maddie befürchtete, daß sich Juniper mit einem Buch und einer Flasche Champagner die Zeit bis zu ihrer Rückkehr vertreiben würde. Maddies Anstrengungen, Junipers Alkoholkonsum einzudämmen, waren vergeblich gewesen. Jonathans Ankunft hatte die Lage noch verschlimmert, denn die beiden steigerten sich gegenseitig in wahre Exzesse hinein. Maddie hatte es mittlerweile aufgegeben, Juniper in dieser Hinsicht beeinflussen zu wollen, machte sich jedoch ständig Sorgen um den Gesundheitszustand ihrer Freundin.

Maddie und Harry ließen sich in Junipers Rolls-Royce nach *Hurstwood* chauffieren.

»Was hat es mit diesem Landsitz auf sich?« fragte Harry

während der Fahrt über die engen Landstraßen von Dart-moor.

»Er gehört einer alten Freundin deiner Mutter. Die beiden haben sich zerstritten, aber ich weiß nicht, warum. Jetzt steht der Besitz zum Verkauf, und Juniper vermutet, daß finanzielle Schwierigkeiten die Gründe sind. Ob sie *Hurstwood* kaufen will, weiß ich nicht. Deine Mutter hat mich angewiesen, als Interessentin aufzutreten. Wir dürfen auf keinen Fall deinen Familiennamen – Copton – erwähnen. Wie sollen wir dich nennen?«

»Der Mädchenname meiner Tante ist McForbes. Soll ich den benutzen?«

»Ja, gut.«

»Ist es nicht ziemlich unfair, die Notlage dieser Freundin auszunutzen und deren Besitz zu kaufen?«

»Ich kenne Junipers Beweggründe nicht. Deine Mutter ist oft ausgenutzt und betrogen worden«, bekundete Maddie ihre Loyalität.

»Ach, wirklich? Von wem?«

»Niemanden, den du kennst.« Maddie wandte ihr Gesicht ab und schaute zum Fenster hinaus.

Polly erwartete in *Hurstwood* die Ankunft der neuen Kaufinteressenten. Sie haßte es, diese Leute in ihrem Haus herumzuführen, und es fiel ihr schwer, die Menschen, die vielleicht eines Tages in ihrem Heim leben würden, höflich zu behandeln. Ihre Anzeige war in den vergangenen drei Wochen auf reges Interesse gestoßen, und sie war es mittlerweile müde geworden, ständig neugierige Besucher zu empfangen.

»Was sind das für Leute? Wissen Sie irgend etwas über sie?« fragte Polly den jungen Mann von dem Londoner Maklerbüro, der wegen der regen Nachfrage im Dorfgasthof Quartier bezogen hatte. In dieser Woche würde die Entscheidung fallen, ob die Bank *Hurstwood* zur Versteigerung ausschreiben lassen würde.

»Es ist eine Mrs. Huntley, die erst vor kurzem aus dem Ausland zurückgekehrt ist und ein Haus im West Country sucht.«

»In den letzten drei Wochen waren so viele Besucher hier, Mr. Smedley, daß ich mich allmählich frage, ob *Hurstwood* nur eine Touristenattraktion ist. Die ganze Sache hängt mir längst zum Hals raus.«

»Wir versuchen, Ihnen nur potente Käufer zu schicken, Mrs. Slater. Diese Mrs. Huntley klang am Telefon sehr sympathisch.«

»Ich hoffe, sie weiß den Wert und die Schönheit von *Hurstwood* zu schätzen. Auf keinen Fall werde ich es zulassen, daß ein Käufer das Haus in ein Hotel, einen Landclub oder eine Gesundheitsfarm umwandelt. Ich möchte nicht, daß irgendwelche Veränderungen vorgenommen werden.«

»Es wird schwierig sein, einen geeigneten Käufer zu finden, Mrs. Slater. Nur wenige Menschen können sich ein Haus von dieser Größe als Privatbesitz leisten«, sagte der junge Mann mit einem freundlichen Lächeln. Beide wußten, daß Polly keinen Einfluß auf die Auswahl des Käufers hatte. Die Entscheidung lag allein bei der Bank.

»Wenigstens scheint sie reich zu sein«, sagte Mr. Smedley erfreut, als Junipers Rolls-Royce vor dem Haus hielt.

Maddie stand eine Weile in der Auffahrt, betrachtete bewundernd das Haus und bedauerte, nicht die Käuferin zu sein. Der Makler begrüßte Mrs. Huntley und stellte die beiden Besucher der Hausherrin vor. Danach entschuldigte sich Polly und ging zu ihrer Großmutter in den Salon.

»Noch mehr Besucher?« fragte Gertie.

»Ja. Eine Frau und ein junger Mann. Sie wirken recht sympathisch und sind in einem Rolls-Royce gekommen.«

»Pah! Das hat heutzutage nichts mehr zu bedeuten. Jeder Pöbel kann sich eine Luxuslimousine mieten. Zu meiner Zeit gehörte einem das, was man benutzte.«

»Ja, Großmama.«

»Diese ganze Kreditwirtschaft führt nur in den Ruin. Schau dich und Andrew an. Hättet ihr nicht Geld von der Bank geliehen, wärt ihr nicht in diesen Schlamassel geraten.«

»Das entspricht nicht der Wahrheit, Großmama. Hätten wir keine Kredite aufgenommen, wären wir schon früher am Ende gewesen. Jedenfalls konnten wir nicht ständig von dir Geld leihen.«

»Ich finde es unerträglich, daß diese Fremden im Haus herumtrampeln. Es ist so würdelos, als würden sie in meinen Schränken herumschnüffeln. Ich empfinde ihr Eindringen als Einbruch. Diese Menschen sind abscheulich und vulgär«, schimpfte Gertie streitlustig.

»Ich weiß, Großmama. Wir sind dem hilflos ausgeliefert. Mir bleibt nur die Hoffnung, daß ein Liebhaber das Haus kaufen wird.«

»Ich komme mir so verflucht nutzlos vor.« Gertie schlug mit der Faust auf die Sessellehne. »Wenn ich an die herrlichen Besitztümer denke, die einst meiner Familie gehörten – und jetzt sind wir mittellos. Damit kann ich mich einfach nicht abfinden. Ich habe den Punkt erreicht, wo ich morgens aufwache und denke: ›Oh, Gott, schon wieder ein Tag.‹« In Gerties Stimme lag ein Zittern, und als ihr bewußt wurde, daß sie sich gehenließ, warf sie den Kopf in den Nacken und sagte schroff: »Ich glaube, es wird eine gute Saison für Rosen.«

Polly legte ihrer Großmutter den Arm um die Schultern und preßte die Wange an ihr Gesicht. »Ach, liebste Großmama, sprich nicht so. Was sollte ich ohne dich tun? Wir alle sind deprimiert, das wird vergehen. Für dich ist es noch

524

härter, denn du hast schon zu viele Veränderungen in deinem Leben durchgemacht.«

»Aber ich war immer in der Lage, irgendwie zu helfen. Jetzt ist mir das nicht möglich. Ich verstehe überhaupt nichts mehr. Ich hatte so viel Geld, und nun sagt mir der Bankdirektor, ich soll euch keinen Penny mehr geben. Aber ich will euch helfen, Polly. Ihr sollt euer Zuhause nicht verlieren.« Gertie war ganz aufgewühlt.

»Die Bank hat recht, Großmama. Dein gutes Geld würde von den Krediten geschluckt werden. Außerdem haben wir sowieso schon ein schlechtes Gewissen, weil wir soviel von dir angenommen haben.«

»Aber *Hurstwood* zu verlieren! Der Besitz ist seit Jahrhunderten Eigentum der Frobishers.«

»Du hast *Mendbury* verloren und den Verlust verkraftet. Ich werde darüber hinwegkommen. Andrew meint, es wäre nur eine sentimentale Anwandlung. Schließlich würden wir nur Ziegel und Mörtel verlieren.«

»Wie kann er nur so etwas Dummes sagen. Das erstaunt mich. Wo ist er überhaupt?«

»Er ist nach Exeter gefahren, um Kunstdünger zu kaufen. Schließlich müssen wir irgendwie weitermachen.«

»Er ist nie hier, wenn Kaufinteressenten kommen. Ist dir das schon aufgefallen, Polly?«

»Ich glaube, er schämt sich, als würden ihn die Leute, die herkommen, als Versager betrachten.«

»Ich weiß, daß Andrew während des Krieges Schlimmes erlebt hat, Polly. Wie so viele andere auch. Ich sage es nicht gern, aber manchmal denke ich, ihm fehlt das moralische Rückgrat.« Gertie saß kerzengerade da.

»Der Meinung bin ich nicht. Unter den gegebenen Umständen hat er sich bemerkenswert gut erholt. Wir hatten einfach Pech, das kann jedem passieren«, sagte Polly geduldig, denn sie wollte nicht, daß sich ihre Großmutter noch mehr aufregte. »Andrew hat eine kleine Farm mit einem hübschen Haus in Exmoor gefunden.«

»Mir gefällt Exmoor nicht. Dort regnet es mehr als in Dartmoor«, beklagte sich Gertie, als die Tür geöffnet wurde und der Makler, Mr. Smedley, gefolgt von Maddie und Harry, eintrat.

»Lady Gertrude, darf ich Ihnen Mrs. Huntley und Mr. McForbes vorstellen?«

Gertie musterte zuerst Harry eindringlich, dem unter ihrem scharfen Blick unbehaglich zumute wurde.

»Sind Sie mit den McForbes aus Inverness-Shire verwandt – von Glen Bucket?« fragte Gertie herrisch.

»Nein«, stammelte Harry verunsichert.

»Merkwürdig. Nicht, daß Sie ein McForbes sind ... trotzdem ist es seltsam. Die Coptons!« Gertie spuckte das Wort förmlich aus.

»Nein ...« Harry verschluckte sich beinahe an dieser Lüge.

Gertie sagte zu Polly: »An wen erinnert dich dieser junge Mann?«

Harry wäre am liebsten im Boden versunken.

»Es tut mir leid, Mr. McForbes. Es ist unhöflich, Sie derart anzustarren«, entschuldigte sich Polly und warf ihrer Großmutter einen vorwurfsvollen Blick zu. Harry lächelte gezwungen.

»Ich habe dich gefragt, an wen er dich erinnert, Polly«, wiederholte Gertie mit der Halsstarrigkeit alter Leute, die sich rücksichtslos über die Empfindlichkeit anderer hinwegsetzen.

»Ich weiß es nicht, Großmama«, antwortete Polly resigniert, denn ihre Großmutter würde es ihr auf jeden Fall sagen.

»Sei nicht töricht, Polly. Natürlich weißt du es. Er sieht aus wie Hal Copton – er könnte der Doppelgänger dieses

Schurken sein. Und Hals Schwägerin – Caroline Copton – du erinnerst dich sicher an diese charmante Frau, Polly. Ich habe nie begriffen, wie sie in diese schreckliche Familie einheiraten konnte. Diese Caroline war eine McForbes und stammte aus Glen Bucket. Zweifelsohne . . .«

»Schon gut, Großmutter, das reicht. Der arme Mr. McForbes hat dir gesagt, daß er nicht mit ihnen verwandt ist. Sicherlich interessieren ihn nicht die Verwandtschaftsverhältnisse der früheren Londoner Gesellschaft.« Polly lächelte Harry freundlich an, der vor Verlegenheit von einem Fuß auf den anderen trat. Trotzdem war es merkwürdig. Er ähnelte sehr dem jungen Hal, hatte jedoch ein angenehmeres Gesicht. Als Ausgleich für die Unhöflichkeit ihrer Großmutter erbot sich Polly, den Besuchern selbst das Haus zu zeigen.

Vor Gerties Zimmer entschuldigte sie sich bei Harry.

»Es tut mir leid. Meine Großmutter spricht aus, was sie denkt. Das führt manchmal zu Peinlichkeiten.«

»Oh, bitte, Mrs. Slater. Meine Großmutter war genauso. Mein Onkel sagte immer, wir sollten sie im Ostflügel einsperren, wenn Gäste kommen.«

»Und sie entdeckt dauernd Ähnlichkeiten mit Menschen, die sie früher gekannt hat.«

Harry lachte. »Mein Onkel sagt, das sei im Alter so üblich.«

»Aber nicht bei meiner Großmutter. Diese Gewohnheit hatte sie schon in ihrer Jugend.« Polly zwang sich zu einem Lachen und hoffte, das Verhalten ihrer Großmutter habe keinen Schaden angerichtet, denn von allen bisherigen Besuchern waren diese beiden die sympathischsten. Der junge Mann war charmant und hatte viel Verständnis für Gertie aufgebracht. Mrs. Huntley hatte ihr sofort gefallen, denn sie zeigte unverhohlen ihre Bewunderung für *Hurstwood*. Zum Erstaunen des Maklers lud Polly die beiden zum Tee ein.

»Es muß schrecklich sein, ein derart schönes Haus aufgeben zu müssen«, sagte Maddie mitfühlend, als sie bei Tee und Gebäck im Salon saßen.

»Es trifft uns alle sehr hart«, gab Polly zu. »Ein Brand hat unsere Hühnerzucht zerstört. Es war eine Katastrophe, und die Bank ... nun, in guten Zeiten ...« Ihr Lachen klang halbherzig.

Polly blieben weitere Erklärungen erspart, denn in diesem Augenblick brachte das junge Mädchen aus dem Dorf, das sich um ihren Sohn kümmerte, Richard herein. Nachdem Maddie und Harry das Kind gebührend bewundert und sich hatten erklären lassen, daß der Junge ein unverwechselbarer Frobisher sei, verabschiedeten sie sich und erklärten, eine Freundin erwarte sie in Exeter.

»Nun?« fragte Juniper, als die beiden in die Lounge des *Royal Clarence* kamen, wo Juniper, wie befürchtet, in einem tiefen Sessel saß und sich aus einer fast leeren Flasche Champagner eingoß.

»Es ist ein wunderschönes Haus. Ein wahres Juwel«, sagte Maddie enthusiastisch.

»Das weiß ich«, unterbrach Juniper ihre Freundin barsch. »Wie sieht Polly aus? Und Andrew?«

»Andrew war nicht da. Mrs. Slater ist eine charmante, liebenswürdige Frau, nicht wahr, Harry?«

»Das kann man wohl sagen«, stimmte Harry zu. »Vor allem, nachdem sie ihrer alten Großmutter den Mund verboten hatte.«

»Lady Gertie? Sie lebt also noch.«

»Sie ist eine sehr muntere alte Dame. Der arme Harry hat mir schrecklich leid getan.«

»Warum? Was hat sie gesagt?« fragte Juniper ihren Sohn.

»Sie hat mich erkannt und ein paar schlimme Sachen über meine Familie gesagt.«

»Tatsächlich?« Juniper konnte ein triumphierendes Lächeln nicht unterdrücken. »Lady Gertie war immer sehr freimütig. Ich habe sie bewundert. Aber du hast ihr deine wahre Identität nicht verraten?«

»Nein, dazu fehlte mir der Mut, nachdem die alte Dame über meine Familie hergezogen war. Vielleicht hätte sie mich auspeitschen oder erschießen lassen«, sagte Harry lachend. Obwohl er zu gern gewußt hätte, warum Lady Gertie so voller Verachtung von den Coptons gesprochen hatte, wagte er nicht, seine Mutter danach zu fragen.

»Du hast mir noch nicht erzählt, wie Polly aussieht«, sagte Juniper ungeduldig.

»Wenn man sich den sorgenvollen Ausdruck wegdenkt, ist Mrs. Slater eine gutaussehende Frau. Sie hat ein starkes und doch liebenswürdiges Gesicht. Du hattest recht mit deiner Annahme – es liegt am Geld. Die Bank hat alle Kredite aufgekündigt«, erklärte Maddie.

»Arme Polly.« Harry sah einen Anflug von Trauer über das Gesicht seiner Mutter huschen.

»Ihr kleiner Sohn ist schon jetzt ein Herzensbrecher«, fügte Maddie hinzu.

»Natürlich, ihr Sohn. Den hatte ich ganz vergessen. Polly ist ihm bestimmt eine wundervolle Mutter. Kein böses Weib wie ich.« Juniper kicherte.

»Oh, Mutter ...« Harry wußte nicht, ob sie Spaß machte oder nicht.

»Wie alt ist er?« fragte Juniper, ehrlich interessiert.

»Ungefähr drei. Und sein Haar ...«

»Was ist mit seinem Haar?« fragte Juniper lächelnd.

»Nie habe ich eine derart herrliche Farbe gesehen ...«

»Was für eine Farbe?« unterbrach Juniper ihre Freundin aufgeregt. Das Lächeln war aus ihrem Gesicht gewichen.

»Ein wunderschönes Kastanienbraun mit rötlichem Schimmer. Anscheinend hatte die alte Dame Haar von dieser Farbe, und auch Mrs. Slaters Vater.«

»Nein«, schrie Juniper. »Das muß ein Irrtum sein. Der Junge wurde adoptiert.«

»Oh, nein. Mrs. Slater, die – wie du weißt – dunkelhaarig ist, erzählte, ihr Sohn habe die Haarfarbe ihres Vaters geerbt«, erzählte Maddie ungerührt weiter.

Juniper stand wortlos auf, durchquerte die Lounge und verließ das Hotel.

»Was habe ich nur gesagt, Harry?« fragte Maddie verblüfft.

»Keine Ahnung«, antwortete er mit einem Schulterzucken.

»Ach, Harry«, seufzte Maddie. »Ich liebe deine Mutter, aber manchmal ist sie sehr schwierig und rätselhaft.«

»Soll ich ihr nachgehen?«

»Ich halte das für eine sehr gute Idee.«

Harry eilte aus dem Hotel und sah Juniper in Richtung Kathedrale gehen. Mit seinen langen Beinen hatte er sie bald eingeholt.

»Mutter, warum bist du so aufgebracht? Was haben wir gesagt?« fragte Harry besorgt. »Mutter, warum weinst du?«

»Ach, Harry, ich bin so unglücklich. Ich war überzeugt, daß Polly meine Schwester ist ... aber das Haar, die Haarfarbe ihres Sohnes zeigt, daß sie es nicht sein kann.« Juniper warf sich schluchzend in Harrys Arme, dem der Gefühlsausbruch zwar peinlich war, der sie jedoch fürsorglich zu einer Parkbank führte. »Erzähl mir jetzt die ganze Geschichte«, sagte er geduldig, als spräche er mit einem Kind.

»Ich habe mir sehnlichst gewünscht, Polly wäre meine Schwester – und jetzt habe ich sie verloren. Ich hatte gedacht, wir könnten den dummen Streit, den wir hatten, vergessen. Ich wollte morgen nach *Hurstwood* fahren, um ihr zu helfen, wie ich es immer getan habe ... aber da glaubte ich noch, sie sei meine Schwester. Eine Schwester verzeiht, eine Freundin niemals, zumindest nicht das, was ich getan habe. Oh, Harry, ich habe jeden Menschen, den ich geliebt habe, verloren, und jetzt auch noch Polly.« Juniper suchte in ihrer Handtasche nach einem Taschentuch.

»Du bist doch nicht allein. Du hast Jonathan.«

»Für wie lange? Er wird nicht bei mir bleiben. Männer verlassen einen immer.« Sie betupfte sich die Augen mit dem Taschentuch, das ihr Harry gegeben hatte.

»Und da ist auch noch deine Großmutter. Du sprachst von ihr mit so viel Liebe und Zuneigung.« Harry versuchte seine Mutter aufzuheitern, wobei er zu gern die Ursache ihres Streits mit Polly erfahren hätte und warum seine Mutter geglaubt hatte, sie sei ihre Schwester. Die Familiengeschichte mütterlicherseits schien weitaus interessanter zu sein als die der Coptons.

»Alice wird sterben und mich verlassen, wie es meine Eltern getan haben, wie es Lincoln getan hat.« Sie fing wieder an zu schluchzen, und er streichelte unbeholfen ihr Haar.

»Ma«, sagte er, als ihr Schluchzen verebbte, ohne zu merken, daß er sie nicht »Mutter« genannt hatte. »Du hast mich, Ma. Ich werde dich nie verlassen.« Und ihr zurückhaltender Sohn küßte sie zärtlich.

## 10

Annie war zunächst sprachlos, als ihr Alice nach Maddies Anruf befahl, allen Gästen, die für die letzte Woche im Mai und den ganzen Juni gebucht hatten, abzusagen.

»Das können wir nicht tun«, protestierte Annie schließlich.

»Wir können und wir werden es tun. Ich bitte dich nicht, zu lügen. Du wirst sagen, daß die Reservierungen bedauerlicherweise wegen einer Familienangelegenheit storniert werden müssen. Natürlich werde ich den Gästen noch persönlich schreiben.«

»Sie werden wütend sein und in Zukunft keinen Urlaub mehr bei uns buchen.«

»Das läßt sich nicht ändern. Ich möchte nicht, daß Juniper erfährt, was hier vor sich geht.«

»Warum denn nicht?« Annie wußte, daß sie sich auf dünnem Eis bewegte, denn bei allem, was Juniper betraf, reagierte Alice überempfindlich. Aber der Erfolg, den sie mittlerweile durch harte Arbeit errungen hatten, drohte durch diese Entscheidung vernichtet zu werden, und das wollte Annie nicht ohne Protest hinnehmen.

»Weil ich es nicht will«, entgegnete Alice strikt.

»Sie tun doch nicht etwas, wofür Sie sich schämen müßten.«

»Annie, ich schulde dir keine Erklärung für meine Entscheidung. Würdest du jetzt bitte diese Leute anrufen ...« Alice blieb in der Tür stehen und fügte mit einem freundlichen Lächeln hinzu: »Sei so lieb.«

Annie griff nach dem Reservierungsbuch. Wenn Alice diesen Ton anschlug, gab es keinen Widerspruch. Alles, was mit Juniper zu tun hatte, war sakrosankt. Annie konnte sich noch gut an die Kälte erinnern, mit der Juniper ihr begegnet war, und wie sie sich gefürchtet hatte, mit ihr allein zu sein. Die Abneigung beruhte auf Gegenseitigkeit, und Annie hatte keinen Grund, sich auf das bevorstehende Wiedersehen zu freuen.

Annie fertigte eine Liste mit den Namen und den Telefonnummern der Gäste an, denen sie absagen mußte. Dieser finanzielle Verlust würde sich katastrophal auswirken. Diese Entscheidung war einfach lächerlich. Warum sollte Juniper nicht erfahren, daß Alice gezwungen war, ein Gästehaus zu führen, um die Unterhaltskosten für *Gwenfer* aufzubringen?

Alice hatte eine Andeutung gemacht, daß Juniper einen Großteil ihres Vermögens verloren hatte, aber ihr Leben wurde in keiner Weise davon beeinträchtigt, daß Gäste in *Gwenfer* weilten, denn sie kam so selten hierher. Natürlich könnten Juniper Schuldgefühle quälen, wenn sie wüßte, wie hart ihre Großmutter arbeiten mußte, und davor wollte Alice ihre Enkelin wohl bewahren. Annie wählte seufzend die erste Telefonnummer.

Jetzt war Sonntag, und die Ankunft von Alice' Enkelin stand unmittelbar bevor. Annie warf einen letzten kritischen Blick auf den Eßtisch. Sie hatte kein Gedeck für sich aufgelegt.

»Annie, wie schön der Tisch aussieht! Danke, meine Liebe.« Alice war leise ins Eßzimmer gekommen.

»Ist der Blumenschmuck nicht etwas übertrieben?«

»Nein, keineswegs. Aber du hast nur vier Gedecke aufgelegt ...«

»Ja. Für Sie, Juniper und ihre beiden Freunde.«

»Aber ich möchte, daß du mit uns ißt.«

»Damit wäre Juniper sicher nicht einverstanden.«

»Wie kannst du das nur denken? Nie habe ich etwas derart Törichtes gehört.« Alice ging zur Anrichte, holte ein weiteres Besteck aus der Schublade und legte es auf den Tisch. »So, das ist besser. Sollen wir den Apfelkuchen jetzt oder später in den Herd schieben?«

»Später. Ich schlage vor, wir setzen uns in den Salon und genehmigen uns ein Glas Sherry«, sagte Annie liebevoll. Alice sah erschöpft aus. In letzter Zeit ermüdete sie sehr schnell, weigerte sich jedoch eigensinnig, einen Arzt zu konsultieren, und schalt Annie wegen ihrer übertriebenen Besorgnis.

Die Fahrt von Exeter war in gedämpfter Stimmung verlaufen. Juniper hatte die meiste Zeit trübsinnig zum Fenster hinausgestarrt, und Harry wußte nicht, wie er sich ihr gegenüber verhalten sollte. Nach ein paar vergeblichen Ansätzen, eine Unterhaltung mit Juniper anzufangen, war auch er in Schweigen versunken.

»Sieh mal ...« rief Harry plötzlich aufgeregt und zeigte auf einen Wegweiser. »Da steht Boscar drauf. Ist das nicht der Landsitz deines Vaters, Mutter?«

»Ja.«

»Was ist damit geschehen?«

»Jetzt ist ein Zentrum für Naturheilkunde darin untergebracht«, erklärte Juniper widerwillig.

»Könnten wir es uns nicht ansehen?«

»Nein. Dort leben jetzt merkwürdige Leute, die nicht zu uns passen.« Juniper zündete sich eine Zigarette an.

Harry musterte sie aus den Augenwinkeln. Er versuchte, ihre Stimmung einzuschätzen, und überlegte, ob er es wagen konnte, ihr weitere Fragen zu stellen.

»Es ist ein sehr schönes Haus. Wir werden es später einmal besichtigen, das verspreche ich dir.« Sie tätschelte seine Hand und ermutigte ihn damit zu der Frage: »Wie war mein Großvater Boscar?«

»Ein Sonderling«, sagte sie kurz angebunden und wandte ihr Gesicht wieder dem Fenster zu.

Harry ließ sich enttäuscht zurücksinken. Das passierte jedesmal. Sobald er etwas über seine Familie herausfinden wollte, ging bei Juniper eine Klappe herunter, und er erfuhr nichts. Es war eine merkwürdige Situation, im Alter von siebzehn Jahren mit der Familie mütterlicherseits konfrontiert zu werden. Er war neugierig und wollte wissen, welche Erbanlagen er von diesem Elternteil mitbekommen hatte. Im Augenblick hatte er das Gefühl, sich nur halb zu kennen.

Er war froh, den Mut aufgebracht zu haben, seine Mutter

zu besuchen. Es war eine ganz spontane Entscheidung gewesen, und sie hatte ihm diese Begegnung mit ihrer überschwenglichen Herzlichkeit und ihren Geschenken leichtgemacht.

Er hatte immer gewußt, daß seine Mutter reich war, aber wie reich, das merkte er erst jetzt. Tante Caroline hatte zwar einmal schadenfroh angedeutet, Juniper habe einen Teil ihres Vermögens verloren, aber es schien noch genügend dazusein, und er dachte, es sei an der Zeit, einen Teil davon für sich zu beanspruchen.

Nicht, daß seine Mutter je mit finanziellen Zuwendungen gegeizt hätte. Onkel Leigh hatte ihm nicht verschwiegen, daß die Ausgaben für Kleidung und Schulbildung von Juniper bestritten wurden, und er hatte monatlich ein großzügiges Taschengeld erhalten. Aber das alles konnte ihn nicht für die Tatsache entschädigen, daß ihn seine Mutter verlassen und der Obhut von Onkel und Tante anvertraut hatte. Ob es der Wahrheit entsprach, daß sie ihm all die Jahre Geschenke geschickt hatte, konnte er nicht beurteilen. Vielleicht hatte sie es nur gesagt, um ihr Gewissen zu beschwichtigen.

Es gab so viele ungeklärte Fragen. Warum hatte sie ihn weggeben? Warum war beiden Eltern das Sorgerecht abgesprochen worden? Sein Onkel und seine Tante hatten stets ausweichend geantwortet, es sei Junipers Schuld gewesen, ohne ihm nähere Einzelheiten zu verraten.

Er warf ihr einen flüchtigen Blick zu. Es war beinahe unglaublich, daß diese junge und schöne Frau seine Mutter war. Er mochte sie. Es konnte sehr viel Spaß machen, mit ihr zusammen zu sein. Dann gab es keinen Augenblick Langeweile. Er wußte, sie sehnte sich danach, von ihm geliebt zu werden, und wünschte sich, er könnte ihr den Gefallen tun, zweifelte jedoch an seinen Gefühlen. Er glaubte nicht, überhaupt jemanden zu lieben. Nur für Leigh und Caroline empfand er eine gewisse Zuneigung. Je länger er jedoch mit Juniper zusammen war, um so attraktiver fand er ihren Lebensstil: Geld glättet zweifelsohne den Weg zum Verzeihen, dachte er und lächelte leicht wehmütig.

Als die Limousine durch Penzance fuhr, setzte sich Juniper auf und zeigte endlich Interesse für ihre Umgebung. Bei der Fahrt durch das Dorf machte sie Harry angeregt auf verschiedene Sehenswürdigkeiten aufmerksam, und als der Wagen die Toreinfahrt von *Gwenfer* erreichte, umklammerte sie aufgeregt Harrys Hand und befahl dem Chauffeur anzuhalten.

Am Ende der steilen Zufahrt lag das große Granithaus in seiner schlichten Schönheit von den hohen Klippen eingerahmt da.

»Das ist Heimat, Harry. Überall auf der Welt, wo ich mich aufhalte, habe ich ein Stück *Gwenfer* in mir«, sagte Juniper gefühlvoll. »Ich weiß, du wirst es lieben, so wie ich es liebe.«

Der Wagen fuhr weiter. Harry lehnte sich aufgeregt zum Fenster hinaus, sah, wie das Haus größer wurde, und hatte das merkwürdige Gefühl, auch hierherzugehören.

Noch ehe der Wagen angehalten hatte, wurde das mächtige Eichenportal geöffnet, und Alice' hochaufgerichtete Gestalt eilte – so behende, wie es ihre Arthritis erlaubte – die Freitreppe hinunter. »Juniper, mein Liebling«, rief sie, und Juniper rannte mit ausgestreckten Armen zu ihrer Großmutter. Die beiden Frauen umarmten sich, als wollten sie nie wieder voneinander lassen.

»Großmama, ich bin überglücklich, hier zu sein ... und ich habe eine Überraschung für dich. Sieh nur.« Sie deutete auf Harry, der verlegen grinste.

Alice musterte den jungen Mann eindringlich. »Ist das Harry?« fragte sie und wagte es kaum zu glauben.

»Es ist Harry«, antwortete Juniper mit einem Zittern in der Stimme.

»Oh, was für eine wundervolle Überraschung!« rief Alice und hätte ihren Urenkel am liebsten in die Arme genommen, wußte jedoch, daß sie ihm Zeit geben mußte, Vertrauen zu ihr zu gewinnen. Harry kam schüchtern näher.

»Ich bin mir nicht sicher, wie ich Sie ansprechen soll«, sagte er scheu.

»Nenn mich einfach Alice. Das würde mir gefallen.«

»Ich weiß nicht ...« Er sah die beiden Frauen ratlos an.

»Wenn meine Großmutter das möchte, dann mußt du es natürlich tun.«

»Danke«, sagte er, überrascht über Alice' zwanglosen Umgangston. Er beugte sich vor und gab ihr einen Kuß auf die Wange, weil er glaubte, das würde von ihm erwartet.

»Und Maddie. Bitte, verzeihen Sie mir, daß ich in der Aufregung beinahe vergessen hätte, Sie zu begrüßen.« Alice streckte ihr die Hand entgegen. »Aber wo ist Jonathan?«

»Er kommt ein paar Tage später. Er hat noch etwas in London zu erledigen.«

»Sein neues Buch hat positive Kritiken erhalten. Du mußt sehr stolz auf ihn sein«, sagte Alice höflich und lächelte. Es war ein Schock für sie gewesen, als sie vor ein paar Monaten entdeckte, daß der »Freund«, den Juniper ein paarmal in ihren Briefen während der vergangenen Jahre erwähnt hatte, Jonathan Middlebank war, dieser Mann, mit dem Juniper Polly betrogen und der ihr angeblich nichts bedeutet hatte. Derselbe Mann, der den Bruch zwischen ihr und Gertie verursacht hatte. Alice hoffte, er würde nicht kommen. Bestimmt würde er ihr unsympathisch sein.

»Bitte, kommt herein. Herzlich willkommen auf *Gwenfer*, Harry«, sagte Alice und öffnete die Eingangstür weit.

»Was für eine phantastische Halle!« rief Harry aus und bewunderte die Dachbalken und die Schlichtheit des weitläufigen Raums. »Hier scheint seit der Erbauung nichts geändert worden zu sein.«

»Ist es auch nicht«, sagte Juniper. »Siehst du die Kerzenhalter an den Wänden? Jedes Möbelstück ist ein Original, nicht wahr, Großmama?«

»Gefällt es dir?« fragte Alice Harry beinahe ängstlich.

»Es ist das schönste Haus, das ich je gesehen habe.«

»Wie mich das freut«, sagte sie merklich erleichtert, streckte die Hand aus, als wollte sie ihn berühren, ließ es jedoch bleiben und sagte statt dessen: »Wir wollen im Salon einen Aperitif trinken ...«

»Du meine Güte, Großmama! Warum hast du diese komische Schale mitten auf den Tisch gestellt? Sie sieht abscheulich aus«, rief Juniper lachend beim Anblick der azurfarbenen Schale, die in dieser großartigen Umgebung völlig deplaziert wirkte.

»Tatsächlich? Ich finde, sie paßt gut hierher«, entgegnete Alice bestimmt und betrat den Salon, in dem Annie stand, als würde sie die Gäste erwarten.

»Annie, du erinnerst dich bestimmt noch an Juniper, nicht wahr?« fragte Alice.

»Ich wußte nicht, daß du hier bist. Seit wann lebst du wieder auf *Gwenfer*?« fragte Juniper scharf.

»Hallo, Miss Juniper«, sagte Annie und war plötzlich sehr nervös.

»Annie ist seit über einem Jahr hier, und ich wüßte nicht, was ich ohne ihre Hilfe getan hätte, vor allem im vergangenen Herbst, als die Hälfte des Daches davonflog«, antwortete Alice für sie. »Annie, das ist Maddie, Junipers Freundin. Und das ist mein Urenkel, Harry«, sagte sie stolz.

Annie gab Maddie die Hand und lächelte, doch Maddie

merkte, daß ihr Lächeln erstarb und sie zu Boden starrte, als sie flüchtig Harrys Hand berührte.

»Soll ich den Krug mit Martini holen, Alice?« fragte sie, und als Alice zustimmte, floh sie förmlich aus dem Salon.

»Großer Gott, was für ein sonderbares Wesen! Ich dachte immer, sie würde eines Tages hübsch werden. Habt ihr diese unbeschreibliche Brille gesehen?« fragte Juniper gedehnt, als sie eine Zigarette in die Spitze steckte.

»Sie ist schüchtern«, erklärte Alice.

»Ich finde sie recht hübsch«, fügte Harry hinzu.

»Sei nicht albern, Harry. Sie ist gräßlich. Ein reizloses Mädchen.«

»Annie hatte ein hartes Leben«, sagte Alice. »Man muß sie sehr freundlich behandeln«, fügte sie hinzu und blickte von Juniper zu Harry.

»Ich glaube, sie versteckt sich hinter dieser Brille«, sagte Maddie. »Ich hatte eine Freundin, die das tat. Sie hatte Angst vor Männern und versuchte, so häßlich wie möglich auszusehen.«

»Wie bizarr«, sagte Juniper mit einem gleichgültigen Schulterzucken. »Na, Annie muß sich da nicht sehr anstrengen, nicht wahr?« Niemand reagierte auf diese Frage.

Annie kam mit dem Krug und den Gläsern auf einem Tablett zurück. Harry sprang sofort auf, nahm ihr das Tablett ab und stellte es auf den Tisch. Während der nachfolgenden Unterhaltung warf er immer wieder verstohlene Blicke auf Annie. Seine Mutter irrte sich; die Augen hinter der Brille waren wunderschön, und er konnte sich vorstellen, wie hübsch ihr fast weißes Haar, das straff nach hinten gekämmt war und von einer Spange zusammengehalten wurde, aussehen könnte, wenn es ihr locker auf die Schultern fiel. Sie hatte auch eine gute Figur – vollbusige Frauen entsprachen seinen Phantasievorstellungen.

Alice bemerkte Harrys verstohlene Blicke und sah auch das scheue Lächeln, mit dem Annie darauf reagierte. Wie nett, dachte sie. Seit Annie hier ist, habe ich sie keinem Mann zulächeln sehen. Sie war immer höflich zu den männlichen Gästen, aber es war stets eine Hemmschwelle da. Heute schien diese Schwelle einen kleinen Riß zu bekommen. Wie schade, daß Harry so jung ist. Wäre er ein paar Jahre älter, hätte er vielleicht Annie helfen können, ihre Angst vor Männern zu verlieren.

Auch Juniper war Harrys Interesse nicht entgangen. In ihr stieg dieselbe Wut auf, die sie stets empfunden hatte, wenn Alice dem Mädchen zuviel Aufmerksamkeit schenkte. Warum fühlte sie sich von Annie bedroht? Wie schaffte sie es, daß ihre scheinbare Schutzbedürftigkeit fürsorgliche Gefühle in anderen weckte? Juniper schlenderte durch den Salon und setzte sich auf die Armlehne von Harrys Sessel. »Na, mein Liebling, wie schmeckt dir der Martini?« fragte sie und lachte glucksend, wobei sie seinen Nacken streichelte.

»Fabelhaft, Ma.« Harry lehnte sich zurück und blickte mit unverhohlener Zuneigung zu ihr hoch.

Du meine Güte, dachte die scharfsichtige Maddie, nippte von ihrem Drink und beobachtete aufmerksam die Szene.

Für Annie dauerte das Essen eine Ewigkeit. Harry ließ sie kaum aus den Augen, was sie erstaunlicherweise angenehm fand. Juniper starrte sie auch an, doch im Gegensatz zu den Blicken ihres Sohnes lag eine unverhohlene Feindseligkeit in ihren Blicken, die Annie Böses ahnen ließ. Maddie bemerkte die Anspannung auf Annies Gesicht. Diesem Mädchen war Schreckliches widerfahren, davon war sie überzeugt. Wenn wir lange genug bleiben, kann ich es vielleicht herausfinden und ihr helfen, dachte sie.

»Alice hat mir erzählt, daß du wunderschön malst«, sagte Maddie mit einem aufmunterndem Lächeln zu Annie.

»Alice übertreibt immer, was mich betrifft«, wehrte Annie bescheiden ab und erwiderte Maddies Lächeln, in der sie instinktiv eine Verbündete erkannte. Aber gegen was oder wen?

Nach dem Lunch verbannte Annie Alice aus der Küche und lehnte auch Maddies Angebot, beim Spülen zu helfen, kategorisch ab. Nachdem sie mit der Küchenarbeit fertig war, schlüpfte sie zur Hintertür hinaus und schlenderte durch den Garten zur Bucht hinunter. Ich halte mich möglichst fern von ihnen, dachte sie. In der Bucht angelangt, setzte sie sich auf Ias Felsen und betrachtete lange das Meer. Sie war traurig, weil sie wußte, daß sie etwas Kostbares verloren hatte. Solange sie mit Alice allein in *Gwenfer* gewesen war, hatte sie sich vorgaukeln können, dieses Haus sei ihr Heim. Die Anwesenheit von Alice' Familie hatte ihr schmerzlich bewußt gemacht, daß sie eine Außenseiterin war und nie wirklich irgendwo dazugehören würde. Sie war ganz allein auf der Welt, und diese Erkenntnis machte ihr angst.

Maddie packte die Koffer aus. Alice holte ihre Geschäftsbücher aus dem Schreibtisch und betrachtete besorgt die Zahlen. Konnte sie Juniper gegenüber ihre finanziellen Schwierigkeiten erwähnen? Schon ein kleiner Betrag würde enorm helfen ... Nein. Sie klappte entschlossen die Bücher zu. Juniper wirkte gereizt, aber *Gwenfer* hatte stets einen beruhigenden Einfluß auf sie ausgeübt, und sie wollte ihre Enkelin nicht mit ihren Sorgen belasten.

Juniper und Harry machten einen Spaziergang an den Klippen entlang.

»Es ist schön hier. Viel wärmer als in Schottland«, sagte Harry begeistert.

»Ich hasse Schottland.«

»Bist du deswegen nie gekommen?«

»Nein.« Juniper blieb stehen und sah ihren Sohn an. Wie sollte sie ihm die komplizierten Emotionen und ihre Ängste vor der Mutterschaft erklären? Sie wußte, daß sie ihn jetzt liebte, aber konnte sie erwarten, daß er ihr glaubte? »Es war alles so schwierig ... Ich kam nicht zurecht ... Ich wollte ... Oh, sieh nur ... das sind die Brison-Klippen. Sehen sie nicht wie eine felsige Galeone aus, die übers Meer segelt?« wechselte sie abrupt das Thema. »Mir ist kalt. Laß uns ins Haus zurückgehen. Hoffentlich gibt es Safrankuchen zum Tee.«

»Wir hatten doch gerade Lunch.«

»In *Gwenfer* esse ich immer wie ein Pferd.«

Harry blieb vor dem kunstvoll geschmiedeten Tor stehen. »Sind diese Falken die Wappentiere der Tregowans?« fragte er und deutete zu den Steinfalken hoch.

»Großer Gott, Liebling, das weiß ich nicht. Du mußt Alice fragen. Ich habe immer Wappen und Titel und den ganzen Firlefanz für absoluten Blödsinn gehalten. Das kommt von meiner republikanischen Ader«, antwortete sie lachend.

»Tatsächlich?« Harry war insgeheim entsetzt. Ihm war ein Respekt, der an Verehrung grenzte, für seine Herkunft und seine Ahnen anerzogen worden.

Auf halbem Weg die Zufahrt hinunter blieben sie wieder stehen und bewunderten *Gwenfer*, dessen Granitmauern in der Sonne schimmerten.

»Was für ein herrliches Haus!« rief Harry enthusiastisch.

»Ja ... wie ein Traum, nicht wahr? Wenn Alice stirbt und es mir gehört, werde ich nie wieder von hier fortgehen. Dann werde ich Frieden finden.«

»Und was wird aus deiner Villa in Griechenland?« fragte er.

»Ach, Griechenland wird mir langweilig. Aber *Gwenfer* langweilt mich nie.« Sie schob ihre Hand unter seinen Arm. »Wir werden hier leben, du und ich, für immer und ewig.

Den Rest der Welt sperren wir aus. Was hältst du davon?«
Sie blickte zu ihm hoch.
»Großartig«, sagte er und versteckte seine Unsicherheit
hinter einem breiten Lächeln.

## 11

Die Freundschaft entwickelte sich langsam. Harry, der bis
vor kurzem im Internat gelebt hatte, war an den Umgang
mit jungen Frauen nicht gewohnt. Doch Annie hatte in
ihm einen Beschützerinstinkt geweckt, der ihm zum erstenmal bei der Begegnung mit seiner Mutter bewußt
geworden war.
Um Junipers Feindseligkeit nicht weiter zu schüren, versuchte Annie, Harry möglichst aus dem Weg zu gehen,
ertappte sich jedoch dabei, daß sie ständig an ihn dachte
und sich freute, wenn sie ihn zufällig traf. Schließlich fing
sie an, von ihm zu träumen. Das ist natürlich albern, schalt
sie sich regelmäßig. Für Harry bin ich kaum mehr als ein
Dienstmädchen, und außerdem ist er viel zu jung – zwei
Jahre jünger als ich. Wahrscheinlich fühlt er sich unter den
Erwachsenen einsam und sucht meine Nähe, weil wir mehr
Gemeinsamkeiten haben. Er bot ihr seine Freundschaft an,
und sie sollte sich nicht in romantischen Träumereien
verlieren.
Harry hatte es sich zur Angewohnheit gemacht, mit Annie
in der Küche zu frühstücken. Seine Mutter und Maddie
schliefen immer lange und standen erst zum Mittagessen
auf. Und Annie hatte darauf bestanden, daß Alice, da keine
Gäste zu versorgen waren, ihr Frühstück im Bett einnahm.
Eigentlich hatte sie mit Alice' Protest gerechnet und war ein
wenig besorgt, als diese widerspruchslos zustimmte. Es war

die erste Konzession an ihr Alter, die Alice machte. Also hatten Annie und Harry die Küche bis weit in den späten Vormittag hinein für sich.

In diesen Stunden, bei Tee, Speck und Eiern, oder während Harry ihr dabei half, das Gemüse fürs Mittagessen zu putzen, kamen sich die beiden jungen Leute näher. Das ist die beste Zeit in einer Beziehung, dachte Annie, bevor man etwas über den anderen weiß, wenn der andere Mensch noch ein unbeschriebenes Blatt ist, auf das man seine Entdeckungen eintragen kann.

Während der Nacht machte sie sich Sorgen. Als sie Chris kannte, war sie noch zu jung gewesen, und deshalb waren ihre Wünsche und Sehnsüchte vage gewesen – damals hätte ihr ein Kuß genügt. Jetzt war sie eine junge Frau und ließ in der Geborgenheit ihres Bettes ihre Gedanken schweifen, stellte sich seinen Körper vor, wie es wohl sein mochte, von ihm gestreichelt und geküßt zu werden – weiter reichte ihre Phantasie nicht. Und das machte ihr Sorgen. Sie wollte mit Harry eine physische Beziehung, hatte jedoch Angst vor der Verwirklichung ihrer Träume.

Bald machten die beiden am Vormittag lange Spaziergänge, und Harry erkor die Bucht zu seinem Lieblingsplatz. Sie verbrachten viele glückliche Stunden damit, den Strand nach Muscheln abzusuchen oder einfach nur dazusitzen und aufs Meer zu blicken.

Juniper beobachtete voller Argwohn die offensichtliche Freundschaft zwischen ihrem Sohn und Annie und suchte nach einer Ablenkung für Harry. Sie erinnerte sich an die alten Papiere im Archiv und den Spaß, den sie einen Sommer lang zusammen mit Alice gehabt hatte, als sie den Stammbaum der Familie zurückverfolgten und Familienskandale aufdeckten. Damals war sie davon fasziniert gewesen und hatte kein Interesse an einem anderen Zeitvertreib mehr gehabt. Sie hoffte, das Archiv würde Harry ebenso fesseln und ihn von Annie ablenken.

Junipers Plan mißlang. Anstatt morgens lange Spaziergänge zu machen, saßen die beiden jungen Leute jetzt in dem kleinen Zimmer über den Papieren. Harry führte die Arbeit der Katalogisierung dort weiter, wo Alice vor vielen Jahren aufgehört hatte. Das ist, sagte er zufrieden, und sah Annie in die Augen, eine Aufgabe, die Jahre in Anspruch nehmen und mehrere Aufenthalte auf *Gwenfer* erfordern würde. Er lächelte, als sie sagte: »Wie schön«, denn damit hatte er angedeutet, daß er sie wiedersehen wollte. Das Archiv war eine historische Fundgrube. Die Dokumente datierten bis ins sechzehnte Jahrhundert zurück und enthielten Ehe- und Rechtsverträge, Briefe, Prozeßakten und Testamente seiner Vorfahren – der Tregowans von *Gwenfer.* Zehn Tage nach ihrer Ankunft auf *Gwenfer* verkündete Juniper plötzlich, sie würden binnen einer Stunde nach London zurückreisen.

»Aber, meine Liebe, ich dachte, du wolltest mindestens einen Monat bleiben«, sagte Alice bitter enttäuscht.

»Das war auch meine Absicht, aber Jonathan kann nicht hierherkommen, also kehre ich nach London zurück.«

»Ich verstehe nicht, warum du das tust, Juniper.«

»Wäre er mein Ehemann, würdest du diese Frage nicht stellen. Du hieltest es einfach für meine Pflicht, bei ihm zu sein«, entgegnete Juniper forsch.

»Ja, aber ...«

»Er ist mein Mann. Es fehlt nur die Heiratsurkunde.«

Maddie, die Zeugin dieser Unterredung war, mußte zum Fenster hinausblicken. Sie kannte den Grund für diese überstürzte Abreise: Juniper hatte in den Klatschspalten der Zeitung ein Foto von Jonathan gesehen – mit einer sehr hübschen jungen Frau an seinem Arm.

Harry suchte verzweifelt nach Annie, um ihr die Nachricht zu überbringen. Aber sie war zum Einkaufen nach Penzance gefahren. Er reiste ab, ohne sich von ihr verabschieden zu können – und, was noch schlimmer war, ohne sie auch nur einmal geküßt zu haben.

Annie war am Boden zerstört, als sie von Harrys Abreise erfuhr. Warum war ich nur so ein Dummkopf und habe mich in närrischen Träumen verloren? schalt sie sich. Sie suchte Zuflucht und Vergessen in der Arbeit. Zwei Tage später, als ein Brief von Harry kam, änderte sie ihre Meinung und erging sich wieder in Tagträumen. Jeden Abend las sie wieder seinen Brief und steckte ihn dann unter ihr Kopfkissen.

Zwei Wochen später verließen Juniper und Jonathan England. Sie flogen nach New York, wo Juniper einen Besprechungstermin mit ihren Beratern wahrnehmen wollte. Sie hatte zwar das Interesse an geschäftlichen Angelegenheiten verloren, würde ihre finanziellen Interessen jedoch nie mehr vernachlässigen. Jonathan hatte eine Besprechung mit seinem amerikanischen Verleger. Im August würde Harry für einen Monat zu ihnen nach Griechenland kommen, vorausgesetzt, er erhielt als Mündel, das unter Amtsvormundschaft stand, die entsprechende Genehmigung.

## 12

Polly hatte nie zu den Frauen gehört, die in Ohnmacht fielen, aber der Inhalt des Briefs in ihrer Hand ließ ihr beinahe die Sinne schwinden.

»Großer Gott!« rief sie aus und plumpste in einen Sessel. »Wie wundervoll.«

»Geht's dir nicht gut, Polly? Du bist so blaß«, sagte Gertie besorgt.

»Es ist ein Brief vom Makler. Erinnerst du dich an diese sympathische Frau, Mrs. Huntley, die zusammen mit einem jungen Mann, der Hal so ähnelte, *Hurstwood* besichtigt hat? Anscheinend will sie den Besitz kaufen.«

»Ich hätte nie erwartet, daß du diese Nachricht als wundervoll bezeichnest, Polly«, sagte Andrew aus den Tiefen eines Sessels, wo er *The Farmers Weekly* las.

»Hört doch erst mal zu: Mrs. Huntley möchte nicht hier leben, sondern wünscht, daß wir so weiterwirtschaften wie bisher. Sie bezahlt die geforderte Kaufsumme, was der Makler nicht erwartet hatte – und sie gibt uns einen Vorschuß für die Bewirtschaftung der Farm und den Unterhalt des Hauses. Jetzt kommt der merkwürdigste Abschnitt: Sie erwartet keine Einkünfte, sondern möchte, daß jeder Penny Gewinn wieder in den Betrieb gesteckt wird.« Polly blickte auf. »Dagegen kann die Bank doch nichts einzuwenden haben, oder?«

»Ist die Frau verrückt?« fragte Gertie.

»Verrückt? Meinetwegen könnte sie unzurechnungsfähig sein, solange sie nicht ins Irrenhaus gesperrt wird, bevor sie den Kaufvertrag unterschrieben hat und alles hieb- und stichfest ist«, sagte Polly, ganz außer sich vor Aufregung. »Es ist die zweitbeste Lösung, nicht wahr? Auch wenn uns *Hurstwood* nicht mehr gehört, können wir doch weiter hier leben.«

»An der Sache muß irgendein Haken sein«, sagte Andrew, der den Brief kritisch durchgelesen hatte.

»Warum erwartest du immer nur das Schlimmste, Andrew? Vielleicht haben wir auch einmal Glück, und es geschieht etwas Positives. Es ist ja auch verdammt noch mal Zeit dafür«, sagte Polly verzweifelt. Andrew wandte das Gesicht ab, aber sie hatte seinen verletzten Ausdruck gesehen. Polly ging zu ihm und kniete sich neben seinen Sessel. Gertie verließ leise den Raum. »Andrew, das habe ich nicht so gemeint.«

»Ich kann es dir nicht einmal übelnehmen. In unserer Ehe mußtest du eine Niederlage nach der anderen einstecken. Ich wollte dich nicht aufregen, Polly, sondern dich nur vor Schaden bewahren.«

»Sag mir, welche Punkte dir Sorgen machen. Wir müssen darüber reden.«

»Das Angebot ist einfach zu gut, um wahr zu sein. Ich habe ein ungutes Gefühl dabei. Wer zahlt denn schon so viel Geld für ein Haus, in dem er nicht leben will, und gibt uns noch einen Vorschuß auf die Bewirtschaftung der Farm? Das ergibt einfach keinen Sinn, oder? An der Geschichte ist etwas faul.«

»Wir brauchen einen juristischen Rat.«

»Ja«, stimmte Andrew zu und stopfte Tabak in seine Pfeife.

Eine Woche später hatten sie den Vertrag unterschrieben. Ihr Anwalt hatte jeden Punkt sorgfältig geprüft, das Angebot war ohne Fallstricke, und er riet ihnen zu unterzeichnen. Polly und Andrew hielten es jedoch für besser, von der Anwaltskanzlei der Käuferin einen Pachtvertrag für *Hurstwood* zu verlangen, wofür sie im Gegenzug auf den Vorschuß verzichteten. Die Antwort kam postwendend, dem Pachtvertrag wurde zugestimmt und eine bestimmte Summe für den Aufbau der Farm vorgestreckt. Der Anwalt riet ihnen, unverzüglich zu unterschreiben.

Die Verträge waren nicht auf den Namen von Mrs. Huntley, sondern auf eine Firma namens Dart Properties ausgefertigt, was Gertie und Andrew merkwürdig vorkam. Polly hingegen war es völlig gleichgültig, wer *Hurstwood* gekauft hatte, solange sie bleiben konnten.

Eine weitere Woche verging. Polly war allein im Haus, als ein Lieferwagen in der Auffahrt hielt. Niemand hatte ihr je Blumen geschickt, deswegen weckte der große Korb mit Orchideen eher ihre Neugier als der braune Umschlag, den ihr der Fahrer gleichzeitig überreichte. Sie setzte sich an den Tisch in der Halle und öffnete das Kuvert. Es enthielt einen Stapel Dokumente und ein Begleitschreiben ihres Anwalts, in dem er sie bat, an den markierten Stellen zu unterzeichnen. Wie langweilig, dachte sie, schob die Papiere beiseite und widmete ihre Aufmerksamkeit dem Blumenkorb. Sie öffnete das kleine Kuvert. Sie mußte die Zeilen zweimal lesen, ehe sie den Inhalt begriff. Fieberhaft blätterte sie den Stapel Dokumente durch, und dieses Mal las sie die Papiere. Die Worte tanzten vor ihren Augen.

Die Dokumente waren die Übertragungsurkunden von *Hurstwood*, doch an der Stelle von Dart Properties als Eigentümer stand ihr Name. Der Besitz war auf ihren Namen umgeschrieben worden – *Hurstwood* gehörte wieder ihr.

Sie griff wieder nach der Karte und befingerte sie nachdenklich.

*Kannst du mir verzeihen, Polly? In Liebe, Juniper.*

Polly hatte über den bevorstehenden Verlust ihres Hauses nie geweint, aber jetzt verlor sie die Kontrolle über ihre Gefühle. Gertie fand sie am Tisch sitzend vor, den Kopf auf den Armen und herzzerreißend schluchzend.

»Polly, was ist passiert?«

Polly konnte nicht sprechen und schob ihrer Großmutter die Dokumente und die Grußkarte zu.

»Du meine Güte!« Gertie sank fassungslos auf einen Stuhl. »Das ist aber eine Überraschung.«

»Ich war so glücklich, Großmama. Ich dachte, wir hätten *Hurstwood* gerettet. Aber jetzt ...«

»Was, um Himmels willen, meinst du damit?«

»Na, ich kann es nicht akzeptieren, das mußt du doch verstehen, Großmama.«

»Leider nicht.«

»Zum einen ist es viel zu großzügig, selbst für einen Menschen wie Juniper. Ich könnte dieses Geschenk nie annehmen, es riecht zu sehr nach Wohltätigkeit. Warum sollte sie das für mich tun? Was hat sie für Gründe? Nach allem, was zwischen uns geschehen ist ...«

»Du kannst es nicht akzeptieren? Was ist das für ein Unsinn? Nach all den Problemen, die du jahrelang mit dieser Frau hattest? Offensichtlich will sie etwas wiedergutmachen. Die Geste könnte man als eine Spur vulgär bezeichnen, aber schließlich ist sie Amerikanerin, und dort ergeht man sich gern in bombastischer Prahlerei.« Gertie lachte dröhnend. »Natürlich mußt du akzeptieren, Polly. Eine Ablehnung wäre schlechtes Benehmen.«

# SIEBTES KAPITEL

## 1

Maddie schlenderte durch den Garten der griechischen Villa. In ihrem Hals steckte ein Kloß, und er schmerzte vor unterdrücktem Weinen. Sie war gekränkt und verachtete sich deswegen. Sie lebte lange genug mit Juniper, um deren Launenhaftigkeit zu kennen, und es war dumm, sich von ihr fertigmachen zu lassen. Wenn sich Juniper über etwas aufregte, ließ sie ihren Unmut unweigerlich am Nächstbesten aus – und dieses Mal hatte er Maddie getroffen.

Maddie setzte sich auf eine Steinbank zwischen den Säulen einer Tempelruine, die Juniper hatte errichten lassen. Es war Maddies Lieblingsplatz: Vor ihr erstreckte sich das Meer bis zum Horizont. Wenn sie gekränkt oder verärgert war, kam sie oft hierher. Dann blickte sie über die unendliche Weite des Meeres und wünschte sich ans andere Ende der Welt. Warum war sie nicht dort?

Maddie nahm eine Schachtel Zigaretten aus ihrer Tasche, zündete eine an und inhalierte tief. Ich kann Juniper nicht verlassen, lautete stets ihre Rechtfertigung. Was würde Juniper ohne mich tun? Was würde aus ihr werden?

Sie drückte die Zigarette mit dem Absatz aus und wickelte den Stummel in ein Papiertaschentuch. Dieser Platz war zu schön, um ihn mit Abfall zu verschandeln. Warum hatte sie überhaupt die Zigaretten mitgenommen? Sie hatte seit Jahren nicht geraucht, und es hatte Tage gegeben, da war sie ebenso demoralisiert gewesen wie jetzt, aber irgend etwas hatte sich grundsätzlich verändert. Maddie ahnte, daß sich ihre Zeit mit Juniper dem Ende zuneigte.

Sie war eine Närrin. Bald wurde sie vierzig, und sie hatte kein Zuhause, keinen Mann, keine Kinder – nichts. Unter dem Vorwand, unentbehrlich zu sein, hatte sie ihr ganzes Leben Juniper gewidmet. Aber für Juniper war niemand unentbehrlich. Maddie hatte zu oft erlebt, wie gedankenlos Juniper Freunde – die sich auch von ihr geliebt gefühlt hatten – fallenlassen konnte. Warum sollte ihr nicht dasselbe widerfahren?

Es ist teilweise meine Schuld, daß es zu der Auseinandersetzung heute morgen kam, machte sich Maddie Vorwürfe. Warum habe ich nicht den Mund gehalten?

Maddie hatte Harrys Handschrift auf dem Brief erkannt und ihn sofort Juniper gebracht. Harry hatte in den vergangenen Jahren jeweils zwei Wochen der Sommerferien auf der Insel verbracht, und sie hatten sich während kurzer Aufenthalte mit ihm in Paris oder London getroffen. Juniper war immer am glücklichsten, wenn ihr Sohn bei ihr war. Dann war sie wie verändert, sprühte vor Lebensfreude und schien in seiner Gegenwart von innen heraus zu leuchten. Deswegen war Harrys Brief so wichtig.

»Kommt er?« fragte Maddie. Juniper saß mit gesenktem Kopf im Bett, das Haar fiel ihr übers Gesicht, und sie starrte auf den Brief in ihrer Hand.

»Nein. Er hält es für seine Pflicht, Weihnachten mit Leigh und Caroline zu verbringen.« Junipers Stimme klang gepreßt. »Undankbares kleines Gör«, fügte sie nach einer Weile hinzu.

»Juniper, das ist nicht fair. Harry befindet sich in einer schwierigen Situation. Schließlich hat er ihnen gegenüber auch Verpflichtungen.«

»Was für Verpflichtungen?« fragte Juniper scharf.

»Sie haben Harry großgezogen. Für ihn sind Leigh und Caroline wie Eltern, und er möchte wahrscheinlich ihre Gefühle nicht verletzen.«

»Und was ist mit meinen Gefühlen? Ich bin schließlich seine Mutter.«

»Aber er kommt doch jeden Sommer.«

»Ich wollte Weihnachten mit ihm verbringen. Weißt du eigentlich, daß ich das letztemal Weihnachten mit ihm feierte, als er ein Jahr alt war?«

»Das muß für dich entsetzlich gewesen sein, Juniper, aber ich kann seine Entscheidung verstehen. Bestimmt wirst auch du Verständnis dafür haben, wenn du dich erst einmal beruhigt hast.«

»Beruhigt? Was meinst du mit beruhigt? Ich bin völlig ruhig.« Junipers Stimme drohte umzukippen. »Mich erstaunen nur seine Undankbarkeit und seine Rücksichtslosigkeit. Er verbringt jedes Jahr das Weihnachtsfest bei ihnen. Ist es zuviel verlangt, wenn ich ihn zweimal in zwanzig Jahren bei mir haben will?«

»Ich weiß, es ist schlimm für dich, Juniper.«

»Wie herablassend du klingst.«

»So war es nicht gemeint. Entschuldige bitte, Juniper.« Maddie wich unwillkürlich zurück, als wollte sie vor der Bitterkeit in Junipers Stimme fliehen.

»Er meidet mich. Sie haben ihn gegen mich aufgestachelt.«

»Sei nicht albern. Er ist jetzt sein eigener Herr und würde Einflüsterungen kein Gehör schenken.«

»Warum kommt er dann nicht? Und warum verbringt er im Sommer nur zwei Wochen hier? Warum bleibt er nicht den ganzen Sommer? Jeder normale Sohn würde die Ferien bei seiner Mutter auf dieser paradiesischen Insel verbringen.«

»Wahrscheinlich braucht er einen Teil seiner Semesterferien für Studien. Manche Studenten bleiben sogar im College, um Unterrichtsstoff aufzuarbeiten.«

»Wie willst ausgerechnet du das wissen?« fragte Juniper geringschätzig.

»Weil mein Vater Pförtner an einem College war, deswegen«, entgegnete Maddie barsch.

»Du brauchst mich nicht anzuschnauzen.«

»Ich habe dich nicht angeschnauzt.«

»Du bist wie alle anderen. Im Grunde genommen haßt und verachtest du mich, das höre ich an deiner Stimme. Du bist nur des Geldes und des luxuriösen Lebens wegen bei mir.«

»Juniper, das ist unfair!« sagte Maddie wütend.

»Ach, wirklich? Sieh dich doch an. Du wirst vierzig und hängst hier herum, während du dir eigentlich einen Mann suchen solltest. Also frage ich mich, warum du bei mir bist. Dazu fällt mir nur eine Antwort ein: wegen des Geldes und des Lebensstils, den ich dir biete.« Der sachliche Ton, in dem Juniper stets ihre Argumente, auch in größtem Zorn, vorbrachte, verschlimmerte nur noch deren Bedeutung.

Maddie starrte Juniper ungläubig an, machte auf dem Absatz kehrt und ging, wobei sie sich wünschte, aus Junipers Leben verschwinden zu können.

Warum tue ich es nicht? Warum bleibe ich und lasse mich beleidigen? Vielleicht hat Juniper recht. Vielleicht bin ich von diesem Leben im Luxus abhängig geworden und habe Angst, nicht mehr ohne diesen Komfort leben zu können. Nein. Maddie schüttelte entschieden den Kopf. Das Leben mit Juniper war nicht so leicht, wie es den Anschein hatte. Der Tagesablauf änderte sich nie – Frühstück um elf. Schwimmen. Lesen und Briefe schreiben. Lunch mit viel Wein um drei. Danach eine Siesta. Martinis um acht und weitere Drinks bis zum Dinner, das um zehn serviert wurde. Dann wurde weitergetrunken, bis zwei Uhr morgens oder noch später. Maddie verstand insgeheim, warum Harry seine Besuche auf zwei Wochen beschränkte.

Maddie hatte im Lauf der Jahre beobachtet, wie sich Juniper veränderte. Ihre Flucht vor der Langeweile resultierte stets in noch größerer Langeweile. Sie hatte alles daran gesetzt, glücklich zu werden, doch Maddie wußte, daß sie in letzter Zeit immer häufiger in Depressionen verfiel. Ihre charmante Unschuld und Begeisterungsfähigkeit hatten sich in Zynismus verwandelt. Ihr ungeheures Selbstvertrauen, das sie einst besessen hatte, war einer traurigen Verletzbarkeit gewichen.

Maddie wußte, daß Junipers Verbitterung auf die Art und Weise zurückzuführen war, wie sie von den Männern in ihrem Leben behandelt worden war. Hal hatte Juniper zutiefst verletzt, und diese Kränkung war noch durch die Nachricht aus New York verstärkt worden, daß er mit seiner neuen Frau überglücklich war. Es gab keine Männer mehr in seinem Leben. Seine Frau war schwanger, und die Tatsache, daß Geld bei der Eheschließung keine Rolle gespielt hatte, empfand Juniper als äußerst demütigend. Juniper quälte sich mit dem Gedanken, daß Hal sehr wohl eine Frau lieben konnte – aber nicht sie.

Dominic, der im Scheidungsprozeß Juniper des Ehebruchs bezichtigt und ihre großzügige Abfindung kommentarlos eingesteckt hatte, hatte am Tag nach der Scheidung Ruth, seine unscheinbare Sekretärin, geheiratet.

Seit jenem schrecklichen Tag im Krankenhaus in Amerika war Theos Name nie mehr erwähnt worden. Doch jedesmal, wenn ein Besucher von einem bestimmten Restaurant in New York sprach oder eine bestimmte Melodie im Radio gespielt wurde, sah Maddie einen Ausdruck unsäglicher Trauer über Junipers Gesicht huschen.

Und jetzt lebte sie mit Jonathan zusammen – einem Mann,

der scheinbar keiner Frau treu sein konnte. Nach ihrer Rückkehr auf die griechische Insel, nachdem Juniper ihren Besuch auf *Gwenfer* so abrupt abgebrochen hatte, fuhr Jonathan regelmäßig nach Athen und gab geschäftliche Angelegenheiten als Vorwand an. Diese Ausrede war so fadenscheinig, daß Juniper einen Detektiv auf ihn angesetzt hatte, der feststellte, daß Jonathan eine Mätresse hatte – eine junge Engländerin, ungefähr zwanzig –, dieselbe Frau, mit der Jonathan in England in der Zeitung abgebildet gewesen war.

Maddie stand Juniper in ihrer Wut und ihrem Kummer bei, wußte jedoch nicht, ob die Tatsache, daß Jonathan eine Mätresse hatte, oder deren Jugend den Gefühlsaufruhr verursacht hatte. Für eine schöne Frau wie Juniper mußte der Gedanke unerträglich sein, ihren Geliebten an eine Zwanzigjährige zu verlieren.

Als Jonathan aus Athen zurückkehrte, hatte es einen fürchterlichen Streit gegeben, der damit endete, daß Jonathan seine Mätresse in Athen aufgab und dafür mit einem Schnellboot und einem Jaguar Typ E belohnt wurde. Aber er bezahlte seinen Preis. Obwohl das vor zwei Jahren passiert war, hatte Juniper ihm nie wieder vertraut. Sie ließ ihn keinen Augenblick mehr allein, und wenn er sich in sein Arbeitszimmer zurückziehen wollte, um zu schreiben, ließ sie nichts unversucht, ihn davon abzubringen: Laß doch die langweilige Schreiberei, komm schwimmen, mach mit mir einen Ausflug, iß doch ein paar Oliven, trink mit mir einen Aperitif, sei zärtlich zu mir, komm, Jonathan, komm.

Sein Verlagshaus bombardierte ihn mittlerweile mit Briefen, in denen die Ablieferung des Manuskripts für sein neues, längst überfälliges Buch verlangt wurde. Der anfänglich höfliche Ton wurde allmählich unangenehm. Dann kam sein Agent nach Griechenland.

»Tut mir leid, Jonathan. Wenn du nicht bald lieferst, verzichtet der Verleger ganz auf die Veröffentlichung.«

»Das kann er nicht tun. Jonathan hat einen Vertrag«, warf Juniper ein.

»Er kann, und er wird. Jede Geduld erschöpft sich . . .«

»Aber Jonathan ist ein Genie. Ein Genie braucht seine Freiheit und kann Texte nicht herunterschreiben wie ein kleiner Schreiberling.«

»Liebling, ich bin kein Genie«, widersprach Jonathan mit einem verlegenen Seitenblick auf seinen Agenten. »Ich war einfach nur faul. Mein Problem ist, daß ich mich zu leicht ablenken lasse, Peter. Der Müßiggang in diesem Paradies bekommt mir nicht.«

»Was können wir gegen den Verleger unternehmen?« fragte Juniper

»Den Vorschuß wird er wahrscheinlich nicht zurückfordern«, sagte Peter, wirkte aber trotzdem besorgt.

»Das hätte auch keinen Sinn. Das Geld habe ich schon vor einer Ewigkeit ausgegeben«, sagte Jonathan lachend.

»Ich zahle ihn zurück, dann wird ihn das Verlagshaus nicht länger belästigen. Er kann zu einem anderen Verleger gehen, der mehr Verständnis für ihn aufbringt. Oder ich kaufe den Verlag, wie wär's damit? Armer Liebling, wie kann er unter diesem entsetzlichen Druck arbeiten? Wie hoch war der Vorschuß?« fragte sie und zückte ihr Scheckbuch.

Jonathan blickte seinen Agenten an und zuckte die Schultern. Es hatte wenig Sinn, sich zu sträuben. Irgendwie fühlte er sich erleichtert. In letzter Zeit hatte er oft daran gezweifelt, dieses Buch je zu Ende schreiben, geschweige denn, irgendwann ein neues Buch anfangen zu können – auch wenn er das wollte. Hätte ich Polly geheiratet, hätte es diese Verzögerungen nicht gegeben, dachte er. Der ganze Haushalt hätte sich ausschließlich um den Schriftsteller und seine Werke gedreht. Tja, seufzte er, griff nach seinem Glas und sah, daß es leer war.

»Am besten tust du, was die Lady sagt, Peter«, meinte er grinsend und öffnete eine neue Flasche.

Nachdem der Vorschuß zurückgezahlt war, fiel jeder Zwang zum Schreiben weg und damit auch jeder Ansatz zur Disziplin. Jonathan tat nichts mehr. Er schlief lange. Er ging nie nüchtern zu Bett. Obwohl er anscheinend wenig Zerstreuung hatte, fand er Gelegenheiten für Seitensprünge, von denen Juniper natürlich keine Ahnung hatte, weil sie glaubte, jeden Augenblick mit ihm zusammenzusein. Dabei vergaß sie jedoch die Stunden, die sie beim Einkaufen in der kleinen Hafenstadt oder beim Friseur verbrachte. Maddie wußte mit Bestimmtheit von einer Geliebten – einer jungen Australierin, die in einer Schäferhütte auf dem Hügel oberhalb von Junipers Villa lebte. Und sie hatte Jonathan mehr als einmal morgens aus einem Zimmer des Gästeflügels schleichen sehen.

Maddie seufzte. Wahrscheinlich sollte ich Jonathan verachten und Juniper die Augen über seine Betrügereien öffnen, dachte sie. Im Grunde tat ihr der Mann jedoch leid. Er war ein begabter Schriftsteller, doch Juniper und das Leben, das er führte, ruinierten sein Talent.

Maddie wünschte sich, Polly würde zu Besuch kommen. Die beiden Freundinnen korrespondierten jetzt – nachdem Polly einen Pachtvertrag für *Hurstwood* durchgesetzt hatte – regelmäßig. Polly hätte vielleicht einen positiven Einfluß auf Juniper, deren Alkoholkonsum je nach Laune exzessiv sein konnte. Maddie machte sich Sorgen um Junipers Gesundheit – ein weiterer Grund, bei ihr zu bleiben.

Maddie stand schwerfällig auf und ging zum Haus zurück. Der Bau hatte mittlerweile alle Proportionen gesprengt.

Ein Gästeflügel war angefügt worden, und im Garten standen mehrere Bungalows. Der Swimmingpool war vergrößert und teilweise überdacht worden – alles war großartig und prächtig angelegt, aber der ursprüngliche maurische Stil war verlorengegangen. Jetzt war das Anwesen ein weitläufiger, moderner Palast – schön, aber seelenlos.

Auf der Terrasse begegnete sie Juniper.

»Liebste Maddie, kannst du einem mürrischen, bösen Weib wie mir verzeihen?« Sie schenkte ihr ein strahlendes Lächeln. »Ich war vor Enttäuschung außer mir.«

»Ist schon gut, Juniper«, sagte Maddie, die ihr – wie immer – verzieh.

»Ich habe alle Probleme gelöst. Wir reisen zu Weihnachten nach England und verbringen die Feiertage auf *Gwenfer*. Ich werde Alice nicht schreiben, es soll eine Überraschung für sie sein. Was hältst du davon?« Juniper tanzte förmlich vor Aufregung und hatte ihre Auseinandersetzung mit Maddie völlig vergessen.

## 2

Sie verbrachten Weihnachten nicht auf *Gwenfer*. Während ihres Zwischenaufenthalts in Rom – Juniper brauchte ein paar Seidenblusen, und Jonathan wollte seinen Schneider aufsuchen – wohnten sie im Hotel *Excelsior*, und über ihre Ankunft war gebührend im *Rome Daily American* berichtet worden.

»Ich kenne niemanden namens Antonio«, hatte Juniper den Anruf abgewehrt.

»Es tut mir leid, Mrs. Boscar ist nicht in ihrer Suite«, log Maddie und stolperte über Junipers Mädchennamen, obwohl diese ihn jetzt schon seit ein paar Jahren benutzte.

Damit habe ich einen Schlußpunkt unter meine Ehe mit Dominic gesetzt, war ihre Erklärung gewesen, als könnte sie mit dem Namen auch die Ehe auslöschen.

»Würden Sie ihr bitte eine Nachricht übermitteln?«

Maddie griff nach einem Kugelschreiber.

»Sagen Sie Mrs. Boscar bitte, daß Tommy bis Mittwoch in Rom ist und sie liebend gern sehen würde. Ich wohne im *Eden*, das liegt gleich um die Ecke.«

»Tommy?« wiederholte Maddie, um sich zu vergewissern, daß sie den Namen richtig verstanden hatte.

»Ganz recht ...«

»Tommy!« rief Juniper und riß Maddie den Hörer aus der Hand. »Tommy, wo bist du? Ich dachte, du wärst tot. Warum hast du nie geschrieben? Oh, Tommy, Tommy ...«

Eine halbe Stunde später saß Tommy Antonio Juniper gegenüber, die vor Aufregung nicht stillhalten konnte.

»Maddie, Tommy war nach dem Tod meines Großvaters mein Vormund. Aber in Wirklichkeit warst du meine beste Freundin«, erklärte Juniper. »Und die Geliebte meines Großvaters«, fügte sie grinsend hinzu.

»Du warst schon immer zu klug für dein Alter, Juniper«, entgegnete Tommy, sichtlich verlegen.

»Dieses Wiedersehen müssen wir mit Champagner feiern. Bestellst du bitte eine Flasche, Maddie?«

Tommy schaute auf ihre Uhr. »Ist es dafür nicht noch ein wenig zu früh?«

»Sei nicht so spießig, Tommy.«

Maddie warf der älteren Frau einen fragenden Blick zu, die resigniert die Schultern zuckte. Maddie hatte sie auf Anhieb sympathisch gefunden. Tommy trug ein schickes, marineblaues Kostüm und eine teure Seidenbluse von Pucci. Ihr Alter war schwer zu schätzen – sie muß an die sechzig sein, denn Juniper wird im Februar zweiundvierzig, dachte

Maddie und verließ das Zimmer, nachdem der Champagner serviert worden war.

»Warum hast du nie Kontakt mit mir aufgenommen?« fragte Juniper schmollend.

»Meine liebe Juniper, wie kannst du mich das fragen, nach dem Brief, den du mir geschrieben hattest?« entgegnete Tommy vorwurfsvoll.

»Was für einen Brief?« Juniper beugte sich interessiert vor.

»Ich habe dir geschrieben, daß ich Stefan Antonio geheiratet habe – er ist ein sehr erfolgreicher Arzt«, fügte sie stolz hinzu, »und daß du mir jederzeit in unserem Haus bei Florenz willkommen bist. Du hast geantwortet, daß du mich nie wiedersehen willst, weil ich hinter deinem Rücken geheiratet habe und dich somit verlassen hätte.«

»Tommy!« Juniper lehnte sich entsetzt zurück. »Wie entsetzlich! Das muß dir sehr weh getan haben.«

»Natürlich tat es das. Wärst du damals nicht mit Hal verheiratet gewesen, hätte ich vielleicht versucht, die Situation zu klären. Aber ich konnte Hal nicht ausstehen. Und dann kam der Krieg, und eins folgte aufs andere. Aber gestern sah ich den Namen Boscar in der Zeitung und dachte: Ob das wohl Juniper ist? Vielleicht existiert dieser gräßliche Hal nicht mehr in ihrem Leben.«

»Tommy, ich habe diesen Brief nicht geschrieben. Das mußt du mir glauben. Ich gebe zu, damals war ich ziemlich durcheinander und habe ein paar Torheiten begangen. Aber das habe ich nicht geschrieben – niemals. Ich wette, dieser Brief geht auf Hals Konto. Er konnte es nicht riskieren, daß du weiter mit mir in Verbindung bleibst, weil du zu klug und geschäftstüchtig warst. Unter deiner Aufsicht wäre es ihm nie gelungen, mich um mein Vermögen zu betrügen.«

»Juniper! Wie schrecklich! Hätte ich nur anders reagiert

und den Kontakt mit dir nicht abbrechen lassen. Du kannst dir nicht vorstellen, wie oft ich es bedauert habe, daß ...«

»Jetzt hast du mich ja gefunden. Ich bin auf dem Weg nach England, um dort Weihnachten zu verbringen. Was habt ihr, du und dein Mann, für Pläne? Kommt doch mit. Wir könnten in die Schweiz fahren. Ich reserviere Zimmer für uns im *Dolder Grand Hotel* in Zürich. Was hältst du davon?«

Tommy hob bei diesem Wortschwall abwehrend die Hände. »Lebt deine Großmutter noch? Wie geht es ihr?«

»Ja, gut. Im Februar wird sie vierundachtzig.«

»Bestimmt freut sie sich darauf, mit dir Weihnachten zu feiern. Du darfst sie nicht enttäuschen.«

»Nein, sie erwartet mich nicht. Nimm doch meinen Vorschlag an. Wir haben uns so viel zu erzählen..«

»Ich habe eine bessere Idee. Stefan und ich wollten die Feiertage in unserem Chalet in den Dolomiten verbringen – nur wir beide. Es ist Platz genug für dich und deine Freunde.«

Eine Woche später waren alle in Stefans Chalet in den Bergen versammelt.


Annie hielt sich schon seit zwei Stunden unter dem Vorwand, die Weihnachtsdekoration vervollständigen zu wollen, in der Halle auf. In Wirklichkeit wollte sie jedoch die erste sein, die Harrys Auto vorfahren hörte, die erste, die ihn begrüßte.

»Auch wenn du noch so sehr auf ihn wartest, wird er nicht früher kommen«, neckte Alice, als sie Annie am Fenster ertappte.

»Alice, ich bin so aufgeregt. Ich habe ihn wochenlang nicht gesehen.«

»Ich weiß, meine Liebe. Aber jetzt bleibt er ja einen Monat.« Alice stützte sich auf ihren Stock. Die Arthritis, unter der sie seit zehn Jahren litt, machte ihr in letzter Zeit schwer zu schaffen. Diese Altersbeschwerden ertrug sie ohne Klagen, empfand es jedoch als bedrückend, in ihrer Arbeits- und Bewegungsfähigkeit derart eingeschränkt zu sein, so daß sie fast vollständig auf Annie angewiesen war. Sollte Annie je weggehen, müßte sie *Gwenfer* verkaufen. Insgeheim hatte sie sich bereits nach Häusern in Cornwall erkundigt, die alte Menschen aufnahmen und betreuten.

Hätte Juniper mehr Interesse an *Gwenfer* gezeigt, wäre die Situation anders gewesen. Alice hatte immer geglaubt, Juniper teile ihre Gefühle für dieses Haus, mußte jedoch im Lauf der Jahre akzeptieren, daß *Gwenfer* ihr Traum und nicht Junipers war. Juniper war nur glücklich, wenn sie frei und ungebunden in der Welt umherschwirren konnte. Sie würde nie Alice' Fehler begehen und ein Haus wie einen Menschen lieben und damit zulassen, daß ein Haus ihr Leben dominierte und ihr jede Freiheit raubte.

Alice hatte Annies wegen nach wie vor Schuldgefühle. Im Juni wurde sie vierundzwanzig und sollte an einen Mann und Kinder denken, anstatt ihr Leben für *Gwenfer* zu opfern. Annie war ebenso gefangen wie sie. Abgesehen von den Gästen und den Geschäftsleuten in Penzance kam sie mit keinen Männern in Kontakt. Ihre Gäste waren zwar größtenteils recht charmante, jedoch ältere Herren, erfüllten also kaum den Traum einer jungen Frau. Annie versicherte ihr ständig, daß sie glücklich sei und ihr Harrys Besuche genügten.

Alice mochte Harry und wußte, daß er Annie nie bewußt weh tun würde, aber es könnte ungewollt geschehen. Alice hatte in dem jungen Mann eine innere Distanz, eine gewisse Kälte entdeckt, die sie voller Unbehagen an seinen Vater erinnerte. Alice hatte beobachtet, wie zwischen Harry und Annie eine Liebesbeziehung entstanden war. Jung und verliebt zu sein . . . Alice hatte dieses Gefühl nicht vergessen. Aber hatte die Vergangenheit aus Harry einen Menschen gemacht, der nie jemanden absolut lieben konnte – so wie seine Mutter? Alice seufzte bei diesem Gedanken. Annie brauchte eine tiefe Liebe, sonst würde sie weiteren Schaden erleiden. Abgesehen von den zwei Wochen, die Harry jeden Sommer bei seiner Mutter, und den vereinzelten Wochenenden, die er pflichtbewußt bei seinem Onkel verbrachte, nutzte er jede freie Stunde, um auf *Gwenfer* bei Annie zu sein.

Die Beziehung zwischen den beiden jungen Menschen mochte zwar für Alice besorgniserregend sein, aber Annie blühte in Harrys Gegenwart sichtlich auf und entfaltete ihre ganze Schönheit. Kaum war er jedoch abgereist, zog sie sich wie eine Schildkröte wieder in ihren Schutzpanzer zurück.

Alice fragte sich manchmal, ob ihre Sorgen unbegründet waren und sie Probleme sah, wo keine existierten. Aber Harry lebte nun einmal in Cambridge in einer völlig anderen Welt, hatte Umgang mit Freunden, die viel gebildeter als Annie waren. Konnte eine solche Beziehung von Dauer sein?

»Da ist er!« rief Annie, eilte zur Tür, riß sie auf und lief in den kalten Winterabend hinaus. Als sie an Harrys Arm zurückkam und Alice ihre glückstrahlenden Gesichter sah, schalt sie sich wegen ihrer Bedenken.

Die drei verbrachten einen angenehmen Abend, redeten und scherzten mit der Leichtigkeit enger Freunde. Annie hatte ein exzellentes Dinner zubereitet, und Alice zog sich nach dem Kaffee diskret zurück, um die beiden jungen Leute allein zu lassen. Sie saßen in der Küche bei einem letzten Drink.

»Alice sieht so erschöpft aus, Annie. Jedesmal, wenn ich herkomme, scheint sie gealtert zu sein.«

»Die Arbeit übersteigt ihre Kräfte. Wir brauchen zusätzliche Hilfe. Ich kann den Haushalt führen, die Gäste versorgen, aber da sind noch die ganze Korrespondenz und die Buchführung zu erledigen. Kein Wunder, daß sie müde ist. Manchmal denke ich sogar, sie ist des Lebens müde.«

»Was willst du tun, wenn . . .«

»Wenn Alice eines Tages stirbt?« Ein Zittern überlief Annie. »Daran wage ich gar nicht zu denken. Ich liebe sie. Alice hat mir die Mutter ersetzt, die ich so früh verloren habe. Ich weiß nicht, was ich ohne sie anfangen werde, Harry. Dabei sorgt sie sich ständig um mich und ist überzeugt, daß ich nur ihretwegen bleibe und mein Leben vergeude.«

»Du hast mich, Annie. Ich werde immer für dich dasein«, sagte er mit einem liebevollen Lächeln.

»Wirklich, Harry?«

»Du glaubst mir nicht?« fragte er ernst.

»Doch, ich glaube dir. Ich glaube, daß du das jetzt empfindest. Aber wie wird die Zukunft aussehen?«

»Genauso«, sagte er trotzig.

»Harry, mein Liebling, bitte, denke nicht, daß ich von dir Versprechen erwarte, die du vielleicht nicht halten kannst. Für mich zählt nur die Gegenwart. Das Heute. Jetzt möchte ich mit dir leben und die Tage so glücklich wie möglich gestalten. Morgen? Damit setze ich mich auseinander, wenn es soweit ist.«

»Ich liebe dich, Annie«, sagte er, war sich jedoch nicht sicher, ob er das tat. Er wußte allerdings, daß sie diese Worte hören wollte. Zweifelsohne mochte er Annie mehr als die anderen Mädchen, die er in Cambridge kennengelernt und verführt hatte. Annie akzeptierte ihn so, wie er war, und diese Selbstverständlichkeit bedeutete ihm viel. Er begehrte sie mehr als jede andere Frau, der er je begegnet war. »Vielleicht sollten wir heiraten«, sagte er plötzlich und benutzte den Köder, der immer funktionierte.

»Ach, Harry«, seufzte sie, »laß das. Verdirb nicht alles.«

»Das tue ich nicht. Du sprichst mit mir manchmal wie mit einem Kind, Annie. Ich bin nur zwei Jahre jünger als du und in vieler Hinsicht älter. Mein Entschluß steht fest: Du wirst meine Frau.«

»Ich kann mir vorstellen, wie deine Mutter auf diese Neuigkeit reagieren würde«, sagte Annie lachend, denn sie wagte nicht, seine Worte ernst zu nehmen.

»Es ist mir gleichgültig, was sie dazu sagt. Irgendwie war sie mir doch nie eine richtige Mutter, oder?«

»Sie könnte dir ihre finanzielle Unterstützung entziehen.«

»Das wäre mir auch egal.«

»Wenn du so redest, bist du viel jünger als ich. Würdest du meinetwegen enterbt, würdest du mich unweigerlich eines Tages deswegen hassen.«

»Du scheinst nicht viel von mir zu halten.«

»Nein, das ist es nicht. Aber du scheinst Angst vor deiner Mutter zu haben. Warum hast du uns gebeten, Juniper nicht mitzuteilen, daß du Weihnachten hier verbringst?«

»Um Himmels willen, ich habe keine Angst vor ihr, ich will nur meine Ruhe haben. Warum sollte ich sie verärgern, wenn es sich vermeiden läßt? Sie ist schon böse auf mich, weil ich mich geweigert habe, Weihnachten bei ihr in Griechenland zu verbringen. Komm schon, Annie. Was ist mit dir los? Du klingst richtig kratzbürstig.«

»Tut mir leid. Ich denke nur, wenn es jemanden gibt, der uns trennen kann, dann ist es Juniper. Sie haßt mich. Ich weiß nicht warum, aber so war es von Anfang an.«

Harry legte seine Hand auf ihre und streichelte sie zärtlich.

»Ich liebe dich, Annie.«

»Ich liebe dich auch, Harry.«

»Ich möchte mit dir schlafen.« Jetzt hatte er es ausgesprochen. Er sah sie eindringlich an und wartete auf ihre Antwort.

Annie entzog ihm abrupt ihre Hand. »Harry!« Sie sah ihn erschreckt an. »Bitte, verlange das nicht vor mir. Du weißt, wie ich fühle. Du weißt, daß ich Angst davor habe.«

»Ich fürchte mich auch davor. Schließlich gehört es nicht zu meinen Gewohnheiten, Mädchen zu verführen«, log er unbekümmert.

»Du weißt, wovon ich spreche. Du hast mir im Sommer gesagt, daß du mich verstehst.«

»Ja, das stimmt. Aber ich habe viel darüber nachgedacht. Du liebst mich, du küßt mich gern. Großer Gott, Annie, wir tun alles andere – nur nicht miteinander schlafen. Wir sind einander so nahe gekommen, daß ich glaube, du schaffst Probleme, wo es gar keine gibt. Wir sollten einfach miteinander schlafen und sehen, was passiert. Sonst werden wir es nie erfahren.«

»Und wenn ich nicht kann?« fragte sie verzweifelt.

»Annie, ich liebe dich. Ich werde mein ganzes Leben auf dich warten, wenn du das möchtest.«

Harry argumentierte, schmeichelte, flehte bis weit in die Nacht hinein. Annie widerlegte seine Argumente, versuchte sein Schmeicheln zu ignorieren. Schließlich preßte sie die Hände auf ihre Ohren, um seine Stimme nicht mehr hören zu müssen. Er berührte, streichelte und küßte sie, bis sie schließlich erschöpft nachgab.

Auf Zehenspitzen schlichen sie in ihr Zimmer. Ehe Annie sich auszog, knipste sie das Licht aus. Harry zündete eine Kerze an. Als sie nackt war, nahm er sie in die Arme und führte sie zum Bett. Hölzern lag sie da und ertrug seine Zärtlichkeiten, weil sie mehr Angst davor hatte, ihn zu verlieren, als sich ihm physisch hinzugeben.

Mit geschlossenen Augen wartete sie auf das Gefühl der Übelkeit, das unweigerlich in ihr aufsteigen würde – aber ihr Widerwille blieb aus. Statt dessen fühlte sie, wie ihr Körper reagierte und sie Gefallen an der Lust fand, die er in ihr weckte. Ihr Geist schien die Kontrolle über ihren Körper verloren zu haben, so, als gehöre er jemand anderem.

Die physische Veränderung bewirkte auch eine geistige, und die traumatischen Erinnerungen und Ängste schwanden. Mit einem leisen Aufstöhnen gab sie ihrer Lust nach, begehrte ihn und sehnte sich danach, ganz von ihm in Besitz genommen zu werden.

In dieser Nacht schenkte sie ihm ihren Körper und ihr Herz.

## 3

Weihnachten in den Dolomiten war wie ein Fest auf einer Kitschpostkarte. Hoher Pulverschnee bedeckte die Landschaft. Die Kristalle glitzerten in der Sonne, die von einem dunkelblauen Himmel herunterstrahlte.

Im Chalet hatten sich weitere Gäste eingefunden. Stefans Sohn aus erster Ehe, Giovanni, war aus Rom gekommen. Maddie faßte instinktiv eine Abneigung gegen ihn. Er war zu gutaussehend, zu charmant, zu smart. Er erinnerte sie an ein Krokodil, das weiße Zähne in einem gebräunten Gesicht fletscht. Juniper hingegen schien von dem jungen Mann sehr angetan zu sein. Beide wußten nicht, daß Giovanni weder von seinem Vater noch seiner Stiefmutter geliebt wurde. Er war nicht eingeladen worden. Giovanni gab vor, Maler zu sein, doch Stefan, der sich bemüht hatte, die moderne Malerei zu verstehen und seinen Sohn zu unterstützen, hatte letztendlich erkennen müssen, daß er nur ein Schmarotzer war.

Tommys Patentochter, Bette, war unerwartet aus New York gekommen. Maddie mochte Bette, die, wie viele junge Amerikanerinnen, mit der liebenswürdigen Überschwenglichkeit eines Welpen die Zuneigung aller forderte. Sie war groß, schlaksig und immer lässig gekleidet. Ihr Gesicht wurde von einem Wust dunkler Locken umrahmt, ihre Lippen waren hellrot und entblößten beim Lachen eine Reihe perfekter Zähne. Sie war intelligent, Mitte zwanzig und hatte sich schon einen Ruf als freie Journalistin, die Artikel in mehreren Illustrierten veröffentlichte, geschaffen. Bettes Leidenschaft war die Literatur, und ihre Begeisterung, als sie erfuhr, daß *der* Jonathan Middlebank, zu Gast war, drückte sich in überschwenglicher Freude aus, die Maddie mit nachsichtigem Lächeln beobachtete.

Niemand, hatte Maddie entschieden, konnte Tommys Ehemann nicht mögen. Er war ein gütiger, ruhiger Mann mit sanften Augen, die voll Zärtlichkeit aufleuchteten, wenn er Tommy ansah. Maddie wünschte sich, einmal in ihrem Leben so geliebt zu werden.

Alle hatten ein harmonisches Weihnachtsfest geplant; es wurde eine Katastrophe.

Jonathan gab den Anstoß, indem er nicht auf Junipers Flirt mit Giovanni reagierte, was diese zu einem exzessiven, koketten Verhalten veranlaßte. Sie trank auch unmäßig, was Tommy und ihrem Mann verheimlicht werden sollte. Juniper hatte – wie immer, wenn sie irgendwo zu Gast war – ihren Privatvorrat an Alkohol mitgebracht, den Maddie in ihrem Zimmer verstecken mußte.

»Danke. Ich liebe den Gedanken, vom Dienstmädchen als Alkoholikerin entlarvt zu werden«, hatte sie lachend gesagt, als Juniper einen Koffer hereinschleppte, der genug Gin,

Brandy und Whisky enthielt, um Juniper und Jonathan über die Feiertage hinwegzuhelfen.

»Ich möchte nicht riskieren, daß Tommy mir eine Standpauke hält. Das würde nur die festliche Stimmung ruinieren« sagte Juniper grinsend.

»Juniper, du bist doch kein Kind mehr. Du kannst soviel trinken, wie du willst.«

»Nicht, wenn meine Großmutter oder Tommy ein Wörtchen mitzureden haben.« Juniper schnitt eine Grimasse, und Maddie versteckte widerstrebend die Flaschen.

Juniper hatte jedoch nicht bedacht, daß weder Tommy noch ihr Mann Dummköpfe waren. Abends kam sie zu aufgedreht nach unten und brauchte morgens zu lange, um ihren Kreislauf einigermaßen zu stabilisieren. Ihr Atem roch ständig nach Pfefferminze, und es war Stefan, der ihr bei einem leichten Schwindelanfall zu Hilfe eilte.

»Ich möchte Ihren Blutdruck messen, Juniper.«

»Stefan, Liebling, das kommt gar nicht in Frage. Auch Ärzte brauchen Urlaub.«

»Das dauert nur eine Minute. Ich halte es für nötig, ihn zu überprüfen.«

»Ach, Unsinn, Stefan. Ich bin zu schnell aufgestanden, das verträgt mein Kreislauf nicht«, wehrte Juniper ab.

Maddie sprach an diesem Abend mit ihm, ehe die anderen zum Dinner herunterkamen.

»Juniper hat oft Schwindelanfälle, Stefan. Das macht mir Sorgen.«

»Zu Recht. Ist sie in ärztlicher Behandlung?«

»Nein. Jedesmal, wenn ich das Thema anschneide, verspricht sie, in London oder New York einen Arzt zu konsultieren, tut es aber nicht. Sie findet immer eine Ausrede ...«
Maddie zuckte die Schultern.

»Wieviel trinkt sie?«

Maddie blickte schuldbewußt zur Tür. »Sie trinkt jeden Tag, meistens ein akzeptables Quantum. Aber es gibt Tage ...« Maddie verstummte. Es fiel ihr schwer, Juniper zu verraten.

»Da trinkt sie wie verrückt?« beendete Stefan den Satz.

»Ja.«

»Nimmt sie Drogen?«

»Nein. Das weiß ich mit Bestimmtheit.«

»Wie viele Zigaretten raucht sie?«

»Zu viele. Wissen Sie, Stefan, als ich anfing, für Juniper zu arbeiten, bekam ich einen Brief von ihrer Großmutter ...« Und Maddie erzählte dem mitfühlenden Arzt die Einzelheiten von Junipers Zusammenbruch in London. »Seitdem hat sie jede Menge getrunken. Zuerst habe ich versucht, ihren Alkoholkonsum zu reduzieren, aber sie hört nicht auf mich«, sagte Maddie resigniert.

»Tommy sagt, niemand hatte je Einfluß auf Juniper. Auch sie nicht.«

»Sie machen sich also auch Sorgen?«

»Ja. Sie könnte jeden Tag zusammenbrechen. Wenn ihr Alkoholkonsum so hoch ist, wie ich befürchte, und bei ihrer Krankengeschichte, bringt sie sich langsam selber um.«

»Mein Gott! Ich hatte keine Ahnung, wie ernst es ist. Die arme Juniper«, sagte Maddie schockiert.

»Arme Juniper, in der Tat. Vielleicht kann ich sie dazu überreden, nach dem Aufenthalt hier zur Erholung in meine Privatklinik zu kommen.«

Der erste Weihnachtstag verlief harmonisch. Jeder schien bemüht zu sein, das Fest erfolgreich zu gestalten. Wie gewöhnlich übertraf Juniper alle anderen mit ihren Geschenken. Sie mochte krasse Fehler haben, doch ihre Großzügigkeit stand außer Frage. Jeder wurde mit einem Geschenk bedacht, sogar die alte Frau aus dem Dorf, die in der

Küche half. Für Maddie war es ein Rätsel, woher Juniper, die nie einen Fuß in die Küche gesetzt hatte, überhaupt wußte, daß die Frau dort arbeitete.

Bettes Bewunderung für Jonathan wurde allmählich peinlich. Ständig war sie ihm auf den Fersen und hing förmlich an seinen Lippen, wenn er sprach. Die beiden saßen oft vor dem Kamin in der Bibliothek und diskutierten über Literatur. Alle beobachteten Juniper und warteten nervös auf eine Reaktion, aber sie sagte nichts. Nachdem Jonathan sich nicht an ihrem Flirt mit Giovanni gestört hatte, verlor sie – zu Maddies Erleichterung – das Interesse an dem jungen Mann. Maddie haßte die Spiele, die Jonathan und Juniper miteinander spielten.

Zuerst glaubte Maddie, Jonathan würde nur die Bewunderung einer jungen Verehrerin, die selbst schriftstellerische Ambitionen besaß, genießen, doch dann dämmerte ihr allmählich, daß er soviel Zeit mit Bette verbrachte, weil er sich für die junge Frau und das, was sie zu sagen hatte, interessierte.

Bei dem Krach, der unweigerlich kommen mußte, ging es jedoch nicht um Bette, obwohl sie eigentlich der Katalysator war.

Seit zwei Tagen hatte ein Schneesturm gewütet, daher war es unmöglich, einen Fuß vor das Chalet zu setzen. Zum Zeitvertreib konnte man nur lesen, reden oder Karten spielen. Bette hatte Jonathan dazu überredet, einige Passagen aus einem seiner Bücher vorzulesen. Er hatte eine wohlklingende Stimme, und allen gefiel sein Vortrag.

»Es ist schade, daß nicht noch mehr Schriftsteller hier sind, nicht wahr? Dann könnten wir einen richtigen Leseabend veranstalten«, sagte Bette, die zu Jonathans Füßen saß.

»Aber wir haben eine Schriftstellerin unter uns. Juniper schreibt auch«, verkündete Jonathan. »Nicht wahr, Liebling?«

»Ist das wahr, Juniper? Wie schön. Lesen Sie uns aus Ihren Werken vor?« sagte Bette überschwenglich.

»Freuen Sie sich nicht zu früh, Bette. Juniper hütet ihre Werke wie einen Schatz. Keinesfalls wird sie uns daraus vorlesen«, sagte Jonathan.

»Das ist nicht wahr. Ich werde vorlesen.« Juniper stand auf. »Ich hole nur schnell mein Notizbuch«, sagte sie und ging in ihr Zimmer hinauf.

»Großer Gott, ich kann's nicht glauben«, sagte Jonathan überrascht. »Sie kritzelt ganze Hefte voll, hat mir aber nie erlaubt, ein Wort davon zu lesen.«

»Das erstaunt mich nicht, Jonathan. Wer würde es wagen, sein Werk einem berühmten Schriftsteller wie Ihnen vorzutragen?« Bette schenkte ihrem Helden ein Lächeln voll uneingeschränkter Bewunderung.

Juniper kam mit einem in rotes Leder gebundenen Buch zurück, das Maddie noch nie gesehen hatte.

»Es stehen nur Gedichte darin«, sagte sie erklärend und blätterte nervös in den Seiten.

»Noch besser. Ohne Lyrik kann ich mir das Leben nicht vorstellen«, rief Bette begeistert.

Juniper stand mitten im Raum. »Ich habe dieses Gedicht schon vor einiger Zeit geschrieben ... Es heißt *Schmerz* ...«
Juniper räusperte sich und begann zu lesen.

> She was twenty,
> She who caused me pain.
> He was forty,
> He who did the same.
> In the room

Night shade falling,
Anguish deep inside me
Would not go away.
Death then I longed for,
Death my friend who
Would cause me no pain.

(Sie war zwanzig,
Und sie bereitete mir Schmerz.
Er war vierzig und tat dasselbe.
Sie brachen mein Herz.
Ins Zimmer
Fallen die Schatten der Nacht.
Angst, tief in mir,
Frißt mit Macht.
Dann sehnte ich mich nach dem Tod,
Tod, mein Freund, du
Bereitest mir keinen Schmerz.)

In dem darauffolgenden Schweigen dröhnte Jonathans Schnauben wie ein Donnerschlag. Bette fing an zu kichern. Jonathans Schultern zuckten vor unterdrücktem Gelächter. Maddie und Tommy, die empfindsamer für Junipers Gefühle als ihre Dichtkunst waren, klatschten leise.

»Ich freue mich, daß es mir gelungen ist, euch zu amüsieren«, sagte Juniper kalt. Sie preßte das Buch an sich, als wollte sie es beschützen.

»Tut mir leid … Juniper …« Jonathans Stimme gluckste vor Lachen. »Ich wollte dich nicht …«

»Ganz gewiß nicht. Und das Gekicher deiner kleinen Freundin hat auch nichts zu bedeuten.«

»Komm schon, Juniper. Du mußt zugeben …« Jonathan verstummte.

»Was muß ich zugeben? Ich will es wissen, Jonathan.« Juniper sprach mit gefährlich gefaßter Stimme.

»Na gut«, sagte Jonathan und bot ihr die Stirn. »Du mußt zugeben, dein Gedicht verdient einen Preis für miserable Lyrik.«

»Wir können nicht alle so genial wie du sein, Jonathan. Aber viele versuchen, ihr Bestes zu geben.« Juniper klappte das Buch zu, machte auf dem Absatz kehrt und ging.

»Ihr habt euch schrecklich benommen«, schalt Tommy.

»Sie hätte dieses Gefasel nicht vorlesen dürfen«, wehrte sich Bette.

»Ich fand das Gedicht ziemlich gut«, sagte Tommy.

»Oh, Tommy, das glaube ich nicht. Es war gräßlich.« Bette lachte wieder.

Tommy warf ihrer Patentochter einen vernichtenden Blick zu.

»Du weißt verdammt gut, worauf sich dieses Gedicht bezieht, Jonathan. Was für eine Qual muß es für Juniper gewesen sein, es zu schreiben, geschweige denn, es vorzulesen. Dein Benehmen war ekelhaft.« Maddie stand jetzt mit in die Hüften gestemmten Fäusten vor Jonathan, der nicht zu merken schien, was für einen Schaden er angerichtet hatte.

»Kümmere dich um deine eigenen Angelegenheiten, Maddie.«

»Alles, was mit Juniper zu tun hat, geht auch mich etwas an. Ich lasse nicht zu, daß man ihr weh tut.«

»Um Himmels willen, was soll dieses Drama? Es war nur ein dummes kleines Gedicht, mehr nicht.«

»Ist ein Gedicht je für den Menschen, der es geschrieben hat, dumm?« fragte Stefan und klopfte seine Pfeife am Kamin aus.

Jonathan hatte keine Zeit, diese Frage zu beantworten. Die Tür wurde aufgestoßen, schlug krachend gegen die Wand, und Juniper stapfte herein. Sie zerrte einen Koffer hinter sich her.

»Ich habe für dich gepackt und im Dorfgasthof angerufen. Sie schicken ein Taxi. Du kannst im Januar dein Zeug aus meinem Haus holen. Ich werde nicht dort sein. Gute Nacht alle miteinander und lebwohl, Jonathan.« Juniper drehte sich zur Tür um.

Jonathan war mit ein paar Schritten bei ihr und ergriff ihren Arm. »Juniper, sei nicht albern.«

Ihr Blick war eisig. »Ich bin nicht albern, Jonathan. Unsere Beziehung ist schon seit langer Zeit tot. Dummerweise habe ich versucht, die Realität zu ignorieren.«

»Das kannst du mir nicht antun.«

»Dir bleibt keine Wahl. Ich habe einen Schlußstrich unter unsere Beziehung gezogen.« Sie entzog ihm ihren Arm. »Laß es dabei, okay? Kein Wirbel mehr.« Dann schloß sie die Tür hinter sich.

»Sie können nicht gehen. Es schneit«, sagte Bette zu Jonathan. Sie wirkte plötzlich verängstigt und vermied es, Tommy anzusehen.

»Es hat aufgehört zu schneien«, sagte Tommy ruhig.

»Ich höre ein Auto vorfahren. Bis zum Dorf sind es nur fünf Minuten, Jonathan.« Stefan nahm den Koffer und ging damit zur Haustür.

»Ich verstehe«, sagte Jonathan zu Tommy, während sein Gesichtsausdruck gleichzeitig Aggressivität und Angst ausdrückte, als ihm allmählich dämmerte, daß er zu weit gegangen war. »Okay. Morgen früh komme ich zurück und rede mit Juniper – wenn sie sich beruhigt hat, und der Aufruhr vergessen ist.«

Am nächsten Morgen, als Jonathan kam, war Juniper zusammen mit Giovanni verschwunden. Maddie sollte sie nie wiedersehen.

Tommy hatte wegen des Zerwürfnisses zwischen Juniper und Jonathan große Schuldgefühle und ließ sich auch durch Maddies Hinweis, in der Beziehung habe es seit langem ernsthaft gekriselt, nicht trösten.

Jonathan konnte zunächst nicht glauben, daß es Juniper mit der Trennung ernst war. Er kam noch ein paarmal ins Chalet und versicherte allen, Juniper würde in ein paar Tagen zurückkommen und den Vorfall nie wieder erwähnen. An dieser Überzeugung hielt er eine Woche lang fest und akzeptierte dann plötzlich – praktisch über Nacht –, daß seine Beziehung zu Juniper zu Ende war. Dahinter steckte wohl Bette, da Jonathan zehn Tage später in ihrer Begleitung nach Griechenland reiste, um seine Habe abzuholen.

In vieler Hinsicht hielt Maddie diese Trennung für vorteilhaft, denn Bette hatte offensichtlich Jonathans Kreativität wiedergeweckt. Noch während seines Aufenthalts in den Dolomiten hatte er enthusiastisch von dem neuen Buch, das er schreiben wollte, gesprochen.

Von Juniper kam ein paar Tage nach ihrer Abreise nur ein kurzer Brief, in dem sie sich bei Tommy für die Gastfreundschaft bedankte, ohne Jonathan auch nur mit einem Wort zu erwähnen. Ein Brief von Giovanni war aufschlußreicher: Er schrieb von einer bevorstehenden Reise – zusammen mit Juniper – nach Tahiti, und in diesem Brief lag ein Umschlag für Maddie. Darin befand sich ein Scheck über drei Monate Gehalt. Kein Brief, nichts. Maddie stand mit dem Scheck in der Hand da und fühlte eine entsetzliche Leere. Die Jahre mit Juniper waren schwierig gewesen, aber sie hatte ihre Freundin gemocht und alles, was ihr möglich war, für sie getan. Maddie hatte geglaubt, für Juniper von Bedeutung zu sein, doch der Scheck bewies ihr jetzt das Gegenteil.

»Was werden Sie jetzt tun, Maddie?« fragte Tommy besorgt.

»Ich weiß es nicht. Vielleicht gehe ich nach Cambridge zurück. Ich finde bestimmt Arbeit in einem der Colleges. Ich habe beträchtliche Ersparnisse. Juniper war mir gegenüber immer sehr großzügig«, sagte sie loyal.

»Was Geld betrifft, konnte man ihr nie Kleinlichkeit vorwerfen. Aber in menschlicher Hinsicht? Es ist eine traurige Tatsache des Lebens, Maddie, daß die Reichen andere Moralvorstellungen haben.«

Maddie wandte sich ab. Sie war zu gekränkt, um schon jetzt mit jemandem über Juniper sprechen zu können.

»Sie könnten mir eine große Hilfe sein«, sagte Tommy. »Vorausgesetzt, Sie wollen nicht nach England zurückkehren.« Maddie sah sie interessiert an. »Ich besitze eine kleine Designerfirma in der Nähe von Florenz. Wir stellen Strickwaren her – sehr exklusive Modelle. Da ich vorhabe zu expandieren, brauche ich eine Sekretärin.«

»Aber ich spreche kein Italienisch.«

»Das lernen Sie schnell. Außerdem brauche ich eine englischsprachige Sekretärin für den amerikanischen Markt. Ihr Gehalt wäre nicht übermäßig, aber ich könnte Ihnen eine kleine Wohnung zur Verfügung stellen, und alle meine Mitarbeiter sind am Gewinn beteiligt. Was halten Sie davon?«

»Ich weiß nicht, wie ich Ihnen danken soll, Tommy. Ihr Angebot klingt fabelhaft und ist genau das, was ich brauche: ein neuer Anfang. Aber ich müßte zuerst nach Griechenland reisen, um meine Sachen abzuholen. Das würde ich lieber in Junipers Abwesenheit tun. Ich möchte ihr nicht begegnen . . .«

Für Maddie war die Rückkehr nach Griechenland wie die Rückkehr in ein Haus nach einer Scheidung. Die fristlose Entlassung hatte ihr einen schweren Schock versetzt, und sie war noch immer ganz verstört. Ihr Zusammenleben mit Juniper hatte fast zehn Jahre gedauert, und in der Villa auf der griechischen Insel hatten sie acht Jahre gelebt. Bei ihrer Ankunft waren englische Arbeiter damit beschäftigt, das Haus auszuräumen.

»Was machen Sie denn hier?« fragte sie einen der Männer.

»Das Haus steht zum Verkauf, Miss. Wir packen alles ein und transportieren die Sachen nach London ins Möbellager von Harrods.«

Maddie beeilte sich mit dem Packen, denn sie wollte so schnell wie möglich abreisen, einen neuen Anfang machen und Juniper aus ihrem Gedächtnis streichen.

Maddie hatte sich bei den Antonios in Florenz bald eingewöhnt und gestaltete ihr Leben neu. Nach drei Monaten erhielten sie die Nachricht, daß Jonathan eine Gastprofessur an einer Universität im Mittelwesten von Amerika angetreten hatte, was zweifelsohne von Bette arrangiert worden war, die jetzt mit ihm zusammenlebte.

»Ich hoffe, Ihre Patentochter kommt mit ihm zurecht, Tommy. Jonathan ist nicht gerade ein treuer Mann.«

»Meine liebe Maddie, Bette schwebt im siebten Himmel, weil sie mit einer Berühmtheit wie Jonathan zusammenlebt. Zweifelsohne würde sie ihm auch einen Mord verzeihen, nur um bei ihm bleiben zu können.«

Es überraschte weder Tommy noch Maddie, daß Jonathan und Bette einen Monat später heirateten.

»Damit ist wenigstens seine Schriftstellerei sichergestellt. Bette wird ihn an den Schreibtisch fesseln«, war Stefans lapidarer Kommentar zu dieser Nachricht.

Es war Juni geworden. Tommy und Stefan fuhren vorsichtig die steile Zufahrt von *Gwenfer* hinunter. Als die Haustür geöffnet wurde, erwartete Tommy, die schlanke, elegante

Gestalt von Alice zu sehen, die ihnen zur Begrüßung ent-
gegeneilte. Statt dessen kam eine schüchterne junge Frau
mit feinem, blondem Haar und einer häßlichen Brille die
Treppe herunter. Bei ihrem Anblick wurde Tommy sofort
an ihre ersten Jahre als Sekretärin bei Lincoln Wakefield
erinnert. Damals hatte auch sie versucht, ihre Schönheit
hinter einer großen Brille zu verstecken. Den Grund für
dieses Verhalten kannte sie – Angst vor der Welt –, und sie
fragte sich instinktiv, was diese junge Frau dazu bewog.

Annie führte sie direkt in den kleinen Salon, wo Alice
wartete. Tommy sah schockiert, wie alt ihre Freundin geworden war. Das war eine dumme Reaktion, doch Alice war
ein Mensch, von dem man annahm, er würde nie altern.

»Meine liebe Tommy, wie aufgeregt ich war, als ich Ihren
Brief erhielt. Und das ist gewiß Ihr Mann Stefan.« Alice
begrüßte ihre Gäste herzlich, und beim anschließenden
Tee wurden Erinnerungen ausgetauscht.

»Haben Sie Neuigkeiten von Juniper?« fragte Tommy
schließlich.

»Ja. Sie war zusammen mit einem jungen Künstler auf
Tahiti. Aber sie hat ihn verlassen und lebt jetzt in New York
– sie kümmert sich um ihre Geschäfte.«

»Juniper hat mir erzählt, daß sie vor ein paar Jahren einen
Teil ihres Vermögens eingebüßt hat.«

»Ja. Was für eine Katastrophe!« Alice hob entsetzt die Hände.

»An ihrem Lebensstil hat sich aber anscheinend nichts
geändert.«

»Bestimmt versucht Juniper, den Schein zu wahren. Sie
wissen doch, wie stolz sie ist. In ihrem letzten Brief hat sie
mir geschrieben, daß sie in Italien ein kleines Haus gekauft
hat. Ich habe die Adresse irgendwo in meinem Schreibtisch. Ich suche sie Ihnen später heraus.«

»Bitte. Dann kann ich Juniper besuchen. Wie denkt sie darüber, daß *Gwenfer* jetzt ein Gästehaus ist?«

»Davon hat Juniper keine Ahnung – sie darf es auf keinen Fall erfahren«, sagte Alice ängstlich. »Wissen Sie, ich möchte ihr keine Sorgen machen.«

»Beziehen Sie denn keine Einkünfte mehr aus dem Vermögen, das Ihnen Lincoln hinterlassen hat?«

Alice war es peinlich, dieses Thema in Stefans Gegenwart zu diskutieren.

»Stefan, sei so lieb und mach einen Spaziergang im Garten«, sagte Tommy auf italienisch.

»Verzeihen Sie, daß ich Italienisch gesprochen habe, Alice. Bestimmt ziehen Sie es vor, nicht in Anwesenheit meines Mannes über Ihre finanziellen Probleme zu sprechen. Bitte, erklären Sie mir Ihre Schwierigkeiten.«

Alice erklärte der entsetzten Tommy ihre Misere. »Liebe Alice, Sie haben die Situation völlig mißverstanden. Juniper ist noch immer ungeheuer reich und könnte Ihnen ohne weiteres ausreichende Mittel zur Verfügung stellen. Ich kann mit ihr sprechen, wenn Sie wollen.«

»Nein!« wehrte Alice vehement ab.

»Ich habe noch immer Einkünfte aus dem Vermögen, das mir Lincoln hinterlassen hat. Ich bestehe darauf, Ihnen die Summe zur Verfügung zu stellen.«

»Das kann ich nicht annehmen. Lincoln hat es Ihnen vererbt. Sie waren an seiner Seite, als er einsam war«, sagte Alice, die nie gegen Tommy, die damals Lincolns Geliebte gewesen war, einen Groll gehegt hatte. Das war geschehen, nachdem sie ihn verlassen hatte.

»Und Lincoln hätte es nie zugelassen, daß es Ihnen an irgend etwas mangelt. Er wäre entsetzt darüber, daß Sie auf *Gwenfer* ein Gästehaus einrichten mußten, um Ihren Lebensunterhalt zu bestreiten.«

»Tommy, sicher brauchen Sie das Geld selbst.«

»Nein. Stefan ist ein sehr erfolgreicher Arzt, und außerdem habe ich ein eigenes kleines Unternehmen. Ich bin von meinem Mann finanziell unabhängig und brauche Lincolns Geld nicht. Es wäre bestimmt in seinem Sinne, es Ihnen zu geben.«

Alice sah Tommy lange an. Sie dachte an das Geld und wie es sein würde, morgens herunterzukommen und ohne Angst die Post zu öffnen. Aber sie hatte nie in ihrem Leben Almosen angenommen, sollte sie jetzt damit anfangen ...?

»Tommy, Sie sind zu gütig. Schon ein kleiner Betrag würde mir helfen«, sagte Alice schließlich, als sie ihren Stolz überwunden hatte.

»Alles oder nichts.« Tommy drückte sanft Alice' Hand.

»Ich tue das nicht gern, Tommy«, erklärte Alice beschämt. »Dabei geht es mir vor allem um Annie, die junge Frau, die Sie hereingeführt hat. Sie ist mir seit Jahren eine unentbehrliche Hilfe. Ohne Annie könnte ich nicht weiterarbeiten und müßte *Gwenfer* verkaufen.«

»Das ist unvorstellbar, Alice. *Gwenfer* bedeutet Ihnen unendlich viel.«

»Ja. Daher nehme ich Ihr Angebot auch an, denn das Geld ist nicht für mich, sondern für ...« Alice beendete den Satz nicht, da sie bezweifelte, daß jemand sie verstehen konnte.

»Für *Gwenfer*«, hatte sie sagen wollen. Ihre Liebe zu *Gwenfer* hatte stets alle Bedenken und jetzt sogar ihren Stolz überwunden.

»Ich hatte gehofft, Juniper würde *Gwenfer* ebenso lieben wie ich. Leider habe ich mich getäuscht. Harry liebt den Besitz – er ist mein Urenkel«, erklärte Alice. »Aber er ist noch so jung und intelligent, und obwohl es ihm hier gefällt und er schwört, nie wegzugehen, wird eines Tages die Welt und eine Karriere ihn rufen und fortlocken. Tommy, wissen Sie, wer *Gwenfer* am meisten liebt? Annie.« Alice verstummte, hing eine Weile ihren Gedanken nach, beugte sich dann vor und sagte in vertraulichem Ton: »Ich habe es Annie vermacht und ein entsprechendes Testament aufgesetzt. Halten Sie das für einen Fehler, da *Gwenfer* doch mein Familiensitz ist?«

»Nein, Alice. Ich glaube, Ihre Entscheidung ist richtig. Dieses Haus soll dem Menschen gehören, der es am meisten liebt.«

Während des Aufenthalts auf *Gwenfer* erfuhr Tommy alle weiteren Neuigkeiten. Sie hörte von dem Streit mit Gertie, den Alice zutiefst bedauerte. Und es empörte sie zutiefst, daß Juniper so selten nach *Gwenfer* gekommen war und sich kaum um ihre Großmutter gekümmert hatte. Außerdem hatte sie versucht, Alice zu überreden, wegen ihrer Arthritis einen Spezialisten in London aufzusuchen.

»Es ist nichts Ernstes, Tommy. In meinem Alter hat man eben ein paar Wehwehchen. Der feuchte Juni ist an meinen Beschwerden schuld. Im Sommer wird es mir bessergehen.«

Während der Fahrt nach London war Tommy noch immer wütend über Junipers Rücksichtslosigkeit. Der Gedanke daran, wie hart Alice in ihrem Alter hatte arbeiten müssen, um überleben zu können, während Juniper einem luxuriösen Lebensstil frönte, machte sie zornig, und sie nahm sich vor, Juniper ins Gewissen zu reden. Gleichzeitig wußte Tommy jedoch, daß es eher Gedankenlosigkeit war, die Junipers Verhalten prägte. Zweifelsohne glaubte sie, ihre Großmutter würde ewig leben.

»Liegt dort drüben das berühmte Dartmoor?« fragte Stefan und deutete auf die Nebel über dem Moor. »Wo der Hund von Baskerville sein Unwesen treibt?«

»Ja.«

»Wollen wir eine oder zwei Nächte hier verbringen?«

Sie wohnten im *New Inn* in Widecombe. Dort hörte Tommy zwei Männer in der Bar über Pferde sprechen, wobei der Name Lady Gertrude Frobisher fiel, die als beste Pferdekennerin der Gegend galt. Der Wirt gab ihr die entsprechenden Informationen, sie telefonierte mit Polly, und sie machten sich am nächsten Tag auf den Weg nach *Hurstwood*.

Tommy hatte erwartet, alle ihre Überredungskünste aufwenden zu müssen, um Gertie zu veranlassen, Alice zu besuchen. Die alte Dame freute sich statt dessen über Neuigkeiten von ihrer Freundin und gestand, schon seit längerem einen Besuch auf *Gwenfer* geplant zu haben, um diesen dummen Streit endlich zu beenden.

Tommy kannte Polly noch aus der Zeit, als Juniper und Lady Frobishers Enkelin Debütantinnen waren. Polly war offensichtlich sehr zufrieden mit ihrem Leben, und Tommy wünschte sich, Juniper hätte ebenso viel Glück gehabt. Alice hatte angedeutet, daß es zwischen den beiden Streit gegeben hatte. Tommy vermied jedoch taktvoll dieses Thema.

»Wie geht es Juniper?« fragte Polly kurz vor der Abreise, als hätte sie die Frage bis zum letzten Augenblick aufgeschoben.

»Sie ist schön wie immer und unglücklich.«

»Warum kann sie nicht glücklich sein? Sie hat doch alles«, antwortete Polly wehmütig.

»Sie hat keinen Andrew«, sagte Tommy einfach.

»Sie hat Jonathan.«

»Nicht mehr. Er befindet sich jetzt in den Klauen meiner Patentochter. In Zukunft werden wir viel von Jonathan, dem Schriftsteller, hören.«

»Hat er sie unglücklich gemacht?« fragte Polly.

»Sie haben sich gegenseitig unglücklich gemacht.«

»Ich verstehe.« Polly schaute eine Weile zum Fenster hinaus. »Wir schreiben uns, und Juniper hat mich eingeladen, sie zu besuchen. Aber ich bringe es nicht fertig, sie zu sehen – noch nicht.«

»Vielleicht hat Juniper Ihnen einmal sehr weh getan«, sagte Tommy sanft.

»Es gab einen Zeitpunkt in meinem Leben, da habe ich sie gehaßt.«

»Und jetzt?«

»Wer kann Juniper schon lange böse sein?« fragte Polly lächelnd.

Tommy und Stefan verabschiedeten sich und fuhren nach London weiter.

Ein paar Tage nach Tommys Abreise traf Harry auf *Gwenfer* ein. Er war überglücklich. Er hatte sein Studium in Cambridge abgeschlossen, und vor ihm lag eine aufregende Zukunft. Das Examen in modernen Sprachen hatte er mit »Eins« bestanden, ein Forschungsstipendium angeboten bekommen – seiner akademischen Laufbahn stand nichts im Wege. Doch das alles hatte er abgelehnt.

»Wie sehen Ihre Pläne denn aus, Copton?« hatte Sir Henry Willinck, der Rektor des Magdalenen-Colleges, gefragt.

»Ich werde ein Hotel leiten«, hatte Harry freudestrahlend geantwortet.

»Harry, Liebling, du bist viel zu intelligent, um deine Zukunft an *Gwenfer* zu verschwenden«, sagte Alice, nachdem Harry ihr seine Absichten erläutert hatte. »Denk an deine Karriere. Ich hatte immer gehofft, du würdest eine Diplomatenlaufbahn einschlagen.«

»Ich würde mich zu Tode langweilen.« Harry lachte. »Ich

habe die Universität gehaßt. Nur weil ich intelligent bin, nimmt jeder an, daß ich Akademiker werden will. Ich ziehe ein freies Leben vor.«

»Vielleicht könntest du deiner Mutter helfen. Sie hatte nie einen Mann, dem sie in finanzieller Hinsicht völlig vertrauen konnte.«

»Nein, danke, Alice. Das Leben eines Geschäftsmannes würde mich noch mehr langweilen als eine diplomatische Karriere.«

»Was willst du denn tun?« fragte Alice und hob verzweifelt die Hände.

»Ich habe es ernst gemeint. Ich werde dir bei der Leitung des Gästehauses helfen, bis ich mir darüber klargeworden bin, welchen Beruf ich ergreifen möchte. Ich habe jede Menge Zeit«, sagte er mit dem Selbstvertrauen der jungen Leute, die glauben, ewig zu leben.

Als Annie in dieser Nacht in Harrys Armen lag, wagte sie aus Angst nicht, an seine Pläne zu glauben.

»Du wirst dich hier zu Tode langweilen«, sagte sie.

»Nein. Mir gefällt es auf *Gwenfer*, und ich liebe dich und Alice. Ihr dürft mich von vorn bis hinten bedienen«, fügte er grinsend hinzu.

Annie schlug ihm ein Kissen auf den Kopf. Lachend wälzten sie sich im Bett.

»Psst ... Weck Alice nicht. Es würde ihr nicht gefallen, was wir treiben.« Annie kicherte. Harry nahm sie in die Arme, und in ihrer leidenschaftlichen Lust vergaßen sie, Vorsichtsmaßnahmen zu treffen. Auf *Gwenfer*, im Land aus Granit, wurde ein Kind gezeugt.

5

Das Flugzeug aus Rom dröhnte durch die Luft. Juniper
blickte auf die Erde hinunter und wünschte sich, hier oben
über den Wolken bleiben zu können, fern von allen Schwierigkeiten und Schuldgefühlen, die sie bedrückten.

Pietro, im Sitz neben ihr, bewegte sich im Schlaf. Sein
sonnengebräuntes Gesicht war glatt und faltenlos. Es war
das Gesicht eines Menschen, den das Leben noch nicht
gezeichnet hat. Im Schlaf sah er noch jünger aus, als er
wirklich war. Hätte ich ihn doch nur nicht mitgenommen,
dachte sie. Es war eine dumme, überstürzt getroffene Entscheidung gewesen, weil er so traurig und verloren ausgesehen hatte, als sie ihm sagte, sie würde nach England zurückkehren. Sie hatte keine Ahnung, was sie mit ihm dort
anfangen sollte. Es kam nicht in Frage, ihn mit nach *Gwenfer*
zu nehmen. Ihre Großmutter würde kein Verständnis dafür
aufbringen, daß ein junger Mann, der kaum älter als ihr
Sohn war, ihr Geliebter war.

Andere Menschen. Immer wurde ihre Freiheit von der
Rücksicht auf andere eingeschränkt. War man je frei? War
man je Herrin seiner selbst? Warum machte sie sich mit
zweiundvierzig noch Sorgen darum, Alice' Gefühle verletzen zu können? Es war ihr Leben. Warum konnte sie nicht
leben, wie es ihr gefiel? Statt dessen suchte sie Zuflucht in
anderen Ländern – zuerst Griechenland, jetzt Italien –,
lebte zwar auf ihre Weise, aber immer im geheimen. Wäre
sie ein Mann, wie ihr Vater zum Beispiel, würde niemand
Verachtung zeigen, wenn sie sich eine schöne junge Mätresse nähme. Aber sie beabsichtigte, ihren Liebhaber vor ihrer
Familie und ihren Freunden zu verstecken, als würde sie
sich seiner schämen.

Juniper klappte die Puderdose auf und betrachtete ihr

Gesicht. Wenigstens konnte niemand sagen, sie sei alt genug, um Pietros Mutter zu sein – den Jahren nach zwar schon, aber nicht nach ihrem Aussehen. Ihre jugendliche Schönheit war ein Segen.

Warum hatte sie Pietro gewählt? Weil er gutaussehend war und einen schönen, unersättlichen Körper hatte? Weil er jung war, sie zum Lachen brachte und auch ihr das Gefühl gab, noch jung zu sein? Nein. Sie war jetzt mit Pietro zusammen, weil er zufällig an einem Tag, als sie einsam in einem Café vor dem Dom von Florenz gesessen hatte, vorbeikam. Es hätte jeder junge Mann sein können, der ihr einen begehrlichen Blick zuwarf. Und nach ihm würde der nächste, der übernächste ... Gott, was für ein deprimierender Gedanke.

Immerhin, dachte sie etwas fröhlicher, liebe ich ihn nicht, also spielt es keine Rolle, was in der Zukunft geschieht. Eigentlich ist er mein Angestellter, dachte sie. Wenn er sich schlecht benimmt oder meine Bedürfnisse nicht mehr befriedigt, kann er gehen. Diese Trennungen sind weniger schmerzvoll und auf jeden Fall billiger, dachte sie und lächelte wehmütig.

Und dann tauchte plötzlich Theo in ihren Gedanken auf. Sie lehnte sich seufzend zurück und schloß die Augen. Sosehr sie auch während der vergangenen Jahre versucht hatte, ihn zu vergessen, sich einzureden, er hätte nie existiert, war es ihr nie gelungen, die Erinnerung an ihn und ihre Sehnsucht nach ihm auszulöschen. Jeder Gedanke an Theo unterstrich die Leere in ihrem Leben, verstärkte die Bitterkeit, daß er ihr genommen worden war. Die Zeit heilt alle Wunden, heißt es, aber das traf nicht auf sie zu. Die Zeit hatte nur Schorf über die Wunde gebildet, die Theos Tod in ihr zurückgelassen hatte. Juniper wischte sich verstohlen Tränen von den Wangen, zündete sich eine Zigarette an und ließ sich von der Stewardeß noch einen Brandy bringen. Denk an etwas anderes, befahl sie sich energisch.

Juniper wünschte sich manchmal, Tommy wäre nicht wieder in ihr Leben getreten. Dann hätte Jonathan nicht diese unbeschreibliche Bette kennengelernt ... ihr wurde bewußt, daß sie sich selbst betrog. Ihre Beziehung zu Jonathan war schon lange zu Ende gewesen. Es hatte keine Liebe mehr zwischen ihnen gegeben. Sie hatten sich aneinander geklammert, weil jeder Angst davor hatte, allein zu leben. Trotzdem hätte er mein Gedicht nicht verspotten dürfen, dachte sie wütend.

Wäre mir Tommy nicht wiederbegegnet, wäre mir die beschämende Unterhaltung von letzter Woche erspart geblieben.

Bis zu jenem Tag war Juniper relativ glücklich gewesen. Sie hatte Pietro und eine wunderschöne Villa in den Hügeln außerhalb Roms. Und dann war Tommy gekommen und hatte alles zerstört.

Noch nie hatte sie ihre Freundin aus alten Tagen derart wütend erlebt. Juniper hatte sich vehement dagegen gewehrt, die Schuld an der finanziellen Misere ihrer Großmutter zu übernehmen, die ihre Situation völlig falsch eingeschätzt hatte.

»Schließlich kann ich keine Gedanken lesen«, hatte Juniper gekontert.

»Du brauchst keine übersinnlichen Fähigkeiten, um dir auszurechnen, welchen Wert das Vermögen deines Großvaters jetzt besitzt. Bei dem Preisanstieg blieb der armen Frau kaum genug zum Leben, geschweige denn für den Unterhalt von *Gwenfer.*«

»Ja, es war gedankenlos von mir«, gab Juniper schmollend zu und fühlte sich wieder wie ein Kind, das ausgescholten wird.

»Das hättest du aber tun sollen. Wie die harte Arbeit während der vergangenen zehn Jahre deiner Großmutter geschadet hat, wage ich mir gar nicht vorzustellen. Gott sei Dank hat sie dieses nette Mädchen, Annie.«

»Die liebe, süße, kleine Annie. Wahrscheinlich schläft sie auf einem Feldbett, um keine Umstände zu machen. Ich hasse diese Annie Budd, habe sie immer gehaßt.« Juniper stand abrupt auf, ballte die Fäuste und versuchte mühsam, ihre Fassung zu bewahren.

»Juniper, wie kannst du nur!«

»Tommy, hör bitte auf, mich wie ein kleines Kind zu behandeln. Es ist meine Schuld. Ich denke über Geld nicht nach, habe nie einen Gedanken daran verschwendet – ich hatte es einfach nicht nötig. Ich weiß nicht einmal, wieviel ein normaler Mensch zum Leben braucht. Das sind die Probleme gewöhnlicher Leute, nicht meine. Wenn meine Großmutter so töricht war, mir zu verschweigen, daß sie ums Überleben kämpfen mußte, dann tut es mir leid. Ich habe sie nicht darum gebeten.«

»Mein Gott, Juniper. Du bist so hart geworden.«

»Nein, das glaube ich nicht, Tommy. Ich habe es nur satt, an allem schuld zu sein.«

Tommy war noch eine Weile geblieben, und sie hatten *Gwenfer* und Alice nicht mehr erwähnt, doch Juniper wußte, daß ihre Beziehung nie mehr so wie früher sein würde. Als Tommy noch erwähnte, daß Maddie jetzt für sie arbeite, hätte Juniper am liebsten das Gespräch abrupt beendet.

Die Maschine flog jetzt über Frankreich. Juniper blickte auf das schachbrettartige Muster der Wiesen und Wälder hinunter und fragte sich, ob Polly und sie bei Kriegsbeginn über diese Straßen gefahren waren. Das war ein Spaß gewesen, sie hatte wirklich gelebt und ein Ziel vor Augen gehabt. Damals war sie trotz aller Angst glücklich gewesen. Sie vermißte Polly entsetzlich. Maddie war auf irgendeine Weise ein Ersatz für ihre alte Freundin gewesen. Als jedoch ihre Affäre mit Jonathan zu Ende ging, hatte Maddie ebenfalls gehen müssen, damit sie mit der Vergangenheit abschließen konnte. Deswegen hatte sie auch ihr Haus auf der griechischen Insel verkauft. Sie wollte keinen Ballast mit in die Gegenwart schleppen.

Pietro wachte auf und fragte: »Wo sind wir?«

»Über Frankreich. Wir werden bald in Heathrow landen.«

»Mmmm...« Er legte seinen Kopf auf ihre Schulter und schlief wieder ein. Sie streichelte sein Haar. Sie hoffte, länger mit ihm zusammen zu sein, weil sie ihn mochte.

Eine Stunde später landete das Flugzeug. Es regnete. Juniper lächelte. Immer, wenn sie an England dachte, stellte sie sich das Land bei strahlenden Sonnenschein vor, und jedesmal, wenn sie ankam, regnete es unweigerlich.

Pietro klagte während der ganzen Fahrt in die Stadt. Die grauen Wolken, der Regen hatten ihm die Lebensfreude geraubt und ihn verändert. Er sah sogar anders aus. Sein Teint wirkte fahl, und seine Augen funkelten nicht mehr. Er war so trübe wie der Tag geworden. Juniper hoffte seinetwegen, daß die Sonne bald wieder scheinen würde.

Das Taxi hielt an. Sie hatte beschlossen, Pietro zu dem kleinen Apartment, das sie Harry gekauft hatte, zu bringen. Sollte Harry dasein, würde sie ihn bitten, sich während ihrer Reise nach *Gwenfer* um den Italiener zu kümmern. Mit etwas Glück würde es ihr gelingen, ihrem Sohn Pietros Anwesenheit ohne allzu große Peinlichkeit zu erklären. Wenn Harry nicht da war, mußte Pietro eben allein zurechtkommen. Auf keinen Fall würde sie ihn mit nach Cornwall nehmen.

Harry war nicht da. Pietro machte eine Szene. Er haßte das Apartment, es war zu klein, zu kalt. Ihm mißfielen die

Möbel, die Bilder. Er haßte London, England, das Wetter. Er hatte Heimweh, er wollte nach Italien zurück. Juniper warf ihm in ihrer Verzweiflung das Rückflugticket und ein Bündel Geldscheine an den Kopf und stürmte aus der Wohnung. Sie fuhr mit einem Taxi zum *Ritz* und buchte dort für ein paar Nächte eine Suite. Sie hatte Einkäufe zu erledigen, mußte ihren Anwalt konsultieren, und dann wollte sie mit dem Zug nach Penzance fahren – allein.

## 6

Alice war derart aufgeregt, daß sich Annie Sorgen machte. Die alte Dame ermüdete in letzter Zeit sehr schnell, und Annie bemühte sich, jede Aufregung von ihr fernzuhalten. Vorige Woche hatte Alice einen Brief von Gertie bekommen, in dem diese anfragte, ob sie und Polly für ein paar Tage – als zahlende Gäste natürlich – nach *Gwenfer* kommen dürften. Alice hatte das Angebot nicht als beleidigend aufgefaßt, denn es war gutgemeint, sie freute sich jedoch, daß sie dank Tommys Unterstützung kein Geld annehmen mußte.

»Alice ...«

»Gertie ...«

Ein Kuß auf die Wange, ein herzlicher Händedruck, ein langer forschender Blick – und der jahrelange Streit war beigelegt. Es gab weder Entschuldigungen noch Vorwürfe, die Vergangenheit spielte keine Rolle mehr. Und es gab so viel zu erzählen, Neuigkeiten auszutauschen und es galt, so viel Zeit aufzuholen – an der es beiden Frauen mangelte.

Das Alter hatte Gertie gnädiger als Alice behandelt. Gertie war in der Tat über das Aussehen ihrer Freundin schockiert, hoffte jedoch, ihr Entsetzen nicht gezeigt zu haben.

Denn Alice, die immer schlank gewesen war, war jetzt mager, viel zu dünn. Ihre stets aufrechte Gestalt war nun gebeugt. Diese Frau mit der schier unerschöpflichen Energie fühlte sich jetzt immer müde.

»Das Schlimmste am Alter sind die schmerzenden Knochen, nicht wahr, Gertie?« fragte Alice.

»Zweifelsohne«, hatte Gertie geantwortet, die, abgesehen von einer Lungenentzündung, nie in ihrem Leben krank gewesen war. Noch heute – mit ihren vierundachtzig Jahren – machte sie lange Spaziergänge, etwas langsamer zwar, weil sie schwerer geworden war, und sie blieb abends oft länger auf als Polly, trank ein Glas Portwein, knabberte an einem Stück Stilton-Käse und hatte nie Herzbeschwerden gehabt.

Es war unvermeidbar, daß Polly mit Alice über Juniper und *Hurstwood* sprach. Die Übertragungsurkunde lag noch immer bei ihrem Anwalt und wartete auf ihre Unterschrift. Hätte Polly nur ihre Interessen zu wahren gehabt, wäre ihre Weigerung, dieses Dokument zu unterzeichnen, kein Problem gewesen. Aber mit dieser stolzen Geste würde sie ihren Sohn um seinen Familiensitz bringen, und konnte sie erwarten, daß er eines Tages dafür Verständnis aufbringen würde? Der Besuch auf *Gwenfer* war für Polly wie ein Wink des Schicksals, und sie hatte beschlossen, in dieser Angelegenheit Alice' Rat zu befolgen.

Polly und Gertie waren eingeladen worden, länger als die ursprünglich geplanten vier Tage auf *Gwenfer* zu bleiben. Gertie hatte begeistert zugestimmt, doch Polly mußte zu Mann und Sohn zurückkehren. Ihre Unterredung mit Alice hatte sie bis kurz vor ihrer Abreise nach Devon verschoben.

Als Alice von Junipers großzügiger Geste hörte, lächelte sie, doch Polly sah, daß dieses Lächeln etwas gezwungen war.

»Wie typisch für Juniper. Sie war schon immer ein großzügiger Mensch«, sagte Alice und bemühte sich, ihre eigene schwere Kränkung zu verbergen.

»Was soll ich Ihrer Meinung nach tun?« fragte Polly.

»Diese Entscheidung kann ich dir nicht abnehmen, meine Liebe. Du mußt tun, was du für richtig hältst.«

»Aber ich weiß nicht, was richtig ist.«

»Warum hast du dieses Angebot nicht sofort akzeptiert?«

»Weil ich Junipers Motive verstanden habe. Es schien mir nicht richtig, ihre Großzügigkeit auszunutzen.«

»Das ist eine sehr interessante Formulierung, Polly. Würdest du sie mir bitte erklären?«

»Ich glaube, Juniper hat aus einem starken Schuldgefühl heraus gehandelt. Wie ein Kind, das einen Fehler begangen hat und denkt, wenn es dem Menschen, dem es weh getan hat, seine Schokolade schenkt, hat es alles wieder gutgemacht. Juniper hat nicht wie eine Erwachsene gehandelt.«

»Nein? Juniper war immer ein sehr großzügiger Mensch. Das solltest vor allem du wissen, Polly«, antwortete Alice mit einem leicht tadelnden Unterton in der Stimme.

»Daran habe ich nie gezweifelt. Doch Juniper schuldet mir nichts. Im Gegenteil – ich bin ihr dankbar, denn ohne sie hätte ich Andrew nie geheiratet. Sollte ich ihr Geschenk also annehmen, würde ich es unter falschen Voraussetzungen tun. Mit Jonathan wäre ich nie so glücklich geworden wie mit Andrew.«

»Eigentlich weiß ich nicht, warum du mich um Rat bittest, Polly. Du hast doch bereits eine Entscheidung getroffen. Warum läßt du nicht alles so, wie es ist? Du hast den Pachtvertrag, und ich bin mir sicher, daß Juniper *Hurstwood* nie zurückfordern wird. Nie würde sie daran denken, dir dein Heim wegzunehmen. Vertrau einfach deinem Gefühl, und laß dich von anderen nicht beirren. Fahr vorsichtig

594

und ruf an, sobald du zu Hause angekommen bist«, sagte Alice abrupt und zeigte Polly damit, daß sie nicht länger über *Hurstwood* diskutieren wollte.

Doch in dieser Nacht, nach Pollys Abreise, fand Alice keinen Schlaf. Wie konnte Juniper – da sie finanzielle Probleme hatte – so verschwenderisch mit ihrem Geld umgehen? Mit harter Arbeit und nur mit Annies Hilfe war es ihr gelungen, die Unterhaltskosten für *Gwenfer* aufzubringen, ohne einen Penny von Juniper zu erbitten. Doch Polly hatte sie dieses mehr als großzügige Geschenk gemacht – um ihr Gewissen zu beruhigen, wie es schien. Gleichzeitig machte sich Alice Vorwürfe, Polly gegenüber ungerecht gewesen zu sein. Ihre Gekränktheit hatte ihr Urteilsvermögen getrübt. Warum sollte Polly Junipers Geschenk nicht annehmen? Juniper konnte über ihr Geld frei verfügen, und sie durfte ihre Enkelin in keiner Weise beeinflussen. Morgen schreibe ich Polly und rate ihr, die Übertragungsurkunde zu unterzeichnen. Diesen Brief gebe ich Gertie mit, war Alice' letzter Gedanke, ehe sie endlich einschlafen konnte.

Annie war sehr erleichtert, daß Lady Gertrude noch ein paar Wochen auf *Gwenfer* blieb. Jetzt, im September, gab es gewöhnlich viel zu tun, denn viele Urlauber wollten den herrlichen Altweibersommer in Cornwall genießen. Und Gertie nahm ihr die Sorge um Alice ab, die sich stets Vorwürfe machte, ihr zu wenig bei der Arbeit zu helfen. Lady Gertie leistete Alice Gesellschaft und machte lange Spaziergänge mit ihr. Jetzt, da Harry da war, konnte sich Annie nicht mehr vorstellen, wie sie allein mit Alice die ganze Arbeit geschafft hatte. Harry fühlte sich in seinem Element. Er hatte eine wunderbare Art, mit den Gästen umzugehen, und Annie überließ ihm erleichtert die Büroarbeit und die Bestellungen. Harry hatte große Pläne für *Gwenfer*. Er wollte seine Mutter um einen Kredit bitten und aus *Gwenfer* das exklusivste und luxuriöseste Hotel des West Country machen. Beide, Alice und Annie, bewunderten und unterstützten seine Projekte, bezweifelten insgeheim jedoch, daß er lange genug bleiben würde, um diese Pläne zu verwirklichen.

»Du wirst dick«, sagte Harry eines Tages und legte seine Arme um Annies Taille, die gerade am Herd stand und eine Soße anrührte.

»Nein, das werde ich nicht. Du bist unverschämt«, antwortete Annie und rührte wütend in der Pfanne.

»Du errötest«, fügte er lachend hinzu.

»Nein. Das ist nur die Hitze vom Herd.« Sie schob seine Hände von ihrer Taille, drehte sich um und sagte: »Hast du nichts Besseres zu tun, als mich zu beleidigen?«

»Was ist mit dir los? Warum bist du so mürrisch?«

Annie ignorierte seine Frage, senkte den Kopf und widmete sich mit übertriebener Konzentration der Soße.

Harry nahm ihr den Kochlöffel aus der Hand und führte sie zum Küchentisch. »Sag mir jetzt, worüber du dich ärgerst.«

»Kannst du das nicht erraten?« Annie wich seinem Blick aus.

»Nein. Was gibt es da zu raten?«

Sie schaute ihn lange an, ehe sie antwortete: »Ich bin schwanger.«

Harry wußte, daß er sie mit offenem Mund und entsetzter Miene anstarrte, wußte, daß sie auf eine Antwort wartete, und fand nicht die richtigen Worte. Annie senkte den Kopf.

»Bist du dir sicher?« fragte er schließlich.

»Ja.« Annie fiel in sich zusammen. Traurig und resigniert saß sie da. Seine Reaktion, diese kleine Frage, hatte ihre Befürchtungen bestätigt.

»Wie wundervoll«, sagte Harry. Er faßte sich wieder, aber zu spät.

»Nein, das ist es nicht. Es ist das Schlimmste, das dir hätte passieren können.«

»Es ist nur ... verdammt ... wir heiraten.«

»Nein, auf keinen Fall. Nicht aus diesem Grund.«

»Sei nicht albern! Natürlich heiraten wir. Wir müssen es.«

»Nein.«

»Komm schon, Annie. Denk mal nach. Was willst du denn tun? Das Kind adoptieren lassen?«

»Ich würde mein Kind nie hergeben«, sagte sie mit tränenerstickter Stimme.

»Die Freundin eines Freundes von mir hat eine Abtreibung vornehmen lassen.«

Sie starrte ihn wütend an. »Das würde ich ebenfalls nie tun. Wie kannst du das nur vorschlagen?«

»Es war kein Vorschlag, ich habe es dir nur erzählt. Wenn du mich nicht heiraten und das Kind nicht adoptieren lassen willst, dann ...« Er zuckte hilflos mit den Schultern.

»Ich will das Kind zur Welt bringen und es behalten.«

»Da dein Entschluß feststeht, heiraten wir.«

»Ich möchte dich nicht heiraten, Harry. Wenn du nichts dagegen hast, würde ich jetzt gern meine Soße fertigmachen.« Annie stand auf, kehrte an den Herd zurück und rührte scheinbar gelassen in der Pfanne.

Harry betrachtete ihren vor Anspannung ganz steifen Rücken und war völlig verwirrt. Natürlich hatte sie recht. Ein Kind war das letzte, was er haben wollte. Er hatte ursprünglich zwar von Heirat gesprochen, um Annie zu verführen, doch eine Ehe paßte nicht in seine Pläne. Noch nicht. Er war zu jung, um eine derartige Verantwortung zu tragen – in diese Falle zu gehen, dachte er mit wachsender Panik. Aber es ist auch meine Schuld. Ich mag Annie zu gern, um sie in dieser Situation allein zu lassen.

»Dazu habe ich wohl auch etwas zu sagen.«

»Nein. Es ist einzig meine Entscheidung. Das Kind gehört mir.« Sie drehte sich und lächelte ihn an. »Mach dir keine Sorgen, Harry. Es ist mir ernst damit. Ich möchte auch nicht heiraten«, behauptete sie tapfer, obwohl ihr das Herz brach. Er sagte nichts, es war nicht nötig, denn sie sah, wie erleichtert er war.

Alice, die ahnte, in welchen Schwierigkeiten die beiden jungen Leute steckten, sprach Annie eines Tages darauf an.

»Da gibt es nichts zu bereden, Alice. Ich habe einen Fehler gemacht und muß lernen, damit zu leben. Ich bin nicht die erste Frau, die in diese Situation gerät. Warum sollte ich es nicht schaffen?«

»Annie, ich bin mir sicher, Harry heiratet dich.«

»Er hat zwar von Ehe gesprochen, aber ich würde das nicht als Heiratsantrag bezeichnen.« Annie lachte kläglich.

»Du hast abgelehnt?« Alice seufzte. »Meine liebe Annie, du kannst dir nicht vorstellen, wie deine Zukunft aussieht. Es ist eine schwere Aufgabe, ein Kind allein großzuziehen. Natürlich kannst du hierbleiben und wirst mir immer will-kommen sein. Aber eine Frau braucht die Unterstützung eines Mannes. Ohne Harry wirst du große Schwierigkeiten haben.«

»Ich könnte nicht hierbleiben, Alice. Es wäre Ihnen gegen-über nicht fair. Gerade in einem Gästehaus ist ein schreien-des Kind unerträglich.«

»Wo willst du denn hin, Annie? Du hattest noch keine Zeit, die Konsequenzen zu überdenken ...« Alice betrachtete ihre Hände und dachte an ihren Überlebenskampf in New York, als sie allein mit ihrem Kind gewesen war. Die Erinne-rung an die Einsamkeit, die bittere Armut und die Angst überschwemmte sie wie eine Woge. Und jetzt hatte sie Angst um Annie. Als sie aufblickte, war Annie gegangen.

Als Alice kurze Zeit später Harry zur Rede stellte, protestierte er: »Sie hat mich doch abgewiesen.«

»Hast du ihr gesagt, daß du sie liebst und deswegen heiraten willst?« fragte Alice geduldig.

Er zögerte kurz, was Alice nicht entging.

»Ich kann mich nicht erinnern, ob ich es ihr zu diesem Zeitpunkt gesagt habe, aber ich habe es ihr schon oft gesagt. Natürlich liebe ich Annie«, brauste er auf. »Ich verstehe nur nicht, warum sie mich nicht heiraten will. Ich bin bereit, Verantwortung zu tragen.«

»Es freut mich, das zu hören, Harry. Allerdings bezweifle ich, daß Annie als ein Fall von Verantwortung betrachtet werden will. Sie heiratet dich nur, wenn du sie liebst und nicht, weil du es mußt.«

»Das ist lächerlich. Annie weiß, daß ich sie liebe.«

»Mag sein, aber sie macht sich Sorgen um die Zukunft. Wird einmal der Tag kommen, wo du sie nicht mehr liebst und ihr Vorwürfe machst, weil du sie des Kindes wegen heiraten mußtest?«

»Das ist Unsinn!«

»Nein, Harry. Viele Männer haben in dieser Hinsicht ein kurzes Gedächtnis. Vielleicht würde sie dich nach der Geburt des Kindes heiraten. Das könnte ich verstehen.«

»Du erstaunst mich, Urgroßmutter. Eigentlich sollte dich die Situation schockieren, statt dessen zeigst du Verständnis und versuchst zu helfen.«

»Das Problem mit euch jungen Menschen ist, daß ihr glaubt, nur eure Generation besäße Einsicht, und ihr allein hättet die Liebe entdeckt und wärt mit den Problemen des Lebens konfrontiert. Mein lieber Harry, diese Probleme existieren seit Menschengedenken, und auch mir blieben sie nicht erspart.« Sie tätschelte seine Hand. »In meinen Augen hat Annie allerdings unrecht. Allein der Gedanke an das Kind sollte ihre Entscheidung beeinflussen. Illegitimität ist auch heutzutage noch eine entsetzliche Bürde. Du mußt Annie dazu bringen, dich zu heiraten, Harry.«

»Ja, Alice, das verspreche ich«, sagte er. Er wußte, daß seine Urgroßmutter recht hatte, und bedauerte diesen Umstand.

»Ich weiß, daß ich mich auf dich verlassen kann, Harry. Und ich habe einen erfreulichen Gedanken: Wird es ein Mädchen, haben wir wieder eine Tochter dieses Landes aus Granit. Diese Vorstellung gefällt mir«, sagte sie lächelnd.

Alice' Freude, Gertie bei sich zu haben, wurde durch das Telegramm gekrönt, das ihr Junipers Ankunft ankündigte. Wie zuvor wollte sie wieder alle Reservierungen absagen, doch dieses Mal war Annie mit ihrem Protest nicht allein – Gertie und Harry unterstützten sie.

»Du bist den beiden jungen Leuten gegenüber nicht fair, Alice. Sie arbeiten so hart, um mit dem Gästehaus Erfolg zu haben, und diese Absagen würden dem Geschäft sehr schaden. Deine Einstellung ist unprofessionell, meine Liebe. Juniper wird die Situation eben akzeptieren müssen, so wie wir alle Zugeständnisse im Leben machen mußten.«

Gerties Argument gab den Ausschlag.

Eine Stunde nach Junipers Ankunft war Alice zutiefst deprimiert und wünschte sich das Undenkbare – daß ihre Enkelin nicht nach *Gwenfer* gekommen wäre. Ihre Unterredung mit Juniper war lange und unangenehm gewesen. Sie war mit einer Juniper konfrontiert worden, die sie bisher nicht gekannt hatte. Alice empfand es als Vertrauensbruch, daß Tommy Juniper von ihren Schwierigkeiten erzählt hatte.

»Du hättest zu mir kommen müssen, Großmutter«, sagte Juniper anklagend. »Ich war entsetzt, als ich erfuhr, daß du aus *Gwenfer* ein Gästehaus gemacht hast. Wie konntest du nur so eine dumme und unwürdige Entscheidung treffen?«

»Da du finanzielle Probleme hattest, wollte ich dir meine Sorgen nicht aufbürden.«

»Was für finanzielle Probleme?«

»Hal hat dich um dein Vermögen gebracht.«

»Du meine Güte, Großmutter, das war vor Jahren. Daran denke ich gar nicht mehr. Er hat mich nicht in Armut gestürzt. Ich besitze noch immer eine Menge Geld. Wie dumm von dir! Warum hast du mir nicht gesagt, daß du dir Sorgen um mich machst? Wie kamst du nur auf den Gedanken, ich sei ruiniert und völlig mittellos? Kannst du dir vorstellen, wie dumm ich mir vorkam, als Tommy mir die ganze Geschichte erzählte? Zunächst wollte ich ihr nicht glauben und hielt das alles für ein Mißverständnis. Und es hat mir nicht gefallen, mich rechtfertigen zu müssen. Wie konntest du nur dieses Almosen von ihr annehmen?«

»Ich betrachte es nicht als Almosen, Juniper. Tommy hat mir versichert, daß sie dieses Geld, das sie von Lincoln bekommen hat, nicht braucht. Sie hatte recht. Lincoln hätte gewollt, daß ich es annehme. Schließlich war ich seine Frau, als er starb, nicht Tommy«, sagte Alice und hielt sich nur mühsam aufrecht, denn sie war unendlich müde.

»Du mußt Tommy das Geld zurückgeben, Großmama. Morgen früh spreche ich mit meinen Anwälten, und dieser Unsinn mit dem Gästehaus hat ein Ende. Ach, Großmama, was hast du nur angerichtet?«

»Ich habe getan, was ich für das Beste hielt«, sagte Alice mit ruhiger Würde.

»Nicht, was Harry betrifft.«

»Was meinst du damit?«

»Er und Annie – sie haben ein Verhältnis, weißt du das?«

»Ja. Ich war zwar nicht damit einverstanden, konnte jedoch nichts dagegen tun. Heutzutage machen die jungen Leute, was sie wollen. Außerdem gibt mir meine Vergangenheit nicht das Recht, über andere zu urteilen.«

»Großer Gott, Großmama! Wir sprechen von deinem Urenkel, nicht von einem Fremden. Du hast zugelassen, daß er sein Leben zerstört. Diese kleine Mitgiftjägerin, Annie, könnte seine Zukunft ruinieren.«

»Juniper, wie kannst du so etwas Entsetzliches sagen? Annie ist keine Mitgiftjägerin – du sprichst sehr gehässig von ihr. Annie ist ein liebes Kind.«

»Sie ist weder ein Kind noch unschuldig. Vom ersten Augenblick an hat sie Harry schöne Augen gemacht und ihn umgarnt. Er hatte überhaupt keine Chance. Es ist abscheulich.«

»Juniper, es fällt mir schwer zu glauben, daß du so denkst. An der Beziehung zwischen den beiden ist nichts Abscheuliches. Außerdem hat Harry Annie verführt, und nicht umgekehrt. Und jetzt weigert sie sich, ihn zu heiraten.«

»Da bin ich aber froh.«

»Nein, du irrst dich. Die beiden sollten an das Kind denken, nicht an sich.«

Juniper richtete sich kerzengerade auf. »Was?« rief sie wütend. »Das kleine Mistück ist schwanger?«

»Ach, du meine Güte, natürlich haben die beiden es dir noch nicht gesagt ... ich hätte diskreter sein sollen ...« Alice spielte nervös mit ihrer Perlenkette.

»Nein, niemand hat mir irgend etwas erzählt.« Juniper sprang auf, eilte zur Tür, riß sie auf und rief Annie, die in der Halle Blumen arrangierte, zu: »Du, komm her!« Annie blickte auf. »Ja, du«, wiederholte Juniper.

»Sprechen Sie mit mir?«

»Sonst ist doch niemand da. Hol Harry, und kommt zu mir.«

»Bitte ...« sagte Annie mit einem stillen Lächeln, aber die Tür war schon wieder geschlossen. Sie machte sich auf die Suche nach Harry.

Fünf Minuten später standen die beiden vor dem Kamin in Alice' Salon und waren wie vom Donner gerührt. Juniper nahm kein Blatt vor den Mund. Alice traute ihren Ohren nicht. Juniper war nie in Wut geraten und hatte nie geschrien. Jetzt tat sie es. Alice sah, wie Annie und Harry aschfahl wurden und wie gelähmt vor Entsetzen den Wortschwall über sich ergehen ließen.

Annies Lebensgeister kehrten erst zurück, als Juniper sie beschuldigte, Harry mit ihrer Schwangerschaft vorsätzlich in eine Falle gelockt zu haben und damit sein Leben ruinieren würde.

»Mein Enkel wird ein Bastard sein ...« schrie Juniper mit wutverzerrtem Gesicht.

»Jetzt reicht es, Miss Juniper ...« sagte Annie laut und betonte das Wort Miss. »Wie können Sie es wagen, so mit mir zu sprechen? Ich habe Ihrem Sohn keine Falle gestellt – ich liebe ihn. Nie würde ich etwas tun, was ihm schaden könnte. Uns beiden tut es leid, daß wir jetzt in dieser Situation sind. Ich wollte kein Kind haben, aber nun ist es für Vorwürfe zu spät.« Annie bot Juniper mutig die Stirn und fügte zornig hinzu: »Wissen Sie, Miss Juniper, eigentlich sollte ich Ihnen dankbar sein. Sie haben mir die Augen geöffnet, jetzt sehe ich klarer in dieser Angelegenheit.« Sie wandte sich an Harry. »Gut, Harry, ich war im Unrecht. Ja, das Kind wäre ein Bastard und von der Gnade intoleranter Menschen wie deiner Mutter abhängig. Ich werde dich heiraten, Harry. Bestimme den Tag.« Ohne eine Antwort abzuwarten, ging Annie.

»Mutter, wie konntest du nur so mit ihr reden?«

»Ich habe die Wahrheit gesagt.«

»Nein. Ich habe Annie verführt.«

»Du bist auf sie hereingefallen, Harry. Annie hat immer ihren Willen durchgesetzt. Schon damals, als sie nach *Gwenfer* kam, da war sie noch ein Kind, und was hat sie getan? Sie hat mir meine Großmutter weggenommen, und jetzt nimmt sie mir dich weg – die Menschen, die ich am meisten liebe.«

»Mutter!« Harry starrte Juniper ungläubig an. »Nie habe ich einen derartigen Unsinn gehört. Du redest wie ein verwöhntes Kind. Annie nimmt niemandem jemanden weg. Du besitzt uns nicht, Mutter, ist dir das nicht bewußt? Und ganz gewiß wolltest du mich nicht haben, erst als du dir in der Mutterrolle gefielst, hast du dich um mich gekümmert. Werde endlich erwachsen, ehe du noch mehr Schaden anrichtest.« Und Harry stapfte wütend hinaus, um Annie zu suchen.

»Juniper...« sagte Alice sanft und streckte die Hand nach ihr aus. »Mein armer Liebling, warum bist du so unglücklich? Was hat dich so verstört? Erzähl es mir.« Alice' Verzweiflung über Juniper war grenzenlos. Junipers Wildheit, ihre Launenhaftigkeit und Unberechenbarkeit hatten ihr immer angst gemacht. Aber jetzt wußte sie, daß Junipers Reaktion jeder Normalität entbehrte. Juniper brauchte Hilfe.

»Ich kann nicht.«

»Du kannst mir alles erzählen.«

Juniper blickte sich ärgerlich um, als suche sie einen Angriffspunkt. »Na gut, wenn du es wissen willst... ich habe es satt, ständig jemanden in einer Ecke flüstern zu hören: ›Was hat Juniper denn?‹ Ich sage dir, was mit mir los ist: Alle verlassen mich. Jeder, den ich liebe, verläßt mich – das war schon immer so.«

»Meine liebe Juniper, was haben wir dir denn angetan? Welchen Schaden haben wir angerichtet? Du hast niemanden verloren. Du hast mich und Harry. Er liebt dich, obwohl du es ihm nicht leicht machst. Du könntest Annie und deinen Enkel lieben und dich am Leben freuen, wenn du nur endlich zur Vernunft kommen würdest. Ich muß leider einsehen, daß du immer eifersüchtig und besitzergreifend gewesen bist. Du mußt aufhören, in diesem Wahn zu leben, Juniper. Du gefährdest damit dein Leben und wirst dich zugrunde richten. Du mußt lernen, auf erwachsene Weise mit den Menschen umzugehen. Niemand wird dir je völlig gehören. Harry liebt und braucht dich, so wie er Annie liebt und braucht, aber auf andere Art und Weise. Verstehst du das nicht?«

»Sag mir nicht, daß er dieses Miststück liebt! Das kann ich nicht ertragen. Du verstehst mich nicht, hast mich nie verstanden. Niemand tut das …« Juniper ging zur Tür, drehte sich noch einmal zu Alice um. Ihr Gesicht war tränenüberströmt, ihre Augen waren voller Angst. »Aber es hat einen gegeben, er liebte mich, er verstand mich, er akzeptierte mich. Doch jetzt … Oh, Großmama, hilf mir. Was soll nur aus mir werden?«

Alice wollte zu ihr gehen, sie in die Arme nehmen, ihr Trost spenden und Klarheit und Vernunft in ihre geistige Verwirrung bringen. Juniper warf ihr einen letzten verzweifelten Blick zu, schrie: »Laß mich allein!« und eilte durch die Halle.

Gertie sah Juniper die Treppe hinaufstürmen, hörte eine Tür zuschlagen und klopfte leise an die Tür zu Alice' Salon. Als keine Antwort kam, trat sie leise ein. Alice saß zusammengesunken, das Gesicht in den Händen, in ihrem Sessel. Gertie streichelte sanft ihren Kopf und sagte nur: »Meine arme Freundin.«

Alice blickte zu Gertie auf, seufzte und antwortete: »Meine liebe Freundin.« Ein sanftes Lächeln umspielte ihre Lippen. »Es hat zu viele Dramen in zu vielen Jahren gegeben. Wird es nie enden?« Sie schüttelte sich leicht und richtete sich auf. »Ich brauche frische Luft. Hättest du Lust, mit mir einen Spaziergang zu machen?«

Es war ein wunderschöner Abend. Die kühle Luft kündete vom nahenden Herbst. Die beiden Freundinnen spazierten langsam ins Tal hinunter. Natürlich gab es nur ein Ziel: die Bucht. Alice stützte sich schwer auf ihren Stock. Gertie ging aufrecht neben ihr. Früher hatten sie für den Weg zur Bucht zehn Minuten gebraucht, jetzt dauerte es eine halbe Stunde, bis sie am Meer waren.

»Laß uns hier eine Weile ausruhen, ehe wir zurückgehen, Gertie«, sagte Alice und lehnte sich mit dem Rücken an Ias Felsen. »Ich bin zu alt, um hinaufzuklettern, und werde zu alt für meine Familie«, sagte sie wehmütig und lächelte.

»Du wirst schon eine Lösung für dieses Problem finden, Alice.«

»Ich mache mir Sorgen um Juniper. Harry und Annie haben einander. Ich bin überzeugt, sie werden glücklich. Doch Juniper war nur in ihrer Kindheit glücklich, davon ist nichts übriggeblieben. Jetzt steht sie mit leeren Händen da ... weißt du, was sie zu mir gesagt hat, Gertie? ›Hilf mir. Was soll nur aus mir werden?‹ Es war ein gequälter Aufschrei ... entsetzlich anzuhören. Und ich habe nichts getan. Ich bin nicht zu ihr gegangen. Ich weiß nicht mehr, wie ich ihr helfen kann.«

»Juniper ist eine erwachsene Frau, Alice. Du kannst ihr Leid nicht länger auf dich nehmen.«

»Ich weiß, ich weiß, liebe Freundin. Aber diese Worte und der Ausdruck auf ihrem Gesicht werden mich immer verfolgen ...«

Schweigend saßen die beiden alten Damen da und dachten über Juniper nach. Über das Kind, das alles gehabt hatte, über die junge Frau, die so mit Schönheit und Charme gesegnet gewesen war, daß sie zuerst von der Presse und dann von allen anderen »der goldene Schmetterling« genannt worden war. Und aus dieser jungen Frau war ein trauriger Mensch geworden, für den das Schicksal nur noch Unglück bereit zu haben schien.

»Sieh nur, Alice. Was für ein schönes Stück Treibholz«, sagte Gertie plötzlich. »Das muß ich mitnehmen.«

»Liebe Gertie, du wirst dich nie ändern. Ich weiß noch, wie du während des Krieges ganze Stapel angehäuft hast«, sagte Alice lachend.

»Unsinn!« brummte Gertie, stapfte durch den Sand und zerrte das Stück Treibholz über den Strand. Dann stemmte sie die Hände in die Hüften und blickte aufs Meer. Die Septembersonne näherte sich rotglühend dem Horizont, und als sie das Meer berührte, blitzte ein heller Strahl auf – das grüne Leuchten.

»Alice, hast du das gesehen?« Gertie eilte zu Ias Felsen zurück. »Alice, das Leuchten. Endlich . . . Hast du das grüne Leuchten gesehen?«

Gertie blieb abrupt stehen. Alice lehnte reglos an Ias Felsen, blickte aufs Meer und war von einer merkwürdigen Stille umgeben.

»O nein«, sagte Gertie leise. »O nein.« Sie ging langsam zu Alice und nahm sie in die Arme. »Meine liebste Freundin, hast du das gesehen? Bitte, Liebling, sag, daß du das Leuchten gesehen hast.«

Gertie drehte sanft Alice' Gesicht zu sich. Sie sah darauf das sanfte, liebe Lächeln, das alle Menschen bezaubert hatte.

»Du hast es gesehen, meine Liebste. Dafür danke ich Gott.« Gerties Tränen fielen auf Alice' Gesicht. Als die Nacht hereinbrach, saß Gertie noch immer mit ihrer Freundin im Arm da. Über ihnen wachte das große Haus aus Granit. Gertie hörte in der Ferne Stimmen, die ihre Namen riefen, sie antwortete nicht. Diese letzten Augenblicke wollte sie allein mit Alice, ihrer unersetzbaren Freundin aus ihren Jugendtagen, verbringen. In der Bucht von *Gwenfer* hatte Alice' Seele ihren Frieden gefunden.